BASTEI
LÜBBE

Wolfgang Hohlbein im Bastei Lübbe Taschenbuchprogramm:

DER DRACHEN-ZYKLUS
20 152 Bd. 1: Die Töchter des Drachen
20 306 Bd. 2: Der Thron der Libelle

DER HEXER-ZYKLUS – DIRECTOR'S CUT
28 504 Bd. 1: Die Spur des Hexers
28 505 Bd. 2: Der Seelenfresser
28 506 Bd. 3: Engel des Bösen
28 507 Bd. 4: Der achtarmige Tod
28 508 Bd. 5: Buch der tausend Tode
28 509 Bd. 6: Das Auge des Satans
28 510 Bd. 7: Der Sohn des Hexers
28 511 Bd. 8: Das Haus der bösen Träume

CHARITY
23 243 Bd. 1: Charity – Die beste Frau der Space Force
23 248 Bd. 2: Die Sonnenbombe
23 262 Bd. 3: Die Herren der Schwarzen Festung
23 270 Bd. 4: Das Erbe der Moroni
Weitere Charity-Romane in Vorbereitung

15 074 Intruder
15 560 Anubis
14 478 Dunkel
13 871 Der Widersacher
13 421 Die Moorhexe
15 203 Der Inquisitor
14 197 Wolfsherz
13 328 Geisterstunde
20 554 Von Hexen und Drachen
21 204 Die Kinder von Troja

Wolfgang und Heike Hohlbein
20 130 Die Heldenmutter

Wolfgang Hohlbein und Bernhard Hennen
14 612 Das Jahr des Greifen

Über den Autor:
Wolfgang Hohlbein ist ein Phänomen – mit mehr als hundertsechzig Büchern und einer Auflage von über sieben Millionen Exemplaren! Einer der produktivsten Autoren fantastischer Literatur im deutschsprachigen Raum. Bekannt wurde er neben seinen fantastischen Jugendbüchern vor allem durch seinen Romanzyklus »Der Hexer«, von dem in dieser Ausgabe ein »Director's Cut« vorliegt: Die Hexer-Geschichten in chronologischer Reihenfolge, gespickt mit vielen Hintergrundinfos.

Wolfgang Hohlbein

DAS HAUS DER BÖSEN TRÄUME

BASTEI LÜBBE

LÜBBE TASCHENBUCH
Band 28 511

1. Auflage: März 2008

Bastei Lübbe Taschenbücher in der Verlagsgruppe Lübbe

Lektorat: Stefan Bauer/Ruggero Leò
Titelillustration: Dominic Harman/Agentur Schlück
Umschlaggestaltung: Gisela Kullowatz
Satz: Urban SatzKonzept, Düsseldorf
Druck und Verarbeitung: Ebner & Spiegel, Ulm
Printed in Germany
ISBN-13: 978-3-404-28511-2

Sie finden uns im Internet unter
www.luebbe.de
www.bastei.de

Der Preis dieses Bandes versteht sich einschließlich
der gesetzlichen Mehrwertsteuer.

Inhalt

Das Labyrinth von London

Vorwort

Mit »Der Sohn des Hexers« kehrte Robert Craven Jahre nach der Einstellung der Serie nicht nur im wörtlichen Sinne aus dem Reich der Toten zurück, sondern feierte auch ein äußerst erfolgreiches Comeback. Und angesichts dieses Erfolges hätte eigentlich nichts gegen weitere Hexer-Bücher gesprochen – bis auf eine Kleinigkeit.

Wolfgang Hohlbein war mittlerweile zu einem extrem gefragten Autor geworden, um den sich die Verlage rissen. Zahlreiche Projekte waren bereits langfristig geplant und mussten umgesetzt werden. Kurz – ihm blieb einfach nicht die Zeit für weitere Hexer-Romane. Jedenfalls nicht für dicke Bücher.

Das änderte sich, als Mitte der Neunzigerjahre im Bastei-Verlag die hauptsächlich aus Nachdrucken älterer Romane bestehende Serie »Dämonen-Land« erschien, in der unter anderem auch Hohlbeins Raven-Romane neu aufgelegt wurden.

Schließlich unterbreitete Michael Schönenbröcher, der Redakteur der Serie und früher auch schon des Hexers, den Vorschlag, wieder ganz zu Robert Cravens Wurzeln zurückzukehren: in die Heftform. Innerhalb des Dämonen-Lands sollten in regelmäßigen Abständen neue Hexer-Abenteuer erscheinen, um später in Taschenbüchern zusammengefasst zu werden. Die Hoffnung war, dass Wolfgang Hohlbein es schaffen würde, zumindest diese kürzeren Texte zu verfassen, und er stimmte auch zu.

In zahlreichen Leserbriefen war immer wieder nach den *Thul Saduun* gefragt worden, die zwar im Dagon-Zyklus eine bedeutende Rolle gespielt hatten, über die aber so gut wie nichts bekannt war. Es lag nahe, sich mit weiteren Abenteuern dieser Dämonenrasse zuzuwenden, nachdem die GROSSEN ALTEN in »Der Sohn des Hexers« gerade eine empfindliche Niederlage erlitten und sich eine Pause verdient hatten.

Aber so vielversprechend diese erneute Reinkarnation des Hexers auf den ersten Blick auch aussah, in der Praxis scheiterte sie dennoch. Zwei neue Romane erschienen, und bei beiden war der Termindruck so groß, dass Wolfgang trotz großen Bedauerns von weiteren Romanen Abstand nehmen musste. Stattdessen überarbeitete er die beiden erschienenen Romane wenig später noch einmal gründlich für die Taschenbuchausgabe und ergänzte sie um ein völlig anderes Ende.

Diese Fassung, die sich erheblich von den zugrunde liegenden Heftromanen unterscheidet, ist in diesem Kapitel enthalten.

Frank Rehfeld

Das Labyrinth von London

28. September 1892

Irgendetwas stimmte nicht.

Kapitän Joffrey Blossom von der königlich-englischen Kriegsmarine blickte so gebannt zu der kleinen Felseninsel hinüber, dass er nicht einmal den scharfen Ostwind registrierte, der über das Oberdeck der HMS THUNDERCHILD pfiff, an seinem grauen Haar zerrte und wie mit winzigen Nadeln in seine Haut stach. Es war sehr kalt; ungewöhnlich kalt für die Jahreszeit und selbst für die wahrlich nicht an tropische Temperaturen gewöhnten Gewässer dicht vor der englischen Küste, aber auch das bemerkte er kaum, ebenso wenig wie die Feuchtigkeit, die sich wie ein schmieriger grauer Film über das Schiff und alles an Deck gelegt und selbst seine Uniform bis auf die Haut durchnässt hatte. Er hatte seine Hände so fest um das Metall der Reling geklammert, dass seine Fingerknöchel weiß hervortraten und alles Blut aus dem Fleisch unter seinen Nägeln gewichen war, bis sie wie kleine weiße Narben wirkten. Seine Lippen waren zu einem schmalen Strich zusammengepresst, und er hatte seit mehr als einer Minute nicht einmal mehr geblinzelt, sondern stand reglos wie eine aus Stein gemeißelte Statue da. Aus eng zusammengekniffenen Augen starrte er zu der kleinen Felseninsel hinüber.

Irgendetwas stimmte nicht.

Es war das zweite Mal, dass er diesen Gedanken ganz klar formuliert dachte, und ebenfalls zum zweiten Mal schien es ihm, als hallten die Worte düster und lange in seinem Schädel nach, fast als wäre es gar kein Gedanke, sondern der Klang einer lautlosen Stimme, die ihm eine Warnung zuflüsterte: *Geh nicht dorthin. Flieh! Meide diesen Ort. Geh weg, so lange du es noch kannst* ... Sie war nicht sehr laut, aber sie flüsterte ununterbrochen und wurde eindringlicher, je näher sie der Insel kamen.

Normalerweise gestattete sich Blossom nicht, solcherlei albernen Gedanken nachzugeben. Aber an diesem Tag – und diesem Ort – war nichts normal. Seit die HMS THUNDERCHILD die kleine Insel erreicht hatte, hatte er immer mehr das Gefühl, gleichsam eine Grenze überschritten zu haben, die nicht materiell, trotzdem aber höchst real war. Und die er besser nicht überschritten hätte. Er wusste nicht, was dahinter lag, aber was immer es war – es machte ihm Angst.

Vor vier Tagen erst war die Insel urplötzlich aus dem Meer aufgetaucht, ohne dass irgendjemand bislang eine plausible Erklärung dafür gefunden hatte. Zwar war zu diesem Zeitpunkt ein leichtes Seebeben registriert worden, das auch an Land noch zu spüren gewesen war, doch selbst wenn man bedachte, dass das Meer hier, eine Meile von der Themsemündung entfernt, noch ziemlich flach war, hätte das Beben allein niemals ausgereicht, ein solches Eiland entstehen zu lassen. Blossom war alles andere als ein Fachmann für Geologie, aber selbst er wusste, dass Inseln nicht einfach so aus dem Meer auftauchten. Irgendetwas höchst Eigentümliches war hier vorgefallen. Und waren schon die Umstände, unter denen die Insel aufgetaucht war, seltsam genug, so war es das nicht allein, das Blossom irritierte. Nicht einmal annähernd. Tief in sich wusste er längst, was es war. Er war nur noch nicht so weit, es zuzugeben:

Es war die Insel selbst.

Das Eiland durchmaß etwa zwei Dutzend Yards. Seine Oberfläche bestand aus zerklüftetem Fels von einer Farbe, für die Blossom einfach keine Bezeichnung fand: irgendetwas zwischen Schwarz, Dunkelblau und einem Ton von Indigo, den er noch nie zuvor gesehen hatte. Es war die Farbe der Nacht. Die Dunkelheit einer sternklaren Polarnacht, die von einer Kälte erzählte, die man regelrecht zu spüren glaubte, wenn man diesen Stein nur lange genug ansah. Die Schwärze des Felsens war so intensiv, als wäre die Insel nicht wirklich materiell; nichts, was *war*, sondern vielmehr ein gewaltiger Riss, der in der Wirklichkeit klaffte. Und hinter dem Etwas lauerte etwas, das beobachtete. Das wartete.

Hinaus wollte?

Dieser Eindruck wurde noch durch die Stille und die völlige Leblosigkeit unterstrichen, die diesem Ort innewohnte. Nichts rührte sich. Nichts bewegte sich. Hier, so nahe bei der Küste, wäre es eigentlich ganz normal gewesen, wenn Möwen und andere Vögel das Eiland sofort in Besitz genommen hätten. Stattdessen jedoch schien das Leben die Insel in weitem Umkreis zu meiden. Selbst das regelmäßige Dröhnen der gegen den Fels brandenden Wellen klang gedämpft, und wenn er genau hinhörte, konnte er so einen weiteren, vielleicht noch unheimlicheren Effekt wahrnehmen: Das monotone Geräusch der Wellen schien nur aus drei Richtungen zu kommen. Vor ihnen, dort, wo die Insel lag, herrschte absolute Stille.

Vielleicht, dachte Blossom, war das die Erklärung: Diese Insel lag jenseits der unsichtbaren Grenze, der sie sich genähert hatten. Der Gedanke war vollkommen lächerlich, aber er fügte sich so nahtlos an das an, was seit einer Weile hinter Blossoms Stirn vorging, dass ihm das nicht einmal zu Bewusstsein kam.

»Sir?«

Die Stimme Cliff Hasseltimes riss Blossom aus seinen Grübeleien; Gedanken überdies, die eines aufgeklärten, modern denkenden Mannes wie Blossom nicht würdig waren – und des Kapitäns eines Kriegsschiffes ihrer Majestät schon gar nicht. Unsichtbare Grenzen? Die Farbe der Nacht? Was für ein Unsinn!

Verärgert über sich selbst wandte er sich zu seinem Ersten Offizier um, der unbemerkt neben ihn getreten war und ihn abwartend musterte. Erst jetzt wurden ihm die Kälte und Schärfe des Windes richtig bewusst. Er fröstelte, löste die Hände von der Reling und rieb sie aneinander, während er ein paarmal hineinhauchte. Seine Haut prickelte, als hätte er in eine Schale mit gemahlenem Glas gegriffen, und er wurde sich des unangenehmen Gefühles bewusst, dass seine Uniform durchnässt war und in unansehnlichen Falten an seinem Körper klebte. Es war ihm nicht recht, so vor seinem Ersten Offizier zu stehen. Blossom war ein Mensch, der großen Wert auf Disziplin und ein tadelloses Äußeres legte; bei seinen Offizieren, und erst recht bei sich selbst.

»Eine verdammt seltsame Geschichte«, brummte er. »Wenn es nach mir ginge, würde ich das Ding lieber von hier aus dahin zurück bombardieren, woher es gekommen ist, statt auch nur einen Fuß darauf zu setzen. Möchte nur wissen, was wir da groß untersuchen sollen.«

Er straffte sich und zog seine Uniformjacke glatt; und mit dieser einfachen Geste schien ein völlig anderer Mensch aus ihm zu werden. Gerade noch ein gebeugter, von Kälte gebeutelter Mann, der von Sorgen und Zweifeln geplagt war, war Blossom eine Sekunde später wieder ganz Offizier.

Und die Veränderung war nicht nur äußerlich. Von einem Moment zum nächsten war auch sein Denken wieder von jener Logik und Präzision, die ihn zu dem gemacht hatten, was er war: vielleicht nicht einer der erfolgreichsten, aber mit Sicherheit doch einer der verlässlichsten Offiziere der Royal Navy.

»Aber Befehl ist nun einmal Befehl, nicht wahr? Sind die Männer so weit?«

»Alles bereit, Sir«, antwortete Hasseltime.

Wenn er die gleiche Nervosität empfand wie Blossom, so verbarg er es perfekt. Sein Gesicht war vollkommen ausdruckslos, und Blossom suchte selbst in seinen Augen vergeblich nach einem verräterischen Funken, einer Spur von Unsicherheit oder gar derselben substanzlosen Furcht, die *ihn* quälte. Blossom war nicht sicher, ob er Hasseltime wirklich mochte. Er war ein guter Mann, aber manchmal schon beinahe *zu* beherrscht. Die meisten Menschen glaubten, dass es einen guten Soldaten ausmachte, keine Gefühle zu haben, aber das stimmte nicht. Ein guter Offizier hatte Gefühle – er wusste nur besser damit umzugehen als ein schlechter.

Hasseltime räusperte sich. »Wir warten nur noch auf Sie, Sir.« Er zögerte einen Moment und fügte dann hinzu: »Wenn Sie mir eine Bemerkung gestatten: Es ist durchaus nicht unbedingt nötig, dass Sie uns begleiten. Ich glaube nicht, dass uns auf der Insel irgendwelche Schwierigkeiten erwarten, aber falls doch, wäre es auf jeden Fall besser, wenn Sie sich hier an Bord befänden.«

Kapitän Blossom lächelte flüchtig. Hasseltime handelte natürlich ganz und gar nach Vorschrift, indem er diesen Vorschlag machte. Was sich wie reine Freundlichkeit anhörte, entsprach der durchaus richtigen Überlegung, niemals alle höheren Offiziere eines Schiffes zugleich einer Gefahr auszusetzen.

Ein weiterer Grund, aus dem er Hasseltime nicht mochte. Er hatte einfach ein bisschen zu oft Recht. Der junge Mann hatte bereits eine glänzende Karriere hinter sich und mit großer Sicherheit einen noch steileren Aufstieg *vor* sich. Er stammte aus einer angesehenen und sehr wohlhabenden Familie, hatte eine hervorragende Schule besucht und die Militärakademie mit Auszeichnung absolviert. Blossom war sicher, dass es nicht mehr lange dauern würde, bis Hasseltime selbst das Kommando über ein Schiff bekam; vielleicht sogar das über die THUNDERCHILD.

»Vielleicht haben Sie Recht«, entgegnete Blossom. »Trotzdem möchte ich mir die Insel selbst ansehen. Die Berichte über diese unterirdischen Stollen haben mich neugierig gemacht.«

Hasseltime sah ihn eine Sekunde lang durchdringend an, aber er war klug genug, nichts von dem auszusprechen, was ihm sichtlich durch den Kopf ging. Blossom fragte sich, ob man ihm tatsächlich so deutlich ansah, wie unheimlich ihm diese Insel war. Er hoffte, nicht. Gerade Hasseltime gegenüber wäre es ihm sehr unangenehm gewesen, Schwäche zu zeigen.

Gefolgt von Hasseltime verließ er das Oberdeck. Zwei Beiboote waren bereits zu Wasser gebracht worden, bemannt mit jeweils fünf Matrosen und fünf Marinesoldaten, einer regelrechten kleinen Armee, die angesichts dessen, was vor ihnen lag – nämlich nichts als eine menschenleere, von allem Leben verlassene Insel – geradezu lächerlich erschien. Trotzdem hatte Blossom das Gefühl, in den Krieg zu ziehen. Mit jeder Sekunde mehr.

Blossom und der Erste Offizier nahmen jeder in einem der Boote Platz. Die Matrosen begannen zu rudern, ohne dass es eines besonderen Befehles bedurft hätte. Sie näherten sich der Insel aus westlicher Richtung, obwohl sie dadurch gegen den Wind und die Strömung ankämpfen mussten und die Anstrengung den Soldaten den Schweiß auf die Gesichter trieb. Blossom gehörte normalerweise nicht zu den Offizieren, die ihre Männer grundlos schunden, aber anders wäre die Gefahr zu groß gewesen, dass sie von der Brandung gegen die Felsen geschleudert würden. Das neu entstandene Eiland war zwar nicht besonders groß, aber die Felsen ragten glatt und nahezu senkrecht aus dem Meer, an manchen Stellen mehr als fünf Fuß hoch. In der unruhigen See dort anzulegen würde zu einem lebensgefährlichen Unterfangen werden. Auf dieser Seite hingegen gab es eine flache Geröllfläche, an der sie anlegen konnten, beinahe wie ein kleiner natürlicher Hafen. Dem *Soldaten* in Blossom gefiel dieser Anblick nicht annähernd so gut wie dem Seemann. Ihm erschien diese Einladung vielmehr wie eine Falle, das aufgerissene Maul eines Ungeheuers, in das sie mit offenen Augen hineinmarschierten. Er *spürte* die Gefahr, aber er konnte sie einfach nicht sehen.

Mit jedem Yard, den sie sich dem kleinen Eiland näherten, kehrte Blossoms Unbehagen zurück, ungleich stärker noch als zuvor, und der Ausdruck auf den Gesichtern der anderen zeigte ihm, dass es ihnen kaum anders erging. Die Männer fühlten sich nicht wohl. Blossom entgingen weder ihre kleinen nervösen Gesten noch die Blicke, die sie sich insgeheim zuwarfen. Die Haltung der Männer an den Rudern wirkte angespannt, die Marinesoldaten hielten ihre Gewehre ein wenig zu fest, und Hasseltime saß so aufrecht im Heck des anderen

Bootes, als hätte er einen Besenstiel verschluckt. Der Anblick hätte Blossom unter allen anderen denkbaren Umständen große Befriedigung verschafft, war es doch einer der seltenen Momente, in denen selbst Hasseltime *Gefühle* zeigte. Hier und jetzt aber verstärkte er seine Nervosität nur noch.

Was war das? Wie allen wirklich guten Soldaten war auch Blossom die Furcht nicht fremd, weder seine eigene noch die seiner Untergebenen. Aber das hier war etwas anderes; ein Gefühl, wie er es noch nie zuvor kennen gelernt hatte und das ihn schon allein dadurch beunruhigte. Es war, als schrien ihm die schwarzen Felsen allein durch ihre bloße Anwesenheit eine Warnung entgegen, umzudrehen, an Bord der THUNDERCHILD zurückzukehren und davonzufahren, so schnell und so weit sie nur konnten: Geht weg! Geht weg! Geht weg! GEHT WEG!

Aber natürlich tat er es nicht, und wenig später erreichten sie die kleine Felsenbucht. Der Bootsrumpf scharrte über Geröll und schwarzen Kies. Blossom stand auf und sprang als Erster an Land.

Er hatte sich verschätzt. Eisiges Wasser schwappte in seine Schuhe und ließ ihn frösteln, und das Gefühl von Unbehagen und Furcht verstärkte sich schlagartig, nun, als auch noch die körperliche Unbill hinzukam. Er unterdrückte es und hoffte zumindest, dass man ihm seine Unsicherheit nicht zu deutlich ansah, ahnte aber selbst, dass es ihm nicht gelang. Das Wasser in seinen Schuhen war so kalt, dass es wehtat.

Während die Männer die Boote ein Stück weiter den Strand hinaufzogen und damit begannen, die mitgebrachten Kisten mit Sprengstoff auszuladen, trat Blossom gemessenen Schrittes ganz aus dem Wasser heraus und sah sich dabei aufmerksam um.

Viel gab es allerdings nicht zu entdecken. Die Insel war völlig kahl und vor allem leer; und das betraf nicht nur die normalerweise unvermeidlichen Vögel, sondern jegliche Form von Leben. Nicht der winzigste Sprenkel von Moos war zu sehen, nicht eine einzige Flechte auf dem schwarzen, wie lackiert schimmernden Vulkangestein zu entdecken, nicht einmal Algen oder angeschwemmter Seetang, keine Muschelschalen, keine Krebse, Würmer oder anderes Getier – was nahezu unmöglich war, wenn diese Felseninsel tatsächlich aus dem Meer aufgestiegen sein sollte. Es geschah zwar nicht alle Tage, aber doch öfter, als allgemein angenommen wurde, dass der Ozean ein Stück des eroberten Landes wieder freigab, das er verschlungen hatte, und Blossom wusste, wie schnell das Leben normalerweise wieder Fuß fasste.

Hier nicht.

Dieser Felsen war tot.

Und vielleicht war es gerade die völlige Lebensverneinung dieses auf den ersten Blick so harmlos anmutenden Eilandes, die sein Unbehagen hervorrief. Zugleich spürte Kapitän Blossom aber auch, dass dies nicht der einzige Grund war.

Diese Insel war nicht normal. Schon die Tatsache, dass sie quasi vor den Toren Londons aus dem Meer aufgestiegen war, hätte zu einem weltweiten Aufruhr unter den Geologen und Meeresforschern geführt, hätte die englische Regierung nicht aus Gründen, die Blossom nicht verstand, beschlossen, ihre Existenz geheim zu halten.

Diese Insel barg ein Geheimnis: Die Fischer, die das Eiland vor wenigen Tagen entdeckt und als Erste betreten hatten, hatten von unterirdischen Schächten und Stollen erzählt, die erstaunlich weit in die Tiefe reichen sollten, und es war Blossoms Auftrag, zumindest einen Blick in dieses Stollensystem zu werfen, ehe sie ihren zweiten Befehl ausführten, das so jäh aufgetauchte Schifffahrtshindernis mittels einer halben Tonne Dynamit wieder vom Antlitz der Erde zu entfernen.

Ganz plötzlich hatte Kapitän Blossom einen höchst sonderbaren Gedanken, der so gar nicht zu ihm, wohl aber zu seiner momentanen Stimmung passte: Er fragte sich, ob diese Insel spürte, dass sie gekommen waren, um sie zu vernichten, und das Gefühl von Unbehagen und Furcht vielleicht tatsächlich so etwas wie eine Warnung war. Möglicherweise war jene erdachte Grenze in Wahrheit mehr als nur ein abstrakter Begriff, sondern etwas höchst Reales; die letzte Grenze, vor der sie noch Halt machen und umkehren konnten, wollten sie nicht Gefahr laufen, Mächte auf den Plan zu rufen, deren sie nicht mehr Herr wurden.

Es kostete ihn erstaunliche Mühe, den Gedanken abzuschütteln und wenigstens äußerlich wieder zu seiner gewohnten Ruhe und Selbstsicherheit zurückzufinden. Oder wenigstens äußerlich so zu tun.

Die Matrosen hatten ihre Arbeit beendet. Einer von ihnen blieb auf Blossoms Anweisung hin bei den Booten zurück, die anderen machten sich zusammen mit ihm an die Erforschung der Insel.

Blossom brauchte den Marinesoldaten nicht einmal zu befehlen, ihre Gewehre schussbereit zu halten. Sie taten das von selbst, und auch wenn sie viel zu gut gedrillt waren, um sich ihre Angst anmerken zu lassen, so wurde doch die nervöse Anspannung immer deutlicher, unter der sie standen – obwohl es nicht das geringste sichtbare Zeichen irgendeiner Gefahr gab. Aber es war wohl – zumindest im übertragenen Sinne – tatsächlich so: Sie *hatten* etwas wie eine Grenze überschritten, und das schwarze Vulkangestein unter ihren Stiefeln gehörte zu einem Teil der Welt, der sich ihren gewohnten Empfindungen und Maßstäben entzog. Auf dem sie nicht sein sollten.

Der Tunnel, von dem die Fischer gesprochen hatten, existierte tatsächlich. Sie brauchten nicht lange zu suchen, bis sie den Einstieg fanden: Präzise in der Mitte der kleinen Insel gähnte ein kreisrundes Loch im Boden. Nicht einmal die starken Strahlen der Karbidscheinwerfer, die Blossom hatte austeilen lassen, vermochten den Grund des Schachtes zu erreichen. Das Licht verlor sich irgendwo in nicht zu bestimmender Entfernung in einer diffusen Farbe, die eine Mischung aus grau und schwarz war und auf ihre Weise etwas ebenso Beunruhigendes hatte wie diese ganze Insel. Doch trotzdem offenbarte ihr Schein etwas, das Blossoms Besorgnis schlagartig neue Nahrung gab:

Eine Anzahl eiserner Trittstufen war in die Wand des Schachtes eingelassen. Blossom versuchte sie zu zählen, um auf diese Weise wenigstens abzuschätzen, wie weit der Lichtstrahl in die Tiefe reichte, aber seltsamerweise gelang es ihm nicht. Hätte ihm jemand erzählt, dass ihm solcherlei widerfahren sei, hätte er die Behauptung ins Reich der Fabeln und Legenden verwiesen, aber nun erlebte er es selbst: Es waren nur eine Hand voll Stufen, aber immer, wenn er bei der letzten angelangt war, hatte er vergessen, wie weit er schon gezählt hatte.

Einen Moment lang erwog er ernsthaft, Hasseltime zu fragen, ob es ihm vielleicht ebenso erging, entschied sich aber dann dagegen; nicht einmal so sehr, weil er Angst gehabt hätte, sich lächerlich zu machen. Er hatte viel mehr Angst, dass es Hasseltime ebenso erging wie ihm.

Kapitän Blossom war wirklich sehr beunruhigt. Zumindest in diesem Punkt hatte er die Schilderungen der Fischer bezweifelt oder wenigstens für übertrieben gehalten. Was sie als Trittstufen bezeichnet hatten, mochte nichts weiter als von der Hand der Natur geschaffene Risse und Unebenheiten im Gestein sein, die nur zufällig das

Aussehen einer Leiter hatten. Doch jetzt sah er, dass das nicht stimmte, und diese Entdeckung erschreckte ihn fast mehr als alles andere, was ihm im Zusammenhang mit dieser Insel bereits aufgefallen war. Ihre Bedeutung war so klar, wie sie nur sein konnte: Diese Insel war vielleicht durch eine Laune der Natur entstanden, dieser Schacht jedoch nicht. Hier waren vernunftbegabte Wesen am Werk gewesen.

Seltsam nur, dass er in diesem Zusammenhang nicht unbedingt an *Menschen* denken musste ...

»Das ... das ist verrückt«, murmelte Hasseltime neben ihm. Es war eine der ganz seltenen Gelegenheiten, an die sich Blossom erinnern konnte, bei der seine Stimme nicht ruhig und überlegen klang, sondern fast einen Unterton von Hysterie hatte. Und das war auch der Grund, aus dem Blossom den Blick von dem unheimlichen Schacht löste und seinen Ersten Offizier ansah. Hasseltimes Gesicht war unbewegt, aber das nervöse Flackern in seinen Augen verriet ihn.

»Das haben Menschen gemacht«, sagte Hasseltime. »Hier muss früher schon einmal jemand gewesen sein.«

Blossom nickte. Schon diese winzige Bewegung fiel ihm schwer. Wie gebannt starrte er wieder in den Schacht hinein. Hasseltime hatte Recht. Die eisernen Stufen waren zweifellos künstlich geschaffen und mit großer Kunstfertigkeit in das Gestein getrieben worden. Das aber wiederum bedeutete, dass diese Insel mehr war als eine Ansammlung von Felsbrocken, die durch ein Seebeben (das es überdies nachweislich nie gegeben hatte!) wahllos in die Höhe gepresst worden war. Mehr noch: Diese Insel konnte unmöglich ein Teil des Meeresbodens gewesen sein; sie musste früher schon einmal an der Oberfläche gelegen haben.

Hier waren Menschen gewesen. Und das musste lange zurückliegen; Jahrhunderte, wenn nicht sogar Jahrtausende, denn dieses Eiland war auf keiner bekannten Seekarte verzeichnet – und das, obwohl es genau vor der Themsemündung und somit auf einer der meistbefahrenen Schifffahrtsrouten der Welt lag. Das war verrückt. Verrückt und eigentlich unmöglich.

Blossoms mit Furcht gemischtes Unbehagen wich allmählich einer prickelnden Erregung. Möglicherweise harrten im Inneren dieser Insel große Funde ihrer Entdeckung – bedeutende archäologische oder auch materielle Schätze, auf jeden Fall aber ein uraltes Geheimnis.

Wie in fast jedem Seemann schlummerte auch in Blossom ein Entdecker. Auf dem Weg hierher hatte er insgeheim (wenn auch beinahe, ohne es sich selbst einzugestehen) darüber nachgedacht, wie er den ersten Teil seines Befehles ignorieren und diese Insel möglichst schnell sprengen konnte, ohne auch nur einen Fuß in diese ominösen Gänge zu setzen, von denen die Fischer erzählten. Aber nun war davon keine Rede mehr. Im Gegenteil: Mit einem Mal konnte er es kaum noch erwarten, das Geheimnis dieses Eilands zu ergründen. Schlagartig war jede Furcht vergessen, ebenso wie all die düsteren und absurden Gedanken, die ihn noch vor Augenblicken so gequält hatten. Ohne es selbst zu merken, hatte er eine zweite, unsichtbare Grenze überschritten. Nun war alle Furcht vergessen. Ebenso sehr, wie ihm die Insel gerade noch Angst gemacht hatte, schlug ihn ihr Geheimnis nun in ihren Bann.

Er deutete auf zwei der Soldaten. »Ihr beide geht als Erste!«, befahl er. »Gebt uns Bescheid, sobald ihr am Grund des Schachtes angekommen seid.« Er zögerte einen winzigen Moment, ehe er in möglichst beiläufigem Ton hinzufügte: »Und zählt die Stufen. Ich will wissen, wie tief dieser Schacht ist.«

Ohne Widerspruch oder auch nur ein Zögern – allerdings auch sichtlich nicht besonders glücklich über diesen Befehl – gehorchten die beiden Soldaten. Hintereinander kletterten sie in den Schacht hinab. Blossom fiel allerdings auch auf, dass sie beide einen winzigen Moment lang zögerten, ja, regelrecht zurückschraken, als ihre Hände das rostige Metall der Trittstufen berührten. Er maß dieser Beobachtung zwar keinerlei größere Bedeutung zu, merkte sie sich jedoch aufmerksam.

Schon nach kurzer Zeit war nur noch der immer kleiner werdende Lichtpunkt der Lampe zu erkennen, die sie mitgenommen hatten. Das Licht wurde nicht sichtbar kleiner, verlor jedoch sehr schnell an Leuchtkraft und begann zu verschwimmen, wie ein gefallener Stern, der in den Tiefen des Meeres versinkt. Gerade als Blossom schon fürchtete, auch ihn aus dem Auge zu verlieren, hörte er auf zusammenzuschrumpfen und wurde stattdessen von rechts nach links und wieder zurück geschwenkt.

»Wir sind unten!« Die Stimme des Soldaten klang dumpf, vielfach gebrochen und von den Wänden des Schachtes zu einem unheimlichen Echo verzerrt, und Blossom war, als wäre dies nicht alles, was er hörte. Vielmehr schien sich im Klang dieser harmlosen Worte noch etwas zu verbergen, etwas Düsteres und Böses, das im Schatten jener täuschend harmlosen Botschaft heranschlich.

Blossom wusste, was es war.

Die Furcht war wieder da. Sie war nie wirklich fort gewesen. Seine Neugier und der Entdeckerdrang hatten sie für einen kurzen Moment überlagert, sodass er sie nicht mehr spürte, aber sie war trotzdem die ganze Zeit über da gewesen. Blossom dachte diesen Gedanken ohne Erschrecken, aber mit dem furchtbaren Gefühl, dass es nun zu spät war, noch auf die Warnung zu hören, die ihm so überdeutlich zuteil geworden war. Es war zu spät. Sie hatten die Grenze überschritten – und es war eine Grenze, die sich nur in *eine* Richtung passieren ließ.

»Hier rührt sich nichts. Es gibt einen Stollen, der nach Norden führt.«

»Bleibt, wo ihr seid!«, rief Blossom in den Schacht hinab. »Wir kommen nach.« Er wandte sich an Hasseltime. »Ich gehe als Nächster. Sie übernehmen das Kommando über die Gruppe, bis alle unten sind. Sollte mir etwas zustoßen oder wir in einer Stunde nicht zurück sein, entscheiden Sie nach eigenem Ermessen.«

»Aye, aye, Sir«, erwiderte der Erste Offizier. Er salutierte, aber für Blossoms Geschmack etwas zu schnell und selbst für ihn etwas *zu* zackig. Blossoms Befehl gefiel ihm nicht, das sah man ihm deutlich an. Aber er war natürlich viel zu diszipliniert, um ihm zu widersprechen.

Vorsichtig ließ sich Blossom über die Kante des Schachtes gleiten, bis er mit den Füßen eine der eisernen Stufen erreichte, und begann mit dem Abstieg. Als seine Hand die erste Trittstufe berührte, zuckte er zurück, ebenso wie die beiden Soldaten zuvor, und nun wusste er auch, warum. Es war ein unheimliches, nicht in Worte zu fassendes Gefühl: Es war, als berühre er etwas Düsteres, Verbotenes, etwas, das ihm Geschichten aus uralten vergessenen Zeiten erzählte, Geschichten aus unaussprechlichen Zeiten und von unbeschreibbaren Dingen; schwarzen Scheußlichkeiten, die sich am Rande eines dunklen Ozeanes suhlten, während am Himmel über ihnen ein gestaltloses Chaos wimmelte. Der Eindruck war so heftig, dass er für einen winzigen Moment all diese Grauen erregenden Dinge tatsächlich zu *sehen* glaubte, obwohl ihm ihr Anblick, hätte er ihn tatsächlich erlebt, zweifellos auf der Stelle den Verstand geraubt, wenn ihn nicht gleich getötet hätte. Doch allein die bloße *Ahnung* dessen, was diese Bilder wirklich bedeuten konnten, war schon beinahe mehr, als Blossom verkraften konnte. Zitternd verhielt er mit der Hand auf der obersten Trittstufe, presste die Kiefer aufeinander und versuchte gleichzeitig ein Stöhnen zu unterdrücken und des Chaos Herr zu werden, das hinter seiner Stirn tobte. Keines von beidem gelang ihm wirklich.

Diesmal war es Hasseltime, der ihn rettete. Er beugte sich vor, sah mit gerunzelter Stirn auf Blossom herab und fragte: »Alles in Ordnung, Sir?«

Blossom nickte. Wenigstens versuchte er es, war aber nicht sicher, ob die Bewegung auch zu sehen war. Trotzdem war er fast sicher, dass Hasseltimes Stimme ihm in diesem Moment das Leben rettete, denn sie war ein Teil seiner Welt, etwas Vertrautes und Gewohntes, dessen Dasein die apokalyptischen Bilder zerbrach, die in seinem Kopf waren, und mit ihnen den schwarzen Strudel, in dem Blossoms Bewusstsein zu versinken gedroht hatte.

»Ja«, antwortete er gepresst. »Es ist . . . alles in Ordnung.«

Hasseltimes Gesichtsausdruck verriet überdeutlich, was er von dieser Antwort hielt. Aber er beherrschte sich auch jetzt meisterhaft. Mit einem nur angedeuteten Nicken trat er vom Rand des Schachtes zurück, und Blossom löste seine Hand von der eisernen Sprosse und setzte seinen Weg in die Tiefe fort.

Die Karbidlampe hatte er sich ebenso wie das Gewehr umgehängt, um die Hände frei zu haben. Während er kletterte, vermied er es fast krampfhaft, in die Tiefe zu blicken, obwohl unter ihm nichts weiter als Schwärze war. Die Sprossen hatten aufgehört, ihm düstere Geschichten aus gottlosen Zeiten zu erzählen, aber nun quälte ihn eine andere, fast ebenso schlimme Furcht – der Schacht musste gute hundertfünfzig, vielleicht sogar zweihundert oder mehr Fuß tief sein, und obwohl Blossom nicht an Höhenangst litt, machte ihn allein die Vorstellung des gähnenden Abgrundes, der unter ihm klaffte, nervös.

Und als sei dies allein nicht genug, begann ihm seine Fantasie einen weiteren bösen Streich zu spielen – er war plötzlich fest davon überzeugt, dass die Jahrhunderte, die diese Insel unter Wasser gelegen haben musste, ausgereicht hatten, um die eisernen Trittstufen zu zermürben. Zweifellos würde schon die nächste unter seinem Gewicht zerbrechen, sodass sein Abenteuer mit einem Sturz auf den tödlichen Lavaboden tief unter ihm enden würde. Falls dieser Schacht überhaupt einen Grund besaß und nicht endlos weiter und weiter in die Tiefe führte, hinab bis ins Herz der Erde und noch tiefer.

Das genaue Gegenteil war der Fall. Die eisernen Krampen waren sogar erstaunlich gut erhalten. Obwohl sie älter sein mussten als seine gesamte Mannschaft zusammengerechnet, zeigten sie nicht die winzigsten Abnutzungserscheinungen. Das Metall war ebenso schwarz wie das Gestein, und es glänzte wie am ersten Tag. Nicht der leiseste Hauch von Rost hatte sich darauf festgesetzt, und auch im Inneren der Insel hatten weder Algen noch Muscheln oder irgendwelches andere Leben Einzug gehalten. Die Luft roch muffig, aber in keiner Weise feucht. Nichts von alledem war irgendwie logisch oder auch nur *möglich*, aber Blossom war mittlerweile ohnehin davon überzeugt, dass sie die wirkliche Welt längst verlassen und einen Bereich des Universums betreten hatten, in dem menschliche Begriffe ebenso wenig galten wie ein menschliches Leben. Mehr noch: in dem es nicht nur vollkommen bedeutungslos, sondern *falsch* war. Sie *sollten* nicht nur nicht hier sein, sie *durften* es nicht.

Um seiner steigenden Nervosität Herr zu werden, konzentrierte sich Blossom ganz auf dieses eine, neuerliche Rätsel, während er Hand über Hand in die Tiefe stieg. Es gab nur eine einzige logische Erklärung: Hier drinnen war kein Wasser gewesen. Der Schacht musste verschlossen gewesen sein, möglicherweise durch eine Felsplatte oder einen großen Stein über seinem Eingang, der erst nach dem Auftauchen der Insel seinen Halt verloren hatte. Das würde auch erklären, warum dieser Schacht samt des sich daran anschließenden Stollensystems nicht voll Wasser gelaufen war, obwohl sich beides tief unter dem Meeresspiegel befunden hatte. Obwohl Blossom tief in sich wusste, dass diese Erklärung falsch war, klammerte er sich mit all seiner Kraft daran. Es musste so gewesen sein: Vermutlich gab es nur diesen einen Einstieg, der irgendwann einmal, als dieser Felsen vielleicht Teil einer größeren Insel gewesen war, den höchsten Punkt dargestellt hatte, den Gipfel eines Berges, der zu dieser Insel geworden war, als er im Meer versank. Die Erklärung klang logisch. Sie hätte Blossom beruhigen müssen, aber sie tat es nicht. Irgendetwas sagte ihm, dass die Lösung dieses Rätsels ganz und gar nicht so einfach war. Hand über Hand kletterte er weiter, der Tiefe und der Dunkelheit entgegen, und dem, was darin verborgen auf ihn wartete.

Also war ich endlich zurück. Zurück von den Toten, zurück aus der Zeit jenseits der Unendlichkeit und zurück aus meiner ganz privaten kleinen Hölle, in der mich ein Vorgeschmack dessen erwartet hatte, was die Theologen unter dem Begriff *ewige Verdammnis* verstehen mochten. Die Psychologen hatten vermutlich ein anderes Wort dafür und die Philosophen wieder ein anderes, das zweifellos noch freundlicher klang.

Ich hatte zu keiner der drei Fraktionen ein besonders inniges Verhältnis, und trotzdem hatte ich mich in den vergangenen Tagen mehr als einmal mit dem Gedanken getragen, den Vertreter einer dieser Zünfte aufzusuchen; je nach Stimmung und momentanem Befinden mal den einen, mal den anderen.

Vielleicht, weil ich ihnen allen etwas voraushatte: Ich war dort gewesen, an jenem Ort, von dem die Priester behaupteten, er wäre die Strafe für ein sündiges Leben, die Gehirnklempner glaubten, er wäre nichts als ein Teil von uns, die Gerümpelkammer des Ich sozusagen, in der alle unguten Erinnerungen, alle Schrecken und Ängste in einem wirren Haufen übereinandergeworfen dalagen und darauf warteten, in einem unbedachten Moment die Tür zu sprengen und über das Hier und Jetzt herzufallen, und die Philosophen, dass es sich nur um einen abstrakten Begriff handelte. Ein Symbol in einer Welt von Symbolen, die immer genau das bedeuteten, was man in ihnen sehen wollte, und letztendlich also keine Gefahr darstellte, man also auch jenen imaginären Ort namens Hölle auch nicht zu fürchten brauchte.

Wie gesagt, vom Standpunkt der Philosophen aus, die von all diesen drei zuvor bezeichneten Berufsgruppen vielleicht die Schlimmsten waren – obwohl sie zweifellos die waren, die aus den uneigennützigsten Motiven heraus handelten, waren sie doch weder hinter unserer Seele noch hinter unserem Geld her, sondern glaubten den Unsinn tatsächlich, den sie ihren Zuhörern auftischten; übrigens zumeist unter vollkommener Missachtung des Umstandes, ob sie es nun hören wollten oder nicht.

Ich jedoch war dort gewesen, an jenem schlimmsten aller Orte, und obwohl ich ihn durch eine Verkettung schier unglaublicher Umstände, Zufälle und schierer Wunder lebend und sogar bei halbwegs klarem Verstand wieder verlassen hatte, spürte ich nichts von der Erleichterung, die sich bei diesem Gedanken eigentlich einstellen sollte.

Im Gegenteil. Wenn die seelischen Wunden, die ich davongetragen hatte, überhaupt jemals verheilen würden, dann würde es Zeit brauchen, viel Zeit. Mehr Zeit jedenfalls als die nur knapp vier Tage, in denen ich erst wieder versuchte, mir erneut so etwas wie ein *geordnetes Leben* aufzubauen.

Die Stimme des Kutschers riss mich aus meinen Gedanken. Ich schrak hoch und blickte ihn verwirrt an. »Wie bitte?«

»Da wären wir ... Sir«, wiederholte der Fahrer der Mietdroschke und warf mir einen schrägen Blick zu, an dem auch das fulminante Trinkgeld nichts änderte, das ich ihm zusätzlich zu dem vereinbarten Fahrpreis ausgehändigt hatte; in weiser Voraussicht und eingedenk meiner Kenntnis der Psyche von Mietdroschkenfahrern – die übrigens zu allen Zeiten und an allen Punkten der Welt gleich ist – im Voraus.

»Und Sie sind sicher, dass es sich wirklich um die richtige Adresse handelt?«

»Vollkommen«, versicherte ich ihm, während ich aus dem Wagen stieg und mich suchend in beiden Richtungen des Trottoirs umsah. Ich spürte die bohrenden Blicke des Fahrers mit fast körperlicher Intensität, bemühte mich aber nach Kräften, sie zu ignorieren. H. P. war noch nicht da und das war einigermaßen seltsam. Neben einigen anderen hervorstechenden Eigenschaften war mein Freund und Mentor Howard Phillips Lovecraft nämlich einer der pünktlichsten Menschen, denen ich jemals begegnet war. Seine fast manische Besessenheit, immer und überall und unter allen nur vorstellbaren Umständen pünktlich zu sein, hatte in der Vergangenheit oft Anlass zu gutmütigen Frotzeleien gegeben. Nun war er nicht da. Und das war wirklich *sehr* ungewöhnlich.

»Soll ich auf Sie warten, Sir?«, erkundigte sich der Kutscher, mit einer Stimme, die lautlos, aber auch unüberhörbar hinzufügte: *Wenn du noch ein kräftiges Trinkgeld drauflegst, du eitler Geck.*

»Danke, nicht nötig.« Ich wartete ab, bis der Mann die Peitsche knallen ließ und die Kutsche anruckte, dann wandte ich mich endgültig dem Haus zu.

Genauer gesagt dem, was einmal ein Haus gewesen war.

Seit Andara-House in einer Februarnacht des Jahres achtzehnhundertsiebenundachtzig bis auf die Grundmauern niedergebrannt war,

war Ashton Place Nummer 9 nicht viel mehr als ein gewaltiger, von einem Zaun umgebener Schutthaufen gewesen; nach einhelliger Meinung der Nachbarn überdies ein Schandfleck in dieser Wohngegend, die immerhin zu den vornehmsten und teuersten Londons zählte. So war es kein Wunder, dass man dem Beginn der Aufräum- und Bauarbeiten mit allgemeiner Erleichterung und Freude entgegensah, aber auch einer gehörigen Portion Misstrauen gegen den vermeintlich neuen Besitzer, die zugegebenermaßen aus schlechter Erfahrung geboren war. Schlechter Erfahrung mit dem Vorbesitzer des Anwesens.

Nun, dieser neue Besitzer war ich, und ich hatte mir fest vorgenommen, meine neuen (und übrigens auch alten, aber davon würden sie ganz bestimmt nichts erfahren) Nachbarn zumindest in ihrem Misstrauen allem gegenüber, was den Namen Craven trug, gründlich zu enttäuschen.

Schon um mich von meinen Grübeleien abzulenken, hatte ich in den vergangenen Tagen mit einer Goodwill-Tour rings um den Ashton Place begonnen und war bei jeder einzelnen Familie vorstellig geworden, um mich sozusagen prophylaktisch für die Aufregungen und den unvermeidlichen Lärm zu entschuldigen, die beim Wiederaufbau von Andara-House entstehen mussten, und natürlich waren alle viel zu höflich gewesen, ihre Bedenken laut auszusprechen; immerhin waren wir nicht nur in England, sondern noch dazu in London, der Stadt, in der die feine englische Art erfunden worden war und in der selbst die Verbrecher Gentlemen waren. Wenigstens einige.

Trotzdem hatte ich natürlich gespürt, was man tatsächlich von meinen Versprechungen hielt. Ich konnte es den guten Leuten nicht einmal wirklich verübeln. Sie hatten zu viele schlechte Erfahrungen mit dem Mann gemacht, als dessen verschollen geglaubter Zwillingsbruder gleichen Namens ich mich ausgab. Meine ursprüngliche Idee, mich nach meinem Vater Roderick zu nennen, hatte ich wieder verworfen. Der Name Robert war mir einfach zu vertraut; wahrscheinlich würde ich noch über Jahre hinweg unbewusst reagieren, wenn mich jemand so rief, und meine Tarnung damit riskieren.

Ich erinnerte mich gut der diversen Gespräche, die ich mit den guten Leuten geführt hatte. Natürlich waren sie viel zu höflich und viel zu reserviert gewesen, um mir ins Gesicht zu sagen, welche Gefühle allein der Klang des Namens *Craven* bei ihnen hervorrief, aber ich hätte schon blind und taub sein müssen, um ihre Reaktion nicht zu bemerken: den hörbar kühler werdenden Ton, das Hochziehen der Augenbraue, die plötzlich etwas *zu* reservierte Höflichkeit, die verstohlenen Blicke, mit denen man mich musterte und in denen man ganz deutlich die Besorgnis las, ob meine unübersehbare Ähnlichkeit mit meinem verstorbenen Zwillingsbruder sich vielleicht nicht nur auf Äußerlichkeiten beschränkte.

Natürlich will ich keinem der guten Leute unterstellen, dass sie tatsächlich *froh* über meinen Tod gewesen waren. Aber ich hatte doch in all diesen Gesprächen eine gewisse Erleichterung nicht überhören können, die der bloßen Tatsache galt, dass Robert Craven, der Hexer, nicht mehr da war. Und die bange Sorge, ob mit seinem Zwillingsbruder vielleicht noch mehr an den Ashton Place zurückkehren mochte als nur der *Name* Craven.

Während ich langsam die Treppe zu der aus den Angeln gerissenen Tür von Andara-House hinaufging, fragte ich mich, wie viele Anwohner des Ashton Place mir die Geschichte des angeblichen Zwillingsbruders Robert Craven II. aus Amerika wohl geglaubt hatten. Wahrscheinlich nicht alle. Vielleicht nicht einmal besonders viele, und möglicherweise gar keiner. Sicher, mein Gesicht hatte sich ein wenig verändert in den Jahren, in denen ich in jenem zeitlosen Land zwischen der Welt der Toten und der der Lebenden geweilt hatte, und auch die zahlreichen Operationen, die Viktor Frankenstein hatte vornehmen müssen, um die Wunden zu heilen, die das Feuer meinem Körper zugefügt hatte, hatten ihre Spuren darin hinterlassen. Aber ich hatte immerhin jahrelang in der unmittelbaren Nachbarschaft dieser Menschen gelebt. Zumindest würde der eine oder andere seine Zweifel haben, ob ich tatsächlich der war, für den ich mich ausgab, und nicht doch der, der ich war ...

Ehe ich meine Gehirnwindungen vollends verknotete, schob ich den Gedanken von mir und konzentrierte mich lieber darauf, mir meine Umgebung genauer anzusehen.

Fast bedauerte ich, es getan zu haben.

Es war nicht das erste Mal in den letzten Tagen, dass ich die Ruine von Andara-House betrat, aber der Anblick erfüllte mich jedes Mal mit der gleichen Mischung aus Trauer, Schrecken und einer schwelenden Wut.

Trauer beim Anblick der Zerstörung, denn das, was hier in Trümmern lag, war weit mehr als ein Haus. Es war mein *Heim* gewesen, über viele Jahre hinweg, der sichere Hafen, in den ich nach allen Abenteuern und Fährnissen immer wieder zurückkehren und neue Kräfte schöpfen konnte. Es war beinahe so etwas wie ein Freund geworden; viel mehr als eine bloße Anhäufung von Steinen, Holz und anderen Baumaterialien; und wenn ich es jetzt betrachtete, hatte ich eher das Gefühl, den Leichnam eines lieben alten Freundes zu sehen, als die Ruine eines ausgebrannten Hauses.

Aber das Bild beinhaltete auch Schrecken, denn dies war der Ort, an dem ich gestorben war. Nicht nur beinahe. Nicht nur – wie schon so oft – in eine lebensgefährliche Situation geraten, sondern ganz konkret und real *gestorben*, und wie hätte ich dieses fürchterliche Erlebnis jemals vergessen können?

Und schließlich Wut, einen unstillbaren, tief in meine Seele hineingebrannten Zorn, den ich niemals ganz würde vergessen können.

Zorn auf die Wesen, die mir all dies angetan hatten, die mein Leben zerstört hatten, das meiner Freunde, die die getötet hatten, die ich auf der ganzen Welt am meisten liebte, und die mich letzten Endes dazu gezwungen hatten, meinen eigenen Sohn zu töten.

Aber all das war Vergangenheit. Die GROSSEN ALTEN waren besiegt. Vielleicht nicht für immer geschlagen, denn ich bezweifelte, dass Wesen von solch unvorstellbarer Macht überhaupt vollkommen zerstört werden konnten, aber sie hatten doch eine empfindliche Niederlage erlitten, und selbst ein Koloss wie Cthulhu würde eine Weile brauchen, um seine Wunden zu lecken. Irgendwann, dessen war ich mir schmerzlich bewusst, würde er wieder auferstehen und der Schrecken, den er und all die anderen namenlosen Scheußlichkeiten in seinem Gefolge verbreiteten, vielleicht von neuem beginnen. Die Gefahr war gebannt, aber keineswegs besiegt.

Doch bis dahin würde Zeit vergehen, vielleicht Jahrtausende, möglicherweise noch viel, viel mehr. Das letzte Mal, dass die finsteren Gottheiten von den Sternen in den Abgrund des Vergessens hinabgestoßen worden waren, vergingen zweihundert Millionen Jahre, ehe es ihnen gelang, ihre hässlichen Häupter wieder über seinen Rand zu erheben. Natürlich maßte ich mir nicht an, die GROSSEN ALTEN mit der gleichen Macht getroffen zu haben, wie es damals die ÄLTEREN GÖTTER getan hatten, in einer Zeit, lange bevor es Menschen auf der Erde gab. Doch auch die Hiebe, die wir den GROSSEN ALTEN versetzt hatten, waren sehr schmerzhaft gewesen; sie würden Zeit brauchen, um sich davon zu erholen, und sie waren Geschöpfe, die in anderen Dimensionen dachten als wir. Möglicherweise waren die Spuren der menschlichen Rasse längst im Sand der Zeit verweht, wenn dieser Moment gekommen war, möglicherweise, mit nur einem ganz kleinen bisschen Glück, war die Menschheit aber das nächste Mal auch einfach nur besser auf ihr Kommen vorbereitet; ja, vielleicht sogar in der Lage, der Bedrohung Herr zu werden.

Für mich jedenfalls spielte nichts von alledem mehr eine Rolle. Meine Lebenszeit war begrenzt, wie die aller Menschen, und auch wenn ich gerade ein zweites Leben geschenkt bekommen hatte, so würde es doch irgendwann auf natürliche Weise enden, nach einer Spanne, die für die schlafenden Dämonen in ihren Kerkern wenig mehr als ein Atemzug war. Das Thema GROSSE ALTE war für mich erledigt, so oder so. Viktor Frankenstein hatte mich von den Toten zurückgeholt und mir nicht nur ein neues Gesicht, sondern ein neues Leben und damit auch eine zweite Chance geschenkt. Und was Andara-House anging: Ich würde es wieder aufbauen; größer, schöner und prachtvoller, als es jemals gewesen war.

Jedenfalls war es das, was ich damals dachte. Aber da kannte ich Storm noch nicht …

»Robert!«

Der Klang einer wohl bekannten Stimme riss mich aus meinen Grübeleien. Ich sah hoch und erblickte Howard, der mit ausgebreiteten Armen und einem strahlenden Lächeln im Gesicht auf mich zugeeilt kam, als hätten wir uns seit Jahren nicht mehr gesehen, statt gerade einmal vierundzwanzig Stunden. In seiner Begleitung befanden sich drei höchst sonderbar anmutende Gestalten: Die erste war klein, untersetzt, ohne dabei dick oder gar fett zu wirken, und hätte in ihrem maßgeschneiderten Anzug, dem grauen Haar und mit den perfekt manikürten Fingernägeln durchaus wie ein Bankier oder ein Vertrauen einflößender Kaufmann gewirkt, wären nicht der verschlagene Gesichtsausdruck und der Blick kleiner gieriger Augen gewesen, die in ununterbrochener Bewegung zu sein schienen und jede Kleinigkeit begutachteten, abschätzten, taxierten und in Gedanken mit einem Preisschild versahen.

Der zweite Mann war größer, um etliche Jahre jünger, hätte aber ansonsten eine – wenn auch billigere – Kopie des Älteren sein können. Der Dritte im Bunde schließlich war ein dunkelhaariger Mann Anfang der vierzig, der zwar ebenso elegant gekleidet war wie seine beiden Begleiter, trotzdem aber irgendwie nicht zu ihnen passen wollte.

Howard begrüßte mich stürmisch, und obwohl ich die übertriebene Zurschaustellung von Gefühlen in aller Öffentlichkeit normalerweise verabscheue, ließ ich es klaglos über mich ergehen, wenngleich ich mir insgeheim vornahm, bei passender Gelegenheit mit ihm darüber zu reden. Ich hätte ja durchaus Verständnis dafür gehabt, dass er mich wie einen totgeglaubten lieben Verwandten begrüßte – aber musste er es denn jedes Mal tun, wenn wir uns begegneten?

»Robert!«, sagte er erneut, nachdem er endlich aufgehört hatte, mich abwechselnd an sich zu pressen und mir auf Schultern und Rücken zu schlagen, dass ich glaubte, meine Rippen knacken zu hören. Zu allem Überfluss schwelte in seinem Mundwinkel natürlich die unvermeidliche Zigarre, deren Qualm mir die Tränen in die Augen trieb. Ich hoffte nur, Howard hielt dies nicht für ein Zeichen meiner Rührung, was ihn zweifellos zu einer Fortsetzung seiner stürmischen Zuneigungsbekundungen veranlasst hätte.

Gottlob tat er das nicht, sondern trat im Gegenteil einen Schritt zurück und deutete auf seine drei Begleiter. »Ich hoffe, es macht dir nichts aus, dass wir schon einmal mit der ... äh ... Besichtigung angefangen haben. Das sind die Herren Storm, Lickus und –« Er zögerte einen Moment und sah den Dritten im Bunde an. »- wie war noch gleich ...?«

»William«, antwortete der Mann. »Aber Will reicht. Jeder nennt mich Will.«

»Will, okay.« Es war Howard sichtlich peinlich, den Namen seines Gesprächspartners vergessen zu haben. Er versuchte die Situation zu retten, indem er einen gewaltigen Zug aus seiner Zigarre nahm und mit beiden Händen hektisch in der Luft herumzufuchteln begann, um die Qualmwolke auseinanderzutreiben, die ihm aus Nase, Mund und Ohren zugleich zu quellen schienen. Sein Anblick erinnerte mich an einen gutmütigen alten Drachen, der im Laufe der Jahrhunderte vergessen hatte, wie er mit seinem eigenen Feuer umgehen musste. Einen überdies ziemlich *nervösen* alten Drachen. Ich trat instinktiv einen Schritt zur Seite, um nicht versengt zu werden, sollte er versehentlich eine Stichflamme ausspucken.

»Die Herren haben sich bereits einen ersten Überblick verschafft, und ich denke, was sie dir zu sagen haben, wird dich ein wenig aufheitern«, erklärte er fröhlich. »Es gibt gute Neuigkeiten.«

Das Trio Infernal nickte wie ein Mann. »Das kriegen wir schon hin«, sagte Storm und rieb sich die Hände. Daumen und Zeigefinger beider Hände bewegten sich dabei, als zähle er Geld.

»Zu einem Preis, bei dem Sie Augen machen werden«, fügte Lickus grinsend hinzu, und Will schloss: »Das geht ganz schnell. Und macht kaum Dreck.«

Eine dieser drei Aussagen kam mir nicht sehr überzeugend vor, aber ich kam nicht dazu, darüber nachzudenken, welche, denn nunmehr ergriff Storm wieder das Wort.

»Ich kann Sie nur dazu beglückwünschen, sich für die Firma STORM DEVASTATIONS entschieden zu haben, Mister Craven. Ich versichere Ihnen, dass Sie nicht enttäuscht sein werden. Wir werden Ihr Heim binnen kurzem in einen Zustand versetzen, in dem Sie es selbst kaum wiedererkennen werden.«

»Zu einem Preis, bei dem Sie Augen machen werden«, versprach Lickus erneut, und Will fügte hinzu: »Und es geht ganz schnell. Und macht kaum Dreck.«

»Einen Moment«, wandte ich ein. »Ich habe mich ja noch gar nicht –«

»Aber die Details können wir doch später noch besprechen«, unterbrach mich Storm. Er kam näher, ergriff mich beim Arm und senkte die Stimme zu einem jovialen Flüstern. »Lassen Sie uns nur machen, mein Junge. Sie sind bei uns in den besten Händen. Glauben Sie mir, wir wollen nur Ihr Bestes.«

»Mein Geld?«, fragte ich.

Storm starrte mich eine Sekunde mit einem Blick an, als hätte ich ihn auf frischer Tat mit der Hand in der Portokasse erwischt, dann rang er sich zu einem – allerdings reichlich verkrampften – Lächeln durch. »Sicher, auch das«, sagte er.

»Sie werden Augen machen«, fügte Lickus hinzu, und Will beeilte sich zu versichern: »Das geht ganz schnell. Und macht kaum Dreck.«

Ich verdrehte – zumindest innerlich – die Augen und sah mich Beistand heischend nach Howard um, konnte aber außer einer gewaltigen Qualmwolke, die sich allmählich über das gesamte Gelände zu verteilen begann, keine Spur mehr von ihm entdecken. Offensichtlich war er schlauer als ich gewesen und hatte sich aus dem Staub gemacht, ehe das Trio Infernal zur Höchstleistung auflaufen konnte. Allmählich begann sich in mir das ungute Gefühl breitzumachen, dass Howard mir vielleicht das eine oder andere über die drei verschwiegen hatte.

»Was die Einzelheiten angeht, meine Herren –«, begann ich, wurde aber sofort von Storm unterbrochen:

»Machen Sie sich da mal keine Sorgen, Mister Craven. Wir werden alles in Ruhe durchrechnen und Ihnen ein Angebot machen, dem Sie nicht widerstehen können.«

»Sie werden Augen machen«, fügte Lickus hinzu.

Ich wartete eine Sekunde vergebens, dann drehte ich mich zu Will herum und sah ihn an. Er fuhr sichtbar zusammen und beeilte sich hinzuzufügen: »Das geht ganz schnell. Und macht kaum Dreck.«

»Sie werden diese Ruine nicht wiedererkennen, Mister Craven«, versicherte Storm.

»Aber ich *will sie* wiedererkennen«, belehrte ich ihn. »Sehen Sie, Mister Storm, bis auf ein paar gezielte Änderungen geht es mir ja gerade darum, das Haus möglichst in seinem Urzustand wiederherzustellen.«

»Ja, wissen Sie denn überhaupt, wie es ausgesehen hat?«, erkundigte sich Lickus. Er klang ein bisschen alarmiert.

Und ob ich das wusste. Immerhin hatte ich jahrelang in diesem Haus gelebt. Leider konnte ich das nicht laut sagen, und so suchte ich Zuflucht in einer Notlüge. »Mein Bruder hat regelrecht von diesem Haus geschwärmt«, antwortete ich. »Ich kenne es aus seinen Briefen. Fast so gut, als wäre es mein Haus gewesen.«

»Gibt es irgendwelche ... äh ... Bilder?«, erkundigte sich Lickus. »Zeichnungen oder gar Blaupausen?« Das letzte Wort sprach er aus, als wäre es etwas Obszönes.

»Ich fürchte nein«, antwortete ich. »Das ist wohl alles dem Brand zum Opfer gefallen.«

Lickus atmete sichtbar auf, und Storm erklärte mit einem fettigen Grinsen: »In diesem Fall erweist es sich ja als doppelt glücklicher Umstand, dass Sie sich an die Firma STORM DEVASTATIONS gewandt haben, Mister Craven.«

»So?«, fragte ich. Irgendwo hinter Storm und den beiden anderen bewegte sich etwas. Nicht zwischen den Trümmern. Zwischen den Schatten.

»Wie es der Zufall will«, erklärte Storm und begann so heftig zu nicken, dass ich es fast mit der Angst zu tun bekam, sein Kopf könnte abbrechen, »war ich mit Ihrem verblichenen Herrn Bruder gut bekannt.«

»So?«, fragte ich noch einmal. »Das ist seltsam. Er hat Sie in seinen Briefen nie erwähnt.« Es fiel mir schwer, mich auf Storm zu konzentrieren. Das Wogen und Beben hinter ihm wurde deutlicher. Ich konnte nicht wirklich Einzelheiten erkennen, aber da war etwas. Oder nein, das stimmte nicht … irgendetwas *wollte werden.*

»Nun, wir waren nicht eng befreundet, wenn Sie das meinen«, sagte Storm, hastig und mit einem leisen, nervösen Lachen. »Aber ich kann doch behaupten, dass ich oft genug in diesem prachtvollen Haus zu Gast war, um es zu kennen.«

Ich fragte mich, welches Gesicht der Bursche wohl gemacht hätte, hätte ich ihm gesagt, dass mein »verstorbener Herr Bruder« niemand anderer als ich selbst war und dass ich ihn vor dem heutigen Tage noch nie gesehen hatte. Leider konnte ich das nicht. Und ich war auch nicht in der Stimmung dazu. Diese unheimliche Nicht-Bewegung hinter Storm und den beiden anderen wurde immer deutlicher. Ich war jetzt vollkommen sicher, dass dort irgendetwas war.

»Ich will nicht behaupten, das Haus in allen Einzelheiten zu kennen«, fuhr Storm fort und begann anzüglich zu kichern. »Es gibt immer den einen oder anderen verschwiegenen Ort, den man selbst guten Freunden nicht so ohne weiteres zeigt, Sie verstehen?«

»Sicher«, murmelte ich und starrte die Schatten an. Ich spürte selbst, wie mir der Schweiß ausbrach. Es war vorbei. Die GROSSEN ALTEN und ihre diversen Apologeten waren besiegt, vielleicht nicht für alle, aber doch für sehr, sehr lange Zeit. Ich hatte meinen eigenen Sohn geopfert, um Cthulhu und die anderen schwarzen Götter daran zu hindern, die Erde zu übernehmen und ihre Bewohner zu versklaven! Was ich sah, konnte einfach nicht sein! Es *durfte* einfach nicht sein!

»Jedenfalls versichere ich Ihnen, dass wir Ihren Wünschen nach einer möglichst originalgetreuen Restauration nachkommen können«, fuhr Storm fort. »Technische Änderungen natürlich vorbehalten.«

Die Schatten verdichteten sich, bekamen Substanz und Materie, und plötzlich starrten mich schmale geschlitzte Augen an. Nadelspitze Fänge blitzten, und ich hörte ein tiefes, drohendes Knurren. Ich spürte selbst, wie alle Farbe aus meinem Gesicht wich.

»Selbstverständlich nur, wenn es sich als unumgänglich erweisen sollte«, sagte Storm hastig. Daumen und Zeigefinger der rechten Hand hörten auf, imaginäres Geld zu zählen.

Das Knurren wurde lauter, und dann schoss eine beigebraune, langhaarige Katze zwischen Storm und Lickus hindurch und verschwand auf der anderen Seite des Platzes. Eine Katze. Nichts als eine ganz normale Katze. Ich atmete hörbar erleichtert auf. Vielleicht wurde es wirklich Zeit, dass ich ein wenig zur Ruhe kam. Und vor allem auf andere Gedanken.

»Sehen Sie, Mister Craven, ich wusste doch, dass wir uns einig werden«, sagte Storm. »Ich sehe schon, dies wird der Beginn einer langen, intensiven Geschäftsfreundschaft.«

Gottlob kam in diesem Moment Howard zurück.

Ich eilte ihm mit weit ausgreifenden Schritten entgegen und unterbrach Storms Redefluss, ohne mich auch nur zu ihm herumzudrehen: »Ich erwarte dann Ihr schriftliches Angebot, meine Herren. Meine momentane Adresse ist Ihnen ja bekannt.«

»Schriftlich?«, murmelte Lickus. Er klang ein bisschen erschrocken.

»Etwa auch ... verbindlich?«, fügte Will hinzu. *Er* hörte sich an, als stünde er am Rande der Panik.

»Schriftlich und verbindlich«, bestätigte ich, noch immer, ohne mich zu den dreien herumzudrehen. Und weil es mir gerade passend erschien, fügte ich noch hinzu: »Das geht doch bestimmt ganz schnell, oder? Und macht überhaupt keinen Dreck.«

»Ihr Vertrauen wird nicht enttäuscht werden, Mister Craven«, versicherte mir Storm. Sogar seine Stimme klang ölig. »Das Angebot geht noch heute raus.«

»Sie werden Augen machen«, fügte Lickus hinzu.

Howard blickte zuerst die drei Berufschaoten und dann mich verstört an, aber er war diplomatisch genug, wenigstens zu warten, bis sie gegangen waren, ehe er fragte: »Was hast du denn mit denen gemacht?« Bei jeder einzelnen Silbe blies er mir eine übel riechende Qualmwolke ins Gesicht.

Ich hustete demonstrativ, ehe ich antwortete: »Erzähl mir lieber, wo du diese Gestalten aufgetrieben hast«, seufzte ich. »Nebenbei – hast du hier irgendwo eine Katze gesehen?«

»Sie wurden mir empfohlen«, antwortete Howard.

»So? Von wem? Nero?«

Howard verzog die Lippen zu einem flüchtigen Lächeln und zündete sich eine neue Zigarre an, obwohl er die alte noch gar nicht ganz aufgeraucht hatte. »Meine Zeit ist leider ein wenig knapp bemessen«, sagte er paffend. »Wenn du willst, nehme ich dich mit zurück ins Hotel.« Meine eigentliche Frage überging er diskret.

Ich nahm das Angebot dankend an. In einer Gegend wie dieser eine Mietdroschke zu bekommen war gar nicht so einfach – wer hier lebte, verfügte in der Regel über ein eigenes Fuhrwerk samt Kutscher. Und mir stand der Sinn im Augenblick nicht nach einem längeren Fußmarsch.

»Da ist sie«, sagte Howard, als wir das Haus verließen.

Ich sah ihn verwirrt an.

»Du hast mich gerade gefragt, ob ich irgendwo eine Katze gesehen habe«, erklärte Howard. »Da ist sie.«

Tatsächlich saß auf der untersten Stufe eine Katze. Es war zweifellos die gleiche, die zuvor schon an mir vorbeigeschossen war, doch jetzt fand ich zum ersten Mal Gelegenheit, sie genauer zu betrachten. Ich habe Katzen immer gemocht, zu meinem großen Bedauern jedoch niemals ein Leben geführt, das es mir ermöglicht hätte, ein solches Tier zu halten, denn auch eine Katze mit ihrem sprichwörtlichen Sinn für Selbstständigkeit reklamiert doch ein Mindestmaß an Zuwendung und Zeit, die jemand, der ein so unstetes Leben wie ich führt, einfach nicht aufbringen kann, sodass mir allein mein Verantwortungsgefühl stets verbot, einen solchen vierbeinigen Hausgenossen aufzunehmen.

Bei diesem Tier hätte ich schwach werden können. Es war ein wahres Prachtstück, groß, mit langem, beinahe goldfarbenem Fell und riesigen, klugen Augen, die Howard und mich abwechselnd und sehr aufmerksam musterten. Kein Streuner, dazu war das Tier viel zu gepflegt. Vermutlich gehörte sie in irgendeines der benachbarten Häuser. Mit Sicherheit sogar; wenn ich jemals eine Katze gesehen hatte, auf die Attribute wie *edel* und *unnahbar* zutrafen, dann diese.

»Du solltest dir auch eine Katze anschaffen«, sagte Howard. »Es wimmelt hier von Ratten.«

Ich antwortete mit einem Nicken, ohne die Worte indes wirklich verstanden zu haben. Irgendetwas an dieser Katze irritierte mich. Der Blick ihrer Augen war eindeutig zu klug für den eines bloßen Tieres. Sie musterten mich ebenso aufmerksam und – dessen war ich mir plötzlich sicher – nachdenklich, wie umgekehrt ich sie.

Ich machte einen Schritt auf sie zu. Die Katze blickte mir aufmerksam entgegen und straffte ihre Gestalt. Als ich einen weiteren Schritt in ihre Richtung machte, sprang sie mit weiten Sprüngen davon und war im nächsten Moment hinter einem der Schuttberge verschwunden.

Ich zuckte mit den Achseln und wandte mich nach einem letzten langen Blick auf das, was einmal Andara-House gewesen war und es bald wieder sein würde, wieder der Kutsche zu.

17. Februar 1893

Es war noch nicht vorbei.

Ich hatte gehofft, meine schlechten Stimmungen, die ständig kommenden und gehenden Anwandlungen von Depressionen, Melancholie oder auch grundloser Besorgnis, die mich quälten, würden sich legen, wenn erst einmal genug Zeit verstrichen wäre, aber dem war auch rund fünf Monate nach meiner Rückkehr von den Toten noch nicht so. Ganz im Gegenteil hatte ich manchmal das Gefühl, dass es eher schlimmer wurde. Vielleicht war es wirklich so, dass die seelischen Wunden, die ich damals davongetragen hatte, niemals richtig verheilen würden.

Ein Psychologe hätte den Zustand, in dem ich mich seit fast einem halben Jahr befand, vermutlich als anhaltende Depression bezeichnet. Rowlf, mein alter Freund und seit meiner offiziellen Rückkehr in die Welt der Lebenden auch mein Leibwächter, fasste es in sehr viel treffendere Worte: »Wieda mies drauf, wa?«, nuschelte er. »Echt mies. Macht keen Spaß nich heute.«

Ich ersparte mir die Frage, was ihm heute keinen Spaß machte, und lächelte nur flüchtig über seine Aussprache, die jeden des Englischen halbwegs Mächtigen an den Rand des Schlaganfalles führen würde und von der ich nicht erst seit heute argwöhnte, dass er sie sorgsam kultivierte. Ich mochte Rowlf, sehr sogar. Meine Gefühle dem rothaarigen Hünen gegenüber waren die für einen Bruder und sehr, sehr lieben Freund – aber im Moment ging er mir gehörig auf die Nerven. Wie immer, wenn er mich in meine Suite im Hilton-Hotel begleitete, in der ich bis zur endgültigen Wiederherstellung von Andara-House mein vorläufiges Domizil aufgeschlagen hatte, lümmelte er in einem der kostbaren Sessel herum und vertrieb sich die Zeit damit, die Whiskyvorräte meines Barschranks leer zu trinken. Ach ja, und dann und wann eine spitze Bemerkung fallen zu lassen, versteht sich.

»Bitte, Rowlf«, sagte ich. »Warum gehst du nicht zu deiner Bande zurück, und ihr stehlt ein paar Fuhrwerke?«

»Sowas tuma nich«, antwortete Rowlf beleidigt. »Außerdem kann ich nich weg. Du weißt doch, dass H. P. mir gesacht hat, ich soll dich keine Sekunde nich aussn Augn lassn tun.«

Ich verdrehte mit einem neuerlichen Seufzen die Augen. Völlig hatte ich mich immer noch nicht an den Gedanken gewöhnt, dass der Rowlf, der mir gegenübersaß, nicht mehr derselbe war, den ich vor fünf Jahren gekannt hatte. Rowlf war schon lange nicht mehr nur Howards Leibdiener, Kutschfahrer, Koch und Mädchen für alles in Personalunion. Stattdessen war er in den letzten Jahren zum Anführer einer der größten und ehedem gefürchtetsten Straßenbanden Londons avanciert.

Aber Rowlf wäre nicht Rowlf gewesen, hätte er die Bande nicht vollkommen umgekrempelt, kaum dass er das Kommando über ihre Mitglieder übernommen hatte. Ein paar dieser besagten Mitglieder hatte er dabei vermutlich ebenfalls umgekrempelt, aber die, die den Wechsel überlebt hatten, hatten sich buchstäblich vom Saulus zum Paulus gewandelt. Sie klauten noch immer wie die Raben, jetzt vielleicht sogar mehr denn je, aber sie bestahlen nur noch Diebe. Am liebsten die, die mit gestärkten weißen Kragen hinter ihren Schreibtischen saßen und von sich behaupteten, ehrbare Geschäftsleute zu sein. Es gab deren eine ganze Menge in London.

»Deine Sorge rührt mich noch zu Tränen«, antwortete ich säuerlich, dabei galt mein Ärger weniger Rowlf als vielmehr Howard, der offensichtlich der unumstößlichen Ansicht war, dass ich unbedingt einen Aufpasser brauchte, seit sich meine Depressionen vor einigen Wochen wieder verstärkt hatten. Ich würde ihm morgen – nicht zum ersten Mal und garantiert ebenso erfolglos wie bislang – ein paar wenig freundliche Worte dazu sagen, aber im Augenblick war er nicht greifbar, sodass sich mein Ärger auf Rowlf entlud, und es war mir dabei völlig egal, ob ich mich ihm gegenüber fair verhielt oder nicht. Schließlich war *er* es, der seit Wochen auf *meinen* Nerven Klavier spielte, nicht umgekehrt.

»Warum trinkst du nicht noch ein paar Flaschen?«, fügte ich boshaft hinzu. »Dann siehst du mich vielleicht doppelt und kannst deine Aufgabe doppelt gut erfüllen.«

»Würd ich ja gern«, antwortete Rowlf und schwenkte eine leere Bourbonflasche. »Aber der Inhalt deiner Bar lässt zu wünschn übrich, echt. Is was fürn hohlen Zahn. Was tut ihr fein Pinkel eigentlich, wenner mal richtig durstich sein tut?«

Überrascht zog ich die Augenbrauen hoch. Ich hatte die Bar am Nachmittag extra auffüllen lassen. Jetzt war es noch nicht einmal ganz Mitternacht. Rowlf hatte im Laufe des Abends nicht weniger als drei Flaschen Whisky in sich hineingekippt. Und er sprach nicht einmal mit schwerer Zunge! Jedenfalls nicht mehr als gewohnt.

»Ich besorge dir eine Neue«, versprach ich und stand auf. Ich hätte nach dem Zimmerkellner klingeln können, aber ich verzichtete darauf, angesichts der späten Stunde und meines Logiergastes. Eine gewisse Überheblichkeit setzt man ja bei englischem Hotelpersonal grundsätzlich voraus, aber die Angestellten des Hiltons schossen in diesem Punkt den Vogel ab. Ich verspürte wenig Lust, mit dem Manager schon wieder eine fruchtlose Diskussion über die Nutzung meines Zimmers oder die Auswahl der Gäste zu führen, die ihren Fuß auf den geheiligten Boden des Hotels setzen durften. Leute wie Rowlf gehörten auf jeden Fall nicht dazu. Der – nie laut ausgesprochenen, aber überdeutlich in seinen Augen zu lesenden – Meinung des Hotelmanagers nach Leute wie ich übrigens auch nicht.

Also ging ich stattdessen zum Wandschrank, in dem ich in weiser Voraussicht einige Flaschen billigen Alkohols deponiert hatte. Rowlf kippte das Zeug sowieso in sich hinein, als wäre es Leitungswasser.

»Im Ernst, Rowlf«, sagte ich, während ich die Tür öffnete und die Hand nach dem Regal ausstreckte, auf dem ich die Flaschen wusste, »du musst nicht vierundzwanzig Stunden am Tag auf mich aufpassen. Ich bleibe schön brav hier im Zimmer, und morgen treffe ich mich nur mit Howard und diesem Bauunternehmer, das ist alles. Dabei wird mir schon nichts –«

Meine tastenden Finger stießen ins Leere. Die Flaschen mussten wohl weiter hinten auf dem Regal stehen, als ich angenommen hatte. Ich beugte mich weiter vor, während ich noch immer den Blick in Rowlfs Richtung gewandt hatte und mit ihm sprach, aber die Flaschen standen auch nicht weiter hinten auf dem Regal – was daran liegen mochte, dass das Regal nicht mehr da war.

Der Schrank übrigens auch nicht.

»Ich habs H. P. aba versprochn«, antwortete Rowlf. »Un wass ich einem versprechn tu, das tu ich auch haltn tun.«

Ich antwortete nicht darauf. Nicht nur, weil es vollkommen sinnlos war, Rowlf von irgendetwas überzeugen zu wollen, wovon er sich nicht überzeugen lassen wollte – ich hatte voll und ganz damit zu tun, mich mit ausgestreckten Armen an der gegenüberliegenden Wand dessen abzustützen, was vor ein paar Stunden noch ein ganz normaler, ordentlicher Schrank gewesen war, ein Einbauschrank mit holzvertäfelten Wänden, sauberen Regalbrettern – und vor allem einem massiven *Boden.*

Jetzt waren die Regalbretter verschwunden, die Wände bestanden aus nackten Ziegelsteinen, auf denen sich hier und da schon Moder und grünlicher Schimmel festgesetzt hatten, und der Boden war völlig verschwunden. Wo er eigentlich sein sollte, gähnte nichts als ein schwarzer, bodenloser Abgrund, in den ich zweifellos hineingestürzt wäre, wäre der Schrank auch nur um einige Zoll tiefer gewesen; oder meine Arme um einige wenige Zoll kürzer ... Ich stemmte mich mit aller Kraft und durchgedrückten Armen gegen die Rückwand, während ich in einer grotesk nach vorne gebeugten Haltung dastand und darum betete, nicht abzurutschen.

»Außadem kamma nie wissn«, fuhr Rowlf fort. »Viele Sachn, die harmlos aussehn tun, sins nacher nich.«

Ich verbesserte mich in Gedanken – der Boden war noch da, doch er lag jetzt gute dreißig oder vierzig Yards unter mir, vielleicht auch etwas mehr oder weniger. Aber es war nicht mehr der Boden eines Schrankes, sondern ein heruntergekommener, übel riechender Schacht, an dessen Grund eine ölig schimmernde Flüssigkeit schwappte.

»Rowlf!«, krächzte ich.

»Ich könnte dir Sachn erzähln, diede niemals nich glaum tun tätest«, fuhr Rowlf fort.

Und ob ich ihm glauben würde! Meine Arme begannen allmählich zu schmerzen. Ich stand in einer schon fast grotesk nach vorne geneigten Haltung da, und da ich auch mit den Füßen keinen richtigen Halt fand, musste ich mein gesamtes Körpergewicht nur mit den Finger- und Zehenspitzen ausbalancieren. Noch war es erträglich, aber ich war nicht sicher, wie lange ich diese unnatürliche Haltung noch durchstehen konnte.

»Rowlf!«, rief ich erneut.

»Andara-House liegt sowieso fast aufm Wech«, fuhr Rowlf fort. »Is also nichma'n Umweg, wennich dich begleiten tu.«

Meine Hände begannen langsam, aber unbarmherzig abzurutschen. Ich drückte mit aller Gewalt die Arme durch, aber Schimmel und Fäulnis bildeten einen schmierigen, glatten Belag auf den Wänden, sodass ich immer mehr Kraft aufwenden musste, um meine Position zu halten, und mir damit gewissermaßen selbst den Boden unter den Füßen wegzog, denn meine Schuhe fanden auf dem tadellos auf Hochglanz gebohnerten Parkettfußboden einfach keinen richtigen Halt. Und wenn ich auch nur eine Sekunde unaufmerksam war, wäre ich verloren. Der senkrechte Schacht, in den sich der Schrank verwandelt hatte, reichte bis in die tiefsten Kellergeschosse des Gebäudes herab; vielleicht sogar tiefer.

»Rowlf!«, keuchte ich.

»Aba irgendwie bin ich froh, wenn Andara-House wieder bewohnbar is.« Rowlf plapperte fröhlich weiter. »Vielleicht bisse ja wiedar bisschn besser drauf, wennde aus diesem piekfeinen überkandidelten Schuppen rauskommn tust. Is ja nich zum Aushalten hier.«

Ich hätte in diesem Moment meinen rechten Arm dafür gegeben, auch nur aus diesem Schrank herauszukommen. Meine Hände rutschten unbarmherzig ab. Ich sammelte Kraft, um mich abzustoßen und mich auf diese Weise selbst aus dem Schrank herauszukatapultieren, wagte es aber dann schließlich doch nicht. Es war zu spät. Ich hatte den entscheidenden Moment verpasst. Mittlerweile lehnte ich nicht mehr schräg, sondern beinahe waagerecht im Schrank. Meine Arme schmerzten immer unerträglicher, und es war nur noch eine Frage von Augenblicken, bis mich endgültig die Kräfte verließen.

»Rowlf!!!«, krächzte ich. Um ihn anzuschreien, wonach mir durchaus zumute war, fehlte mir sowohl die Kraft als auch der Atem.

»Innem Laden wie dem hier muss man ja'n Moralischen kriegn«, erklärte Rowlf überzeugt. »Man traut sich ja kaum, sich zu bewegn.« Ich hörte, wie der Sessel knirschte und ächzte, als er sich daraus erhob. Seine Schritte kamen langsam näher.

Ich starrte in die Tiefe. Meine Arme und vor allem mein Rücken schmerzten unerträglich, aber vielleicht war ein Sturz in die Tiefe nicht einmal das Schlimmste, was mir passieren konnte.

Ganz und gar nicht. Im Gegenteil. Vielleicht war es noch das *Harmloseste,* was mir widerfahren konnte ...

Etwas kam aus der Tiefe herauf.

Es war nicht zu sehen, nicht zu hören, aber ich konnte es fühlen und vor allem *riechen.* Ein erbärmlicher, Übelkeit erregender Gestank nahm mir den Atem, sodass ich nicht einmal mehr nach

Rowlf schreien konnte, sondern plötzlich mit all meiner Kraft dagegen ankämpfen musste, mich zu übergeben. Ich rutschte weiter ab. Verzweifelt warf ich den Kopf in den Nacken und rang nach Luft, und im gleichen Moment glaubte ich doch etwas zu sehen: eine schattenhafte, rasende Bewegung aus den Augenwinkeln. Etwas Schwarzes, Grässliches turnte auf zahllosen wirbelnden Beinen zu mir herauf. Und es war *schnell.*

»Was issn jetz mittem versprochenen Schnaps?«, fragte Rowlf. Ich konnte hören, wie er näher kam und seine Schritte dann plötzlich abbrachen. »He, was treibstn da? Is das ’ne neue Art von diesm neumodischen Gymanstik-Kram?«

Der Schatten kam näher. Ich bekam kaum noch Luft, und meine Kräfte drohten endgültig zu erlahmen. Meine Hände schmerzten mittlerweile so unerträglich, als hätte ich mir die Haut bis auf die Knochen durchgescheuert. Vielleicht hatte ich das ja.

»Rowlf!«, keuchte ich verzweifelt. »Hilf mir!«

Rowlf kam näher, beugte sich vor und blickte mit gerunzelter Stirn auf mich herab. »Was issn los, verdammich nochmal?«, nuschelte er.

Der Schatten hatte mich fast erreicht. Etwas Dünnes, Schwarzes zuckte zu mir hoch, schnitt mit einem reißenden Laut durch den Stoff meines Hemdes und eine Sekunde später in meinen Arm. Der Schmerz war nicht einmal besonders schlimm, aber er war trotzdem zu viel.

Ich schrie auf, ließ meinen Halt los und stürzte kopfüber in die Tiefe. Und Rowlf griff im allerletzten Moment zu und umklammerte mit seiner gewaltigen Pranke mein rechtes Fußgelenk. Ich wurde zurück und wieder in die Höhe gerissen, praktisch im gleichen Sekundenbruchteil, in dem der Schatten mich erreicht hatte. Obwohl aus allernächster Nähe, konnte ich ihn immer noch nur als bloßen Schemen erkennen, aber was ich erkennen konnte, das ließ mir schier das Blut in den Adern gerinnen: etwas Riesiges, Schwarzes, mit peitschenden Tentakeln und Schuppen, mit rot glühenden Augen und reißenden Zähnen.

Der Ruck, mit dem Rowlf mich zurückriss, zerrte mir fast das Bein aus der Hüfte, aber er rettete mir auch das Leben. Ich wurde wie eine Stoffpuppe in die Höhe und aus dem vermeintlichen Schrank herausgerissen und befand mich für den Bruchteil einer Sekunde der Zimmerdecke näher als dem Fußboden. Wir taumelten zurück, und

Rowlf verlor das Gleichgewicht und stürzte, besaß aber noch genügend Geistesgegenwart, um meinen Fuß loszulassen und mit der anderen Hand die Tür ins Schloss zu werfen. Noch bevor wir vollends zu Boden fielen, erzitterte die Tür unter einem gewaltigen Hieb, der das Holz fast zur Gänze spaltete. Ein zorniger, unwirklicher Schrei hallte durch das Zimmer und verklang. Für den Bruchteil einer Sekunde, einen winzigen, aber durch und durch entsetzlichen Moment nur, glaubte ich hinter dem zersplitterten Holz etwas zu erkennen; etwas Schwarzes, Zuckendes, das älter als die Zeit und nur aus Hass und alles verzehrender Wut erschaffen war.

Ich blieb einen Moment benommen liegen und selbst, als der hämmernde Schmerz in meinen Gliedern nachließ, rührte ich mich nicht gleich. Ich war nicht ernsthaft verletzt – jedenfalls hoffte ich das –, aber ich war vor Schrecken noch immer wie gelähmt, und mein rechter Arm und das linke Bein taten um die Wette weh. Vielleicht reagierte ich deshalb nicht so schnell wie gewohnt, vielleicht war es auch wirklich so, wie Rowlf meinte, und ich war tatsächlich nicht besonders gut drauf – gleichwie, ich reagierte zu spät. Rowlf stand auf, war mit einem Schritt wieder bei der Tür und riss sie auf. Seine linke Hand war zur Faust geballt und halb erhoben.

»Rowlf, nein!«, schrie ich.

Es war zu spät. Die Tür schwang knarrend auf – und dahinter lag der Schrank. Er war ein bisschen unordentlich – zwei Bretter waren aus ihrer Führung gerissen, die beiden Whiskyflaschen heruntergefallen und zerbrochen. Aber der Schrank war nichts als ein Schrank mit einem ordentlichen, massiven Boden.

»Jez' brat mir doch einem Storch!«, entfuhr es Rowlf. »Wasn nu los?«

Eine gute Frage. Ich hätte eine Menge darum gegeben, die Antwort zu wissen. Doch ich kam nicht dazu, auch nur irgendetwas zu sagen, denn in diesem Moment wurde an der Tür der Suite geklopft, und zwar auf eine so herrische, fordernde Art, dass ich automatisch aufsah und auch Rowlf sich erschrocken herumdrehte.

»Wer ist da?«, fragte ich.

Ich bekam keine Antwort, aber das Klopfen wiederholte sich, sodass ich aufstand und Rowlf mit einer hastigen Geste aufforderte, den Schrank zu schließen, ehe ich zur Tür ging.

Ich war nicht einmal besonders überrascht, als ich öffnete und mich einem kleinen, nickelbebrillten Männchen gegenübersah, das sich auf die Zehenspitzen gestellt hatte, um in normaler Höhe an die Tür klopfen zu können.

»Mister Craven!«, begann es betont.

»Ja?«

»Mein Name ist MacIntosh«, fuhr der Knirps fort. »Ich bin der Hotelmanager.«

»Ich weiß«, antwortete ich kühl. Auch wenn er sich die meiste Zeit in seinem Büro oder sonst wo versteckte, war ich bereits ein paar Mal über ihn gestolpert – immerhin wohnte ich bereits seit mehreren Monaten hier im Hotel. »Und?«

MacIntosh – ich fand, dass er bei genauem Hinsehen tatsächlich ein bisschen von einem Regenschirm hatte: klein, zusammengeknautscht und verknittert – reckte kampfeslustig das Kinn vor und legte den Kopf in den Nacken, um zornig zu mir emporzufunkeln. Dann kam er auf eine bessere Idee: Er trat mit einem raschen Schritt an mir vorbei ins Zimmer. Ich wollte ihn aufhalten, aber MacIntosh nutzte den vermutlich einzigen Vorteil, den ihm die Natur in die Wiege gelegt hatte: seine Größe. Genauer gesagt, seine eben *nicht vorhandene* Größe. Ich streckte zwar ganz instinktiv den Arm aus, um ihn aufzuhalten, aber MacIntosh senkte nur ganz leicht den Kopf und stolzierte unbeeindruckt einfach darunter hindurch.

»Lärm«, sagte er.

Ich war so perplex, dass ich erst nach geschlagenen zwei Sekunden auf die Idee kam, mich herumzudrehen und ihm den Weg zu vertreten. »Wie bitte?«

»Lärm«, wiederholte MacIntosh. »Die anderen Gäste auf dieser Etage beschweren sich über *Lärm* aus Ihrem Zimmer, Mister Craven.« Er sprach das Wort auf eine ganz bestimmte Art und Weise aus, die deutlich machte, dass er am liebsten etwas völlig anderes gesagt hätte, dies aber als unter seiner Würde empfand.

»Lärm?«, fragte ich noch einmal. Sicher, ich hatte geschrien, und ich glaube, Rowlf auch, aber das war erst ein paar Augenblicke her. MacIntosh konnte unmöglich deshalb gekommen sein, und dies war weiß Gott auch keine Zeit, zu der man Hotelgäste einfach so belästigte, um mit ihnen über irgendwelche Beschwerden zu diskutieren. Einem Mann wie MacIntosh war es jedoch durchaus zuzutrauen, dass er die halbe Nacht lang auf dem Flur vor meiner Suite gewartet hatte, nur um diesen angeblichen Beschwerden nachzugehen. *Dann* allerdings wunderte sein schnelles Erscheinen mich nicht mehr.

»Krach«, bestätigte MacIntosh grimmig. »Sie beschweren sich über ... unheimliche Geräusche und Schreie und ...«, ich konnte ihm ansehen, welche Überwindung es ihn kostete, die nächsten Worte auszusprechen, »... unangenehme Gerüche.«

»Ach«, sagte ich.

MacIntosh hatte mittlerweile Rowlf entdeckt. Ich versuchte zwar, mich ständig zwischen ihm und meinem rothaarigen Beschützer zu halten, aber es ist für einen Mann meiner Statur vollkommen unmöglich, einen Mann von Rowlfs Größe vor den Blicken eines anderen zu verbergen. Selbst wenn es sich bei diesem anderen um einen abgebrochenen Gartenzwerg wie MacIntosh handelte.

MacIntosh stand einige Sekunden lang einfach nur da und starrte mit in den Nacken gelegtem Kopf zu Rowlf empor. Er sagte nichts, aber ich konnte deutlich spüren, wie es hinter seiner Stirn arbeitete.

»Mister Craven«, begann er schließlich betont. »Wie ich sehe, haben Sie schon wieder einen Logiergast in Ihrem Zimmer. Ich fürchte, ich kann das nicht weiter dulden. Die Suite wurde an Sie vermietet, nicht an Ihren –« Er deutete auf Rowlf und verzog vielsagend das Gesicht. »– Freund.«

»Sie sagen es, Mister MacIntosh«, entgegnete ich kühl – was mir zugegebenermaßen mit jeder Sekunde schwerer fiel. Ich musste diesen Kerl los werden. Irgendwie; und vor allem *schnell.* »Ich habe diese Suite gemietet. Das heißt, ich zahle dafür, und nicht gerade wenig. Ich finde, es ist meine Sache, was ich in diesen Räumen tue oder lasse und wen ich zu mir einlade.«

MacIntosh maß mich mit einem Blick, der so voller Verachtung und Arroganz war, wie ihn auf der ganzen Welt wohl nur ein Brite zustande bringen konnte.

»Ich fürchte, ich kann Ihre Auffassung nicht ganz teilen«, sagte er. »Das Hilton ist keine *Absteige,* Mister Craven. Es kommt nicht nur auf das Geld an, das unsere Gäste zahlen. Wir haben auf unseren Ruf zu achten, und ich fürchte, Ihr Verhalten ...«

»... bringt Ihr famoses Etablissement in Verruf?«, half ich aus, als er nicht weitersprach.

»Nun, so ... würde ich das nicht ausdrücken«, antwortete MacIntosh unglücklich. »Es ist nur ... Sie müssen mich verstehen. Es ist nicht nur Ihr Freund. Es sind ... diese Geräusche und die Gerüche.« Er schnüffelte demonstrativ, und auch ich sog ganz instinktiv prüfend die Luft ein. Der erbärmliche Gestank, der mir vorhin aus dem Wandschrank entgegengedrungen war, war zwar nicht mehr da, aber etwas davon schien noch immer meinen Kleidern anzuhaften. Ganz automatisch trat ich ein kleines Stück von MacIntosh zurück.

»Tja, Mister MacIntosh«, sagte ich in bedauerndem Tonfall. »Dann sehe ich im Grunde nur noch die Möglichkeit, dass wir uns trennen.«

MacIntosh blinzelte. »Meinen Sie das ernst?«, fragte er verblüfft. Offensichtlich kam sogar ihm selbst dieser Sieg zu leicht vor. Es war nicht das erste Mal, dass ich mit dem Hotelpersonal aneinandergeriet, und ganz offensichtlich verfügte ich bereits über einen gewissen Ruf, sodass er sich auf einen weitaus langwierigeren Kampf vorbereitet zu haben schien. Womit er nicht ganz Unrecht hatte.

»Selbstverständlich«, antwortete ich. »Ich verstehe Sie durchaus. Wenn Sie also tatsächlich kündigen wollen, schreibe ich Ihnen gerne eine Empfehlung. Einer meiner Freunde besitzt ein kleines Hotel in Dublin. Ich kann mir vorstellen, dass er noch einen tüchtigen Oberkellner gebrauchen kann.«

MacIntosh ächzte. Seine Augen quollen ein Stück weit aus den Höhlen, während sein Gesicht alle Farbe verlor. Sein Unterkiefer klappte herunter, aber er gab keinen Laut von sich.

»Kann ich sonst noch etwas für Sie tun, Mister MacIntosh?«, fragte ich.

MacIntosh starrte mich noch eine Sekunde lang fassungslos an, dann fuhr er auf dem Absatz herum und stürmte aus dem Zimmer. Wahrscheinlich hätte er die Tür hinter sich ins Schloss geworfen, wäre er ohne größere akrobatische Kunststücke an die Klinke gekommen.

Rowlf lachte schadenfroh, aber mir gelang es nicht, ein ungutes Gefühl völlig zu unterdrücken. MacIntosh würde mir noch Schwierigkeiten machen, das fühlte ich.

Aber im Moment hatte ich wahrlich andere Sorgen. Ich drehte mich wieder herum und blickte die Tür des Einbauschrankes an; und während ich es tat, klammerte ich mich für die Dauer der Zeitspanne, die diese Bewegung brauchte, mit aller Gewalt an die Hoffnung, nichts anderes zu erblicken als eine ganz normale – und vor allem *unbeschädigte* – Schranktür; was bedeutet hätte, dass mein furchtbares Erlebnis von gerade nichts weiter als ein übler Traum gewesen war.

Wenn es so war, dann dauerte er noch an. Der beinahe fingerbreite

Riss in der Tür war nicht zu übersehen. Ich wunderte mich ein bisschen, dass MacIntosh mich nicht darauf angesprochen hatte.

Mein Arm begann wieder zu pochen. Instinktiv hob ich die Hand, betastete die schmerzende Stelle – und zog die Finger überrascht zurück, als ich die Wunde sah. Sie hatte mittlerweile wie Feuer zu brennen begonnen, aber es war keine Verbrennung und auch kein Riss oder Schnitt. Was ich auf meinem linken Oberarm entdeckte, das war eine runde, bläulich unterlaufene Schwellung, in deren Mitte sich eine Anzahl winziger roter Einstiche befand.

Es war ein Abdruck. Der Abdruck eines Saugnapfes, wie man ihn auf dem Fangarm eines Tintenfisches oder einer Krake findet.

Nur, dass es ein Saugnapf mit einem Durchmesser von gut sechs oder sieben Inches gewesen sein musste ...

McGiven fror. Es hatte mit einem leichten Zittern der Hände angefangen, und einem Gefühl, als hätte er kaltes Glas berührt, aber mittlerweile zitterten nicht nur seine Finger. McGiven schlotterte vor Kälte am ganzen Leib. Eisige Schauer jagten in ununterbrochener Folge über seinen Rücken, und seine Beine fühlten sich von den Knien abwärts taub an. Seine Füße spürte er schon gar nicht mehr; fast, als wären sie zu Eisklötzen erstarrt.

Dabei hätte er eigentlich nicht frieren dürfen. Es war nicht besonders kalt, und so verfallen das Haus auch war, boten seine heruntergekommenen Mauern doch zumindest hinlänglichen Schutz vor dem Wind. Er war hierhergekommen, weil ihm *kühl* gewesen war, nicht mehr, aber anstatt dieser kleinen Unbill zu entgehen, fror er nun erbärmlich, und daran vermochte auch das kleine Feuer aus Papier und Holzspänen, die er in der Ruine zusammengeklaubt hatte, nichts zu ändern. Ganz im Gegenteil – McGiven hielt die Hände so dicht über die ruhig brennenden Flammen, dass er Gefahr lief, sich die Finger zu verbrennen, und trotzdem fühlte er die Wärme nicht einmal wirklich. Es war, als strahlten diese Flammen keine Hitze aus – oder als wäre etwas da, das die Wärme schneller wieder verzehrte, als sie entstehen konnte. Und das Verrückteste war, dachte McGiven, dass er nicht einmal wirklich sicher war, dass dieses Gefühl unwirklicher Kälte tatsächlich von *außen* kam. Er schien ihm vielmehr so, als entstünde es irgendwie *in* ihm.

McGiven verscheuchte den Gedanken, drehte die linke, zur Faust geballte Hand dicht über den Flammen und führte mit der anderen die in schmuddeliges Zeitungspapier eingewickelte Schnapsflasche zum Mund, um einen weiteren gewaltigen Schluck zu trinken. Der Alkohol schmeckte scharf und vertraut wie immer, aber das gewohnte Gefühl der Wärme, das seine Kehle hinabrinnen und sich vom Magen her in seinem Körper ausbreiten sollte, blieb aus. Ganz im Gegenteil schien ihm beinahe noch kälter zu werden, als hätte sich auch die Wirkung des Alkohols genau umgekehrt, sodass er seinen vor Kälte schlotternden Gliedern auch noch das letzte bisschen Wärme entzog, statt ihm wenigstens die Illusion zu geben, dass er die Kälte vertrieb.

Unheimlich.

Vielleicht, dachte McGiven, lag es an diesem Haus. Während er die Flasche sorgsam wieder zuschraubte und sie nun in die linke Hand nahm, um die Rechte über die Flammen zu halten, die doch keine Wärme mehr spendeten, tastete sein Blick über die schmutzigen, verfallenen Wände ringsum, den eingesunkenen Fußboden und die nur noch andeutungsweise vorhandene Decke, durch die man fast ungehindert durch drei darüber liegende Etagen und das Skelett des Dachstuhles hindurch den Himmel sehen konnte.

Das Hansom-Haus – der Hansom-*Komplex*, verbesserte er sich in Gedanken – war nicht einfach nur eine Ruine, wie es sie in diesem Teil Londons gar nicht einmal so selten gab. Er war wie ein Sinnbild für den vergeblichen Versuch des Menschen, Spuren in der Zeit zu hinterlassen und den ewigen Kreislauf von Werden und Vergehen zu durchbrechen.

Und wie alle diese Versuche war er von vornherein zum Scheitern verurteilt gewesen. Nach der Fertigstellung des Hansom-Komplexes vor rund acht Jahren hatte man vom Beginn eines neuen Zeitalters der Architektur gesprochen, den gewaltigen Häuserblock als eines der modernsten Bauwerke der Welt und ein Monument für die Ewigkeit gefeiert, hatte es einen Triumph menschlicher Kreativität genannt. Kluge Köpfe hatten noch andere, größere Worte dafür gefunden.

Aber das war lange her.

Jetzt war es nur noch ein Triumph des Alters und Zerfalls, ein Symbol für das Scheitern der hochtrabenden Pläne, die zu seinem Entstehen geführt hatten.

Und im Grunde, so gestand sich McGiven ein, galt das nicht einmal nur für das Haus, sondern auch für sein eigenes Leben.

Früher einmal, in einer Zeit, die Jahrhunderte und nicht erst ein knappes Jahrzehnt zurückzuliegen schien, hatte er zusammen mit Emily in einer zwar stets feuchten, ansonsten jedoch gut erhaltenen und geräumigen Wohnung gelebt. Er hatte gearbeitet und jede Woche genügend Lohn für ein Leben in geordneten, wenn auch bescheidenen Verhältnissen nach Hause gebracht. Emily hatte nebenbei mit kleinen Näharbeiten und Stickereien ein hübsches Zubrot verdient, sodass es ihnen sogar gelungen war, jede Woche eine kleine Summe zurückzulegen. Sie hatten davon geträumt, sich irgendwann ein kleines Häuschen kaufen zu können, und sie hatten Kinder haben wollen.

»Kinder.«

McGiven seufzte, setzte die bereits zu zwei Dritteln geleerte Flasche erneut an die Lippen und trank einen weiteren Schluck. Mehr, als er sich leisten konnte, im Grunde. Die Flasche hätte noch bis morgen reichen müssen, und sie hätte es getan, hätte er sie sich wie gewohnt eingeteilt. Aber ihm war kalt. Er würde es später bitter bereuen, sich seinen Schnapsvorrat nicht besser eingeteilt zu haben, aber irgendetwas musste er schließlich gegen die Kälte tun.

Und die Erinnerungen.

»Kinder«, brabbelte er vor sich hin. »Kinder.«

Der Unfall hatte all seine Pläne mit einem Schlag zunichte gemacht. Oft genug hatte er darauf hingewiesen, dass etwas mit der Maschine nicht stimmte, aber niemand hatte auf ihn gehört, bis sich einer der Bolzen plötzlich gelöst und ihm den gesamten Arm bis hoch über das Ellbogengelenk aufgerissen hatte.

Das war der Beginn seines unaufhaltsamen Niederganges gewesen. Irgendwie schien sich sein Leben von diesem Moment an in eine immer steiler werdende Eisbahn verwandelt zu haben, auf der er einfach keinen Halt mehr fand.

Mit einem steifen Arm, den er nur unter Schmerzen und nicht einmal dann richtig bewegen konnte, war er natürlich arbeitsunfähig, ein Krüppel, der ein halbes Jahr gebraucht hatte, bis er auch nur wieder gelernt hatte, sich allein anzuziehen und die nötigsten Dinge zu verrichten. Die Firma hatte sich geweigert ihm eine Rente zu zahlen und ihm stattdessen eine Mitschuld an dem Unfall angedichtet – und damit vor Gericht Erfolg gehabt. Ihm war lediglich eine kleine Abfindung ausgezahlt worden; nicht einmal genug, um die Schulden zu bezahlen, die sich während seines Aufenthaltes im Krankenhaus angesammelt hatten. Statt in ein eigenes Haus hatten Emily und er in eine winzige, schäbige Wohnung umziehen müssen, ein lichtloses Loch, wo es oft so feucht war, dass das Wasser an den Wänden herunterlief. Nach einem Jahr hatte der keuchende, andauernde Husten bei Emily begonnen, und nicht einmal ein Jahr später war sie tot. Tuberkulose. Ihr Tod hatte ihm endgültig jeden Lebenswillen geraubt.

McGiven trank einen weiteren Schluck und spürte an dem leichten Schwindelgefühl, das sich hinter seiner Stirn ausbreitete, wie der Alkohol allmählich doch seine Wirkung entfaltete. Seit Emilys Tod war der Fusel sein einziger Freund, alles andere war ihm gleichgültig geworden. Und nicht einmal das stimmte wirklich. Der Alkohol war nicht sein Freund, sondern vielleicht sogar der schlimmste seiner Feinde, denn er machte nichts besser und er half nicht einmal wirklich zu vergessen. Früher oder später würde er ihn umbringen, aber McGiven trank trotzdem weiter. Vielleicht hatte etwas tief in ihm drinnen ja erkannt, dass dies die einfachste Lösung war: weiterzutrinken, bis der Schnaps zu Ende brachte, wozu ihm der Mut fehlte: nämlich sich umzubringen.

Vergeblich versuchte er diese Gedanken zu verdrängen, fuhr sich mit dem Handrücken über Stirn und Augen, als könnte er auf diese Weise nicht nur die Benommenheit, sondern auch seine Erinnerungen fortwischen. Seine Hand war feucht, als er sie herunternahm, aber er weigerte sich, die Nässe zu identifizieren, die sein Gesicht benetzte.

Aus den Augenwinkeln nahm er eine Bewegung wahr; ein rasches, flüchtiges Huschen am Rande des flackernden Lichtscheins, den das Feuer verbreitete. Das Trippeln winziger horniger Krallen drang an seine Ohren.

Ratten!

McGiven verzog angewidert das Gesicht. Er hasste Ratten. Die verdammten Biester waren überall. Offiziell stand das Haus schon seit mehr als drei Jahren leer und war gesperrt; und ebenso lange kam McGiven bereits mehr oder weniger regelmäßig hierher. Das Haus gefiel ihm nicht, es war ihm unheimlich, aber es stand leer und niemand kümmerte sich darum, wer darin schlief. Bereits wenige Jahre nach der Fertigstellung des nach seinem Architekten benannten Hansom-Komplexes an der Atkins-Road hatte man festgestellt, dass die Konstruktion eine Spur *zu* gewagt ausgefallen war, dass die Stahlträger der Last der acht Stockwerke nicht gewachsen waren und das

Gebäude unter seinem eigenen Gewicht einzustürzen drohte. Vergeblich hatte man Nachbesserungen vorgenommen, nur um das Haus schließlich doch zu sperren und zu beschließen, es abzureißen – was bis heute auf sich hatte warten lassen. Diesen Komplex zu errichten musste Millionen gekostet haben, aber es war niemand da, der nun auch noch die Summe aufbrachte, um ihn wieder abreißen zu lassen.

McGiven war es nur recht so. Er kam oft hierher, um für die Nacht ein Dach über dem Kopf zu haben, das ihm Schutz vor Regen, Kälte und manchmal auch zu großer Hitze bot. *Gewöhnt* hatte er sich an diese unheimliche Umgebung bis heute jedoch nicht.

Der Zustand des Gemäuers war katastrophal. Überall lagen Abfall und Unrat herum, Trümmer und Schutt türmten sich manchmal bis unter die eingebrochenen Zwischendecken hinauf. In mehreren Stockwerken waren die Treppen eingestürzt. Aus diesem Grund hielt sich McGiven mittlerweile fast nur im Erdgeschoss auf. Anfangs hatte er regelrechte Expeditionen durch das Haus unternommen, diese aber schnell aufgegeben, nachdem er zweimal nur um Haaresbreite einem tödlichen Unfall entgangen war.

Er wusste, dass er nicht der einzige heimliche Bewohner des Häuserblocks war. Im gesamten Untergeschoss waren Türen und Fenster mit Brettern vernagelt, sodass man die Spuren unerlaubten Eindringens leicht erkennen konnte. Von Zeit zu Zeit hatte sich McGiven auch zu den anderen gesellt, die meiste Zeit aber blieb er für sich allein. Die anderen waren wie er Bettler und Stadtstreicher, die froh waren, wenn sie genügend Geld für etwas Brot und eine Flasche Fusel erbettelt hatten und hier einen Platz fanden, wo sie die Nacht verbringen und sich betrinken konnten.

McGiven hatte nichts gegen sie, aber er war lieber allein. Er war schon immer ein Einzelgänger gewesen. Außerdem führte ihm *ihr* Anblick nur sein eigenes Elend immer wieder deutlich vor Augen.

Er wollte nichts als seine Ruhe. Die Einzigen, die ihn hier immer wieder störten, waren die Ratten.

McGiven packte eine der leeren Flaschen neben sich und schleuderte sie in die Richtung, aus der das Kratzen ertönte. Die Flasche polterte auf den Holzfußboden, ohne zu zerbrechen. Ein erschrecktes, schrilles Quieken war zu hören, dann noch einmal ein rasches Huschen und Scharren, dann herrschte Ruhe.

Wenigstens für eine Weile.

Vertreiben ließen sich die Biester nicht, das wusste McGiven; höchstens kurzfristig verscheuchen. Vielleicht war die, die er gerade verscheucht hatte, gar nicht geflohen, sondern nur losgezogen, um ihre gesamte Verwandtschaft nebst Freundeskreis herzuholen.

Wieder vernahm McGiven ein leises Geräusch und nahm eine flüchtige Bewegung wahr. Er schleuderte eine weitere Flasche in die Richtung und erwartete, das vertraute schrille Quieken zu hören, doch stattdessen ertönte ein erschrecktes Miauen. Ein beigebraun geflecktes Fellbündel, das viel zu groß und zu dunkel für eine Ratte war, schoss an der Wand entlang und geriet dabei für einen kurzen Moment in den Lichtschein der Flammen.

Es war eine Katze.

McGiven lächelte kurz. »Mietz, Mietz«, versuchte er das Tier zu locken, wohl wissend, dass Katzen sich um solche Versuche gewöhnlich nicht die Bohne scherten. Diese jedoch schien eine Ausnahme zu sein, denn sie kam mit langsamen, misstrauischen Bewegungen näher, während sie ihn musterte. Die Flammen erzeugten funkelnde Lichtreflexe in den Augen des Tieres. Schnurrend strich es an McGivens Beinen entlang. Als er die Hand ausstreckte, ließ die Katze sich bereitwillig von ihm streicheln und schmiegte sogar ihren Kopf gegen seine Handfläche. Es war eine wirklich schöne Katze, ein langhaariges, sehr großes Tier, dessen Fell makellos gepflegt war. Kein Streuner, das erkannte selbst McGiven, der wahrlich kein Katzenliebhaber war, sondern vermutlich das Schoßtier irgendeiner verwöhnten reichen Dame, das seinem goldenen Käfig entkommen war und nun die neu gewonnene Freiheit genießen mochte.

Der Gedanke erfüllte ihn mit einem sonderbaren, vielleicht zu lange nicht mehr gekannten Gefühl von Wärme, sodass er fortfuhr, die Katze zu streicheln, statt sie zu verscheuchen, was er normalerweise getan hätte. McGiven hatte nichts gegen Katzen, er mochte sie sogar, aber streunende Hunde und Katzen waren Konkurrenten, die man nicht unterschätzen durfte. Oft schnappten sie einem die besten Stücke weg, die man in den Mülltonnen der Reichen fand, und manchmal verrieten sie ein gutes Versteck, sodass die Polizei darauf aufmerksam wurde und man fliehen musste.

Diese Katze war ... anders. McGiven konnte das Gefühl nicht in Worte kleiden, aber es war da und es war deutlich. Er spürte einfach, dass sie so etwas wie sein Freund war; zumindest ein Schicksalsgenosse.

»Du solltest lieber zurückgehen, Kleine«, sagte McGiven. Es fiel ihm schwer zu reden. Der Alkohol weigerte sich noch immer, ihn zu wärmen, aber er lähmte immerhin seine Zunge. Trotzdem schien ihn die Katze zu verstehen. Zumindest reagierte sie auf den Klang seiner Worte, denn sie hob den Kopf und sah ihn aus ihren großen gelben Augen an, als hätte sie wirklich begriffen, was er ihr zu sagen versuchte.

McGiven lächelte über seinen eigenen albernen Gedanken – was ihn allerdings nicht davon abhielt, weiterzusprechen. »Du glaubst vielleicht, du hättest etwas gewonnen, nur weil du jetzt frei bist, wie?«, lallte er. »Hast du nicht, glaub mir. Geh zurück, lass dich einsperren und von jemandem zu Tode langweilen. Das ist besser. Die einzige Freiheit, die du hier hast, ist die, zu verhungern oder von einem Hund zerrissen zu werden.«

Natürlich verstand die Katze nicht wirklich, was er ihr sagte, aber irgendetwas *war* in ihren Augen, das McGiven irritierte. Er bemerkte auch jetzt erst, dass das Tier eine Art Halsband trug – ein dünnes Lederband, das fast unter dem langen Fell verschwand und an dem etwas befestigt war. McGiven griff danach. Es handelte sich um einen kleinen, flachen Stein, nicht einmal so groß wie eine Babyfaust, in dessen Oberfläche seltsame, ineinander verschlungene Symbole eingraviert waren, die vor seinen Augen zu tanzen und zu verschwimmen schienen.

Stirnrunzelnd betrachtete McGiven seinen Fund, während er mit der anderen Hand weiterhin die Katze streichelte, die seine Berührungen mit wohligem Schnurren honorierte. Er hatte wohl doch schon mehr getrunken, als er selbst begriffen hatte – oder das Zeug war stärker, als er ahnte.

Plötzlich hob die Katze mit einem Ruck den Kopf. Sie sah sich lauernd um und schien auf etwas zu lauschen. Ihr Fell sträubte sich, sie machte einen Buckel und fauchte, und ihre Augen wurden schmal. Eine geradezu unheimliche Veränderung ging mit dem Tier vor sich. Noch vor einer Sekunde war es ein gemütliches Schmusetier gewesen, schön anzusehen, aber mehr auch nicht, und ganz plötzlich sah sich McGiven einem kleinen, aber gefährlichen Raubtier gegenüber.

Instinktiv zog er die Hand zurück, auch wenn er zugleich wusste, dass die Feindseligkeit des kleinen Räubers nicht ihm galt.

Auch McGiven nahm nun leise Geräusche wahr: das Tappen und

Huschen von Pfoten, ein leises Schleifen und Rascheln und etwas wie ganz leise, aber vernehmbare Atemzüge. Er wusste, was diese Laute bedeuteten: Die Ratten waren zurückgekehrt. Und trotzdem – das Verhalten der Katze irritierte ihn. Das Tier schien sich vor den Ratten zu fürchten und schmiegte sich noch enger an ihn. Ein dunkles, bedrohliches Knurren drang aus seiner Brust, wie McGiven es noch nie zuvor bei einer Katze gehört hatte.

»Kein Grund, Angst zu haben. Die tun uns nichts«, murmelte er – wohl wissend, dass es Unsinn war, sich mit einem Tier zu unterhalten. Aber er ertrug es plötzlich nicht mehr, ruhig zu sein und diesen unheimlichen, näher kommenden Geräuschen und Schatten das Revier zu überlassen. In der Einsamkeit war selbst die Katze ein willkommener Gesprächspartner für ihn, und wenn sie seine Worte auch nicht verstehen konnte, so reagierte sie doch auf den Klang seiner Stimme.

Allerdings auf völlig andere Art, als McGiven erwartet hatte.

Das Tier fauchte erneut, diesmal eindeutig kläglich, angsterfüllt, und es zitterte am ganzen Leib.

Ein weiterer Schatten huschte an der Wand entlang, gefolgt von einem zweiten, dritten. Auch diese Tiere waren zu groß für Ratten. McGiven beugte sich vor, kniff die Augen zu schmalen Schlitzen zusammen – und riss sie gleich darauf ungläubig auf, als er erkannte, welche Tiere sich ihnen da näherten.

Es handelte sich ebenfalls um Katzen.

»Du hast wohl deine ganze Verwandtschaft mitgebracht, wie?«, sagte er grinsend und trank einen Schluck. »Aber du scheinst dich nicht besonders mit ihnen zu verstehen. Hast du was ausgefressen?« Er kicherte. »Vielleicht eine junge Katzendame geschwängert, und jetzt kommen ihre Brüder, um die Sache klarzumachen?« Er kicherte erneut, aber der Scherz klang selbst in seinen eigenen Ohren schal, und auch die Katze reagierte nun mit einem neuen, noch ängstlicheren Knurren darauf. Ihre Krallen fuhren scharrend über das Holz, aber zugleich presste sie sich auch enger und nun eindeutig Schutz suchend an ihn.

»Was ist los, Kleines?«, fragte McGiven. »Du scheinst ja wirklich in Schwierigkeiten zu stecken.«

Und vielleicht nicht nur sie. Ganz plötzlich kam McGiven zu Bewusstsein, dass die Situation, in der er sich befand, nicht nur ziemlich sonderbar, sondern möglicherweise auch ziemlich *gefährlich* sein mochte. Er hatte zwar niemals auch nur davon gehört, dass Katzen im Rudel Jagd machten – und schon gar nicht auf einen Rassegenossen! –, aber irgendetwas in dieser Art musste sich wohl genau hier abspielen ... und wie es aussah, war er mitten drin. Mit einem allmählich stärker werdenden Gefühl von Besorgnis fragte er sich, was er tun sollte, wenn das Katzenrudel über seinen neu gewonnenen Freund herfiel; und weil es so praktisch war, möglicherweise über ihn gleich mit ... McGiven war trotz allem kein Schwächling, aber ihm war durchaus klar, dass auch eine ganz normale Katze einen Gegner darstellte, den man besser nicht unterschätzte. Und ein ganzes Dutzend erst recht nicht.

»Was hast du ausgefressen?«, fragte er. »Bist in ihr Revier eingedrungen, wie?« Seine Stimme klang mit einem Mal gar nicht mehr betrunken, und er war es auch nicht mehr. Sein Herz schlug schnell und hart, und sein Blick tastete aufmerksam über die Schatten und die Dunkelheit hinter den Flammen. Er konnte jetzt mindestens ein halbes Dutzend schlanker, dunkler Umrisse identifizieren, die sich darin bewegten, und dazu das Tappen samtweicher Pfoten, die aber nichtsdestoweniger mit rasiermesserscharfen, gefährlichen Krallen bewehrt waren. Schmale Augen mit geschlitzten Pupillen verfolgten aufmerksam jede seiner Bewegungen, und er spürte, dass auch hinter ihm etwas war. Das war kein Rudel, sondern eine verdammte Katzen-Armee!

McGivens Gedanken überschlugen sich. Er musste hier heraus, bevor diese Katzen über das einzelne Tier zu seinen Füßen herfielen und ihn vielleicht so ganz nebenbei mit in Stücke rissen. Aber er war bereits umzingelt. Vielleicht, dachte er, hatte er sich getäuscht und nicht der Alkohol würde ihn umbringen, sondern etwas viel Bizarreres.

In diesem Punkt sollte er Recht behalten – wenn auch auf gänzlich andere Art, als er sich selbst jetzt noch träumen ließ.

Ein Knacken ertönte und wiederholte sich, gleich darauf und wesentlich lauter. Eine dumpfe Erschütterung lief durch den Boden. Irgendwo kollerte ein Stein, ein paar Verputzstücke lösten sich von der Decke und zerbarsten zu winzigen Staubgeysiren, wo sie auf den Boden aufprallten. Kaum eine Sekunde später wiederholte sich das Beben, diesmal ungleich heftiger. Erneut löste sich Putz von den Wänden und der Decke, aber auch Holzlatten und kleine Verstrebungen. Plötzlich war die Luft voller Staub. Irgendwo stürzte etwas Schweres zu Boden und zerbrach krachend, und für einen kurzen, furchtbaren Moment glaubte McGiven zu spüren, wie sich das gesamte Gebäude wie ein Schiff in stürmischer See zur Seite neigte, ehe es sich träge und stöhnend wie ein lebendiges Wesen wieder aufrichtete.

Erschrocken sprang McGiven auf. Von der hastigen Bewegung wurde ihm schwindelig, und um ein Haar wäre er wieder gestürzt, doch es gelang ihm das Gleichgewicht zu halten. *Ein Erdbeben!* Das war ein Erdbeben!

Die Katze blickte ihn noch einen Augenblick lang fast anklagend an, dann schoss sie wie ein geölter Blitz davon und verschwand in einem der Nebenzimmer. Dafür drangen andere Katzen in das Zimmer ein, huschten durch den Lichtschein der Flammen. Zuerst nur drei, vier, dann immer mehr und mehr. Es mussten Dutzende sein, eine kleine Armee, die sich wie eine Decke aus pelzigem, quirlendem Leben über den Fußboden ergoss. Eines der Tiere streifte das Feuer und brachte es beinahe zum Erlöschen. Es roch nach angebranntem Fell.

Zwischen den Brettern vor den Fenstern drang nur noch schwaches Mondlicht herein. Es dauerte ein paar Sekunden, bis sich McGivens Augen an das Zwielicht gewöhnt hatten und er wenigstens wieder schwache Umrisse erkennen konnte. Er spürte Berührungen an seinen Beinen, als die Katzen an ihm vorbeihuschten, dann bebte die Erde ein drittes Mal, diesmal so stark, als würde der Faustschlag eines Titanen das Gebäude treffen. Irgendwo in einem der Nebenzimmer brach etwas mit lautem Krachen herab. Der Fußboden schien sich wie ein bockendes Pferd aufzubäumen. Gleich darauf zerbarsten die Holzdielen mit einem peitschenden Knall. Trümmerstücke aus Holz und Stein flogen wie kleine gefährliche Geschosse durch die Luft, und plötzlich spürte McGiven keinen Halt mehr unter den Füßen.

Er stürzte. Verzweifelt schlug und griff er um sich, versuchte, sich irgendwo festzuhalten, doch da war nichts. Über ihm brach der gesamte Hansom-Komplex mit einem ungeheuerlichen Krachen zusammen, und für ein, zwei Sekunden war McGiven felsenfest davon überzeugt, dass er nun sterben würde. Er stürzte; und wenn ihn der Aufprall schon nicht umbrachte, dann die Tonnen von Trümmern, die hinter ihm in die Tiefe stürzen mussten.

Der Aufprall war hart, unvorstellbar hart – aber er überlebte ihn. Zwei, drei kleinere Trümmerstücke trafen seinen Rücken und seine Beine, und dicht neben ihm bohrte sich etwas mit einem Laut in die

Erde, der McGiven erschauern ließ – aber das Wunder geschah. Er stürzte sich weder zu Tode, noch wurde er von den Trümmern erschlagen. Das Schicksal hatte es ausnahmsweise einmal gut mit ihm gemeint.

Er lebte.

Unendlich erleichtert – und noch immer ein wenig erstaunt darüber, dass er überhaupt noch in der Lage war, diesen Gedanken zu denken – hob McGiven den Kopf und sah sich um. Er musste sich im Keller des Hansom-Komplexes befinden, und erstaunlicherweise war er nicht nur größtenteils unverletzt davongekommen, es gab sogar Licht, wenn auch ein sehr seltsames Licht – einen flackernden, bleichen grünen Schein, der von einem Punkt irgendwo hinter ihm ausstrahlte und seine Umgebung in kleine Bereiche unwirklicher Helligkeit und große Abgründe nachtschwarzer, beunruhigender Schatten zerteilte.

Langsam stemmte sich McGiven auf die Ellbogen und Knie hoch und drehte den Kopf, um zu sehen, woher dieses Licht stammte und wieso es so seltsam war.

Ihm blieb nicht mehr genug Zeit, um auf *alle* diese Fragen eine Antwort zu finden. Aber immerhin begriff er noch, welch grausamen Scherz sich das Schicksal mit ihm erlaubt hatte, als er den Sturz in diesen Keller unverletzt überstand.

Er hätte sich gewünscht, es wäre nicht so gewesen.

September 1892

Blossoms Hände und Arme schmerzten, als er den Grund des Schachtes und mit ihm die beiden Soldaten erreichte. Er trat rasch zur Seite, um den nachfolgenden Matrosen Platz zu machen, die zwar erst mit einigem Abstand losgeklettert, aber jünger und auch kräftiger waren als er und aufgeholt hatten. Einer nach dem anderen gesellten sich die Männer zu ihnen. Zu seiner nicht geringen Überraschung stellte Blossom fest, dass Hasseltime selbst den Abschluss bildete. Übrigens auch zu seiner noch geringeren Verärgerung.

»Ich hatte Ihnen befohlen, oben zurückzubleiben«, sagte er. Er gab sich Mühe, seine Stimme scharf, trotzdem aber militärisch diszipliniert klingen zu lassen; und sei es nur, damit Hasseltime nicht merkte, wie nachhaltig es ihm gelungen war, ihn aus der Ruhe zu bringen. Doch es gelang ihm nicht. Wenn schon nicht er selbst, so machte die Akustik ihrer zum größten Teil unsichtbaren Umgebung ihm den gewünschten Effekt zunichte, denn der Stollen, in dem sie sich befanden, verlieh seinen Worten ein unheimliches, lang nachhallendes Echo und machte sie zu etwas vollkommen anderem als das, was sie sein sollten.

Hasseltime wich seinem Blick aus. »Ich habe Jenkins zurückgelassen«, sagte er. »Er ist ein äußerst zuverlässiger Mann.«

Das war keine Antwort; jedenfalls nicht die Art von Antwort, die Blossom normalerweise akzeptiert hätte. Doch beinahe zu seiner eigenen Überraschung beließ er es dabei. Blossom sagte nichts. Er war eher verwirrt als verärgert. Dass Hasseltime einen Befehl ignorierte, hätte er noch vor einer Minute für schlichtweg ausgeschlossen gehalten. Ein weiterer Beweis dafür, dass hier irgendetwas nicht stimmte. Nicht mit dieser Insel und nicht mit ihnen.

Blossom sah den jungen Offizier noch einige Sekunden lang fast bestürzt an, doch dann wandte er sich ohne ein weiteres Wort um und hob seine Lampe.

Der Stollen, in dem sie sich befanden, war vollkommen leer. Seine Wände bestanden nur aus schwarzer Lava, die im Licht der Karbidscheinwerfer ölig schimmerte, und die Decke war so niedrig, dass einige der größeren Männer die Köpfe einziehen mussten, um nicht dagegenzustoßen. Es gab nur eine Richtung, in die sie losmarschieren konnten. Der senkrechte Schacht markierte das Ende eines knapp sechs Fuß hohen, allerdings nicht annähernd so breiten Stollens, in dem sich das Licht schon nach wenigen Schritten auf die gleiche, unheimliche Weise verlor wie in dem Schacht, durch den sie herabgekommen waren. Blossom wollte nicht dorthin gehen. Was immer diese wattige Schwärze auch verbarg, er wusste, dass es gefährlich war; tödlich und vielleicht schlimmer. Doch er konnte trotz allem selbst jetzt nicht aus seiner Haut. Keiner der Männer hätte protestiert, wenn er den Befehl zum Rückzug gegeben hätte, nicht einmal Hasseltime. Aber *er* hätte sich diese Schwäche – auch wenn er sich zugleich zu Recht sagte, dass es wohl viel mehr *Vernunft* als *Schwäche* gewesen wäre – für den Rest seines Lebens nicht verziehen, und so gab er den Befehl loszumarschieren.

Schon nach wenigen Yards gabelte sich der Stollen. Blossom blieb stehen und schwenkte seinen Scheinwerfer erst nach rechts, dann nach links. In dem kalten weißen Licht konnte er weitere Abzweigungen erkennen. Vor ihm musste ein wahres Labyrinth von Gängen liegen. Und anderen Dingen.

Die Erkenntnis hätte Blossoms Aufregung und seinem Forschungsdrang weitere Nahrung geben müssen, doch das genaue Gegenteil war der Fall. Ein paar Höhlen, selbst ein von Menschenhand geschaffener Gang unter einem vor Jahrhunderten versunkenen Eiland, das wäre eine Entdeckung gewesen, die zwar fantastisch, aber noch immer *glaubhaft* war. Aber ein solch gigantisches System von Stollen und Gängen ...

»Unglaublich!«, murmelte Hasseltime neben ihm. »Das ist ja wie eine eigene Welt.« Plötzlich klang seine Stimme erregt. »Und wir sind seit Jahrhunderten die ersten Menschen, die sie sehen.«

»Für mich sieht es eher wie ein Irrgarten aus«, antwortete Blossom. »Außerdem stimmt es nicht ganz.« Die Fischer, die die Insel entdeckt haben, waren vor uns hier.« Er sprach bewusst ruhig und ganz bewusst in pragmatischem, warnendem Tonfall, um die Begeisterung seines Ersten Offiziers – und wahrscheinlich eines beträchtlichen Teils der übrigen Mannschaft – ein wenig zu dämpfen. »Ich weiß nicht, ob wir dort hineingehen sollten. Wir müssen höllisch aufpassen, um uns nicht zu verirren.«

»So wie die Fischer?«, fragte Hasseltime.

Blossom sah ihn fragend an, und Hasseltime fügte nach einer Sekunde mit leicht gesenkter Stimme hinzu: »Sie sind zu dritt hier heruntergegangen. Aber nur zwei sind zurückgekommen.«

»Wie?«, machte Blossom.

Hasseltime nickte. »Wussten Sie das etwa nicht?«

Blossom hatte *davon* tatsächlich nichts gewusst. Niemand hatte es ihm gesagt. Aber er sagte nichts dazu, sondern wandte sich in die Richtung, aus der sie gekommen waren. Schon jetzt war der Schacht nicht mehr zu sehen, obwohl sie sich erst wenige Schritte davon entfernt hatten. Die schwarze Lava schien das Licht der Scheinwerfer aufzusaugen, wie ein Schwamm das Wasser.

Geht nicht weiter!, flüsterte eine Stimme hinter seiner Stirn. *Verschwindet! Lauft, solange ihr es noch könnt!*

Blossom schüttelte ein paar Mal den Kopf, um die flüsternde Stimme seiner eigenen Furcht zum Verstummen zu bringen. Seine Hände zitterten. Ein leises, kaum hörbares Stöhnen kam über seine Lippen.

»Sir?« Hasseltime sah seinen Kapitän besorgt an, und Blossom wurde voller Unbehagen klar, dass er nicht der Einzige war, dem seine Nervosität auffallen musste. »Stimmt etwas nicht?«

»Schon gut«, antwortete Blossom nervös. Er versuchte zu lächeln, aber es geriet eher zu einer Grimasse.

»Ich ... fühle mich in engen Räumen nicht wohl«, sagte er, obwohl er selbst wusste, dass er Unsinn redete. Jeder Gang im Inneren der THUNDERCHILD war enger als der Stollen, und Klaustrophobie war etwas, das sich angesichts der Verhältnisse auf einem Schiff gerade ein Seefahrer nicht leisten konnte. Auch Hasseltime musste wissen, wie fadenscheinig diese Antwort war. Fragend zog er die Augenbrauen hoch, und Blossom fügte in gezwungen belustigtem Ton hinzu: »Das ist der Grund, aus dem ich Kapitän geworden bin, kein Höhlenforscher.«

»Natürlich.« Hasseltime lächelte pflichtschuldig, aber er war diplomatisch genug, das Thema nicht zu vertiefen. Stattdessen griff er in die Tasche, kramte eine Weile darin herum und brachte schließlich ein Stück Kreide zum Vorschein, das er präzise in vier gleich lange Stücke zerbrach, von denen er drei an die am nächsten stehenden Matrosen verteilte.

»Bildet drei Gruppen«, sagte er, »und bleibt zusammen, egal, was passiert. Kapitän Blossom und ich gehen voraus und markieren jede Abzweigung, an die wir kommen, mit einem Pfeil. Solltet ihr aus irgendeinem Grund getrennt werden, dann macht ihr es genauso, um den Rückweg zu finden. Es sei denn, jemand legt Wert darauf, den Rest seines Lebens hier unten herumzuirren.« Er lachte. Obwohl er nicht besonders laut gesprochen hatte, hallten seine Stimme und das nachfolgende Lachen von den Wänden wider und pflanzten sich als verzerrtes Echo in dem Stollen fort, ehe es gebrochen zurückkehrte. Gebrochen und irgendwie ... verändert. Nicht mehr allein.

Blossom verspürte ein eisiges Frösteln. Aber er wusste nicht einmal zu sagen, warum. Seine eigene Reaktion verwirrte, ja, erschreckte ihn. Und nicht nur seine. Niemand hier verhielt sich plötzlich noch so, wie er es sollte. Nicht nur, dass Hasseltime einen ganz klaren Befehl missachtet hatte, er übernahm auch praktisch das Kommando über die Gruppe. Was um alles in der Welt ging hier vor?

Vorsichtig drangen sie in den Stollen vor. Blossom hatte wieder die Führung übernommen und hielt eine möglichst gerade Richtung ein, während Hasseltime gewissenhaft jede Abzweigung, die sie passierten, mit einem Pfeil markierte, der zum Ausgang hinwies. Das Licht der Scheinwerfer brach sich an Kanten und Vorsprüngen, ließ Schatten über die Stollenwand tanzen und schien so unheimliches Leben zu erschaffen, wo keines war. Und der Lichtschein reichte nicht annähernd so weit, wie er sollte. Obwohl der schwarze Stein dort, wo ihn die Scheinwerferstrahlen direkt trafen, wie lackiert glänzte, schien er die Helligkeit auch weiterhin gleichsam aufzusaugen und dafür etwas Anderes, Düsteres auszuatmen.

Blossom verlor schon bald jegliche Orientierung, nicht nur räumlich, sondern auch und vielleicht noch viel mehr in der Zeit. Er vermochte nicht mehr zu sagen, ob sie fünf Minuten oder fünf Stunden hier unten waren, ob sie hundert Schritte oder hundert Meilen zurückgelegt hatten. Zugleich wurde er immer nervöser. Er hatte gehofft, dass sich das Gefühl der Beklemmung legte, wenn sie erst einmal eine Weile hier unten waren und er sich an diese veränderte, fremdartige Umgebung gewöhnt hatte, aber das Gegenteil war der Fall – seine Nervosität wuchs stetig, und er musste sich nicht einmal zu den Männern herumdrehen, um zu spüren, dass es ihnen ebenso erging. Mit Ausnahme von Hasseltime vielleicht.

Plötzlich blieb er stehen. »Schauen Sie nur«, sagte er, hielt Hasseltime zugleich zurück und richtete den Strahl der Lampe gegen eine Wand. Sie war nicht glatt wie die, die ihren Weg bisher flankiert hatten, sondern ganz eindeutig von Menschenhand berührt und bearbeitet. Doch Blossom konnte beim besten Willen nicht sagen, *was* er da eigentlich sah. Symbole aus unheimlichen, ineinander verschlungenen Linien und Formen waren in die Lava hineingraviert. Blossom glaubte vage, etwas wie ein grob dreieckiges Grundmuster zu erkennen, doch sobald er versuchte sich genauer auf das Bild zu konzentrieren, verschwammen die Linien vor seinen Augen, verschoben sich und schienen sich wie kleine lebende Wesen zu winden.

Vielleicht lag es am Licht, überlegte Blossom. So, wie der unheimliche schwarze Stein das Licht weiter hinten aufzusaugen schien, mochte er es hier reflektieren, vielleicht auf eine Art und Weise, die einfach seine Augen narrte, sodass er Dinge sah, die gar nicht existierten.

Aber das war nicht alles. Da war ... noch etwas. Seine Hände begannen zu zittern. Das Bild war ... unheimlich. Da waren Winkel, die es nicht geben durfte; Geraden, die sich kreuzten und auf unmögliche Art umeinanderwanden. Formen, die der euklidischen Geometrie ins Gesicht spuckten und die nicht nur unangenehm, sondern geradezu schmerzhaft anzusehen waren. Ein heftiges Schwindelgefühl breitete sich hinter Blossoms Stirn aus, das nach einigen Sekunden zu einem rasenden Schmerz wurde. Er musste den Blick abwenden.

»Unglaublich«, flüsterte der Erste Offizier. »Wer mag das gemacht haben?«

»Ich ... weiß es nicht.« Selbst das Sprechen fiel Blossom schwer. Er sah die Wand nicht mehr an. Er hatte fast Angst davor, es zu tun. Dieses Relief anzublicken war wie in einen Abgrund zu stürzen, an dessen Grund der Wahnsinn oder Schlimmeres lauerte. »Und ich frage mich, ob ich es überhaupt noch herausfinden will«, fügte er sehr viel leiser hinzu.

Hasseltime sah ihn erneut auf diese sehr sonderbare Art an, sagte aber auch jetzt nichts.

Am Fuße der Wand lagen einige wie glasiert aussehende Gesteinsbrocken. Blossom bückte sich danach, hob einen flachen, knapp handtellergroßen Stein auf und betrachtete ihn. Ohne besondere Überraschung stellte er fest, dass in die schwarze Glasur die gleichen den Verstand verdrehenden Linien und Symbole eingraviert waren wie in die Wand und dass sie auch die gleiche Wirkung hatten: Sein Schädel begann beinahe augenblicklich zu schmerzen, und ihm wurde wieder schwindelig.

Hastig senkte er die Hand wieder, um den Stein fallen zu lassen, überlegte es sich aber dann anders und steckte ihn ein. Auch Hasseltime bückte sich nach einem der Brocken, betrachtete ihn einen Moment lang unschlüssig und steckte ihn dann ebenfalls ein. Sein Gesicht blieb dabei vollkommen unbewegt. Entweder, dachte Blossom, er hatte sich absolut perfekt in der Gewalt, oder er war gegen den unheimlichen Einfluss der Bilder immun. Er vermochte selbst nicht zu sagen, welche Erklärung ihm lieber gewesen wäre.

Sie gingen weiter, bis sie schließlich eine große, vollkommen leere Kammer erreichten.

»Wir sollten ...«, begann Hasseltime, stutzte dann aber und brach ab, wobei er sich besorgt umschaute. »Wo ist Craigh?«

Blossom sah alarmiert auf. Craigh diente erst seit wenigen Monaten als Leichtmatrose auf der THUNDERCHILD und war für sein heißblütiges Temperament und seine Unzuverlässigkeit bekannt. Jetzt war er verschwunden. Hasseltime bildete mit den Händen einen Trichter vor dem Mund und schrie Craighs Namen, dreimal hintereinander und so laut er konnte. Die einzige Antwort, die er erhielt, war das unheimlich gebrochene Echo seiner eigenen Stimme.

»Wer hat ihn zuletzt gesehen?«, fragte Blossom.

»Er ging direkt hinter mir«, erklärte einer der Soldaten. »Als wir an diesem komischen Bild stehen geblieben sind, war er noch da.«

»Verdammt, ich hatte befohlen, dass alle zusammenbleiben!«, sagte Hasseltime.

»Wir kehren um«, entschied Blossom. »Auf der Stelle.«

Hasseltime protestierte. »Aber wir können Craigh doch nicht –«

»Irgendetwas stimmt hier nicht«, unterbrach ihn Blossom. Es war absurd: Nach der nagenden Ungewissheit machte es ihm das Wissen, dass es hier unten tatsächlich irgendeine Gefahr gab, beinahe leichter, mit seiner Furcht fertig zu werden. Nun hatte er wenigstens etwas, worauf er reagieren konnte. »Etwas ist hier unten, Hasseltime«, sprach er weiter. »Ich spüre es – und Sie und die anderen auch. Wir gehen zum Eingang zurück und überlegen draußen, was wir für Craigh tun können. Vielleicht findet er eine der Kreidemarkierungen.«

Er ergriff Hasseltime am Arm. »Sie bilden den Abschluss«, sagte er. »Behalten Sie die Männer genau im Auge. Ich möchte nicht, dass es weitere Zwischenfälle gibt.«

Hasseltime wagte nicht, offen zu widersprechen, aber in seinen Augen blitzte es trotzig auf, und seine Lippen wurden zu einem schmalen, blutleeren Strich. Dann aber wandte er sich mit einem Ruck um und nahm seine Position am Ende der kleinen Kolonne ein.

Sie machten sich auf den Rückweg. An jeder der zahlreichen Abzweigungen blieb Blossom einen Moment stehen und suchte nach neuen Markierungen, die Craigh vielleicht angebracht haben mochte, aber es waren keine da. Immer wieder riefen sie den Namen des Mannes. Ihre Stimmen mussten in den langen, leeren Stollen weit zu hören sein, doch sie bekamen auch jetzt keine Antwort. Schließlich erreichten sie wieder das Wandbild, ohne eine Spur des verschwundenen Matrosen gefunden zu haben.

»Vielleicht hat er einfach die Nerven verloren und ist zum Ausgang zurückgerannt«, sagte Hasseltime.

»Hoffen wir es – in seinem Interesse«, entgegnete Blossom ohne sonderliche Überzeugung. Ein solches Verhalten hätte einfach nicht zu Craigh gepasst. Der Mann war vielleicht nicht besonders klug, vielleicht nicht besonders beherrscht, aber er war alles andere als ein *Feigling.*

»Da ist er!« Einer der Soldaten hob den Arm und wies in einen der Nebenstollen hinein. »Ich habe ihn gesehen. Er ist nach rechts verschwunden.«

Zwei der anderen wollten loslaufen, doch Blossom rief sie mit einem scharfen Befehl zurück. »Stehen bleiben! Niemand unternimmt etwas auf eigene Faust. Ich will nicht noch mehr von euch verlieren. Wir bleiben zusammen!«

Er brachte eine neue Markierung an, und sie drangen in den Stollen vor, in dem er Matrose Craigh gesehen hatte. Nach einigen Schritten nur erreichten sie die nächste Abzweigung. Der Gang dahinter war so leer wie der, durch den sie gekommen waren, und scheinbar ebenso endlos.

»Er ist hier entlang gelaufen«, beteuerte der Matrose. »Ich habe ihn genau gesehen.«

Noch einmal schrie Hasseltime Craighs Namen, erneut ohne eine Antwort zu erhalten. Diesmal blieb auch das Echo aus.

»Was ist bloß in diesen Narren gefahren?«, murmelte Blossom kopfschüttelnd. »Das wird ihn teuer zu stehen kommen.«

Sein Zorn klang nicht einmal in seinen eigenen Ohren echt. Craigh war nicht einfach davongelaufen, das spürte er ganz genau. Etwas war passiert und passierte noch immer.

Sie gingen weiter, doch sie stießen immer wieder auf neue Abzweigungen. Blossoms Befürchtung, sich in einem wahrhaft gigantischen Labyrinth zu befinden, wurden endgültig zur Gewissheit. Dieser unterirdische Irrgarten war vermutlich noch sehr viel größer, als er bisher angenommen hatte. Sie fanden immer neue Kammern und Stollen, einmal sogar einen weiteren Schacht, der noch tiefer in die Erde hinabführte und den sie in respektvollem Abstand umgingen. Auch hier waren eiserne Trittstufen in die Wand eingelassen.

»Das ist fantastisch«, sagte Hasseltime. »Wenn es darunter ebenso aussieht …« Er sah auf. In seinen Augen leuchtete eine Begeisterung, die Blossom alarmierte. »Vielleicht gibt es sogar noch weitere solcher Etagen.«

»Ja, und wahrscheinlich bis zum Mittelpunkt der Erde hinab«, erwiderte Blossom böse. Er hob die Stimme. »Es ist mir völlig egal, was das hier ist. Mir ist nur klar, dass diese Sache eine Nummer zu groß für uns ist. Und solange Craigh nicht wieder zur Besinnung kommt, können wir nichts für ihn tun. Wir haben keine Chance, hier unten jemanden zu finden, der sich allem Anschein nach gar nicht finden lassen will.«

»Aber ... aber Sie haben doch nicht vor, die Insel zu sprengen, Sir, oder?« Hasseltimes Stimme klang schrill.

Blossom schüttelte den Kopf, wenn auch mit deutlichem Widerwillen. Die lautlose Stimme in seinen Gedanken war wieder da, und sie raunte ihm hartnäckig zu, dass er ganz genau das tun sollte: seine eigentlichen Befehle befolgen und dieses ganze Eiland mitsamt seiner verschlungenen Lavaeingeweide dorthin zurückbomben, woher es gekommen war – auf den Grund des Meeres. Diese Umgebung war nicht einfach nur unheimlich. Sie war auf eine mit Worten nicht zu beschreibende Weise feindselig, sie schien Furcht und Beklemmung geradezu auszuatmen.

Es war falsch, dass sie diese Katakomben überhaupt betreten hatten. Menschen sollten hier nicht sein. Menschen durften hier nicht sein. Kapitän Blossom war nicht abergläubisch, nicht einmal sonderlich religiös, aber selbst er spürte fast körperlich den Odem des Bösen, den das schwarze Gestein verströmte. Plötzlich war er nicht einmal mehr sicher, dass es sich wirklich um Lava handelte. Irgendetwas Finsteres, Unbegreifliches nistete in dieser unterirdischen Felswelt aus Nacht und Schweigen. Es war ein Frevel, dass sie überhaupt hier eingedrungen waren, und welche Entdeckungen sie auch immer hier machen würden, sie würden Verderben bringen. Diese Insel zu vernichten war das einzig Richtige.

Aber zugleich wusste er, dass er es nicht konnte.

»Nein«, antwortete er müde. »Natürlich nicht. Wofür halten Sie mich? Aber wir gehen zurück und stellen einen vernünftig ausgerüsteten Suchtrupp zusammen.«

Sie machten kehrt und begannen den Rückmarsch. Wieder übernahm Hasseltime den Abschluss der kleinen Gruppe, forderte Blossom jedoch schon nach einigen Schritten auf, wieder stehen zu bleiben.

»Ich glaube, ich habe etwas gesehen.« Er wies durch einen Torbogen in eine große Höhle, in die auch Blossom im Vorbeigehen schon einen Blick geworfen hatte, ohne dass ihm allerdings etwas Besonderes aufgefallen wäre. Erst als Hasseltime seinen Scheinwerferstrahl ein paar Mal von rechts nach links gleiten ließ, sah er, dass von der Decke des steinernen Domes Wasser tropfte, das bereits einen flachen See auf dem Boden gebildet hatte.

»Was haben Sie gesehen?«, fragte Blossom. Zögernd wandte er sich um und ging zu Hasseltime zurück. »Craigh?«

»Nein«, antwortete Hasseltime schleppend. »Das ist ... das ist ein Kind!« Plötzlich schrie er und stürzte gleichzeitig an Blossom vorbei, vorwärts in die Höhle hinein. »*Es ertrinkt!*«

»Bleiben Sie stehen!«, brüllte Blossom, doch der Erste Offizier ignorierte den Befehl. Als Blossom die Höhle erreichte und hineinstürmte, kniete Hasseltime bereits am Ufer des Sees. Er hatte sich so weit vorgebeugt, wie er es konnte, ohne das Gleichgewicht zu verlieren, und beide Arme bis weit über die Ellbogen ins Wasser getaucht. Es war ein bizarrer, auf seine Weise fast unheimlicher Anblick: Das Wasser reflektierte das Licht der Karbidlampen wie ein Spiegel, sodass es aussah, als hätte Hasseltime die Arme in Quecksilber getaucht.

»Zum Teufel, was tun Sie da?«, schnappte Blossom. »Sind Sie verrückt?«

In diesem Wasser konnte alles Mögliche lauern. Er wusste, *dass* dort etwas lauerte.

»Es war ein Kind«, beharrte Hasseltime. Er sah zu Blossom auf, ohne die Hände aus dem Wasser zu nehmen. »Ein Junge, allerhöchstem sieben oder acht Jahre alt, mit dunklen Haaren. Ich habe genau gesehen, wie er ins Wasser gefallen ist.«

Blossom trat mit ein paar schnellen Schritten ganz neben ihn und richtete den Scheinwerferstrahl direkt auf die Wasseroberfläche. Selbst das starke Licht der Karbidlampe durchdrang die spiegelnde Oberfläche des Sees nur wenige Zoll weit. Aber immerhin weit genug, um Blossom erkennen zu lassen, dass der vermeintliche See gar kein See, sondern nur eine bessere Pfütze war. Hasseltimes tastende Hände fuhren über den felsigen Boden. Da war kein Kind.

»Was für ein Unsinn!«, herrschte er Hasseltime an. »Verdammt, Mann, kommen Sie zur Besinnung!«

Der See gefiel ihm nicht. Das Wasser schäumte träge wie geschmolzenes Metall, hatte jedoch darunter die gleiche nachtschwarze Farbe wie der allgegenwärtige Fels. Ein fauliger, unguter Geruch ging davon aus.

»Aber ich habe es gesehen!«, beharrte Hasseltime.

Blossom wollte ihn erneut anfahren, besann sich aber dann im letzten Moment eines Besseren. Sie waren alle mit ihrer Nervenkraft am Ende. Wenigstens einer musste Ruhe bewahren.

»Wie soll ein Kind hierherkommen?«, fragte er. »Sehen Sie doch selbst. In dieser Pfütze ist nicht einmal genug Platz dafür.« Er schwenkte den Scheinwerfer hin und her, um seine Worte zu untermauern.

»Ich weiß es nicht, Sir, aber ich ...« Hasseltime hörte endlich damit auf, im Wasser herumzuplatschen, und richtete sich ein wenig auf. Plötzlich sah er beinahe verlegen aus, als wäre ihm erst jetzt die vollkommene Sinnlosigkeit seines Tuns bewusst geworden.

»Ich habe es gesehen. Jedenfalls ... jedenfalls habe ich geglaubt, etwas zu sehen«, murmelte er.

»Und ich glaube, es ist an der Zeit, dass Sie aufstehen und sich wieder wie ein Offizier benehmen, nicht wie ein dummer Junge«, sagte Blossom. Seine Stimme hatte einen sanften, verständnisvollen Klang, die die Schärfe seiner Wortwahl wieder etwas milderte.

Hasseltimes Lächeln wurde noch ein wenig verlegener. Er richtete sich weiter auf, nahm die Hände jedoch immer noch nicht ganz aus dem Wasser.

»Worauf warten Sie?«, fragte Blossom. »Kommen Sie. Wir müssen hier raus.«

Die Verlegenheit auf Hasseltimes Gesicht verwandelte sich jäh in Schrecken. »Ich ... ich komme nicht los«, sagte er. »Irgendetwas hält mich fest!«

»Reden Sie keinen Unsinn«, sagte Blossom. »Sie –«

Der Rest seiner Worte ging in dem gellenden Schrei seines Ersten Offiziers unter. Hasseltime wurde mit einem Ruck nach vorne gerissen, stürzte mit Kopf und Schultern ins Wasser und kam prustend wieder hoch. Sein Gesicht war eine Maske des Entsetzens. Nur mit Mühe gelang es ihm, den Kopf über Wasser zu halten. Irgendetwas zerrte an seinen Armen und versuchte ihn wieder ins Wasser zurückzureißen. Etwas, das über enorme Kraft zu verfügen schien, denn Hasseltime war wahrlich kein Schwächling, hatte aber sichtlich keine Chance, sich weiter aus dem Wasser herauszustemmen.

Gleich drei Matrosen stürzten vor und packten Hasseltime an Beinen und Hüfte. Sie zerrten mit aller Kraft, aber auch sie konnten nicht verhindern, dass der Erste Offizier immer tiefer in den See hineingezerrt wurde. Hasseltime warf verzweifelt den Kopf in den Nacken, um wenigstens das Gesicht über Wasser zu halten und atmen zu können, aber er wurde unbarmherzig weitergezerrt. Seine Schreie brachen abrupt ab, als sein Gesicht erneut unter Wasser geriet.

Zwei weitere Matrosen sprangen hinzu und packten ihn an den Beinen, doch nicht einmal die vereinten Kräfte von fünf ausgewachsenen Männern reichten aus, den Ersten Offizier wieder aus dem Wasser zu ziehen. Im Gegenteil – Hasseltime wurde, langsamer jetzt, aber unbarmherzig, immer tiefer in den See hineingezogen.

Was auf den ersten Blick wie eine flache Pfütze ausgesehen hatte, musste in Wirklichkeit ein bodenloses Loch sein. Das Wasser rings um Hasseltime schien zu kochen. Blasiger Schaum erschien auf seiner Oberfläche, und für den Bruchteil einer Sekunde, viel zu schnell, als dass er hätte reagieren oder den Eindruck auch nur halbwegs verarbeiten können, glaubte Blossom einen gewaltigen, monströsen Schatten aus der lichtlosen Tiefe emporsteigen zu sehen; ein Ding von absurder Form, das sich Hasseltime rasend schnell näherte.

Und dann, im allerletzten Moment, vielleicht dem tausendsten Teil einer Sekunde, bevor der Schatten und Hasseltimes hilflos mit den Beinen strampelnder Körper verschmolzen, kam der Erste Offizier frei. Plötzlich des Widerstandes beraubt, gegen den sie sich stemmten, stürzten die fünf Matrosen, die ihn gepackt hatten, nach hinten, doch zumindest einer von ihnen war geistesgegenwärtig genug, Hasseltime mit sich zu zerren. Zugleich barst eine gewaltige, schaumige Wassersäule aus dem See, erhob sich brüllend fast bis an die Höhlendecke und überschüttete alle mit eiskaltem Wasser.

Auch Blossom sprang zurück, riss instinktiv die Arme über das Gesicht und zog den Kopf zwischen die Schultern. Trotzdem wurde er bis auf die Haut durchnässt. In der nächsten Sekunde hallte die Höhle wider von spitzen Schmerz- und Schreckensrufen, und auch Blossom presste stöhnend die Lippen aufeinander.

Das Wasser brannte wie Säure auf seiner Haut. Es war eiskalt, aber es fühlte sich nicht an wie Wasser, sondern war von einer zähen, fast schleimigen Konsistenz, und es verströmte einen widerwärtigen, fauligen Gestank. Hastig fuhr er sich mit den Händen durch das Gesicht, konnte aber nicht verhindern, dass ihm ein Tropfen der brennenden Flüssigkeit ins linke Auge lief. Rote Schmerzblitze explodierten auf seiner Netzhaut, und für Sekunden war er blind. Als er wieder sehen konnte, wogte ein blutiger Schleier vor seinem linken Auge, und der Schmerz war so entsetzlich, als würde ihm ein glühender Dolch ins Gehirn getrieben.

Auch den anderen Männern erging es nicht besser. Zwei der Matrosen waren auf die Knie gesunken und hatten die Hände vor die Gesichter geschlagen; und auch die anderen krümmten sich oder versuchten wie besessen, die ätzende Flüssigkeit abzustreifen.

Hasseltime hockte nur ein kleines Stück vom Ufer des Sees entfernt auf den Knien, aber Blossom wünschte sich fast, ihn nicht angesehen zu haben. Er bot einen entsetzlichen Anblick. Seine Jacke schwelte. Sein Gesicht war blutüberströmt und schien sich in eine einzige, gewaltige Wunde verwandelt zu haben. Das Haar fiel ihm in Büscheln aus. Sein Mund stand weit offen, und seine Lippen bewegten sich, doch wenn er schrie, so ging der Klang seiner Stimme im allgemeinen Getöse und den Schreien der anderen unter.

Das Schlimmste aber waren die roten, kreisrunden Male, die Blossom auf Hasseltimes Wangen und dem bloßgelegten Fleisch seiner Hände gewahrte: teetassengroße Wunden, wie die Spuren gewaltiger, zahnbewehrter Saugnäpfe.

Hasseltime wankte hin und her. Er hätte längst tot sein müssen oder zumindest bewusstlos, aber irgendetwas hielt ihn noch immer aufrecht.

Und die Gefahr war noch keineswegs vorüber.

Der schäumenden Wassereruption war keine zweite gefolgt, doch Blossom erinnerte sich plötzlich wieder des unheimlichen Schattens, der aus der Tiefe emporgestiegen war. Als wäre dieser Gedanke ein Signal gewesen, auf das der unsichtbare Feind nur gewartet hatte, begann das Wasser hinter Hasseltime in diesem Moment erneut zu sprudeln.

»*Hasseltime! Weg da!*«, schrie Blossom mit schriller, sich überschlagender Stimme. Tatsächlich wandte Hasseltime mit einem Ruck den Kopf und blickte in seine Richtung, doch er hatte seine Worte entweder nicht verstanden oder war vor Schrecken und Schmerz wie gelähmt, denn er versuchte nicht einmal aufzustehen.

Wahrscheinlich wäre es sowieso zu spät gewesen. Das Wasser spritzte erneut auseinander, und diesmal war es nicht nur kochender Schaum, der seine Oberfläche durchbrach.

Der Schatten hatte einen Körper bekommen. Ein gutes Dutzend gewaltiger, grün geschuppter Fangarme erhob sich plötzlich aus dem See, jeder so dick wie der Oberschenkel eines Mannes und mit zahllosen runden, mit schnappenden Mäulern versehenen Saugnäpfen bedeckt. Darunter wuchs ein kolossaler, missgestalteter Leib heran, ein schwarzer, pumpender Sack mit gewaltigen Glotzaugen, der hinter dem Wald aus peitschenden Fangarmen und spritzendem Wasser mehr zu erahnen als wirklich zu erkennen war. Die Tentakel zuckten wild umher, klatschten mit einem widerwärtigen Geräusch auf den flachen Fels neben dem See – und ergriffen Hasseltime, um ihn mit einem einzigen Ruck in die Höhe und erneut in das brodelnde Wasser zu zerren!

Blossoms Hände bewegten sich fast ohne sein Zutun. Obwohl ihm jede Bewegung Schmerzen bereitete, riss er das Gewehr von seiner Schulter und drückte ab, ohne sich auch nur die Zeit zu nehmen, richtig zu zielen.

Der Schuss hallte wie ein Kanonenschlag durch die Höhle, und Blossom sah, wie die Kugel einen der Fangarme traf. Ein Schwall einer schwarzen, dampfenden Flüssigkeit schoss aus der Wunde. Wo die Tropfen den Fels berührten, kräuselte sich grauer Rauch in die Höhe.

Ein schrilles, zorniges Pfeifen erscholl, ein Laut, wie Blossom ihn noch nie zuvor gehört hatte und auch nie wieder hören sollte. Das Ungeheuer mochte aus den tiefsten Tiefen der Hölle emporgestiegen sein, ein lebender Albtraum, aber es war nicht unverwundbar und es kannte den Schmerz.

Und den Zorn. Plötzlich streckten sich drei, vier weitere Tentakel vor, in einer Bewegung, die so fließend und schnell war, dass sie Blossom für ein Wesen dieser Größe eigentlich unmöglich erschien, ergriffen drei weitere Soldaten und zerrten sie mit unvorstellbarer Kraft auf den See zu.

Blossom feuerte erneut. Die Kugel traf einen der Tentakel, zerschmetterte die grünen Schuppen und riss eine fast kopfgroße Wunde in das verwundbare Fleisch darunter. Der Griff des Fangarmes öffnete sich, und der Mann stürzte in den See, wo er sofort von einem anderen Tentakel gepackt und unter Wasser gezerrt wurde; ebenso wie die beiden anderen Unglückseligen, die das Ungeheuer ergriffen hatte.

Doch auch die anderen Soldaten hatten endlich ihren Schock überwunden und eröffneten nun das Feuer. Die Oberfläche des Sees begann erneut zu sprudeln und Blasen zu werfen. Grauer, ätzender Rauch erfüllte die Luft, und aus dem schmerzerfüllten Pfeifen wurde ein Kreischen und Brüllen von unvorstellbarer Wut, aber auch fast ebenso großer Pein.

Aber Blossom sah auch etwas, das ihn mit schierem Entsetzen erfüllte: So schrecklich die Wunden waren, die die großkalibrigen Geschosse aus ihren Gewehren rissen, vermochten sie dem Ungetüm doch keinen wirklichen Schaden zuzufügen, denn sie schlossen sich beinahe ebenso schnell, wie sie entstanden. Und aus dem Wasser tauchten immer noch mehr und mehr Fangarme auf, die nach den winzigen Wesen am Ufer griffen, die dem Geschöpf solche Schmerzen zufügten. Zwei, drei weitere Männer wurden gepackt und trotz verzweifelter Gegenwehr und des immer heftigeren Gewehrfeuers der anderen in den See und das tödliche Wasser hinabgezerrt.

18. Februar 1893

Ich hätte mir gewünscht, dass der Anblick des Hauses nicht mehr als ein Albtraum wäre, aber dem war ganz und gar nicht so. Und wenn doch, so einer von der ganz besonders unangenehmen Art; der, die nach dem Erwachen nicht endet, sondern im Gegenteil nur noch schlimmer wird.

Nach dem verheerenden Brand waren von dem Gebäude nicht viel mehr als die Grundmauern stehen geblieben. Heute erhob sich am Ashton Place 9 immerhin wieder etwas, das entfernt wie ein Gebäude aussah – zumindest, wenn man nicht *zu* genau hinsah – und nicht den Fehler beging, einen Blick hinter den überdimensionalen Bauzaun zu werfen, den die Firma STORM DEVASTATIONS nach übereinstimmender Auskunft mehrerer Nachbarn bereits zwei Stunden *vor* dem Vertragsabschluss errichtet hatte.

Es war ein wirklich beeindruckender Zaun – gut doppelt so hoch, wie meiner Meinung nach nötig gewesen wäre, und mit einem Tor, das ganz so aussah, als würde es selbst dem Beschuss eines Schiffsgeschützes eine ganze Weile standhalten. Der Zaun bestand aus solidem englischen Eichenholz, zumindest nahm ich das an. *Sehen* konnte man es nicht, denn er war über und über mit grellbunten Reklametafeln bepflastert, die allesamt für eine einzige Firma warben – STORM DEVASTATIONS nämlich, eben jenes Bauunternehmen, dem ich vor mehreren Monaten in einem Anfall von galoppierendem Wahnwitz den Auftrag erteilt hatte, Andara-House wieder aufzubauen.

Was hinter diesem Bauzaun lag, war schon etwas weniger erfreulich.

Man konnte nicht unbedingt sagen, dass die Herren Storm und Co. noch nicht mit der Arbeit begonnen hätten. Ganz und gar nicht. Andara-House war keine Ruine mehr. Aber es sah auch nicht direkt aus wie ein Haus, nicht einmal wie ein Rohbau, sondern ...

Nein – mir fehlten die Worte (und im Moment sowohl die Geduld als auch der dazugehörige Galgenhumor), um das zu beschreiben, was in den letzten vier Monaten hier entstanden war. Der Zwischenrechnung nach zu schließen jedenfalls, die mir Mister Storm gestern hatte zukommen lassen, hätte sich hier mittlerweile etwas wie eine Luxusausgabe des Buckingham-Palastes erheben müssen, inklusive vergoldeter Kloschüsseln und diamantbesetzter Türknäufe.

Mit steinernem Gesicht ließ ich meinen Blick über das halb fertige Dach und die zyklopisch erscheinenden Außenmauern wandern, die erst in den letzten Wochen und Monaten neu entstanden waren und doch schon jetzt auf eine unbegreifliche Art *alt* wirkten, so, als stünden sie bereits seit Jahrzehnten hier. Tief in mir regte sich der böse Verdacht, dass dies möglicherweise in ursächlichem Zusammenhang mit dem Alter der verwendeten Baumaterialien stehen könnte, aber ich verscheuchte den Gedanken.

»Also?«, fragte ich. »Was haben Sie mir dazu zu sagen?«

Es fiel mir schwer, Ruhe zu bewahren, da der bloße Anblick des Hauses mich bereits wieder in Rage brachte. Ich hatte von Anfang an gewusst, dass der Wiederaufbau meines Hauses länger dauern und viel teurer werden würde als veranschlagt, aber das ...

Hinzu kam, dass es gerade erst zehn Uhr vormittags war, nach meiner eigenen Zeitrechnung also noch mitten in der Nacht, vor allem, da nach dem unbegreiflichen Erlebnis mit dem verwandelten Schrank für mich nicht mehr an Schlaf zu denken gewesen war. Erst in den frühen Morgenstunden war ich schließlich in einen leichten Schlummer gefallen, nur um nach nicht einmal drei Stunden schon wieder geweckt zu werden. Entsprechend gut war meine Laune. Wer sich für eine solche Zeit mit mir verabredete, musste entweder wirklich *außergewöhnlich* gute Nachrichten oder ziemlich viel Mut haben. Es gibt Menschen, die bezeichnen mich als Morgenmuffel, aber das ist eine glatte Verleumdung. Die Wahrheit ist, dass der Großteil der menschlichen Spezies einfach nicht begreifen will, dass der Mensch ein Nachtgeschöpf ist. Wären wir für das Leben im hellen Sonnenlicht geschaffen, wozu bitteschön hätte uns die Natur dann Augenlider gegeben?

Nun, was das Haus betraf, so war offensichtlich ganz und gar nichts *gut*. Entsprechend scharf musste wohl auch meine Frage geklungen haben, denn Storm zuckte zusammen und trat unwillkürlich einen Schritt zurück, bis er fast gegen Rowlf prallte, der sich mit verschränkten Armen hinter ihm aufgebaut hatte. Er würde eine ausgesprochen gute Ausrede parat haben müssen, um meinen Ärger zu besänftigen, doch danach sah es seinem Gesichtsausdruck nach zu schließen nicht aus.

»Nun, ich ... Sehen Sie, Mister Craven, es hat ... Verzögerungen gegeben.« Er schluckte ein paar Mal, um seine Nervosität zu überspielen, und blickte aus den Augenwinkeln immer wieder verstohlen in Rowlfs Richtung. Mein hünenhafter Begleiter hatte kein Wort gesagt, seit wir gemeinsam die Baustelle betreten hatten, aber allein sein Gesichtsausdruck sprach Bände. Ich wusste ja, welche Wirkung Rowlfs bloßer Anblick auf manche Menschen hatte. Um der Wahrheit die Ehre zu geben: Im Moment genoss ich es, Storm angesichts eines Hünen schwitzen zu sehen, dessen rechter Oberarm mehr wog als der ganze Storm und der einen Gesichtsausdruck zur Schau trug, als wäre er der Erfinder der Zahnschmerzen.

»Solche Verzögerungen können immer auftreten, vor allem bei einem so ungewöhnlichen Bauvorhaben.«

»Und ich dachte, Sie und Ihre Firma wären auf *ungewöhnliche Bauvorhaben* spezialisiert«, sagte ich kühl. Immerhin war das eines der Argumente, mit denen mich Storm letzten Endes überzeugt hatte, meine Unterschrift unter das Auftragsformular zu setzen. Wie gesagt: offenbar in einem Augenblick totaler geistiger Umnachtung ...

»Ja, sicher, selbstverständlich«, beeilte sich Storm zu versichern. Er lächelte auf seine unterwürfige, aalglatte Art, die ich am meisten an ihm verabscheute, und wartete ganz offensichtlich darauf, dass ich irgendetwas zu seiner Entlastung sagte.

Ich tat ihm den Gefallen nicht. Storm war mir trotz Howards Empfehlung von Anfang an unsympathisch gewesen, und ich hätte ihm den Auftrag mit Sicherheit nicht erteilt, wenn sein Angebot nicht so außergewöhnlich günstig gewesen wäre, dass mir im Grunde kaum eine andere Wahl blieb. Wenigstens konnte ich seine bei meinen bisherigen Besuchen stets unvermeidlichen Begleiter Lickus und Will nirgendwo entdecken. Wahrscheinlich wäre ich Amok gelaufen, wenn sie mir noch ein einziges Mal versichert hätten, dass sie *nur mein Bestes wollten* und *alles ganz schnell ginge.*

»Und?«

»Nun, sehen Sie, gewisse Verzögerungen lassen sich nun einmal nicht immer voraussehen«, behauptete Storm. »In Anbetracht der Umstände kommen wir sogar ganz gut voran, muss ich sagen.«

»Verzögerungen«, wiederholte ich gedehnt. »Das Haus hätte bereits vor einem Monat fertig sein sollen, wie Sie im Vertrag zugesichert haben. Ich habe Ihnen weitere zwei Wochen zugestanden, aber ich habe nicht den Eindruck, dass Ihre Leute seither merklich weitergekommen wären. Auch meine Geduld hat Grenzen. Wenn Sie nicht genügend Männer haben, um ein Bauvorhaben dieser Größe termingerecht zu vollenden, dann hätten Sie sich das vorher überlegen sollen.«

»Daran liegt es ganz bestimmt nicht«, versicherte Storm hastig. »Aber die Unterlagen und Konstruktionspläne, die Ihr Bruder hinterlassen hat, waren teilweise sehr vage und unvollständig. Wir mussten improvisieren. Ich habe Ihnen die Skizzen ja gezeigt, und Sie waren mit den vorgeschlagenen Änderungen einverstanden.«

Ich schluckte die zornige Antwort, die mir auf den Lippen lag, im letzten Moment herunter. Ich hatte mich noch immer nicht daran gewöhnt, als mein eigener Zwillingsbruder aufzutreten, obwohl ich im Laufe des letzten halben Jahres nun wirklich genug mitgemacht hatte, um diese Identität anzunehmen. Bereits vorher hatte ich gewusst, dass britische Behörden stur und äußerst bürokratisch sein konnten, aber zu *welcher* Sturheit und *welcher* Bürokratie sie wirklich imstande waren, hatte ich erst in den vergangenen Monaten erfahren. Allein für die Unmengen von Formularen und eidesstattlichen Versicherungen, die ich unterzeichnet hatte, war vermutlich eigens ein Baum gefällt worden. Außerdem hatte ich schätzungsweise eine Million dummer Fragen beantworten müssen, die meisten davon mindestens ein Dutzend Mal und viele so dämlich, dass mir schließlich der Kragen geplatzt war – auch wenn ich mittlerweile bezweifelte, ob es wirklich so geschickt gewesen war, den verantwortlichen Beamten zu fragen, ob Dummheit Voraussetzung für seine Einstellung gewesen wäre. Die Antwort war ein Schwall weiterer Fragen sowie mehrere Wagenladungen zusätzlicher Formulare, die ich in den folgenden Wochen ebenfalls auszufüllen hatte.

Inzwischen jedoch lag das alles weit hinter mir. Vor allem, nachdem mein Anwalt Dr. Gray vor knapp einem Monat von einer längeren Reise zurückgekehrt war und alles in die Hand genommen hatte, war das Verfahren relativ schnell zum Abschluss gekommen. Wie ich von Howard erfahren hatte, war die Reise in Wahrheit eine *Zeitreise* um die Kleinigkeit von mehreren hundert Millionen Jahren in die Zukunft gewesen, von der Gray durch einen Fehler der Zeitmaschine ins Jahr achtzehnhundertdreiundneunzig zurückgekehrt war – glücklicherweise nur vier und nicht, wie von Howard ursprünglich geglaubt, zehn Monate später, als er aufgebrochen war.

Wichtig aber war vor allem, dass ich jetzt ganz offiziell als Robert Craven der Zweite anerkannt wurde, mein eigener Zwillingsbruder. Die geringfügigen Änderungen, die Viktor bei der Rekonstruktion meines verbrannten Gesichts hatte vornehmen müssen, erwiesen sich nun als Vorteil. Niemand kam auf den Gedanken, in mir den gleichen Robert Craven zu sehen, um den sich zahlreiche seltsame Geschichten rankten und der in mehrere niemals vollständig aufgeklärte Mordfälle verwickelt gewesen war.

»Und?«, fragte ich noch einmal und ließ meinen Blick dabei zur Straße wandern. Wo zum Teufel blieb Howard? Er war bereits seit fast einer halben Stunde überfällig. Gab es denn überhaupt niemanden mehr, der sich altmodischen Tugenden wie der Pünktlichkeit verpflichtet fühlte? »Wir waren uns einig, dass die meisten dieser Änderungen Ihren Männern die Arbeit sogar erleichtern würden. Also führen Sie diese jetzt nicht als Entschuldigung für Ihre Schlamperei an.«

Storms Augen wurden groß. »Schlamperei?«, vergewisserte er sich.

»Schlamperei«, bestätigte ich, wobei ich das Wort so genüsslich auf der Zunge zergehen ließ, dass Storm noch um einige Grade blasser wurde. »Ich will jetzt keine Entschuldigung mehr hören.«

»Es geht nicht um Entschuldigungen«, entgegnete Storm. Er versuchte energisch zu klingen oder wenigstens gebührend beleidigt, aber es gelang ihm nicht. »Es ist nur ... Ich fürchte, es hat wenig Sinn, wenn ich es Ihnen zu erklären versuche. Am besten sehen Sie es sich selbst an.«

Das Klappern von Pferdehufen und das Geräusch von Rädern war zu hören, dann hielt eine Kutsche vor dem Grundstück. Howard stieg aus dem Wagenschlag und eilte auf mich zu. Die unvermeidliche Zigarre qualmte in seinem Mundwinkel.

»Tut mir leid – ich wurde aufgehalten«, erklärte er, nickte Storm flüchtig zu und runzelte dann die Stirn, während er seinen Blick über die Baustelle wandern ließ. »Wie es aussieht, bin ich aber wohl nicht der Einzige, der sich verspätet.« Ein flüchtiges Lächeln spielte um seine Mundwinkel. »Wann wolltest du doch gleich einziehen? Vor zwei Wochen?«

Ich enthielt mich einer Antwort, spießte Storm aber regelrecht mit Blicken auf, der es allerdings vorzog, dem unliebsamen Thema auszuweichen, indem er zu einer Gruppe von Bauarbeitern hinübereilte und ihnen irgendwelche völlig blödsinnigen Anweisungen zurief. Ich starrte Howard verärgert an. »Hauptsache, du hast deinen Humor nicht verloren.«

Howard antwortete nicht laut, grinste aber wie ein Schuljunge und spie eine übel riechende Qualmwolke in meine Richtung. Nein, er hatte seinen Humor sichtlich noch nicht verloren.

Noch vor gar nicht so langer Zeit war das ganz anders gewesen. Man hatte Howard des Mordes an mir, Priscylla, meinem Sohn und Shadow angeklagt und schuldig gesprochen. Zeuge der geplanten, aber durch den Angriff eines *Shoggotenmonsters* verhinderten Hinrichtung waren nicht nur Inspektor Cohen, sondern auch Ihrer Majestät Lordoberrichter James Darender und andere wichtige Leute gewesen. Ohne die detaillierten Hintergründe zu kennen, hatte Cohen die von den GROSSEN ALTEN drohende Gefahr am eigenen Leib erfahren, und auch Darender hatte zumindest mitbekommen, dass einiges nicht so war, wie es schien. Hauptsächlich den beiden hatte Howard sein Leben zu verdanken, denn in der seither verstrichenen Zeit hatte Cohen auf neue Hinweise für Howards Unschuld hingewiesen, und der Lordoberrichter hatte sich persönlich bei Ihrer Majestät für ihn verwendet. Hauptsächlich aufgrund seiner Fürsprache hatte Queen Victoria schließlich einem Gnadengesuch zugestimmt.

Howard blies eine weitere stinkende Qualmwolke in meine Richtung und ignorierte mein protestierendes Husten. »Der ist mir auf der Fahrt hierher fast vergangen. Ich musste einen ziemlichen Umweg machen, um überhaupt herzukommen. Hast du heute Morgen schon die Zeitung gelesen?«

Ich schüttelte den Kopf. Nicht, dass ich mich im Moment für das Tagesgeschehen oder gar Politik interessiert hätte, doch Howards Stimme klang sehr ernst. Es musste wirklich etwas Wichtiges – und wie ich fürchtete Schlimmes – geschehen sein. »Was ist passiert?«

»Sagt dir die Bezeichnung *Hansom-Komplex* etwas?«

»Nein«, gestand ich. »Was soll das sein? Irgendeine Verhaltensstörung? Eine neue Krankheit?«

»Der Hansom-Komplex war ein gewaltiger Häuserblock in der Innenstadt. Nach der Fertigstellung vor ein paar Jahren hat man von einem Meisterwerk der Architektur gesprochen, doch schon bald hat man bauliche Schwächen festgestellt und musste das Haus räumen.«

»Hat Storm es gebaut?«, fragte ich.

Howard blieb ernst. »Wäre es so, würde ich dir dringend abraten, hier einzuziehen. Der Hansom-Bau war eine der größten Katastrophen der englischen Architekturgeschichte.«

»Gleich nach dem Wiederaufbau von Andara-House«, vermutete ich.

»Der ganze Kladderadatsch is heut Nacht in sich zusammengefalln«, erklärte Rowlf. Er schlug sich mit der geballten Faust in die geöffnete Linke. Es klang, als stießen zwei Eisbrecher zusammen. »Krawumm. Ich hab's heut Morgn inne Zeitung gelesn.«

»Aber es stand doch leer, wie du gerade gesagt hast, oder?« Alarmiert blickte ich Howard an.

»Fast«, antwortete er. »Das Haus wurde nicht mehr bewohnt, aber es heißt, dass sich ein paar Stadtstreicher dort aufgehalten haben. Zwei Leichen hat man bereits geborgen. Aber das ist noch nicht alles. Viele der benachbarten Gebäude wurden stark in Mitleidenschaft gezogen. Auch dort hat es Verletzte gegeben. Die halbe Innenstadt ist gesperrt. Der Verkehr ist vollkommen zusammengebrochen, wie du dir vorstellen kannst. Nicht einmal zu Fuß kommt man noch wirklich durch.«

»Schrecklich«, murmelte ich. »Weiß man schon, wie es dazu gekommen ist?«

»Man vermutet, dass der Zusammenbruch des Hauses mit den Arbeiten an der Untergrundbahn zusammenhängt. Einer der Stollen ist kurz zuvor zum Teil eingestürzt. Auch dabei hat es Todesopfer gegeben, soviel ich weiß.« Er schüttelte seufzend den Kopf. »Dieses ganze U-Bahn-Projekt steht unter keinem guten Stern.«

Ich konnte ihm nur beipflichten. Ich persönlich hatte es immer schon für Wahnsinn gehalten, eine Großstadt wie London in solchem Maße zu untertunneln. Es gab schließlich genügend Straßen, und vor einiger Zeit hatte ein Deutscher eine Erfindung namens *Automobil* gemacht. Knatternde und stinkende Kutschen, die ohne Pferde fuhren und die man schon vereinzelt auf den Straßen erblicken konnte. Zwar waren sie wesentlich langsamer als eine schnell fahrende Kutsche, und die stinkende Brühe, mit der sie angetrieben wurden, kostete mehr als Heu und Hafer für einen ganzen Pferdestall, aber wenigstens hinterließen sie keinen Pferdemist auf den Straßen, und wie ich die Menschen kannte, würden sie die Kinderkrankheiten dieser Erfindung schon bald überwinden. Wer sollte dann noch in unterirdischen Zügen fahren?

Um ehrlich zu sein, hatte mir der Gedanke an ein ganzes System von Stollen und Stationen, durch die quasi unter unseren Füßen Züge dahinrasten, von Anfang an Angst gemacht. Ein Unglück war meines Erachtens allen gegensätzlichen Gutachten zum Trotz schon beinahe vorbestimmt, obwohl ich mir natürlich nicht gewünscht hatte, dass meine Befürchtungen sich auf so schreckliche Weise bewahrheiten würden. Bei dem Gedanken, dass es auch einen voll bewohnten Häuserblock hätte treffen können, drehte sich mir schier der Magen um. Vielleicht würde dieses Unglück den Verantwortlichen ja endlich die Augen öffnen, sodass sie Vernunft annehmen und diesen ganzen Untergrundbahn-Unsinn zu den Akten legen würden, wo er hingehörte.

Storm kehrte zu uns zurück. Ich schrak aus meinen Gedanken auf und nickte ihm fahrig zu. »Gehen wir.«

Wir näherten uns dem Haus, doch bevor wir es erreichten, nahm ich aus den Augenwinkeln eine Bewegung war. Als ich mich umwandte, entdeckte ich auf einem der Steinhaufen die gleiche beigebraune Perserkatze, die mir schon vor einigen Monaten aufgefallen war. Sie erwiderte meinen Blick, und wieder glaubte ich, in ihren Augen etwas zu erkennen, das nicht zu einem einfachen Tier passte. Diesmal versuchte ich jedoch gar nicht erst, mich der Katze zu nähern, sondern beeilte mich nach kurzem Zögern, wieder zu Howard, Rowlf und Storm aufzuschließen. Offensichtlich hatte ich einen neuen, vierbeinigen Nachbarn, den ich in Zukunft wahrscheinlich noch öfter sehen würde. Ich freute mich darauf, hatte im Moment aber wahrlich andere Sorgen.

Wir betraten das Haus durch die große Bresche in der Mauer, die einmal das Eingangsportal aufnehmen sollte; jedenfalls vermutete ich, dass sie es war. Sicher konnte ich mir bei diesem Haus, das aussah, als hätte es im Zentrum eines Schlachtfeldes gestanden, allerdings nicht sein.

In der Eingangshalle standen zahlreiche Gerüste, was den Raum viel niedriger und vor allem weniger großzügig aussehen ließ, als er war.

Darauf verschwendete ich allerdings nur einen einzigen Blick. Für die nächsten Minuten war ich voll und ganz damit beschäftigt, mit offenem Mund und weit aufgerissenen Augen dazustehen und zu versuchen zu begreifen, was ich sah.

Nicht, dass es mir gelang.

Um das Tohuwabohu ringsum mit einem einzigen Wort zu beschreiben: Chaos. Bauarbeiter eilten hin und her, und ich hatte fast den Eindruck, dass jeder von ihnen das genaue Gegenteil von dem tat, was andere vor ihm getan hatten, wenn sie sich nicht gerade gegenseitig nach Kräften behinderten oder einander auf die Füße traten. Ein Teil der vollständig niedergebrannten Treppe war bereits wieder aufgebaut worden. Eine ganze Horde von Schreinern und Gehilfen waren emsig damit beschäftigt, Maße zu nehmen, Stufen zu sägen und einzupassen oder Löcher für das Geländer zu bohren, dicht gefolgt von den Anstreichern, die sich vom Fuße der Treppe an mit Tapeten und Farben hinter ihnen herarbeiteten und dabei das noch nicht versiegelte Holz selbstverständlich nach Kräften bekleckerten. Materialien wurden vollkommen sinnlos von einer Ecke in die andere geräumt, nur um von anderen Männern von dort gleich wieder fortgeschafft zu werden. Ein Teil der im Feuer geborstenen Bodenfliesen war bereits entfernt und durch neue ersetzt worden, die weder in Farbe noch in Form ganz zusammenpassten. Die absolute Krönung aber bot die Wand an der Stirnseite des Raumes: Mehrere Männer hatten damit begonnen sie zu streichen, während andere von der entgegengesetzten Seite aus Tapeten aufklebten und in der Mitte der Wand jemand Maß für eine Vertäfelung nahm. Ich wusste nicht recht, ob ich lachen oder weinen sollte, und rettete mich schließlich in ein stummes Kopfschütteln. Im Stillen revidierte ich meine Einschätzung des Geschehens von *Chaos* zu *blankem Irrsinn.*

Howard hingegen blieb ganz und gar nicht stumm. »Das nennen Sie *Organisation?*« Er wandte sich mit gefährlich leiser Stimme an Storm. An seiner Schläfe pochte eine Zornesader. Ich kannte ihn gut genug, um zu wissen, dass er dicht davorstand zu explodieren, und trat vorsichtshalber einen Schritt zurück.

»Wir ... wir müssen improvisieren«, verteidigte sich Storm. Es klang kläglich. »Sie wollten doch, dass das Haus heller und freundlicher wird. Größere Fenster, frischere Farben und so weiter.«

Ich nickte. In der Zeit zwischen meinem Einzug in Andara-House und dem Brand hatte ich mich an das Haus gewöhnt, aber das bedeutete nicht, dass es mir *gefallen* hatte. Mein Vater hatte es erbauen lassen, und er musste einen ziemlich düsteren Geschmack gehabt haben; und eine gewisse Vorliebe fürs Morbide. Seit ich es kannte, war Andara-House ein finsterer Ort gewesen; zwar groß – für meinen Geschmack sogar ein paar Nummern *zu* groß –, aber stets von einem Hauch von Dunkelheit erfüllt. Nicht einmal an Sonnentagen schien es in den hohen, großen Räumen jemals richtig hell zu werden, was weder daran lag, dass die Fenster zu klein gewesen wären, noch an den schweren, in gedeckten Farben gehaltenen Stoffvorhängen oder Tapeten, auch wenn all das sicherlich ebenfalls eine Rolle spielte. Aber die Düsternis schien sich wie ein Bestandteil des Hauses in diesen Mauern eingenistet zu haben und sich durch nichts vertreiben zu lassen.

Das jedoch war das *alte* Andara-House gewesen. Das Gebäude, das zu errichten ich Storm den Auftrag erteilt hatte, sollte jedoch ein völlig anderes Haus werden, das dem alten zwar äußerlich glich und sich auch was die Raumaufteilung betraf weit gehend an dem alten Vorbild orientierte, das aber dennoch ein gänzlich anderes Gebäude werden sollte. Sämtliche verwendeten Materialien waren neu. Ich hatte wohlweislich sogar die ausdrückliche Anordnung gegeben, selbst die noch vorhandenen Grundmauern niederzureißen. Mit Ausnahme der weitgehend unversehrt gebliebenen Kellergewölbe dürfte hier buchstäblich kein Stein mehr auf dem alten stehen. Ich hatte ein neues Leben begonnen, und ich wollte ein Zuhause, das so war, wie dieses Leben sein sollte – hell, freundlich und nach Möglichkeit sogar ein bisschen verspielt.

»Und?«, fragte ich. »Warum bauen Sie denn nicht einfach so, wie es in den Plänen steht?« Ich deutete auf die Wand, an der gleich drei Gruppen so trefflich gegeneinander arbeiteten. »Wenn ich mich recht erinnere, sollte dort eine Täfelung aus hellem Fichtenholz hin. Was soll also der Unsinn mit der Farbe und der Tapete?«

»Genau davon spreche ich ja«, entgegnete Storm. »Wir haben es versucht, aber irgendetwas an diesem Haus ist ... nun ja, *seltsam.*« Er zuckte verlegen mit den Schultern.

»Was meinen Sie damit?«

»Ich habe die vorgesehene Täfelung anbringen lassen, jedenfalls an einem Teil der Wand. Aber sie hielt einfach nicht.«

»Wie?«, fragte ich.

Storm zog den Kopf zwischen die Schultern und wich meinem

Blick aus. »Sie ist ... einfach wieder heruntergefallen«, sagte er kleinlaut. »Ich kann mir das auch nicht erklären.«

»Aber ich«, sagte Howard scharf. »Ihre Leute haben schlampige Arbeit geleistet. Das ist das ganze Geheimnis.«

Storm schüttelte heftig den Kopf. »Das habe ich auch erst gedacht. Wir haben mit der Arbeit neu begonnen, und diesmal habe ich alles persönlich überwacht. Sie können mir glauben, ich verstehe mein Handwerk!« Er blickte herausfordernd von einem zum anderen und schien auf Widerspruch zu warten. Als dieser nicht kam, wirkte er für einen Moment regelrecht enttäuscht, fuhr dann aber fort: »Das Mauerwerk weigerte sich einfach, den Haftputz anzunehmen. Die Platten fielen jedes Mal wieder herunter, egal, was wir versucht haben. Die Schrauben haben einfach nicht gehalten. Ich habe so etwas noch nie erlebt. Wir haben den Untergrund auf alle nur denkbaren Arten bearbeitet, aber nichts hat etwas genutzt. Deshalb haben wir es schließlich mit Tapeten versucht, die waren ja als Alternative im Gespräch. Aber auch sie halten nicht. Spätestens nach einer halben Stunde fallen sie wieder ab.«

»Wie's aussehn tut, sinn Ihre Manna einfach zu blöd«, raunzte Rowlf. »Oder's liegt am Boss vonnem ganzen Gedöns.«

Ich lächelte flüchtig, war aber nachdenklich geworden. Möglicherweise tat ich Storm nämlich Unrecht. Einen ähnlichen Misserfolg bei dem Versuch, das Haus renovieren zu lassen, hatte ich vor Jahren schon einmal erlebt. Aber damals war es das ursprüngliche Andara-House gewesen, das mein Vater hatte errichten lassen und das sich gegen jede Änderung wehrte. Zum Teufel noch mal, das hier war ein vollkommen *neues* Haus.

Mein Haus.

»Offenbar haben Sie schlechte Materialien verwendet«, sagte ich. »Die Bausubstanz ist schlecht, wenn die Wände weder Kleister noch Grundierung annehmen. Ganz ehrlich, Mister Storm – Sie haben wirklich *alles* abreißen und durch neues Material ersetzen lassen?«

»Oder haben Sie vielleicht nur neues Material *berechnet* und das, was noch gut erschien, stehen lassen?«, fügte Howard hinzu.

»Bestimmt nicht«, verteidigte sich Storm auf eine Art und mit einem Gesichtsausdruck, die in mir den Verdacht wachriefen, dass Howard mit seiner Vermutung der Wahrheit ziemlich nahe gekommen sein musste. »Es wurden nur erstklassige Materialien verwendet, wie Sie angeordnet haben. Das habe ich persönlich überprüft und verbürge mich dafür. Außerdem sind das nicht die einzigen Schwierigkeiten.«

»Das hätte mich auch überrascht«, seufzte Howard.

Storm blinzelte irritiert, aber er war klug genug, nichts dazu zu sagen, sondern führte uns in den ehemaligen Salon und wies auf einige Männer, die sich bemühten, nach meinen Änderungswünschen eine Zwischenwand einzuziehen, die den viel zu großen – und im Winter fast unmöglich anständig zu beheizenden – Raum in zwei kleinere unterteilen sollte. »Wir bauen die Mauer nun bereits zum dritten Mal neu. Sie ist jedes Mal wieder zusammengebrochen. Fragen Sie mich nicht, wieso, ich kann es Ihnen nicht sagen. Es gibt einfach keine vernünftige Erklärung dafür. Wenn ich über solchen abergläubischen Hokuspokus nicht erhaben wäre, würde ich glatt behaupten, dass es hier spukt. Viele meiner Männer glauben bereits fest daran. Einige habe ich sogar schon entlassen müssen, weil sie sich schlichtweg geweigert haben, hier weiterzuarbeiten.«

»Dann müssten Sie alle entlassen«, sagte Howard. »Ich sehe hier nämlich niemanden, der *arbeitet!*«

»Es ist nicht meine Schuld!«, protestierte Storm. »Dieses Haus ist irgendwie ... verhext.«

»Blödsinn!«, brauste Howard auf. »Ihre Leute haben dieses Haus selbst Stein für Stein aufgebaut. Wenn hier etwas spukt, dann der Ungeist von Faulheit, mangelndem Organisationstalent und Unfähigkeit. Und einer sehr, sehr schlechten Geschäftsleitung.«

Storm schluckte, aber er nahm die Beleidigung widerspruchslos hin. Was sollte er angesichts dessen, was sich da vor unser aller Augen abspielte, auch schon sagen?

»Wir tun unser Bestes«, sagte er kleinlaut.

»Ja, genau das habe ich befürchtet«, sagte Howard. »Ich fürchte nur, *Ihr* Bestes reicht nicht, Mister Storm. Sie sollen dieses Haus wieder aufbauen. Dafür werden Sie schließlich gut bezahlt.«

Ich verzichtete darauf, ihn darauf hinzuweisen, dass nicht wir, sondern allein *ich* es war, der für den Neubau bezahlte. Ich hatte es bisher wohlweislich vermieden, die Rechnungen zusammenzuaddieren, die Storm mir bereits geschickt hatte, argwöhnte aber schon seit einer geraumen Weile, dass es mich unter dem Strich vermutlich weitaus billiger gekommen wäre, gleich ein neues Haus zu bauen. Oder auch zwei oder drei.

»Was wollen Sie nun also tun?«

»Ein Sachverständiger, den ich hinzugezogen habe – übrigens nicht der erste –, wies darauf hin, dass das Fundament möglicherweise nicht fest sein könnte«, erklärte Storm. »Geologische Unregelmäßigkeiten unter dem Haus. Natürlich haben wir gleich zu Beginn alles vermessen lassen, aber wir werden es noch ein weiteres Mal tun. Es wäre denkbar, dass das Mauerwerk dadurch ständig winzigen Spannungen und Verschiebungen ausgesetzt ist.«

Howard verzog das Gesicht, sagte aber nichts. Er wusste so gut wie ich, wie an den Haaren herbeigezogen diese Erklärung war. Immerhin handelte es sich bei dem Grundstück nicht um Brachland; hier hatte schon jahrzehntelang ein Haus gestanden, ohne dass es die geringsten Anzeichen solcher *geologischen Unregelmäßigkeiten* gegeben hatte.

»Gehen wir«, murmelte ich. »Für heute habe ich genug gesehen.« Um ehrlich zu sein: sogar sehr viel mehr, als ich überhaupt hatte sehen *wollen.*

Als wir das Zimmer verließen, stürzte hinter uns die im Bau befindliche Zwischenwand mit lautem Krachen ein weiteres Mal ein.

Ich machte mir nicht einmal die Mühe, mich herumzudrehen.

Auch Storm sagte nichts dazu, wieselte aber die ganze Zeit weiter um uns herum, bis Rowlf schließlich der Kragen platzte und er ihn kurzerhand am Schlafittchen ergriff und so unsanft in die Höhe lupfte, dass Storm mit einem erschrockenen Quieken davonschoss.

Wir gingen auf Howards Kutsche zu, doch kaum dass wir eingestiegen waren, erlebte ich eine Überraschung: Die Katze war mit einem Satz bei uns im Wagen, rollte sich auf der Bank neben mir zusammen und begann laut zu schnurren. So scheu sie bei unserer ersten Begegnung gewesen war, so zutraulich zeigte sie sich nun. Ich musterte sie einen Moment verblüfft, ehe ich sie behutsam ergriff und wieder hinaussetzte.

Sie war schneller wieder im Wagen als ich.

Ich setzte sie wieder hinaus, und sie sprang wieder zu uns herein. Wir wiederholten dieses Spiel ein halbes Dutzend Mal, ehe Howard in schallendes Gelächter ausbrach und ich resignierte. Mit einer zornigen Bewegung schloss ich die Tür, gab dem Kutscher ein Zeichen loszufahren, und beförderte die Katze durchs Fenster ins Freie.

Leider hatte ich vergessen, das Fenster in der anderen Tür zu schließen. Als ich mich auf meinen Sitz zurücksinken ließ, lag neben mir ein schnurrendes Fellbündel.

»Warum nimmst du sie nicht mit?«, fragte Howard, während er sich die Tränen von der Wange wischte.

»Weil sie bestimmt jemandem gehört, der darüber nicht sehr erbaut sein dürfte«, sagte ich. »Das ist keine wilde Katze. Sie hat ein Zuhause.«

»Das ihr offenbar nicht so gut gefällt wie deine Gesellschaft«, fügte Howard, noch immer glucksend vor Lachen, hinzu. »Was haben wir denn da überhaupt? Eine Katze oder einen Kater?« Er beugte sich vor, hob den Schwanz der Katze an und spähte darunter. »Ein kleines Katerchen«, sagte er. »Soso. Das erklärt –«

Offensichtlich empfand der Kater diese Art der Behandlung für unter seiner Würde, denn er öffnete träge ein Auge, blinzelte Howard verschlafen an – und machte dann eine blitzartige Bewegung mit der Tatze. Howards Zigarre verwandelte sich in einen zerfledderten Stumpf, von dem Asche und Funken auf seinen Schoß herabregneten. Überflüssig zu erwähnen, dass Howard aufhörte zu lachen.

William Forbes, seines Zeichens Inspektor der städtischen Bauaufsichtsbehörde und somit nicht nur eine Amts-, sondern schon per Definition eine *Respektperson*, hatte sich in seinem Leben schon oft mit den Folgen architektonischer Fehlplanungen, krimineller Machenschaften, vollkommener Unfähigkeit oder auch schlichter Dummheit herumplagen müssen; Folgen, die schon mehrfach einen tödlichen Ausgang genommen hatten. Niemals zuvor jedoch hatte er ein solches Ausmaß an Verwüstung gesehen. Das Stadtviertel bot einen Anblick, als wäre es von feindlicher Artillerie bombardiert und anschließend von einem besonders schweren Erdbeben erschüttert worden.

Am schlimmsten sah es in der Atkins-Road aus. Einst hatte sie im Blickpunkt des Weltinteresses gelegen, war aber dann nach der Schließung des Hansom-Komplexes binnen kurzer Zeit verwahrlost und nach übereinstimmender Aussage nahezu sämtlicher Stadtverordneter, Regierungsvertreter und Bewohner der umliegenden Häuserblöcke zu einem *Schandfleck für die Stadt* verkommen.

Das Geld für einen Abriss hatte dennoch niemand bewilligt. Es hatte halbherzige Ausflüchte gegeben, und immer wieder hatte man auf das fehlende Geld verwiesen, doch auch das war nur eine Ausrede gewesen. Insgeheim, so vermutete Forbes, hatte man immer noch darauf gehofft, dass jemand irgendein neues Verfahren entwickeln würde, das es ermöglichte, den Hansom-Komplex doch noch zu retten.

Nun, das Problem stellte sich nicht mehr. Der gesamte Häuserblock war so gründlich zerstört, wie es nur denkbar war. Von dem Wunder der Architektur war nur ein riesiger Schutthaufen geblieben, aus dem man bislang bereits drei Tote geborgen hatte, allesamt Stadtstreicher, die in dem leer stehenden Haus Unterschlupf gesucht hatten. Vermutlich würden es nicht einmal die Letzten sein.

Forbes hielt sich nun schon seit mehr als fünf Stunden im Unglücksgebiet auf, aber es war ihm immer noch nicht gelungen, das Geschehen wirklich zu verarbeiten. Er hatte sich für abgebrüht gehalten und nicht geglaubt, dass ihm noch irgendetwas unter die Haut gehen könnte, das mit seinem Beruf zusammenhing, doch hier wurde er eines Besseren belehrt. Es gab immer ein *Schlimmer*. Selbst der Fantasie eines Mannes, der seit zwanzig Jahren Tote unter eingestürzten Mauern hervorzog, Leichenteile zwischen zerborstenen Brückenpfeilern herauszerrte und weinende Kinder vor den Ruinen der Häuser sah, in denen ihre gesamte Familie ums Leben gekommen war, waren Grenzen gesetzt.

Der Wirklichkeit nicht.

Diese Katastrophe war so schwerwiegend, dass sie größere Konsequenzen nach sich ziehen musste. Köpfe würden rollen, und er konnte von Glück sagen, wenn sein eigener nicht dabei war. Zwar hatte er mit dem Hansom-Komplex nichts zu tun gehabt, wohl aber mit den Genehmigungen für den Ausbau des U-Bahn-Netzes.

Dabei war das Schlimmste nicht einmal das, was geschehen war. Sicher, drei Tote waren entsetzlich, aber es waren letztendlich nur ein paar Obdachlose, die niemand wirklich vermisste. Viel schlimmer war die Vorstellung, was alles *hätte passieren* können. Wenn dieses gigantische Gebäude zum Beispiel nicht leer gestanden hätte, sondern tatsächlich *bewohnt* gewesen wäre, oder ...

Nein. Es war besser, er stellte sich nicht zu deutlich vor, was hätte passieren können. Sie hatten ein furchtbares Unglück erlebt, aber Forbes wusste auch, dass sie zugleich nur um Haaresbreite an einer gewaltigen *Katastrophe* vorbeigeschlittert waren.

Inzwischen zeichnete sich zumindest ein einigermaßen deutliches Bild ab, wie es zu dem Unglück hatte kommen können. Überlebende Tunnelarbeiter hatten berichtet, dass man auf große unterirdische

Hohlräume gestoßen wäre, von deren Existenz vorher niemand etwas geahnt hatte. Der Durchbruch zu einer dieser Grotten musste die offenbar ziemlich instabile Statik der Höhlen zerstört und diese zum Einsturz gebracht haben. Das wiederum hatte Auswirkungen bis hin zur nahe gelegenen Atkins-Road gehabt und das Erdreich unter dem Hansom-Komplex einsacken lassen. Mittlerweile wurde unter äußersten Sicherheitsvorkehrungen daran gearbeitet, die unterirdischen Höhlen freizulegen, damit man sie untersuchen und die Leichen der verschütteten Tunnelarbeiter bergen konnte. Drei Tote hatte man bereits gefunden, vier weitere Männer wurden noch vermisst. Überlebenschancen wurden ihnen angesichts der Schwere der Verwüstungen kaum noch eingeräumt, doch es bestand immerhin noch ein kleiner Hoffnungsfunken, und deshalb wurde die Suche entschlossen weitergeführt. Nach Forbes' Meinung vollkommen sinnlos, aber trotzdem entschlossen; und sei es nur, um den Angehörigen der verschütteten Arbeiter Genüge zu tun – und natürlich der öffentlichen Meinung.

Forbes wandte sich vom Anblick der geborgenen Leichen ab, als er Berger, den Leiter der Rettungsmannschaften, auf sich zukommen sah. Er sah erschöpft aus und auf eine schwer in Worte zu fassende, nicht unbedingt *körperliche* Art müde.

»Wir haben einen schmalen Durchbruch geschafft«, berichtete Berger. »Zumindest ein Teil der Höhlen ist noch intakt. Sieht sogar einigermaßen stabil aus.«

»Ein Lebenszeichen von den Vermissten?«

»Nein, Sir, leider nicht. Damit besteht wohl kaum noch Hoffnung, dass sie überlebt haben könnten.« Er schüttelte müde den Kopf. »Wenigstens dürfte es schnell gegangen sein. Ich glaube nicht, dass sie viel gespürt haben.«

»Ich werde mir die Höhlen ansehen. Wie beurteilen Sie die Stabilität?«

Berger zuckte mit den Schultern. »Schwer zu sagen, Sir. Theoretisch kann es jederzeit zu weiteren Einstürzen kommen. Lediglich den Durchbruch, den wir geschaffen haben, konnten wir so weit absichern, dass dort kaum noch Gefahr besteht. Aber ich kann nichts garantieren.«

»Also gut, sehen wir uns die Sache an.« Forbes wunderte sich selbst ein bisschen über den mutigen Klang in seiner Stimme. In seinem Inneren sah es ganz und gar nicht so aus. Er wollte so ziemlich überall hin auf dieser Welt, nur nicht dorthinunter. Leider musste er es. Forbes folgte dem Mann ein Stück durch den stark abschüssigen Tunnel, bis sie die Einbruchstelle erreichten. Sie betraten den schmalen, notdürftig mit Eisenträgern abgestützten Durchgang. Forbes fühlte sich ziemlich mulmig. Zwischen den Stützen rieselten Sand und Staub hervor. Er konnte hören, wie die Träger unter ihrer Last knirschten und ächzten, und für einen Moment war es ihm, als könnte er die Tonnen von Felsgestein und Erde über sich körperlich fühlen; wie eine erdrückende Last, die ihm den Atem abschnüren wollte.

Er hatte die Bergungstrupps aufgefordert, ihre Kräfte in erster Linie darauf zu konzentrieren, diesen Durchgang zu schaffen und notdürftig abzusichern. Die Suche nach weiteren Leichen hatte Zeit. Angesichts des geschehenen Unglücks kam es ihm ein bisschen makaber vor, dass er alles daransetzte, sich wie ein drittklassiger Abenteurer an die Erforschung der unterirdischen Höhlen zu machen, aber ihm blieb keine andere Wahl. Zum einen hatte bislang die kleine Chance bestanden, dass noch Überlebende in den Grotten eingeschlossen waren, zum anderen musste er unter allen Umständen herausfinden, wie groß und stabil die Höhlen waren und wie weit sie sich erstreckten. Möglicherweise bestand die Gefahr weiterer Einstürze, von denen dann auch bewohnte Häuser oder stark frequentierte Straßen und Plätze betroffen sein könnten. Unvorstellbar, wenn sich etwa herausstellte, dass noch weitere möglicherweise bewohnte Gebäude vom Einsturz bedroht waren!

Der Durchbruch war etwa zwei Dutzend Yards lang und, wenn er an größeren Felsbrocken vorbeiführte, die noch nicht beiseitegeräumt worden waren, stellenweise so schmal, dass sich Forbes, Berger und die drei weiteren Männer in ihrer Begleitung, nur seitlich hindurchzwängen konnten. Dazu wurde die Luft immer schlechter, sodass Forbes nun tatsächlich kaum noch atmen konnte. Sein Herz schlug immer schneller. Seine Hände zitterten leicht, und obwohl es immer kälter wurde, war er am ganzen Leib in Schweiß gebadet. Forbes verstand seine eigene Reaktion nicht ganz. Was er empfand, das war ein heftiger Anfall von Klaustrophobie. Dabei war ihm dieses Gefühl normalerweise vollkommen fremd; zumal es sein Beruf mit sich brachte, dass er dann und wann in engen, dunklen Räumen herumkriechen musste. Forbes atmete hörbar erleichtert auf, als sie schließlich die Höhle erreichten, von der Berger gesprochen hatte.

Ihre ursprüngliche Größe war nicht mehr abzuschätzen, da die rechte – zur Atkins-Road hingelegene – Seite ebenfalls eingestürzt war. Auf der linken Seite hingegen erstreckte sich immerhin noch ein Teil der Grotte, der beeindruckende Größe besaß. Die gewölbte Decke war gut zwanzig Fuß hoch und bestand aus massiv aussehendem Felsgestein, in dem auch Kalk enthalten sein musste, denn von der Decke hing ein Gewirr spitzer Stalaktiten herab, denen ein fast gleich großer Wald bizarr geformter Stalagmiten vom Boden aus entgegenwuchs. Einige davon waren zerbrochen, vielleicht beim Einsturz der Höhle beschädigt, vielleicht von den Männern zerstört, die vor ihm hier gewesen waren. Trotzdem war es ein beeindruckender, fast unheimlicher Anblick, der Forbes an das Gebiss eines gigantischen, prähistorischen Haifisches erinnerte, der vor Äonen hier gestrandet und versteinert sein mochte. Und so ganz nebenbei machte es Forbes klar, wie unglaublich *alt* diese Höhle sein musste, denn diese Stalagmiten und ihre Gegenstücke wachsen nur sehr, sehr langsam. Vielleicht nur einen Millimeter im Jahr, vielleicht sogar noch weniger. Vielfach hatten sie sich bereits mit den vom Boden her aufragenden Stalagmiten zu Kalksäulen verbunden, die das Gewölbe wie dicke Träger stützten; ein Anblick, der eine Stabilität vorgaukelte, die es ganz und gar nicht gab.

Das Licht der Karbidlampen brach sich in den feucht schimmernden Tropfsteingebilden, brachte sie zum Gleißen und wurde vielfach gebrochen reflektiert. Jeder Schwenk der Lampen schuf so eine Vielzahl von Leuchtreflexen. Das Spiel von Licht und Schatten täuschte Leben und huschende Bewegungen vor. Und noch etwas, das ... nicht hierhin gehörte. Zu den optischen Reizen erschuf seine Fantasie die passenden Laute: ein feuchtes Schleifen und Huschen, leise, platschende, schnelle Schritte, etwas wie ein Atmen ...

William Forbes presste die Lippen fest zusammen. Er hatte keinen Blick für die Schönheit der Tropfsteinhöhle, sondern betrachtete sie mit ganz anderen Blicken. Und was er sah, gefiel ihm nicht. Ganz und gar nicht. Zwar sah die Decke massiv aus und wurde noch zusätzlich durch die steinharten Tropfsteinsäulen gestützt, aber die Dimensionen der Höhle waren gewaltig, auch wenn er die Größe des eingestürzten Teils nur schätzen konnte. Im hinteren Teil führten bogenförmige Durchgänge in der Felswand in eine weitere, möglicherweise ebenso große Höhle, und wenn es diese beiden gab, war anzunehmen, dass noch weitere existierten. Die Vorstellung eines ganzen Systems solcher Grotten unter dem Zentrum der Stadt war nicht nur unheimlich, sondern äußerst beängstigend. Da die Zahl der Einwohner rapide anstieg, wuchs die Stadt immer mehr, und das nicht nur flächenmäßig. Der Trend, immer höhere – und damit schwerere! – Häuser zu erbauen, zeichnete sich bereits seit Jahren ab, und wenn er sich weiterhin fortsetzte, würde man irgendwann Häuser mit zehn, zwanzig, vielleicht noch mehr Stockwerken bauen. Irgendwann würde man die Grenzen dessen übersteigen, was die Höhlendecken an Gewicht zu tragen vermochten. Möglicherweise war das, was mit dem Hansom-Komplex passiert war, nur der Anfang.

Sicher, sie befanden sich tief unter der Erde, gute achtzig bis neunzig Fuß, eher mehr, da die Höhlen noch ein gutes Stück tiefer als der tiefste Punkt der geplanten U-Bahn-Linie lagen, doch das bedeutete noch längst nicht, dass der gesamte Zwischenraum aus festem Fels bestand. Forbes wusste sogar mit absoluter Sicherheit, dass dies nicht der Fall war. Die Oberfläche bestand aus ganz normalem Erdreich, und es gab eine Lehmschicht von unterschiedlicher Dicke. Außerdem verlief noch das Kanalisationssystem unter der Stadt. Möglicherweise maß die Felsschicht stellenweise kaum mehr als ein oder zwei Yards, das würden genauere Messungen ergeben müssen.

»Ich möchte mir auch die angrenzenden Höhlen ansehen«, erklärte Forbes. »Ich muss mir wenigstens einen ungefähren Überblick über ihre Größe verschaffen.«

»Ich komme mit Ihnen«, sagte Berger. »Ihr anderen bleibt zurück. Es hat keinen Sinn, wenn ihr euch auch noch in Gefahr bringt.«

Die letzte Bemerkung, fand Forbes, war äußerst überflüssig. Aber er schwieg dazu.

Der Durchbruch endete etwa in halber Höhe der Höhle. Über eine Leiter stiegen die beiden Männer tiefer hinab und gingen vorsichtig weiter. Sie mussten über einige lose Felsbrocken klettern, um die Nebenhöhle zu erreichen. Auch hier gab es Tropfsteinsäulen, und die Grotte war tatsächlich mindestens ebenso groß wie die erste. Wenigstens schloss sich keine weitere daran an, zumindest nicht unmittelbar. Dafür waren im Hintergrund der Höhle mehrere unregelmäßig geformte Risse im Gestein zu erkennen, die sich wie Stollen weit in die Felswand hinein fortzusetzen schienen. Das war keine Höhle, dachte Forbes erschrocken, das war ein verdammtes Labyrinth!

»Es hat keinen Zweck, wenn wir uns die auch noch ansehen«,

stellte er fest. »Es sind einfach zu viele, und wer weiß, wie weit sie sich hinziehen.«

Das war nur die halbe Wahrheit. Sicherlich stimmte es, aber der Hauptgrund für Forbes' plötzliches Zögern war ein ganz anderer: Mit einem Mal hatte er Angst davor, weiterzugehen. Eine völlig grundlose, aber immer stärker werdende Angst, die er kaum noch beherrschen konnte. Mit zitternder Stimme fuhr er fort: »Hier müssen richtige Forschungstrupps her und –«

»Da ist jemand!«, stieß Berger plötzlich hervor. Er packte ihn am Arm und deutete mit der anderen Hand auf einen der Stollen. Im ersten Moment glaubte Forbes an eine Täuschung, dann nahm auch er eine Bewegung in der Dunkelheit hinter einem der Löcher wahr – und im nächsten Augenblick kam ein Mann aus dem Stollen herausgetaumelt. Seine Bewegungen waren schleppend, er war offenbar völlig am Ende seiner Kräfte, denn kaum hatte er die Höhle erreicht, knickten die Beine unter ihm ein. Er stürzte zu Boden und blieb wie vom Blitz gefällt liegen.

Forbes eilte zu ihm hinüber und kniete neben dem Mann nieder, um ihm zu helfen. Aber er wagte es nicht, ihn zu berühren.

Der Mann bot einen furchtbaren Anblick. Er stank zum Gotterbarmen, und Forbes erkannte verwirrt, dass es sich nicht um einen der vermissten Bauarbeiter handelte. Die Kleidung des Mannes war zerlumpt, zerrissen und ebenso wie die Hände, das Gesicht und das strohblonde Haar des Unbekannten vollkommen verdreckt; dennoch war zu erkennen, dass es sich um die ehemals vermutlich weiße Uniform eines Marineoffiziers handelte. Der Mann war völlig entkräftet und fast zum Skelett abgemagert. Er zitterte am ganzen Körper; seine Lippen bebten, als versuchte er etwas zu sagen, und die Augen rollten wild unter den geschlossenen Lidern hin und her.

Forbes verschwendete einen kurzen Augenblick an die Frage, wie zum Teufel ein offenbar ranghoher Marineoffizier in diese unterirdischen Höhlen gelangt sein mochte, dann griff er nach dem Kopf des Mannes und hob ihn vorsichtig an.

Vielleicht hätte er das besser nicht getan, denn kaum, dass der Unbekannte die Berührung spürte, begann er wie rasend um sich zu schlagen und riss die Augen auf. Die ungezügelte Wildheit des Wahnsinns, den er im Blick des Fremden las, lähmte Forbes für einige Sekunden so sehr, dass er vollkommen unfähig war, sich zu bewegen.

Mehrere harte Faustschläge trafen ihn und schleuderten ihn zurück. Forbes stürzte rücklings zu Boden und schlug schwer mit dem Hinterkopf gegen einen Stein.

Als er endlich aus seiner Erstarrung erwachte und benommen die Arme zu einer Gegenwehr nach oben riss, war es bereits zu spät. Dicht über sich sah er das zu einer Grimasse verzerrte Gesicht des Unbekannten. Gleich darauf spürte er einen heißen Schmerz an der Kehle und vernahm schlürfende Geräusche.

Dann senkte sich Dunkelheit über ihn.

Die Fahrt verlief weitgehend schweigend. Rowlf döste vor sich hin, während Howard und ich damit beschäftigt waren, auf verschiedenen Seiten aus den Fenstern der Kutsche zu starren. Meine Stimmung hatte sich seit dem Aufbruch vom Ashton Place nicht sonderlich gebessert, und ich wollte meine schlechte Laune nicht an Howard abreagieren, deshalb schwieg ich lieber und hing meinen Gedanken nach.

Das Problem mit dem Kater hatte sich ganz von allein gelöst. Nach kaum zwei Meilen, die das Tier friedlich dösend auf meinem Schoß verbracht hatte, war es plötzlich unruhig geworden und hatte kläglich zu miauen begonnen, sodass ich den Kutscher schließlich hatte anhalten lassen. Kaum hatte ich die Tür geöffnet, war es mit einem Satz im Freien verschwunden. Es tat mir ein bisschen leid, denn ich hatte das Tier gemocht, war aber zugleich auch froh, dass es seiner Wege ging. Ich hatte im Moment wahrlich genug andere Sorgen. Und so ganz nebenbei weder die Zeit noch die Gelegenheit, mich um einen zugelaufenen Kater zu kümmern.

Wir hatten die Innenstadt bereits hinter uns gelassen und näherten uns dem Eastend. Mit jedem Yard, den wir zurücklegten, schien die Umgebung ein wenig verkommener zu werden, und der Verfall setzte sich fort, bis wir unser Ziel erreichten. Die Pension WESTMINSTER lag in einer Gegend, für die selbst die Bezeichnung *Slum* noch geschmeichelt gewesen wäre. In der kopfsteingepflasterten Straße gähnten unzählige Löcher, durch die die Kutschenräder rumpelten, und jedes Mal wurde ich auf meinem Sitz durchgeschüttelt. Ein durchdringender Gestank nach Fäulnis erfüllte die Luft. Überall lagen Abfälle und Unrat aus überquellenden Abfalltonnen herum, und dazwischen wuselten selbst jetzt am hellen Tag vereinzelte Ratten, die sich von unserer Ankunft nicht im Mindesten stören ließen. Die Häuser waren heruntergekommen und verfallen. Die wenigen Fenster im Erdgeschoss waren vernagelt oder trotz des hellen Sonnenlichts mit Läden verschlossen. Auf eine der nackten Ziegelsteinmauern hatte ein Kind schon vor Jahren mit Kreide *Bob ist dof* gekritzelt. Wie bei jedem meiner seltenen Besuch hier juckte es mich in den Fingern, den Satz wenigstens orthografisch zu verbessern.

Der Kutscher hielt an. Ich stieß den Wagenschlag auf, stieg aus und trat gemeinsam mit Howard und Rowlf auf die Pension zu. Der Zustand des Hauses unterschied sich äußerlich kein bisschen vom Rest der Gegend. Lediglich an dem handgemalten, über der Tür angenagelten Schild war zu erkennen, dass es sich um eine Pension handelte, nicht um ein Abbruchhaus.

Der Eindruck, es mit einer heruntergekommenen Absteige zu tun zu haben, änderte sich allerdings schlagartig, nachdem Howard die Tür geöffnet und wir das Innere des Gebäudes betreten hatten. Er hatte das Haus schon gekauft, lange bevor ich ihn kennen gelernt hatte, und ebenso lange handelte es sich bereits um keine Pension mehr. Das Schild war ebenso wie der verwahrloste äußere Zustand des Gebäudes nur eine Tarnung. Schon damals hatte Howard mächtige Feinde besessen, nicht nur die Dienerkreaturen der GROSSEN ALTEN, sondern auch den Orden der Templer. Er hatte sich verstecken müssen, und als Versteck war das WESTMINSTER ideal. Selbst in den Jahren, die er in Andara-House eingezogen war, hatte er es nie aufgegeben und war seit nunmehr gut einem Jahr wieder hier eingezogen. Aus irgendeinem Grund, den ich niemals ganz verstanden hatte, war das Gebäude sogar von den berüchtigten Straßenbanden verschont geblieben, die diese Gegend beherrschten.

Über einen Flur betraten wir den mit kostbaren Möbeln ausgestatteten Salon. Im marmornen Kamin flackerte ein Feuer und verbreitete eine behagliche Wärme im Raum. Eine Wand wurde bis unter die Decke zur Gänze von einem Buchregal eingenommen. Die Regalbretter bogen sich unter dem Gewicht der darauf gestapelten Schwarten, Schriftrollen und Folianten. Schon als ich zum ersten Mal hier gewesen war, hatten sie mich fasziniert. Zum größten Teil handelte es sich um Werke, die sich mit den verschiedensten Formen des Okkultismus, größtenteils freilich mit den GROSSEN ALTEN beschäftigten. Auch mein Vater hatte eine bedeutsame Sammlung solcher Schriften besessen – die wie alles andere dem Brand in Andara-House zum

Opfer gefallen war –, aber mit der Howards hatte sie es nie aufnehmen können. Kein Wunder, hatte doch schon mein Vater das meiste, was er über die GROSSEN ALTEN wusste, von ihm erfahren. Das Wissen, das Howard hier zusammengetragen hatte, war ungeheuer. Nebenbei – auch ungeheuer *gefährlich*.

Eine Tür wurde geöffnet. Mary Winden, meine frühere Haushälterin, die ebenfalls hier eingezogen war, bis sich Andara-House wieder in einem bewohnbaren Zustand befinden würde, kam auf mich zu. Ein freudiges Lächeln lag auf dem Gesicht der ältlichen Frau. »Robert!«, rief sie und umarmte mich; wie üblich so stürmisch, dass mir für einen Moment die Luft wegblieb. »Wie schön, Sie wieder einmal hier zu sehen!«

»Lieber wäre mir, ich hätte Sie bereits wieder zu Hause begrüßen können«, antwortete ich. »Aber nach dem, was ich vorhin gesehen habe, wird das wohl noch eine Weile auf sich warten lassen.«

»Ich habe dir schon mehr als einmal angeboten, ebenfalls hierher zu ziehen, statt dein Geld für die Suite im Hilton zu verpulvern«, erinnerte Howard. »Es wäre mit Abstand das Vernünftigste.«

»Doktor Gray ist da anderer Ansicht«, entgegnete ich mit einem spöttischen Lächeln. »Er ist mächtig damit beschäftigt, mein Image in den besseren Kreisen der Stadt aufzupolieren. Eine Absteige wie das WESTMINSTER wäre Gift für meinen guten Ruf.«

»Und das Hilton ist Gift für deinen Geldbeutel«, konterte Howard.

Ich seufzte. Um meine finanziellen Verhältnisse brauchte ich mir wahrlich keine Sorgen zu machen. Ich hatte mir nie viel aus Geld gemacht, doch mein Vater hatte mir ein so umfangreiches Erbe an Bargeld, Wertpapieren und Immobilien hinterlassen, dass ich es wahrscheinlich trotz aller Anstrengungen in der mir verbleibenden natürlichen Lebenszeit nie ausgeben konnte. Dr. Gray war nicht nur mein Anwalt, sondern zugleich auch mein Vermögensverwalter, und er war auf dem einen Gebiet ein ebenso großes Genie wie auf dem anderen. Er hatte mein Vermögen so geschickt und Gewinn bringend angelegt, dass es trotz der kostspieligen Suite im Hilton, der an Straßenraub grenzenden englischen Steuer und anderer umfangreicher Spenden an zahlreiche Wohltätigkeitsorganisationen ohne mein Zutun von Tag zu Tag weiter anwuchs. Ab einer gewissen Menge schien sich Geld tatsächlich (fast) ganz von allein zu vermehren, wie ein altes Sprichwort behauptete.

Mein Geldbeutel war also kein Argument, mit dem mich Howard ködern konnte, doch wenn ich mir selbst gegenüber ehrlich war, dann scherten mich die so genannten *besseren Kreise*, auf deren Anerkennung Gray so viel Wert legte, ebenso wenig wie mein guter Ruf. Anderseits hatte gerade diese Haltung mich schon früher oft genug in Schwierigkeiten gebracht. Es brachte ganz gewaltige Vorteile mit sich, sich mit den Leuten der Londoner Oberschicht gut zu stehen, da diese meist nicht nur über gehörigen Reichtum, sondern auch über eine Menge Macht und Einfluss verfügten, und ich sah keine Veranlassung, mir ihre Sympathie zu verscherzen. Also hatte ich ausnahmsweise auch diesbezüglich mal auf Dr. Grays Ratschläge gehört, war standesgemäß ins Hilton gezogen und nahm gehorsam an allen möglichen langweiligen Feiern und Wohltätigkeitsveranstaltungen, und was dergleichen Foltermethoden mehr angeblich zum gesellschaftlichen Leben gehörten, teil.

»Lassen wir das«, murmelte ich und ließ mir von Mary meinen Mantel abnehmen. »Wie wäre es mit einer Tasse Ihres fantastischen Kaffees? Das wäre das Einzige, was diesen verpfuschten Vormittag noch retten könnte.«

»Gerne«, sagte sie und verließ das Zimmer.

»Wenn du so weitermachst, wird es noch viele Vormittage wie diesen geben«, sagte Howard. Er war an einen Schrank getreten und hatte sich ein Glas Sherry eingeschenkt. »Und du wirst nächstes Jahr noch im Hilton wohnen.«

»Wenn *ich* so weitermache?« Ich fuhr herum und starrte Howard verblüfft an. »Bislang dachte ich eigentlich, dass es Storm wäre, der nicht von der Stelle kommt.«

»Weil du es mit deinen Anweisungen verhinderst«, erwiderte Howard.

»Ach ja?« Gereizt trat ich zwei Schritte auf ihn zu und funkelte ihn kampfeslustig an. Sein völlig idiotischer Vorwurf hatte meine schlechte Laune wieder neu angefacht, und damit provozierte er selbst den Streit, den ich tunlichst hatte vermeiden wollen. »Glaubst du vielleicht, ich hätte Anweisung gegeben, dass er die Leute nur im Schneckentempo arbeiten und alles, was neu aufgebaut wurde, wieder einreißen lassen soll?«

»Natürlich nicht.« Howard schüttelte den Kopf und trank einen Schluck Sherry. »Aber anders als ursprünglich geplant, hast du ihm die Anweisungen gegeben, beim Wiederaufbau des Hauses Veränderungen gegenüber dem Original vorzunehmen. Und so lange es dabei bleibt, wird er mit der Arbeit nicht weiterkommen. Das Haus lässt es nicht zu.«

»Unsinn!«, stieß ich eine Spur barscher als beabsichtigt hervor. »Diese Diskussion hatten wir doch schon vor Monaten, und wir waren uns beide einig, dass es sich um ein völlig neues Haus handelt. Alles daran ist neu, also kann gar nichts mehr von der Magie meines Vaters darin wirken. Es sei denn, er hätte das gesamte Grundstück für alle Ewigkeit mit einem Bann belegt, und so mächtig war er ja nun wohl auch wieder nicht.« Es hatte ein Scherz werden sollen, doch er verunglückte ebenso wie mein flüchtiges Lächeln.

Dementsprechend ernst blieb Howard. Er setzte sich und zog eine neue Zigarre aus der Innentasche seines Jacketts, biss die Enden ab und spuckte sie jeweils eine knappe Fingerbreite rechts und links des auf dem Tisch stehenden Aschenbechers. Umständlich setzte er die Zigarre in Brand, paffte ein paar Mal daran und blies stinkende Rauchwolken in meine Richtung, dann verfehlte er auch mit dem Streichholz zielsicher den Aschenbecher.

»Das habe ich auch geglaubt«, antwortete er mit einiger Verspätung. »Aber wir haben uns offenbar getäuscht. Anfangs dachte ich auch, dass Storm ein Betrüger wäre, der uns nur hinzuhalten versucht, aber während der Kutschfahrt hatte ich genügend Zeit zum Nachdenken.«

»Scheinbar nicht genug«, wandte ich mit finsterem Gesicht ein. Ich war mir selbst nicht sicher, warum ich so gereizt reagierte. Im Grunde hatte Howard nur das ausgesprochen, was mir selbst schon seit unserem Gespräch vorhin im Kopf herumging, aber vielleicht ärgerte mich gerade die Tatsache, dass Howard die Vermutung aussprach, die ich nach Kräften zu verdrängen versuchte. Vielleicht lag es auch nur daran, dass Storm entlastet wurde, wenn es sich wirklich so verhielt, und ich keine Lust hatte, meinem Zorn auf den Bauleiter durch etwas so Lapidares wie *logischen Argumenten* den Boden entziehen zu lassen.

»Vielleich sollt' ich mirn Storm ma zur Brust nehm unnem solang mittem Vertrach die Glatze poliern, bissa vernünfich arbeitn tun tut«, schlug Rowlf vor.

Ich lächelte flüchtig, während Howard nicht einmal auf den Einwand reagierte. »Es ist ganz offensichtlich, dass sich Andara-House gegen die Veränderungen wehrt«, fuhr er fort. »Die Parallelen zu allen früheren Versuchen, das Haus zu renovieren, sind zu deutlich. Du hast es an der Mauer erlebt, die vorhin eingestürzt ist.«

Als wollte er seine Worte damit bekräftigen, blies er eine weitere Rauchwolke in meine Richtung. Ich hustete demonstrativ und wedelte mit der Hand vor meinem Gesicht herum. »Das war eben stümperhafte Arbeit«, beharrte ich trotzig.

Howard schüttelte den Kopf und machte ein fast mitleidiges Gesicht. »Das war es nicht«, behauptete er. »Ich bin kein Fachmann, aber für mich sah die Wand völlig korrekt aus. Jedenfalls nicht so baufällig, dass sie bei dem kleinsten Windhauch wie ein Kartenhaus zusammenbrechen musste. Warum verschließt du deine Augen vor der Wirklichkeit? Wenn Andaras Magie in dem Haus immer noch wirksam ist, dann ist das nur ein Vorteil für dich. Sie schützt dich. Erinnere dich doch nur an die Ereignisse bei deinem Einzug. Du hättest nicht einmal die ersten zwei Tage nach deiner Ankunft in London überlebt, wenn das Haus dich nicht vor Necrons Drachenkrieger beschützt hätte.«

»Wie du weißt, habe ich mit dem Tod inzwischen so meine Erfahrungen«, versetzte ich spitz. »Hauptsache, du hast einen Freund wie Viktor, der mich wieder zusammenflickt und neu zum Leben erweckt, wenn mir mal was passiert.« Die Worte rutschten mir heraus, bevor ich sie zurückhalten konnte, und ich bereute sie im gleichen Moment schon wieder, in dem ich sie aussprach. »Es tut mir leid«, murmelte ich.

Mary unterbrach den Disput, indem sie mit einem Tablett zurückkehrte, es auf den Tisch stellte und mir eine Tasse dampfenden Kaffee einschenkte. Auch sie schien die im Raum hängende Spannung zu spüren, denn sie warf erst mir und dann Howard einen verwirrten Blick zu, bevor sie das Zimmer wieder verließ.

»Auf jeden Fall glaube ich nicht, dass in Andara-House immer noch die Magie meines Vaters wirksam ist«, nahm ich das Gespräch in besänftigenderem Tonfall wieder auf. »Und selbst falls es so sein sollte, bedeutet das nicht, dass es mir gefällt. Ich habe das Haus nie gemocht, so wie es war, das weißt du. Ein paar Mal war ich schon nahe dran, es aufzugeben und irgendwo anders hinzuziehen. Wenn ich schon ein Haus habe, dann will ich es mir auch einrichten können, wie es mir gefällt. Andara-House war ein düsteres Loch, und ich bin es einfach leid, in einem düsteren Loch zu leben. Ich möchte ein behagliches Heim, in dem ich mich wohl fühlen kann, verstehst du das denn nicht?« Ich warf einen demonstrativen Blick in die Runde und beantwortete meine Frage in Gedanken selbst: nein. Er verstand es nicht.

»Doch, ich verstehe dich sehr gut.« Howard schien sich für meine spitze Bemerkung revanchieren zu wollen, indem er mir immer noch neue und jedes Mal dickere Rauchwolken ins Gesicht blies. »Ich bin ja selbst überrascht, dass Rodericks Magie immer noch wirksam ist. Aber es ist nun einmal so, und du musst dich damit abfinden. Du solltest die positiven Seiten daran sehen. Bei den Gegnern, mit denen du es zu tun hast, solltest du für jede Hilfe dankbar sein.«

»Gegen Priscylla und die SIEBEN SIEGEL DER MACHT hat es mich auch nicht schützen können«, wandte ich ein.

»Es hat es versucht«, entgegnete Howard ruhig. »Es hat dir genügend Warnungen zukommen lassen, aber du hast sie alle in den Wind geschlagen. Du warst ja buchstäblich blind vor Liebe.«

Er wollte noch mehr sagen, doch in diesem Moment trat Mary erneut ins Zimmer, und sie war nicht allein. Bei ihr befand sich Harley, der Sohn von Grays Butler David. Ich war für die Ablenkung dankbar; die Diskussion mit Howard führte ohnehin zu nichts. Sie riss nur alte Wunden wieder auf.

Rowlf grinste über sein ganzes Bulldoggengesicht. »Wie sieht's denn mittem strampellosen Fahrrad aus?«, fragte er spöttisch.

Harley, Davids Sohn, warf ihm einen finsteren Blick zu, ging jedoch wohlweislich nicht auf die Bemerkung ein, um keinen weiteren Spott zu provozieren. Seit ich ihn kannte, arbeitete er verbissen an einer Erfindung. Er hatte es sich in den Kopf gesetzt, ein selbsttätig fahrendes Fahrrad zu entwickeln, ohne trotz allen Eifers bislang irgendwelche Erfolge verbuchen zu können. »Doktor Gray schickt mich«, wandte sich Harley an mich. »Inspektor Cohen war bei ihm und sucht Sie. Er möchte unbedingt mit Ihnen sprechen, Mister Craven.«

»Cohen?« Ich runzelte die Stirn. »Hat er gesagt, was er will?«

Harley schüttelte den Kopf. »Nein, aber es wäre sehr wichtig. Er bittet Sie, in die Atkins-Road zu kommen, wo heute Nacht dieses Haus eingestürzt ist.«

Mein Stirnrunzeln vertiefte sich noch. Was konnte Cohen von mir wollen, was mit dem Einsturz des Hansom-Komplexes zu tun hatte? Ich war es ja mittlerweile gewohnt, für alles Mögliche verantwortlich gemacht zu werden – aber einstürzende Häuser gehörten noch nicht dazu.

Jedenfalls bis jetzt.

Da ich es bestimmt nicht herausfinden würde, wenn ich weiter hier herumstand, nickte ich und bat Mary, mir meinen Mantel zu bringen. »Also gut, ich komme.«

Hätte ich es bis zu diesem Moment noch nicht gewusst – spätestens jetzt wäre mir klar geworden, was man unter dem Begriff *Chaos* zu verstehen hatte. Das gesamte Gebiet um die Atkins-Road war weiträumig abgesperrt worden, was angesichts der unzähligen Schaulustigen, die in der Gegend herumstanden und sich gegenseitig bestätigten, dass sie ein solches Unglück schon längst hätten kommen sehen, wohl auch dringend nötig war. Der Lärm und das Durcheinander waren unbeschreiblich. Ich hatte eine Menge erwartet, nach Howards Ankündigung – aber nicht *das*. Die vergleichsweise wenigen Polizisten und wirklichen Hilfskräfte, die ebenso tapfer wie vergebens versuchten, wenigstens einen Anschein von Ordnung aufrechtzuerhalten, taten mir in der Seele leid.

»Diese verdammten Gaffer«, stieß Howard hervor, der es sich nicht hatte nehmen lassen, mich ebenso wie Rowlf zu begleiten. »Möchte nur wissen, was die alle hier wollen. Es gibt doch sowieso nichts zu sehen.«

»Die gucken, ob eina guckt«, sagte Rowlf. Ich enthielt mich jeden Kommentars. Die Sensationsgier der Leute war mir schon immer zuwider gewesen. Ich hätte vielleicht ein paar etwas dezentere Worte gewählt – aber im Grunde sprach Howard nur das aus, was auch ich fühlte.

Mit dem Wagen kamen wir unmöglich bis an eine der Absperrungen heran, sodass uns nichts anderes übrig blieb, als auszusteigen und uns zu Fuß einen Weg durch die Menge zu erdrängeln, was uns auch nur gelang, weil Rowlf vorausging und uns recht unsanft einen Weg bahnte. Wüste Flüche und Verwünschungen begleiteten uns, und ich bekam ein paar derbe Knüffe ab, die sich im Laufe der nächsten Stunden sicherlich zu prachtvollen blauen Flecken entwickeln würden, bis es uns gelang, uns zu der Absperrung selbst vorzudrängen. Ein sichtlich genervter Bobby wollte uns zurückscheuchen und gab seine feindselige Haltung erst auf, als ich ihm meinen Namen nannte und sagte, dass Inspektor Cohen uns erwartete. Mit einem Mal wurde er sogar regelrecht freundlich und winkte hastig einen Kollegen herbei, der uns zu Cohen führen sollte.

Den eingestürzten Hansom-Komplex bekamen wir erst gar nicht zu sehen, was mir auch ganz recht war. Im Gegensatz zu den meisten Menschen, die insgeheim nur deshalb über die Sensationslust anderer schimpften, weil diese ihnen die Aussicht in der ersten Reihe versperrten, war ich tatsächlich kein bisschen schaulustig. Vielleicht lag es daran, dass ich in meinem Leben schon zu viel Schlimmes gesehen hatte, um mich noch begierig am Unglück anderer zu ergötzen. Es ist eine eigenartige Sache mit dem Unglück – wenn man sich zu sehr damit beschäftigt, macht man es auf sich aufmerksam.

Wir stiegen eine lange Treppe hinunter, die in eine im Bau befindliche U-Bahn-Station führte, und gingen ein Stück durch einen der Tunnel. Ein Bauarbeiter händigte uns Schutzhelme aus und bestand zu unserer eigenen Sicherheit darauf, dass wir sie aufsetzten. Der Tunnel verlief stark abschüssig, und nach einigen Dutzend Yards mussten wir eine Leiter in einem engen Schacht hinunterklettern, um eine noch tiefer gelegene Etage der unterirdischen Baustelle zu erreichen, wo wir auch endlich auf Cohen trafen. Er trug ebenfalls einen Schutzhelm, der ihm sichtlich zu groß und tief in die Stirn gerutscht war.

Kaum hatte er mich erblickt, kam er auch schon auf mich zu. »Craven, endlich. Wo haben Sie denn bloß gesteckt?« Meist redete er mich mit Robert an; dass er jetzt den förmlicheren Nachnamen benutzte, zeigte deutlich, dass es sich um eine offizielle Angelegenheit handelte, aber das war wohl auch nicht anders zu erwarten, wenn er mich ausgerechnet hierher bestellte.

Ich setzte zu einer geharnischten Antwort an, die in etwa darauf hinauslaufen würde, dass ich nicht vorhätte, untätig in meiner Hotelsuite herumzusitzen und darauf zu warten, bis er mich eventuell einmal zu sprechen wünschte, doch er ließ mich erst gar nicht zu Wort kamen, sondern machte eine wegwerfende Geste und schob sich den Helm aus der Stirn. »Ist ja auch egal. Die Hauptsache ist, Sie sind da.«

»Dann können Sie uns sicherlich auch endlich sagen, was Sie von uns wollen«, entgegnete Howard, und Rowlf maulte nuschelnd: »Wahrscheinlich suchta noch'n paar Dumme zum Saubamachn.«

Cohen ignorierte ihn. »Der Grund, aus dem ich Sie hergebeten habe, ist nicht der Einsturz des Hauses«, erklärte er. »Damit hätte Scotland Yard höchstens zu tun, wenn es darum ginge, die Verantwortlichen festzunehmen, aber das ist nicht meine Angelegenheit.

Aber im Zusammenhang mit dem Einsturz ist etwas sehr Seltsames passiert. Um ehrlich zu sein, ich bin völlig ratlos, was dahinter stecken könnte. Sie haben sich doch stark für diese kleine Insel interessiert, die voriges Jahr an der Themsemündung auftauchte.«

Ich nickte. Das Erscheinen der Insel musste in irgendeiner Form mit dem von mir verschuldeten Auftauchen R'lyehs zu tun haben. Insofern hatte ich gar nicht anders gekonnt, als mich mit der Insel zu beschäftigen, und mein Interesse war erst wieder erlahmt, als feststand, dass es sich nicht um R'lyeh handelte, sondern einfach nur um ein paar Felsen, die durch eine Laune der Natur an dieser Stelle auf dem Meer aufgestiegen waren. Möglicherweise war die Insel ein Teil des Grundes, auf dem die Stadt einst gestanden hatte, doch R'lyeh selbst war verschwunden, und nach wenigen Tagen war das Eiland von einem Zerstörer der britischen Kriegsmarine gesprengt worden. Cohens Worte nun machten mich neugierig und besorgt zugleich.

»Was ist los mit der Insel – und was hat sie mit dem hier zu tun?«, wollte ich wissen.

Cohen schob sich den Helm in den Nacken und kratzte sich an der Stirn. »Gerade das weiß ich eben nicht, aber Sie haben eine gewisse Erfahrung mit ähm ... seltsamen Ereignissen. Deshalb hoffe ich, dass Sie mir vielleicht weiterhelfen können. Kommen Sie, ich zeige Ihnen, um was es geht.«

Er drehte sich um und führte uns tiefer in den Tunnel hinein. Nach einer Weile erreichten wir einen schmalen, mit Stahlträgern abgestützten Durchbruch in dem herabgestürzten Geröll der Einbruchstelle. »Bei den Tunnelarbeiten stießen die Männer auf eine bislang unbekannte, ziemlich große Höhle«, berichtete er, während wir uns hindurchzwängten, wobei vor allem Rowlf an einigen Stellen beträchtliche Schwierigkeiten hatte. »Man vermutet, dass die Erschütterungen beim Durchstoßen der Höhlenwand den Einsturz verursacht haben, was sich bis auf den Hansom-Komplex ausgewirkt hat. Das hier ist die Grotte.«

Wir erreichten das Ende des abgesicherten Durchbruchs. Verblüfft starrte ich in die Tropfsteinhöhle hinunter, die trotz ihres teilweisen Einsturzes immer noch gewaltig war. Einige Männer hielten sich darin auf, räumten Gesteinsbrocken zur Seite und stellten Messungen an.

»Niemand weiß bislang, wie groß diese Katakomben sind«, fuhr

Cohen fort, während wir über eine Leiter in die Höhle hinunterstiegen. Unten angekommen, rückte er seinen Schutzhelm zurecht und führte uns in eine angrenzende, beinahe ebenso große, aber unversehrte Grotte. Beklommen betrachtete ich die Umrisse eines Menschen, die mit Kreidestrichen auf dem Boden skizziert waren. Eine kleine Lache halb getrockneten Blutes hatte sich dort ausgebreitet. »Ein gewisser Forbes von der städtischen Bauaufsichtsbehörde«, berichtete Cohen. »Er hat die Höhle heute Vormittag inspiziert, um herauszufinden, ob weitere Einsturzgefahr besteht und noch andere Häuserblöcke bedroht sind. Er wurde ermordet.«

»Ermordet?«, hakte Howard nach. »Hier unten? Wissen Sie, von wem?«

»Das ist ja gerade das Mysteriöse. Er war nicht allein. Sein Begleiter behauptet, der Täter wäre völlig entkräftet aus einem der Stollen da drüben getaumelt gekommen.« Er deutete in die angegebene Richtung, wo ich mehrere unregelmäßig geformte Risse entdeckte, die sich anscheinend tief in die Felswand hinein fortsetzten. »Forbes hat ihm zu helfen versucht, aber der Mann hatte bereits völlig den Verstand verloren. Bevor jemand eingreifen konnte, hat er sich auf Forbes gestürzt und ihm die Kehle durchgebissen.«

»Die ... Kehle durchgebissen?«, vergewisserte ich mich.

Cohen nickte. Er sah plötzlich ziemlich nervös aus. Und als er weitersprach, begriff ich auch, warum. »Das ist noch nicht alles«, sagte er.

»So?«

Cohen wich meinem Blick aus und begann nervös mit den Füßen zu scharren. »Er hat versucht sein Blut zu trinken.«

»Wollen Sie uns vielleicht weismachen, dass es sich um einen Vampir gehandelt hat?« Howard lächelte nervös.

»Ich bitte Sie, Mister Lovecraft, wer glaubt schon an solche Schauermärchen?« Cohen schüttelte so heftig den Kopf, dass er sich gleich darauf erneut den Helm aus der Stirn schieben musste. »Nein, der Mann war schlicht und einfach wahnsinnig. Nachdem er Forbes getötet hatte, verlor er das Bewusstsein und konnte gefesselt werden. Er befindet sich momentan in einer Gefängniszelle und wird vermutlich noch heute in eine Irrenanstalt eingewiesen werden.«

»Einer der Bauarbeiter«, vermutete ich. »Wenn der Mann durch den Einsturz hier eingeschlossen wurde, hat er wahrscheinlich einen Schock erlitten und darüber den Verstand verloren.« Meine eigene

Erklärung überzeugte nicht einmal mich selbst. Trotzdem fügte ich hinzu: »So etwas kommt vor.«

»Nein«, widersprach Cohen. »Das war auch mein erster Gedanke, aber so einfach ist es nicht, fürchte ich. Der Mann muss sich schon wesentlich länger hier unten aufgehalten haben.«

»Wieso?«, fragte Howard.

»Er war in einem unbeschreiblichen Zustand«, antwortete Cohen. »Vollkommen entkräftet und so gut wie verhungert ... Außerdem trug er die Uniform eines Marineoffiziers. Inzwischen haben wir herausgefunden, um wen es sich handelt. Der Mann heißt Clive Hasseltime und war Erster Offizier an Bord der THUNDERCHILD. Das ist das Schiff, das damals ausgelaufen ist, um diese Felsinsel zu erforschen. Und das ist das Mysteriöse daran.«

»Wieso?«

Cohen sah immer unbehaglicher aus. »Auch unter dem Eiland hat man Höhlen und Stollen entdeckt. Hasseltime gehörte dem Team an, das dorthin vorgedrungen ist, um die Sprengung vorzunehmen. Bis auf den Kapitän und zwei Marinesoldaten kehrte niemand zurück. Es heißt, die anderen wären bei einem Einsturz eines der Stollen getötet worden. Unter ihnen befand sich auch Hasseltime. Die Insel wurde unmittelbar darauf gesprengt und der Fall zu den Akten gelegt.«

»Moment mal«, stieß ich fassungslos hervor. »Wollen Sie damit sagen, dass diese Stollen bis unters Meer reichen und Hasseltime von dort aus bis hierher *gelaufen* sein könnte?«

Die bloße Vorstellung war so absurd, dass ich mich weigerte, sie überhaupt näher ins Auge zu fassen. »Das sind gut sechzig, siebzig Meilen. Es ist völlig unmöglich, dass es über eine solche Entfernung hinweg eine Verbindung geben kann!«

Cohen zuckte die Achseln. »Ich will gar nichts andeuten, da ich nicht den Hauch einer Theorie habe, was das alles bedeuten könnte. Ich habe lediglich die Fakten aufgezählt, soweit sie mir bekannt sind. Einen Reim kann ich mir darauf absolut nicht machen. Deshalb hoffe ich ja, dass Sie mir helfen können.«

Ich ließ meinen Blick noch einmal – und diesmal sehr viel aufmerksamer – durch die Höhle schweifen und betrachtete vor allem die Eingänge der Stollen, bis ich mich schließlich wieder Cohen zuwandte. »Nur mal theoretisch angenommen, sie führen tatsächlich bis zum Meer«, murmelte ich. »Die Distanz könnte jemand bequem in wenigen Tagen zurücklegen. Aber das Auftauchen der Insel liegt *fast ein halbes Jahr* zurück. Wie sollte Hasseltime hier unten überlebt haben? Wovon hat er sich ernährt? Das alles ergibt keinen Sinn!«

»Fragen Sie mich etwas Leichteres.« Cohen zuckte erneut die Achseln. »Aber da ist noch etwas, was nicht in das Bild passt. Kommen Sie.«

Er ließ uns Lampen bringen und führte uns zu einem der Stollen. »Keine Sorge, die Experten haben sie untersucht und behaupten, sie wären einsturzsicher«, erklärte er, als er Howards skeptischen Blick bemerkte.

Howard wirkte nicht überzeugt – ich übrigens auch nicht –, aber wir widersprachen nicht, sondern folgten Cohen wortlos.

Wir traten durch den Riss im Fels. Die Wände waren rau und bestanden aus unbearbeitetem Gestein, waren also allem Anschein nach auf natürlichem Wege entstanden. In sanften, dem Verlauf der Gesteinsschichten folgenden Windungen führte der Stollen etwa zwei, drei Dutzend Yards weit, um dann wie abgeschnitten vor einer massiven Felswand zu enden.

»Bei den anderen ist es ebenso«, berichtete Cohen und schob seinen Helm aus der Stirn. »Alle enden nach einem kurzen Stück. Die Experten haben bereits nach verborgenen Durchgängen gesucht, aber nichts gefunden.«

»Wissen Sie wenigstens, aus welchem der Stollen Hasseltime kam?«, erkundigte sich Howard verstört.

»Entweder aus diesem hier oder dem direkt nebenan. Die anderen liegen zu weit entfernt. Bei diesen beiden ist sich Berger, das ist der Mann, der bei Forbes war, nicht ganz sicher. Wollen Sie den anderen auch noch sehen?«

Ich tastete mit den Händen über die Wände, doch alles, was ich fühlte, war rauer Fels. Es gab keinerlei noch so feine Risse, die das Vorhandenseins eines versteckten Durchgangs andeuteten, und so nickte ich schließlich, obwohl ich das sichere Gefühl hatte zu wissen, was wir dort finden würden – nämlich dasselbe wie hier.

Wir verließen den Stollen wieder und traten dafür in den unmittelbar angrenzenden. Auch dieser endete nach wenigen Dutzend Yards, allerdings nicht so abrupt vor einer Felswand, sondern in einer kleinen, etwa fünfzig Fuß durchmessenden Höhle. In der Mitte fiel der Boden steil ab, und im Lampenlicht wie Teer glänzendes Wasser hatte sich in der Vertiefung gesammelt. Der kleine Teich nahm etwa die Hälfte der Höhle ein. Es war ohnehin kühl hier, aber von der Wasseroberfläche stieg ein eisiger Hauch auf, der mich frösteln ließ. Ich trat einen Schritt von dem Tümpel zurück. Das schwarze Wasser flößte mir Unbehagen ein, ohne dass ich genau sagen konnte, warum. Aber ich hatte in langer, schmerzhafter Erfahrung gelernt, auf meine Gefühle zu hören, und so behielt ich den Tümpel aufmerksam im Auge, während Cohen weitersprach.

»Sie können sich gerne auch hier etwas umsehen«, sagte Cohen. »Aber auch hier waren bereits Spezialisten am Werk. Es gibt definitiv keine verborgenen Türen oder andere Durchgänge.

»Was ist mit dem Tümpel?«, fragte ich.

Cohen schüttelte den Kopf. »Nichts. Um sicher zu gehen, dass es unter Wasser keine Verbindung gibt, ist sogar schon jemand in den Tümpel hinabgetaucht. Die gesamten Höhlen und Stollen hier waren hermetisch von der Außenwelt abgeschlossen, bevor die Wand beim Tunnelbau heute Nacht durchstoßen wurde.« Er seufzte. »Wie immer Hasseltime hierhergekommen ist ... auf normalem Wege jedenfalls nicht.«

Aus dem Mund eines Mannes wie Cohen war dies ein sehr erstaunliches Eingeständnis; aber ich war nicht in der Stimmung, diese Tatsache entsprechend zu würdigen. Das unbehagliche Gefühl, das schon die ganze Zeit über in mir gewesen war, wurde immer stärker. Ich hatte das Gefühl, dass es besser war, wenn wir hier so schnell wie möglich wieder verschwanden.

Mir fielen einige kleine Öffnungen in der rückwärtigen Stollenwand auf, und ich trat darauf zu. Es handelte sich um mehrere Dutzend winziger Löcher, nicht einmal dick genug, dass ich einen Finger hineinstecken konnte, aber so kreisrund, dass sie unmöglich auf natürliche Weise entstanden sein konnten. Ich strich behutsam darüber. Ein klein wenig gallertartiger, farbloser Schleim blieb an meinem Finger zurück. Angeekelt wischte ich mir die Hand an der Mauer ab.

»Sind die Löcher von einem der Bauarbeiter gebohrt worden?«, erkundigte ich mich.

Cohen zuckte mit den Schultern. »Nicht, dass ich wüsste. Wegen der Spurensuche habe ich ausdrücklich angeordnet, dass hier nichts verändert wird.« Er verzog das Gesicht zu einem gezwungenen Lächeln. »Aber ich glaube kaum, dass Hasseltime aus einem dieser Löcher gekrochen kam.«

Ich starrte ihn an, und Cohens Grinsen geriet endgültig zur Grimasse. Was ein harmloser Scherz hatte werden sollen, der keinem anderen Zweck diente als dem, die angespannte Stimmung ein wenig zu verbessern, geriet zum Gegenteil; etwas, das wie ein böses Omen in der Luft hing.

»Das kanna ganich so sein«, brummte Rowlf, während wir uns auf den Rückweg machten. Er schüttelte verdrossen mehrmals hintereinander der Kopf. »Niemand nich taucht einfach so ausm Nichts auf. Vielleicht gab'sn Eingang da, wos alles zusammengekracht is. Irgendwie mußa Haselnuss ja reingekommn gewesn sein.«

»Hasseltime«, verbesserte ihn Cohen. Er warf Rowlf einen schrägen Seitenblick zu, nickte aber trotzdem bekräftigend mit dem Kopf. »Daran haben die Spezialisten auch schon gedacht. Die Erklärung überzeugt mich nicht sehr, wenn ich ehrlich sein soll, aber es ist leider auch die einzige Erklärung.«

»Muss es deshalb auch die Richtige sein?«, fragte ich.

Cohen hob die Schultern. »Wenn man alles Unmögliche weglässt, dann muss das, was übrig bleibt, wohl die Wahrheit sein – so unwahrscheinlich es auch klingen mag«, antwortete er geheimnisvoll.

»Ein interessanter Satz«, pflichtete ich ihm bei. »Aber das erklärt noch nicht, wieso Hasseltime sich überhaupt hier unten befand, nachdem er vor rund einem Jahr angeblich in den Stollen unter der Felseninsel ums Leben kam.«

Cohen zuckte abermals mit den Schultern. »Anscheinend hat er den Einsturz dort und auch die Sprengung überlebt, aber er ist definitiv *nicht* mit von der Insel zurückgekommen. Dafür gibt es mehrere übereinstimmende Zeugenaussagen.«

»Können wir mit ihm sprechen?«, fragte ich. Wir hatten wieder die große Höhle erreicht, von der der Stollen abzweigte. Ich hätte in diesem Moment selbst nicht sagen können, warum, aber ich fühlte mich irgendwie ... *erleichtert.* Als wäre dort drinnen etwas gewesen, dessen Anwesenheit ich gefühlt hatte. Etwas Böses.

Cohen nickte, schob sich den Helm aus der Stirn und schüttelte gleich darauf den Kopf. »Wenn Sie wollen, sicher – aber es hat keinen Sinn. Er ist völlig apathisch und nimmt seine Umgebung gar nicht wahr. Kakofonie – oder so ähnlich, sagt der Arzt.«

»Tonie«, verbesserte ihn Rowlf.

Cohen sah ihn fragend an.

»Katatonie«, wiederholte Rowlf. »S'muss heißn tun: *Katatonie.*«

Cohen starrte ihn weiter an, schwieg aber.

»Hatte er denn nichts bei sich, das in irgendeiner Form Aufschluss darüber geben könnte, wo er die letzten Monate gesteckt hat?«, fragte ich rasch. »Irgendeine Kleinigkeit ... ein paar Fasern an seiner Kleidung, Sand in den Schuhen ... irgendetwas?«

»Unser Labor untersucht seine Kleider noch – bislang allerdings ohne Ergebnis.« Cohen griff in seine Tasche und zog eine etwa handtellergroße, fast runde Steinplatte hervor, die er mir reichte. »Das hier steckte in seiner Uniformtasche. Keine Ahnung, was das zu bedeuten hat.« Nach einer winzigen Pause und in leicht verändertem Tonfall fügte er hinzu: »Ich hatte gehofft, dass Sie mir vielleicht weiterhelfen könnten.«

Ich betrachtete die Scheibe; das heißt: Ich *versuchte* es.

Es war ein unheimliches, Furcht einflößendes Gefühl, das vielleicht umso schlimmer war, als ich es nicht zum ersten Mal im Leben verspürte.

Da waren ... Linien, die sich zu einem fremdartigen Symbol zusammenfügten. Bilder, die keine waren, aber irgendwie den Eindruck erweckten, zu welchen werden *zu wollen*. Symbole, deren Bedeutung mir verschlossen blieb, von denen ich aber einfach wusste, dass es keine guten Bedeutungen waren ...

Es war ein äußerst seltsames, beunruhigendes Bild, das länger zu betrachten mir schwerfiel. Bereits nach wenigen Sekunden erwachte hinter meiner Stirn ein dumpfer Kopfschmerz, und meine Augen begannen zu schmerzen, als betrachte ich etwas, wozu zu sehen sie nicht gemacht waren, sodass ich den Blick abwenden musste. Mein Herz begann schneller zu schlagen. Ich hatte weder einen solchen Stein noch das Symbol darauf jemals gesehen – wohl aber *Darstellungen* wie diese. Die Linien schienen sich auf unmögliche, sinnverwirrende Art zu krümmen und zu winden, gehorchten nicht der euklidischen Geometrie, sondern gehörten zum fremdartigen Kosmos der GROSSEN ALTEN.

Ein deutlicher Anhaltspunkt, dass etwas mit dem mysteriösen Auftauchen Hasseltimes ganz und gar nicht stimmte.

Um einiges deutlicher, als mir lieb gewesen wäre, um ehrlich zu sein.

Das Wissen, was diese Erkenntnis *wirklich* bedeutete, war bereits in mir, aber noch weigerte ich mich, aus der düsteren Ahnung einen konkreten *Verdacht* werden zu lassen. Ich hatte Zeit meines Lebens die Meinung vertreten, dass es zu nichts gut ist, sich selbst zu belügen – aber es gibt Momente, in denen man auch mit den ehernsten Grundsätzen brechen muss. Und dies war einer davon.

»Kann ich das ... vorübergehend behalten?«, erkundigte ich mich in – wie ich hoffte – möglichst beiläufigem Ton. Ich drehte den Stein in den Händen und versuchte einen zwar interessierten, aber nicht beunruhigten Eindruck zu erwecken. Ob es mir bei Cohen gelang, weiß ich nicht. Rowlf jedenfalls sah mich nur kurz aus den Augenwinkeln an und wurde um deutlich mehr als nur *eine Spur* blasser. »Ich würde es gerne genauer untersuchen. Vielleicht steckt hinter dem Symbol eine Bedeutung, die uns weiterhilft, wenn ich sie entschlüsseln kann.«

Cohen zögerte. »Es ist ein Beweisstück«, wandte er ein. »Vielleicht hat es keinerlei Bedeutung, vielleicht aber doch. Immerhin habe ich es mit einem Mordfall zu tun.«

»Sie haben selbst gesagt, dass Hasseltime den Verstand verloren hat und es keinen Zweifel gibt, dass er der Täter war«, erwiderte ich. »Es geht also nicht darum, einen Schuldigen zu finden, sondern nur darum, die Hintergründe zu klären, und dabei kann dieser Stein möglicherweise helfen. Sie bekommen ihn spätestens in ein paar Tagen zurück.«

Cohen zögerte sichtlich. Offenbar hatte er mir meine gespielte Gelassenheit nicht abgenommen. Aber ich konnte ihm unmöglich erklären, was ich da wirklich in den Händen hielt.

Schon, weil ich es eigentlich gar nicht wusste ...

»Also gut, versuchen Sie, ob Sie etwas darüber herausfinden können«, gab er schließlich widerstrebend nach. »Sonst können Sie mir nichts sagen, nicht einmal eine Ihrer verrückten ... Gespenstergeschichten?«

Ich lächelte flüchtig und – wie ich hoffte, wenigstens jetzt – überzeugend. Im Moment war es mir weit lieber, Cohen hielt mich für verrückt, als dass er der Wahrheit nahe kam. Im vergangenen Jahr hatte es mich zusammen mit Cohen auf der Suche nach dem Magier Crowley in den schottischen Ort Brandersgate verschlagen, und was wir dort erlebt hatten, hätte ausgereicht, jeden normalen Menschen von der Existenz finsterer magischer Kräfte zu überzeugen.

Wie gesagt: jeden normalen Menschen.

Nicht so Cohen. Tief in seinem Inneren mochte er wissen – oder zumindest ahnen –, dass es das Übernatürliche gab, aber trotzdem leugnete er weiterhin standhaft alles, was seinem Weltbild widersprach. Cohen gehörte zu den Menschen, denen man nachsagte, mit beiden Beinen fest auf dem Boden der Tatsachen zu stehen, und er gab sich damit nicht zufrieden, sondern *krallte* sie regelrecht in diesen Boden; was unter anderem dazu führte, dass er schlichtweg die Augen vor allem verschloss, was ihn in seiner Überzeugung hätte wanken machen können. Ob sie nun taugten oder nicht – er klammerte sich an natürliche Erklärungen, selbst wenn sie noch so absurd sein mochten. Ich hatte es mittlerweile aufgegeben, ihn vom Gegenteil überzeugen zu wollen. Selbst wenn er scherzhaft von *verrückten Gespenstergeschichten* sprach, so hatte sein Weltbild doch bereits einige Risse erlitten, das zeigte nicht zuletzt die Tatsache, dass er sich mit dieser seltsamen Angelegenheit überhaupt an mich wandte. Wenn ich versuchte es vollends zu zertrümmern, würde ich ihm den Boden unter den Füßen wegziehen, und wahrscheinlich würde ich damit mehr Schaden als Nutzen anrichten. Cohen war mit Leib und Seele Polizist, und einen Großteil seines Lebens hatte er damit zugebracht, Verbrecher zu jagen und sie auf der Basis von *Tatsachen*, gesammelten *Indizien* und unwiderlegbaren *Beweisen* zu überführen. Vermutlich *konnte* er gar nicht anders, als sich an diese Rationalität zu klammern, wollte er nicht alles verlieren, woran er sein Leben lang geglaubt hatte.

»Bevor ich mir ein Bild machen kann, brauche ich erst mehr Informationen«, antwortete ich deshalb ausweichend. »Zunächst einmal über Hasseltimes Verschwinden und was genau damals auf dieser Insel vorgefallen ist. Können Sie für mich in Erfahrung bringen, ob sich der Kapitän dieses Schiffes in London befindet?«

»Das habe ich bereits«, antwortete Cohen. »Kapitän Blossom hat kurz nach den Ereignissen voriges Jahr seinen Abschied von der Royal Navy eingereicht und ist in den vorzeitigen Ruhestand getreten.«

»Dann kann man mit ihm reden?«

Cohen schüttelte enttäuscht den Kopf. »Zwei meiner Männer haben ihn schon vernommen, ohne etwas Neues zu erfahren. Er bleibt dabei, dass ein Stollen eingestürzt ist, und da er sah, wie die Felsen auf die Männer herunterfielen, stand für ihn außer Zweifel, dass niemand das Unglück überlebt haben könnte. Wenn Sie selbst mit ihm sprechen wollen, kann ich Ihnen natürlich die Adresse geben. Allerdings ...«

»Allerdings was?«, hakte ich nach, als er nicht weitersprach.

»Der Mann ist ziemlich sonderbar, wie meine Leute mir berichtet haben.« Cohen tippte sich mit dem Zeigefinger gegen den Helm, der ihm prompt wieder in die Stirn rutschte. »Man kann es auch etwas direkter ausdrücken: Er tickt nicht mehr ganz richtig im Oberstübchen. Scheint so, als litte er unter Verfolgungswahn. Anscheinend ist das so eine Art ... Berufskrankheit bei der Navy. Ich habe auch nach den beiden Marinesoldaten geforscht, die damals von der Expedition zurückkehrten. Einer hat sich wenige Wochen später selbst umgebracht, der andere sitzt seither in der Klapsmühle.«

Ich hatte Mühe, mir meine jäh aufkeimende Aufregung nicht anmerken zu lassen. »Geben Sie mir die Adresse«, verlangte ich – vielleicht ein wenig *zu* heftig, denn Cohen sah mich eine Sekunde lang durchdringend und mit einer neu aufkommenden Spur des überwunden geglaubten Misstrauens an, das jahrelang zwischen uns geherrscht hatte, aber dann nickte er, griff in seine Tasche und zog einen zerknitterten Zettel hervor, den er mir reichte. Blossoms Adresse stand bereits darauf. *Völlig* überrascht war er über meine Bitte also nicht.

»Gehen wir«, sagte Howard. »Wir können den Mann später besuchen.«

»Ich begleite Sie noch nach oben«, sagte Cohen. Er schauderte sichtbar. »Ich bin froh, wenn ich hier herauskomme, ehrlich gesagt. Das Ganze hier ist mir unheimlich.«

Aus dem Mund eines Mannes wie Cohen war dies ein erstaunliches Eingeständnis. Immerhin hatte ich selbst erlebt, wie er Zeuge echter, uralter Magie geworden war – und sich hinterher immer noch beharrlich weigerte, es zuzugeben. Ich gönnte es Cohen weiß Gott nicht (*das* gönnte ich nicht einmal meinem schlimmsten Feind), aber er hätte vermutlich selbst Cthulhus Existenz noch dann verleugnet, wenn er ihm Auge in Auge gegenüberstehen sollte.

Wenn auch sicherlich nicht für lange.

Umso erstaunlicher war das, was er jetzt gesagt hatte.

Wir verließen das unterirdische Labyrinth auf dem gleichen Weg, auf dem wir gekommen waren, aber wesentlich schneller. Und auch ich atmete hörbar auf, als wir endlich wieder ans Tageslicht traten. Cohen war keineswegs der Einzige, dem das Gewirr von Stollen und Höhlen unheimlich war. Selbst der Anblick der Menschenmenge, die noch weiter angewachsen zu sein schien, während wir unter der Erde geweilt hatten, kam mir angenehmer vor als die düsteren, feuchten Stollen.

Obwohl ich nicht besonders begeistert davon war, führte uns

Cohen diesmal direkt an der gewaltigen Ruine vorbei, zu der der Hansom-Komplex zusammengestürzt war. Ich schenkte dem Durcheinander aus zerborstenen Balken, Steinen und Schutt nur einen flüchtigen Blick – und blieb überrascht stehen und sah noch einmal und genauer hin.

»Was ist?«

Auch Howard hatte innegehalten und sah mich eine Sekunde lang eindeutig alarmiert an, ehe er meinem Blick folgte. Offenbar bemerkte *er* nichts Außergewöhnliches, denn sein Gesichtsausdruck wurde fragend, als er sich wieder an mich wandte. »Was hast du?«

Ich deutete stumm auf einen kleinen, graugetigerten Körper, der zur Hälfte unter einem Schuttberg vergraben lag. »Sieh mal.«

»Und?« Howards Stirnrunzeln vertiefte sich noch. Er zuckte mit den Schultern. »Eine tote Katze. Das ist traurig, aber ich denke nicht, dass ich mir im Moment *darüber* besondere Sor …«

Er verstummte, als sein Blick meiner ausgestreckten Hand folgte und er die zweite tote Katze sah, deren Kadaver ein Stück neben der der ersten lag.

Und die dritte.

Und die vierte.

Insgesamt zählte ich auf Anhieb sieben der toten Tiere. Und irgendetwas sagte mir, dass ich noch mehr gefunden hätte, hätte ich mir die Mühe gemacht, danach zu suchen.

»Ja, komisch, nicht wahr?«, sagte Cohen. »Das ist mir auch schon aufgefallen. Ich schätze, es müssen ein paar Dutzend Katzen sein, die es hier erwischt hat. Wahrscheinlich haben sie hier reiche Beute gemacht. Das alte Gemäuer muss vor Ratten und Mäusen nur so gewimmelt haben. Sie mögen Katzen?«

»Ich mag alle Tiere«, antwortete ich, ohne ihn anzusehen. »Aber Katzen ganz besonders.« Aber das war nicht der Grund für meine Beunruhigung. Howard hatte Recht – der Tod der Tiere war bedauerlich, aber im Moment wahrhaftig nicht meine größte Sorge.

Etwas völlig anderes beunruhigte mich. Im ersten Moment wusste ich nicht einmal selbst genau, was, aber als ich auf die toten Tiere zuging und sie mir genauer ansah, wurde aus vager Beunruhigung jäher Schrecken.

Das Tier, das ich zuerst entdeckt hatte, war eindeutig von den Trümmern des zusammenbrechenden Hauses erschlagen worden, und zwei oder drei der anderen wohl auch.

Aber längst nicht alle. Die meisten Tiere wiesen nicht einmal sichtbare äußere Verletzungen auf, und zwei oder drei lagen an Stellen, an denen es keine Trümmer gab.

Ich mochte Katzen. Ich liebte sie geradezu. Trotzdem: Was mich erschreckte, das war nicht der Umstand, dass sie tot waren.

Es war die Frage, *was* sie umgebracht hatte.

»Und ich habe geglaubt, es wäre vorbei«, murmelte ich, nachdem sich die Kutsche in Bewegung gesetzt hatte. »Ich Narr! Ich hätte es besser wissen müssen.«

»Es wird nie vorbei sein«, sagte Howard und sah mich ernst an. Auch er wirkte sehr ernst und auf eine unbestimmte Weise erschrocken, die mir klarmachte, dass er die Bedeutung des Steins ebenso klar erkannt haben musste wie ich. »Jedenfalls werden wir das wohl nicht mehr erleben. Wir haben einen Sieg über die GROSSEN ALTEN errungen, mehr nicht. Für uns mag er bedeutsam gewesen sein, aber für sie war es wahrscheinlich nicht mehr als ein Nadelstich. Wir haben eine Schlacht gewonnen, nicht den Krieg. Und vielleicht nicht einmal das, sondern nur ein kleines Scharmützel.«

»Schon.« Ich zuckte die Achseln. »Aber ich hatte gehofft, wir hätten wenigstens ein paar Jahre Ruhe gewonnen. Was sind schon ein paar Jahre für Wesen, die Millionen von Jahren alt sind?«

Ich ließ meinen Blick kurz zu Rowlf schweifen, der in einer Ecke der Kutsche Platz genommen hatte. Sein Kopf war auf die Brust gesunken, und er hatte die Augen geschlossen und schnarchte wie ein ganzes Sägewerk. Genau wie ich hatte er in der vergangenen Nacht so gut wie keinen Schlaf bekommen, dennoch bezweifelte ich, dass er eingeschlafen war. Wahrscheinlich hatte er einfach keine Lust, sich zu unterhalten, und *tat* nur so, als schliefe er. Sein Schnarchen klang nicht völlig überzeugend.

Auch Howard schwieg ein paar Sekunden, dann holte er eine seiner Zigarren hervor und zündete sie umständlich an. »Noch ist nicht einmal erwiesen, dass wir es bei dieser Sache wirklich mit den GROSSEN ALTEN zu tun haben«, sagte er und blies mir eine stinkende Qualmwolke ins Gesicht.

Ich griff in die Tasche meines Mantels, holte den Stein heraus, den Cohen mir gegeben hatte, und hielt ihn Howard entgegen, darauf bedacht, die sinnverwirrenden Linien darauf nicht anzusehen. Howard musste ihn gesehen haben, aber wenn er darauf bestand, Spielchen zu spielen ... bitte. Vielleicht war das *seine* Art, mit dem Schrecken fertig zu werden. »Und was ist damit? Glaubst du, das wäre nur ein Zufall? Du weißt doch so gut wie ich, wer das hier gemacht hat.«

»Besser«, behauptete er gedehnt und mit einer Betonung, die mich aufhorchen ließ. Er griff nach dem Stein und betrachtete ihn einige Sekunden lang, ehe er ihn mir zurückgab, ein paar Mal blinzelte und sich mit einer Hand über die Augen strich. »Immerhin habe ich fast mein ganzes Leben damit verbracht, Wissen über sie zu sammeln.«

»Eben«, stieß ich hervor. »Dann dürfte dir doch wohl klar sein, dass es sich um ein Symbol der GROSSEN ALTEN –«

»Nein«, fiel mir Howard scharf ins Wort. »Eben deshalb weiß ich, dass es sich *nicht* um ein Symbol der GROSSEN ALTEN handelt.«

»Wie?« Ich blinzelte.

»Es ist ihnen sehr ähnlich«, gestand Howard, »und es ist mindestens ebenso fremdartig, aber ich bin mir sicher, dass es kein Zeichen der ALTEN ist. Ziemlich sicher wenigstens«, fügte er nach ein paar Sekunden hinzu.

Ungläubig runzelte ich die Stirn und betrachtete den Stein noch einmal und diesmal sehr viel genauer als das erste Mal. Wie schon zuvor gelang es mir nicht, den Verlauf der Linien klar zu erkennen. Sie waren auf eine schlichtweg unmöglich in Worte zu fassende Art ineinander gekrümmt und verschlungen und schienen vor meinen Augen zu verschwimmen. Nach ein paar Sekunden musste ich den Blick abwenden, als meine Augen erneut zu schmerzen begannen und der dumpfe Schmerz in meinem Schädel wieder erwachte. Es war die gleiche Wirkung, wie sie jedes Zeichen, jedes Bauwerk, ja sogar jedes Wort aus der dämonischen Welt der GROSSEN ALTEN auf einen Menschen ausübt.

Und dennoch ...

Möglicherweise hatte Howard Recht.

Etwas an den sinnverwirrenden Linien war anders, als ich es kannte, wenn auch vielleicht nur um eine Winzigkeit. Es war ein Unterschied, den ich nicht benennen, im Grunde nicht einmal richtig erkennen konnte, sondern nur unterschwellig fühlte.

Aber selbst wenn dies kein Zeichen der GROSSEN ALTEN war, dann das einer Kultur, die ihr zumindest insofern glich, dass sie für

Menschen ebenso fremdartig sein musste. Und wahrscheinlich ebenso tödlich.

»Nun?«, erkundigte sich Howard.

»Ich ... ich weiß es nicht«, murmelte ich. Alles schien sich in meinem Kopf zu drehen. Ich blickte aus dem Kutschenfenster, doch das Schwindelgefühl verstärkte sich eher noch, sodass ich den Blick rasch wieder Howard zuwandte. Meine Verwirrung hatte einen Grad erreicht, der fast an körperlichen Schmerz grenzte. Und so ganz nebenbei verspürte ich plötzlich eine neue, nagende Furcht: Was, wenn Howard Recht hatte? Und wenn wir es plötzlich mit einem anderen, möglicherweise ebenso gefährlichen Gegner zu tun bekamen, einem noch dazu, über den wir absolut nichts wussten?

Ich weigerte mich, den Gedanken zu Ende zu denken.

»Aber ich«, erwiderte Howard. »Die Unterschiede sind winzig, aber sie sind da und ich bin sicher, dass ich Zeichen wie dieses schon einmal irgendwo gesehen habe.« Er sog genießerisch an seiner Zigarre und paffte eine weitere Rauchwolke in die Luft. Ich hustete, wie immer demonstrativ und wie immer völlig vergebens.

»Und noch etwas«, fuhr Howard fort. »Ich bin sicher, dass auf diesem Stein nur ein Teil eines sehr viel größeren Zeichens zu sehen ist. Zu viele der Linien enden einfach so am Rande des Steins. Das bedeutet, dass man sie nicht nur in diesen Stein eingraviert hat, sondern er aus einem noch viel größeren Relief herausgebrochen wurde.«

»Trotzdem«, beharrte ich. »Es muss eine Verbindung zu den GROSSEN ALTEN geben. Wenn Hasseltime wirklich auf dieser Insel war und ihn von dort mitgebracht hat, dann kann das kein Zufall sein. Du weißt, was diese Insel wirklich war!

»Sicher. Ich glaube auch nicht an einen Zufall. Aber wenn es diese Verbindung gibt, dann müssen wir sie aufklären. Und ich fürchte, dass sie anders aussieht, als wir jetzt schon ahnen.« Er schüttelte den Kopf. »Wie gesagt, ich bin sicher, dass ich Zeichen wie dieses schon einmal irgendwo gesehen habe. Vielleicht auf einer Abbildung, in einem Buch ... Wenn ich mich bloß erinnern könnte. Auf jeden Fall werde ich versuchen, mehr darüber herauszufinden.«

Ich hielt ihm den Stein entgegen. »Willst du ihn nehmen?«

Howard hob abwehrend die Hände. »Nein, lieber nicht. Behalte du ihn. Ich glaube, bei dir ist er besser aufgehoben.«

Was das betraf, war ich zwar gründlich anderer Ansicht, aber sein Tonfall zeigte, dass es keinen Sinn hatte, darüber diskutieren zu wollen. In *einem* Punkt hatte Howard eine fast schon verblüffende Ähnlichkeit mit Cohen: Wenn er etwas nicht verstehen wollte, dann tat er es nicht. Basta.

Seufzend verstaute ich den Stein wieder in meiner Manteltasche und lehnte mich zurück.

Obwohl wir vorhatten, Kapitän Blossom zu besuchen, hatte ich Howard gebeten, mich zunächst am Hilton abzusetzen, damit ich eine Kleinigkeit essen und mich umziehen konnte. Getreu dem Motto, dass Kleider Leute machen, hatte ich für das Gespräch mit Storm heute Morgen extra einen meiner vornehmsten Anzüge samt einem ebenso vornehmen Mantel ausgewählt. Beides mochte zwar geeignet sein, Eindruck auf Bauleiter zu machen, die mit ihrem Termin im Verzug sind, nicht aber für Erkundungsexpeditionen in unterirdische Gänge. Sowohl der Mantel wie auch der Anzug waren völlig verdreckt, und ich wollte nicht wie ein Landstreicher bei Blossom auftauchen. Es reichte schon, wenn er mich für verrückt hielt.

»Ich schlage vor, ihr holt mich in einer Stunde wieder am Hotel ab«, sagte ich, als wir in die Straße einbogen, an der das Hilton lag.

Howard nickte. »In Ordnung.«

Wir erreichten das Hotel, und ich stieg aus. Dienstbeflissen öffnete der Türsteher mir die Tür, doch ich zögerte noch einzutreten. Ein paar Schritte entfernt entdeckte ich, halb hinter einem Blumenkübel verborgen, einen kleinen, beige-braunen Schatten. Kaum hatten sich unsere Blicke getroffen, rannte der Kater auch schon auf mich zu und sprang mit einem Satz in meine Arme. Ich war so verblüfft, dass ich automatisch zugriff und fast ebenso automatisch anfing, das Tier zu streicheln. Kein Zweifel – es war der Kater, dem ich in den Trümmern von Andara-House begegnet war. Innerhalb der kaum zwei Stunden, die seit unserer letzten Begegnung verstrichen waren, hatte er sich jedoch stark verändert. Sein zuvor so glänzendes Fell starrte vor Schmutz, und er roch nach Staub und moderiger Erde; kurz: Er sah ungefähr so aus wie vermutlich auch ich …

Ich verbarg das Tier so gut es ging unter meinem Mantel und betrat das Hotel. Als ich das Foyer zur Hälfte durchquert hatte, bemerkte ich einen weiteren Bekannten: MacIntosh, den Hotelmanager, der aus einer Tür hinter der Rezeption trat und mir nacheilte. Ich ignorierte ihn beflissentlich und näherte mich mit raschen Schritten dem Aufzug. Ausnahmsweise einmal hatte ich Glück, denn die Kabine befand sich gerade im Erdgeschoss.

»Mister Craven!«, rief MacIntosh, während ich die Tür schloss, doch ich tat auch weiterhin so, als hätte ich ihn nicht bemerkt. Erst als sich die Kabine ruckelnd in Bewegung setzte, konnte ich mir ein schadenfrohes Grinsen nicht verkneifen. Ich kraulte den Kater auf meinem Arm.

»Wo kommst du denn her?«, murmelte ich. »Und wie hat es dich gerade hierher verschlagen?«

Der Fahrstuhl kam mit einem Ruck zum Stehen, und ich stieg aus. Der Kater wand sich aus meinem Griff und sprang mit einem Satz auf den Boden, wich aber nicht von meiner Seite.

»Mister Craven!«, vernahm ich erneut MacIntoshs Stimme, als ich gerade die Tür meiner Suite aufschloss, und diesmal hatte er so laut gerufen, dass ich mich beim besten Willen nicht mehr taub stellen konnte. Seufzend drehte ich mich zu ihm um. Keuchend kam er den Gang entlang gestürmt. Er musste die ganze Treppe hochgerannt sein, für einen Mann wie ihn eine beachtliche Leistung.

»Mister Craven«, sagte er eisig. »Hatten Sie einen angenehmen Tag? Was macht Ihr Bauvorhaben?«

»Es zieht sich hin«, antwortete ich und sah mich nach dem Kater um, konnte ihn jedoch nirgendwo entdecken. Der Anblick des Tieres hätte vermutlich ausgereicht, MacIntosh vollends die Geduld verlieren zu lassen. »Sie kennen doch Cheops Gesetz, oder?«

»Chewas?«, fragte MacIntosh.

»Cheops Gesetz«, wiederholte ich. »Es dauert immer doppelt so lange und kostet immer drei Mal so viel, wie man denkt. Ich fürchte, eine Weile müssen Sie mich noch ertragen.«

Der Manager lächelte erneut, aber es war ein Lächeln, das selbst Cthulhus Großmutter hätte frösteln lassen.

»Dann habe ich vielleicht ausnahmsweise eine erfreuliche Nachricht für Sie. Ihr Bauleiter hat mir mitteilen lassen, dass er Sie unverzüglich zu sprechen wünscht. Es wäre sehr dringend.« War das Schadenfreude, was ich in seinem Lächeln gewahrte?

Ich verdrehte die Augen. Nach unserem Gespräch am Vormittag war Storm so ziemlich der letzte Mensch, den ich zurzeit sehen wollte – gleich hinter MacIntosh.

»Und die gute Nachricht?«

MacIntoshs Gesicht wurde um noch eine Spur eisiger, doch er ignorierte meine Bemerkung wohlweislich. »Ich habe mir erlaubt, das auch Ihren Begleitern ausrichten zu lassen. Sie warten noch vor dem Hotel.«

Ich seufzte erneut.

»Also gut, ich komme, sobald ich mich umgezogen habe.«

»Ich bin gespannt, was er jetzt wieder will«, brummte ich verdrossen, während wir uns dem Ashton Place näherten. »Das heißt, eigentlich hält sich meine Spannung noch in Grenzen. Etwas Angenehmes wird es wohl kaum sein, wie ich mein Glück einschätze. Wahrscheinlich ist einem der Arbeiter eine Rolle Tapete auf den Kopf gefallen, und vor lauter Aberglauben weigern sich die anderen jetzt weiterzuarbeiten.«

Wie MacIntosh gesagt hatte, hatte Howard vor dem Hotel gewartet. Lediglich Rowlf hatte darauf verzichtet, uns zu begleiten, weil er angeblich noch ein paar *dringende Geschäfte* zu erledigen hätte. Ich hatte wohlweislich nicht nachgefragt, da ich mir nur zu gut vorstellen konnte, worin diese *Geschäfte* bestanden.

Es dauerte nicht lange, bis wir den Ashton Place erreichten. Auf den ersten Blick schien sich nichts verändert zu haben. Einige der Arbeiter trugen Balken, Steine oder Säcke in scheinbar immer noch ungeordnetem Chaos hin und her, aber wie es auch immer im Inneren des Hauses aussehen mochte, wenigstens die Außenmauern standen noch – was mir nach allem, was ich am Vormittag hier erlebt hatte, schon gar nicht mehr selbstverständlich erschienen war. Insofern verspürte ich angesichts der äußerlichen Normalität bereits Erleichterung und war sogar größenwahnsinnig genug, mir den Luxus einer vorsichtigen Hoffnung zu gestatten, Storm könnte vielleicht ausnahmsweise mit einer *positiven* Neuigkeit aufwarten.

Er erwartete uns in der Eingangshalle des Hauses, die immer noch weder getäfelt noch tapeziert war, wie ich mit wenig Überraschung, dafür aber sofort wieder aufsteigendem Ärger registrierte.

»Ich hoffe, Sie haben mich nicht erneut kommen lassen, nur um mir wieder zu erklären, dass Sie nicht weiterkommen«, sagte ich anstelle einer Begrüßung. Storms ausgestreckte Hand ignorierte ich geflissentlich.

»Nein, Mister Craven, es geht um etwas anderes«, erwiderte Storm. »Ich hielt es für wichtig genug, Sie sofort zu benachrichtigen. Sie sollten es sich selbst ansehen. Bitte kommen Sie.«

»Verraten Sie mir wenigstens, ob es sich um eine gute oder um eine schlechte Nachricht handelt«, verlangte ich. Die Geheimniskrämerei trug nicht gerade dazu bei, meine Laune zu bessern.

»Das ... lässt sich nicht so einfach sagen«, druckste Storm herum.

Also eine Schlechte, dachte ich. Storm führte uns auf die Kellertür zu. Die großen, ungemein massiven Kellergewölbe waren bei dem Brand kaum in Mitleidenschaft gezogen worden. Lediglich die verbrannte Treppe war inzwischen durch eine neue ersetzt worden. Wie ich mit einem sachten Gefühl von Überraschung feststellte, stand sie sogar noch und schien durchaus stabil genug, das Gewicht eines erwachsenen Mannes zu tragen – obwohl sie von der Firma STORM DEVASTATIONS erbaut worden war ...

»Es geht um das Fundament«, erklärte Storm. »Ich habe die Grundmauern noch einmal genauer überprüft, wie wir es heute Morgen besprochen haben, und dabei bin ich auf etwas Interessantes gestoßen.«

Storm reichte mir eine Lampe und nahm selbst auch eine, dann stiegen wir in den Keller hinunter. Ich verband nicht gerade angenehme Erinnerungen mit diesem Ort. Auf diesem Weg hatte mich Crowley vor Monaten in die Kanalisation geführt, um mich dort zu ermorden. Wir passierten die inzwischen zugemauerte Stelle und drangen in ein weiteres Gewölbe vor. Ich war auch früher selten hier unten gewesen. Im Grunde hatte ich selbst die überirdischen Räume von Andara-House kaum alle gesehen. Viele davon hatten ohnehin leer gestanden, und so wurde auch der Keller nicht genutzt – doch das war nicht der einzige Grund. Etwas an diesen Gewölben war mir schon immer unheimlich gewesen – und auch jetzt spürte ich wieder eine sonderbare Beklemmung. Nach allem, was ich in meinem Leben gesehen und erlebt hatte, mag es lächerlich erscheinen – aber in diesem Keller fühlte ich mich so befangen und verängstigt wie ein Kind, das die Dunkelheit fürchtet und von seiner Mutter nach unten geschickt worden ist. Ich musste mich beherrschen, um nicht ein Lied zu pfeifen ...

»Wussten Sie, dass es mehr als nur diesen Keller gab?«, erkundigte sich Storm.

Ich blickte ihn überrascht an. »Wie meinen Sie das?«

Wir hatten einen kleinen, hoffnungslos mit Gerümpel vollgestopften Raum erreicht. »Ich habe den ganzen Krempel zur Seite räumen lassen«, erklärte der Bauleiter. »Das Zeug lagert wahrscheinlich schon seit einem halben Jahrhundert oder noch länger hier unten. Dahinter kam diese Tür zum Vorschein.« Er beleuchtete mit der Lampe eine massiv aussehende Holztür im Hintergrund des Raumes und öffnete sie. Dahinter waren steinerne Stufen zu sehen, die weiter in die Tiefe führten. »Weder diese Treppe noch die tiefer gelegenen Gewölbe sind in irgendeinem Bauplan verzeichnet.«

»Davon habe ich nichts gewusst«, behauptete ich und sah Howard an. »Weißt du etwas darüber?«

Er schüttelte den Kopf. »Nein. Bevor du hier eingezogen bist, war ich ziemlich selten in Andara-House. Dein Vater war ja die meiste Zeit unterwegs, und was dieses Haus betraf, so war er nie sehr mitteilsam.«

»Das könnte jedenfalls eine Erklärung für die großen Schwierigkeiten sein, die wir mit dem Haus haben«, fuhr Storm fort. »Ein zweiter, tieferer Keller verändert natürlich die Statik des gesamten Gebäudes. Möglicherweise werden dadurch Spannungen in den Wänden verursacht; ich werde entsprechende Messungen noch anstellen lassen. Das ist aber nicht der eigentliche Grund, weshalb ich Sie hergebeten habe. Kommen Sie.«

Wir stiegen nacheinander die Treppe hinunter und erreichten ein weiteres Gewölbe, das denen über uns weitgehend glich, doch steigerte sich mein Gefühl des Unbehagens mit jeder Stufe, die ich weiter in die Tiefe stieg. Staubbedeckte Spinnweben hingen wie die zerfetzten Segel mythischer Schiffe in dem Gewölbe, und auch der Fußboden war mit einer fast knöcheltiefen Staubschicht bedeckt. Wir gingen äußerst vorsichtig, um nicht mehr als unbedingt nötig davon aufzuwirbeln, dennoch legte sich der trockene Staub schwer auf meine Lungen, brachte mich zum Husten und ließ meine Augen brennen.

»Was ich Ihnen zeigen möchte, ist gleich dort drüben«, sagte Storm und leuchtete mit seiner Lampe in die angegebene Richtung. »Wie ich schon sagte, wollte ich nur das Fundament überprüfen und bin deshalb hier heruntergekommen. Und dabei habe ich das hier entdeckt.«

Der Lichtschein unserer Lampen riss ein eingebrochenes Mauerstück aus der Dunkelheit. Es musste sich um eine der Außenmauern handeln, denn dahinter befand sich kein weiteres Kellergewölbe – aber auch kein massives Erdreich, sondern ein kleinerer Hohlraum. Erst als ich dicht an den Mauerdurchbruch trat, erkannte ich, dass es sich um einen Stollen handelte, der sich in beide Richtungen erstreckte, soweit das Lampenlicht reichte. Doch die bloße Tatsache seiner Existenz war nicht einmal das Erstaunlichste an dem Stollen.

Die Wände bestanden aus massivem Felsgestein, und trotzdem waren sie völlig eben, fast wie glasiert.

»Verstehen Sie jetzt, weshalb ich Sie kommen ließ?«, drang Storms Stimme in meine Gedanken. »Ich bin den Stollen ein Stück entlanggegangen. Er führt weit über die Grenzen des Anwesens hinaus und schneidet sich mit einem völlig gleichen anderen Stollen, sodass ich vermute, dass es noch mehr gibt. Nach dem Unglück in der Innenstadt heute Morgen hielt ich es für besser, zunächst einmal mit Ihnen zu sprechen, damit Sie entscheiden können, was nun geschehen soll. Ich schätze, wir müssen das der Bauaufsicht melden.«

Ich nickte geistesabwesend, kletterte durch das Loch in der Mauer in den Gang hinein und strich mit den Fingern über die Stollenwand. Sie war ebenso glatt, wie sie aussah. Obwohl der Stollen gut drei Yards durchmaß, gab es keinerlei noch so kleinen Vorsprung, nicht die geringste Unebenheit. Selbst mit modernsten Präzisionsinstrumenten musste es nahezu unmöglich sein, das Gestein so akkurat zu bearbeiten, ganz abgesehen davon, wer überhaupt ein Interesse daran haben sollte, einen solchen Stollen tief unter der Erde zu bohren. Beide Kellergewölbe waren mehrere Yards hoch, sodass wir uns sogar noch unterhalb der Kanalisation befanden.

Ratlos starrte ich Howard an. »Kannst du dir einen Reim darauf machen?«

Howard zuckte nur mit den Schultern.

Ich zögerte spürbar, weiterzugehen. Dieser Stollen ... machte mir Angst. Ich konnte selbst nicht sagen, warum, aber etwas daran war ... unheimlich. Auf eine Weise, die mir sonderbar bekannt vorkam, auch wenn ich im Moment noch nicht sagen konnte, wieso.

»Ich würde dort nicht hineingehen«, sagte Storm, als ich Anstalten machte, weiter vorzudringen. »Wer weiß, wie alt diese Stollen sind. Sie könnten zusammenbrechen.«

Das glaubte ich kaum. Im bleichen Licht meiner Lampe schimmerten die Wände wie polierter Stahl, und sie fühlten sich auch genauso hart an. Nachdenklich strich ich mit den Fingerspitzen darüber. Da war etwas Glitschiges. Ich hob die Hand an die Augen und blickte einen Moment stirnrunzelnd auf den farblosen, zähen Schleim, der an meinen Fingern klebte. Er fühlte sich kalt an, glibberig ... und unangenehm. Nicht ekelhaft, wie man hätte erwarten können, nur unangenehm. Ein schwacher, fremdartiger Geruch ging davon aus.

»Vielleicht gehen Sie und holen eine weitere Lampe, Mister Storm«, bat ich. »Ich werde mich hier ein wenig umsehen. Keine Sorge – ich passe auf.«

Storm entfernte sich, ohne mich noch einmal davon abhalten zu wollen, die Stollen weiter zu erkunden. Vielleicht fühlte er das Fremde, Unheimliche ebenso wie ich. Vielleicht hoffte er auch insgeheim, dass der Stollen über mir zusammenbrechen würde. Immerhin war ich wahrscheinlich nicht gerade sein Lieblingskunde.

»Was um alles in der Welt *ist das?*«, murmelte Howard, nachdem wir allein waren.

Diesmal war ich es, der nur mit den Schultern zuckte.

Howard trat neben mich, und wir gingen langsam weiter. Eine Weile folgten wir dem Stollen schweigend, dann gelangten wir an eine Stelle, an der er einen zweiten, gleichartigen Stollen kreuzte. Das hieß – ich *dachte* im ersten Moment, es wäre ein gleichartiger Gang. Aber ganz stimmte das nicht.

Dieser andere Stollen hatte den gleichen runden Querschnitt wie der, in dem wir uns befanden, und auch seine Wände waren so glatt, als wäre er mit einer Präzisionsmaschine in die Erde gefräst (oder *geschmolzen?*) worden. Aber sein Durchmesser war ein wenig kleiner als der des unseren.

Auf der linken Seite.

Auf der gegenüberliegenden war er ein wenig *größer.*

Ich machte Howard auf diesen Umstand aufmerksam. Er nickte nachdenklich, bewegte sich wenige Schritte weit in den nach rechts abzweigenden Stollen hinein und blieb schließlich wieder stehen.

»Da vorne scheint ein weiterer Stollen abzuzweigen«, sagte Howard. »Das ist ja ein ganzes Labyrinth.« Er machte einen weiteren Schritt, blieb wieder stehen und kam schließlich zu mir zurück. Offensichtlich fühlte er sich hier so wenig wohl wie ich – was ich mit jeder Sekunde besser verstehen konnte. Ganz plötzlich hatte ich das Gefühl, dass wir nicht allein hier unten waren. Etwas war hier oder war hier *gewesen*; etwas, dessen Präsenz ich noch immer spürte.

»Der Gang wird weiter vorne noch größer«, sagte Howard. »Wir sollten ein paar vernünftige Lampen und etwas Werkzeug besorgen und uns genauer umsehen. Das gefällt mir nicht. Lass uns zurückgehen.«

Alles in mir schrie danach, ihm zuzustimmen. Ich wollte hier heraus – und das so schnell wie nur irgend möglich. Trotzdem zögerte ich noch. Ich hob meine Lampe und leuchtete in den vor mir liegenden Stollenabschnitt. Ich konnte mich täuschen – aber es sah aus, als verenge sich der Stollen vor uns unmerklich.

Die Erklärung für dieses Phänomen war so einfach wie absurd – und sie ließ mir einen eisigen Schauer über den Rücken laufen.

Was immer diesen Stollen gegraben hatte, war *gewachsen*, während es sich durch die Erde bewegte ...

»Du hast Recht«, sagte ich. »Gehen wir.«

Wir erreichten den Mauerdurchbruch, der wieder zurück in die Keller von Andara-House führte, und Howard stieg mit einem weit ausgreifenden Schritt hindurch. Er hatte es nicht laut ausgesprochen, aber allein die Hast dieser einen Bewegung machte mir endgültig klar, dass er dasselbe empfinden musste wie ich und mindestens ebenso froh war, wieder aus diesem unheimlichen Labyrinth herauszukommen. Ich folgte ihm so dichtauf, dass ich ihm mit meiner Lampe um ein Haar die Jacke angesengt hätte – und blieb plötzlich wieder stehen.

Irgendwo in dem Gang hinter mir war ein Geräusch gewesen. Es war zu rasch vorbei und zu leise, um es identifizieren zu können, aber es *war* da.

»Was ist?«, fragte Howard. Er war ein paar Schritte vorausgeeilt und erst stehen geblieben, als er merkte, dass ich ihm nicht folgte. Ich konnte sein Gesicht in der Dunkelheit hier unten nicht erkennen, aber seine Stimme klang eindeutig alarmiert.

Ich antwortete nicht laut, machte aber eine entsprechende Geste, und nach einigen Sekunden kam Howard zurück; wenn auch mit allen Anzeichen von Widerwillen. Auch er legte den Kopf schräg und lauschte.

Und nach einigen weiteren Sekunden hörten wir es beide: Es war ein Schleifen. Ein Geräusch, als würde etwas Schweres über rauen Felsboden gezerrt. Und noch etwas: ein leises Zischen und Knistern, von dem ich mir nicht einmal vorstellen konnte, was es zu bedeuten hatte, und das mir trotzdem einen eisigen Schauer über den Rücken laufen ließ.

»Was ist das?«, flüsterte Howard.

Anstelle einer Antwort – die ich ihm nicht geben konnte – zuckte ich nur mit den Schultern, hob meine Lampe höher und drehte mich herum. Howard atmete scharf ein, als ich wieder in den Stollen zurücktrat und mich diesmal nach rechts wandte, aber er machte keine

Anstalten, mich zurückzuhalten. Im Gegenteil – nach einem Augenblick folgte er mir, und wir drangen zum zweiten Mal in das unheimliche Felsenlabyrinth ein, diesmal in die andere Richtung.

Ich vermochte nicht einmal zu schätzen, wie weit wir in den Stollen vorgedrungen waren; sicherlich etliche hundert Schritte, vielleicht sogar eine halbe oder eine drei viertel Meile. Auf jeden Fall blieb Howard plötzlich stehen und machte mich auf etwas aufmerksam, das ich vielleicht unbewusst bemerkt, bisher aber noch nicht richtig begriffen hatte.

»Fällt dir etwas auf?«, fragte er.

»Eine ganze Menge«, antwortete ich. »Aber ich bin nicht ganz sicher, ob ich weiß, was du meinst.«

»Dann sieh doch mal zurück«, sagte Howard.

Ich gehorchte. In dem zwar starken, aber trotzdem begrenzten Licht unserer Lampen war es nicht leicht, dem Gang weiter als wenige Dutzend Schritte zu folgen, aber schließlich glaubte ich doch zu begreifen, was Howard meinte. Ich drehte mich wieder herum, sah einige Sekunden lang wieder in die andere Richtung und wandte mich dann mit einem fragenden Blick an Howard.

»Der Stollen ist nicht ganz gerade«, sagte ich. »Ist es das?«

Howard nickte. »Ja.«

»Und? Was ist so besonders daran?«

»Vielleicht nichts«, sagte Howard achselzuckend. »Trotzdem ist es komisch, finde ich. Vorhin *war* er ganz gerade. Und jetzt beschreibt er einen Bogen.«

Ich verstand immer noch nicht ganz, worauf er hinauswollte, und ich sagte es auch.

»Man könnte meinen, dass er einen Bogen um Andara-House gemacht hat«, sagte Howard. »Aber ich sage ja – es muss nichts zu bedeuten haben. Ich –«

»Still!« Ich hob erschrocken die Hand, aber das wäre gar nicht nötig gewesen, denn Howard hatte es ebenso gehört wie ich und war mitten im Wort verstummt.

Es war das gleiche Geräusch wie vorhin, nur viel lauter diesmal, viel *näher.* Erschrocken hob ich meine Lampe, sah nach rechts und nach links und dann wieder nach rechts – und unterdrückte nun nur noch mit Mühe einen Schreckenslaut.

Diesmal *konnte* ich das Ende des Stollens sehen. Oder auch nicht.

Was ich im allerersten Moment für massiven Fels hielt, *bewegte* sich.

Wir waren noch zu weit vom Ende des Tunnels entfernt, um Einzelheiten zu erkennen, aber *was* ich sah, das ließ mich frösteln: Es war, als wäre die ganze Wand irgendwie ... *lebendig*. Das war natürlich vollkommen unmöglich, aber trotzdem hatte dieser Gedanke etwas so Entsetzliches, dass ich im ersten Moment kaum die Kraft aufbrachte, weiter zu gehen.

Und kurz nachdem ich es schließlich getan hatte, wünschte ich mir beinahe, es *nicht* getan zu haben.

Die Wand bewegte sich tatsächlich. Und irgendwie war sie auch lebendig geworden. Allerdings war das, was wir beim Näherkommen sahen, nicht die Felswand am Ende des Stollens.

Es war etwas Lebendiges.

Oder zumindest etwas, das sich bewegte und kroch.

Es waren ... *Würmer*.

Ich vermochte ihre Anzahl nicht einmal zu schätzen. Es mussten Zehntausende sein, vielleicht Millionen, ein Nest wuselnder, durcheinander wimmelnder, kleinfingerdünner glitschiger Würmer, die die Stirnwand des Stollens in einer solchen Masse bedeckten, dass der Fels nirgends mehr wirklich zu sehen war. Das Rascheln und Schaben, das wir gehört hatten, war das Geräusch, das entstand, wenn sich ihre winzigen Leiber aneinander rieben.

»Großer Gott!«, sagte Howard angeekelt. »Was ist denn *das?*«

Ich blieb ihm die Antwort auf diese Frage schuldig, aber auch ich schüttelte mich angewidert. Der Anblick war wirklich Ekel erregend. Und er machte mir Angst.

Dabei sahen die Geschöpfe nicht einmal besonders bedrohlich aus. Die Tiere waren allesamt nicht dicker als mein kleiner Finger und kaum nennenswert länger, aber es waren unglaublich *viele* und an der bloßen Art, auf die sie sich bewegten und durcheinander krochen und glitten, war etwas unbeschreiblich Furcht einflößendes.

Howard stellte seine Lampe auf den Boden, trat dichter an die Wand heran und ging in die Hocke, um die winzigen widerwärtigen Geschöpfe genauer in Augenschein zu nehmen. Ich tat es ihm gleich, achtete aber streng darauf, dem glitschigen Durcheinander nicht zu nahe zu kommen. Irgendwie hatte ich das Gefühl, dass von diesen Wesen eine furchtbare Gefahr ausging.

Howard griff in die Tasche und zog eine seiner langen, bleistiftdünnen Zigarren heraus. Ich hätte ihm durchaus zugetraut, selbst in diesem Moment nicht von seinem Laster ablassen zu können, aber statt sich die Zigarre anzustecken, benutzte er sie, um einen der Würmer damit aus der wimmelnden Masse herauszuziehen. Das winzige blinde Tierchen ringelte sich hektisch um die Zigarre, und ich sah, dass es über ein Maul voller mikroskopisch kleiner, aber offensichtlich sehr scharfer Zähne verfügte, die es sofort in den Tabak grub.

Allerdings nur, um ihn unverzüglich wieder auszuspucken.

»Da soll noch einer sagen, Würmer hätten keinen Geschmack«, sagte ich. »Sogar diese Kreatur merkt, wie ekelhaft diese Dinger sind.«

Howard blieb ernst. Behutsam hob er die Zigarre mit dem darumgewickelten Wurm höher, um das Geschöpf besser sehen zu können.

Auch aus der Nähe bot es keinen besonders erfreulicheren Anblick. Sein Körper war in zahllose gleich große Segmente unterteilt, und sein Fleisch war halb durchsichtig. Man konnte sehen, wie sich darunter winzige pumpende Organe bewegten.

»Wo kommen diese Biester nur her?«, murmelte ich. Ich sah nachdenklich auf und musterte die nach Zehntausenden zählende Masse vor uns. Täuschte ich mich – oder hatte sich die Stirnwand des Stollens ein kleines Stück von uns entfernt?

Howard zuckte mit den Achseln und legte die Zigarre mit angeekeltem Gesichtsausdruck zu Boden. Und im gleichen Moment, in dem der Wurm den Felsen berührte ...

»Mein Gott, Robert!«, keuchte Howard. »Schau doch!«

Das Tier erwachte plötzlich zu hektischer Aktivität. Es verlor von einer Sekunde auf die andere jedes Interesse an der Zigarre, die ihm sowieso nicht geschmeckt hatte – und begann sich in den steinharten Boden hineinzufressen!

Meine Augen quollen vor Schrecken und Unglauben schier aus den Höhlen, als ich sah, wie mühelos das Geschöpf sich in den Fels hineingrub.

Und das war nicht einmal das Schlimmste ...

Das Schlimmste war, dass es dabei *wuchs.*

Es war, als nähme seine Masse im gleichen Maße zu, in dem es sich in den Fels hineinfraß. Binnen weniger Augenblicke war es auf das nahezu Doppelte seiner Länge angewachsen.

»O mein Gott!«, sagte Howard noch einmal. »So also ist dieser Stollen entstanden! Aber wie –«

Er kam nicht weiter. Der Wurm hatte plötzlich aufgehört zu fressen und auch zu wachsen. Für eine einzelne Sekunde lag er still, dann begann er plötzlich zu zucken und zittern, und mit einem Male schnürte sich sein Körper in der Mitte zusammen. Das bizarre Geschöpf zitterte und bebte – und teilte sich.

Vor uns lagen jetzt *zwei* Würmer, die sich unverzüglich weiter in den Felsen hineinzufressen begannen ...

Es dauerte eine volle Sekunde, bis mir die *wirkliche* Bedeutung dessen, was sich da vor Howards und meinen Augen abspielte, bewusst wurde – aber dann fuhr ich mit einem Schrei hoch und starrte die Stirnwand des Stollens an, die sich *tatsächlich ein gutes Stück von uns entfernt hatte.*

Es war keine Einbildung gewesen. Es waren die Würmer. Sie fraßen sich mit unglaublicher Geschwindigkeit in den massiven Fels hinein, und mit ebenso unglaublicher Geschwindigkeit wuchsen und teilten sie sich. Deshalb also wurde der Tunnel nicht nur länger, sondern auch beständig *größer.*

»O nein«, flüsterte Howard. »Robert – weißt du, was das bedeutet?«

Ich war nicht ganz sicher, aber ich nickte trotzdem. Natürlich *wusste* ich, was Howard meinte – aber dieses Wissen war so entsetzlich, dass ich es für einige Sekunden einfach noch nicht wahrhaben *wollte.*

Was wir da beobachteten, war die alte Geschichte mit dem Schachbrett und dem Reiskorn. Man nehme ein normales Schachbrett mit vierundsechzig Feldern und lege auf das erste Feld ein einzelnes Reiskorn, auf das zweite zwei, auf das dritte vier, das fünfte acht, dann sechszehn, zweiunddreißig, und so weiter. Am Ende kommt man auf eine Zahl, die das Mehrfache der gesamten *Welternte* an Reis beträgt. Und das bei nur vierundsechzig Verdoppelungen.

Auf diesen Stollen und die Würmer übertragen, die sich in rasendem Tempo teilten, bedeutete das nichts anders, als dass aus dem vergleichsweise harmlosen Gang, in dem wir uns jetzt noch befanden, bereits in kurzer Zeit ein gewaltiger Abgrund werden würde, groß genug, ganze Straßenzüge zu verschlingen. Vielleicht sogar die ganze Stadt.

»Wir ... wir müssen sie aufhalten«, sagte Howard und zündete sich mit zitternden Fingern eine Zigarre an. »Ist dir klar, was hier geschieht? Das ist eine mathematische Progression. In ein paar Stunden sind genug von diesen Biestern da, um ganz London zu verschlingen!«

Während er diese Worte sprach, hatten sich die beiden Würmer, die sich zwischen unseren Füßen in den Fels hineingruben, erneut geteilt. Zwischen Howard und mir ringelten sich jetzt bereits vier der ekelhaften Tiere. Ich trat wuchtig mit dem Absatz darauf. Eines verfehlte ich, aber die drei anderen wurden unter meinem Schuh zermalmt. Die Leichtigkeit, mit der diese Geschöpfe umzubringen waren, überraschte mich ein wenig, aber ich gab mich trotzdem keinen Illusionen hin. Der Punkt, an dem die Zahl der Geschöpfe so sehr angestiegen war, dass man mit Zertreten einfach nicht mehr nachkam, war nicht mehr fern.

Trotzdem hob ich den Fuß, um auch den letzten verbliebenen Wurm zu zermalmen, ehe er sich erneut teilen konnte, aber Howard hielt mich mit einer raschen Bewegung zurück.

»Warte!«

Behutsam ließ er sich in die Hocke sinken, nahm einen gewaltigen Zug aus seiner Zigarre, die ihr Ende in greller Rotglut aufflammen ließ, und stieß damit nach dem Wurm.

Das Ergebnis übertraf meine kühnsten Erwartungen. Der Wurm rollte sich zusammen, zuckte wild hin und her – und zerfiel zu grauer Asche, noch bevor ihn das glühende Ende der Zigarre überhaupt berührt hatte. Die Tiere waren offensichtlich extrem hitzeempfindlich.

»Wenigstens etwas«, sagte Howard. Er richtete sich auf, hob die Zigarre zum Mund, um einen neuen Zug daraus zu nehmen, überlegte es sich aber im letzten Moment anders und schnippte seinen Glimmstängel zielsicher in die Masse der Würmer, die sich mittlerweile einen guten Meter von uns entfernt hatte. Die Tiere spritzten regelrecht auseinander, aber so schnell sie auch waren, verbrannte die Glut doch Dutzende von ihnen zu Asche. Die Zigarre sengte eine handbreite, tödliche Spur in die Würmerarmee.

»Genau das habe ich gehofft!«, sagte Howard triumphierend. »So können wir sie erledigen.«

»Ach?«, antwortete ich. »Wunderbar. Dann laufen wir am besten zurück und besorgen uns ein paar hundert Zigarren. Und sämtliche Londoner Kettenraucher.«

Howard blieb ernst. »*Du* läufst zurück«, sagte er, »und besorgst irgendetwas Brennbares. Öl, Petroleum, Farbe – irgendwas, aber schnell. Wir müssen die Biester ausräuchern, ehe es zu spät ist.«

»Und du?«

Howard grinste, hob eine der beiden Petroleumlampen hoch und blies den Docht aus. Mit einer raschen Bewegung schraubte er den

Glaskolben ab, trat so dicht an die Würmer heran, wie er es wagte, und verteilte das Petroleum mit schüttelnden Bewegungen über die wimmelnde weiße Masse.

»Tritt zurück!«, sagte er. Während ich hastig gehorchte und dabei die zweite Lampe aufraffte, trat auch er ein paar Schritte zurück, riss ein Streichholz an und warf es zu Boden.

Eine grelle Stichflamme fuhr in die Höhe, und eine Sekunde später fing das gesamte ausgegossene Petroleum Feuer. Die Hitze war so gewaltig, dass wir uns hastig einige weitere Schritte zurückzogen und schützend die Hände vor die Augen heben mussten. Ein Zischen und Brodeln erklang, das mir einen Schauer über den Rücken laufen ließ, aber darunter glaubte ich auch noch etwas zu hören – einen dünnen, hohen Laut, wie das Schreien aus unzähligen winzigen Kehlen. Wahrscheinlich war es Einbildung.

Die Hitze nahm weiter zu, sodass wir uns noch einmal ein Stück zurückziehen mussten. Das Petroleum verbrannte rasch, aber die Flammen hatten jetzt auf die Würmer übergegriffen, und die kleinen Biester brannten wie Zunder. Die ganze Wand vor uns schien in Flammen zu stehen.

Es dauerte nicht lange. Bereits nach kaum einer Minute sanken die Flammen wieder in sich zusammen, und nach einigen weiteren Sekunden schon brannte es nur noch an zwei, drei Stellen, wo sich das Petroleum zu kleinen Pfützen gesammelt hatte. Ein Ekel erregender Gestank lag in der Luft, und der Boden war fast knöcheltief mit einer grauen, pulverigen Schicht bedeckt; alles, was von den Stein fressenden Würmern übrig geblieben war.

Trotz der Hitze und des furchtbaren Gestankes durchsuchten wir das Tunnelende sorgfältig und mehrmals hintereinander nach eventuellen überlebenden Würmern. Wir fanden keine. Wir hatten ja mit eigenen Augen gesehen, *wie* hitzeempfindlich die Tiere *(Tiere?!)* waren. Selbst die, die nicht unmittelbar von den Flammen erfasst worden waren, mussten an der Hitze eingegangen sein. Der Stein, über den wir gingen, war warm und die Wand, die den Stollen abschloss, so heiß, dass ich es nicht wagte, sie mit der bloßen Hand zu berühren.

Trotzdem war ich kein bisschen beruhigt. Im Gegenteil. Dieser Sieg war beinahe *zu* leicht gewesen, für meinen Geschmack.

»Schnell jetzt«, sagte Howard. »Lauf zurück, und hol irgendetwas Brennbares. Ich sehe mir inzwischen diesen anderen Stollen an.«

Bei seinen Worten fiel mir siedend heiß ein, dass wir auf eine

Abzweigung gestoßen waren – und das bedeutete nichts anderes, als dass es noch eine zweite Würmerarmee gab, die sich immer schneller und schneller durch den Londoner Untergrund fraß. Und vielleicht nicht nur *eine*.

»Und bring ein Glas mit!«, rief Howard mir nach, während ich bereits mit weit ausgreifenden Schritten loshetzte. »Mit einem festen Deckel!«

28. September 1892

Einige der Männer fuhren herum und stürzten kopflos davon, zwei oder drei warfen in heller Panik gar ihre Waffen fort, und die wenigen, die die Nerven behielten, zogen sich – wenn auch ununterbrochen schießend – langsam vom See zurück. Die Höhle hallte wider vom Geschrei der Männer, dem peitschenden Geräusch der Schüsse und ihrem verzerrten, nicht enden wollenden Echo, und Blossom wusste im ersten Moment nicht einmal, was schlimmer war: das entsetzliche Geschehen, dessen Zeuge er wurde, oder der Lärm, der wie mit Hämmern auf ihn einschlug und ihn fast an den Rand des Wahnsinns zu treiben schien.

Trotzdem bewegte auch er sich rasch wieder auf den Ausgang zu; beinahe ohne dass es seines bewussten Zutuns dazu bedurft hätte. Er schoss, bis das Magazin seines Gewehres leer war, dann fuhr er herum und rannte mit weit ausgreifenden Schritten durch den Torbogen hinaus in den Stollen. In seinen Ohren gellten noch immer die verzweifelten Schreie der Männer, die längst im Wasser versunken waren und tot sein mussten, von den mörderischen Fangarmen erdrückt, dem ätzenden Wasser verbrannt oder einfach ertrunken, und hinter seiner Stirn jagten sich die Gedanken. Was er gesehen hatte, widersprach nicht nur allem, woran er glaubte und was er bisher zu *wissen* geglaubt hatte, es war vollkommen unmöglich. Trotzdem war es geschehen. Ein Teil von ihm beharrte noch immer drauf, dass es einfach nicht wahr sein *konnte* und sie wohl allesamt Opfer von so etwas wie einer Halluzination geworden sein mussten, aber ein anderer – und im Moment sehr viel stärkerer – Teil hatte auch die Gefahr registriert, die von diesem Geschehen ausging, ob nun unmöglich oder nicht, und es war dieser Teil – der Soldat –, der im Moment eindeutig die Kontrolle über seine Reaktionen übernommen hatte und ihm wahrscheinlich auch das Leben rettete. Ganz gleich, *was* da hinter ihnen war, es würde ihn zweifellos umbringen, so, wie es die Männer umgebracht hatte, deren Leben ihm anvertraut gewesen war.

Sie mussten tot sein. Trotzdem glaubte er ihre verzweifelten Hilferufe noch immer zu hören – ein lautloses Gellen und Flehen hinter seiner Stirn, das er vielleicht für den Rest seines Lebens nie wieder ganz loswerden sollte. Er begriff nicht, was hier geschehen war, nicht wirklich, und eigentlich wollte er es auch nicht. Er wusste nur eins: Sie waren in eine Welt vorgedrungen, in der sie nichts zu suchen hatten, und das, was jetzt geschah, war der Preis, den sie für diesen Frevel bezahlten, aber wie und warum, das waren Fragen, vor deren Antworten er fast noch mehr Angst hatte als vor dem, dessen Zeuge er gerade geworden war. Erst als er die Höhle verlassen und ein gehöriges Stück zwischen sich und ihren Eingang gebracht hatte, wagte er es, wieder stehen zu bleiben und sich noch einmal herumzudrehen.

Er war der Letzte, der herausgekommen war. Der See lag wieder so ruhig und unbewegt wie zu Anfang da; ein Anblick von fast hämisch erscheinender Ruhe und Harmlosigkeit, der Blossom beinahe ebenso traf, als hätte er das Ungeheuer noch immer gesehen. Hier und da kräuselte sich noch ein wenig grauer Rauch, doch weder von Hasseltime noch von den fünf anderen Männern, die das Ungeheuer verschlungen hatte, war auch nur eine Spur zu gewahren. Ebenso wenig wie von dem Monster selbst. Es war so schnell und spurlos verschwunden wie ein Spuk.

Und vielleicht war es auch nichts anderes gewesen.

»Mein Gott, was ... was war das?«, keuchte einer der Männer. Seine Stimme schwankte. Ein hysterischer Unterton war darin, der Blossom beinahe noch mehr erschreckte als das, was gerade vor seinen Augen geschehen war. Er spürte die Gefahr, die davon ausging, aber er hatte einfach nicht mehr die Kraft, darauf zu reagieren. Wie konnte er einem anderen Mut zusprechen, den er selbst nicht mehr hatte?

»Ich weiß es nicht«, murmelte er. »Und ich will es auch nicht wissen. Raus hier. So schnell wie möglich raus hier!«

Keiner der Männer widersprach. Im Laufschritt und mit zum Zerreißen angespannten Nerven machten sie sich auf den Rückweg. Blossom lud seine Waffe nach, setzte sich mit weit ausgreifenden Schritten an die Spitze der kleinen Gruppe und nahm sich kaum die Zeit, an den Abzweigungen auf die Markierungen zu achten, die sie angebracht hatten. Dass sie sich trotzdem nicht verirrten, war ein wahres Wunder, aber *daran* verschwendete er in diesem Moment nicht einmal einen Gedanken.

Und die Gefahr war auch noch nicht vorbei.

Ganz im Gegenteil ...

Sie hatten die Stelle passiert, an der sie das unheimliche Relief entdeckt hatten, als am hinteren Ende der Gruppe plötzlich ein gellender Schrei erklang. Blossom blieb stehen, hob instinktiv sein Gewehr und fuhr herum. Er war auf alles vorbereitet. Vielleicht war das Ungeheuer aus seinem Versteck im See herausgekrochen und hatte sie verfolgt, vielleicht hatte die Dunkelheit ein weiteres, noch tödlicheres Monster ausgespien, oder –

Blossom erstarrte für eine Sekunde mitten in der Bewegung. Er hatte *gedacht*, auf alles vorbereitet zu sein, aber das stimmte nicht. Es gab immer ein *Schlimmer*.

Einer der Männer hatte seine Waffe fallen lassen. Er schrie ununterbrochen und wedelte verzweifelt mit dem linken Arm. Der andere, ebenso wie seine Schultern und sein Rücken, waren flach gegen die Stollenwand gepresst, in einer unnatürlichen, verkrampften Haltung, in der eigentlich niemand dastehen konnte. Es sah fast so aus, dachte Blossom schaudernd, als wäre er daran *festgeklebt*.

»Verdammt, was tun Sie da?«, rief er. »Kommen Sie sofort –«

Erschrocken brach er ab. Er hatte sich einige Schritte auf den Mann zubewegt, blieb aber jetzt wieder stehen, und auch die acht anderen Matrosen wichen entsetzt einen Schritt vor ihrem Kameraden zurück, als sie sahen, was *wirklich* mit ihm geschah.

Der Mann lehnte nicht einfach an der Wand, und da war auch nichts, was ihn *festhielt*. Es gab einen ganz anderen Grund, aus dem er sich nicht bewegen konnte ...

Seine Schultern, die Hand und der rechte Unterarm und selbst ein Teil seines Kopfes waren in die Wand *eingesunken*, und der unheimliche Prozess setzte sich rasend schnell fort. Es war, als ob die Wand begonnen hätte ihn aufzusaugen. Seine Schreie wurden schriller, verzweifelter, und brachen dann abrupt ab, als der Matrose regelrecht in die Mauer hineingezogen wurde. Es dauerte nicht einmal zehn Sekunden, und er war in dem vermeintlich so massiven Gestein fast zur Hälfte versunken, wie eine Fliege in weichem Sirup.

»Helft mir!«, schrie er. »So helft mir doch!«

Blossom ließ sein Gewehr fallen und ergriff den Mann am Arm.

Durch sein Beispiel ermutigt, sprangen auch zwei weitere Matrosen herbei und versuchten ihren Kameraden aus dem tödlichen Sog zu befreien. Sie zerrten mit aller Kraft, aber ebenso gut hätten sie auch versuchen können, die Felswand mit bloßen Händen einzureißen. Auch Blossom zerrte und riss mit aller Gewalt, bis er glaubte, seine Muskeln müssten zerreißen, ohne auch nur das Geringste ausrichten zu können. Es gelang ihnen nicht einmal, den unheimlichen Prozess *aufzuhalten*, geschweige denn, den unglückseligen Matrosen wieder aus der Wand herauszuziehen. Schließlich ragten nur noch die linke Hand und der dazugehörige Unterarm aus der Wand, dann waren auch sie verschwunden. Vor Blossom erhob sich wieder eine fugenlose, glatte Fläche aus scheinbar diamantharter Lava. Der Matrose war so spurlos verschwunden, als wäre er nie wirklich da gewesen.

Und vielleicht war es auch so, dachte Blossom hysterisch. *Vielleicht waren sie gar nicht wirklich hier. Vielleicht war er nicht wirklich hier, sondern halluzinierte. Es musste so sein. Nichts von alledem, was er hier erlebte, konnte wirklich geschehen, und –*

Blossom spürte die Gefahr, die in diesen Gedanken lag, im allerletzten Moment, und irgendwie gelang es ihm sogar, sie zurückzudrängen. Hysterie und Wahnsinn zogen sich – vielleicht ein letztes Mal – wieder zurück, aber ihre Schwester, die *Furcht*, blieb. Halb verrückt vor Angst und Entsetzen fuhr er herum.

Es war noch nicht vorbei. Einer der Männer neben ihm schrie auf, als seine Füße im Boden zu versinken begannen. Mit verzweifelter Kraft versuchte er sich loszureißen, doch der schwarze Stein war plötzlich weich wie heißer Teer.

Schreiend sank der Mann bis an die Knie ein, verlor durch seine eigenen, verzweifelten Bewegungen die Balance und stürzte nach vorn. Er versuchte seinen Fall mit den Händen abzufangen, doch seine Finger stießen auf keinen Widerstand. Seine Arme tauchten in den Boden ein wie in schwarzes Wasser, das sich kaum eine Sekunde später mit einem schmatzenden Geräusch über ihm schloss.

Der enge Stollen verwandelte sich in ein Tollhaus. Die überlebenden Männer stürzten in kopfloser Panik davon, und auch Blossom begann zu rennen, ohne zu wissen, wohin. Nur fort, *fort, fort!* Ein paar Mal prallte er gegen die Wände oder einen der anderen, und zwei oder drei Mal entging er nur durch eine verzweifelte Bewegung einem schnappenden weichen Maul, das da war, wo sich gerade noch massiver Fels befunden hatte.

Er sah, wie einer der Männer stolperte und gegen und in die Wand stürzte, die seinen Kopf, die Schultern und den Oberkörper mit einem schmatzenden Geräusch aufsog, auf einen anderen regnete ein Hagel faustgroßer schwarzer Tropfen herab, als die Decke über ihm plötzlich flüssig wurde. Der aufgeweichte Fels schien kein Gewicht zu haben. Die Steine, obwohl zum Teil kopfgroß, verletzten den Mann nicht, aber sie rannen wie klebriger Sirup an seinem Körper herunter und verschmolzen blitzschnell mit dem Boden, und da, wo sie es taten, rissen sie den unglückseligen Burschen einfach mit sich.

Er hatte keine Chance. Seine Schreie verhallten hinter Blossom in der Dunkelheit des Ganges.

Blossom rannte. Er wusste nicht, was von den entsetzlichen Bildern rings um ihn herum Wirklichkeit und was Trugbilder waren, die seiner eigenen Panik entsprangen. Er wusste nicht mehr, wohin er rannte oder wie weit. Irgendwann begannen seine Kräfte zu erlahmen. Er lief langsamer, stolperte, fing sich im letzten Moment wieder und stolperte erneut, um diesmal wirklich zu stürzen. Er rechnete fest damit, ebenso im Boden zu versinken wie die anderen vor ihm, aber der Fels war hart; er schlug so schwer auf, dass er für eine Sekunde am Rande der Bewusstlosigkeit dahindämmerte und Blut über sein Gesicht lief, als er sich wieder aufrichtete.

Gerade im richtigen Moment, um zu sehen, wie die Wand neben ihm zu schmelzen begann. Eine Sekunde später zitterte auch der Felsen, auf dem er selbst saß.

Blossom hatte nicht einmal mehr die Kraft, zu schreien, als er langsam in den schwarzen Stein einsank ...

18. Februar 1893

»Widerlich«, sagte Howard. Seit wir Andara-House verlassen hatten, war dies das erste Wort, das er überhaupt sprach, aber dies mit solcher Inbrunst, dass ich automatisch zu ihm aufsah und ihn stirnrunzelnd musterte. Er hatte eine seiner unvermeidlichen Zigarren zwischen den Lippen und musterte das kleine Glas, um das er mich gebeten hatte und in dem sich jetzt einige der kleinen, halb durchsichtigen Würmer ringelten. Jetzt, im hellen Tageslicht betrachtet, sahen die furchtbaren Geschöpfe noch Ekel erregender und abstoßender aus als unter der Erde; und trotz allem auf eine Weise harmlos, die beinahe absurd erschien. Ekelhaft, aber nicht *gefährlich.*

Trotz des beißenden Rauchs seiner Zigarre, der in dichten Schwaden in der Luft hing, hatte ich das Gefühl, zum ersten Mal seit einer Ewigkeit wieder frei durchatmen zu können. Howard und ich waren mehr als eine Stunde durch die unterirdischen Stollen rings um Andara-House gelaufen und zum Teil gekrochen, eine Stunde, in der wir insgesamt weitere vier der unheimlichen Stollen entdeckt und ebenso viele Wurmkolonien vernichtet hatten. *Das* hatte sich als leichter erwiesen, als ich zu hoffen gewagt hatte. Die Biester waren wirklich leicht zu töten – zumal ich von Storm einen Eimer mit Farbverdünner bekommen hatte, dessen durchdringender Geruch zwar noch immer in meinen Kleidern haftete, der aber wie flüssiges Dynamit brannte – und radikal mit den kleinen Ungeheuern aufgeräumt hatte.

Trotzdem war es ein reiner Albtraum gewesen. Wir waren den Stollen in beide Richtungen gefolgt, bis sie entweder endeten oder so eng wurden, dass man nicht einmal mehr kriechend darin vorwärtskam, ohne auf weitere Würmer zu treffen. Aber ich war keineswegs beruhigt. Das Problem war nicht, die kleinen Biester zu vernichten. Das Problem war, sie *alle* zu erwischen. Wenn auch nur einziges Tier übrig geblieben war, dann würde es nur wenige Stunden dauern, bis ihre Zahl wieder die ursprüngliche Menge erreicht hatte. Oder das Doppelte. Oder auch das Millionenfache ...

Ich hatte auch das Glas mitgebracht, um das mich Howard gebeten hatte; auch wenn ich von seinem Vorhaben, einige der kleinen Bestien lebend einzufangen, alles andere als begeistert war. Trotzdem hatte ich ihm dabei geholfen. In dem sorgfältig verschlossenen und zusätzlich in eine Decke gewickelten Glas, das ich einem von Storms Arbeitern kurzerhand aus der Hand gerissen und die darin befindlicher Erdbeerkonfitüre ausgeschüttet hatte, befanden sich jetzt sieben oder acht der kleinen Ungeheuer. Howard hatte darauf bestanden, einige der Tiere lebend einzufangen, um sie untersuchen zu lassen. Mir wäre wesentlich wohler gewesen, hätten wir auch sie verbrannt, aber ich sah natürlich ein, dass Howard Recht hatte. So lange wir nicht vollkommen sicher sein konnten, die Gefahr ein für alle Mal gebannt zu haben, mussten wir versuchen, so viel wie möglich über unsere neuen Feinde herauszufinden.

Neue Feinde ...

Wäre es nicht so entsetzlich gewesen, hätte ich über diesen Gedanken lachen können. Nach dem, was Howard mir vorhin über die Zeichen auf dem Stein gesagt hatte, hatte ich mich insgeheim bereits damit abzufinden begonnen, dass die Vergangenheit mich wieder endgültig eingeholt hatte und der Kampf noch nicht vorbei war – aber *das?* Ich hatte mit Wesen gekämpft, die die Macht von Göttern hatten, und sie letzten Endes besiegt oder zumindest für eine Weile in ihre Schranken verwiesen. Und jetzt kämpften wir gegen *Würmer!*

Ich verscheuchte den Gedanken.

»Und was machen wir jetzt?«

»Ich bringe dich zurück zum Hilton, und dann wirst *du* nichts anderes mehr machen, als dich ins Bett zu legen und bis morgen früh zu schlafen«, erwiderte Howard in bestimmendem Tonfall und blies mir zu Bekräftigung noch eine Rauchwolke ins Gesicht.

»Findest du nicht, wir sollten Cohen die Würmer zeigen?« Ich betrachtete noch einmal angeekelt den kleinen Behälter mit den herumwuselnden Tierchen. So scharf ihre Zähne auch sein mussten, das Glas vermochten sie nicht zu durchdringen, und da sie keine Nahrung mehr fanden, wuchsen sie weder weiter, noch teilten sie sich. »Wofür haben wir sie schließlich sonst eingefangen?«

»Sobald ich dich abgesetzt habe, fahre ich direkt weiter«, erklärte Howard. »Es gibt tatsächlich jemanden, dem ich die Würmer zeigen will. Ich werde sie zu Viktor bringen.«

»Viktor?« Ich erschrak wohl ein bisschen mehr, als mir selbst klar war, denn Howard sah mich eine Sekunde lang stirnrunzelnd an, ehe er wieder an seiner Zigarre sog, die Asche auf den Boden schnippte und mir eine übel riechende blaugraue Qualmwolke ins Gesicht blies.

»Hast du eine bessere Idee?«, sagte er in mein gequältes Husten hinein. »Ich kann schlecht mit diesen netten kleinen Tierchen zur Universität spazieren und sie einem x-beliebigen Biologieprofessor zeigen, oder? Wir müssten eine Menge Fragen beantworten.«

Zweifellos hatte er Recht damit – aber ich hatte die Umstände nicht vergessen, unter denen wir Howards altem Freund Viktor das letzte Mal begegnet waren. Vorsichtig ausgedrückt: Er war wahrscheinlich nicht besonders gut auf uns zu sprechen.

»Das mag sein«, sagte Howard, nachdem ich endlich wieder weit genug zu Atem gekommen war, um meine Bedenken auch laut ausdrücken zu können. »Aber er ist kein Narr. Er ist sicher sehr verärgert über das, was du und ich ihm angetan haben, aber erstens weiß er auch, dass es nicht absichtlich geschah, und zweitens spielt das wirklich keine Rolle – nicht bei der Gefahr, die diese Geschöpfe bedeuten können. Außerdem ist er einer der besten Wissenschaftler, die ich kenne.«

Auch das entsprach sicher der Wahrheit – immerhin hatte Viktor Frankenstein das Unmögliche geschafft und mich nach mehr als fünf Jahren von den Toten zurückgeholt. Ein ungutes Gefühl jedoch blieb trotzdem, und ich kannte Howard gut genug, um zu wissen, dass er sich von seinem einmal gefassten Vorsatz nicht mehr würde abbringen lassen.

Außerdem war ich wirklich hundemüde und sehnte mich nach meinem Bett. Der morgige Tag würde sicher nicht minder anstrengend als der heutige werden, und ich würde einen klaren Kopf brauchen.

Wir schwiegen, bis wir das Hotel erreichten, wo ich mich von Howard verabschiedete und ausstieg. Ich blickte mich suchend auf dem Gehsteig um, halbwegs davon überzeugt, dass der Kater auch diesmal wieder auf mich warten würde, doch ich konnte ihn nirgendwo entdecken. Anscheinend hatte das Tier mich doch nicht so sehr ins Herz geschlossen, wie ich geglaubt hatte. Fast ein wenig enttäuscht, betrat ich das Hotel.

Dass irgendetwas nicht stimmte, wurde mir schon klar, als ich aus dem Aufzug stieg und noch bevor ich um die Biegung des Hotelflures bog, hinter der mein Zimmer lag. Ich hörte Lärm und die aufgeregten Stimmen von mindestens vier, fünf Personen.

Die Quelle der allgemeinen Aufregung war nichts anderes als die Tür zu meiner Suite. Ein gutes halbes Dutzend Hotelangestellter hatten sich davor versammelt, angefangen vom Manager bis hin zu einem Stubenmädchen. Letzteres blickte mich bleich und aus großen Augen an, während Ersterer gerade damit beschäftigt war, die Tür mittels eines Generalschlüssels zu öffnen. Als ich um die Ecke bog, ließ er von diesem Vorhaben ab und eilte mir entgegen, wobei er einen möglichst entrüsteten Ausdruck auf sein Gesicht zauberte.

»Mister Craven!« Ich konnte das Ausrufezeichen regelrecht hören. »Jetzt ist das Maß voll!«

Ich blickte ihn verständnislos an. Die Versammlung vor meiner Tür redete weiter wild durcheinander, aber da waren auch noch andere Geräusche; Laute, die ich nicht genau zu identifizieren vermochte, die mir aber irgendwie zugleich fremd wie auf eine ungute Weise vertraut vorkamen.

»Aber was ist denn nur los?«, fragte ich.

»Was los ist?« MacIntosh wurde noch bleicher. »Das hören Sie doch wohl selbst, oder? Dieser Lärm! Und ... und dieser Gestank!«

Tatsächlich nahm auch ich jetzt einen fremdartigen Geruch wahr, der zweifelsfrei aus meiner Suite kam. Es war im Grunde nur ein Hauch – sehr schwach, aber zugleich auch so widerwärtig, dass es mir schier den Magen herumdrehte. Und was die Geräusche anging ... da waren ein Heulen und Brausen, ein Splittern und Wehklagen, ein Bersten und Wimmern – kurz: Es war, als hätte sich die Hölle aufgetan.

»Nun, Mister Craven, was haben Sie dazu zu sagen?« Der Manager baute sich herausfordernd vor mir auf – na ja, er versuchte es.

»Das frage ich Sie«, gab ich gelassen zurück. »Was geht eigentlich in meiner Abwesenheit in meinem Zimmer vor?«

MacIntosh quietschte wie eine jener Gummipuppen, die man genau zu diesem Zweck zusammendrücken musste, aber ich ließ ihn einfach stehen, zog meinen Zimmerschlüssel aus der Tasche und öffnete die Tür. Gottlob nur einen Spalt breit. Und gottlob nur für eine Sekunde.

Und doch war das, was ich in diesem einen Moment sah, schon sehr viel mehr, als ich überhaupt sehen wollte.

Das Hotelzimmer war verschwunden. Das hieß: nicht nur das Zimmer, das ganze Hotel war nicht mehr da. Das, was sich auf der anderen Seite der Tür erstreckte, war viel zu gewaltig, um in irgendeinen auch nur vorstellbaren, von Menschenhand geschaffenen Raum hineinzupassen.

Unter mir erstreckte sich ein Labyrinth. Ich schätzte, dass ich aus einer Höhe von einer halben Meile oder mehr darauf hinabblickte, und wenn diese Schätzung der Wahrheit auch nur nahe kam, dann mussten die Schluchten und Irrgänge unter mir wahrhaft gigantisch sein.

Die Breite der Schluchten, die das nachtschwarze, Licht schluckende Gestein teilten, schwankte zwischen einigen wenigen und etlichen hundert Metern, wobei ihre Tiefe jedoch immer gleich zu sein schien. Wie tief, wagte ich nicht einmal zu schätzen, aber sie musste gewaltig sein. An ihrem Grund bewegten sich punktgroße Gestalten, von denen ich annahm, dass es Menschen waren.

Das Allerschlimmste aber war: Es handelte sich bei dem, was ich sah, ganz eindeutig um die Architektur der GROSSEN ALTEN, oder zumindest derer, deren Zeichen in den Stein in meiner Tasche graviert waren, falls Howard Recht hatte und es sich wirklich um andere Wesen handelte. Ein düsteres, pulsierendes rotes Licht lag über der Szenerie, dass es unmöglich machte, genau zu entscheiden, wo das Labyrinth endete und der Horizont begann, oder ob es überhaupt so etwas wie einen Horizont *gab.* Nun hörte ich auch noch einen anderen, unheimlichen Laut: ein tiefes, vibrierendes Grollen, gerade noch an der Grenze des Wahrnehmbaren, aber zugleich auch unvorstellbar machtvoll; wie das Knurren eines erwachenden Drachen, auf dessen Schultern die Welt ruhte.

Und dann spürte ich, wie sich irgendetwas aus der roten Ferne löste und schneller und schneller werdend auf die Tür zugerast kam.

Im allerletzten Moment warf ich die Tür ins Schloss, drehte mich herum und presste mich mit dem Rücken dagegen. Eine Sekunde lang wartete ich mit angehaltenem Atem darauf, dass irgendetwas die Tür traf und sie einfach zerfetzte; samt allem, was davor stand.

»Nun, Mister Craven?«, fragte MacIntosh herausfordernd. »Was haben Sie gesehen? Vielleicht Ihre sonderbaren Freunde, die sich widerrechtlich in diesen Räumlichkeiten aufhalten und ... und Orgien feiern?«

»Also ... ganz so würde ich es nicht formulieren«, antwortete ich ausweichend.

»Sondern?«

»Nun ja, es ist eher ...« Ich wusste immer noch nicht wirklich, was ich antworten sollte, aber ich wurde dieser Verlegenheit enthoben.

Der Türknauf in meinem Rücken bewegte sich, und einen Moment später hörte ich das Kratzen; ein Laut, als scharrten riesige hornige Krallen über Stahl oder Schiefer.

»Nun, Mister Craven?« Den Gesichtsausdruck des Managers als *süffisant* zu bezeichnen wäre geschmeichelt gewesen. Er verschränkte die Finger hinter dem Rücken und begann auf den Zehenspitzen zu wippen, wodurch er mir abwechselnd zum Kinn und bis zum Adamsapfel reichte. »Hätten Sie vielleicht die Güte, beiseitezutreten und uns an Ihrem ... äh ... Erlebnis teilhaben zu lassen?«

»Ich glaube nicht, dass Sie das wirklich wollen«, sagte ich. Trotzdem machte ich einen Schritt zur Seite. Das Kratzen wiederholte sich, und es wurde lauter. Und als ich mich herumdrehte, sah ich, wie sich der Türknauf weiter drehte.

»Um Gottes willen!«, keuchte ich. »Bringt euch in Sicherheit! Lauft!«

Keiner der Männer und Frauen in meiner Umgebung reagierte, obwohl ich die letzten Worte geschrien hatte. Wahrscheinlich wäre es auch zu spät dazu gewesen. Die Tür schwang mit einem unheimlichen Krachen auf – und eine beigebraune Perserkatze trat aus dem Zimmer heraus.

Der Hotelmanager starrte die Katze eine Sekunde lang aus hervorquellenden Augen an, dann trat er mit einem großen Schritt über sie hinweg und stieß die Zimmertür auf. Dahinter lag genau das, was auch dahinter liegen sollte: ein Hotelzimmer.

»Mister Craven, das Halten von Haustieren in unserem Hause ist prinzipiell nicht gestattet!«, lamentierte der Manager. Ich ignorierte ihn kurzerhand, trat an ihm vorbei und streckte vorsichtig den Kopf ins Zimmer.

Nichts.

Das unheimliche Labyrinth tauchte nicht wieder auf. Vorsichtig machte ich einen Schritt, mit dem ich vollends ins Zimmer hineintrat, und auch jetzt geschah nichts.

Aber ich konnte mir dieses unheimliche Labyrinth doch nicht nur eingebildet haben!

»Woher kommt dieses Tier?«, keifte der Manager.

Ich hätte eine Menge darum gegeben, die Antwort zu kennen. Der Kater war vor einigen Stunden zusammen mit mir aus dem Aufzug gestiegen und dann verschwunden, als MacIntosh aufgetaucht war. Irgendjemand musste in der Zwischenzeit die Tür meines Zimmers geöffnet haben, und das Tier war unbemerkt hineingeschlüpft.

Es war die einzige logische Erklärung. Aber irgendwie vermochte ich daran nicht so recht zu glauben.

»Das Tier gehört mir nicht«, sagte ich, bückte mich nach dem Kater und nahm meinen Worten auch noch den allerletzten Rest von Glaubwürdigkeit, indem ich das Tier auf die Arme nahm und hinter den Ohren zu kraulen begann.

Auf der anderen Seite des Ganges öffnete sich eine Tür, und eine fette Frau, die einen nicht weniger fetten Pudel an der Leine führte, trat heraus.

»Ich dachte, Tiere wären in diesem Hotel verboten?«, fragte ich.

Der Manager kam nicht mehr dazu zu antworten. Der Kater erspähte den Pudel im gleichen Augenblick wie ich, aber er reagierte nicht halb so gelassen auf seinen Anblick.

Im Gegenteil: Er legte die Ohren an, stieß ein wütendes Fauchen aus und benutzte meinen Arm als Sprungschanze und die Halbglatze des Managers als Zwischenstation, um sich mit einem gewaltigen Satz auf den Pudel zu stürzen.

Der Pudel war gut drei Mal so groß wie der Kater, und sicherlich fünf Mal so schwer. Trotzdem hatte er keine Chance. Der Kater sprang ihn an und riss ihn von den Füßen. Die Leine entglitt der Dicken, während die Tiere, ineinander verkrallt und verbissen, über den Boden kugelten und schließlich hinter der Gangbiegung verschwanden.

Die fette Frau begann zu kreischen und stürzte hinterher, und ich wandte mich an den Hotelmanager und sagte erneut: »Wie gesagt, das Tier gehört mir nicht. Ich habe keine Ahnung, wie es in mein Zimmer kommt. Aber in Anbetracht der Umstände werde ich noch einmal darauf verzichten, mich über die Nachlässigkeit Ihres Personals zu beschweren.«

MacIntosh riss Mund und Augen auf und keuchte. »Das ist ... das ...«

»Jedenfalls bin ich sehr froh, dass Sie offenbar auch Ausnahmen von Ihrer Hausordnung machen«, unterbrach ich ihn. »Lassen Sie mir bitte ein kleines Menü aufs Zimmer schicken, die Auswahl überlasse ich Ihnen. Ach ja, außerdem bitte ein Schälchen Milch und ein paar kleine Fleischhäppchen. Sie wissen schon, für wen.«

MacIntoshs Gesicht lief rot an, aber ich gab ihm keine Zeit, mit dieser – zugegeben – neuerlichen Unverschämtheit fertig zu werden, sondern knallte ihm die Tür vor der Nase zu.

Trotzdem: Irgendwie hatte ich nicht das Gefühl, die anderen aus-, sondern vielmehr das, mich selbst eingesperrt zu haben.

Ich fand keine Ruhe mehr an diesem Abend. So müde ich vorher auch gewesen war, mittlerweile fühlte ich mich wieder putzmunter. Man hatte mir etwas zu essen und auch die bestellten Häppchen und die Milch gebracht, doch Merlin – wie ich den Kater mittlerweile getauft hatte – war bislang nicht zurückgekehrt. Da ich keine Lust hatte, stundenlang wach im Bett zu liegen und auf den Schlaf zu warten, hatte ich mich an den Schreibtisch gesetzt und damit begonnen, einen Teil des gewaltigen Papierwustes abzuarbeiten, der sich im Laufe der letzten Tage darauf angesammelt hatte, aber meine Gedanken weigerten sich, den aneinandergereihten schwarzen Symbolen auf dem Papier irgendeinen Sinn abzugewinnen. Wann immer ich es versuchte, schienen sie plötzlich zu eigenem Leben zu erwachen und sich neu zu ordnen, bis sie ein sinnverwirrendes, düsteres Labyrinth bildeten, in das etwas in mir hineintauchen und sich verlieren wollte.

Schließlich resignierte ich und trat vom Schreibtisch zurück. Der Papierberg darauf schien mich höhnisch anzugrinsen. Er war eindeutig gewachsen, während ich so leichtsinnig gewesen war, für einen Moment nicht hinzusehen. Ich verfluchte nicht zum ersten Mal die britische Bürokratie, die den Weg dorthin, mein eigenes Erbe anzutreten, mit schier unüberwindlichen Hindernissen gepflastert hatte.

Hätte Dr. Gray nicht nach seiner Rückkehr sofort alle nur denkbaren Vorkehrungen getroffen – und hätte es da nicht Rowlf gegeben, der mich mit den besten nur vorstellbaren gefälschten Papieren versorgt hatte –, hätte ich schon längst resigniert.

Das Zimmer, so groß und hell es auch sein mochte, kam mir plötzlich winzig und stickig vor. Ich hatte das Gefühl, kaum noch richtig atmen zu können. Und das, eingesperrt zu sein. Ich hätte mir sogar gewünscht, dass Rowlf auftauchen würde, so sehr er mir mit seiner Anhänglichkeit in der letzten Zeit auf die Nerven gegangen war. Einen Moment lang überlegte ich ernsthaft, ob ich hinuntergehen und mich ein bisschen mit MacIntosh streiten sollte. Natürlich war dieser Gedanke albern – aber er machte mir auch klar, wie sehr ich mich im Augenblick nach menschlicher Gesellschaft sehnte.

Bevor ich tatsächlich in die Verlegenheit kommen konnte, irgendetwas Voreiliges zu tun, hörte ich ein Kratzen an der Tür. Ich ging hin und öffnete. Im ersten Moment starrte ich nur verblüfft ins Leere, dann wuselte ein goldfarbener Schatten zwischen meinen Füßen hindurch ins Zimmer, und mir wurde erst in diesem Augenblick klar, dass mein samtpfotiger Freund zurückgekommen war.

Hastig schloss ich die Tür und bückte mich nach Merlin, aber er wich meiner Hand aus. Immerhin konnte ich sehen, dass er etwas Kleines, Helles im Maul trug. Vielleicht eine Maus oder gar eine Ratte. Die Aussicht, dem Hotelmanager ein solches Ungeziefer zu präsentieren, das in seinen heiligen Hallen gefangen worden war, stimmte mich regelrecht fröhlich.

Ich versuchte ein zweites Mal, nach dem Kater zu greifen, aber das Tier schien Gefallen an dem Spiel gefunden zu haben. Es wartete, bis ich es fast erreicht hatte, dann brachte es mit einem Satz wieder gute zwei Meter Distanz zwischen uns.

Wir wiederholten dieses Spielchen sieben oder acht Mal, ehe ich seiner überdrüssig wurde und aufgab. Der Kater maunzte mich unter dem Tisch hervor noch ein paar Mal auffordernd an, aber schließlich gab er auf und lieferte seine Beute wie ein gut abgerichteter Jagdhund zu meinen Füßen ab. Automatisch bückte ich mich danach. Ich nahm sie in die Hand und drehte sie einen Moment ratlos in den Fingern.

Es war keine Ratte. Und schon gar keine Maus.

Was der Kater da voller Stolz vor mich hingelegt hatte, das war ein lockiges weißes Ohr.

Das Ohr eines weißen Pudels, um genau zu sein.

Es klopfte an der Tür. Ich ging hin und öffnete, aber ich war aus irgendeinem Grund vorsichtig genug, es nur einen schmalen Spalt breit zu tun; ein überaus kluger Entschluss, wie sich schon im nächsten Augenblick herausstellen sollte.

Draußen auf dem Hotelflur stand MacIntosh. Er war nicht allein. Hinter und über ihm ragte die enorme Leibesfülle der Pudelbesitzerin empor. »Ja?«, fragte ich.

»Mister Craven, es geht noch einmal um diese Katze«, begann der Manager.

Ich spürte, wie sich etwas zwischen meinen Beinen hindurchmogeln wollte, schob den Kater hastig mit dem Fuß zurück und sagte: »Wie gesagt, sie gehört mir nicht. Was ist denn damit?«

»Erzählen Sie mir lieber, wo meine Prinzessin ist«, keifte die fette Frau.

»Ihre Prinzessin?«

»Der Hund«, erklärte der Manager, und ich konnte mir einfach nicht verkneifen, hinzuzufügen:

»Sie meinen das Haustier, das in diesem Hotel nicht erlaubt ist?«

»Meine Prinzessin ist verschwunden, seit ... seit Ihr haariges Ungeheuer so heimtückisch über sie hergefallen ist!«, keifte die Dicke.

Ich verbarg die Hand mit dem Pudelohr hastig hinter dem Rücken. »Madam, ich versichere Ihnen, dass ich keine Ahnung habe, wo sich Ihre ... äh ... Prinzessin befindet«, sagte ich. Das entsprach sogar der Wahrheit. Ich hatte zwar das Ohr des Pudels in der Hand, aber ich hatte nicht die blasseste Ahnung, wo der Rest sein mochte.

»Das glaube ich Ihnen nicht«, keifte die Dicke. Sie trat einen

Schritt vor, wobei sie den bedauernswerten Hotelmanager beinahe zwischen der Tür und ihrem enormen Busen zerquetschte, und versuchte an mir vorbei einen Blick in mein Zimmer zu werfen. Ich tat mein Möglichstes, ihr dieses Vorhaben zu erschweren, was aber gar nicht so einfach war.

Immerhin hatte ich nur eine Hand und einen Fuß frei, um die Tür zuzuhalten. Der Rest meiner Extremitäten war damit beschäftigt, das Hundeohr hinter meinem Rücken zu verbergen beziehungsweise den Kater zurückzuhalten, der es sich in den Kopf gesetzt hatte, ausgerechnet jetzt das Zimmer zu verlassen.

»Ich fürchte, ich kann Ihnen nicht helfen, Madam«, sagte ich. »Sollte ich Ihre Prinzessin irgendwo sehen, gebe ich sofort Mister MacIntosh Bescheid.«

Und damit schloss ich die Tür und drehte mit einer demonstrativen Bewegung den Schlüssel herum. Der Kater maunzte enttäuscht. Ich nahm an, dass er sich nach dem Pudel auch gerne auf dessen Herrin gestürzt hätte, aber dieses Vergnügen konnte ich ihm leider nicht gönnen – so sehr ich seinen Wunsch auch nachempfinden konnte.

»Tut mir leid, mein Freund«, sagte ich. »Aber es ist besser, wenn du dich im Moment dort draußen nicht blicken lässt.« Ich hob das abgerissene Ohr vor die Augen. »Obwohl ich zu gerne wüsste, wo der Rest dieses Hundes ist.«

Der Kater maunzte erneut, drehte sich herum und ging auf den Wandschrank zu. Unterwegs blieb er zwei, drei Mal stehen, sah zu mir zurück und maunzte auffordernd. Auch das war ein Verhalten, das man wohl eher bei einem Hund erwartet hätte – aber es war auch so eindeutig, dass ich der Aufforderung ganz automatisch nachkam und dem Tier folgte.

Ich war nicht einmal überrascht, als ich die Tür des Wandschrankes öffnete und sah, was sich dahinter verbarg ...

Es war das zweite Mal, dass der Wandschrank kein Wandschrank mehr war. Beim ersten Mal hatte er sich in einen Schacht verwandelt, in den ich um ein Haar hinuntergestürzt wäre.

Jetzt war die Veränderung beinahe noch bizarrer; und obwohl ich mich im Gegensatz zu meinem Erlebnis in der vergangenen Nacht diesmal nicht in unmittelbarer Gefahr zu befinden schien, machte sie mir beinahe noch mehr Angst. Denn zum einen erblickte ich etwas ganz und gar Unmögliches. Einen Raum nämlich, der innen größer war als außen. Und der auch ganz bestimmt nicht ins Londoner Hilton gehörte.

Vor mir lag eine schmale, sich in engen, halsbrecherisch steilen Kehren in die Tiefe windende Treppe. Die Stufen bestanden aus geborstenem grauen Stein und waren so ausgetreten, als wären sie von Millionen und Abermillionen Füßen über ebenso viele Jahre hinweg glatt geschliffen worden. Ein muffiger, feuchter Hauch drang aus der Tiefe zu mir herauf, und ich hatte das unbestimmte Gefühl von Entfernung und Weite.

Und das ganz und gar nicht unbestimmte Gefühl von Gefahr …

Der Kater sprang leichtfüßig vier, fünf Stufen vor mir her in die Tiefe und maunzte mich auffordernd an. Ich dachte allerdings nicht daran, ihm zu folgen.

»Tut mir leid«, sagte ich kopfschüttelnd. »Ich betrete keine Treppen, die plötzlich in meinem Wandschrank auftauchen. Schon aus Prinzip nicht, weißt du?«

Der Kater legte den Kopf auf die Seite und maunzte ganz leise, aber ich blieb hart. »Und ich diskutiere auch nicht mit wildfremden Katzen, die plötzlich in meinem Hotelzimmer auftauchen, mein Freund«, fuhr ich fort. »Das habe ich noch nie getan, und ich werde damit auch jetzt ganz bestimmt nicht anfangen.«

Ich richtete mich wieder auf und trat einen Schritt zurück, und in diesem Moment hörte ich den Schrei. Er war sehr leise, sehr weit entfernt – gerade noch auf jener imaginären Grenze, an der man nicht sicher sein konnte, ob er wirklich da oder nur eingebildet war. Aber im nächsten Moment hörte ich ihn schon wieder.

Es war der Schrei eines Kindes.

Und ab da wurde die Geschichte eindeutig unangenehm.

Blitzartig schossen mir ein Dutzend Möglichkeiten durch den Kopf – angefangen von der, dass ich schlicht und einfach Halluzinationen hatte, bis hin zu der, dass dort unten tatsächlich der verzweifelte Hilferuf eines Kindes erklungen war.

Das eine erschien mir so unmöglich wie das andere, aber ich konnte auch nicht einfach dastehen und so tun, als wäre nichts geschehen. Schweren Herzens setzte ich einen Fuß auf die oberste Stufe und folgte dem Kater.

Allerdings nur wenige Schritte weit.

Der Treppenschacht, der auf so unheimliche Weise in meinem

Wandschrank aufgetaucht war, war nicht nur völlig unmöglich, er war auch vollkommen finster. Heldenmut hin oder her – oder was immer man auch dafür halten mochte –, ich würde niemandem helfen, wenn ich im Dunkeln gegen ein Hindernis prallte oder auf einer der ausgetretenen Stufen ausglitt und mir den Hals brach. Von allen anderen unangenehmen Überraschungen, die mir meine Fantasie mit sadistischer Detailfreude vorgaukelte, ganz zu schweigen.

Was, wenn die Treppe plötzlich im Nichts endete und statt der erwarteten Stufe ein Abgrund dort gähnte, wohin ich meinen Fuß setzte, oder wenn der Treppenschacht außer Schimmelpilzen und Moder noch andere, möglicherweise weit unangenehmere Bewohner hatte, oder oder oder ...

Ich zog es vor, den Gedanken nicht weiter zu verfolgen, sondern machte auf der Stelle kehrt und ging in meine Suite zurück. Der Kater miaute protestierend, aber ich ließ mich auch jetzt nicht auf eine Diskussion mit ihm ein.

»Tut mir leid«, sagte ich noch einmal bestimmt. »Du kannst ja vielleicht im Dunkeln sehen, aber ich nicht. Warte hier, ich komme so schnell wie möglich zurück.« Und damit schloss ich die Tür, durchquerte eilig das Zimmer und trat auf den Korridor hinaus.

Zu meiner Erleichterung begegnete ich weder MacIntosh noch der fetten Frau, während ich hinunter zur Rezeption eilte und den völlig perplexen Empfangschef mit meiner Forderung nach einer Petroleumlampe konfrontierte.

»Eine Lampe?« Der Mann warf einen schrägen Blick nach draußen. Es hatte gerade erst zu dämmern begonnen. »Ist mit der Beleuchtung in Ihrem Zimmer etwas nicht in Ordnung?«

Ich dachte angestrengt über eine plausible Begründung für meine zugegeben etwas ungewöhnliche Bitte nach, doch in diesem Moment sah ich meinen Freund, MacIntosh, aus den Augenwinkeln auftauchen, und der Ausdruck gerechter Empörung auf seinem Gesicht ließ mich auch noch meine letzten Hemmungen über Bord werfen.

»Bisher nicht«, antwortete ich. »Aber was nicht ist, kann ja noch werden, nicht wahr? Nach allem, was ich in Ihrem famosen Hotel bisher erlebt habe, möchte ich nicht mitten in der Nacht aufwachen und feststellen müssen, dass die Beleuchtung ausgefallen ist.«

»Mister Craven, ich kann Ihnen versichern –«, begann der Portier, aber ich schnitt ihm roh – und ein kleines bisschen lauter, als nötig gewesen wäre – das Wort ab.

»Ihre Versicherungen in Ehren, guter Mann, aber ich möchte eine Lampe. Und wenn wir schon einmal dabei sind: Besorgen Sie doch zwei, drei Mausefallen, ja? Ich glaube, ich habe Ungeziefer in meinem Zimmer.«

Ich hörte ein Ächzen hinter mir, aber das Geräusch des in Ohnmacht fallenden Managers blieb aus. Schade eigentlich. Während der Portier ging, um meinem Wunsch nachzukommen und eine Lampe zu besorgen, drehte ich mich herum und maß MacIntosh so kühl, wie es mir angesichts meines wahren Gemütszustandes gerade noch möglich war.

»Mister Craven, ich glaube, wir müssen uns unterhalten«, sagte er. Irgendwie schaffte er es tatsächlich noch, seine Fassung zu bewahren – aber seine Augen hatte er nicht in der Gewalt. In seinem Blick war ein Flackern, das mich zur Vorsicht gemahnt hätte, wäre er einen Meter größer und ungefähr doppelt so schwer gewesen. So antwortete ich gelassen:

»Ja. Sobald ich Zeit dafür habe. Im Moment möchte ich lieber versuchen, mein Zimmer in einen Zustand zu versetzen, der seinem Preis wenigstens halbwegs angemessen erscheint.«

»Das Einfachste wäre dann, Sie würden ausziehen«, antwortete er.

Ich zollte ihm in Gedanken Anerkennung. Eine solche Schlagfertigkeit hätte ich dem Burschen gar nicht zugetraut. Natürlich ließ ich mir nichts davon anmerken. Und ich wurde auch der unangenehmen Pflicht einer Antwort enthoben, denn in diesem Moment kehrte der Portier bereits zurück. Er schwenkte eine reichlich zerschrammte, aber offensichtlich noch funktionstüchtige Petroleumlampe. Die Augenbrauen des Managers rutschten so weit nach oben, dass sie unter seinem Haaransatz verschwunden wären, hätte er einen gehabt.

»Darf ich fragen, was das bedeutet?«, krächzte er.

»Sicher dürfen Sie das«, antwortete ich, nahm die Lampe entgegen und machte mich auf den Weg zur Treppe.

Wenige Minuten später war ich wieder in meinem Zimmer, verschloss die Tür hinter mir und ging zum Wandschrank. Aber ich machte noch einmal kehrt, ehe ich ihn betrat, nahm einen Stuhl und stellte ihn unter die Klinke.

Auch wenn es mir mittlerweile eine geradezu diebische Freude bereitete, den Manager zur Weißglut zu reizen, durfte ich nicht den Fehler begehen, ihn zu unterschätzen. Der Mann tat nur seine Pflicht, und die tat er nicht einmal schlecht. Es war gut möglich, dass er sich seines Generalschlüssels bediente, um eine überraschende Zimmerinspektion vorzunehmen. Und so sehr mich der Gedanke an das verblüffte Gesicht auch erheiterte, das er beim Anblick des mutierten Wandschrankes machen musste, so sehr erschreckte mich auch die Vorstellung, dass er mir unter Umständen folgen würde.

Ich weigerte mich immer noch, wirklich über die Bedeutung all der unheimlichen Geschehnisse nachzudenken, die mit der vergangenen Nacht ihren Anfang genommen hatten, aber das änderte nichts daran, dass ich sie im Grunde sehr wohl kannte. Für eine kurze Zeit, einige wenige Tage nur, hatte ich mich der Illusion hingeben können, meine alten Feinde endgültig besiegt zu haben, aber das war wohl nicht mehr als ein frommer Wunsch gewesen. Mittlerweile hatte ich mehr als einen Beweis dafür erhalten.

Immerhin war die Treppe noch da, als ich vorsichtig den Wandschrank öffnete. Der Kater übrigens auch. Er hockte auf der zweitobersten Stufe und blickte mich vorwurfsvoll an. Umso mehr, als ich auch jetzt noch keine Anstalten machte, ihm sofort in die Tiefe zu folgen, sondern nach kurzem Zögern noch einmal ins Zimmer zurücktrat, um nach Streichhölzern zu suchen, mit denen ich meine Lampe entzünden konnte.

Endlich aber hatte ich es geschafft. Die Lampe verbreitete beruhigendes gelbes Licht, und in den Modergestank mischte sich der Geruch von brennendem Petroleum. Der Kater maß mich mit einem fast menschlich wirkenden, ungeduldigen Blick, lief rasch vor mir die Stufen hinab und blieb wieder stehen, um zu mir zurückzublicken und ein ungeduldiges Miauen auszustoßen. Erneut fiel mir auf, dass er sich ganz und gar nicht wie eine Katze benahm.

Die Treppe führte in steilem Winkel in die Tiefe. Ich hörte die Schreie jetzt nicht mehr, aber dafür verspürte ich bald einen eisigen, feuchten Hauch, und in den unangenehmen Modergeruch mischte sich noch etwas; etwas Bekanntes, das ich nicht gleich einzuordnen vermochte.

Vielleicht, weil es einfach zu absurd war.

Ich roch Salzwasser.

Überrascht blieb ich stehen. Der Kater protestierte lautstark, aber ich verharrte trotzdem noch einige Sekunden lang dort, wo ich war. Die seltsamen Geräusche, den mehr als sonderbaren Kater, ja, selbst die Treppe hätte ich ja vielleicht noch irgendwie erklären können, wenn ich mir ein paar zusätzliche Windungen ins Gehirn gebogen und die Logik vergessen hätte – aber Salzwasser? Hier? Mitten in London? Das war völlig unmöglich!

Ich war mehr als nur leicht beunruhigt, als ich weiterging.

Weiter und weiter führte die Treppe in die Tiefe hinab. Ich hatte es längst aufgegeben, die Stufen zu zählen, ebenso, wie ich es aufgegeben hatte, mir auszurechnen, wie tief ich mich bereits unter den Kellern des Hiltons befinden mochte. Dieser sonderbare Schacht musste unmittelbar bis in die Kanalisation Londons hinabführen und vielleicht noch tiefer.

Als die Treppe endlich endete, hatte ich schon kaum mehr damit gerechnet. Ich hatte das Gefühl, eine Meile tief in die Erde hinabgestiegen zu sein – natürlich war das unmöglich, aber mein schmerzender Rücken und meine verkrampfte Wadenmuskulatur behaupteten das Gegenteil.

Erschöpft ließ ich mich gegen die feuchte Wand der halbrunden, niedrigen Kammer sinken, in der ich herausgekommen war, um einige Augenblicke auszuruhen und neue Kraft zu schöpfen, aber mein vierbeiniger Führer ließ dies nicht zu. Er miaute unwillig, und auch der leidende Ausdruck, den ich auf mein Gesicht zwang, schien ihn nicht zu beeindrucken.

Trotzdem verbrachte ich noch einige Augenblicke damit, die Kammer zu mustern, ehe ich seinem Drängen endlich nachgab und ihm folgte. Sie durchmaß kaum fünf Schritte, und die Wände bestanden aus den gleichen, nur roh behauenen Steinblöcken wie die des Treppenschachtes, aber irgendetwas daran war ... unheimlich.

Es war nichts, was ich in Worte oder auch nur Gedanken hätte fassen können. Der Stein war Stein, mehr nicht, aber zugleich auch ... etwas Fremdes. Etwas, das nur aussah und sich nur anfühlte wie Stein, aber in Wirklichkeit ...

Nein, ich wusste es nicht. Aber was ich wusste, war, dass hier irgendetwas nicht in Ordnung war. Ich kam mir vor wie eine Maus, die in das weit aufgerissene Maul einer reglos daliegenden Riesenschlange hineinmarschiert und sich fragt, wieso es in dieser sonderbaren Höhle eigentlich so warm war und wieso von der Decke so viele spitze Steine hingen, ohne indes zu erkennen, wo sie sich wirklich befand.

Alles in mir schrie danach, auf der Stelle kehrtzumachen und die Treppe wieder hinaufzulaufen, so schnell ich nur konnte. Aber ich hörte nicht auf diese innere Stimme – vielleicht, weil ich zugleich auch spürte, dass ich gar nicht mehr zurück *konnte,* selbst wenn ich es gewollt hätte. Es war nicht das erste Mal, dass ich feststellen musste, dass manche Wege nur in eine Richtung führten, und was immer dies hier sein mochte, eines war es ganz bestimmt nicht: ein ganz *normaler* Weg.

Dem halbrunden Raum schloss sich ein niedriger, leicht abschüssiger Gang an, dessen Wände aus den gleichen schwarzen Basaltblöcken bestanden, die ich schon kannte. Der Modergeruch ließ allmählich nach, doch dafür wurde das Salzwasseraroma jetzt stärker.

Unmöglich oder nicht, ich musste mich in der Nähe des Meeres befinden. Vielleicht – ich wusste, dass dieser Gedanke verrückt war, aber es war die einzige Erklärung, die mir einfallen wollte – lag vor mir eine unterirdische Höhle, die irgendwie mit dem Meer verbunden war. Ich musste wieder an Hasseltime denken, der auf der kleinen Felsinsel an der Themsemündung zurückgeblieben war und irgendwie einen Weg bis nach London gefunden hatte.

Allmählich begann sich meine Umgebung zu verändern. Zuerst bemerkte ich es nicht einmal – die Petroleumlampe brannte zwar mit beruhigender Beständigkeit, aber ihr Licht reichte nicht sehr weit; der gelbe Schein löste sich schon nach zwei oder drei Schritten in zerfasernde Schatten auf, obwohl er eigentlich sehr viel weiter hätte reichen müssen. Das hieß – eigentlich stimmte das nicht. Das Licht *reichte* weiter; aber irgendetwas schien ihm seine Wirklichkeit zu nehmen, anders konnte ich es nicht beschreiben. Ich konnte weiter sehen, doch alles, was jenseits der imaginären Drei-Schritte-Grenze lag, war irgendwie … falsch. Verzerrt, auf unmöglich zu beschreibende Weise, die mir unglaublich fremd und trotzdem auf furchtbare Weise vertraut vorkam.

Weil ich sie kannte.

Es war nicht das erste Mal, dass ich in eine Welt eindrang, die sich dem Zugriff menschlicher Sinne entzog; weiß Gott nicht.

Was immer Howard über andere, fremde Feinde erzählt hatte, mochte vielleicht auf die irrsinnigen Linien auf dem Stein zutreffen, nicht aber auf *das hier.* Dies war die Welt der GROSSEN ALTEN, jener blasphemischen Gottheiten, die vor Urzeiten von den Sternen herabgestiegen waren und seither auf den Moment ihres Erwachens warteten, den Moment, in dem sie ihre Schreckensherrschaft über die Erde erneut antreten konnten, jener Welt, der sie schon einmal fast den Untergang gebracht hatten …

Und in diesem Moment war es, als fiele es mir wie Schuppen von den Augen. Wie hatte ich es auch nur eine einzige Sekunde lang nicht bemerken können? Wie hatte ich auch nur einen Herzschlag lang so blind sein können?

Ich hatte es doch sogar gewusst! Noch bevor ich die Treppe hinunterging, hatte ich mir selbst gegenüber eingestanden, dass es nichts als das Wirken der GROSSEN ALTEN war, das ich spürte! Aber es war, als hätte irgendetwas verhindert, dass dieser Gedanke genug Substanz gewann, um mich auch die Gefahr erkennen zu lassen, die er bedeutete.

Genauer gesagt: Die Falle, in die ich blind hineingetappt war.

Abrupt blieb ich stehen. Der Kater begann wieder zu lamentieren, aber jetzt achtete ich nicht mehr darauf. Stattdessen hob ich die Lampe höher und hielt sie am ausgestreckten Arm von mir fort, um auf diese Weise vielleicht einen halben Schritt mehr zu gewinnen, den ich wirklich erkennen konnte und nicht nur erahnen.

Ich begann zu laufen, zuerst noch langsam, aber schon bald in einen schnellen Schritt verfallend und schließlich rennend. Jetzt, wo ich einmal wusste, wo ich war, verfehlte der betäubende Zauber seine Wirkung. Ganz schwach spürte ich noch den Gedanken in mir, dass ich mich reichlich albern benahm und es überhaupt keinen Grund gäbe, mit einer brennenden Petroleumlampe in der Hand durch diesen Gang zu rennen, als würde ich von tausend Furien gehetzt, aber nun, da ich wusste, dass dies nicht *meine* Gedanken waren, vermochte er mich nicht mehr einzulullen.

Ganz im Gegenteil: Ich hatte ihn jetzt als das erkannt, was er war – nämlich der Einfluss eines fremden, feindlichen Geistes –, und so schürte er meine Furcht eher noch, statt mich zu beruhigen.

Schließlich rannte ich, so schnell ich nur konnte. Ein paar Mal drohte ich auf dem schlüpfrigen Boden auszugleiten, und einmal hätte ich um ein Haar tatsächlich das Gleichgewicht verloren und wäre gestürzt, was angesichts der brennenden Lampe in meiner Hand möglicherweise fatale Folgen gehabt hätte. Trotzdem nahm ich mein Tempo nicht zurück, sondern wurde eher noch schneller.

Meine Lungen begannen zu brennen. Der unendlich lange Weg die Treppe hinunter forderte seinen Tribut; mein Rücken tat weh, und meine Beine fühlten sich an, als wären sie mit kleinen Bleikugeln gefüllt, die bei jedem Schritt ein bisschen schwerer wurden. Zudem zwang mich die Lampe zu einer unbequemen Körperhaltung, die noch mehr Kraft aufzehrte. Aber ich war noch nicht sehr weit in diesen Stollen vorgedrungen und musste bald wieder die Treppe erreicht haben.

Nach fünf Minuten dachte ich das immer noch.

Nach zehn Minuten versuchte ich es mir mit verzweifelter Kraft einzureden, und nach weiteren fünf Minuten erreichte ich eine Gangkreuzung und blieb vollkommen erschöpft – und vollkommen fassungslos – stehen.

Ich war an keiner Kreuzung vorbeigekommen. Ich *glaubte* es nicht nur, ich war *vollkommen sicher.* Der Gang war schnurgerade und leicht abschüssig verlaufen und jetzt, wo ich mir notgedrungen die Zeit nahm, darüber nachzudenken, begriff ich auch, dass ich allerhöchstens dreißig oder vierzig Schritte weit in ihn eingedrungen war, ehe mir bewusst wurde, wo ich mich befand.

Hinter mir war das Tappen weicher Pfoten zu vernehmen, und es hätte des vorwurfsvollen Miauens nicht bedurft, um mir zu sagen, dass der Kater mich eingeholt hatte.

Kater? Lächerlich! Dieses Tier war alles Mögliche, nur eines ganz bestimmt nicht – ein Kater.

Ich drehte mich zu ihm herum, senkte die Lampe wieder ein wenig und blickte ihn durchdringend an. Mit dem Kater war es irgendwie dasselbe wie mit diesem Gang – jetzt, wo ich wieder zu halbwegs klarem Denken fähig war, fragte ich mich, wie ich auch nur eine Sekunde lang hatte glauben können, es mit einem ganz normalen Tier zu tun zu haben!

Und trotzdem – es gab einen Unterschied: So unheimlich und sonderbar diese vermeintliche Katze auch sein mochte, ich spürte nichts Feindseliges in ihr. Das Tier hatte mich zweifellos in diese Falle gelockt – und das ebenso zweifellos mit voller Absicht! –, aber es gelang mir nicht, es als meinen Feind zu betrachten, oder gar als Gefahr.

Ganz im Gegenteil hatte ich das verwirrende Gefühl, es (oder etwas in ihm?) zu kennen. Da war etwas Vertrautes in seinem Blick, irgendwo, tief in seinen unergründlichen gelben Augen, und anders als bei diesem unheimlichen Labyrinth war es ein freundliches Gefühl.

»Meinst du nicht, dass es an der Zeit wäre, mit dem Versteckspiel aufzuhören und mir zu sagen, wer du wirklich bist?«, fragte ich. Zugleich kam ich mir bei diesen Worten selbst ein bisschen albern vor – stand ich tatsächlich hier und redete mit einer Katze?

Ich lachte, aber insgeheim hoffte ich trotzdem, eine Antwort zu erhalten. Wenn dieses Tier nicht das war, was es zu sein schien, dann war es möglicherweise nicht nur keine normale Katze, sondern vielleicht überhaupt kein Tier.

Aber meine Hoffnung wurde enttäuscht. Der Kater blickte mich nur weiter aus seinen geheimnisvollen Augen an, und das einzige Gefühl, das ich darin las, war etwas wie sanfter Spott, fast als amüsiere er sich über meine Hilflosigkeit. Schließlich gab ich das stumme Blickduell, das ich sowieso nur verlieren konnte, auf und wandte mich wieder der Kreuzung zu.

Ich blieb dabei, dass es sie vorhin noch nicht gegeben hatte, aber was nutzte mir dieses Wissen schon? Jetzt war sie da, basta. Ihr Vorhandensein zu leugnen war ungefähr ebenso sinnvoll, als hätte ich mit dem Fuß aufgestampft. Statt weiter über eine Erklärung für das Unerklärbare nachzudenken, trat ich zögernd auf die Kreuzung hinaus und sah mich in alle vier Richtungen um.

Nicht, dass es viel zu sehen gegeben hätte. Der kleine Bereich der Wirklichkeit, der meinen Sinnen zugänglich blieb, war in allen vier Richtungen gleich. Und vermutlich war es ohnehin egal, wohin ich mich wandte. Man konnte sich schließlich nur einmal verlaufen. Also marschierte ich auf gut Glück los.

Korrekt hätte es wahrscheinlich heißen müssen: auf gut Pech. Ich war gerade fünf oder sechs Schritte weit gekommen, da gabelte sich der Gang erneut. Und noch einmal. Und dann wieder.

Nach der zehnten Kreuzung hörte ich auf, sie zu zählen. Und nach der ich-weiß-nicht-mehr-wievielten hörte ich auch auf zu gehen.

Erschöpft ließ ich mich gegen die Wand sinken, stellte die Lampe ab und setzte mich einen Augenblick später auf den feuchten Boden. Mir war kalt. Ich fühlte mich unendlich müde, und in meine Furcht hatte sich etwas wie resignierender Trotz gemischt – wenn es sowieso egal war, wohin und wie lange ich lief, dann konnte ich ebenso gut auch hier sitzen bleiben und darauf warten, was geschah.

Dieses Labyrinth war nicht auf natürlichem Wege entstanden, sondern erschaffen worden, von irgendjemandem oder irgendetwas. Und früher oder später würde dieser Jemand schon kommen und nachsehen, ob sich eine Maus in seiner Falle gefangen hatte.

Etwas berührte meine Hand. Ich öffnete die Augen, wandte müde den Kopf und erblickte den Kater, der sich neben mich gesetzt hatte und mich mit der Schnauze anstieß. Ich hob die Hand, kraulte das weiche Fell zwischen seinen Ohren und wurde mit einem zufriedenen Schnurren belohnt; ein Laut, der eine eigenartig beruhigende Wirkung auf mich ausübte. Ich spürte, wie sich ein Lächeln auf meine Lippen stahl, fast gegen meinen Willen.

»Tja, mein Freund«, sagte ich. »Ich schätze, jetzt bist du an der Reihe. Ich bin dir bis hierhin gefolgt – aber nun weiß ich nicht mehr weiter. Wieso hast du mich hierher gebracht?«

Natürlich antwortete der Kater nicht, aber er hörte auf zu schnurren, und in seinem Blick erschien etwas Vorwurfsvolles, und plötzlich begriff ich den Fehler in meinen Worten; fast, als hätte ich den Gedanken erst laut aussprechen müssen.

Ich war dem Kater nicht hierher gefolgt. Ganz im Gegenteil, er war mir nachgekommen. Und um das Maß voll zu machen, folgte diesem ersten Begreifen ein zweites; und zwar so heftig und mit solchem Nachdruck, dass ich mich im nächsten Moment am liebsten selbst geohrfeigt hätte.

Meine Vorwürfe waren ziemlich ungerecht. Konkret hatte ich mich erst ab dem Moment verirrt, in dem ich aufgehört hatte, dem Kater zu folgen!

»Ist es das, was du mir sagen willst?«, fragte ich. »Kennst du den Weg hier heraus?« Voller plötzlicher Erregung – und daraus resultierender neuer Kraft – sprang ich hoch und nahm meine Lampe wieder auf. Der Kater erhob sich ebenfalls und lief ein Stück in die Richtung zurück, aus der wir gekommen waren.

Um es kurz zu machen – es ging den ganzen Weg zurück. Ich erkannte keine einzige Abzweigung wieder, und da ich nicht wusste, wie weit ich in dieses unheimliche Labyrinth eingedrungen war, konnte ich auch nicht sagen, ob der Rückweg tatsächlich ebenso lang war – aber er war *sehr* lang, und endlich fand ich mich in dem gleichen abschüssigen Gang wieder, in dem ich das erste Mal kehrtgemacht hatte.

Ich war noch erschöpfter, noch müder, und irgendwie hatte ich noch mehr Angst, aber ich beging nicht den Fehler, ein zweites Mal umkehren und auf eigene Faust den Rückweg finden zu wollen. Wenigstens eins hatte ich mittlerweile begriffen: Im gleichen Moment, in dem ich die Treppe betreten hatte, hatte ich mich meinem vierbeinigen Führer auf Gedeih und Verderb ausgeliefert. Ich konnte nur hoffen, dass er tatsächlich das war, was ich glaubte.

Ich weiß nicht mehr, wie lange ich dem Kater noch folgte – es mögen Stunden gewesen sein, ebenso gut aber auch nur noch Augenblicke. Aber plötzlich hörte ich wieder den Schrei, der mich ursprünglich hier heruntergelockt hatte.

Sonderbarerweise erschien er mir jetzt weiter entfernt und leiser als vorhin – aber das Geräusch war trotzdem noch laut genug, um es eindeutig als das zu identifizieren, was es war, nämlich die verzweifelten Schreie eines Kindes. Ich konnte die Worte nicht verstehen, aber es waren Hilferufe, daran bestand gar kein Zweifel. Ich rannte los.

Vor mir gabelte sich der Stollen wieder. Ich rannte jetzt so schnell, dass ich den Kater bald überholte und das Tier hinter mir zurückblieb, doch diesmal bestand nicht die Gefahr, dass ich mich verirrte – die Schreie wurden lauter, und ich konnte die Richtung, aus der sie kamen, deutlich genug bestimmen, um die richtige Abzweigung zu nehmen.

Das Geräusch wurde immer deutlicher, der Ton darin drängender, verzweifelter, und schließlich erkannte ich vor mir das Ende des Ganges, der offenbar in einen größeren, von mattgrauer Helligkeit erfüllten Raum mündete. Ich mobilisierte noch einmal alle Kräfte, um die letzten Schritte so schnell zurückzulegen, wie ich nur konnte.

Um ein Haar wären es tatsächlich meine letzten Schritte gewesen.

Drei Dinge geschahen gleichzeitig:

Ich stürmte durch den Ausgang des Stollens.

Die Schreie brachen urplötzlich ab.

Und der Boden vor mir auch.

Mit einer entsetzten Bewegung versuchte ich mich mitten im Lauf zurückzuwerfen, was zu einer geradezu grotesken Situation führte: Meine Beine rannten noch weiter, als hätte der Befehl anzuhalten die entsprechenden Muskeln noch nicht erreicht, während ich den Oberkörper mit aller Kraft zurückwarf und dabei wild mit den Armen ruderte, um meinen eigenen Schwung irgendwie aufzuzehren.

Alles ging viel zu schnell, als dass ich wirklich erkennen konnte, was vor mir lag, aber ich hatte einen flüchtigen Eindruck von ungeheurer Weite – und vor allem Tiefe! –, die sich vor mir ausbreitete, spürte, wie unter meinen Füßen plötzlich nichts mehr war, und stürzte nach hinten, wobei ich aber gleichzeitig vom Schwung meiner eigenen Bewegung immer noch weitergerissen wurde.

Die Lampe flog im hohen Bogen davon und verschwand in der Tiefe. Mit grausamer Wucht schlug ich auf dem Boden auf, schlitterte hilflos weiter und griff verzweifelt mit beiden Händen nach irgendetwas, woran ich mich festhalten konnte. Aber der Boden war so glatt wie Glas. Unter meinen Beinen war nichts mehr, dann unter meinem Gesäß, schließlich dem Rücken – ich begann zu stürzen, drehte mich dabei irgendwie um meine eigene Achse und schrammte unsanft mit dem Gesicht über den Steinboden.

Und dann fand ich Halt.

Der Ruck schien mir beide Hände aus den Gelenken reißen zu wollen. Ein entsetzlicher Schmerz explodierte in meinen Armen und einen Sekundenbruchteil später in meinen Schultern, aber ich klammerte mich trotzdem mit jedem bisschen Kraft, das ich noch in meinem Körper fand, fest; und ich hatte ausnahmsweise sogar Glück – meine wild strampelnden Beine trafen auf Widerstand.

Mit aller Gewalt stemmte ich mich hinein, ignorierte die neuerliche Pein, als die meisten meiner Fingernägel abbrachen, und presste mich mit verzweifelter Kraft gegen die Wand.

Der Sturz endete. Irgendwie hatte ich das Kunststück fertig gebracht, mich mit beiden Händen an der Kante und mit dem gesamten Körper an der senkrechten Wand festzuklammern, die hinter dem Gangende gelauert hatte. Für endlose Sekunden hing ich so wie eine zu groß geratene Fliege und vollkommen verkrampft da, bis ich es auch nur wagte, die Augen zu öffnen und einen Blick in die Tiefe zu werfen.

Vor mir breitete sich eine Höhle von geradezu unvorstellbarer Größe aus. Die Decke und die gegenüberliegende Wand verschwanden in grauer Entfernung. Sie schienen Meilen entfernt zu sein, und ich konnte die unvorstellbare Weite dieses Raumes beinahe körperlich fühlen. Und trotzdem war es nicht das, was mich einen halb erstickten, ungläubigen Schrei ausstoßen ließ.

Es war das, was sich auf dem Boden dieser unterirdischen Welt befand.

Das Labyrinth.

Unter mir, Meilen entfernt, wie es schien, breitete sich das schwarze Labyrinth aus, das ich schon in jener schrecklichen Vision zu sehen geglaubt hatte, als ich vor meiner Tür stand und die unheimlichen Laute hörte. Jetzt sah ich es wirklich, und es war hundert Mal größer und tausend Mal bizarrer, als ich geglaubt hatte.

Es war nicht einfach nur ein Labyrinth. Es war ein Bild. Die Schluchten und Gänge, manche davon so breit wie eine Straße, bildeten ein Muster, dass nicht klar zu erkennen, aber *da* war, dass etwas bedeutete. Was sich dort, unendlich tief unter mir ausbreitete, das war ein unvorstellbar großes Relief, ein Bild, das eine Geschichte erzählte, die ich kannte, auch wenn ich sie in diesem Moment vielleicht noch nicht wirklich verstand.

Und es gab noch einen zweiten Grund, aus dem ich ungläubig die Augen aufriss.

Der Stollen endete tatsächlich hoch oben in der Wand der Höhle, aber es gab nur ein kurzes Stück darunter einen gut drei Meter breiten Absatz an der Wand, der sich wie eine steinerne Galerie rings um die gesamte Höhle zu ziehen schien. Meine Füße, die ich noch immer mit aller Kraft in winzige Unebenheiten und Risse der Wand presste, befanden sich ungefähr fünf Zentimeter darüber.

Vielleicht waren es auch nur drei.

Auf dem Weg hinunter zum Boden dieser unmöglichen Höhle ging mir etwas verloren, von dem ich mir bis zu diesem Augenblick gar nicht mehr bewusst gewesen war, dass ich es besaß: der Bezug zur Wirklichkeit.

Die Galerie führte in beiden Richtungen an der Wand des Hohlraumes entlang, so weit mein Blick reichte, und obwohl ich nicht mehr über meine Lampe verfügte, konnte ich jetzt weitaus besser sehen als vorhin. Was immer es gewesen war, das das Licht – oder besser: den sichtbaren Teil davon – aufzehrte, es war auch hier vorhanden, aber nicht mehr so intensiv wie in den Stollen des Labyrinths, und so entdeckte ich die Treppe bereits, als ich noch gute zwanzig oder dreißig Schritte davon entfernt war.

Jedenfalls redete ich mir ein, dass es eine Treppe war. Die steinernen Stufen waren direkt aus dem Fels herausgemeißelt, und keine war breiter als zwei nebeneinander gelegte Hände – dafür aber waren sie alle unterschiedlich hoch und zum Teil von unterschiedlicher Form- und dass es so etwas wie ein Geländer nicht gab, muss im Grunde wohl nicht mehr erwähnt werden.

Unter normalen Umständen hätten mich keine zehn Pferde dazu gebracht, auch nur einen Fuß auf diese Treppe zu setzen – sie führte so jäh in die Tiefe, dass schon die geringste Unachtsamkeit mit nichts anderem als einem tödlichen Sturz enden konnte, und bei ihrem bloßen Anblick wurde mir schwindelig.

Aber die Umstände waren nicht normal. Mein vierbeiniger Führer hüpfte die Stufen hinunter, als wäre es die breite Freitreppe vor dem

Buckingham-Palace, und was geschehen würde, wenn ich mich abermals auf eigene Faust auf den Weg machte, konnte ich mir lebhaft genug vorstellen, um diesen Gedanken nicht weiter zu verfolgen.

Und außerdem waren da immer noch die Schreie.

Ich hatte sie wieder gehört, als sich mein rasender Herzschlag beruhigt und ich aufgehört hatte, mich in Gedanken selbst zu beschimpfen, und wahrscheinlich waren sie die ganze Zeit über auch nicht wirklich abgebrochen, sondern ich hatte sie einfach nicht mehr wahrgenommen. Allerdings hatten sie sich geändert – was ich jetzt hörte, war eher ein Wimmern und verzweifeltes Schluchzen, in das sich nur noch ab und an ein halbherziger Schrei mischte.

Also warf ich alle meine Hemmungen über Bord, redete mir selbst ein, dass mir gar nichts passieren konnte, wenn ich nur die Nerven behielt, und machte mich daran, eine ungefähr eine halbe Meile hohe, halsbrecherisch steile Steintreppe hinunterzukraxeln, die so schmal war, dass ich mit eng an die Wand gepresstem Rücken und seitwärts hinuntergehen musste.

Ich konnte hinterher nicht sagen, wie lange ich gebraucht hatte – aber es war nicht einmal annähernd so lange gewesen, wie ich fürchtete, denn auf dem Weg nach unten geschah etwas sehr Sonderbares.

Ich verlor schon nach den ersten Schritten jegliche Furcht. Der Abgrund, der lauernd unmittelbar neben meinen Füßen darauf wartete mich zu verschlingen, erschreckte mich plötzlich nicht mehr, denn irgendetwas in mir schien einfach zu wissen, dass mir nichts geschehen würde. Bald ging ich schneller, und nach einer Weile gab ich meine übervorsichtige Art des Gehens ganz auf und folgte dem Kater ebenso schnell und ebenso sicher, wie er die Treppe hinunterrannte.

Und als ich schließlich ihr Ende erreichte, war die Höhle verschwunden.

Im ersten Moment bemerkte ich es nicht einmal. Von oben hatte ich gesehen, dass die Treppe in einer der weniger breiten, aber sehr tiefen Schluchten endete, die in ihrer Gesamtheit dieses unheimliche Relief bildeten, sodass mir an den schwarzen, zu beiden Seiten steil aufragenden Wänden des Ganges, in dem ich herauskam, gar nichts auffiel. Aber dann blickte ich – eigentlich nur durch Zufall – nach oben, und was ich sah, das ließ mich verblüfft mitten im Schritt innehalten und mir die Augen reiben.

Ich hatte erwartet, etwas wie ein steinernes Firmament zu sehen, vielleicht auch nur jenes unbestimmte Gefühl von Weite und gewaltiger Leere, mit dem mich der Anblick der riesigen Höhle im allerersten Moment erfüllt hatte. Stattdessen erblickte ich die steinerne Decke eines Ganges, der so niedrig war, dass ich mir unweigerlich den Schädel angestoßen hätte, wäre ich auch nur von etwas größerem Wuchs gewesen.

Ich war wieder in einem Tunnel. Statt in das gewaltige steinerne Labyrinth einzutauchen, das ich aus der Höhe gesehen hatte, war ich wieder in einem Gang. Dabei war ich vollkommen sicher, den riesigen granitenen Irrgarten aus der Höhe gesehen zu haben! Aber das war doch vollkommen unmöglich! Es sei denn ...

Nein – dieser Gedanke war eindeutig zu fantastisch. Ich weigerte mich einfach, ihn weiter zu verfolgen. Absurd, vollkommen absurd.

Außerdem war da noch immer das Wimmern, und es war jetzt so nahe, dass ich nicht mehr weit von seinem Ursprung entfernt sein konnte.

Als wäre dieser Gedanke ein Stichwort gewesen, verfiel der Kater plötzlich in ein schärferes Tempo, sodass ich alle Mühe hatte, mit ihm Schritt zu halten. Obwohl ich bald rannte, so schnell ich überhaupt nur konnte, wuchs der Abstand zwischen uns weiter, und schließlich schlug er einen Haken nach rechts und verschwand in einem Seitengang.

Ich legte noch einmal Tempo zu, aber ich war gewarnt – als ich den Stollen verließ und in die dahinter liegende Höhle stürmte, war ich darauf vorbereitet, mich plötzlich wieder einem Abgrund oder irgendeiner anderen bösen Überraschung gegenüberzusehen.

Meine Vorsicht erwies sich als übertrieben, allerdings nicht überflüssig: Tatsächlich befand sich vor mir fester Boden, keine neue tückische Fallgrube von ein paar Meilen Tiefe – aber hinter dem drei oder vier Meter messenden Felsstreifen lag das Wasser eines kleinen, kreisrunden Sees, in den ich unweigerlich hineingestürzt wäre, wäre ich blindlings in die Katakombe gestürmt.

Verwirrt blieb ich stehen und sah mich um. Der Kater war verschwunden, und für einen Moment fürchtete ich, er könnte ins Wasser gestürzt und darin versunken sein, denn der Raum hatte keinen sichtbaren zweiten Ausgang. Aber das war nicht das einzig Ungewöhnliche: Ich hörte das Schreien und Wimmern jetzt ganz deutlich – aber ich war allein. Da war kein Kind. Nur der See.

Ich drehte mich zwei, drei Mal im Kreis und sah mich sehr aufmerksam um, ohne mehr als die Bewegung meines eigenen Schattens zu gewahren, dann unterzog ich den See einer eingehenderen Musterung. Wie sich zeigte, war er nicht ganz so normal, wie ich im ersten Moment geglaubt hatte.

Das Wasser war sehr dunkel, fast schwarz, was bewies, dass er sehr tief sein musste, und es gab einen schmalen sandigen Streifen, der den kaum zehn Meter durchmessenden See einrahmte – angesichts des Umstandes, dass es sich nur um ein Wasserloch in einer tief unter der Erde liegenden Höhle handelte, eigentlich eine glatte Unmöglichkeit.

Behutsam näherte ich mich dem Wasser, ging unmittelbar davor in die Hocke und streckte die Hand aus, ohne es jedoch zu berühren.

Und ich tat sehr gut daran.

Meine Haut begann zu prickeln. Es war kein echter Schmerz; das Gefühl war nicht einmal wirklich unangenehm, aber sehr erschreckend – es war, als hätte ich in Glaswolle gegriffen, die Millionen und Abermillionen winzigster Splitterchen in meiner Haut hinterlassen hatte.

Und jetzt fiel mir auch der Geruch auf, der von dem schwarz daliegenden Wasser ausging. Ein sonderbar durchdringender, ätzender Hauch, wie das Prickeln auf meiner Haut nicht wirklich schmerzhaft, aber unangenehm. Vorsichtig beugte ich mich weiter vor, nahm einen tiefen Atemzug – und prallte so erschrocken wieder zurück, dass ich das Gleichgewicht verlor und auf dem Hosenboden landete. Der Dunst, der von diesem See aufstieg, brannte wie Feuer in meinen Lungen.

Zutiefst erschrocken saß ich eine ganze Weile da und starrte den unheimlichen Tümpel an, dann begann ich in meinen Hosentaschen zu graben, bis ich ein zusammengeknülltes Stück Papier fand. Ich zögerte noch einen letzten Moment, dann warf ich es ein kleines Stück vor dem Ufer ins Wasser.

Ich war nicht einmal mehr sonderlich überrascht, als sich das Papier, noch während es aufweichte und sich dabei auseinanderfaltete, schwarz zu färben begann. Das, was ich für Wasser gehalten hatte, begann zu brodeln. Grauer, ätzender Rauch stieg in die Höhe. Es verging kaum eine Minute, und von dem Papierfetzen war nichts mehr geblieben.

Was ich für Wasser gehalten hatte, war nichts anderes als ein Säuresee. Hätte mich nicht eine innere Stimme gewarnt und davon abgehalten, die Hand hineinzutauchen ...

Ich zog es vor, nicht darüber nachzudenken, was dann geschehen wäre – zumal ich in diesem Moment etwas entdeckte, was auch nicht unbedingt dazu angetan war, meine Stimmung zu bessern. Der Strand war nämlich keineswegs so leer, wie ich bisher angenommen hatte. Hier und da lugten größere Steine und abgebrochene Äste aus dem Sand – nur, dass es keine Steine und Äste waren, so wenig, wie der Sand wirklich Sand war.

Das, worauf ich saß, waren winzige Knochensplitter, und bei den größeren Bruchstücken, die hier und da daraus hervorragten, handelte es sich ebenfalls um Knochen – menschliche Knochen. Ich sah einen Teil eines Schädels, eine skelettierte, nur mehr dreifingrige Hand, das Stück eines Unterschenkelknochens und einen halben Brustkorb ... ich hätte die Aufzählung noch beliebig lange fortsetzen können, aber worauf meine Entdeckung hinauslief, das war ebenso simpel wie erschreckend.

Ich hockte mitten in einem gewaltigen Grab ...

Mir blieb nicht einmal Zeit, das Entsetzen, das mit dieser Erkenntnis einherging, wirklich zu verarbeiten. Plötzlich war der See nicht mehr schwarz. Unter seiner Oberfläche, tief, erschreckend tief im Wasser, begann ein giftgrünes, flackerndes Licht zu lodern, ein kaltes Feuer, das direkt aus der Tiefe des Sees emporstieg und vor dessen Schein sich etwas bewegte, ein großer, sich windender Umriss, der rasch größer wurde und näher kam, lautlos, aber so schnell, dass mir nicht einmal Zeit blieb, einen Schreckensschrei auszustoßen, geschweige denn, irgendetwas zu tun.

Und dann brach ein Ungeheuer durch die schäumende Oberfläche des Säuresees. Spritzer der ätzenden Flüssigkeit regneten auf mich herab, sodass ich mich hastig zur Seite warf und schützend die Hände über das Gesicht riss. Ich erkannte das, was der See ausspie, nur als Schemen – und trotzdem war dieser flüchtige Eindruck schon beinahe mehr, als ich sehen wollte.

Es war eine Ausgeburt der Hölle, ein zum Leben erwachter Fiebertraum, wie er schlimmer nicht sein konnte. Das Ding war gewaltig, und es schien ein schrecklicher Zwitter zwischen einem Menschen und einem pumpenden, warzenübersäten Balg zu sein, aus dem Dutzende riesenhafter Tentakel hervorwuchsen. Ich sah einen schrecklichen, zahnbewehrten Schnabel und gewaltige Glotzaugen, aber auch einen durchaus menschlichen Körper, der auf unmöglich anmutende Weise mit der Chimäre verwachsen zu sein schien.

Keuchend vor Schmerz stürzte ich zu Boden. Wo die Spritzer meine Kleider getroffen hatten, kräuselte sich grauer Rauch empor, wo sie meine Haut berührten, brannte sie wie Feuer. Ich krümmte mich vor Schmerz.

Und wahrscheinlich rettete mir dies das Leben, denn einer der peitschenden Tentakel zischte wie eine angreifende Schlange nur um Haaresbreite über mich hinweg, hämmerte mit einem dumpfen Laut in die Knochensplitter und zermalmte sie. Verzweifelt wälzte ich mich zur Seite, kämpfte mich auf Händen und Knien hoch und kroch vor dem See und dem brüllenden, kreischenden Ungeheuer zurück.

Und in diesem Moment erkannte ich meinen Irrtum.

Was ich für ein schreckliches Zwitterwesen gehalten hatte, bestand in Wirklichkeit aus zwei Körpern. Da war das Ungeheuer, ein grässliches Krakenmonster mit zahllosen peitschenden Armen, und da war ein menschlicher Körper, der sich mit verzweifelter Kraft gegen den erstickenden Griff des Monsters wehrte und aus Leibeskräften schrie.

Es war ein Kind. Das Kind, dessen Schreie ich gehört und die mich letzten Endes hier heruntergeführt hatten!

Ich dachte in diesem Moment nicht mehr nach. Ich sah nur undeutlich das Kind, einen vielleicht zehn-, zwölfjährigen Jungen, der sich in Todesqualen wand, und das Ungeheuer, das ihn mit Dutzenden von Armen zugleich umklammert hatte und ihn wieder in die Tiefe des Sees hinabzerren wollte. Keine einzige der zahllosen Unmöglichkeiten an diesem Bild fiel mir in diesem Moment auf.

Blindlings sprang ich in die Höhe, rannte mit weit ausgreifenden Schritten um den See herum und raffte noch im Laufen einen spitzen Knochen auf, die einzige Waffe, deren ich habhaft werden konnte. Der Junge kämpfte mit der absoluten Kraft der Todesangst gegen das Ungeheuer, aber sein Widerstand erlahmte bereits.

Als ich das jenseitige Ufer des Sees erreichte, war aus seiner verzweifelten Gegenwehr schon ein kraftloses Strampeln geworden, und der Leib des Krakenmonsters begann wieder in die Tiefe zu sinken. Die Kleider des Jungen schwelten. Sein Haar war verkohlt, und seine Haut war rot.

Mit aller Gewalt schwang ich meinen improvisierten Speer und rammte ihn tief in den Leib des Ungeheuers.

Ein spitzer, pfeifender Schrei erklang. Der Blick der riesigen starrenden Augen richtete sich direkt auf mich, und eine Sekunde später zuckten vier, fünf gewaltige Tentakel in meine Richtung. Ich wich den meisten aus, aber einer schlang sich um mein rechtes Bein und riss mich mit einem Ruck zu Boden.

Ich fiel, schlug instinktiv mit dem Knochen zu und spürte, wie ich traf. Aber der Hieb hatte nicht die geringste Wirkung. Es war, als hätte ich auf einen dicken Gummischlauch geschlagen. Der Knochen federte zurück und wäre mir um ein Haar aus der Hand geprellt worden.

Aber zugleich wurde ich mit unbarmherziger Kraft auf den See zugezerrt.

Meine Füße gerieten in die Säure. Das Leder meiner Schuhe begann Blasen zu werfen und zu schwelen, und eine Sekunde später raste ein unvorstellbarer Schmerz durch meine Beine. Ich schrie gellend auf, warf mich mit aller Kraft zurück und stach blindlings mit dem Knochen auf den Tentakel ein. Irgendwie musste ich ihn wohl auch getroffen haben, denn für eine Sekunde lockerte sich sein Griff – und ich nutzte die Chance, um mich endgültig loszureißen und hastig wieder ein Stück vom Ufer zurückzukriechen.

Dem Wunder, dass ich überhaupt noch lebte, schloss sich ein neues an. Ich war für Sekunden vollkommen hilflos. Das dicke Leder meiner Schuhe hatte mich wohl vor schlimmeren Verletzungen bewahrt, aber die Schmerzen waren für den Augenblick so groß, dass ich mit einer Bewusstlosigkeit kämpfte. Hätte das Ungeheuer mich in diesem Moment erneut angegriffen, wäre ich vollkommen hilflos gewesen.

Doch es verzichtete darauf. Als sich die blutigen Schleier vor meinen Augen lichteten, begegnete ich seinem Blick, einem Blick, der so voller Bosheit, so voller Hass und dem Versprechen auf kommende Vernichtung war, dass ich innerlich aufstöhnte.

Ein Wald zitternder Tentakel erhob sich über mir. Aber der tödliche Hieb, auf den ich wartete, kam nicht. Sekundenlang starrte mich das Ungeheuer noch hasserfüllt an, dann glitt es langsam wieder in sein schwarzes, ätzendes Element zurück und versank in der Tiefe.

Trotzdem war ich nicht allein.

Ich hörte ein Geräusch hinter mir und drehte mich halb herum.

Das Monstrum hatte nicht nur darauf verzichtet, mich anzugreifen. Es hatte auch sein Opfer losgelassen. Der Knabe stand unmittelbar hinter mir, und er bot einen wahrhaft entsetzlichen Anblick: Seine

Kleider waren von der Säure verkohlt und sein Schädel fast kahl. Seine Haut war verätzt, und seine Lippen waren zu einem schrecklichen Totenkopfgrinsen erstarrt.

Und trotzdem war es nicht das, was mir vor Schrecken schier das Blut in den Adern gerinnen ließ.

Der Junge hatte sich ebenfalls mit einem spitzen Knochensplitter bewaffnet, den er wie einen Dolch in beiden Händen hoch über dem Kopf hielt – und genau in diesem Moment damit nach meinem Gesicht stieß.

Meine verzweifelte Abwehrbewegung kam zu spät. Ich warf mich zur Seite und versuchte zugleich nach den Beinen des Jungen zu treten, aber ich war nicht schnell genug. Der Knochendolch fuhr herab – und bohrte sich nur eine Fingerbreite neben meinem Gesicht in den Boden.

Den Bruchteil einer Sekunde darauf stürzte der Junge rücklings auf den Strand, ließ seine Waffe fallen und griff mit beiden Händen nach dem fauchenden, goldfarbenen Monster, das plötzlich wie aus dem Nichts aufgetaucht war und mit Zähnen und Krallen auf sein Gesicht einschlug.

Ich war im allerersten Moment viel zu perplex, um überhaupt zu reagieren. Erst nach Sekunden stemmte ich mich hoch, kroch auf Händen und Knien zu dem Jungen hin und versuchte, den Kater von ihm herunterzuzerren.

Ich brauchte meine ganze Kraft dafür, denn das Tier gebärdete sich plötzlich wie toll. Zwei, drei Mal hintereinander stieß ich es zurück, und ebenso oft fuhr es mit einem wütenden Fauchen und unglaublich schnell herum, um sich erneut auf den Jungen zu stürzen. Schließlich wusste ich mir nicht anders zu helfen, als ihm einen derben Hieb mit der flachen Hand zu versetzen, der es meterweit davonkugeln ließ.

Sofort richtete es sich wieder auf – aber es griff nicht noch einmal an. Stattdessen starrte es abwechselnd mich und den Jungen mit undeutbarem Ausdruck an. Ein tiefes, drohendes Knurren drang aus seiner Brust. Zähne und Krallen drohten, aber das Tier schien begriffen zu haben, dass ich es ernst meinte – und im Zweifelsfall immer noch stärker war als es.

Ich warf dem Kater einen letzten, mahnenden Blick zu und wandte mich dann wieder zu dem Jungen um. Er hatte gerade versucht mich aufzuspießen, aber ich zweifelte nicht daran, dass das eine bloße

Panikreaktion gewesen war. Vermutlich war er vor Angst und Schmerzen halb wahnsinnig und hätte jeden angegriffen, der ihm über den Weg gelaufen wäre.

Im Grunde war es ein reines Wunder, dass er überhaupt noch lebte. Das Ungeheuer musste ihn gepackt und in die Tiefe des Säuresees hinabgezerrt haben, so wie schon zahllose andere ahnungslose Opfer vor ihm, wie die Knochen bewiesen. Dass er von der ätzenden Flüssigkeit nicht auf der Stelle umgebracht worden oder ertrunken war, war mehr als ein Wunder.

Und trotzdem nicht einmal das größte.

Ich riss ungläubig die Augen auf, als ich in sein Gesicht sah. Gerade, als er über mir gestanden und dazu angesetzt hatte mich aufzuspießen, war seine Haut schwer verätzt gewesen. Jetzt wirkte sie allenfalls noch rot, als hätte er einen leichten Sonnenbrand – und auch diese Rötung verschwand, als er sich mit dem Unterarm über das Gesicht fuhr und dabei die Nase hochzog.

Ich stand auf, streckte die Hand nach dem Jungen aus und blieb hastig wieder stehen, als er erschrocken zurückprallte. »Keine Angst«, sagte ich. »Ich tue dir nichts. Niemand tut dir etwas.«

Ich versuchte zu lächeln, aber ich spürte selbst, dass es bei dem Versuch blieb. Der Kater fauchte drohend, und die Angst in den Augen des Jungen wurde wieder stärker. Irgendetwas in diesen Augen kam mir bekannt vor, aber der Eindruck verschwand, ehe er deutlicher werden konnte.

Vorsichtig machte ich einen weiteren Schritt auf den Jungen zu. Er wich um die gleiche Distanz vor mir zurück, und ich blieb wieder stehen.

»Wer bist du?«, fragte ich. Keine Antwort. Diese dunklen, auf so beunruhigende Weise vertraut erscheinenden Augen starrten mich nur an.

»Also gut«, sagte ich. »Du musst nicht antworten. Aber du brauchst auch keine Angst mehr zu haben. Auch nicht vor dem Kater. Er ... er hat nur gedacht, er müsste mich verteidigen, verstehst du? Er ist ganz harmlos.«

Der Kater ließ ein Fauchen hören, das meine Worte Lügen strafte, aber ich ignorierte ihn. Behutsam streckte ich die Hand aus und trat erneut auf den Jungen zu. Diesmal blieb er stehen. Ich fasste neuen Mut, machte einen weiteren Schritt, und der Junge rührte sich noch immer nicht. Schließlich trat ich vollends an ihn heran, und in diesem

Moment verpasste er mir einen heimtückischen Tritt, der mich bunte Sterne sehen und auf die Knie herabsinken ließ.

Als ich wieder atmen konnte, stand der Junge unmittelbar vor mir. Er blickte mich jetzt nicht mehr angsterfüllt an, sondern grinste. Im allerersten Moment verstand ich das nicht. Bis ich den Totenkopf sah, den er in der Hand hielt.

Irgendwie gelang es mir, dem Schlag die allergrößte Wucht zu nehmen, aber ich fand mich trotzdem stöhnend und mit dröhnendem Schädel lang ausgestreckt auf dem Boden wieder. Allerdings nur für einen Moment – dann krümmte ich mich, als ein gemeiner Fußtritt meine empfindlichsten Körperteile traf und glühende Schmerzpfeile durch meinen Leib jagte.

Ganz instinktiv griff ich zu, aber der Bengel entwischte mir mit erstaunlichem Geschick – allerdings nicht, ohne mir mit dem Absatz so kräftig auf die Finger zu treten, dass ich erneut vor Schmerz aufheulte.

Das Maß war voll. Zornig sprang ich in die Höhe, packte den Burschen mit einer so blitzartigen Bewegung, dass er erschrocken keuchte, und schüttelte ihn. »Hör endlich auf!«, schrie ich. »Ich tue dir nichts, begreif das doch! Ich bin gekommen, um dich hier herauszuholen, du Dummkopf!«

Der Knirps versuchte mir das Knie noch einmal zwischen die Beine zu rammen, aber ich hatte das vorausgesehen und blockte den Angriff mit dem Oberschenkel ab.

Was ich nicht vorausgesehen hatte, waren sein Zeige- und Mittelfinger, die er mir wuchtig in die Augen stieß.

Als ich wieder sehen konnte, lag ich bäuchlings auf dem Knochenstrand, und der Bengel hüpfte wie Quasimodo auf meinem Rücken herum, dass meine Rippen krachten. Stöhnend wälzte ich mich zur Seite, verpasste ihm eine ungeschickte Ohrfeige, die kaum Wirkung zeigte, und bekam die Antwort in Form eines Faustschlages, der meine Unterlippe aufplatzen ließ.

Trotzdem richtete ich mich auf, bekam den Burschen irgendwie zu fassen und stieß ihn so grob zu Boden, dass er es jetzt war, der vor Schmerz aufheulte – und blitzschnell eine Hand voll der Knochensplitter aufraffte und mir ins Gesicht warf.

Nachdem es mir diesmal gelungen war, mein Sehvermögen irgendwie zurückzuerlangen, war der Junge verschwunden. Stattdessen hockte der Kater vor mir und starrte mich an. Ich weiß, es ist unmöglich – aber ich schwöre jeden Eid, dass ich auf seinem Gesicht in diesem Moment ein schadenfrohes Grinsen sah.

»Was immer du sagen willst«, murmelte ich, »behalte es für dich.«

Damit sprang ich auf, lauschte eine Sekunde und lief dann in die Richtung los, in der ich die hastigen Schritte des Jungen vernahm. Der Kater schloss sich mir an, aber er machte jetzt keine Anstalten mehr, die Führung zu übernehmen. Und ich war mir plötzlich auch gar nicht mehr so sicher, dass er mich wirklich hierher gebracht hatte, um den Jungen zu retten.

Der Gang, durch den wir stürmten, verzweigte sich schon nach wenigen Schritten wieder, aber das Geräusch trappelnder Schritte wies mir zuverlässig den Weg. Außerdem hörte ich den Jungen noch immer – nur, dass er jetzt nicht mehr verzweifelt um Hilfe schrie, sondern lachte. Das Geräusch erfüllte mich mit einem Zorn, der mir zusätzliche Kraft verlieh. Ich griff stärker aus, und schon nach wenigen Augenblicken sah ich die schlanke Gestalt des Burschen vor mir. Er schien meine Annäherung zu spüren, denn er warf plötzlich einen Blick über die Schulter zurück und verdoppelte seine Anstrengungen, um mir zu entkommen, aber er war vielleicht gemeiner als ich, doch keinesfalls schneller. Ich holte weiter auf, streckte die Hand nach ihm aus – und prallte so entsetzt und mitten in der Bewegung zurück, dass ich beinahe das Gleichgewicht verloren hätte.

In dem Stollen, der vor mir lag, bot sich mir ein geradezu apokalyptischer Anblick.

Auf der einen Seite war es noch immer der Stollen, schwarz, leer, finster, aber zugleich schien es da auch noch eine andere Wirklichkeit zu geben, als wäre ich plötzlich in der Lage, zwei Welten auf einmal zu sehen, die gleichzeitig am selben Ort waren, ohne sich indes wirklich zu berühren. Es war wie ein Bild aus einem Traum – aber wenn, dann einem Nachtmahr der grässlichsten Art, die man sich nur vorzustellen vermag.

Ich sah ein halbes Dutzend schemenhafter, halb transparenter Gestalten; Männer in den blauen Uniformen der britischen Kriegsmarine, die gegen einen unsichtbaren Feind zu kämpfen schienen. Sie schrien, aber ihre Schreie waren wie sie selbst – nicht wirklich real, sondern nur Schatten ihrer selbst, die von weit, weit her zu kommen schienen.

Voller Entsetzen beobachtete ich, wie einer der Männer direkt vor mir in den Boden einzusinken begann, der plötzlich wie weicher, flüssiger Teer war. Seine verzweifelt ausgestreckten Hände gestikulierten in meine Richtung, und ich griff ganz instinktiv danach – und hindurch.

Meine Hände glitten durch seinen Körper hindurch, als wäre er nur ein Geist.

Aber das war er nicht. Seine in Todesangst aufgerissenen Augen starrten mich an, und ich wusste mit unerschütterlicher Gewissheit, dass er mich sah, ebenso deutlich wie ich ihn. Sein Blick flehte verzweifelt um Hilfe, aber es gab nichts, was ich für ihn tun konnte. Hilflos musste ich zusehen, wie der Mann im Boden versank und sich der schwarze Stein über ihm schloss.

Neben mir erklang ein boshaftes Lachen. Ich fuhr herum und sah den Jungen an; und im gleichen Moment, in dem ich in seine Augen blickte, begriff ich, dass er mich aus keinem anderen Grund hierher gelockt hatte, als mir dies zu zeigen, ja, vielleicht nur, um sich an meiner Qual zu weiden. Ich hatte ihn nicht eingeholt. Er hatte sich einholen lassen.

Ich –

Der Anblick traf mich wie ein Faustschlag.

Die Wand, vor der der Junge stand, war nicht leer. Sie bestand aus dem gleichen schwarzen Fels wie alles hier, aber darin eingebettet war ein bizarr geformtes, unheimliches Relief, ein Bild, das ich noch nie zuvor im Leben gesehen hatte und trotzdem sofort erkannte.

Es war das Labyrinth.

Der Irrgarten, den ich zweimal in einer Vision erblickt hatte und in dem ich mich zweifellos gerade in diesem Moment selbst befand, aber es war auch noch mehr. Dieses Bild ... *lebte.*

Nein, *leben* war das falsche Wort.

Es *war.* Es bedeutete irgendetwas.

Es *enthielt* etwas.

Es war ein Gefängnis, ein Behälter, ein Fluch – alles, nur nicht das, was es zu sein schien, ein bizarres Relief nämlich, das irgendjemand oder – etwas in den Stein geritzt hatte.

Ich spürte den finsteren, unendlich mächtigen Geist, der in die verschlungenen Linien und Vertiefungen gebannt war, die gleichen sinnverwirrenden Zeichen, wie ich sie auf dem Stein gesehen hatte, den Hasseltime bei sich gehabt hatte, und mit einem Mal wusste ich mit unerschütterlicher Sicherheit, dass der Brocken von diesem Relief stammte. Deutlich verspürte ich eine unvorstellbare Macht, die von den Fesseln einer düsteren Magie gehalten, aber nicht wirklich gebändigt wurde – und die unsichtbare Verbindung, die zwischen diesem Relief und dem Jungen bestand.

Jemand schrie. Der Laut riss mich in die Wirklichkeit zurück. Ich fuhr herum, sah eine panisch um sich schlagende Gestalt, die vor meinen Augen von der Wand verschlungen wurde, und begriff im gleichen Moment, dass all dies wirklich geschah, vielleicht nicht hier und jetzt, aber irgendwo und irgendwann.

Es war kein Traum. Die schemenhaften Gestalten waren lebende Menschen, deren Tod ich hilflos mit ansehen musste. Als ich den Stollen betreten hatte, waren es noch fünf oder sechs Männer gewesen. Jetzt gewahrte ich gerade noch drei, und auch von denen begann einer bereits in den Steinboden einzusinken, der sich unter ihm zu verflüssigen schien. Ich blickte in ein angstverzerrtes Gesicht, in Augen, die nur noch aus Furcht und Panik und dem verzweifelten Flehen um Hilfe bestanden, und wieder spürte ich, dass der Mann mich sah.

Der Junge lachte schallend, trat auf den im Boden versinkenden Mann zu und setzte ihm den Fuß auf die Brust. Meine eigenen Hände waren durch die Gestalt hindurchgeglitten, die ich zu halten versucht hatte, aber der Fuß des mörderischen Kindes drückte den Unglückseligen erbarmungslos und mit erstaunlicher Kraft tiefer in den weichen Boden. Schon war er fast zur Hälfte darin versunken. Noch Augenblicke, und es war um den Mann geschehen.

Ob mich irgendetwas lenkte in diesem Moment oder ob es pures Glück war – aber ich handelte ganz instinktiv. Blitzschnell trat ich vor, packte den Bengel und schleuderte ihn gegen die Wand. Ich hatte nicht alle Kraft in die Bewegung gelegt, denn trotz allem wollte ich ihn nicht schwer verletzen oder gar umbringen, aber die Wucht meines Stoßes reichte, ihn haltlos herumtaumeln und mit weit ausgebreiteten Armen gegen das Relief stolpern zu lassen.

Und hinein.

Es ging so schnell, dass ich keine Einzelheiten erkennen konnte. Für den Bruchteil einer Sekunde wurde auch sein Körper durchsichtig, ganz wie der der Männer vor mir, und dann war es, als ob er plötzlich nicht mehr vor, sondern irgendwie *in* dem unheimlichen Bild wäre, nicht wirklich mit ihm verschmolzen und trotzdem irgendwie Teil davon. Ich hörte einen gellenden, unglaublich spitzen, panischen Schrei, und dann glitt er in das Relief hinein und war verschwunden.

Und im gleichen Moment begannen auch die drei überlebenden

Männer, das Relief und der schwarze Stollen vor meinen Augen zu verblassen.

Ich erwachte mit hämmernden Kopfschmerzen und einem widerwärtigen Geschmack auf der Zunge. Ich konnte nicht richtig atmen, und auf meiner Brust schien ein Zentnergewicht zu lasten. Außerdem schien es keinen Knochen in meinem Leib zu geben, der nicht in der einen oder anderen Form schmerzte.

Dann öffnete ich die Augen, und nachdem ich das getan hatte, musste ich einige meiner ersten Eindrücke korrigieren. Das unsichtbare Zentnergewicht, das auf meiner Brust hockte, wog nicht unbedingt Zentner, aber es war auch nicht unsichtbar, sondern hatte die Form eines goldfarbenen Katers, der mich aus seinen gelben Augen hämisch anstarrte und sich die Zeit, die ich brauchte, um vollends zu mir zu kommen, damit vertrieb, seine Krallen rhythmisch ein- und auszufahren und dabei kleine, gleichmäßige Lochmuster in meinem Hemd und der Haut darunter zu hinterlassen.

Das Hämmern war nicht in meinem Kopf, sondern irgendwo hinter mir, an der Tür, und der schlechte Geschmack war in Wahrheit ein widerwärtiger Geruch, der aus der offen stehenden Tür meines Wandschrankes drang.

Unsicher richtete ich mich auf, scheuchte den Kater von mir herunter und sah zur Tür zurück. Der Stuhl stand noch immer zuverlässig so unter der Klinke, wie ich ihn hingestellt hatte, und wahrscheinlich war das auch gut so, denn irgendjemand rüttelte ununterbrochen an der Klinke und polterte dabei weiter gegen die Tür. Ich glaubte eine Stimme zu hören, die in schrillem Tonfall meinen Namen schrie. Nach einigen Augenblicken identifizierte ich sie als die des Hotelmanagers.

Ich stand auf und warf einen Blick zum Fenster. Draußen war es noch hell, also konnten mein Ausflug und meine Ohnmacht nicht allzu lange gedauert haben. Erst nach ein paar Sekunden wurde mir der Fehler in meinen Gedanken bewusst. Obwohl der Himmel noch immer von dunklen Regenwolken verhangen war, konnte ich schemenhaft durch sie hindurch die Sonne erkennen. Die Fenster meiner Suite jedoch befanden sich nach Osten hin, und das bedeutete, dass es nicht mehr Nachmittag, sondern bereits wieder Morgen war.

Mühsam schlurfte ich zur Tür, machte aber auf halbem Wege wieder kehrt, als ich an einem Spiegel vorbeikam und einen flüchtigen Blick hineinwarf. Ich bot einen wirklich erbärmlichen Anblick. Es gab nicht einen Zoll an mir, der nicht irgendwie verdreckt, verbrannt, verätzt, zerrissen oder blutbesudelt gewesen wäre, und wenn es darüber hinaus noch eines weiteren Beweises dafür bedurft hätte, dass mein unheimliches Erlebnis kein Traum gewesen war, so wäre es der Wandschrank gewesen.

Der Treppenschacht war zwar verschwunden, aber der Schrank hatte sich trotzdem nicht in das zurückverwandelt, was er eigentlich sein sollte. Statt der ordentlichen Regale und Kleiderbügel enthielt er eine schwarze, gotterbärmlich stinkende Masse, in der es unentwegt brodelte und blubberte und die sich langsam und zähflüssig auf dem Boden vor dem Schrank auszubreiten begann, wie der Inhalt eines überlaufenden Gullys. Etwas in dieser Art musste es wohl auch sein.

Ich stand lange so da und blickte abwechselnd die langsam größer werdende Pfütze und den Kater an. Eines ließ sich inzwischen nicht mehr bestreiten, und diese Erkenntnis erfüllte mich mit einer Angst, die beinahe körperlich wehtat: Meine Gegner waren so gefährlich und bereit wie ehedem, und vielleicht hatte der Kampf, von dem ich bisher geglaubt hatte, dass er vor fünf Jahren sein vorläufiges Ende gefunden hätte, in Wahrheit an diesem Tage erst richtig begonnen.

Das Hämmern an der Tür wurde immer lauter und drängender, und jetzt hörte ich auch deutlich die Stimme des Hotelmanagers.

»Mister Craven! Ich bestehe darauf, dass Sie die Tür öffnen! Unverzüglich!« Er klang eindeutig hysterisch. Nun ja, in einer halben Minute würde er Grund dazu haben.

»Ich komme ja schon«, antwortete ich, während ich mich umwandte, den Kater auf die Arme nahm und mit einem Fußtritt den Stuhl zur Seite fegte, der den Türgriff blockierte. Ich hörte das Klirren eines Schlüssels, dann wurde die Tür mit einem Ruck aufgerissen, und MacIntosh stürmte wie ein zu klein geratener Racheengel ins Zimmer.

»Gut, dass Sie kommen«, empfing ich ihn. »Ich wollte sowieso gerade nach Ihnen rufen lassen. Wir müssen uns unbedingt einmal über den Zimmerservice in Ihrem Haus unterhalten, fürchte ich.«

»Hier muss es sein«, sagte ich, nachdem ich die Adresse noch einmal mit der auf dem Zettel verglichen hatte, den Inspektor Cohen mir am vergangenen Tag gegeben hatte. Kapitän Blossom bewohnte ein kleines Haus in einer Vorortsiedlung nicht weit von der Themse entfernt.

Howard nickte nur müde, stieg mit ungelenken Bewegungen als Erster aus dem Wagen und wies den Kutscher an, hier zu warten. Unter seinen Augen lagen dicke schwarze Ringe, die verrieten, dass er entschieden zu wenig Schlaf gehabt hatte. Sein Besuch bei Viktor hatte bis spät in die Nacht gedauert, ohne jedoch ein greifbares Ergebnis zu bringen. Entsprechend begeistert war er gewesen, als ich ihn bereits um kurz nach neun Uhr aus dem Bett geworfen hatte, aber nach den unheimlichen Erlebnissen in dem Labyrinth hatte ich das Gefühl, dass die Zeit drängte. Irgendeine noch weitgehend unbekannte Gefahr braute sich rings um uns zusammen, und solange ich nicht mehr darüber wusste, wollte ich keine Minute unnötig vergeuden.

Im Gegensatz zu Howard fühlte ich selbst mich mittlerweile wieder einigermaßen fit. Frei nach dem Motto, dass Frechheit stets siegt, hatte ich auch die Auseinandersetzung mit MacIntosh am Morgen durchgestanden, aber mir war klar, dass ich mich auf immer dünnerem Eis bewegte. MacIntosh hatte mir unzweideutig klargemacht, dass er im Interesse des Rufes des Hotels nicht mehr bereit wäre, weitere Eskapaden meinerseits zu dulden.

Das Schlimmste an allem war, dass ich ihm insgeheim sogar Recht geben musste, so sehr mich seine umständliche, geschwollene Art auch reizte. Unabhängig davon, dass ich an vielen der merkwürdigen Ereignisse gerade in den letzten beiden Tagen keinerlei Schuld trug, hatte ich mir bereits ziemlich viel herausgenommen.

Aber das war im Moment noch mein geringstes Problem. Ein Bad und ein ausgiebiges Frühstück hatten meine Lebensgeister wieder geweckt, und obwohl ich bei meinem nächtlichen Ausflug zahlreiche Prellungen erlitten hatte, die sich zu prachtvollen blauen Flecken entwickelt hatten, hatte ich doch wenigstens keinerlei ernsthafte Verletzungen davongetragen.

Nein, viel mehr beunruhigte mich, wie es überhaupt zu diesem Ausflug hatte kommen können. Ich hatte Howard bislang nichts davon erzählt, da erstens die Zeit für einen ausführlichen Bericht nicht ausgereicht hätte und ich zweitens so vieles selbst noch nicht verstand, dass ich nicht gewusst hatte, wie ich in Worte kleiden konnte, was passiert war. Dafür war alles einfach zu unglaublich. Nach logischem Ermessen war es schlichtweg unmöglich, dass ich durch eine Treppe in einem Schrank mitten im Hilton in ein gigantisches, bislang unbemerktes Labyrinth direkt unter der City von London hinabgestiegen war, doch menschliche Logik und Naturgesetze waren Maßstäbe, die für die GROSSEN ALTEN nicht galten. Ich machte mir viel weniger Gedanken darüber, *wie* ich in dieses Labyrinth gelangt war, als viel mehr darüber, *was* das zu bedeuten hatte, was ich dort erlebt hatte, zumal ich mich nur undeutlich an einige Details erinnern konnte.

Da war zunächst einmal der Junge. Deutlich erinnerte ich mich noch daran, wie ich ihn an dem unterirdischen See getroffen und er mich angegriffen hatte, aber es gelang mir nicht, mir sein Aussehen klar ins Gedächtnis zu rufen. Wann immer ich es versuchte, blieb sein Gesicht nur eine verschwommene Fläche.

Ein weiteres Rätsel schließlich bildeten die Seeleute, die ich gesehen hatte. An ihr Aussehen immerhin erinnerte ich mich, und was ihre Identität betraf, so hatte ich zumindest einen vagen Verdacht; und obwohl auch er aller Logik Hohn sprach, so hoffte ich, dass Kapitän Blossom wenigstens in dieses Mysterium ein klein wenig Licht bringen würde. Deswegen hatte ich darauf bestanden, ihn so schnell wie möglich aufzusuchen, so unverständlich diese Eile auch für Howard war.

Und dann war da noch Merlin, wie ich den Kater aufgrund seiner merkwürdigen Fähigkeiten und seines noch merkwürdigeren Verhaltens inzwischen getauft hatte, doch ich hatte es zumindest vorläufig aufgegeben, mir über ihn den Kopf zu zerbrechen. Während ich mich zurechtgemacht hatte, hatte er sich heißhungrig über die Milch und die Fleischhäppchen vom vergangenen Abend hergemacht, um sich anschließend auf meinem Bett zu einem Verdauungsschläfchen zusammenzurollen. Ich hoffte, dass er beim Aufwachen nicht vor lauter Langeweile – oder aus purer Gehässigkeit, wozu Katzen manchmal einen besonders ausgeprägten Hang zu haben scheinen – ausprobierte, wie lange er brauchte, um die kostbaren Vorhänge zu zerfetzen oder seine Initialen in die nicht minder kostbaren Möbel zu schnitzen.

Wir schritten durch einen kleinen Vorgarten und blieben vor der Haustür stehen. Ich betätigte den Türklopfer. Es dauerte nicht lange, bis eine ältliche Gouvernante mit einem Häubchen auf dem Kopf uns öffnete. »Sie wünschen?«, fragte sie in nicht unbedingt freundlichem Ton.

Ich bemühte mich, so unbefangen wie möglich zu lächeln, obwohl ich die Feindseligkeit spürte, die von ihr ausging. »Mein Name ist Robert Craven, das ist Howard Lovecraft«, stellte ich uns vor. Rowlf war diesmal nicht mit uns gekommen. Wenn Blossom wirklich unter Verfolgungswahn litt, hätte das Aussehen des Hünen vermutlich nicht besonders Vertrauen erweckend auf ihn gewirkt.

»Und?«

»Wir kommen von Inspektor Cohen und würden gerne mit Kapitän Blossom sprechen.«

Das Gesicht der Frau wurde eine weitere Spur abweisender. »Schon wieder?«, entgegnete sie. »Der Kapitän hat der Polizei doch gestern Vormittag schon alle Fragen beantwortet. Lassen Sie den armen Mann doch endlich in Ruhe. Er hat genug mitgemacht.«

»Wer ist denn da?«, ertönte eine barsche männliche Stimme aus dem Inneren des Hauses.

»Schon wieder zwei Polizisten«, antwortete die Haushälterin. Ich setzte dazu an, diesen Irrtum richtig zu stellen, aber die Stimme aus dem Haus – von der ich annahm, dass es sich um die Blossoms handelte – kam mir zuvor.

»Lassen Sie sie herein.«

Mit finsterem Gesicht gab die Frau den Eingang frei. Wir betraten einen kleinen Flur, und sie nahm uns die Mäntel ab. Hier, wie auch im Wohnzimmer, in das sie uns führte, war unverkennbar, dass es sich um das Heim eines Seemannes handelte. Seekarten und Bilder von Schiffen hingen an den Wänden, mehrere gerahmte Patente und Auszeichnungen der Royal Navy, auf den Regalen standen klobige Kompasse und andere nautische Instrumente, außerdem zahlreiche filigran gefertigte Flaschenschiffe.

Kapitän Blossom erwartete uns in einem Schaukelstuhl sitzend und legte bei unserem Eintreten eine Zeitung aus der Hand, in der er geblättert hatte. Er war ein grauhaariger Mann mit markantem, von Wind und Wetter gegerbtem Gesicht. Seine steife, übertrieben aufrechte Haltung zeugte noch von seiner Karriere als Berufssoldat. Aus eisgrauen Augen musterte er uns.

Sein Anblick traf mich wie ein Schlag.

Blossom. Ich hatte seinen Namen nicht gekannt, aber er war kein Fremder für mich.

So wenig wie ich offensichtlich für ihn.

Die Zeitung in Blossoms Händen begann so heftig zu zittern, dass das Papier raschelte. Für einen winzigen Moment, vielleicht nur den Bruchteil einer Sekunde, breitete sich ein Ausdruck maßlosen Entsetzens auf seinen Zügen aus.

Wir waren uns schon einmal begegnet, vor ein paar Stunden erst, einige Meilen und eine Wirklichkeit entfernt.

Er war einer der Seeleute, die ich in dem Labyrinth getroffen hatte. Obwohl ich ihn nur eine Sekunde lang wirklich gesehen hatte, erkannte ich ihn zweifelsfrei wieder; ebenso wie er mich.

Dann war es vorbei. Blossom ließ die Zeitung vollends sinken, und etwas in seinem Blick veränderte sich. Er strahlte noch immer Stärke aus, doch in seinen Augen war auch etwas, das mich sofort erkennen ließ, was Cohens Männer gemeint hatten. Sein Blick flackerte um eine Winzigkeit, huschte eine Spur zu schnell hin und her, um seine Furcht völlig überspielen zu können. Ich hatte Blicke wie diesen schon oft bemerkt. Es handelte sich nicht um Nervosität, sondern Blossom wirkte wie ein in die Ecke gedrängtes Tier, das verzweifelt nach einem Fluchtweg suchte.

»Sie wünschen?«, fragte er noch einmal – auf eine Art und Weise, die mir zweifelsfrei klarmachte, dass es besser war, nichts von unserem ersten Zusammentreffen zu erwähnen. Wenigstens jetzt noch nicht. Für mich gab es keinen Zweifel, dass diese Begegnung für ihn bereits sehr viel länger zurücklag als für mich, nicht nur deshalb, weil er in dem Labyrinth eine Marineuniform getragen hatte, während er nach Cohens Aussage bereits vor Monaten pensioniert worden war. Ich hatte sogar eine ziemlich genaue Vorstellung davon, wann dieses Zusammentreffen für ihn gewesen war.

Ich setzte zu einer Erklärung an, doch Blossom unterbrach mich, kaum dass ich den Mund geöffnet hatte.

»Setzen Sie sich doch.« Er deutete auf einige freie Sessel. Seine Stimme klang autoritär und befehlsgewohnt, doch auch in ihr schwang ein Hauch von Furcht mit, die er nicht ganz verbergen konnte und die keinen fassbaren Grund zu haben schien, aber immer da war. »Polly – bitte bereiten Sie mir und den Herren doch einen Grog zu.« Er lächelte flüchtig. »Ein heißer Grog ist genau das Richtige bei dieser Kälte.«

Ich stellte mich und Howard erneut vor, während wir uns setzten. Es fiel mir schwer, weiter unbefangen zu klingen, aber zu meiner eigenen Überraschung bemerkte Howard nichts von dem, was zwischen Blossom und mir vorging. »Allerdings fürchte ich, dass hier ein kleines Missverständnis vorliegt«, fügte ich hinzu. »Inspektor Cohen ist zwar ein guter Bekannter von uns, und er gab uns auch Ihre Adresse, aber wir sind selbst nicht von der Polizei.«

Ich weiß, sagte sein Blick. Laut und in etwas schärferem Ton als bisher fragte er: »Sind Sie Reporter?«

»Nein.« Ich schüttelte den Kopf. »Wir sind lediglich aus ... persönlichen Gründen sehr daran interessiert, was voriges Jahr auf dieser Felseninsel in der Themsemündung geschah.«

Für einen kurzen Moment flackerte sein Blick etwas stärker, irrte zum Fenster und zum Gemälde eines untergehenden Schiffes neben dem Kamin, dann hatte er sich wieder unter Kontrolle. »Alles, was passiert ist, habe ich schon erzählt«, behauptete er. »Oft genug. Vielleicht sogar ein paar Mal zu oft, Mister Craven. Es gibt nichts, was ich noch hinzufügen könnte.«

Das entsprach nicht der Wahrheit, ich spürte es deutlich. Ich hatte schon immer gespürt, wenn mich jemand belog; diese Fähigkeit war ein Teil meines magischen Erbes. In diesem Fall hätte ich allerdings darauf verzichten können. Ich wusste nur *zu* gut, was damals auf der Insel wirklich geschehen war. Schließlich war ich dabei gewesen. Auch, wenn ich es bis vor wenigen Minuten noch nicht einmal selbst gewusst hatte.

»Zumindest soweit es Ihren Ersten Offizier, Hasseltime, betrifft, gibt es schon noch einiges hinzuzufügen«, widersprach Howard. »Entgegen Ihrer Aussage hat er sehr wohl überlebt.«

Hasseltime. Er musste einer der Männer gewesen sein, die vor meinen Augen im Boden versunken waren.

»Dann muss ich mich damals getäuscht haben«, entgegnete Blossom kühl. »Als der Stollen einstürzte, konnte ich sehen, wie die Felsbrocken auf die Männer hinabstürzten. Es erschien mir unvorstellbar, dass jemand überlebt haben könnte.«

»Und Sie haben es einfach dabei bewenden lassen?«, fragte Howard.

»Was sollte ich tun? Ich habe mir nichts vorzuwerfen, Mister Lovecraft«, antwortete Blossom. »Sind Sie gekommen, um mir Vorwürfe zu machen? Das haben schon andere versucht. Es gab eine Anhörung vor dem Marineausschuss, wo ich von jeder Schuld frei gesprochen wurde.«

»Und warum haben Sie dann unmittelbar darauf den Dienst quittiert?«, fragte Howard.

»Das war eine rein persönliche Entscheidung. Auch wenn ich keine Schuld an dem Unglück trug, sind doch immerhin mehr als ein Dutzend meiner Männer vor meinen Augen gestorben, bei einem Unternehmen, das ich geleitet habe.«

»Verstehen Sie uns nicht falsch«, sagte ich rasch. »Es geht uns ganz gewiss nicht um Schuldzuweisungen. Wir möchten nur die Wahrheit herausfinden. Immerhin hat Hasseltime damals überlebt, und trotz der Sprengung muss er die Insel irgendwie verlassen haben, um jetzt, fast ein halbes Jahr später, in einem unterirdischen Stollen in London wieder aufzutauchen. In einem Stollen, der scheinbar keinerlei Verbindung zur Außenwelt hat. Wir möchten nur herausfinden, wie er dorthin gekommen ist – und wo er sich die vergangenen Monate aufgehalten hat. Wie er die ganze Zeit überleben konnte.«

»Warum fragen Sie dann nicht ihn? Er dürfte es am besten wissen.« Blossom klang trotzig, nicht feindselig. Aber sein Blick war eindeutig gequält.

»Leider weiß er nicht einmal seinen Namen«, erwiderte Howard. »Was immer er erlebt hat, muss grauenhaft gewesen sein. Er hat vollständig den Verstand verloren. Wie ich gehört habe übrigens ebenso wie die beiden Marinesoldaten, die zusammen mit Ihnen von der Expedition zu der Insel zurückgekehrt sind.«

Die Haushälterin betrat erneut das Zimmer, um den Grog zu servieren, und verhinderte, dass Blossom sofort antwortete. Ich nippte an dem heißen Getränk. In dem Tee befand sich eine ziemlich kräftige Portion Rum. Blossom schwieg auch, nachdem Polly das Zimmer wieder verlassen hatte.

»Ich will ganz ehrlich sein«, unternahm ich einen neuen Anlauf, um das Gespräch wieder in Gang zu bringen. Für einen Moment begann sich schiere Panik in Blossoms Blick auszubreiten. »Wir können ganz offen miteinander reden, Kapitän Blossom. Mister Lovecraft ist ein guter Freund und Vertrauter von mir.«

Howard blickte mich stirnrunzelnd an, aber ich beachtete ihn gar nicht, sondern konzentrierte mich ganz auf Blossom. »Sie und ich wissen doch genau, was damals auf dieser Insel wirklich geschah. Ich kann Ihnen selbst nicht erklären, *was* es war, aber es war etwas, das möglicherweise so ungeheuerlich ist, dass niemand Ihnen die Wahrheit geglaubt hätte. Wir haben gewisse Erfahrungen mit solchen … sagen wir: Vorfällen, und ich kann Ihnen versichern, dass nichts von dem, was Sie uns erzählen, an fremde Ohren dringen wird.«

Während ich sprach, beobachtete ich Blossom sehr genau. Er hatte sich gut in der Gewalt, doch seine Augenlider zuckten fast unmerklich, und sein Blick flackerte noch unruhiger. »Ich weiß nicht, wovon Sie reden«, sagte er stur.

»O doch«, behauptete ich. Das wissen Sie. Und Sie kennen mich auch.«

»Ach?«, fragte Blossom höhnisch, während sich Howards Stirnrunzeln noch vertiefte. »Vielleicht aus einem anderen Leben, wie?« Der Spott in seiner Stimme klang wenig überzeugend. »Hören Sie, ich kenne Sie nicht, meine Herren, und ganz abgesehen davon, dass ich bereits alles gesagt habe, was es zu sagen gibt, sehe ich keinen Grund, warum ich mich von Ihnen einem Verhör unterziehen lassen sollte. Ich wäre Ihnen dankbar, wenn Sie austrinken und mein Haus verlassen würden, denn ich bin sehr beschäftigt.«

»Damit, vor der Vergangenheit zu flüchten?«, fragte ich leise.

Zorn, der nur mühsam die immer stärker auflodernde Furcht überdecken konnte, keimte in seinem Blick auf. »Ich sagte –«

»Ich weiß, was Sie gesagt haben, und ich weiß auch, dass es nicht die Wahrheit ist«, unterbrach ich ihn. »Sie haben Ihren Dienst quittiert und sich hier verkrochen, weil Sie immer noch panische Angst haben. Sie sehen übermüdet aus, und unter Ihren Augen liegen dunkle Schatten. Ich bin sicher, Sie schlafen nicht viel, ist es nicht so?«

»Hören Sie auf!«, sagte Blossom. Seine Stimme zitterte. »Ich weiß nicht einmal, wovon Sie reden! Gehen Sie! Gehen Sie endlich!«

»Wir wollen Ihnen doch nur helfen«, antwortete ich.

»Sie –« begann er, doch ich fiel ihm abermals ins Wort:

»Ich habe schon oft Menschen wie Sie getroffen. Wie ich schon sagte, haben Mister Lovecraft und ich einige Erfahrungen mit solcherlei ... nun ja, *Phänomenen*. Auch für mich war es ein Schock, als ich damals erkannte, dass es jenseits unserer Realität noch eine zweite Wirklichkeit gibt.«

»Das ist lächerlich!«, keuchte Blossom. Er zitterte am ganzen Leib. Der Mann tat mir inständig leid. Ich konnte mir gut vorstellen, wie er das letzte Jahr verbracht hatte. Und nun kam ich hierher und riss die Wunden, die gerade mühsam zu verheilen begonnen hatten, wieder auf. Aber es musste sein. So sanft ich konnte, fuhr ich fort: »Es gibt Sie, Blossom, glauben Sie mir. Und es ist eine Welt voller finsterer Mächte und schrecklicher Wesenheiten. Ich bin überzeugt, dass das, was Sie damals auf der Insel erlebt haben, mit diesen Mächten im Zusammenhang steht und dass es etwas *hiermit* zu tun hat.«

Während ich sprach, zog ich den flachen Steinbrocken, den ich von Cohen erhalten hatte, aus der Tasche und hielt ihn Blossom entgegen. Die Wirkung war erstaunlich. Sein Zorn verrauchte schlagartig und wich endgültig nackter Panik. Seine Augen weiteten sich vor Entsetzen, er wurde blass. Seine Hände begannen so stark zu zittern, dass er sie um die Lehnen des Schaukelstuhls krallte. »Woher ... haben Sie das?«, stieß er mit bebender Stimme hervor.

»Hasseltime hatte es bei sich«, erklärte ich. »Und ich vermute, dass er es auf dieser Insel gefunden hat. Dass es ein kleiner Teil eines sehr viel größeren Reliefs ist.«

Blossom schwieg fast eine Minute lang und starrte abwechselnd mich und das Symbol auf dem Stein mit flackerndem Blick an, dann nickte er zögernd. Mühsam stemmte er sich in die Höhe, ging mit schleppenden Schritten zu dem Bild mit dem Schiffsuntergang neben dem Kamin, das mir zuvor schon durch seine Blicke in diese Richtung aufgefallen war, und nahm es ab. Dahinter kam ein kleiner, in die Wand eingelassener Tresor zum Vorschein. Blossom öffnete den Safe und griff hinein. Als er die Hand zurückzog, hatte er einen ähnlichen Stein ergriffen, in den ein ebenso sinnverwirrendes Symbol eingraviert war. Er berührte ihn nur mit den Fingerspitzen und hielt ihn so vorsichtig fest, als fürchtete er, sich daran zu verbrennen.

»Sie haben Recht«, murmelte er und legte den Stein auf den Tisch. Seine Stimme klang brüchig. »Ich habe niemals jemandem erzählt, was damals wirklich geschehen ist, weil ich wusste, dass mir ohnehin niemand glauben würde.« Er ließ sich wieder in seinen Schaukelstuhl sinken. »Aber das wissen Sie ja sowieso schon.«

»Aber ich nicht«, sagte Howard. Er musterte abwechselnd mich und Blossom. »Vielleicht wäre ja jemand so gütig, mir zu erzählen, was hier überhaupt vorgeht?«

Ich warf Blossom einen auffordernden Blick zu. Auch ich kannte ja nur einen kleinen Teil seiner Erlebnisse auf der Insel.

»Also gut«, seufzte Blossom. »Ich werde Ihnen alles erzählen. Vielleicht werden Sie mich für verrückt halten, aber ich schwöre, dass jedes Wort der Wahrheit entspricht.«

Er begann zu berichten.

Sie waren noch zu dritt. Ein Stück neben Blossom lehnte ein Soldat an der Wand, keuchend und mit aschfahlem Gesicht und zu Tode erschöpft, einige Schritte den Gang hinab kniete eine zweite, zitternde Gestalt. Von den anderen war keine Spur mehr zu sehen.

»Was ... was war das ... Sir?«, stammelte der Mann, der neben ihm lehnte. Sein Gesicht war so bleich, dass es in der Dunkelheit zu leuchten schien, die Augen darin schwarze, mit nichts anderem als grauer Panik erfüllte Abgründe. »Der ... dieser Mann. Wer ...?«

»Ich weiß es nicht«, stöhnte Blossom. Er versuchte aufzustehen, aber es gelang ihm erst beim dritten Anlauf. »Raus hier«, murmelte er. »Schnell!«

Hinter seiner Stirn überschlugen sich die Gedanken. Alles begann sich zu verwirren. Er war nicht mehr sicher, was er wirklich gesehen und was ihm lediglich seine Furcht vorgegaukelt hatte. Da war ein Kind gewesen – und dieser Mann, ein sonderbarer, schlanker Fremder mit einem asketisch wirkenden Gesicht und einer weißen Strähne im Haar, und er hatte ... irgendetwas getan, das ihn und wohl auch die anderen gerettet hatte, aber es war ihm unmöglich, sich daran zu erinnern oder auch nur wirklich darüber nachzudenken. Alles verwirrte sich, wurde unscharf, sobald er es versuchte. Als wäre da noch etwas in seinem Kopf, etwas, das nicht dorthin gehörte, aber auch nie wieder verschwinden würde, und das verhinderte, dass er sich wirklich erinnerte.

Er wollte es auch nicht. Er wollte nur noch raus hier. Nichts anderes mehr.

Sie hatten Glück im Unglück. Einer der Scheinwerfer brannte noch, und trotz ihrer kopflosen Flucht waren sie nicht vom richtigen Weg abgekommen, denn bereits an der nächsten Abzweigung stießen sie auf einen der Pfeile, die Hasseltime so gewissenhaft angebracht hatte.

Immer wieder glaubte Blossom während des Rückweges aus den Augenwinkeln huschende, schleichende Bewegungen wahrzunehmen, die aber stets verschwanden, sobald er genauer hinsah. Die Dunkelheit außerhalb des eng begrenzten Lichtscheins ihrer Lampe schien zu brodeln, nicht einfach nur Dunkelheit, sondern eine Wand aus Schwärze und Materie gewordener Finsternis zu sein, die im gleichen Tempo vor ihnen zurückwich, wie sie sich ihr näherten, sich aber hinter ihnen sofort wieder schloss.

Doch es gab keine weiteren Zwischenfälle mehr. Unbehelligt erreichten sie den Schacht, durch den sie herabgestiegen waren. Weit, unendlich weit über ihnen war ein verwaschener Fleck von grauem Tageslicht zu sehen; der herrlichste Anblick, den Blossom je in seinem Leben genossen hatte.

»Ihr zuerst!«, befahl er, obwohl alles in ihm danach schrie, selbst so schnell wie möglich in die Höhe zu klettern. Aber er war immer noch Kapitän der britischen Kriegsmarine, und bereits der bloße *Anblick* des Flecken Tageslichts weit über ihnen half ihm, einen Teil seiner Selbstbeherrschung zurückzugewinnen. Einen kleinen Teil.

Mit sichtbarer Erleichterung griffen die beiden Matrosen nach den eisernen Stufen und begannen nach oben zu steigen. Blossom folgte ihnen so dicht, dass der über ihm kletternde Mann ihm mehrmals auf die Finger trat, doch er spürte den Schmerz nicht einmal.

Immer wieder sah er in die Tiefe, doch unter ihm rührte sich nichts mehr. Das schwarze Ungeheuer, in dessen Eingeweide sie vorgestoßen waren, hatte seine Opfer bekommen und schien wenigstens für den Moment zufrieden. Dennoch atmete Blossom erst auf, als er sich schließlich als Letzter über den Rand des Schachtes zog.

Die beiden Matrosen waren einige Schritte zur Seite getaumelt und auf die Knie gefallen. Jenkins, der auf Hasseltimes Befehl hin zurückgeblieben war, starrte abwechselnd sie und seinen Kapitän völlig fassungslos an.

»Was ist passiert?«, fragte er verwirrt. »Wo ...« Er trat an den Rand des Schachtes, beugte sich vor und blickte einige Sekunden lang hinab, ehe er sich wieder zu Blossom umwandte und seinen Satz zu Ende führte: »... sind die anderen?«

»Tot«, keuchte Blossom. Selbst das Sprechen fiel ihm schwer. Er schmeckte Blut in seinem Mund, und sein Gesicht und seine Hände begannen plötzlich wieder zu brennen, als die kalte Seeluft seine verbrannte Haut traf.

»Tot?!«, entfuhr es Jenkins.

»Ein Felsrutsch«, murmelte Blossom. Aus den Augenwinkeln sah er, wie einer der beiden überlebenden Soldaten aufblickte und ihn anstarrte, fuhr aber trotzdem und mit etwas festerer Stimme fort: »Wir sind in eine Höhle eingedrungen. Sie ist eingebrochen. Sie ... sind alle unter den Felsmassen begraben worden.«

»Aber das ... das kann doch gar nicht sein«, stammelte Jenkins. »Ich meine ... ich ... ich habe nichts gehört. Man hätte doch –«

»Wir waren sehr tief unten«, sagte Blossom. Er atmete drei, vier Mal hintereinander gezwungen tief und gezwungen ruhig ein und aus, dann erhob er sich mit großer Anstrengung auf die Füße und sah Jenkins noch einmal und sehr fest an. »Es ist ein reines Wunder, dass wir davongekommen sind«, sagte er. »Es tut mir leid, aber sie sind tot.«

Jenkins wollte abermals widersprechen, doch Blossom brachte ihn mit einer befehlenden Geste zum Schweigen. »Haben Sie die Sprengladungen schon angebracht?«

»Ein paar«, antwortete Jenkins. »Ich ... wollte die übrigen zu Ihnen herunterlassen. Die Wirkung des Sprengstoffs wäre sicher größer, wenn er dort unten zündet.« Er fuhr sich nervös mit dem Handrücken über das Kinn. »Aber Sie wollen die Insel doch nicht wirklich sprengen?«, fragte er. »Vielleicht leben ja doch noch einige der anderen. Und vielleicht ... ist nur der Durchgang verschüttet, und wir können hinuntergehen und sie –«

»Sie sind tot«, unterbrach ihn Blossom scharf. Er hatte keine Kraft mehr zum Diskutieren, wollte nur noch weg von diesem höllischen Eiland. »Wir sprengen die Insel. Jetzt. Wo ist das andere Dynamit?«

Widerstrebend deutete Jenkins auf die Sprengstoffkiste, die sie herbeigeschleppt hatten. Sie war noch zu gut zwei Dritteln mit Dynamitstangen gefüllt. Blossom nahm eine davon heraus, griff mit zitternden Fingern nach der Rolle mit Zündschnur und wickelte ein Stück von sicherlich dreißig oder vierzig Yards ab, dessen Ende er mit einer Zündkapsel verband, die er sorgsam in die Dynamitstange hineinschob. Seine Hände zitterten dabei so stark, dass Jenkins ihm helfen musste.

»Bitte, Sir!«, sagte Jenkins noch einmal. »Sie dürfen die Insel nicht sprengen. Wir können zurückkommen und Lampen und Schaufeln mitbringen. Vielleicht lebt ja doch noch einer von ihnen. Hasseltime ist dort unten, und –«

»- und noch weitere vierzehn Männer, ich weiß«, sagte Blossom. Jenkins fuhr zusammen, als er den schrillen Unterton in seiner Stimme vernahm, und dem Ausdruck auf seinem Gesicht nach zu schließen, musste Blossom in diesem Moment den Anblick eines Wahnsinnigen bieten. Instinktiv wich er einen Schritt vor ihm zurück. Etwas leiser, aber noch immer in jenem fast hysterischen Ton fuhr Blossom fort: »Da unten lebt niemand mehr, glauben Sie mir. Und jetzt helfen Sie mir. Fassen Sie an!«

Für eine Sekunde sah es fast so aus, als wolle sich Jenkins einfach weigern, den Befehl auszuführen. Aber schließlich gewann der anerzogene Respekt vor dem Vorgesetzten doch die Oberhand. Widerwillig, aber trotzdem gehorsam, bückte er sich und ergriff das eine Ende der Sprengstoffkiste, deren Deckel Blossom notdürftig wieder aufgesetzt hatte.

Das Gewicht überstieg beinahe seine Kräfte. Blossom taumelte vor Anstrengung, als sie die Kiste über den Rand des Schachtes wuchteten, und als er sie losließ, wäre er um ein Haar nach vorne und ebenfalls in die Tiefe gestürzt. Hastig richtete er sich auf und trat einen Schritt zurück. Endlose Sekunden vergingen, ehe ein dumpfes Krachen aus der Tiefe den Aufschlag verkündete.

»Sir ...«, begann Jenkins noch einmal.

»Zurück zum Boot!«, befahl Blossom. »Schnell!« Er wartete nicht einmal, bis Jenkins und die beiden anderen sich herumdrehten und losmarschiert waren, sondern setzte die Zündschnur in Brand und warf die Dynamitstange in den Schacht. Dann fuhr er herum und rannte mit weit ausgreifenden Schritten hinter den drei Männern her, die den Strand und den dort zurückgebliebenen Matrosen fast erreicht hatten.

Sie waren nur noch zu fünft, sodass sie eines der Boote zurückließen und das andere mit vereinten Kräften ins Wasser stießen.

Jenkins und der zweite Matrose griffen nach den Rudern und begannen hastig zu pullen, während Blossom und die beiden anderen Überlebenden erschöpft auf die harte Bank niedersanken. Blossom begann in Gedanken zu zählen. Als sie dieses Unternehmen vorbereitet hatten, hatte er ganz bewusst eine sehr langsam abbrennende Zündschnur ausgewählt, um auf jeden Fall genügend Zeit zu haben, sich und das Sprengkommando wieder in Sicherheit zu bringen.

Dennoch war er jetzt nicht mehr sicher, dass sie es auch wirklich schafften. Sie saßen in einem großen und sehr schweren Boot, das für die dreifache Anzahl von Männern gedacht war, und die Entfernung zur THUNDERCHILD schien mit jedem Ruderschlag größer, statt kleiner zu werden. Außerdem lief das kleine Schiffchen durch den ungleichen Takt der beiden Ruder immer wieder ein Stück aus dem Kurs, sodass sie noch langsamer vorankamen.

Ihre Rückkehr blieb jedoch nicht unbemerkt. An Bord der THUNDERCHILD brach hektische Betriebsamkeit aus. Ein weiteres Boot wurde in aller Hast zu Wasser gelassen und kam ihnen entgegen. Als sie auf gleicher Höhe waren, wechselten mehrere Matrosen geschickt zu ihnen über. Unter ihnen erkannte Blossom auch Frederics, den Steuermann der THUNDERCHILD.

»Was ist passiert?«, fragte Frederics. Er sah sich verstört im Boot um, dann in Richtung der kleinen Insel. »Wo sind die anderen?«

»Tot«, murmelte Blossom. »Sie sind alle tot. Ich erkläre es Ihnen später. Jetzt nichts wie weg hier. Die ganze Insel fliegt gleich in die Luft.«

Frederics erbleichte, war jedoch geistesgegenwärtig genug, keine weitere Zeit mit Fragen zu vergeuden, sondern begann Befehle zu brüllen. Die Matrosen legten sich mit aller Kraft in die Riemen, und nun kamen sie wesentlich schneller vorwärts. Sie erreichten die THUNDERCHILD und kletterten an Bord. Kurz bevor der völlig erschöpfte Blossom von Frederics über die Reling gezogen wurde, wehte ein dumpfer, sonderbar nachhallender Donnerschlag von der Insel zu ihnen herüber.

Sonst nichts. Nur dieser eine trockene Knall.

Blossom taumelte. Alles drehte sich um ihn. Er war zu Tode erschöpft, nicht nur körperlich, sondern vielmehr auch geistig. Mit letzter Kraft wandte er sich um, lehnte sich schwer gegen die Reling und sah zur Insel zurück. Eine dünne Rauchwolke kräuselte sich aus dem Loch in ihrer Mitte, aber die gewaltige Explosion, auf die er gewartet hatte, blieb aus.

Blossom hätte vor Enttäuschung beinahe aufgestöhnt. Er hatte damit gerechnet, dass die Sprengstoffkiste beim Aufschlagen in fünfzig oder sechzig Yards Tiefe auseinanderbrach, doch auch die Explosion dieser einen Dynamitstange hätte trotzdem ausreichen müssen, auch die anderen zu zünden. Vielleicht hatte sie es ja sogar.

Ganz plötzlich wurde ihm klar, wie lächerlich das Unterfangen war, dieses gewaltige unterirdische Labyrinth mit einigen Dutzend Dynamitstangen sprengen zu wollen. Alle Sprengkraft der Welt zusammen hätte nicht gereicht, diese Insel zu zerstören.

»Kapitän Blossom!«, sagte Frederics. »Was ist dort drüben passiert? Wo sind die anderen Männer?« Seine Stimme klang scharf, fordernder, als es seinem Rang zukam, und verriet seine Nervosität. Doch Blossom kam nicht dazu zu antworten.

Er spürte es, kurz bevor es wirklich geschah. Ein unmerkliches Zittern ging durch die See und den stählernen Rumpf der THUNDER-

CHILD, etwas wie ein Donnergrollen, das man nicht hören, dafür aber umso deutlicher fühlen konnte, und dann –

Es war wie ein Vulkanausbruch. Eine grellweiße Stichflamme erhob sich über der Insel in die Luft, ein gleißender Speer aus Licht, der für einen Moment heller als die Sonne war, dann folgte eine Flut von orangerotem Feuer und ein Hagel von zerborstenem Fels und glühenden Gesteinsbrocken.

Die Explosion war unvorstellbar; hundert Mal heftiger, als das Dynamit sie hätte auslösen können. Aus dem Meer stürzte immer noch Feuer in den Himmel hinauf, und die Druckwelle war so gewaltig, dass sich die THUNDERCHILD spürbar auf die Seite legte. Es sah aus, als erhebe sich das gesamte Eiland ein Stück weit in die Höhe, ehe es auseinanderbrach und von einer brodelnden Blutwolke verschlungen wurde.

Rot glühende Trümmerstücke regneten in weitem Umkreis auf das Meer herab, und zahlreichere kleinere Brocken trafen die THUNDERCHILD. Einige prallten mit einem Dröhnen wie dem von Kanonenschüssen von den Panzerplatten ab, andere bohrten sich hinein und blieben darin stecken oder durchbrachen die Panzerung sogar. Auch auf das Deck des Schiffes ging ein Hagelschauer von Gesteinsbrocken nieder und verletzte mehrere Besatzungsmitglieder.

Wo die Insel gewesen war, bildete sich plötzlich ein Strudel, ein schäumender, weißer Sog, der sich schneller und immer schneller drehte und dann urplötzlich zu einem Geysir aus kochender Gischt wurde, der sich fünfzig oder hundert Yards weit in den Himmel erhob.

Eine gewaltige Flutwelle raste auf die THUNDERCHILD zu, traf den Zerstörer mit der Wucht eines Hammerschlages und ließ ihn sich abermals zur Seite neigen. Die beiden Boote, die sie noch nicht eingeholt hatten, wurden einfach unter Wasser gedrückt und verschwanden.

Dann war es vorbei.

Die THUNDERCHILD richtete sich mit einer majestätischen Bewegung wieder auf, einige kleinere Trümmerstücke klatschten noch hier und da ins Wasser, und über dem Meer trieb schwarzgelber Rauch. Die Insel existierte nicht mehr. Selbst, wenn die Explosion dem Labyrinth tief unter dem Meeresboden wahrscheinlich nicht viel hatte anhaben können, so war doch sein einziger Zugang zerstört.

Aber daran dachte Kapitän Blossom in diesem Moment nicht. Sein

Gesicht war aschfahl, und seine Hände klammerten sich immer noch mit aller Kraft an die Reling, obwohl das Schiff längst aufgehört hatte, unter seinen Füßen zu zittern. In seinen Ohren gellten noch immer die schier unmenschlichen Schreie der Männer, die das Ungeheuer in die Tiefe gezerrt und die die Wände verschlungen hatten. Und er wusste, dass er diese Schreie nie wieder ganz loswerden würde.

So wenig wie das Bild des Fremden mit der weißen Strähne im Haar, der ihn und die anderen gerettet hatte. Blossom war noch immer nicht sicher, ob er ihn wirklich gesehen hatte oder nicht, ob es ihn überhaupt gegeben hatte. Aber so absurd ihm dieser Gedanke auch selbst vorkommen mochte – gleichzeitig war er auch vollkommen sicher, dass er diesen Mann irgendwann einmal wiedersehen würde.

19. Februar 1893

Blossoms Bericht hatte weit über eine Stunde gedauert, zumal er vor Erschöpfung mehrere kurze Pausen hatte einlegen müssen. Zweimal war seine Haushälterin während dieser Zeit ins Zimmer gekommen und hatte uns aufgefordert ihn endlich in Ruhe zu lassen und zu gehen, doch er hatte sie barsch wieder hinausgeschickt.

Was ich gehört hatte, erschreckte mich nicht ganz so stark, wie zu erwarten gewesen wäre. Dafür war in den letzten Tagen bereits zu viel passiert, und ich hatte Zeit genug gehabt mich damit abzufinden, dass meine uralten Feinde wieder aktiv geworden waren. Außerdem hatte ich bereits während meines Ausflugs in das Labyrinth vermutet, dass es sich um nichts anderes als die Katakomben der Felseninsel handelte, und wenn ich auch immer noch keine Ahnung hatte, wie dies geschehen war, so hatte mich spätestens die Begegnung mit den Marinesoldaten argwöhnen lassen, dass mich der Weg durch den Wandschrank nicht nur an einen mehrere Meilen entfernten Ort, sondern auch um mehrere Monate in die Vergangenheit geführt hatte.

Als er zu diesem Teil seiner Geschichte kam, musterte mich Blossom immer wieder unschlüssig, und ich spürte auch Howards teils neugierige, teils verärgerte Blicke, die ich mit einem entschuldigenden Schulterzucken beantwortete.

»Wie Sie schon wissen, musste ich mich anschließend einer Anhörung vor dem Marineausschuss unterziehen«, schloss Blossom seinen

Bericht. »Ich log und blieb bei meiner Darstellung, dass die Männer durch einen Erdrutsch verschüttet wurden. Niemand konnte mir das Gegenteil beweisen, sodass ich von jeder Schuld frei gesprochen wurde. Niemand erfuhr jemals, was *wirklich* geschehen war, aber ich, ich kannte die Wahrheit. Was ich damals erlebt habe, hätte ausgereicht, die meisten Menschen in den Wahnsinn zu treiben.«

»So wie Ihre beiden Begleiter, die mit Ihnen aus dem Labyrinth entkommen sind«, warf ich ein.

Blossom nickte. »Ja, leider. Beide wurden nicht damit fertig, was passiert war. Kent verlor den Verstand und wurde in ein Sanatorium eingewiesen, in dem er auch heute noch sitzt. Simmons schnitt sich selbst die Kehle durch, einen Tag, bevor er vor dem Ausschuss vernommen werden sollte.« Blossom senkte den Blick und schüttelte seinen Kopf. »Auch ich war vor Angst fast wahnsinnig, und mehr als einmal war ich selbst nahe dran, meinem Leben ein Ende zu setzen, Gott möge mir verzeihen. Aber ich tat es nicht. Sehen Sie, ich wurde streng christlich erzogen, und wie Sie wohl wissen, gilt Selbstmord als eine der schlimmsten Todsünden. Ich ... ich konnte es einfach nicht tun, aber ich konnte auch mein Leben nicht wie zuvor fortsetzen. Ich reichte meinen Abschied ein, und seither verkroch ich mich hier. Bis heute habe ich mit niemandem darüber gesprochen, was damals geschah. Ich verstehe es immer noch nicht.«

Ich erkannte die unausgesprochene Frage in seinen letzten Worten, und auch Howard spießte mich mit seinen Blicken mittlerweile regelrecht auf. Ihm war anzusehen, dass er vor Neugier fast platzte. Spätestens sobald wir wieder allein waren, würde ich ihm erzählen müssen, was in der letzten Nacht passiert war, also konnte ich es auch direkt jetzt machen. Ich bezweifelte, dass Blossom mir glauben würde, aber vielleicht würde es ihm trotzdem ein wenig helfen, auch den Rest der Geschichte zu erfahren.

Ich begann, indem ich ihm mit möglichst knappen Worten das Wichtigste schilderte, was ich über die GROSSEN ALTEN wusste, und erzählte kurz von meinem seit Jahren währenden Kampf gegen sie und ihre Dienerkreaturen. Mein Bericht wies gewaltige Lücken auf, sonst hätte ich mindestens zweiundzwanzig Bücher dafür benötigt, noch bevor ich zu den aktuellen Ereignissen gekommen wäre; insbesonders meinen fast fünfjährigen Tod ließ ich aus, um meiner Geschichte nicht auch noch den letzten Rest Glaubwürdigkeit zu nehmen. Was ich erzählte, war auch so schon schwer genug zu verdauen.

Blossom hörte mir mit ausdruckslosem Gesicht zu, das nicht erkennen ließ, was er dachte und fühlte, doch ich bemerkte, dass sich das furchtsame Funkeln in seinen Augen mehr und mehr verstärkte.

Schließlich kam ich auf die Ereignisse der vergangenen Nacht zu sprechen. Ich berichtete, wie ich durch den Wandschrank in meinem Hotelzimmer gegangen und in das Labyrinth gelangt war, verschwieg jedoch auch nicht, dass ich für das Geschehen selbst keine Erklärung hatte.

Diesmal erzielte ich eine Reaktion bei Blossom: Er war unverkennbar enttäuscht.

Nachdem ich geendet hatte, herrschte für mehrere Minuten Schweigen, bis Blossom sich schließlich räusperte.

»Ich weiß nicht, was ich von alldem halten soll, meine Herren«, sagte er. Seine Stimme klang müde, kraftlos. »Und ich will es auch gar nicht wissen. Ich denke, Sie sollten jetzt gehen.« Er griff nach dem Stein auf dem Tisch und hielt ihn mir entgegen. »Nehmen Sie ihn, Mister Craven. Ich habe ihn seit damals verwahrt. Dutzende Male wollte ich ihn schon wegwerfen, aber ich habe es nie über mich gebracht, obwohl er mir vom ersten Tag an Angst eingeflößt hat. Ich glaube, bei Ihnen ist er besser aufgehoben als bei mir. Und ich bin ihn endlich los.«

Ich nickte und steckte den Stein wortlos ein. Wir verabschiedeten uns von Blossom. Ich bedauerte, dass ich ihm nicht hatte helfen können, ihm vielleicht sogar nur noch größere Angst bereitet hatte, doch ich hoffte, dass dies nicht der Fall war.

Als wir das Zimmer verließen, traf uns ein verächtlicher Blick seiner Haushälterin. »Sind Sie jetzt endlich zufrieden?«, zischte sie vorwurfsvoll. »Warum lassen Sie dem alten Mann nicht seine Ruhe? Sie sehen doch, dass es ihm nicht gut geht.«

Schweigend verließen wir das Haus und kehrten zu unserer Kutsche zurück. Auch während der ersten Minuten der Fahrt herrschte Schweigen. Sowohl Howard wie auch ich starrten zu verschiedenen Seiten aus den Fenstern.

»Ich frage mich, was wir Cohen sagen sollen«, murmelte er schließlich.

»Ich schlage vor, wir bleiben bei der bisherigen Darstellung und behaupten, Blossom hätte uns nichts Neues erzählt«, erwiderte ich nach kurzem Zögern. Es war bereits später Vormittag, dennoch schien es, als ob die Dämmerung an diesem Tag überhaupt nicht weichen wolle. Der Himmel hing voller dunkler Wolken, und die Luft roch nach Schnee. Der nach dem eher milden Regenwetter der letzten Tage bereits überwunden geglaubte Winter schickte sich an, noch einmal mit aller Macht zurückzukehren. Auch in der Kutsche war es so kalt, dass ich trotz meines dicken Wollmantels fröstelte. »Die Wahrheit würde Cohen uns sowieso nicht glauben.«

»Vorausgesetzt, es handelt sich auch wirklich um die Wahrheit. Die *ganze* Wahrheit«, fügte er betont hinzu.

Die Spitze entging mir keineswegs. Howard war noch immer ein wenig beleidigt, dass ich ihm die Ereignisse der vergangenen Nacht verschwiegen hatte, und ich konnte ihm das nicht einmal verdenken.

»Es tut mir leid, Howard«, sagte ich kleinlaut. »Ich hätte es dir erzählen sollen, ich weiß, aber es war wenig Zeit und ich dachte, es wäre nicht nötig.«

»Nicht nötig?!«, ächzte Howard.

»Ach verdammt, ich ... ich hatte einfach Angst davor«, gestand ich. »Kannst du das nicht verstehen? Howard, ich ... ich bin mein ganzes Leben lang vor diesen Dingen davongerannt, und jetzt ... jetzt habe ich ein zweites Leben geschenkt bekommen und –«

»Das hast du nicht«, sagte Howard. »Niemand bekommt etwas geschenkt. Und es gibt Dinge, vor denen kann man nicht wegrennen. Das solltest *du* am besten wissen.«

»Wie meinst du das?«, fragte ich. »Hat Viktor etwa nicht –«

»*Frankenstein*«, unterbrach mich Howard betont, »hat deinen Körper geheilt. Aber er ist kein Zauberer. Er weiß viel, aber das Geheimnis des Lebens kennt auch er nicht.«

»Was soll das heißen?«, fragte ich erschrocken. »Wenn nicht er, wer hat dann –«

»Ich behaupte nicht, dass es so ist«, unterbrach mich Howard. »Aber ich *glaube*, dass du aus einem ganz bestimmten Grund zurückgeschickt worden bist. So etwas wie Zufall gibt es nicht. Du und ich, wir haben hier eine Aufgabe zu erfüllen, Robert. Und du weißt das.« Er sah mich eine Sekunde lang durchdringend an, dann gab er sich einen sichtbaren Ruck und wechselte sowohl das Thema wie die Tonart: »Also gut – was hältst du von alledem?«

»Blossom sagt die Wahrheit«, antwortete ich überzeugt. »Ich war zwar nicht die ganze Zeit über bei ihm und seinen Männern, aber was ich gesehen habe, bestätigt seine Behauptung. Außerdem – warum sollte er sich so eine Geschichte ausdenken? Der Mann hat Angst, panische Angst, selbst jetzt noch.« Ich machte eine kurze Pause. »Viel mehr Sorgen bereiten mir die vielen Fragen, die immer noch ungeklärt sind. Wir wissen nach wie vor nicht, wie Hasseltime die vergangenen Monate überleben konnte und wie er in die von der Außenwelt abgeschlossenen Höhlen gelangt ist. Außerdem ist immer noch ungeklärt, was es mit dieser Insel überhaupt auf sich hat. Es handelt sich nicht um R'lyeh, so viel steht wohl fest, aber nach allem, was wir erfahren haben, hätte sich die *Stadt der schwarzen Pyramide* fast genau an dieser Stelle befinden müssen.«

Howard nickte nachdenklich. »Wir wissen immerhin bereits, dass die Bezeichnung R'lyehs als Stadt auf dem Grund des Meeres mehrdeutig zu verstehen ist«, entgegnete er. »Vor Millionen von Jahren hat sie einst auf dem Festland gelegen. Wenn sie dann versank, könnte das eine Folge der Kontinentalverschiebung gewesen sein. Zugleich ist aber auch das Meer der Zeit gemeint. R'lyeh bewegt sich in der Zeit, und die Zeit ist ein sensibles Gebilde. George Wells hat sie mit seiner Maschine gründlich durcheinandergebracht, und auch Crowley hat die Zeitlinien durch seine Manipulationen verschoben. Niemand weiß, was mit R'lyeh passiert ist, aber wir wissen, dass sich die Stadt dort befunden haben muss.«

»Oder einmal befinden wird«, fügte ich hinzu.

Howard nickte nachdenklich. »Zumindest etwas von ihrer finsteren Magie ist offenbar an diesem Ort zurückgeblieben.«

»Das wäre eine Möglichkeit«, räumte ich ein, obwohl mich die Theorie nicht völlig überzeugte. »Schade, dass Hasseltime selbst uns nichts sagen kann.«

»Du könntest versuchen, mit deinen magischen Kräften in seinen Verstand einzudringen«, schlug Howard zögernd vor.

»Auf keinen Fall.« Ich schüttelte entschieden den Kopf. Das magische Erbe meines Vaters war mir nach wie vor unheimlich. Wann immer ich meine Kräfte eingesetzt hatte, hatte dies meist schlimme Folgen gehabt und Unheil über andere gebracht. Anfangs hatte ich es für einen Fluch gehalten, der über mir lastete, doch möglicherweise war es nichts anderes als der Preis, den ich dafür zahlen musste, mich dieses finsteren Erbes zu bedienen. Aus diesem Grund schreckte ich davor zurück, wann immer es möglich war. Howard wusste das, und er versuchte deshalb auch gar nicht, mich zu überreden.

»Wir werden mit Hasseltime reden, aber das ist auch alles. Zunächst aber möchte ich noch einmal in diese Stollen.«

»Warum?«

»Weil ich mir unbedingt noch einmal den kleinen See in der Höhle ansehen möchte«, antwortete ich. »Wenn es einen versteckten Zugang gibt, dann nur dort.«

»Cohen hat doch bereits Leute hinabtauchen lassen«, wandte Howard ein. »Warum interessiert dich gerade der See?«

Ich zuckte mit den Schultern. »Nur ein vages Gefühl. Vielleicht ist es Zufall, aber ... wie Blossom erzählt hat, wurde Hasseltime in den See hinuntergezerrt, der unter der Insel lag. Und in einem der Stollen, aus denen er herausgekommen ist, befindet sich auch ein See.«

»Wie du meinst.« Howard wirkte nicht sehr überzeugt, erhob aber auch keine Einwände. »Wenn ich dich zurück zum Hilton bringen soll, ist es kein großer Umweg. Aber vorher sollten wir noch schnell bei mir zu Hause vorbeifahren. Ich muss etwas holen.«

Ich verkniff mir die Frage, um was es sich handelte. Wenn Howard unbedingt den Geheimnisvollen spielen wollte – bitte, ich hatte Geduld.

»Der Kerl ist mir unheimlich«, sagte Oskins. Die Worte galten niemand Bestimmtem, und das konnten sie auch nicht, denn der grauhaarige Wärter stand völlig allein vor der Zelle, in der der Gefangene untergebracht war, und trotzdem hatte er das Gefühl, eine Antwort zu bekommen; als wäre da plötzlich ein Echo, das die Worte wiederholte und gleichsam verzerrt zurückwarf, sodass sie zu etwas Anderem, Ungutem wurden, das ihn schaudern ließ.

Natürlich war das bloße Einbildung. Es gab hier kein Echo. Oskins versah seinen Dienst als Gefängnisaufseher mittlerweile im fünfundzwanzigsten Jahr, und es hatte in all diesen Jahren kein Echo hier gegeben. Diese Umgebung, so trist und deprimierend sie auch sein mochte, hatte ihm auch niemals Angst gemacht. Jetzt tat sie es – nun ja, zumindest *beinahe.* Und er war ziemlich sicher, dass es an diesem neuen Gefangenen lag, den er jetzt durch die kleine, vergitterte Klappe in der Zellentür beobachtete.

Dabei war an seinem *Äußeren* absolut nichts Besonderes – sah man davon ab, dass er seit dem gestrigen Vormittag, als man ihn hergebracht hatte, vollkommen reglos auf seinem Bett hockte und ins Leere starrte. Aber auch das war eigentlich nichts Besonderes. In diesem Teil des Gefängnisses waren nicht die wirklich schweren Jungs untergebracht. Oskins bewachte die meiste Zeit Untersuchungsgefangene oder einfach Trunkenbolde, die über die Stränge geschlagen hatten, und viele von ihnen waren zum ersten Mal im Leben im Gefängnis. Das führte oft zu einer Art Schock, sodass Oskins den Anblick von wie erstarrt dasitzenden Männern eigentlich gewohnt sein musste.

Aber an dem hier war etwas anders. Oskins konnte nicht sagen, was, aber das Gefühl war so deutlich, dass er es fast meinte anfassen zu können. Irgendetwas Unheimliches ging von dieser Gestalt aus. Vielleicht, überlegte er, lag es an dem, was man ihm über diesen Mann *erzählt* hatte. Der Bursche war nicht nur ein Mörder, er war auch vollkommen verrückt – angeblich hatte er einen städtischen Beamten zu Tode gebissen und anschließend versucht, sein Blut zu trinken. Oskins Meinung nach gehörte er nicht einmal ins Gefängnis, sondern in die Klapsmühle.

Doch auch das war es nicht allein. Da war noch etwas. Etwas, das ...

Nein. Er konnte es nicht in Worte fassen, und er wollte es auch gar nicht. Mit einer entschlossenen Bewegung schloss er die Klappe und trat mit einem Ruck von der Tür zurück, um seinen Rundgang fortzusetzen – der zwar völlig sinnlos, aber Vorschrift war; und seit mehr als zwei Jahrzehnten so sehr Teil von Oskins' täglicher Routine war, dass er längst aufgehört hatte, sich Gedanken darüber zu machen, *warum* er eigentlich tat, was er tat.

Aber auch an diesem Teil seines normalen Tagesablaufes war heute nichts normal. Mehr als die Hälfte der zweiundzwanzig Zellen, die zu Oskins »Revier« gehörten, stand leer – London erlebte gerade eine ruhige Zeit, was die Kriminalität anging, und selbst die wenigen Insassen des Untersuchungsgefängnisses gehörten eher zur harmlosen Sorte, abgesehen von dem Verrückten, verstand sich. Aber sie waren nervös. Einige liefen unruhig in ihren Zellen auf und ab, andere saßen auf ihren Betten und starrten Oskins feindselig an, wenn sie das Geräusch der Klappe hörten, und einer nahm gar seinen Trinkbecher und schleuderte ihn nach ihm. Das Gefäß prallte harmlos gegen das Gitter und fiel verbeult zu Boden. Oskins schloss die Klappe hastig wieder. Normalerweise hätte er ein solches Verhalten sofort und angemessen hart geahndet, aber er spürte auch irgendwie, dass diese Aggressivität gar nicht ihm persönlich galt. Nein, etwas stimmte hier nicht. Das ganze Gefängnis schien Kopf zu stehen, seit dieser neue Gefangene eingeliefert worden war.

Auch seine beiden Kollegen, die in der Wachstube auf ihn warteten, waren heute ungewöhnlich nervös. Sie waren es bereits gewesen, als er zu seinem Rundgang aufgebrochen war, und daran hatte sich nichts geändert, als er zurückkam. Paul, der Jüngere von beiden, sah ihm nur nervös entgegen, aber sein älterer Kollege Mark fragte:

»Was macht er?«

Oskins musste nicht zurückfragen, um zu wissen, wen Mark meinte. Es gab seit dem gestrigen Tag nur ein Gesprächsthema hier im Gefängnis: ihren unheimlichen Neuzugang. »Er sitzt auf dem Bett und starrt Löcher in die Luft«, antwortete er. »Genau wie gestern. Und wahrscheinlich noch in drei Jahren, wenn ihn niemand weckt.«

»Kaum«, antwortete Mark. Auf Oskins fragenden Blick hin machte er eine Kopfbewegung zur Tür und fuhr fort: »Der Direktor war gerade hier – du hast ihn nur knapp verpasst. Hasseltime wird gleich abgeholt.«

»Abgeholt? Wohin?«

»Wo er hingehört.« Paul tippte sich mit dem Zeigefinger gegen die Schläfe. »In die Klapse. Ehrlich gesagt, ich bin froh, wenn er weg ist. Man muss sich das mal vorstellen – er hat versucht, das Blut dieses armen Burschen zu trinken. Hält sich anscheinend für einen Urenkel von Varney, dem Vampir, wie?«

Der letzte Satz hatte wohl scherzhaft klingen sollen, aber er erreichte damit das genaue Gegenteil. Mark fuhr unmerklich zusammen, und auch Oskins lachte keineswegs, sondern sah seinen jüngeren Kollegen strafend an. Natürlich glaubte er nicht an Vampire und dergleichen Unsinn, aber an diesem Hasseltime *war* etwas Unheimliches. Und was immer es auch war, irgendwie hatte er das Gefühl, dass sie besser keine Scherze darüber machen sollten.

Sie mussten sich aber nicht mehr allzu lange gedulden. Es verging kaum eine weitere Viertelstunde, ehe an die Tür geklopft wurde. Auf Oskins Wink hin öffnete Paul, und drei in eher schäbiges Zivil gekleidete Männer betraten die Wachstube. Zwei von ihnen waren wahre Riesen: sechs Fuß große Kleiderschränke mit der Schulterbreite und den Händen von Gorillas (und den dazu passenden Gesichtern), während der dritte von ganz normaler Statur war; auch wenn er zwischen seinen beiden Begleitern wie ein Zwerg wirkte. Nach dem, was Mark ihm vorhin erzählt hatte, was Oskins nicht überrascht, als sich die drei Besucher als eben jene Männer von der staatlichen Nervenheilanstalt vorstellten, die ihnen angekündigt worden waren, um Hasseltime abzuholen. Trotzdem überprüfte Oskins akribisch die Schriftstücke, die sie mitgebracht hatten, ehe er Paul den Schlüsselbund in die Hand drückte und ihm auftrug, ihre Gäste zu Hasseltime zu führen. Die beiden Gorillas entfernten sich in Begleitung des jungen Aufsehers, während der dritte Mann in der Wachstube zurückblieb. Seine Papiere hatten ihn als Dr. Gifford legitimiert, aber Oskins Meinung nach war er entschieden zu jung, um wirklich Arzt zu sein. Zumindest kein guter.

»Wollen Sie Ihren Patienten nicht persönlich entgegennehmen?«, erkundigte sich Oskins.

Gifford schüttelte den Kopf und setzte sich unaufgefordert an den kleinen Tisch neben der Tür, auf dem noch die Reste von Oskins' einfachem Frühstück standen. Ebenso unaufgefordert griff er nach Oskins' Tasse und nippte an dem längst kalt gewordenen Tee.

»Das wird nicht nötig sein«, sagte er. »Frank und Thys werden schon mit ihm fertig.«

»Ihre beiden Begleiter.« Oskins musterte die Teetasse in Giffords Hand strafend, was den jungen Arzt aber nicht besonders zu beeindrucken schien.

»Sie haben die beiden ja gesehen«, bestätigte Gifford lachend. »Die zwei haben zusammen nicht mal genug Grips für einen, aber sie werden mit jedem Verrückten fertig, glauben Sie mir. Eigentlich ist das ein Witz für sich – wissen Sie, dass sie früher einmal selbst Insassen unserer Anstalt waren?«

»Nein«, antwortete Oskins einsilbig. Woher auch?

»Waren sie«, bestätigte Gifford, leerte den Rest des Tees mit einem einzigen Zug und verzog das Gesicht. »Ihr Tee ist zu süß, guter Mann. Zu viel Zucker ist nicht gesund.«

Oskins setzte zu einer ärgerlichen Antwort an, aber Mark kam ihm zuvor. »Ich halte es trotzdem für besser, wenn Sie selbst mitgehen, Doktor. Dieser Hasseltime ist irgendwie ... unheimlich. Vielleicht sollten Sie ihm eine Spritze geben oder sowas.«

»Das werde ich, guter Mann, das werde ich«, antwortete Gifford. »Sobald wir in der Klinik sind. Was meinen Sie mit unheimlich?«

Mark zuckte unglücklich mit den Schultern. »Unheimlich eben«, sagte er. »Er ... macht mir fast Angst.«

Gifford lachte. »Aber ich bitte Sie! Der Mann ist krank, das ist alles.«

»Er ist nicht wie Ihre anderen Patienten«, sagte Oskins.

»Ach? Und woher wollen Sie das wissen? Ich meine: Sie kennen meine andere Patienten doch gar nicht.«

Das stimmte zwar, war aber trotzdem nur ein Teil der Wahrheit. Oskins hatte in seinem Leben schon genug Verrückte gesehen, denn auch sie kamen zumeist erst *hierher,* ehe sie an die entsprechenden Institutionen weitergeleitet wurden. »Ich habe so jemanden noch nie gesehen«, fuhr er fort. »Irgendetwas mit ihm stimmt nicht. Glauben Sie mir.«

Gifford bedachte ihn mit einem fast mitleidigen Blick. »Sie irren sich«, sagte er. »Ich weiß, wovon ich rede, glauben Sie mir. So wie Ihnen geht es den meisten Menschen, die auf jemanden wie Hasseltime treffen. Die Menschen fürchten nun einmal alles, was sie nicht verstehen. Ich will das Problem nicht verharmlosen – Menschen wie Hasseltime können sehr gefährlich sein. Aber wir wissen, wie wir mit ihnen umzugehen haben, vor allem Frank und Thys. Machen Sie sich keine Sorgen.«

Sorgen machte sich Oskins auch gar nicht. Jedenfalls nicht in diesem Augenblick. Wohl aber in der nächsten Sekunde, denn da hörten sie Pauls Stimme, die einen gellenden Schrei ausstieß.

Mehr als eine Stunde nachdem wir Blossom verlassen hatten, näherten wir uns endlich der Polizeisperre, die den zusammengebrochenen Hansom-Komplex noch immer abschirmte. Howard hatte sich geirrt: Nach Meilen gerechnet mochte der Abstecher hierher keinen großen Umweg bedeuten, zeitlich aber sehr wohl. Schon seit einer geraumen Weile waren wir immer langsamer geworden; jetzt bewegte die Kutsche sich nur mehr im Schritttempo voran, sodass wir wahrscheinlich schneller gewesen wären, wenn wir ausgestiegen und das letzte Stück zu Fuß gegangen wären.

Was dagegen sprach, war der Umstand, dass die Straße, selbst hier, noch mehr als einen halben Block von dem zusammengestürzten Haus entfernt, bereits hoffnungslos verstopft war. Die Menschenmenge war seit dem vergangenen Tag kein bisschen kleiner geworden, sondern schien mir eher noch gewachsen zu sein. Offenbar waren nun auch von weiter her Gaffer angereist, sodass wir vermutlich hoffnungslos stecken geblieben wären, wären wir tatsächlich zu Fuß gegangen. Der zweispännigen Droschke, deren Zugtiere äußerst nervös auf die Menschenmenge und vor allem die gereizte Stimmung reagierten, die von ihr Besitz ergriffen hatte, wichen die Gaffer – wenn auch widerwillig – aus. Howard und mich hätte die Menge wahrscheinlich einfach verschluckt.

Wie Howard gesagt hatte, waren wir zunächst zur Pension WESTMINSTER gefahren, und mittlerweile wusste ich, was er unbedingt hatte holen wollen, auch wenn ich gerne darauf verzichtet hätte. Voller Abscheu ließ ich meinen Blick immer wieder zu dem Tuch gleiten, in das das Glas mit den Würmern gehüllt war, die wir aus den Stollen unter Andara-House mitgebracht hatten. Viktors Untersuchung an ihnen hatte keine Ergebnisse gebracht, aber er hatte eindeutig mit ihnen experimentiert und die Art dieser Experimente beunruhigte mich noch zusätzlich, denn es befanden sich nun fast doppelt so viele Würmer in dem Glas wie am gestrigen Abend.

Als ich das nächste Mal aus dem Fenster blickte, stellte ich fest, dass wir die Absperrung beinahe erreicht hatten. Nachdem ich Howard mit einer Kopfbewegung darauf aufmerksam gemacht hatte, ergriff er das Glas vorsichtig, verbarg es unter seinem Mantel und blickte ebenfalls aus dem Fenster.

Die Kutsche hielt an, und wir stiegen aus und drängelten und schoben uns das letzte Stück des Weges ziemlich rücksichtslos durch die Menge. Ich versuchte dabei, mich schützend vor Howard zu halten. Unvorstellbar, wenn das Glas unter seinem Mantel zerbrochen wäre und die Würmer freikämen!

Endlich hatten wir die Polizeisperre erreicht, und ich setzte zu einer umständlichen Erklärung an, wurde aber zu meinem eigenen Erstaunen sofort durchgelassen. Erst dann erkannte ich den Bobby, dem ich schon gestern begegnet war. Er hatte sich mein Gesicht offensichtlich besser gemerkt als ich mir das seine.

»Mister Craven«, begann er. »Wo bleiben Sie denn nur? Inspektor Cohen wartet schon seit fast zwei Stunden auf Sie.«

»Wir wurden ... aufgehalten«, antwortete ich ausweichend. Die Worte des Polizisten erschreckten mich. Ich hatte nicht einmal gewusst, dass Cohen mich sehen wollte, doch wenn er nach mir geschickt hatte, konnte das nur bedeuten, dass erneut etwas passiert war.

»Wo ist er?«

»Wieder unten.« Der Polizeibeamte machte eine entsprechende Handbewegung und verzog das Gesicht. »Was gibt es in diesem Loch eigentlich zu sehen?«

»Wieso?«, fragte ich, wohlweislich *ohne* auf seine Frage zu antworten.

»Weil alle ganz aus dem Häuschen sind. Seit einer Stunde kommen ununterbrochen irgendwelche Leute und klettern nach unten. Aber keiner kommt wieder raus. Das ist ja fast, als hätten sie da unten das achte Weltwunder entdeckt.«

»Ich ... habe keine Ahnung«, sagte ich – was nicht ganz der Wahrheit entsprach. Ich *hatte* eine Ahnung. Eine ganze Menge Ahnungen sogar. Aber keine davon war besonders angenehm. So beließ ich es dabei, einen besorgten Blick mit Howard zu tauschen, und beeilte mich, hinter dem diensteifrigen Bobby die Leiter hinabzuklettern, die in das unterirdische Labyrinth unter dem Hansom-Haus hinabführte.

Zumindest der erste Eindruck, der sich uns bot, bestätigte die Behauptung des Polizisten. Im Vergleich zu gestern wimmelte es jetzt geradezu von Menschen. Überall brannten Fackeln oder hastig herbeigeschaffte Karbid- und Petroleumlampen, und wir wurden trotz unserer uniformierten Begleitung zwei oder drei Mal aufgehalten und barsch gefragt, was wir hier unten zu suchen hätten. Ohne den jungen Beamten wären wir wahrscheinlich niemals auch nur bis in Cohens Nähe gekommen.

Der Inspektor erwartete uns in der weitläufigen Höhle, in der ich ihn auch gestern angetroffen hatte. Auch dieser Raum hatte sich radikal verändert – er war jetzt taghell erleuchtet, und außer Cohen hielten sich noch mindestens acht oder neun weitere Personen hier auf. Was mir nicht besonders gefiel. Nicht, wenn ich daran dachte, was ich hier vielleicht finden würde.

Aber das waren nicht die einzigen Veränderungen. Es gab noch eine weitere, sehr viel radikalere, die mir allerdings im ersten Moment gar nicht auffiel.

Und *als* ich sie bemerkte, da blieb ich wie vom Donner gerührt stehen. Ich konnte selbst spüren, wie meine Augen ein Stück weit aus den Höhlen quollen. Meine Hände begannen zu zittern.

»Was ist los?«, fragte Howard alarmiert. »Was hast du?«

Ich antwortete nicht, sondern starrte weiter wie gelähmt auf die gegenüberliegende Wand der Höhle. Präzise ausgedrückt, auf das gewaltige Felsenrelief, das dort erschienen war, wo ich am gestrigen Morgen nichts als gewachsenen Stein erblickt hatte ...

»Ah, Mister Craven!« Cohen kam mir armwedelnd entgegen. »Endlich! Wo waren Sie denn nur die ganze Zeit?«

Ich hörte seine Worte, aber ihre Bedeutung drang irgendwie nicht richtig an mein Bewusstsein. Unverwandt starrte ich das Relief an. Es war nicht irgendein Relief. Es war ein Durcheinander von Linien und Kreisen, Wellen und Parallelen, beinahe umrisslosen Formen und bizarren Gestalten, ein ... *Ding*, das man kaum länger als einige Sekunden ansehen konnte, ohne dass einem schwindelte, und das sich in beständiger wogender Bewegung zu befinden schien. Und vor allem: *Es war ein Bild, das ich kannte.*

Es handelte sich um das gleiche Relief, das ich bei meinem Ausflug in das Labyrinth unter der Felseninsel gesehen hatte!

Das Relief, von dem die beiden Steinbrocken stammten, die ich in der Tasche trug!

»Unglaublich, nicht?«, fragte Cohen, der mein Schweigen und meinen entsetzten Blick wohl vollkommen falsch deutete. »Wir alle waren gestern fast den ganzen Tag hier unten, und keiner von uns hat es gesehen! Dabei war es nur unter ein paar Zentimetern Schmutz verborgen.«

Ungläubig starrte ich ihn an. »Schmutz?«

Cohen nickte heftig. »Wir mussten nur ein bisschen kratzen, um es zum Vorschein zu bringen. Stellen Sie sich das nur vor! Um ein Haar hätten wir diesen Raum wieder versiegelt, und es wäre nie gefunden worden.«

Und das wäre auch besser gewesen, dachte ich. War Cohen wirklich so blind, oder *wollte* er nicht sehen, was für eine Art Bild das war? Es war nicht irgendein Bild. Es war ein Relief, das von den GROSSEN ALTEN oder ihnen sehr ähnlichen Wesen geschaffen worden sein musste, und wie alles, was der Hinterlassenschaft dieser Dämonenrasse entsprang, konnte es nur Übles hervorbringen.

»Sie müssen sich irren, Inspektor«, sagte Howard. Er deutete auf das Bild, und auch wenn er nichts von dem aussprach, was er dabei wirklich empfinden mochte, so sprach sein Gesichtsausdruck doch Bände. Er hatte das bizarre Gebilde im gleichen Moment identifiziert wie ich. »Ich habe diese Wand heute Morgen höchstpersönlich untersucht. Sie bestand aus massivem Fels. Da war kein Schmutz, unter dem *das da* verborgen gewesen sein könnte!«

»Das dachte ich auch«, antwortete Cohen. Er schüttelte den Kopf. »Aber wir müssen uns wohl beide getäuscht haben. Ich meine: Das Ding kann ja schließlich nicht einfach aus dem Nichts aufgetaucht sein, oder?«

Ganz genau das war es. Aber ich ersparte es mir, das laut auszusprechen. Zögernd trat ich an Cohen vorbei und näherte mich dem gewaltigen Steinrelief, das die gesamte Rückwand der Höhle vom Boden bis unter die Decke ausfüllte. Es kam mir größer vor, als ich es in Erinnerung hatte, auf eine schwer in Worte zu fassende Weise gewaltiger und vor allem gewalt*tätiger*, aber es war zweifellos das gleiche Relief, das ich in den Gängen unter der Insel gesehen hatte.

Ich war nicht der Einzige, dessen Interesse dem steinernen Bild galt. Ein gutes Dutzend Männer machten sich daran zu schaffen, kratzten mit kleinen Werkzeugen oder auch den bloßen Händen an dem Stein herum oder standen davor und diskutierten eifrig. Und zumindest einem davon musste meine Neugier wohl aufgefallen sein, denn er unterbrach plötzlich sein Gespräch und trat auf mich zu.

»Kennen wir uns?«, fragte er. »Sie sind ...« Seine Augen weiteten sich ungläubig, und ich konnte sehen, wie alle Farbe aus seinem Gesicht wich. Und auch ich fuhr spürbar zusammen, denn ich hatte den grauhaarigen, vielleicht sechzigjährigen Mann im gleichen Augenblick wiedererkannt wie er mich.

»Mister Craven?«, fragte er fassungslos. »Aber das ... das kann doch nicht sein! Sie sind –«

»Nicht der, für den Sie mich halten«, unterbrach ich ihn hastig. »Sie verwechseln mich mit meinem Bruder.«

Montgomery starrte mich weiter mit einem Ausdruck an, der mir auch noch das letzte bisschen Farbe aus dem Gesicht weichen ließ. Clifford Montgomery hatte zwar nicht zu meinem engsten Freundeskreis gezählt, aber wir hatten uns doch ziemlich gut gekannt. Gut genug zumindest, dass er auf diese plumpe Lüge einfach nicht hereinfallen *konnte.*

»Bruder?«, fragte er denn auch. »Wie meinen Sie das?«

»Robert Craven war mein Zwillingsbruder«, antwortete ich. »Mein *eineiiger* Zwillingsbruder. Man hat uns früher oft verwechselt, vor allem, da unsere Eltern sich auch noch den Scherz erlaubt haben, uns den gleichen Namen zu geben. Ich glaube, sie konnten uns oft selbst nicht auseinanderhalten und wollten es sich auf diese Art einfacher machen.« Ich lachte, aber es klang sehr viel nervöser, als mir lieb war. »Ich war richtig froh, als Bobby nach England gegangen ist. Ich bin in den Staaten zurückgeblieben.«

»Aber diese Ähnlichkeit ...« Montgomery schüttelte immer wieder den Kopf, und ich spürte deutlich, dass er noch immer alles andere als überzeugt war. »Ich habe schon Zwillinge gesehen, aber das ... Ich hätte meine rechte Hand verwettet, dass Sie es sind.«

»Gut, dass Sie es nicht getan haben«, antwortete ich. Um das Thema zu wechseln, deutete ich auf das Relief. »Was ist das?«

Montgomery starrte mich noch eine weitere, sehr unangenehme Sekunde lang durchdringend an, dann aber drehte auch er sich zu dem Relief herum, und als er weitersprach, war in seiner Stimme jener Klang von mühsam unterdrückter Begeisterung, zu dem wahrscheinlich nur Wissenschaftler fähig sind, die gerade etwas vollkommen Neues entdeckt haben.

»Wir wissen es noch nicht genau«, gestand er. »Aber es ist fantastisch, nicht wahr?«

»Hm«, machte ich. »Ehrlich gesagt, ich finde es ... unheimlich.«

Montgomery nickte. »Ja, das könnte man sagen«, sagte er. »Niemand von uns hat so etwas je gesehen. Es muss einer bisher vollkommen unbekannten Kultur entstammen. Und es muss uralt sein.«

Wenn du wüsstest, wie alt, mein Freund, dachte ich. Laut sagte ich: »Sie verstehen etwas von solchen Dingen?«

»Das will ich wohl meinen.« Montgomery lächelte. »Bitte entschuldigen Sie meine Unhöflichkeit, Mister Craven. Ich habe mich noch gar nicht vorgestellt. Mein Name ist Montgomery. Ich bin der Leiter der naturhistorischen Abteilung im hiesigen Museum.«

Ich unterdrückte im allerletzten Moment den Impuls, ihn zu seiner Beförderung zu beglückwünschen – als wir uns das letzte Mal gesehen hatten, da war er noch *stellvertretender* Leiter dieser Abteilung gewesen.

»Und Sie?«, erkundigte er sich. »Darf ich fragen, welches Interesse *Sie* an diesem Bild haben?«

»Eigentlich keines«, log ich. »Ich bin nur zufällig hier. Ich versuche gerade, das Erbe meines Bruders anzutreten, und Mister Lovecraft –«

»Er war ein guter Freund Ihres Bruders, ich weiß«, unterbrach mich Montgomery. »Er ist ein sehr vertrauenswürdiger Mensch, ganz egal, was man über ihn erzählt. Ich habe all diese verrückten Dinge nie geglaubt, die man ihm vorgeworfen hat. Halten Sie sich ruhig an ihn.«

Ich lenkte das Gespräch mit einer Kopfbewegung wieder auf das Relief. Montgomery war noch immer ein wenig misstrauisch, das spürte ich einfach. Es war vielleicht besser, nicht zu viel über meinen verstorbenen *Bruder* zu reden. »Was geschieht jetzt damit?«, fragte ich. »Ich nehme an, Sie werden es gründlich untersuchen und entsprechende Zeichnungen anfertigen lassen, um –«

»Wo denken Sie hin, Mister Craven«, unterbrach mich Montgomery lächelnd. »Sie glauben doch nicht wirklich, dass wir ein solches archäologisches Kleinod einfach hier lassen? Diese Gänge werden gründlich vermessen und dann zugemauert!«

Genau das hatte ich gehofft. Aber noch bevor ich meiner Erleichterung Ausdruck verleihen konnte, fuhr Montgomery fort: »Vorher werden wir es natürlich vorsichtig ausgraben und ins Museum schaffen.«

Hätte er mir warnungslos einen Eimer Eiswasser über den Kopf geschüttet, hätte ich kaum mehr erschrocken sein können. »*Wie bitte?*«, krächzte ich.

»Aber selbstverständlich«, sagte Montgomery. »Dieser Fund muss gesichert werden.«

»Aber das ... das geht doch nicht«, murmelte ich. Das durfte auf keinen Fall geschehen, unter gar keinen Umständen.

»Und wieso nicht?« Montgomerys Augen wurden schon wieder schmal vor Misstrauen. Ich hatte schon früher mit ihm über die Frage diskutiert, ob es immer richtig war, alles und jedes Artefakt aus der Vergangenheit zu retten, oder ob die Zeit manchmal gut daran tat, den Mantel des Vergessens über gewisse Dinge zu breiten. Wir waren in dieser Frage nicht immer einer Meinung gewesen.

»Ich ... ich meine, das ... das geht doch gar nicht«, antwortete ich hastig. »Das Ding muss doch Tonnen wiegen!«

»Ach das.« Montgomery winkte ab. »Es wird sicher ein hartes Stück Arbeit, aber ich bin sicher, dass wir es schaffen. Keine Sorge.« Er lachte. »Es ist unglaublich, wissen Sie das? Ich könnte schwören, dass ich Ihrem Bruder gegenüberstehe! Er hatte die gleiche Art, über diese Dinge zu reden, wie Sie. Aber jetzt entschuldigen Sie mich bitte. Ich habe noch zu tun. Vielleicht sehen wir uns später noch einmal? Ich würde gerne ein wenig mehr mit Ihnen über Ihren Bruder plaudern, doch im Moment ...«

»Sicher«, sagte ich hastig, drehte mich herum und ging mit schnellen Schritten zu Howard und Cohen zurück, die neben dem kleinen See in der Mitte der Höhle standen und mit gedämpften Stimmen miteinander redeten. Howard sah sehr alarmiert aus, und auch Cohen blickte mir nicht unbedingt *erfreut* entgegen.

»Nun?«, begann er. »Was halten Sie davon?«

»Das Relief?« Ich tauschte einen raschen Blick mit Howard und nickte andeutungsweise. »Es gibt gar keinen Zweifel. Es stammt von *Ihnen.*«

»Von Ihnen?« Cohen legte den Kopf schräg. »Sie meinen, diesen ... diesen *Wesen.*«

»Warum sprechen Sie es nicht aus, Cohen?«, fragte Howard. »Was Robert meint, ist, dass es von den GROSSEN ALTEN stammt. Das Ding muss zerstört werden.«

»Nicht so hastig«, sagte Cohen. »Es ist nur ein Bild.«

»Das ist es nicht«, behauptete Howard. »Cohen, Sie haben selbst genug erlebt, um zu wissen, wovon ich rede. Was muss eigentlich noch passieren, damit Sie endlich begreifen, *womit* wir es hier zu tun haben?«

»Ich sehe nur einen alten Stein, in den jemand ein paar sinnlose Krakel gemeißelt hat«, behauptete Cohen stur. Howard wollte abermals widersprechen, aber Cohen brachte ihn mit einer herrischen Geste zum Verstummen. »Und selbst wenn – was denken Sie, sollte ich tun? Ein paar Stangen Dynamit holen und das Ding in die Luft sprengen? Wir befinden uns hier unmittelbar unter einer bewohnten Straße, mein Freund.«

»Das würde nicht einmal etwas nutzen«, sagte ich. »Ich glaube nicht, dass wir es überhaupt zerstören können. Aber es darf auf gar keinen Fall hier herausgeschafft werden.«

»Herausgeschafft?« Cohen starrte mich an. »Was meinen Sie damit?«

»Hat Ihnen Montgomery nichts gesagt?«, erkundigte ich mich. Cohen schüttelte den Kopf, und ich erklärte ihm rasch, was der Archäologe vorhatte. »Und das darf auf gar keinen Fall geschehen«, schloss ich.

»Das wird es auch nicht«, sagte Cohen grimmig. »Dafür werde ich sorgen. Das Ding bleibt hier.«

»Sie kennen Montgomery nicht«, sagte ich. »Wenn er sich einmal etwas in den Kopf gesetzt hat, ist er schwer wieder davon abzubringen.«

»Und Sie kennen offenbar die englische Bürokratie noch immer nicht«, antwortete Cohen. Plötzlich grinste er. »Keine Angst. Ich finde mindestens ein Dutzend Gesetze und Verordnungen, die es verbieten, einen tonnenschweren Felsbrocken aus dem Londoner Untergrund auszugraben und ins Museum zu schaffen. Wenn das alles ist, worum Sie sich Sorgen machen ...«

»Das ist es leider nicht«, sagte ich. Ich sah Howard an. »Hast du ihm noch nichts gesagt?«

Howard deutete ein Kopfschütteln an, und Cohen fragte scharf: »*Was* gesagt?«

Anstelle einer sofortigen Antwort streckte ich die Hand in Howards Richtung aus. Howard zögerte einen spürbaren Augenblick, dann griff er unter den Mantel und zog das Marmeladenglas mit den Würmern heraus. Er achtete sorgsam darauf, es mit seinem Körper vor allzu neugierigen Blicken abzuschirmen, während er das Tuch abnahm und Cohen das Glas zeigte.

»Igitt, was ist denn *das?*«, fragte Cohen angeekelt. »Diese Biester sind ja widerlich.«

»Ich fürchte, nicht nur das«, sagte ich. Howard verbarg das Glas wieder unter seinem Mantel, und ich nahm Cohen beim Arm und zog ihn ein Stück zur Seite. »Ich erkläre Ihnen alles, aber im Moment ist nur eines wichtig: Schaffen Sie die Leute hier heraus. Ganz egal wie, aber sie müssen weg. Alle. Und zwar schnell.«

Selbst in meinen Ohren klang diese Erklärung reichlich dünn, aber Cohen überraschte mich nicht zum ersten Mal damit, im entscheidenden Augenblick keine überflüssigen Fragen zu stellen, sondern richtig zu reagieren. Trotz aller berufsmäßigen Skepsis, mit der er mich manchmal schier in den Wahnsinn treiben konnte, hatte er doch ein untrügliches Gespür für Gefahr und den Ernst einer Situation. Ohne irgendeine weitere Frage zu stellen, wandte er sich um und ging zu Montgomery und den anderen hinüber. Ich verstand nicht, was er sagte, aber die versammelten Wissenschaftler begannen lautstark zu protestieren – was ihnen natürlich herzlich wenig nutzte.

Während Cohen – unterstützt von einigen Bobbys – Montgomery und die anderen aus dem Raum hinauskomplimentierte, begannen Howard und ich damit, die Wände zu untersuchen. Wir wurden rasch fündig. Und diesmal wusste ich, was ich vor mir hatte, als ich die winzigen, wie mit einem Präzisionsbohrer in den Fels gefrästen Löcher sah, die mir schon gestern aufgefallen waren.

»Sie sind also wirklich von hier gekommen«, murmelte Howard düster.

»Was ist von hier gekommen?«, fragte Cohen. Er war lautlos wieder hinter uns getreten, aber ich antwortete erst, nachdem ich mich mit einem raschen Blick in die Runde davon überzeugt hatte, dass wir auch tatsächlich allein waren.

»Die Würmer, die Howard Ihnen gezeigt hat«, sagte ich. »Erinnern Sie sich?« Ich deutete auf die Löcher. »Das haben *sie* gemacht.«

Cohen sah mich zweifelnd an. »Das ist massiver Fels.«

Ich ersparte es mir zu antworten. Howard zog das Glas hervor, schraubte den Deckel ab und schüttelte vorsichtig einen der sich windenden Würmer heraus, ehe er es hastig wieder verschloss. Das Tier fiel auf den Boden, kroch zielsicher auf die Wand zu und begann sich unverzüglich hineinzufressen.

Cohens Augen wurden rund vor Staunen. »Aber das ist doch –«

»Nicht einmal das Schlimmste«, unterbrach ich ihn. »Passen Sie auf.«

Es dauerte nur einige Augenblicke, bis der Wurm sich zu teilen begann. Cohen schnappte hörbar nach Luft, als vor uns plötzlich *zwei* der widerwärtigen kleinen Geschöpfe daran gingen, sich einen Weg in den Felsen zu graben. Ich zertrat sie hastig.

»*Das* ist es, worüber ich mir Sorgen mache«, sagte ich. »Die Biester teilen sich, Cohen. Rasend schnell. Und ich nehme an, sie sind von hier gekommen.« Ich deutete auf die winzigen runden Löcher vor uns im Fels. »Ich habe bisher vier Löcher entdeckt, aber Howard und ich haben allein *fünf* Kolonien dieser Biester gefunden. Keine Sorge«, sagte ich rasch, als Cohen noch mehr erbleichte. »Wir haben sie vernichtet. Sie sind gottlob relativ einfach umzubringen. Aber wenn wir nur einen einzigen Wurm übersehen haben, sind die Folgen …«

Ich sprach nicht weiter, aber das war auch nicht nötig. Cohen war vielleicht ein berufsmäßiger Skeptiker, aber das bedeutete nicht, dass *er fantasielos* gewesen wäre.

»Wir müssen unbedingt wissen, wie viele von diesen Biestern hier aufgetaucht sind«, sagte Howard. »Helfen Sie uns, die Löcher zu suchen. Und beten Sie, dass es nicht mehr als fünf sind.«

»Aber was nutzt das?«, fragte Cohen. »Wenn Sie sich ununterbrochen teilen, können es schon tausende von Kolonien sein!«

»Eher Millionen«, sagte Howard düster. »Aber wenn Sie sich so benehmen wie die, die wir gefunden und vernichtet haben, dann bleiben sie offenbar zusammen. Ich nehme an, dass die Tiere, die von einer Mutterkreatur abstammen, immer in ihrer Nähe bleiben.«

»Und wenn nicht?«, fragte Cohen.

»Dann brauchen wir uns keine Sorgen mehr zu machen«, antwortete Howard. »Dann gibt es nämlich nichts mehr, was wir noch tun können.«

Gemeinsam machten wir uns auf die Suche nach weiteren Wurmlöchern. Obwohl uns die Zeit unter den Nägeln brannte, gingen wir sehr gründlich zu Werke und untersuchten die Wände Zoll für Zoll. Aber es schien, als hätten wir – und ganz London – noch einmal Glück gehabt. Wir entdeckten ein weiteres Wurmloch unweit der Stelle, an der wir die ersten vier gefunden hatten, aber nicht mehr, obwohl wir den gesamten Raum zweimal durchkämmten. Es schien, als hätten Howard und ich tatsächlich alle Wurmkolonien entdeckt und vernichtet.

Ich hätte aufatmen können, aber irgendetwas hinderte mich daran. Die Gefahr war noch nicht vorüber. Es war einfach zu leicht gewesen. Ich kannte die Mächte, gegen die wir kämpften, zu gut, um mir auch nur eine Sekunde lang einzubilden, dass sie so einfach zu schlagen waren.

»Im Prinzip gebe ich dir Recht«, sagte Howard, nachdem ich meine Bedenken in Worte gekleidet hatte. »Aber vielleicht sollten wir jetzt nicht den Fehler begehen, die Gegenseite zu *überschätzen*. Das kann genauso schlimm sein, wie sie zu unterschätzen. Immerhin haben wir die Würmer nur durch einen geradezu unglaublichen Zufall überhaupt entdeckt. Ein paar Stunden später ...«

Aber auch das beruhigte mich nicht. Im Gegenteil. Ich war mir nicht einmal sicher, dass die Würmer wirklich *zufällig* alle in der Nähe von Andara-House gewesen waren. Nur war mir bisher kaum die notwendige Ruhe geblieben, über *diese* Frage nachzudenken. Vielleicht hatte ich es auch nicht wirklich gewollt, denn die Antwort darauf lag auf der Hand und sie war alles andere als beruhigend: Die Biester waren nicht gekommen, um London zu vernichten. Sie waren *meinetwegen* hier. Und außerdem blieb noch die Frage:

»Sie sind also offensichtlich aus dieser Höhle gekommen«, sagte Cohen. »Aber ich frage mich, wie sie *hierher* gekommen sind.«

»Durch den See«, vermutete ich. Der Gedanke lag auf der Hand. Schließlich war auch Hasseltime aller Wahrscheinlichkeit nach aus dem kleinen Tümpel in der Mitte der Höhle aufgetaucht. Nebeneinander näherten wir uns dem nahezu kreisrunden Wasserloch.

Der kleine See lag noch genauso da, wie ich ihn in Erinnerung hatte. Gelegentlich fiel ein Tropfen von der Decke – was erklärte, wie der See überhaupt entstanden war – und ließ kleine Wellenringe entstehen, die sich am Ufer verliefen; ansonsten war die Oberfläche ruhig und unbewegt wie ein Spiegel. Es war nichts Auffälliges an dem See, sah man von dem Gefühl immer stärker werdenden Unbehagens ab, das ich bei dem Anblick empfand und das von dem fast unnatürlich eisigen Hauch stammen mochte, der von der Wasseroberfläche aufstieg.

Howard schien es ebenso zu ergehen wie mir, denn in seinem Gesicht spiegelte sich eine Scheu vor dem See, die mir auch ohne Worte klarmachte, dass sein Unbehagen beim Anblick dieses Wasserloches nicht nur dem Wissen entstammte, was aus ihm herausgekommen war.

»Wenn Sie Recht haben«, sagte Cohen, »dann haben wir ein Problem. Was tun wir, wenn noch mehr von diesen Biestern hier auftauchen?«

Ich antwortete nicht, sondern trat unmittelbar an die Kante des fast bis zum Rand gefüllten Felsbeckens, ging in die Hocke und tauchte die Hand ins Wasser. In einer Reflexbewegung hätte ich sie beinahe augenblicklich wieder zurückgerissen. Das Wasser war nicht einfach nur kalt, es war so eisig, dass ich das Gefühl hatte, die Finger würden mir erfrieren. Ich stöhnte unterdrückt auf, und mein Gesicht verzerrte sich vor Schmerz. Gleich darauf vertrieb die Kälte jedes Gefühl; bis auf ein leichtes Prickeln in den Fingerspitzen wurde meine Hand taub, aber ich unterdrückte weiter den Impuls, sie wieder herauszuziehen. Diese Kälte war eindeutig nicht normalen Ursprungs. Innerhalb der Höhle war es nicht unbedingt warm, allerdings auch nicht gerade kalt. Die Temperatur des Wassers jedoch lag eindeutig weit unter dem Gefrierpunkt – was wiederum völlig unmöglich war, da es in diesem Fall längst hätte gefrieren müssen.

Einen Moment lang lauschte ich gebannt in mich hinein, aber alles, was ich fühlte, waren ein leises Unbehagen und Furcht. Ich bewegte die Hand ein paar Mal hin und her und hatte den Eindruck, eine fast sirupartige, auf jeden Fall wesentlich zähere Flüssigkeit als Wasser zwischen meinen Fingern zu spüren. Auch die gegen den Beckenrand schwappenden Wellen sahen seltsam träge aus und glätteten sich fast sofort wieder.

»Sonderbar«, murmelte ich und zog die Hand zurück. Meine Finger waren immer noch taub vor Kälte. Ich hauchte sie ein paar Mal an und steckte sie zum Aufwärmen unter dem Mantel in die Achselhöhle. Das Prickeln verstärkte sich, als stäche mir jemand mit Tausenden von Nadeln in die Hand.

»Was ist sonderbar?«, erkundigte sich Howard.

»Das Wasser. Hast du nicht gesehen, wie zähflüssig es sich bewegt? Außerdem ist es kalt. *Zu* kalt.«

»Mir ist nichts aufgefallen«, behauptete Howard zweifelnd. Auch er ging in die Hocke, tauchte seine Hand ins Wasser und plätscherte mit den Fingern. »Nicht gerade warm, aber auch nicht sonderlich kalt. Ich weiß nicht, was du hast.«

»Aber ...« Verblüfft tauchte auch ich die Hand noch einmal ein und zog sie sofort mit einem gellenden Schmerzensschrei zurück. Obwohl ich wusste, dass es völlig unmöglich war, hätte ich jeden Eid geschworen, dass das Wasser innerhalb der wenigen Sekunden noch einmal mindestens doppelt so kalt geworden wäre. Ich konnte die Finger kaum noch bewegen. Mühsam schob ich die Hand in die Manteltasche und stieß gleich darauf einen weiteren Schrei aus, als meine Finger die immer noch darin befindlichen Steinbrocken berührten. So eisig das Wasser war, so ungeheuer *heiß* kam mir das Stück Fels vor. Schon bei der flüchtigen Berührung hatte ich mir die Fingerkuppen verbrannt.

»Was haben Sie?«, fragte Cohen alarmiert.

»Nichts«, antwortete ich automatisch. Umständlich griff ich mit der anderen Hand in die Manteltasche und fühlte – nichts. Meine Fingerspitzen glitten über rauen Stein, mehr nicht.

»Also, was tun wir jetzt?«, fragte Howard, dem offensichtlich gar nicht aufgefallen war, was ich tat.

»Wir könnten es zuschütten«, sagte Cohen. »Es wird eine Menge Arbeit, aber mit ein wenig Zement und gutem Willen ...«

Der Gedanke war verlockend. Ich dachte einen Moment lang über Cohens Vorschlag nach, ehe ich mich wieder aufrichtete. Mit Cohens Idee war es wie mit dem Gedanken, dass wir tatsächlich die ganze Brut erledigt haben sollten – sie kam mir ein wenig *zu* verlockend vor.

Howard schien es ähnlich zu ergehen, denn er sagte: »Im Prinzip kein schlechter Gedanke. Aber leider ist das alles nur Theorie. Die Biester sind nämlich auf keinen Fall aus dem Wasser gekommen. Das lässt sich ganz einfach beweisen.«

»Was haben Sie vor?«, erkundigte sich Cohen.

Howard zog sein Glas wieder hervor, schraubte es auf und ließ einen der Würmer unmittelbar neben dem Wasserloch auf den Boden fallen. Das ekelige Geschöpf versuchte sofort auf die Wand hinter ihm zuzukriechen, aber Howard vertrat ihm den Weg und stieß es mit einer zielsicheren Bewegung ins Wasser.

Der Wurm explodierte.

Es war, als hätte man eine Stange Dynamit ins Wasser geworfen. Für den Bruchteil einer Sekunde sah ich einen grellweißen, lodernden Funken unmittelbar unter der Wasseroberfläche, dann schoss eine zwei Meter hohe Fontäne aus dem See und überschüttete uns mit eiskaltem Wasser. Ein Krachen wie von einem Kanonenschuss erscholl, und der Boden unter unseren Füßen zitterte spürbar.

Howard und ich sahen uns betroffen an, während Cohen, triefnass und wütend vor sich hinschimpfend, die durch die Explosion alarmiert hereingeeilten Bobbys wieder aus der Höhle scheuchte. Ein scharfer, verbrannter Gestank lag in der Luft, und dort, wo der Wurm versunken war, schien das Wasser noch immer zu kochen.

»So viel zu der Idee, dass sie aus dem See gekommen sind«, murmelte Howard. »Du bist nicht der Einzige, der ein paar kleine Geheimnisse hat. Viktor hat schon gestern herausgefunden, dass sie kein Wasser vertragen.«

»Aber das kann doch nicht sein«, murmelte ich. »Dieser Raum hat keinen anderen Zugang! Irgendwoher müssen sie doch gekommen sein!«

»Jedenfalls nicht aus dem Wasser«, sagte Howard kopfschüttelnd. »Du hast gesehen, was passiert, wenn sie nass werden.« Er hob das wieder verschraubte Glas vor die Augen und musterte die darin herumwimmelnden Würmer nachdenklich. »Woher zum Teufel seid ihr gekommen?«

»Das weiß ich nicht«, knurrte Cohen. »Aber passen Sie um Gottes willen auf, dass Ihnen nicht das ganze Glas ins Wasser fällt. Ich habe keine Lust, in die Luft gesprengt zu werden.«

»Keine Sorge«, sagte Howard. »Ich gebe Acht. So lange sie in einem abgeschlossenen Behälter sind –«

Er sprach nicht weiter, als er sah, wie ich die Augen aufriss und ihn anstarrte, und im gleichen Moment begriff auch er.

Die Würmer *waren* aus dem Wasser gekommen. Es war der einzige Weg. Aber sie waren nicht nass geworden, denn sie hatten sich in einem – wie Howard es genannt hatte – abgeschlossenen Behälter befunden.

»Großer Gott!«, flüsterte Howard, und ich fügte im gleichen entsetzten Ton hinzu:

»Hasseltime!«

Selbst mit einem schnellen Fuhrwerk betrug die Entfernung zwischen dem Hansom-Komplex und dem Londoner Untersuchungsgefängnis normalerweise eine gute halbe Stunde, aber wir schafften es in weniger als zwanzig Minuten. Ich erfuhr nie, was Cohen dem Kutscher gesagt hatte, aber der Mann trieb seine Tiere an, als wären alle Dämonen der Hölle hinter uns her, sodass die Straßen nur so an uns vorüberflogen. Wir mussten sämtliche Verkehrsregeln, die jemals aufgestellt worden waren, übertreten haben, und ich allein gewahrte drei Bobbys, die wütend gestikulierend hinter uns herrannten.

Trotzdem hatte ich das Gefühl, dass wir nicht von der Stelle kamen. Die Kutsche raste durch die Stadt, dass ich mehr als einmal ernsthaft befürchtete, sie könnte umstürzen oder mit einem anderen Fuhrwerk oder einem Fußgänger kollidieren, der nicht schnell genug aus dem Weg sprang, aber zugleich schien die Zeit auch stehen zu bleiben.

Ich war fast sicher, dass wir zu spät kommen mussten.

Hasseltime.

Es gab nur diese eine Erklärung. So entsetzlich der Gedanke auch sein mochte – die Geschöpfe waren *in Hasseltime* gewesen, als er aus dem See gekommen war. Vermutlich war dies der einzige Grund für seine Rückkehr; und ebenso vermutlich waren die fünf Ungeheuer, die sich vom See aus auf den Weg nach Andara-House gemacht hatten, nicht die einzigen. Vielleicht hatte man sie sogar nur geschickt, um mich abzulenken.

Vor meinen Augen stieg eine schreckliche Vision auf: Ich sah den Londoner Untergrund, der von einem Gewirr aus Hunderten und Tausenden von immer länger und immer größer werdenden Stollen durchzogen war, Armeen aus Milliarden und Abermilliarden der widerwärtigen kleinen Ungeheuer, die die Stadt aushöhlten, bis die Straßen unter dem Gewicht der Häuser einfach zusammenbrachen. Vielleicht war es längst zu spät, um das Unglück noch aufzuhalten.

Nun, zumindest die Straße, die zum Gefängnis führte, war noch stabil genug, um das Gewicht des Fuhrwerkes zu halten. In rasendem Tempo näherten wir uns dem geschlossenen Tor des riesigen, festungsähnlichen Gebäudes. Erst im buchstäblich allerletzten Moment brachte der Kutscher sein Gefährt zum Halten, und wir sprangen so hastig heraus, dass Cohen und Howard sich gegenseitig behinderten und der Inspektor um ein Haar von den Füßen gefegt worden wäre.

Cohen vollbrachte ein weiteres Wunder, indem er uns mit nur wenigen Worten Einlass verschaffte – eine Prozedur, die normalerweise nicht unter einer Viertelstunde zu bewerkstelligen war. Aber damit hörte unsere Glückssträhne dann auch auf. Wir wurden eingelassen, aber unser Weg endete vor einer weiteren verschlossenen Tür, an die Cohen eine kleine Ewigkeit lang vergeblich hämmerte, bis sich schließlich eine vergitterte Klappe darin öffnete. Eine übellaunige Stimme, die zu einem ebenso übellaunig dreinblickenden Gesicht gehörte, fragte: »Was gibt es denn? Wieso zum Teufel machen Sie hier einen solchen Lärm?«

»Machen Sie auf, Mann!«, herrschte Cohen den Uniformierten an. »Ich bin Inspektor Cohen! Ich muss einen Ihrer Untersuchungsgefangenen sprechen. Sofort!«

»Und wieso?« Der Mann machte keine Anstalten, die Tür zu öffnen, sondern maß Cohen mit einem fast verächtlichen Blick. »Sie haben eine Vollmacht, nehme ich an?«

»Zum Teufel, seit wann brauche ich eine Vollmacht, um einen Verdächtigen zu verhören?«, fauchte Cohen. »Machen Sie endlich auf! Es ist dringend!«

Der Gefängnisbeamte kratzte sich am Kinn und maß Cohen mit einem neuerlichen, nicht sehr freundlichen Blick. »Ein Untersuchungsgefangener?«, fragte er.

Cohen stand sichtlich kurz davor zu explodieren, aber bevor er noch mehr sagen konnte, um den Mann auf der anderen Seite der Tür zu verärgern, mischte sich Howard ein.

»Es ist wirklich dringend, Sir«, sagte er. »Wir müssen mit Mister Hasseltime reden, und zwar schnell. Es geht sozusagen um Leben und Tod.«

»Um wessen Leben?«, fragte der andere.

»Das eines Zeugen«, antwortete Howard. Insgeheim bewunderte ich die Ruhe, die er an den Tag legte. Auch wenn sie nur gespielt war. »Wir brauchen eine Information von Mister Hasseltime. Und wenn wir sie nicht sofort bekommen, könnte das Leben eines Unschuldigen in Gefahr geraten. Das möchten Sie doch sicher nicht, oder?«

Der andere überlegte einige Sekunden lang angestrengt, wobei er sich weiter angelegentlich am Kinn kratzte. »Das kann ich nicht entscheiden«, sagte er schließlich. »Ich werde den Direktor fragen. Warten Sie hier.«

»Aber das –« Cohen brach mit einem wütenden Laut ab, als die Klappe mit einem Knall zugeworfen wurde. Durch die Tür hindurch konnten wir hören, wie sich schlurfende – und nicht sonderlich schnelle – Schritte entfernten.

»Verdammt!«, sagte Cohen. »Ich bringe den Kerl um!«

»Er tut nur seine Pflicht«, sagte Howard. »Sie wären nicht besonders begeistert davon, wenn hier jeder einfach so hereinspazieren könnte, oder?«

»Das kommt darauf an, was auf dem Spiel steht«, maulte Cohen. »Außerdem bin ich nicht *jeder*, verdammt nochmal.«

Aber es half nichts – wir mussten uns in Geduld fassen, ob es uns nun gefiel oder nicht. Wir verloren die auf dem Weg gutgemachte Zeit wieder, indem wir tatenlos herumstanden und warteten, und auch danach vergingen sicher noch einmal zehn Minuten, ehe die Klappe endlich wieder geöffnet wurde. Diesmal war es ein älterer, schnauzbärtiger Mann mit grauem Haar und sorgfältig ausrasierten Koteletten, der uns durch die Gitter hindurch anblickte – offensichtlich der Gefängnisdirektor, wie ich aus Cohens erleichtertem Aufatmen schloss.

»Inspektor Cohen?«, sagte er überrascht. »Tatsächlich, Sie sind es. Was gibt es denn so Wichtiges?« Zugleich hörten wir das Geräusch des Schlüssels, der sich im Schloss bewegte. Die Tür schwang einige Zoll weit langsam und dann mit einem Ruck weiter auf, als Cohen unwillig dagegenstieß,

»Hasseltime!«, sagte er herrisch. »Wo ist er? Wir müssen mit ihm reden. Ist er noch hier?«

»Sicher«, antwortete der Gefängnisdirektor, der nun sichtlich gar nichts mehr verstand. »Sie haben Glück – er soll gerade abgeholt werden. Aber was ist denn nur –«

»Abgeholt? Von wem? Wohin?«

»Aber Sie haben doch selbst angeordnet, dass er in die Nervenheilanstalt gebracht –«, begann der Direktor.

Cohen hörte ihm gar nicht mehr zu, sondern stieß ihn mit einem derben Ruck aus dem Weg und rannte los. Howard und ich folgten ihm auf dem Fuß, während sich der Gefängnisdirektor und sein unfreundlicher Begleiter erst nach einigen Augenblicken von ihrer

Überraschung erholten, uns dann aber umso rascher und lautstark protestierend folgten.

»Inspektor, das geht doch nicht! Es gibt gewisse Regeln, die selbst Sie einhalten müssen!«

Wenn dem so war, so ignorierte Cohen besagte Regeln einfach. Er stürmte mit weit ausgreifenden Schritten vor uns her, stieß eine weitere Tür auf und rannte eine Treppe hinauf, so schnell, dass selbst Howard und ich alle Mühe hatten, ihm zu folgen. Im Sturmschritt durcheilten wir das Gefängnis und näherten uns dem Trakt, in dem die Untersuchungsgefangenen untergebracht waren.

»Inspektor Cohen, jetzt reicht es!«, schrie der Direktor hinter uns. »Ich verlange auf der Stelle eine Erklärung!«

Cohen ignorierte ihn weiter – und das war ein Fehler, wie sich in der nächsten Sekunde zeigte. Plötzlich flogen vor uns zwei Türen auf, und beinahe ein halbes Dutzend fragend dreinblickender Männer in den blaugrauen Uniformen des Gefängnispersonals stürmte auf den Gang, angelockt durch den Lärm und die wütenden Rufe des Direktors. Doch so verdutzt sie auch sein mochten, hielt sie das nicht davon ab, den Befehlen ihres Dienstherrn zu gehorchen und Cohen und uns den Weg zu vertreten.

»Ich muss doch wirklich bitten!«, sagte der Direktor, nachdem er keuchend zu uns aufgeholt hatte. »Inspektor, was ist denn in Sie gefahren?!«

Cohen versuchte sich zwischen den Männern hindurchzudrängeln, die den Gang vor uns abriegelten, aber die Übermacht war zu groß.

»Lassen Sie mich durch!«, verlangte er. »Ich muss Hasseltime sehen! Sofort, ehe er abgeholt wird!«

»Gerne«, antwortete der Direktor. »Sobald Sie mir den Grund für Ihre Aufregung verraten haben. Und vor allem einen guten Grund dafür nennen, warum diese beiden Zivilisten hier sind. Ihren Diensteifer in Ehren, Inspektor, aber dies ist ein Gefängnis, in dem gewisse Regeln –«

Und das war der Moment, in dem auf dem Gang vor uns ein so gellender, unmenschlicher Schrei erscholl, dass der Direktor abrupt mitten im Wort abbrach.

Diesmal versuchte niemand mehr, Cohen aufzuhalten. Mit einer Behändigkeit, die ich einem Mann seiner Statur niemals auch nur zugetraut hätte, raste er los und jagte den Gang hinab. Ich folgte ihm so schnell ich konnte, fiel aber ebenso hoffnungslos zurück wie Howard und die anderen Männer – und einen Moment später rannte ich ihn im wahrsten Sinne des Wortes über den Haufen, denn Cohen war durch eine geöffnete Zellentür gestürzt und unmittelbar dahinter stehen geblieben. Ich brauchte einige Sekunden, um mein Gleichgewicht wiederzufinden – und dann um etliches länger, um meine *Fassung* wiederzufinden.

Wir waren in Hasseltimes Zelle. Daran gab es gar keinen Zweifel, denn der Mann, der vor uns auf dem Boden lag, war niemand anderes als Hasseltime – genauer gesagt, das, was noch von ihm übrig war.

Dicht neben dem ehemaligen Navy-Offizier kniete ein junger Mann in der Uniform des Gefängnispersonals, der sich ununterbrochen übergab und dabei kleine, wimmernde Laute ausstieß, und an der Wand hinter Hasseltimes Leiche standen zwei Männer von hünenhafter Statur, deren Gesichtsfarbe heftig mit dem Weiß ihrer Kleidung wetteiferte. Hasseltime selbst lag auf dem Rücken in einer immer größer werdenden, dampfenden Blutlache. Ein Teil seines Gesichts, die Hälfte seines Halses und ein gutes Stück seiner Brust fehlten, aber dafür war etwas anderes da.

Ich hatte erwartet, Dutzende der durchsichtigen dünnen Wurmkreaturen aus seinem Körper herausbrechen zu sehen, und *darauf* wäre ich vorbereitet gewesen. Ganz automatisch hatte ich mich sogar schon in der Zelle umgesehen und nach einer Schüssel oder einem Krug mit Wasser Ausschau gehalten – aber was ich *wirklich* erblickte, übertraf meine schlimmsten Befürchtungen.

Es waren nicht *Dutzende* von Würmern, es war ein einziger, fast armdicker, widerwärtiger Wurm, der sich mit zuckenden Bewegungen aus Hasseltimes aufgebrochenem Brustkorb herauswand – und unverzüglich damit begann, sich in den Boden hineinzugraben!

Der Anblick war so furchtbar, dass ich für zwei, drei Sekunden einfach dastand und das grässliche Bild betrachtete. Als ich meinen Schrecken schließlich überwand, war es zu spät. In der dampfenden Blutlache, in der Hasseltime lag, bildete sich plötzlich ein winziger Strudel und plötzlich war der Wurm nicht mehr da. Stattdessen gähnte ein faustgroßes Loch im Boden, durch das Hasseltimes Blut in das darunter liegende Stockwerk tropfte.

»Großer Gott!«, keuchte eine Stimme hinter mir. Ich fuhr herum und erkannte den Gefängnisdirektor. »Was geht hier vor? Ich verlange eine Erklä –«

Ich schnitt ihm das Wort ab, indem ich ihn bei den Rockaufschlägen ergriff und so heftig schüttelte, dass seine Zähne aufeinander schlugen. »Was ist hier drunter?«, fuhr ich ihn an.

»Zellen«, antwortete er automatisch. »Aber sie stehen leer. Und –«

Mehr musste ich nicht wissen. Ich ließ den Mann los, stieß einen weiteren Beamten grob zur Seite und raste den Gang wieder zurück zur Treppe, so schnell ich nur konnte. Hinter mir wurden hastige Schritte laut, als sich Howard und nach ein paar Sekunden auch Cohen ebenfalls auf den Weg machten, und ich zweifelte nicht daran, dass uns auch etliche Männer des Gefängnispersonals folgen würden, aber daran verschwendete ich in diesem Moment keinen Gedanken. Ich wusste, dass ich praktisch keine Chance hatte, das Ungeheuer zu stellen. Ich hatte schließlich mit eigenen Augen gesehen, wie schnell es sich in den steinernen Boden hineingefressen hatte, während ich selbst darauf angewiesen war, den Weg in die darunter liegende Etage ganz normal zurückzulegen. Meine Gedanken überschlugen sich, während ich so schnell die Treppe hinunterhetzte, dass ich Gefahr lief, zu stürzen. Wir befanden uns in der zweiten Etage. Das hieß, dass unter uns noch zwei weitere Stockwerke und vielleicht noch ein Keller lagen, dann nichts mehr. Wenn der Wurm den gewachsenen Grund erreichte, ehe wir ihn einholen und stellen konnten, dann war London verloren. Und vielleicht nicht nur das.

So setzte ich alles auf eine Karte. Statt am Ende der Treppe abzubiegen, um die Zelle unter der Hasseltimes zu erreichen, raste ich weiter nach unten, erreichte das Erdgeschoss und sah zu meiner maßlosen Erleichterung, dass es weiter in die Tiefe ging. Es gab einen Keller. Vielleicht hatten wir noch eine winzige Chance, die Bestie aufzuhalten.

Wo genau hatte Hasseltimes Zelle gelegen? Ich versuchte, den Weg in Gedanken zurückzuverfolgen, den ich oben gegangen war. Ich war nach links abgebogen, musste also jetzt nach rechts, und dann ... zwanzig Schritte weit? Dreißig?

Vor mir lag ein düsterer, kaum beleuchteter Kellergang, von dem fast ein Dutzend Türen abzweigten. Musste ich nach rechts oder links? Die dritte oder die vierte Tür?

Es war aussichtslos. Ich stieß wahllos einige Türen auf, blickte in die dahinter liegenden Räume und suchte die Decken ab. Sie waren voller Schmutz und Spinnweben, aber unversehrt.

Ich durchsuchte jeden einzelnen Raum auf dem Gang, aber das

Ergebnis war überall das gleiche. Kein Wurmloch. Diesmal hatte ich mich verkalkuliert. Das Ungeheuer war noch irgendwo über mir und hatte entweder die Richtung gewechselt oder sich in eine der Wände hineingefressen, statt direkt nach unten zu streben, wie ich angenommen hatte.

Endlich schlössen Howard und Cohen zu mir auf. »Wo ist es?«, keuchte Cohen. »Haben Sie es erwischt?«

Ich schüttelte niedergeschlagen den Kopf. »Nein. Es ist –«

Howard schrie auf und versetzte mir einen Stoß, der mich so wuchtig gegen die Wand torkeln ließ, dass ich Sterne sah. Aber das nahm ich ihm nicht übel. Vermutlich hatte er mir damit das Leben gerettet.

Von der Decke tropfte flüssiges Gestein. Glühende Tropfen stürzten zu Boden und bildeten kleine Feuernester und in der nächsten Sekunde fiel etwas Dunkles, sich heftig Windendes genau dort herab, wo ich einen Moment zuvor noch gestanden hatte, und klatschte mit einem Ekel erregenden Laut zu Boden.

Zum ersten Mal sah ich das Ungeheuer wirklich.

Es ähnelte den kleinen Felsfressern nur vage. Sein Körper war im Verhältnis zur Länge viel dicker und nicht halb transparent, sondern von einer dunklen, an grobes Leder erinnernden Haut überzogen. Wie seine kleinen Brüder hatte er keine sichtbaren Sinnesorgane, wohl aber ein gewaltiges, mit rasiermesserscharfen Zähnen bewehrtes Maul. Ein bestialischer Gestank ging von der Kreatur aus.

»Wasser!«, brüllte Howard. »Cohen – wir brauchen *Wasser!*«

Während Cohen – der erneut eine erstaunliche Geistesgegenwart und Kaltblütigkeit bewies – herumfuhr und in einem der Kellerräume verschwand, um das Verlangte zu holen, rappelte ich mich auf und trat mit einem entschlossenen Schritt auf den Wurm zu. Der Ekel, mit dem mich der Anblick der Kreatur erfüllte, war fast übermächtig, aber irgendwie gelang es mir, ihn zu überwinden. Ich hob den Fuß und rammte ihn mit aller Gewalt auf den Kopf des Wurmungeheuers.

Es war der schlimmste Schmerz, den ich jemals im Leben verspürt hatte. Ein weiß glühender Pfeil schien sich durch meine Fußsohle zu bohren und bis in meine Hüfte hinaufzuschießen. Ich brüllte vor Qual, stürzte mit hilflos rudernden Armen zur Seite und schlug so schwer auf dem Boden auf, dass ich um ein Haar das Bewusstsein verloren hätte.

Aber auch so nahm ich kaum noch wahr, was rings um mich herum geschah. Wimmernd und mit eng an den Leib gezogenen Knien lag ich da und kämpfte gegen den Schmerz, der immer noch schlimmer zu werden schien. Mein rechter Schuh schwelte, und es stank nach verbranntem Leder und angesengtem Fleisch. Wie durch einen Vorhang aus blutgetränktem Nebel sah ich, wie sich der Wurm – der keineswegs tot, ja, anscheinend nicht einmal verletzt war! – herumdrehte und seinen augenlosen Schädel in meine Richtung wandte.

Und ich sah auch noch etwas, das mir trotz allem einen neuerlichen eisigen Schauer über den Rücken laufen ließ. Aus dem Körper des Wurmes begannen weiße, halb durchsichtige Fäden zu kriechen. Und erst jetzt begriff ich.

Was da vor uns lag, war das Muttertier. Die Brutstätte, aus der die kleinen, steinfressenden Ungeheuer stammten. Wenn es entkam, dann stand uns eine Invasion der Würmer bevor, die keine Macht der Welt mehr würde aufhalten können ...

Cohen kam zurück. Er balancierte einen verbeulten Blechtopf mit Wasser in der Hand. Mit einem zornigen Schrei warf er sich vor, schleuderte den Wurm mit einem Fußtritt zur Seite und schüttete das Wasser über ihm aus.

Eine Kette winziger Explosionen war die Folge. Die Würmer, die gerade dabei waren, aus dem Muttertier herauszukriechen, lösten sich in Rauch und Flammen auf – aber das große Tier nicht.

Cohen stöhnte vor Entsetzen, als er begriff, dass das Wasser *diesem* Geschöpf offenbar nichts anzuhaben vermochte.

Erneut begann der Wurm auf mich zuzukriechen. Ich musste ihm wohl doch irgendwie wehgetan haben, oder er hatte mich instinktiv als seinen gefährlichsten Gegner identifiziert – das, oder ich hatte einfach Pech. Die Bestie kroch zielsicher auf mich zu. Ihre winzigen Zähne schnappten nach meinem Fuß. Ich zog das Bein im letzten Augenblick zurück, aber als ich aufstehen wollte, knickte mein verletzter Fuß unter mir weg, und ich stürzte hilflos wieder zu Boden.

Der Wurm war heran. Seine Zähne schnappten nach meinem Gesicht. Ich warf mich mit einer verzweifelten Bewegung herum, entging dem Angriff um Haaresbreite und rollte zur Seite – und gegen die Wand!

Ich war gefangen. Ich konnte nicht aufstehen, und mir blieb auch keine Zeit mehr, erneut vor dem Ungeheuer davonzukriechen, das eine erstaunliche Geschwindigkeit entwickelte. Ich konnte die Hitze spüren, die von seinem Körper ausging, als es meine Hüfte berührte. Der Stoff meines Mantels begann zu schwelen.

Plötzlich stieß der Wurm einen zischenden Laut aus und prallte zurück. Er krümmte sich. Im allerersten Moment verstand ich nicht einmal, was geschehen war, doch dann gewahrte ich eine fingerlange, heftig blutende Wunde in seiner Flanke – und im gleichen Augenblick sah ich etwas Schwarzes durch den verkohlten Stoff meiner Manteltasche schimmern.

Ganz instinktiv griff ich zu, riss einen der Steinbrocken aus der Manteltasche und schwang ihn wie ein Messer. Ich dachte nicht darüber nach, was ich tat, und das rettete mir wohl das Leben, denn der Wurm spürte die Gefahr, die von meiner improvisierten Waffe ausging, sehr wohl. Mit einer unglaublich schnellen Bewegung warf er sich herum und versuchte davonzukriechen.

Aber so schnell er auch war, er war nicht schnell *genug*. Die dünne Steinscheibe traf seinen Körper in der Mitte und zerteilte ihn so mühelos wie das Skalpell eines Chirurgen. Der Wurm kreischte vor Schmerz und Agonie, krümmte sich und versuchte nach mir zu beißen.

Ich ließ ihm keine Chance. Ich spürte, wie mir die Sinne zu schwinden begannen, ich hörte trotzdem nicht auf, mit der steinernen Klinge immer und immer wieder nach ihm zu hacken, selbst, als er längst still dalag und sich nicht mehr rührte.

Howard erzählte mir später, dass Cohen und er den Stein gewaltsam aus meinen Fingern hatten lösen müssen, nachdem ich das Bewusstsein verloren hatte. Ich selbst erinnere mich kaum mehr daran. Zu sagen, dass ich in eine Art Blutrausch verfiel, wäre wohl nicht das richtige Wort – obwohl es der Wahrheit in der Sache wohl ziemlich nahe kam. Ich wusste nicht mehr, was ich tat; und hätte ich es gewusst, hätte ich kaum etwas dagegen tun können. Der Wurm war längst tot, ein zerfetzter, blutiger Kadaver, in dem jetzt nicht einmal mehr die bösartige Karikatur von Leben war, die ihn einst beseelt hatte, aber ich schlug und hackte und stieß immer wieder und wieder auf ihn ein, bis auch meine Hände längst zu bluten begonnen hatten und jedes Gefühl daraus wich.

In diesem Moment war diese Kreatur mehr als nur ein weiterer Feind für mich, mehr als nur ein weiteres Ungeheuer, das meine Gegner ausgesandt hatten, um mich zu vernichten und ihre Pläne endlich zu verwirklichen. Dieser Wurm versinnbildlichte in diesem Moment alles, was ich hasste; alles, vor dem ich je Angst gehabt hatte und alles, vor dem ich je zu fliehen versucht hatte. Ich war wie von Sinnen. Immer und immer wieder schlug ich auf die Kreatur ein, und alles, woran ich in diesen Augenblicken denken konnte, war dies: Ich hatte mein Leben, mein gesamtes *erstes* Leben, dem Kampf gegen die finsteren Mächte aus der Vergangenheit gewidmet, und ich hatte den höchsten Preis bezahlt, den ein Mensch zu zahlen imstande ist – den Tod. Und ich hatte wirklich geglaubt, für einige wenige, kostbare Wochen, dass ich genug getan hätte; alles und vielleicht mehr, als das Schicksal einem einzelnen Menschen abverlangen konnte.

Aber das stimmte nicht. Es war niemals genug.

Es hatte gerade erst wieder neu begonnen.

McDonald sah stirnrunzelnd auf die Taschenuhr, auf deren Deckel sein Daumen einen hässlichen Fettfleck hinterlassen hatte, klappte ihn mit der linken Hand zu und wickelte mit der anderen das Lunchpaket aus, das seine Frau ihm zurecht gemacht hatte. Es war noch nicht ganz Zeit zum Abendessen, aber weder McDonald noch seine beiden Kollegen nahmen es damit sehr ernst – so wenig wie ihre Vorgesetzten, die sowohl über diese wie über gewisse andere kleine Freiheiten, die die Männer sich dann und wann herausnahmen, hinwegsahen; vielleicht als Ausgleich für die schlecht bezahlte, unangenehme Arbeit, die die drei Nacht für Nacht in den Kellergeschossen der Pathologie verrichten mussten. Zumindest nahm McDonald an, dass es so war.

Er selbst empfand seine Arbeit als nicht besonders unangenehm; nicht, nachdem er so viel Zeit gehabt hatte, sich daran zu gewöhnen. Sicher, während der ersten Jahre hatte es ihn manchmal gewaltige Überwindung gekostet, seinen Dienst zu tun, aber das hatte sich geändert. Mittlerweile hatte McDonald seine eigene Einstellung zu den leblosen Körpern, die auf dem verchromten Tisch im Nebenraum landeten, und die war sehr simpel: tot war tot, und es spielte eigentlich keine Rolle, *wer* der Tote war oder *wie* er gestorben war.

Der Bursche zum Beispiel, den sie an diesem Abend vorbereiteten, damit die Ärzte am nächsten Morgen mit Skalpellen und Fachausdrücken über ihn herfallen konnten, ohne den *wirklich* unangenehmen Teil der Arbeit zu tun, wie ihn zu waschen, zur Untersuchung herzurichten und gegebenenfalls die einzelnen Teile zu sortieren – noch am vergangenen Morgen war er ein ehrbarer Beamter gewesen, mit der Aussicht auf eine Pension und einen geruhsamen Lebensabend, und wahrscheinlich hatte er eine Familie gehabt und Freunde, mit denen er zusammen Pläne für die nächsten dreißig oder vierzig Jahre gemacht hatte. Jetzt war es damit aus. Soviel McDonald gehört hatte, war der arme Kerl einem Verrückten in die Hände gefallen, der ihm die Kehle durchgebissen hatte. So schnell konnte das gehen.

McDonald verscheuchte den Gedanken, wickelte sein Brot vollends aus und stellte fest, dass seine Frau wieder einmal einen Anflug ihres ganz besonderen Humors gehabt haben musste – auf dem Sandwich war Schweinebregen. Er grinste, biss nichtsdestotrotz mit großem Appetit hinein und begann genüsslich zu kauen, als aus dem Nebenraum die Stimme eines seiner beiden Kollegen erscholl: »Himmelarschdonnerwetter! Was ist denn das für eine Sauerei?«

McDonald runzelte die Stirn, betrachtete das angebissene Sandwich eine Sekunde lang verwirrt und stand dann auf. Das Brot in der Rechten und noch immer kauend, ging er in den benachbarten Raum. Seine beiden Kollegen standen vor dem Untersuchungstisch und wandten ihm den Rücken zu. Trotzdem konnte McDonald sehen, dass sie den toten Bauaufsichtsbeamten bereits entkleidet und auf den Tisch gelegt hatte. Zumindest von seiner Position aus konnte McDonald nichts Außergewöhnliches an der Leiche erkennen.

»Was ist denn los?«, fragte er mit vollem Mund.

Stan, der ältere der beiden Männer, drehte sich halb zu ihm herum und deutete zornig gestikulierend auf den Leichnam. »Schau dir das an! Sie hätten es uns wenigstens sagen können!«

»Was sagen?« McDonald trat noch immer kauend an seinem Kollegen vorbei und warf einen neugierigen Blick auf den Toten. In der nächsten Sekunde verstand er, was Stan gemeint hatte.

»Diese dämlichen Hunde!«, schimpfte Stan. »Wahrscheinlich haben Sie sich halb tot gelacht, als sie ihn in den Krankenwagen verfrachtet haben und an unsere Gesichter dachten. Scheiße, da kann einem ja der Appetit vergehen!«

Das geschah nicht – aber McDonald verstand die Erregung seines Kollegen durchaus. Es war nicht das erste Mal, dass die Ambulanter, die die Toten brachten, ihnen nicht *alles* sagten, womit sie zu rechnen hatten.

»Sie haben erzählt, dass ihm jemand die Kehle durchgebissen hat!«, beschwerte sich Stan. »Aber sie haben nicht gesagt, dass er ihn *ausgehöhlt* hat!«

Diese Behauptung kam der Wahrheit ziemlich nahe, fand McDonald. Der Schädel des Toten war auf die Seite gerollt, sodass man seinen Hinterkopf sehen konnte. Oder auch nicht. Wo die Schädeldecke des Toten sein sollte, gähnte ein mehr als faustgroßes Loch. Sein Gehirn und alles, was sonst noch in seinem Kopf sein sollte, fehlte. Der Tote sah wirklich aus, als wäre er ausgehöhlt worden.

»Wo zum Teufel ist sein Gehirn?«, empörte sich Stan.

McDonald blickte eine Sekunde lang nachdenklich auf sein Sandwich herab, dann wieder auf den geöffneten Schädel des Toten, dann zuckte er mit den Schultern und biss herzhaft in sein Brot.

»Keine Ahnung«, sagte er. »Ehrlich gesagt, interessiert es mich auch nicht. Darüber sollen sich die Ärzte den Kopf zerbrechen. Die werden besser bezahlt als wir.«

Und damit drehte er sich herum und ging, um seinen vorgezogenen Lunch fortzusetzen.

Das faustgroße Loch, das im Boden direkt unter dem Untersuchungstisch gähnte, bemerkten an diesem Abend weder er noch einer seiner beiden Kollegen. Es fiel erst den Männern der Tagschicht auf, die unverzüglich einen Maurer bestellten, um es ausbessern zu lassen.

Fluch aus der Vergangenheit

Kevin Collins arbeitete bereits seit fast dreißig seiner insgesamt neunundvierzig Jahre auf der Harper-Werft. Die harte Arbeit hatte ihre Spuren hinterlassen. Er war ein bulliger Mann mit breiten Schultern und Händen, die an die Pranken eines Bären erinnerten. Wo er hinschlug, da wuchs so schnell kein Gras mehr, das konnten zahlreiche Zecher bezeugen, die im Laufe der Zeit den Fehler begangen hatten, sich in einer der vielen Kneipen des Hafenviertels, in denen er verkehrte, mit ihm anzulegen. Er war kein streitsüchtiger Mann, ganz gewiss nicht, aber er ging auch keiner Schlägerei aus dem Wege, wenn er genügend provoziert wurde.

Angst kannte er nicht. Er wusste, dass er sich auf seine eigene Kraft verlassen konnte, falls ihm jemand dumm kam, wenn er nach getaner Arbeit in irgendeiner Spelunke herumhing und ein paar Bier trank, bis er sich irgendwann ins Bett fallen ließ, um am nächsten Morgen wieder zur Arbeit zu erscheinen. Ein Tag war wie der andere, und seit vor nunmehr elf Jahren seine Frau an einer tückischen Krankheit gestorben war, gab es auch keine anderen Menschen oder sonstigen Besitztümer mehr, die ihm so viel bedeuteten, dass er um ihren Verlust fürchten musste. Wovor oder worum sollte er also Angst haben?

Zumindest hatte er das bis vor ein paar Tagen geglaubt. Seither jedoch hatte sich seine Einstellung geändert.

Es war eine Veränderung, die er sich nicht erklären konnte, so wenig wie seine Furcht selbst. Hätte ihm vor einigen Wochen jemand erzählt, dass er sich irgendwann ausgerechnet vor einem *Schiff* fürchten würde, so hätte er schallend darüber gelacht.

Aber die HMS THUNDERCHILD war nicht einfach nur irgendein Schiff. Vor mehr als vier Monaten war sie in die Werft eingelaufen. Collins wusste nicht, was mit dem Kriegsschiff geschehen war, auf jeden Fall wies es einige Beschädigungen auf. In der Bordwand befanden sich mehrere kleine Löcher, die unbedingt abgedichtet werden mussten, zumal einige davon in gefährlicher Nähe zur Wasserlinie prangten. Eine Routinereparatur, mehr nicht, die höchstens wenige Tage Zeit in Anspruch nehmen würde.

Wenigstens hatte man das damals geglaubt.

Aber irgendetwas an dem Schiff war wie verhext. Die Löcher abzudichten erwies sich als beinahe unmöglich. Die genauen Gründe dafür kannte Collins nicht, und sie waren ihm auch egal. Er hatte damals an einem anderen Schiff gearbeitet, doch er hatte von Kollegen über die THUNDERCHILD gehört. Während der Reparaturarbeiten war es zu überdurchschnittlich vielen Unfällen gekommen, drei davon mit tödlichem Ausgang. Einige der Arbeiter hatten sich im Laufe der Zeit sogar geweigert, das Schiff überhaupt noch einmal zu betreten. Sie hatten nicht einmal mehr darüber sprechen wollen, oder wenn, dann nur hinter vorgehaltener Hand, und was sie dann zum Besten gegeben hatten, war nicht mehr als albernes abergläubisches Gerede gewesen.

Im Kern lief dieses Gerede immer wieder darauf hinaus, dass es an Bord des Zerstörers spuken sollte.

Collins hatte darüber lediglich gegrinst. Er war kein gläubiger Mensch, und Aberglaube lag ihm erst recht fern. Das versponnene Gerede der anderen war ganz sicher nicht dazu geeignet, seine diesbezügliche Einstellung zu ändern, zumal niemand ihm Genaueres über die Art des angeblichen Spuks erzählen konnte – oder wollte –, geschweige denn irgendwelche Beweise dafür vorlegte. Das Schiff war den meisten, die darauf gearbeitet hatten, lediglich auf eine nicht näher zu beschreibende Art unheimlich.

Eines allerdings war Collins aufgefallen: Seine mit der Reparatur der THUNDERCHILD betrauten Kollegen hatten begonnen, sich zu verändern. Fast alle kannte er, traf sich oft genug mit ihnen abends auf ein paar Bier, und deshalb war ihm die Veränderung aufgefallen. Sie wurden wortkarger und weniger gesellig, einige von ihnen sogar regelrecht streitsüchtig, selbst die, die es vorher nie gewesen waren. Er hatte es jedoch auf den schleppenden Fortgang der Arbeiten und den daraus folgenden Druck von Seiten der Werftleitung geschoben.

Aus den anfangs veranschlagten Tagen waren Wochen geworden, und schließlich war man dazu übergegangen, nicht mehr länger zu versuchen, die Löcher zu flicken, sondern einen Teil der Panzerung völlig zu erneuern. Dies hatte weitere Wochen in Anspruch genommen, und zu dieser Zeit hatte auch Collins für einige Tage auf der THUNDERCHILD gearbeitet.

Seither hatte sich seine Einstellung dem Schiff gegenüber verändert, und er konnte die Schilderungen der anderen nachvollziehen. Es gab keine konkreten Geschehnisse, die er benennen konnte, aber bei Betreten des Schiffes hatte er stets ein Unbehagen verspürt, das alles übertraf, was er zuvor erlebt hatte. Manchmal war es ihm vorgekommen, als ob sich die THUNDERCHILD veränderte, während er an Bord war. Mehr als einmal hatte er sich in den labyrinthischen Gängen und Korridoren verlaufen, was ihm sonst noch niemals in einem Schiff passiert war. Ein paar Mal hätte er sogar jeden Eid geschworen, dass es bestimmte Gänge und Korridorbiegungen noch wenige Stunden vorher nicht gegeben hatte, so verrückt ihm diese Gedanken nachträglich auch vorkamen. Aber gegen das Unbehagen kam er nicht an. Das Gefühl, ein unerwünschter Eindringling in dem Schiff zu sein, war fast übermächtig geworden, ohne dass er es sich erklären konnte, aber er war mehr und mehr zu der Überzeugung gelangt, dass irgendetwas abgrundtief Böses von dem Zerstörer Besitz ergriffen hatte. Jeden Tag hatte er am Ende seiner Schicht erleichtert aufgeatmet, und er war heilfroh gewesen, als man ihn nach einigen Tagen wieder zur Reparatur eines anderen Schiffes abgestellt hatte.

Als man die THUNDERCHILD schließlich aus dem Trockendock zu Wasser gelassen hatte, hätte dies um ein Haar in einer Katastrophe geendet. An irgendwelchen verborgenen Stellen war weiterhin Wasser ins Schiff eingedrungen. Es hatte so tief gelegen, dass nicht mehr viel gefehlt hätte, es vollends versinken zu lassen. Nur mit knapper Not hatte man es ins Trockendock zurückschaffen können, und dort befand es sich seither, ohne dass weiter daran gearbeitet wurde. Von Zeit zu Zeit erschienen irgendwelche Ingenieure in Begleitung hoher Tiere des Schifffahrtsamtes und der Marine, um es zu inspizieren und über Konstruktionsplänen zu brüten, aber bislang hatte niemand die Ursache des Beinahe-Unterganges ergründen können.

Collins war sich bis zum heutigen Tage nicht sicher, was es mit der THUNDERCHILD auf sich hatte. Es lag inzwischen mehr als zwei Monate zurück, dass er den Zerstörer zuletzt betreten hatte, aber sein bloßer Anblick flößte ihm noch immer Unbehagen ein, und obwohl es auf dem letzten und abgelegensten Dock der Werft lag, bekam er es an jedem Arbeitstag mehrmals zu sehen.

Auch an diesem Tag war dies nicht anders. Zusammen mit einigen Kollegen war er damit beschäftigt, letzte Reparaturen an den Deckaufbauten eines Seglers vorzunehmen, auf dem Dock, das dem der THUNDERCHILD am nächsten lag. Es war später Nachmittag, und in knapp einer halben Stunde würde seine Schicht enden. Er vermied es, so gut es ging, zu dem Zerstörer hinüberzublicken, dennoch gelang es ihm nicht, dessen Nähe aus seinen Gedanken zu verbannen.

Fast den ganzen Tag über hatte es geregnet, doch im Westen lockerte sich die Bewölkung allmählich auf, und gelegentlich brachen sogar die Strahlen der untergehenden Sonne durch die Wolkendecke.

Nur mit Mühe konnte Collins einen Schrei unterdrücken, als wieder einmal die Sonne kurzzeitig durch ein Wolkenloch brach und er den Schatten sah, der sich rings um ihn herum auf dem Deck des Segelschiffes ausbreitete.

Schatten?

Was er sah, war ein monströser Umriss, etwas wie ein gigantisch aufgeblähter Balg mit einer Vielzahl langer, tentakelartiger Arme, die wild umherpeitschten und nach ihm zu greifen schienen.

Für Sekunden war er wie gelähmt, unfähig sich zu bewegen, im eisernen Würgegriff einer Panik. Dann entglitt der schwere Hammer seinen Händen und traf seine Zehen. Ein wilder Schmerz zuckte durch seinen Fuß und trieb Collins die Tränen in die Augen. Er stöhnte und kniff die Augen zusammen.

Als er sie wieder öffnete, war der Bann gebrochen. Der Schatten war nicht länger der eines tentakelbewehrten Ungeheuers, sondern nichts weiter als der der gedrungenen Deckaufbauten der THUNDERCHILD; und gleich darauf schoben sich wieder Wolken vor die Sonne, und der Schatten verblasste vollends.

Erst jetzt bemerkte Collins, dass er am ganzen Körper zu zittern begonnen hatte. Die schweren Arbeitsschuhe hatten ihn vor einer Verletzung bewahrt, aber noch immer stand das Bild des monströsen Schattens deutlich vor seinen Augen. Er wusste, dass er sich den Anblick nicht nur eingebildet hatte.

Kevin Collins hatte geglaubt, dass es nichts gäbe, das ihm noch Angst einflößen könnte, geschweige denn Panik.

An diesem Tag wurde er eines Besseren belehrt, und obwohl er sich noch am gleichen Abend so gründlich betrank wie seit dem Tod seiner Frau nicht mehr, gelang es ihm nicht, dieses Gefühl zu betäuben.

Mit halsbrecherischer Geschwindigkeit jagte die Kutsche durch die menschenleeren Straßen und schwankte dabei von einer Seite zur anderen, dass ich bei jeder Kurve für einen Moment befürchtete, sie würde umkippen. Dennoch war vom Bock her fast ununterbrochen das Knallen der Peitsche zu hören, mit der Rowlf die Pferde zu noch größerer Eile antrieb. Jede Unebenheit des Kopfsteinpflasters wurde bei diesem Tempo fast ungefedert in den Innenraum übertragen, dass ich das Gefühl hatte, auf einem störrischen Maulesel zu reiten, und Mühe hatte, nicht von der Sitzbank geschleudert zu werden. Mir gegenüber kämpfte Howard mit den gleichen Schwierigkeiten. Er hatte die Zähne fest zusammengebissen und sah leicht grün im Gesicht aus. Nachdem sie ihm zweimal aus dem Mund gefallen war, hatte er sogar seine erst halb gerauchte Zigarre aus dem Fenster geworfen.

Zum Glück herrschte kaum Verkehr. Es war noch nicht einmal zehn Uhr nachts, und normalerweise hätte das Nachtleben in einer Metropole wie London gerade erst begonnen, aber Regen und eisiger Wind hatten die Menschen von den Straßen vertrieben. Nur vereinzelt begegnete uns ein anderes Fuhrwerk oder war ein gebückt dahinhastender Fußgänger zu entdecken.

»Wann sind wir denn endlich da?«, brummte Howard. »Rowlf wird uns noch umbringen, wenn er weiter wie ein Geisteskranker fährt.«

»Wir müssen Montgomery von seinem idiotischen Plan abbringen, und dabei kann es auf jede Minute ankommen«, gab ich zurück.

»Hast du wenigstens schon eine Idee, wie wir das anstellen sollen, wenn nicht einmal Cohen etwas dagegen unternehmen kann?«

Ich zuckte verlegen die Achseln und wich seinem Blick aus. Alles war viel zu schnell gegangen, als dass ich Zeit gehabt hätte, mir einen Plan zurechtzulegen. Wahrscheinlich hatte Howard sogar Recht und wir würden gar nichts ausrichten können, aber ich weigerte mich, darüber auch nur nachzudenken. Ich wollte wenigstens vor Ort sein und alles versuchen, um doch noch zu verhindern, dass Montgomery sein Vorhaben in die Tat umsetzte.

»Uns wird schon etwas einfallen, wenn wir erst einmal da sind«, murmelte ich. Ich konnte nicht einmal mich selbst damit überzeugen, und auch Howard verzog skeptisch das Gesicht, sagte aber nichts. Auch er wusste, wie viel auf dem Spiel stand.

Die Kutsche verlangsamte ihre Fahrt, und ich blickte erneut aus dem Fenster. Wir befanden uns bereits in der Atkins-Road und hatten unser Ziel fast erreicht. Links von uns erstreckte sich der gewaltige, erst zu einem Teil weggeräumte Schuttberg, der von dem Hansom-Komplex übrig geblieben war.

Knapp eine Woche war seit der Entdeckung des unheimlichen Reliefs verstrichen, und in dieser Zeit hatte Inspektor Cohen Montgomerys Vorhaben unter Berufung auf alle möglichen dubiosen Gesetze und Verordnungen verhindert, doch nun hatte der Museumsleiter offenbar einen Weg gefunden, seinen Willen doch noch durchzusetzen. Ich hatte den Abend über mit Howard und Rowlf zusammengesessen, als uns eine entsprechende Nachricht Cohens erreicht und aufgeschreckt hatte, und wir hatten uns sofort auf den Weg gemacht, um zu versuchen, das Schlimmste noch zu verhindern, auch wenn ich bislang nicht die geringste Ahnung hatte, wie wir das anstellen sollten.

Mit einem heftigen Ruck, der mich abermals fast von der Sitzbank geschleudert hätte, kam die Kutsche zum Stehen. Ich stieß die Tür auf und sprang ins Freie, wobei ich fast mit einem Bobby zusammengeprallt wäre, der mir mit abwehrend vorgestreckten Händen entgegengeeilt kam.

»Bitte entschuldigen Sie, Sir, aber Sie dürfen hier nicht weiter«, sagte er scharf. »Die Straße ist vorübergehend gesperrt.«

»Gerade deshalb bin ich hier«, entgegnete ich. »Mein Name ist Robert Craven. Inspektor Cohen hat mich hergebeten.«

Das Gesicht des Polizisten wurde schlagartig freundlicher, er rang sich sogar ein leichtes Lächeln ab.

»Aber natürlich, Mister Craven, das ist etwas anderes. Kommen Sie, der Inspektor erwartet Sie bereits.«

Während ich ihm zusammen mit Howard und Rowlf folgte, registrierte ich mit Beunruhigung die beiden großen Lastenfuhrwerke, die auf der Straße standen und die offenbar zum Abtransport des Reliefs zum Museum dienen sollten. Der Bobby führte uns in die unterirdischen Höhlen, und auch die Veränderungen, die es hier gegeben hatte, erfüllten mich mit Unbehagen. Als ich vor etwas mehr als einer Woche zum ersten Mal hier gewesen war, hatten wir eine einfache Leiter hinabsteigen müssen. Jetzt war der Einstieg beträchtlich erweitert worden, und man hatte Stufen in den Fels geschlagen, die eine breite Treppe bildeten.

In der von Karbidscheinwerfern taghell erleuchteten Höhle hielten sich zahlreiche Menschen auf, die meisten davon in einfache Arbeitsmonturen gekleidet, aber es waren auch einige Polizisten und Männer in vornehmen Anzügen da, vermutlich honorige Mitarbeiter des Museums. Auch Montgomery entdeckte ich bei ihnen. Er stand direkt vor dem mehrere Yards durchmessenden Relief und erteilte Anweisungen. Arbeiter hatten bereits damit begonnen, die gewaltige Steinplatte von der Felswand zu lösen.

Ich zwang mich, das Relief anzusehen, aber trotz der Entfernung gelang es mir nur für kurze Zeit. Die auf aberwitzige, schier unmöglich erscheinende Art ineinander gekrümmten und gedrehten Linien, die darin eingraviert waren, schienen allen Naturgesetzen Hohn zu sprechen und überstiegen in ihrer Fremdartigkeit die Aufnahmefähigkeit des menschlichen Verstandes. Sie entstammten der Geometrie eines Universums, das mit unserem unvereinbar war. Ihr bloßer Anblick trieb mir bereits nach wenigen Sekunden Tränen in die Augen und verursachte einen stechenden Kopfschmerz hinter meiner Stirn, sodass ich den Blick abwenden musste, bevor der Schmerz allzu schlimm wurde. Ich bemerkte, dass auch die meisten anderen Anwesenden sich bemühten, das Relief nur kurz anzublicken, und sich immer wieder benommen über die Augen strichen. Ich konnte ihr Verhalten gut verstehen. Gerade deswegen war es Wahnsinn, wenn Montgomery das Relief hier wegschaffen ließ und es in einem Museum ausstellte. Ich wusste nicht, welche Bedeutung die eingravierten Zeichen hatten und ob dem Relief irgendwelche wie auch immer gearteten dämonischen Kräfte innewohnten, aber es war bereits gefährlich, es auch nur zu intensiv anzusehen. Ein allzu langer Anblick der sinnverwirrenden Gravuren konnte einen Menschen durchaus den Verstand kosten und ihn in den Wahnsinn treiben.

»Kommt mir vor, als würd' dat Ding jedes Mal noch hässlicha werdn«, brummte Rowlf und schnitt eine Grimasse. Die Stimme des bulligen Hünen, der sich in den letzten Jahren zum Boss einer der größten Diebesbanden Londons gemacht hatte, riss mich aus meinen Grübeleien, und ich entdeckte Cohen, der sich uns mit raschen Schritten näherte.

»Craven, endlich«, rief er und nickte Howard und Rowlf einen flüchtigen Gruß zu. Gleich darauf hustete er und fächelte mit der Hand nach frischer Luft, nachdem Howard ihm eine Rauchwolke aus seiner frisch angezündeten Zigarre entgegengeblasen hatte.

»Was geht hier vor?«, fragte ich. »Haben Sie mir nicht versprochen, Sie könnten Montgomery für Monate oder sogar Jahre aufhalten?«

»Das dachte ich auch.« Cohen gestikulierte wild mit den Händen. »Aber er muss offenbar ein paar äußerst einflussreiche Freunde haben, und ich habe nichts als Ihre Warnungen davor, dieses verdammte Ding hier wegzubringen. Ich wollte für heute gerade Feierabend machen, als er mit einem richterlichen Beschluss in mein Büro gestürmt kam. Ich kann ihn nicht mehr aufhalten, der Beschluss räumt ihm alle nötigen Vollmachten ein.«

»Aber irgendetwas muss man doch tun können! Dieses Ding ist *gefährlich*, das wissen Sie so gut wie ich.«

»Ich weiß überhaupt nichts. Für mich sind es nur ein paar Krakel in einer Steinplatte, aber Sie wissen ja anscheinend mehr darüber. Deshalb habe ich Sie rufen lassen. Ich bin mit meinen Möglichkeiten am Ende.« Cohen zuckte resignierend mit den Schultern. »Alles weitere liegt nur noch an Ihnen. Versuchen Sie, ob Sie Montgomery überzeugen können, wenn Ihnen so viel daran liegt, aber ich bezweifle, dass Sie damit Erfolg haben werden. Der Mann ist regelrecht besessen von dieser Platte.«

»Wartet ihr hier. Ich spreche erst einmal allein mit ihm«, bat ich Howard und Rowlf, dann wandte ich mich ab und ging zu dem Museumsleiter hinüber. Cohen hatte mit seiner Bemerkung den Nagel auf den Kopf getroffen. In gewisser Hinsicht war Montgomery von seiner Arbeit tatsächlich geradezu besessen. Glücklicherweise waren nur wenige Artefakte aus der Zeit der GROSSEN ALTEN erhalten geblieben, sonst wäre er versessen darauf, jedes einzelne in seinem Museum auszustellen, dessen er habhaft werden könnte.

Als er meine Schritte hörte, blickte er auf und drehte sich zu mir herum. Montgomery war ein knapp sechzigjähriger, leicht untersetzter Mann mit ergrautem Haar und dunklen Augen, in denen überdeutlich die Begeisterung funkelte, die er empfand.

»Ah, Mister Craven«, begrüßte er mich. »Darf ich fragen, was Sie hierher führt?«

»Das Gleiche wie Sie«, erwiderte ich und deutete dabei auf das Relief. »Sind Sie wirklich sicher, dass es vernünftig ist, es hier wegzuschaffen und für die Öffentlichkeit auszustellen?«

»Es ist ohne jeden Zweifel eine bedeutende archäologische Entdeckung, und deshalb hat die Öffentlichkeit ein Anrecht, daran teilzuhaben«, behauptete er. »Allerdings wird sie sich noch eine Weile gedulden müssen. Zunächst einmal wird es weitere gründliche Untersuchungen geben. Ich habe bereits mit mehreren Experten gesprochen, und wir sind übereinstimmend zu dem Ergebnis gekommen, dass es einer Kultur entstammt, über die wir bislang noch fast nichts wissen, wenn überhaupt etwas.«

»Und das sollte auch besser so bleiben«, murmelte ich leise, doch Montgomery hatte meine Worte gehört oder zumindest erraten.

»Das ist vielleicht Ihre Meinung, Mister Craven, aber ich denke anders darüber. Unseren ersten vorsichtigen Schätzungen nach ist dieses Relief mindestens zehntausend Jahre alt, und insofern ist es wissenschaftlich von geradezu unschätzbarem Wert. Wenn sich auf diese Art die Existenz einer bislang völlig unbekannten Kultur beweisen ließe –«

»- dann würde sich dadurch überhaupt nichts ändern, außer dass Ihr Name vielleicht in ein paar Fachbüchern erwähnt wird«, fiel ich ihm ins Wort, wobei es mir angesichts des Ernstes der Situation leicht fiel, mir ein Grinsen zu verkneifen. Zehntausend Jahre. Montgomery würde völlig ausrasten, wenn er erführe, dass das Relief aller Wahrscheinlichkeit nach bereits älter als *zweihundert Millionen* Jahre war! Es war besser, ihn in seinem Irrtum zu belassen. »Aber darum geht es nicht«, fuhr ich hastig fort. »Nehmen wir einmal an, es entstammt tatsächlich einer bislang unbekannten Kultur, so muss sie ziemlich schrecklich gewesen sein. Sehen Sie sich diese Zeichen doch nur einmal genauer an.«

Montgomery räusperte sich. »Ich gebe zu, es ist etwas ... *fremdartig*, aber das ist bei einer fremden Kultur ja wohl auch zu erwarten.«

»Es ist nicht nur fremdartig, es ist unheimlich«, behauptete ich, obwohl mir mit jeder Sekunde deutlicher bewusst wurde, dass ich mich vergeblich abmühte. Montgomerys Entschluss stand fest, und ich würde ihn nicht mehr umstimmen können, egal, was ich auch sagte. Dennoch wollte ich noch nicht aufgeben. »Ist es Ihnen schon mal gelungen, es länger als ein paar Sekunden intensiv zu betrachten? Sie sind nicht der Einzige, dem es so geht. Beobachten Sie doch nur einmal die anderen Männer. Und Sie wollen dieses Relief öffentlich ausstellen?«

Ein unsicherer Ausdruck glitt über Montgomerys Gesicht. »Worauf wollen Sie hinaus, Mister Craven? Wollen Sie vielleicht behaupten, dass hier so etwas wie Zauberei im Spiel ist?« Er lachte, doch es klang eine Spur zu laut und gezwungen, um echt zu wirken, und er wurde rasch wieder ernst. »Sie sehen Ihrem Zwillingsbruder nicht nur verblüffend ähnlich, Sie haben auch sonst mehr Ähnlichkeit mit ihm, als Sie vielleicht ahnen. Es heißt, er hätte sich viel mit Okkultismus und sonstigem Hokuspokus beschäftigt. Nichts für ungut, aber falls Sie vorhaben, mich ebenfalls von solchem Unsinn zu überzeugen, dann muss ich Ihnen sagen, dass Sie sich den Falschen dafür ausgesucht haben.«

Mühsam kämpfte ich den in mir aufkochenden Zorn nieder. Schon früher hatte ich mit ihm gelegentlich diskutiert, und es hatte sich als völlig aussichtslos erwiesen, ihn von der Existenz fremder, dämonischer Mächte zu überzeugen. Bis zu einem gewissen Punkt konnte ich seine Einstellung sogar verstehen, teilte er sie doch mit einem Großteil der Bevölkerung, und auch ich selbst hatte die meiste Zeit meines Lebens nicht anders gedacht, bis ich auf schreckliche Weise von der Existenz der GROSSEN ALTEN und ihrer Dienerkreaturen überzeugt worden war. Trotzdem waren es gerade Menschen wie Montgomery, die mit ihrer blinden Wissenschaftsgläubigkeit unwissentlich dazu beitrugen, das Verderben heraufzubeschwören, und es den dämonischen Göttern erleichterten, wieder auf der Erde Fuß zu fassen, über die sie vor Äonen von Jahren schon einmal geherrscht hatten.

Auf diesem Weg kam ich jedenfalls nicht weiter. Besorgt beobachtete ich, wie die Arbeiter das Relief immer weiter von der Felswand lösten, und beschloss, meine Gangart zu ändern.

»Wie ich gehört habe, war mein Bruder allerdings auch einer der Hauptsponsoren Ihres Museums«, sagte ich mit mühsam erzwungener Ruhe. »Und ich habe ebenfalls bereits einige beträchtliche Beträge gespendet. Wenn ich mir allerdings ansehe, dass diese Spenden unter anderem dazu missbraucht werden, mit immensem Aufwand und entsprechend hohen Kosten irgendwelche Felsteile mit völlig sinnlosen Kritzeleien auszugraben, dann sollte ich mein Geld in Zukunft vielleicht besser für andere wohltätige Zwecke zur Verfügung stellen.«

»Wollen Sie mir etwa drohen?«, fragte Montgomery so laut, dass einige der Umstehenden sich zu uns umwandten und uns neugierig anstarrten. »Glauben Sie mir, ich habe volle Rückendeckung des gesamten Direktoriums«, sprach er mit gedämpfter, aber immer noch verärgert klingender Stimme weiter. »Es wäre bedauerlich, wenn wir von Ihnen nicht mehr unterstützt würden, aber ganz sicher lassen wir uns von Ihnen nicht vorschreiben, was wir zu tun haben. Und was den Aufwand betrifft, so hält er sich in Grenzen, da wir die gesamte Platte in mehrere leicht zu transportierende Teile zerlegen und sie erst im Museum wieder zusammensetzen werden.«

Ich fuhr herum und starrte auf das Relief. Erst jetzt fiel mir auf, dass die Arbeiter nicht nur damit beschäftigt waren, es von der Wand zu lösen, sondern zudem bereits Vorbereitungen trafen, es mit Steinsägen in insgesamt vier Stücke von jeweils etwas mehr als einem Yard Durchmesser zu zerteilen.

»Das ist Wahnsinn«, keuchte Howard neben mir. »Montgomery, das dürfen Sie nicht tun!«

»Für Sie immer noch *Mister* Montgomery, *Mister* Lovecraft«, erwiderte er scharf. »Außerdem habe ich einen gültigen Gerichtsbescheid, in dem steht, dass ich ganz genau das sehr wohl tun darf. Und jetzt entschuldigen Sie mich bitte, im Gegensatz zu Ihnen habe ich hier zu arbeiten«, fügte er hinzu und kehrte zu seinen Begleitern zurück.

Howard ballte die Fäuste und blickte mich hilflos an. »Robert, verdammt, tu doch etwas.«

Ich schüttelte resignierend den Kopf. »Ich kann nichts mehr tun, egal, was ich sage. Dieser Dummkopf hört mir ja nicht mal richtig zu, und er hat das Gesetz auf seiner Seite.« Ich sah noch einmal zu dem Relief hinüber. »Wir können nur hoffen, dass wir uns umsonst Sorgen gemacht haben. Vielleicht ist das Relief ja wirklich harmlos.«

Die Worte klangen nicht einmal in meinen eigenen Ohren überzeugend, und obwohl Howard schwieg, zeigte sein Blick deutlich, wie wenig er von dieser Hoffnung hielt. Nichts, was die GROSSEN ALTEN hinterlassen hatten, war harmlos, diese Erfahrung hatten wir bereits mehr als einmal machen müssen. Ihr Erbe war Millionen von Jahren alt, aber trotzdem immer noch so gefährlich wie am ersten Tag, und es war schon zahllosen Menschen zum Verhängnis geworden, die darauf gestoßen waren und sich ohne zu wissen, womit sie es zu tun hatten, zu weit vorgewagt hatten.

Voller Sorge und von bangen Vorahnungen erfüllt beobachtete ich, wie die Arbeiter damit begannen, das Relief zu zerlegen. Ich konnte nicht sagen, was ich erwartete, doch mir stockte für einige Sekunden der Atem, als sich die Sägen in das Gestein hineinfraßen. Erst als auch nach mehreren Minuten noch nichts geschehen war, nahmen meine Befürchtungen allmählich etwas ab, ohne sich jedoch ganz zu legen.

Mit vereinter Anstrengung wuchteten die Männer das erste abgetrennte Segment auf einen flachen Karren und banden es darauf fest, um es aus der Höhle zu schaffen, als mich Howard plötzlich am Arm packte und so fest zudrückte, dass ich nur mit Mühe einen Schmerzensruf unterdrücken konnte.

»Sieh dir das an, Robert!«, keuchte er aufgeregt und deutete auf den Karren.

»Was denn?«, presste ich hervor. »Und lass endlich los, du brichst mir ja den Arm.«

»Ich muss völlig blind gewesen sein, dass es mir nicht vorher schon aufgefallen ist«, fuhr er wie im Selbstgespräch fort, lockerte seinen Griff aber wenigstens. »Dabei ist es doch so deutlich.«

»Wovon sprichst du überhaupt?« Gewöhnlich war Howard die Ruhe selbst. Es war selten vorgekommen, dass ich ihn so aufgeregt erlebt hatte.

»Die Steinbrocken, die Blossom und Hasseltime bei sich hatten«, stieß er hervor. »Wir sind davon ausgegangen, dass sie von dem Relief stammen und die Zeichen darauf Ausschnitte aus dem großen Symbol sind. Aber das sind sie nicht. In Wahrheit sind sie völlig identisch damit! In verkleinerter Form zeigen beide genau das gleiche Bild wie das gesamte Relief.«

»Und?«, fragte ich verwirrt. »Ich verstehe nicht, worauf du hinauswillst.«

»Dann sieh dir mal die Teile an, die diese Narren gerade auseinandergesägt haben! Auch von ihnen zeigt jetzt plötzlich jedes genau das gleiche Symbol, obwohl auf jedem nur ein Ausschnitt zu sehen sein dürfte.«

»Unmöglich«, murmelte ich, trat aber ein paar Schritte vor, um die Steinplatten genauer betrachten zu können. Wie zuvor fiel es mir auch jetzt schwer, die Zeichen darauf länger als ein paar Sekunden anzusehen, aber ich ignorierte den stechenden Kopfschmerz und zwang mich, die Gravuren miteinander zu vergleichen, ohne dass es mir gelang, in dem anscheinend völlig sinnlosen Durcheinander von Linien Gemeinsamkeiten zu entdecken.

»Du musst versuchen, dir bestimmte geometrische Muster einzuprägen, dann erkennst du es«, riet Howard. »Für mich gibt es inzwischen überhaupt keinen Zweifel mehr. Sieh in die obere linke Ecke. Dort gibt es einige Bögen, die wider alle Logik zusammen eine Art Dreieck bilden.«

Ich konzentrierte mich auf die angegebene Ecke, doch alles, was ich erkennen konnte, war eine Spirale, die sich nach innen wie auch nach außen gleichermaßen zu verengen schien. Diese aber sah ich dafür in jedem der Teilstücke an der gleichen Stelle, und auch bei weiteren geometrischen Monstrositäten erging es mir ebenso.

»Aber ... das ist doch unmöglich«, wiederholte ich fassungslos. »In dem Symbol muss es schon vorher einzelne Stellen und Zeichen gegeben haben, sie sich mehrfach wiederholt haben, oder –«

»Genau die gleichen Zeichen, die ich auf den beiden Steinen gefunden habe, die wir von Blossom und Hasseltime haben?«, fiel mir Howard ins Wort. »Schade, dass wir sie nicht dabeihaben, aber ich bin mir nahezu sicher, dass sie exakte Abbilder des gesamten Reliefs und nun auch seiner einzelnen Segmente zeigen. Warte einen Moment.«

Howard trat zu der Stelle, an der die gewaltige Steinplatte zerlegt worden war. Das Auseinandersägen war nicht völlig glatt gegangen, mehrere Stücke waren von dem Relief abgesplittert. Einige waren nicht viel größer als ein Fingernagel, andere fast so groß wie eine Schachtel Zündhölzer. Howard bückte sich nach einem der größeren Stücke und lächelte Montgomery dabei freundlich an.

»Keine Sorge, Sie bekommen es gleich zurück«, behauptete er. Einige Sekunden lang betrachtete er die Gravuren auf dem Bruchstück, dann blinzelte er und reichte es an mich weiter.

Es fiel mir schwer, in der Vielzahl der Linien auf dem kleinen Steinbrocken überhaupt noch irgendetwas zu erkennen, aber Howards unglaubliche Behauptung schien sich zu bestätigen. Nachdem ich mehrfach zwischen den großen Segmenten und dem Brocken hin und her gesehen hatte und mein Kopf bereits wieder zu schmerzen begann, fand ich wiederum die gleichen Zeichen.

»Glaubst du mir jetzt?«, erkundigte sich Howard. »Die Gravuren verändern sich. Vorher war auf dem Splitter bestimmt nur ein winziger Ausschnitt zu sehen, aber kaum war er vom restlichen Relief abgetrennt, hat er das gesamte Symbol gezeigt. Und wahrscheinlich ist es bei jedem anderen Teilstück ganz genauso.«

»Aber –«

»Bitte verzeihen Sie«, sagte Montgomery und nahm mir den Steinbrocken aus der Hand. »Aber ich glaube, das hier gehört mir. Außerdem möchte ich Sie bitten, etwas zurückzutreten, damit Sie die Arbeiten nicht behindern, meine Herren. Am besten wäre es, Sie würden die Höhle ganz verlassen.«

Ich starrte ihn an und sagte sekundenlang gar nichts; und für eine noch kürzere Zeitspanne danach war ich einfach hin und her gerissen, ihn einfach anzubrüllen und darauf zu vertrauen, dass meine Autorität und Cohens Schützenhilfe letztendlich den Ausschlag geben mochten, oder allerschlimmstenfalls die Maske fallen zu lassen und mich ihm zu offenbaren. Ich konnte das Gefühl immer noch nicht wirklich begründen, aber ich *wusste* einfach, dass dieses Relief nicht aus diesem unterirdischen Raum entfernt werden durfte. Nicht in einem Teil und schon gar nicht in mehreren. Unsere Entdeckung verwirrte mich noch immer über die Maßen, doch auch, wenn ich nicht in der Lage war, eine auch nur halbwegs vernünftige Erklärung dafür liefern zu können – ich spürte einfach, dass dahinter ein unvorstellbares Geheimnis lauerte. Und eine vielleicht noch unvorstellbarere Gefahr.

»Mister Montgomery –«, begann ich. »Bitte, Sie –«

Ich kam nicht weiter, denn in diesem Moment versetzte mir Howard einen derben Stoß, der mich haltlos ein paar Schritte nach vorne stolpern ließ. Mit wild rudernden Armen schaffte ich es irgendwie, nicht das Gleichgewicht zu verlieren und auf die Nase zu fallen, fuhr aber auch zugleich zornig herum und wollte Howard anfahren.

Stattdessen stolperte ich einen weiteren halben Schritt zurück und riss die Hände vor mein Gesicht; genauer gesagt: vor meine Nase, die von einer Sekunde zur anderen heftig zu bluten begonnen hatte und noch heftiger schmerzte – was möglicherweise an der Faust lag, die wuchtig darauf gelandet war.

Halbblind vor Überraschung und Schmerz prallte ich mit dem Rücken gegen die Wand und eine halbe Sekunde später mit dem Hinterkopf noch einmal, sodass ich nun auch noch bunte Sterne sah. Was mich in diesem Moment einzig noch rettete, waren wohl meine antrainierten Reflexe. Ich sah einen verschwommenen Schatten und *spürte* mehr, als ich sah, wie sich etwas auf mich zu bewegte. Instinktiv riss ich den Kopf zur Seite und die Arme hoch. Nur den Bruchteil einer Sekunde später landete die Faust, die soeben auf meine Nase gekracht war, mit womöglich noch größerer Wucht an der massiven Felswand neben meinem Gesicht.

Der gellende Schmerzensschrei, der dieser Aktion folgte, entschädigte mich zumindest ein bisschen für den Nasenstüber – allerdings nach meiner Meinung längst nicht genug. Ich brachte den Schrei zum Verstummen, indem ich dem Kerl die Faust in den Magen rammte und im gleichen Atemzug das Knie hochriss. Er keuchte, verdrehte die Augen und stürzte nach hinten, wobei er nach Luft schnappte wie ein Fisch auf dem Trockenen, ohne sie indes zu bekommen.

Mir blieb jedoch keine Zeit, mich über meinen Sieg zu freuen, denn ich wurde bereits von zwei weiteren Männern attackiert. Diesmal reagierte ich schneller. Der Vorteil der Überraschung war dahin, und bei den Angreifern handelte es sich um niemand anders als die Arbeiter, die Montgomery mitgebracht hatte, um das Relief abzutransportieren. Unter normalen Umständen hätte ich keine besonderen Schwierigkeiten gehabt, mit zweien oder auch dreien von ihnen fertig zu werden – aber leider *waren* die Umstände nicht normal. Die Übermacht war gewaltig, und die Burschen boxten und prügelten mit einer Verbissenheit auf mich ein, die es mir schwer machte, nicht wirklich gefährlich getroffen zu werden.

Und nicht nur auf mich. Ich sah aus den Augenwinkeln, dass sich auch Howard und Cohen verbissen gegen jeweils drei oder vier der Angreifer wehrten, und sogar Montgomery wurde von zwei der Burschen gepackt und festgehalten, obwohl er sich mit erstaunlicher Kraft wehrte. Und ich verstand immer noch nicht, was hier überhaupt *los* war.

Und es sollte auch noch eine geraume Weile vergehen, bis ich es verstand.

Mit einem Mal ging alles ganz schnell. Ich packte einen der Burschen, der versucht hatte, sich von hinten an mich heranzuarbeiten, benutzte ihn als lebende Keule, um zwei seiner Spießgesellen niederzuschlagen, und fegte den vierten mit einem Fußtritt aus dem Weg, um zu Howard und Cohen hinüberzukommen, die etwas größere Schwierigkeiten zu haben schienen, sich ihrer Haut zu wehren. Beide schlugen sich wacker, aber Howard war nie ein Verfechter körperlicher Gewalt oder gar ein Anhänger gewisser asiatischer Kampfsportarten gewesen, wie ich, und Cohen war trotz allem ein typisch *englischer* Polizist, der seine Fälle lieber mit dem Gehirn als den Fäusten löste. Wenn ich den beiden nicht bald zu Hilfe kam, war es um sie geschehen. Ich konnte mir später den Kopf darüber zerbrechen, was so urplötzlich in diese Männer gefahren sein mochte, uns vollkommen grundlos anzugreifen.

»Howard!«, schrie ich. »Cohen! Ich komme!«

Vielleicht hätte ich das besser nicht gesagt. Gleich fünf der insgesamt sieben oder acht Burschen, die sich mit Howard und Cohen beschäftigten, fuhren herum und stürzten sich mit einer stummen Verbissenheit, die mich mehr als alles andere erschreckte, auf mich. Es gelang mir, zwei von ihnen niederzuschlagen, dann packten mich die anderen drei und rangen mich durch ihre bloße Übermacht nieder.

Irgendwie gelang es mir trotzdem, noch einmal auf die Beine zu kommen. Ich schickte einen weiteren Kerl mit einem Hieb zu Boden, der heftig genug war, um ihn auch eine Weile dort liegen bleiben zu lassen, ergriff einen zweiten am Handgelenk und wollte ihn gegen seinen Kameraden schleudern, um auf diese Weise ein wenig Luft zu bekommen, doch diesmal hatte ich mich verschätzt. Der Bursche war stärker, als ich erwartet hatte. Sogar *erheblich* stärker. Statt sich von mir herumwirbeln zu lassen, packte *er* seinerseits *mich* und verwandelte meine Drehbewegung in ein hilfloses Stolpern, dem er mit einem kräftigen Tritt noch mehr Nachdruck verlieh. Ich torkelte haltlos vorwärts, sah die Wand regelrecht auf mich zuspringen und riss noch im allerletzten Moment die Arme in die Höhe, um mir an dem harten Fels nicht den Schädel einzuschlagen. Dann prallte ich mit solcher Gewalt dagegen, dass mir die Luft wegblieb.

Ich verlor nicht das Bewusstsein, aber ich spürte, wie alle Kraft aus meinen Gliedern wich und meine Beine unter mir nachgaben. Hilflos stürzte ich zu Boden, rollte auf den Rücken und sah den Mann, der mich überwältigt hatte, groß wie einen Turm über mir aufragen. Ich war sicher, dass er die Geschichte jetzt mit einem wohlgezielten Fußtritt zu einem kurzen, wenn auch nicht unbedingt schmerzlosen Ende bringen würde, doch zu meiner Überraschung tat er nichts dergleichen. Stattdessen ließ er sich vor mir in die Hocke sinken, zog einen Strick aus der Jackentasche und griff beinahe sacht nach meinen Handgelenken. Ich versuchte benommen, mich zu wehren, aber er ignorierte meine Gegenwehr einfach, fesselte mich an Händen und Füßen und schien dann schlagartig jedes Interesse an mir zu verlieren. So abrupt und scheinbar vollkommen unmotiviert, wie der Überfall begonnen hatte, endete er auch wieder. Howard, Cohen und auch Montgomery wurden auf die gleiche Weise wie ich gefesselt. Als sie damit fertig waren, wandten sich die Männer wieder ihrer Arbeit zu, als wäre überhaupt nichts geschehen.

Howard, Cohen und ich mussten hilflos mit ansehen, wie die Männer die gewaltige Felsplatte mit geschickten Bewegungen aus der Wand lösten und abtransportierten – zehn Mal müheloser und ungefähr zwanzig Mal schneller, als ich es jemals für möglich gehalten hätte. Nicht einmal zehn Minuten, nachdem sie uns überwältigt hatten, verschwanden die Männer mit ihrer Beute.

Und Montgomery.

»Nun komm schon«, drängte Kelly flüsternd. »Was ist bloß los mit dir? Angst?«

Phillip Norris funkelte ihn einen Moment lang zornig an, schluckte die scharfe Antwort, die ihm auf der Zunge lag, dann aber hinunter und zuckte nur mit den Achseln. Im Gegensatz zu dem drahtigen, eher kleinen Kelly war er groß und kräftig. Auf den ersten Blick vermittelte er einen gutmütigen, etwas behäbigen Eindruck, doch das war nur äußerer Schein. Wenn es darauf ankam, konnte er sich trotz seiner Statur ebenso schnell und geschmeidig wie Kelly bewegen. Schon so mancher, der ihn nur nach dem ersten Eindruck beurteilt und für einen tumben Deppen gehalten hatte, hatte sich anschließend eines Besseren belehren lassen müssen.

»Dann komm endlich!«, zischte Kelly, als er keine Antwort bekam. »Es dauert nicht mehr lange, bis der Nachtwächter zurückkommt.«

Norris rührte sich auch weiterhin nicht, sondern blieb hinter den Kistenstapel geduckt hocken. Er war von Kellys Plan von Anfang an nicht sonderlich begeistert gewesen, und auf dem Weg hierher war auch der Rest seiner ohnehin nicht besonders großen Zuversicht zum größten Teil geschwunden. Mittlerweile bedauerte er, dass er überhaupt auf Kelly gehört und sich zu diesem verrückten Unternehmen hatte überreden lassen. Es regnete leicht, und der Wind trieb von der Themse her Nebelschwaden heran, die ein wenig wie herumschwebende Gespenster aussahen.

Aber das Wetter war es nicht, das Norris zu schaffen machte. Er war es gewohnt, auch bei Wind und Regen draußen zu sein.

»Du weißt, dass Rowlf solche Extratouren nicht leiden kann«, murmelte er. »Wir hätten vorher mit ihm darüber sprechen sollen. Vielleicht wäre er ja einverstanden gewesen.«

»Ja, und dann hätten wir die Beute mit allen teilen müssen«, schnaubte Kelly. »Ich denke gar nicht daran. Rowlf geht mir mit seinen bekloppten Ansichten sowieso schon seit langem auf die Nerven. Seit er das Kommando hat, ist doch nichts mehr los.«

»Den meisten von uns geht es immerhin wesentlich besser als früher«, wandte Norris ein. Die Richtung, die das Gespräch nahm, gefiel ihm nicht. Rowlf hatte ihm mehr als einmal aus Schwierigkeiten herausgeholfen, und er fühlte sich ihm verpflichtet. Außerdem mochte Norris ihn und stimmte mit den meisten seiner Ansichten überein. Deshalb behagte es ihm gar nicht, wie Kelly gegen Rowlf hetzte und den geplanten Bruch als eine Art von Revolte zu betrachten schien. Er schüttelte den Kopf. »Ich hätte nicht mitkommen sollen.«

»Unsinn.« Kellys Stimme klang verärgert, vor allem aber ungeduldig. »Aber ich glaube allmählich, dass es ein Fehler war, dich überhaupt mitzunehmen. Hätte ich stattdessen doch bloß Steve gefragt. Der hat mehr Mumm. Der hätte sich mit Sicherheit nicht so angestellt.«

Norris packte ihn blitzschnell am Kragen.

»He, versuch nicht, mich für blöd zu verkaufen, hörst du? Du *hast* mit Steve gesprochen, ich hab's nämlich zufällig mitbekommen. Aber er hatte keine Lust, sich nochmal auf eine von deinen verrückten Ideen einzulassen. Der war klüger als ich, aber ich lass mich von dir auch nicht mehr verschaukeln. Ich steige aus, klar?«

Er wollte sich aufrichten, doch Kelly packte ihn am Arm und zog ihn hastig wieder nach unten.

»Der Wächter, pass auf!«

Norris sträubte sich nicht länger gegen den Griff, sondern duckte sich freiwillig tiefer. Durch eine winzige Lücke zwischen den Kisten beobachtete er, wie sich die Gestalt des Nachtwächters aus den treibenden Nebelschwaden schälte und er nur knapp zwei Dutzend Schritte von ihnen entfernt vorbeiging. Es handelte sich um einen alten Mann, der seinen Job sichtlich gelangweilt erledigte. Zum Schutz vor dem Regen hatte er den Kragen seiner Uniformjacke hochgeschlagen und sich die Mütze tief in die Stirn gezogen. Zwar trug er eine Waffe, doch im Ernstfall wäre er sicherlich keine Gefahr gewesen, so wenig wie seine Kollegen, die anderenorts auf dem Werftgelände patrouillierten. Aber unnötige Gewalt war Rowlf verhasst, und selbst Kelly schien dies in Fleisch und Blut übergegangen zu sein.

Sie beobachteten, wie sich der alte Mann langsam wieder entfernte, bis er vom Nebel verschluckt wurde, dann atmete Kelly tief durch.

»Also gut«, unternahm er einen neuen Anlauf. »Vergiss, was ich gerade gesagt habe, tut mir leid. Aber wir sind jetzt so weit gekommen, willst du wirklich jetzt aufgeben? Ich sage dir, aus diesem Schiff ist ein kleines Vermögen rauszuholen. Da gibt es alle möglichen Präzisionsinstrumente. Die Navy rüstet ihre Schiffe mit dem Besten vom Besten aus. Und Waffen. Allein in der Waffenkammer befindet sich ein kleines Vermögen. Ich weiß aus sicherer Quelle, dass nichts von der Ausrüstung von Bord geschafft wurde. Es ist alles noch da, zum

Greifen nah. Wir brauchen nur noch zuzupacken. Mit ein bisschen Glück bringt der Plunder jedem von uns über hundert Pfund. Das ist mehr, als wir bei Rowlf in einem ganzen Jahr bekommen, und es ist fast kein Risiko dabei. Willst du das wirklich sausen lassen?«

Norris' bereits fester Entschluss geriet ins Wanken. Zu stark war die Verlockung, die von Kellys Worten ausging, die Aussicht, vielleicht schon am nächsten Tag mehr Geld in seinen Händen zu halten, als er jemals auf einmal besessen hatte.

Zögernd blickte er zu dem Schiff hinüber. Anders als die übrigen Segler oder kleinen Passagierdampfer, die sich zur Reparatur in der Harper-Werft befanden, handelte es sich bei der HMS THUNDERCHILD um einen Zerstörer der britischen Kriegsmarine. Auf Privatschiffen war gewöhnlich nichts zu holen, während Kriegsschiffe, auf denen sich noch Ausrüstung oder sonstiges kriegstaugliche Material befanden, normalerweise gesondert bewacht wurden. Hier jedoch war das nicht der Fall. Das Schiff sollte angeblich bereits ziemlich lange in der Werft liegen, und irgendwann hatte man die Posten abgezogen. Es wäre ein Kinderspiel, sich an Bord zu schleichen und alles abzutransportieren, was nicht niet- und nagelfest war.

Dennoch war Norris nicht wohl bei dem Gedanken. Unverwandt blickte er zu der THUNDERCHILD hinüber. Irgendetwas ging von dem Schiff aus, das ihm Unbehagen einflößte. Wie ein schwarzer Schattenriss hob es sich gegen den nicht ganz so dunklen Himmel ab, als würde an dieser Stelle ein riesiges finsteres Loch in der Wirklichkeit klaffen; ein Ding, das nur aus Gestalt gewordener Schwärze zu bestehen schien. Er hatte das Gefühl, als würden ihn zahlreiche Augen voller Bosheit und Gier aus dem Schutz der Dunkelheit heraus anstarren. Alles in ihm schrie danach, so schnell wie möglich von hier zu verschwinden.

»Komm schon, gib dir einen Ruck«, drängte Kelly. »Allein kann ich das ganze Zeug unmöglich wegschaffen.«

Seine Worte brachen den Bann. Norris strich sich verwirrt mit einer Hand über die Augen. Was waren das für verrückte Gedanken? Es handelte sich nur um ein ganz normales Schiff, nichts weiter. Nichts jedenfalls, wovor er Angst zu haben brauchte. Noch niemals hatte er sich vor der Dunkelheit gefürchtet, nicht einmal als Kind, und er hatte nicht vor, jetzt damit anzufangen.

»Also gut«, murmelte er. »Gehen wir.«

Sie schauten sich noch einmal sichernd nach allen Seiten um, dann huschten sie geduckt auf das Schiff zu, jede Deckung ausnutzend. Sollte ihnen später, beim Abtransport der Beute, wider Erwarten doch einer der Nachtwächter in die Quere kommen, würden sie ihn überwältigen, aber im Moment hätte eine Entdeckung ihren ganzen Plan in Gefahr gebracht. Das Risiko war zu groß, dass das Fehlen eines Wächters von den anderen bemerkt wurde.

Aber alles ging gut. Ohne entdeckt zu werden, erreichten sie das Gerüst, das an einer Seite des Zerstörers aufgebaut war. An der untersten Ebene gab es keine Leitern, aber das war kein Problem. Kelly ergriff eine der Gerüststangen über seinem Kopf und schwang sich auf eines der massiven Bretter hinauf. Norris folgte ihm und war Sekunden später neben ihm angelangt. Von hier aus war alles ein Kinderspiel. Sie brauchten nur einige Leitern zwischen den einzelnen Ebenen des Gerüstes hinaufzusteigen, um die Reling des Schiffes zu erreichen, und schwangen sich darüber an Bord.

Norris' Unbehagen verstärkte sich, doch er schob es auf seine Nervosität. Er war immer nervös bei einem Bruch, selbst wenn es sich um eine noch so einfache Sache handelte. Dafür hatte er schon zu schlechte Erfahrungen durch plötzliche unliebsame Überraschungen gemacht. Einmal war er in eine Villa eingebrochen, deren Besitzer sich mit seiner Frau auf einem Wohltätigkeitsball vergnügte und seinem Personal für diesen Abend frei gegeben hatte. Es hätte sich niemand im Haus befinden dürfen, und zumindest soweit es Menschen betraf, stimmte das auch. Wovon er allerdings nichts gewusst hatte, das war der Wachhund gewesen, der in der Villa zurückgeblieben war, ein riesiger Rottweiler mit einem Maul voller mörderischer Reißzähne. Das Tier hatte ohne einen verräterischen Laut gewartet, bis er ins Haus eingedrungen war, und hatte sich dann aus der Dunkelheit heraus urplötzlich auf ihn gestürzt. Nur mit knapper Not war es Norris gelungen, seine Kehle zu schützen; dafür hatte das verdammte Biest seinen Arm fast in Hackfleisch verwandelt, ehe es ihm gelungen war, seinen Revolver zu ziehen und es zu erschießen. Das lag mittlerweile rund acht Jahre zurück, doch seitdem traute er keinem noch so sicher erscheinenden Frieden mehr.

Hier jedoch gab es absolut keinen konkreten Grund zur Beunruhigung. Das Deck des Schiffes war menschenleer, und auch von außerhalb konnten sie hier nicht mehr entdeckt werden. Er hatte vor ein paar Minuten schließlich selbst erst gesehen, dass in der Dunkelheit von unten keine Konturen oder Bewegungen mehr ausgemacht werden konnten, dass das Schiff mit allem, was sich darauf befand, wie eine Wand aus geronnener Schwärze erschien. Für einen kurzen Moment hatte Norris sogar das Gefühl, als wäre es hier an Bord der THUNDERCHILD tatsächlich dunkler, doch auch das war mit Sicherheit nur Einbildung.

»Hier lang«, raunte Kelly und deutete in Richtung einiger Decksaufbauten. Sie hasteten darauf zu und blieben vor einer massiv aussehenden Stahltür stehen, die ihnen den Weg ins Innere des Schiffes versperrte. Kelly zog ein Brecheisen unter seiner Jacke hervor und setzte die Spitze in dem schmalen Spalt zwischen Tür und Rahmen an. Mit aller Kraft stemmte er sich dagegen. Das Metall knirschte, hielt dem Druck jedoch stand.

»Jetzt hilf mir doch endlich«, zischte Kelly.

Norris trat neben ihn und stemmte sich ebenfalls gegen die Brechstange, aber obwohl er wesentlich stärker als Kelly war, gelang es ihnen selbst mit vereinten Kräften nicht, die Tür aufzustemmen. Nach mehreren erfolglosen Versuchen gaben sie schließlich auf. Wütend trat Kelly gegen die Tür.

»Diese verdammten Navy-Kähne«, stieß er hervor. »Warum müssen die Idioten hier auch alles so stabil bauen? Auf einem anderen Schiff hätten wir diese Schwierigkeiten nicht.«

»Aber auch keine Waffenkammer und keine wertvolle Ausrüstung«, entgegnete Norris und konnte sich ein leichtes Grinsen dabei nicht verkneifen. »Ich denke, das wird ein Kinderspiel?«

Mit der Brechstange in der Hand stieg er eine eiserne Treppe zur Brücke hoch. Der Kommandostand des Schiffes war von großen Fenstern umgeben. Ungeachtet des immer noch fallenden Regens zog Norris seine Jacke aus und wickelte sie um die Stange, um den Lärm zu dämpfen, dann schlug er kraftvoll zu. Das Glas war speziell gehärtet und so dick, dass er mehrere Schläge brauchte, bis es schließlich zerbrach. Trotz der Jacke kam das Splittern Norris überlaut vor, und er war überzeugt, dass es in der Stille der Nacht meilenweit zu hören sein musste.

»Zum Teufel, geht es nicht noch etwas lauter?«, knurrte Kelly, der neben ihn getreten war. »Willst du die halbe Stadt aufwecken?«

Mehrere Minuten lang blieben sie regungslos stehen, ohne dass jemand kam, um nach der Ursache des Lärms zu forschen. Erst dann löste sich ihre Anspannung, und auch Norris begann zu glauben, dass offenbar tatsächlich niemand etwas gehört hatte. Rasch stieß er einige Scherben aus dem Rahmen und schwang sich ins Innere des Kommandostandes.

In dem Raum war es so dunkel, dass er kaum die Hand vor Augen sehen konnte, aber aufgrund der großen Fenster wagte er es nicht, die mitgebrachte Petroleumlampe zu entzünden. Der Lichtschein musste weithin sichtbar sein, und es wäre töricht gewesen, ihr Glück über Gebühr zu strapazieren. Zusammen mit Kelly tastete er blindlings herum, bis er schließlich fand, was er gesucht hatte: eine unverschlossene Tür, die ihnen ein weiteres Vordringen ermöglichte. Sie traten hindurch, und erst als Kelly sie hinter sich geschlossen hatte, wagte es Norris, die Petroleumlampe zu entzünden. Seine Finger waren klamm vor Kälte und zitterten so stark, dass er mehrere Streichhölzer brauchte, bis es ihm endlich gelang, den Docht in Brand zu setzen.

Der Lichtschein der Lampe zeigte ihnen eine Treppe, die nur wenige Schritte von ihnen entfernt begann und tiefer in die stählernen Eingeweide des Schiffes hinabführte.

»Ich schlage vor, wir sehen uns erst einmal gründlich um«, raunte Kelly. »Dann können wir immer noch entscheiden, was wir mitnehmen.«

»Nur die wahren Schätze, wie?« Norris lachte leise, nur um sich selbst zu beruhigen. Seine Nervosität hatte sich ein wenig gelegt, nachdem es ihnen so problemlos gelungen war, in die THUNDERCHILD einzudringen, ohne entdeckt zu werden. Zumindest empfand er nicht mehr die gleiche Art von Nervosität wie zuvor. An ihre Stelle war etwas anderes getreten, ein Unbehagen, für das es keine vernünftige Erklärung gab und das vage und ungreifbar blieb. Es war etwas wie die Vorahnung auf ein Unglück, aber das war verrückt. Schon oft hatte er das unerklärliche Gefühl gehabt, dass er irgendetwas nicht tun sollte, und meist hatte er diese Vorahnungen ignoriert, ohne dass etwas geschah. Auch hier würde es nicht anders sein.

Sie stiegen die Treppe hinunter. Dumpf hallten ihre Schritte auf den eisernen Trittstufen, bis Norris plötzlich stehen blieb und auch seinen Begleiter zurückhielt.

»Hast du das gehört?«

»Nein. Was denn?«

»Da war ein Geräusch, irgendwas Metallisches. Ich ...« Er lauschte einige Sekunden lang, dann zuckte er verlegen die Achseln. »Ich war sicher, dass ich was gehört habe.«

»War wahrscheinlich nur das Echo unserer Schritte.« Kelly schob sich an ihm vorbei. »Komm schon, wir haben nicht die ganze Nacht Zeit.«

Norris zögerte noch ein paar Sekunden, dann eilte er ihm nach. Am Fuß der Treppe erreichten sie einen langen Gang. Das Licht der Lampe reichte nur knapp ein Dutzend Yards weit. Kleine Pfützen einer ölig glänzenden Flüssigkeit hatten sich auf dem Boden gebildet. Es roch nach Rost und Moder. Kelly verzog das Gesicht.

»Hier müsste mal sauber gemacht werden. Ich dachte immer, die Navy wäre so auf Ordnung und Sauberkeit bedacht.«

»Immerhin liegt das Schiff schon seit Monaten hier. Welche Richtung?«

»Keine Ahnung. Versuchen wir es erst mal da.«

Kelly deutete nach rechts, und sie folgten dem Gang. Vereinzelt zweigten davon Türen ab, die sie öffneten. Keine von ihnen war verschlossen. Dahinter befanden sich leere Räume, deren ursprüngliche Funktion nicht mehr zu erkennen war.

»Allmählich habe ich Zweifel, ob es hier wirklich noch was zu holen gibt«, sagte Norris.

»Vertrau mir. Mein Informant ist zuverlässig. Er hat in den letzten Wochen ein paar Mal hier gearbeitet.«

»Mir kommt es eher vor, als wäre hier schon seit Jahren kein Mensch mehr gewesen.« Er strich mit einer Hand über die Wand. Eine dicke Schicht aus dunklem Rost blieb an seinen Fingern zurück. »Sieh dir das an. Das ist doch nicht normal, gerade wenn hier seit Monaten gearbeitet wird. Wieso rosten die Wände ausgerechnet hier drin so stark?«

»Was weiß ich«, brummte Kelly unwirsch. »Interessiert mich auch nicht. Die Luft ist hier eben feucht, und dann rostet das Eisen nun mal.«

»Und dieser Gestank?« Demonstrativ rümpfte Norris die Nase. Der Geruch nach Moder und Fäulnis hatte sich noch verstärkt, es roch sogar ein bisschen süßlich, wie nach Verwesung, obwohl absolut nichts zu entdecken war, das ihn verursachen könnte. Hier gab es nichts als Eisen.

»Was weiß ich?«, brummte Kelly noch einmal. Diesmal klang seine Stimme eindeutig verärgert. »Vielleicht liegt irgendwo 'ne tote Ratte herum oder sonst was. Willst du jetzt vielleicht umkehren, nur weil es hier nicht nach Veilchen duftet?«

»Darum geht es doch gar nicht! Verdammt, begreifst du eigentlich gar nichts?«

»O doch, ich begreife sehr gut, dass du ein jämmerlicher Feigling bist, der sich bei jeder Kleinigkeit fast vor Angst in die Hosen macht. Siehst du hier irgendwas, wovor wir uns fürchten müssen? So leicht war es selten, an einen ganzen Haufen Kohle heranzukommen, aber du hast ja so viel Schiss, dass du es schaffst, noch alles zu versauen.«

Norris machte einen drohenden Schritt auf Kelly zu. Er ärgerte sich immer mehr, dass er sich hatte überreden lassen, hierherzukommen. Kelly hatte gerade Grund, sauer zu sein. Der Kerl war ein Idiot, der sich jetzt auch noch aufspielte und die große Lippe riskierte. Nur zu gerne hätte Norris ihm die große Klappe gestopft, aber ...

Er ließ die bereits halb zum Schlag erhobene Faust wieder sinken, als er begriff, was er im Begriff stand zu tun. Er war im Grunde seines Herzens ein friedliebender Mensch, und er schlug sich nur, wenn es gar nicht anders ging. Trotzdem hätte er sich um ein Haar hinreißen lassen, auf Kelly loszugehen, nur weil dieser ihm Feigheit vorgeworfen hatte. Was war nur mit ihm los? Sicher, er war gereizt, und er fühlte sich beklommen in dieser Umgebung, aber das war noch lange kein Grund, sich so gehen zu lassen.

»Was ist los?«, fragte Kelly herausfordernd. »Schlag mich doch, oder bist du auch dazu zu feige, weil du genau weißt, dass du dann von mir eine ordentliche Abreibung bekommst?«

Erneut schoss heiße Wut in Norris hoch, aber er kämpfte dagegen an.

»Hör auf damit«, presste er hervor. »Wir müssen ... aufhören. Wir sind doch nicht hier, um uns zu schlagen!«

Langsam wich die Wut aus Kellys Blick. Er schüttelte den Kopf und strich sich mit einer Hand die Haare aus der Stirn. Erschrecken zeichnete sich in seinem Gesicht ab.

»Du hast Recht«, murmelte er. Es fiel ihm sichtlich schwer, die Worte auszusprechen. »Was ist nur mit uns los? Wir benehmen uns schon beide wie die kleinen Kinder.«

»Es ist dieses Schiff«, behauptete Norris. »Irgendetwas stimmt hier nicht.«

»Ach was.« Kelly lachte, doch es klang gekünstelt. »Das ist einfach nur ein Schiff. Wir sind wohl einfach beide mit den Nerven ein bisschen runter.«

Für den Moment gab sich Norris mit dieser Erklärung zufrieden, obwohl sie ihn ganz und gar nicht überzeugte. Sicher, mit seinen Nerven stand es nicht gerade zum Besten, aber das war nicht der einzige Grund für sein Verhalten. Die Umgebung wurde ihm mit jeder Minute unheimlicher, obwohl – oder vielleicht gerade weil – es keinen rational fassbaren Anlass dafür gab. Er spürte einfach unterschwellig, dass es irgendetwas Besonderes mit diesem Schiff auf sich hatte. Sie sollten nicht hier sein. Irgendetwas Böses lauerte in diesen stählernen Wänden und wartete nur auf eine günstige Gelegenheit zum Zuschlagen.

Aber obwohl dieses Gefühl so stark war, dass es fast an Gewissheit grenzte, behielt er seine Gedanken für sich. Er wollte nicht schon wieder einen neuen Streit mit Kelly provozieren, und außerdem war er sich bewusst, wie verrückt das klingen musste, was ihm durch den Kopf ging, wenn er es aussprach. Er verstand es ja selbst nicht, und – schlimmer noch – es erschien ihm selbst viel zu absurd, um ernsthaft daran zu glauben. Geschichten über Spuk und Geister waren für ihn bislang nicht mehr als Ammenmärchen gewesen, mit denen man allenfalls kleine Kinder erschrecken konnte. Jetzt kamen ihm erste Zweifel an dieser Überzeugung, aber solange es keine Beweise gab, dass hier wirklich etwas nicht mit rechten Dingen zuging, bemühte er sich, sie zu verdrängen.

Sie gingen weiter den Gang entlang, bis der Lichtschein der Lampe auf eine massive eiserne Wand an seinem Ende traf, in der es keine weitere Tür gab.

»Endstation«, kommentierte Kelly. »Versuchen wir es in der anderen Richtung.«

Sie wandten sich um und gingen in der gleichen Richtung zurück, aus der sie gekommen waren – bis sie nach knapp einem Dutzend Schritten auf einen Quergang stießen, der sich in beide Richtungen weiter fortsetzte, als das Licht der Lampe reichte.

»Verdammt«, presste Norris hervor. Seine Stimme klang bei weitem nicht so fest, wie er es sich gewünscht hatte. »Vorhin hat es hier keine Abzweigung gegeben.«

»Wir müssen sie irgendwie übersehen haben«, antwortete Kelly. Auch seine Stimme klang beklommen.

»Nein, es war keine da!«, behauptete Norris. Nur mit Mühe gelang es ihm, die Angst, die erneut in ihm emporwallte, in Zaum zu halten. Sein erster Eindruck hatte ihn nicht getäuscht. Irgendetwas an dieser Umgebung stimmte ganz entschieden nicht.

»Sie *muss* da gewesen sein«, beharrte Kelly. »Gänge entstehen schließlich nicht so einfach aus dem Nichts heraus. Wahrscheinlich waren wir einfach nur abgelenkt. Oder hast du vielleicht eine bessere Erklärung?«

Nein, eine Erklärung hatte Norris nicht, aber er wusste, dass es nicht so war, wie Kelly behauptete. Sicher, sie hatten sich auf dem Weg hierher kurze Zeit gestritten und nicht so genau wie vorher auf ihre Umgebung geachtet, aber er war überzeugt, dass ihnen eine solche Abzweigung zu beiden Seiten hin auf keinen Fall entgangen wäre.

Dennoch erstreckte sie sich jetzt vor ihnen.

»Wir sollten weiter geradeaus gehen«, schlug er vor. »Dann müssten wir auf alle Fälle wieder an die Treppe kommen, über die wir hergekommen sind.« Und über die zumindest er auf alle Fälle den Rückweg antreten würde, sobald sie sie erreicht hatten, fügte er in Gedanken hinzu. Es war ihm egal, wie viel Beute es in diesem Schiff zu machen gab. Selbst wenn die Kronjuwelen der Queen hier irgendwo versteckt wären, würde er keine Minute länger als unbedingt nötig hier bleiben. Es war immer noch besser, auf Geld zu verzichten, als das Leben zu verlieren. Nicht einmal Neugier rechtfertigte einen solchen Preis. Es war ihm völlig egal, was mit diesem verfluchten Schiff los war, solange es ihm nur gelang, lebend wieder von hier wegzukommen.

Von nackter Angst getrieben, hastete er los, ohne auf Kelly zu warten. Hinter sich hörte er die Schritte seines Begleiters, doch er kümmerte sich nicht darum, so wenig wie um die Türen rechts und links des Ganges.

Norris wusste nicht, wie lange er rannte. Schon nach kurzer Zeit begannen ihn heftige Seitenstiche zu quälen, doch er ignorierte sie und stürmte blindlings weiter, die Lampe wie ein flammendes Fanal am ausgestreckten Arm vor sich hertragend.

Irgendwann blieb er stehen. Kellys Schritte hinter ihm waren verstummt, und als er sich umdrehte, war der Gang hinter ihm leer. Aber das war es nicht allein. Mit der gleichen Sicherheit, mit der er wusste, dass es zuvor keine Abzweigung gegeben hatte, wusste er, dass der Korridor, den er zusammen mit Kelly entlanggegangen war, nicht annähernd so lang gewesen war, wie das Stück, das er mittlerweile zurückgerannt war. Er hätte die Treppe zurück zur Kommandobrücke der THUNDERCHILD schon längst erreichen müssen, und er hätte …

Mit einem leisen Aufschrei zuckte Norris zurück, als er sich gegen die Wand lehnte und rauen Untergrund an seinem Rücken spürte. Die Wand hinter ihm, ebenso wie die vor ihm, bestand nicht länger aus glattem Eisen, sondern aus nur grob bearbeitetem Gestein.

Aber das war *unmöglich!*

Es *konnte* kein Gestein an Bord dieses Schiffes geben. Es war ganz aus Eisen und Stahl erbaut, ganz sicher nicht ausgerechnet aus *Stein.* Und doch bestanden die Wände rechts und links von ihm ebenso wie Decke und Boden eindeutig aus grobem Felsgestein. Norris schloss für mehrere Sekunden die Augen, doch als er sie wieder öffnete, hatte sich der Anblick nicht verändert, und als er mit einer Hand über die Wand strich, fühlte er auch unter seinen Fingerspitzen unebenen Fels.

Keuchend prallte Norris zurück. Was hier geschah, ging über seinen Verstand. Das konnte nicht die Realität sein, unmöglich. Es waren Wahnvorstellungen, nicht mehr als Einbildung, und wenn er auch nicht begriff, was sie auslöste, war es die einzige halbwegs glaubwürdige Erklärung, die ihm einfiel.

Möglicherweise würden die Illusionen verschwinden, wenn er wieder mit Kelly zusammen war. Bei seiner panischen Flucht war es Norris egal gewesen, was aus seinem Begleiter wurde, nun wünschte er sich, Kelly wäre noch bei ihm. Zu zweit würden sie eher eine Erklärung finden und selbst wenn nicht, so wäre dieses beängstigende Phänomen gemeinsam auf alle Fälle leichter zu ertragen als allein.

Ein paar Mal rief Norris laut den Namen seines Begleiters. Seine Rufe hallten als verzerrtes, meckernd klingendes Echo von den Wänden wider und pflanzten sich dabei immer weiter fort, aber er bekam keine Antwort.

Während er gelaufen war, hatte er Kellys Schritte lange Zeit nur ein Stück hinter sich gehört, bis sie irgendwann verklungen waren. Allzu weit konnte sein Begleiter also nicht entfernt sein. Er brauchte nur den gleichen Weg in umgekehrter Richtung zu gehen und würde wieder auf Kelly stoßen.

Norris begann damit, den Korridor zurückzugehen; zunächst nur langsam und zögernd, dann immer schneller, bis er schließlich zu rennen anfing.

Ich hatte nicht erwartet, nach den Ereignissen des vergangenen Abends auch nur eine Minute Schlaf zu finden. Ich hatte mich noch eine Zeit lang mit Howard unterhalten, ohne dass das Gespräch irgendein Ergebnis gebracht hatte. Wir hatten keine Ahnung, mit welchen Gegnern wir es zu tun hatten, und bevor wir nicht wenigstens ein paar Anhaltspunkte fanden, konnten wir auch nichts unternehmen. Schließlich hatte mich Howard von Rowlf ins Hilton zurückfahren lassen und mir den Rat gegeben, mich für ein paar Stunden hinzulegen. Erst als ich meine Suite betreten hatte, war mir bewusst geworden, wie müde ich war, und tatsächlich war ich bereits wenige Minuten, nachdem ich mich ins Bett gelegt hatte, eingeschlafen. Es war ein unruhiger, von Albträumen gepeinigter Schlaf gewesen, aus dem ich immer wieder aufgeschreckt war.

Erst gegen Morgen war ich schließlich in einen tieferen Schlummer gesunken, und als ich das nächste Mal aufwachte, war es bereits halb zwölf. Das Tageslicht vertrieb die Schatten der Albträume, und schon nach ein paar Sekunden konnte ich mich nicht einmal mehr richtig an ihren Inhalt erinnern.

Dafür erinnerte ich mich umso deutlicher an das, was am gestrigen Abend passiert war, und es war genau diese Erinnerung, die meine Müdigkeit vollends vertrieb. In aller Eile wusch ich mich und zog mich an. Merlin war nirgendwo zu entdecken, aber daran war ich gewohnt. Seit der Kater bei mir eingezogen war, kam und ging er, wie es ihm gefiel, und ich ließ das Fenster im Badezimmer stets nur angelehnt, auch wenn es mir nach wie vor ein Rätsel war, wie es das Tier schaffte, aus dem sechsten Stock des Hotels sicher bis zum Boden zu gelangen – und zurück.

Da ich so schnell wie möglich mit Howard sprechen wollte, verzichtete ich darauf, mir wie üblich das Frühstück aufs Zimmer bringen zu lassen, sondern verließ die Suite und ließ mir lediglich im Speisesaal eine Tasse Kaffee servieren, während ich auf die bestellte Kutsche wartete. Aus der einen Tasse wurden zwei, bis endlich eine Hotelangestellte an meinen Tisch kam und mir mitteilte, dass der Wagen eingetroffen sei.

»Sind Sie ganz sicher, dass Sie zu *dieser* Adresse wollen?«, erkundigte sich der Kutscher, nachdem ich ihm mein Ziel genannt hatte. »Die Pension WESTMINSTER liegt in einer Gegend, die ... nun ja, ziemlich schäbig ist. Selbst bei Tage ist es nicht ungefährlich dort. Ich vermute, Sie meinen eher das *Hotel* gleichen Namens.«

Ich seufzte. Gespräche wie dieses waren in den letzten Monaten fast schon zu einem Ritual geworden, wann immer ich Howard besuchen wollte. Kein Kutscher schien sich vorstellen zu können, dass ein Gast des Hiltons wirklich die heruntergekommene *Pension* WESTMINSTER aufsuchen wollte, und die Ratschläge, es doch lieber im gleichnamigen Hotel zu versuchen, kamen mir mittlerweile schon zu den Ohren heraus.

»Nein, die Adresse stimmt«, bestätigte ich und drückte dem Kutscher eine weitere Pfundnote in die Hand, mit der Bitte, sich zu beeilen.

»Wie Sie meinen«, murmelte er, schob seinen schwarzen Zylinder zurecht und ließ die Peitsche knallen, kaum dass ich eingestiegen war.

Während der Fahrt hing ich meinen Gedanken nach. Ich hatte vor, später noch zusammen mit Howard zu Scotland Yard zu fahren, um mich bei Cohen zu erkundigen, ob die Suche nach Montgomery und den Dieben des Reliefs bereits Fortschritte gemacht hätte. Ganz sicher war es nicht gestohlen worden, weil irgendjemand es auf eine archäologische Kostbarkeit abgesehen hatte, davon war ich überzeugt. Den Dieben – beziehungsweise ihren Hintermännern – war es gezielt um diese Hinterlassenschaft der GROSSEN ALTEN gegangen, und bereits die Vorstellung, dass sich das Relief nun in den Händen von Anhängern der uralten Dämonengötter befinden könnte, die es benutzten, um damit neues Grauen heraufzubeschwören, genügte, um mir den Magen umzudrehen. Ich musste so schnell wie möglich herausfinden, was dahinter steckte, um größeres Unheil zu verhindern. Möglicherweise hatte Cohen ja bereits einige Hinweise gefunden. Selbst mitten in der Nacht dürfte es nahezu unmöglich sein, eine tonnenschwere, auf mehrere Fuhrwerke verladene Steinplatte durch London zu transportieren, ohne irgendwelche Spuren zu hinterlassen.

Die Kutsche wurde langsamer und hielt kurz darauf an.

»Wir sind am Ziel«, teilte mir der Kutscher überflüssigerweise mit. Seine Stimme klang nervös, und er blickte sich unbehaglich um, was ich gut verstehen konnte. Die Gegend, in der die Pension lag, hatte sich seit meinem ersten Besuch kaum verändert, und wahrscheinlich würde sie es nie tun. Die Häuser waren heruntergekommen, ihre wenigen Fenster selbst am hellen Tag größtenteils mit Brettern vernagelt. Überall lagen Abfälle herum, und es stank durchdringend nach

Fäulnis. In einem Hauseingang auf der gegenüberliegenden Straßenseite drückten sich ein paar wenig Vertrauen erweckende Gestalten herum.

Ich stieg aus, bedankte mich bei dem Kutscher und trat auf das WESTMINSTER zu. Nur ein handgemaltes, fast verblichenes Schild, das neben der Tür angenagelt war, deutete daraufhin, dass es sich um eine Pension handelte, aber das spielte keine Rolle. Gäste wurden hier ohnehin nicht aufgenommen. Während ich anklopfte, trieb hinter mir der Kutscher seine Pferde an, vermutlich heilfroh darüber, wieder aus dieser Gegend verschwinden zu können, in die sich normalerweise wohl kaum ein Fahrgast verirrte.

Es dauerte nur wenige Sekunden, bis die Tür aufgerissen wurde und ich in Rowlfs missgelauntes Bulldoggengesicht blickte. Sollte sich tatsächlich einmal ein potenzieller Gast hierher verirren, so würde bereits der Anblick dieses Gesichtes genügen, ihn sich rasch eines Besseren besinnen zu lassen. Gleich darauf jedoch hellte sich Rowlfs Miene auf, als er mich erkannte, und er begann über das ganze Gesicht zu strahlen.

»Robert!«, rief er, umarmte mich, als hätten wir uns seit einer halben Ewigkeit und nicht erst seit ein paar Stunden nicht mehr gesehen, und presste mich an sich, dass mir die Luft wegblieb. Glücklicherweise dauerte die Umarmung nur wenige Sekunden, dann gab er den Weg frei und ließ mich eintreten.

»Ist Howard schon auf?«, erkundigte ich mich.

»Isser«, bestätigte Rowlf und schloss die Tür. »Aba er is nich da nich. Is schon vor gut zwei unner halben Stunde wech gegangn. Leida hatter nich gesacht wohin, aba es würd wohl 'ne Weile dauern.«

Ich runzelte die Stirn. Geheimniskrämerei gehörte so unvermeidlich zu Howard wie seine stinkenden Zigarren, aber er neigte nicht zu Alleingängen und war im Allgemeinen ziemlich zuverlässig. Für diesen Vormittag waren wir verabredet gewesen, und wenn er trotzdem weggegangen war, ohne auf mich zu warten, musste es einen wirklich wichtigen Grund dafür geben.

»Hat er denn gar nichts gesagt?«

Rowlf schüttelte den Kopf. »Nee. H.P. hat bis spät inner Bibliothek üba irgendwelchen Büchern gebrütet. Das macht er schon seit Wochen fast jede Nacht, aba heut isser erst gar nich schlafen gegangen. Heut Morgen hatter die Zeitung gelesn, und dann is er plötzlich aufgesprungn un aussem Haus gestürmt. Wollte nich mal, dass ich mitkomm, sondern hat sich ’ne Kutsche kommen lassen. Er hat nur gesacht, es würd nich lange dauern, un ich soll dir ausrichten, dassde ’nen Moment warten sollst, falls du vor ihm kämst.«

Mary Winden kam aus der Küche und begrüßte mich mit einem freudigen Lächeln. Ich bat sie einen Kaffee für mich aufzubrühen und ging vor Rowlf her in die Bibliothek. Von der peniblen Ordnung, die hier gewöhnlich herrschte, war im Moment nichts zu erkennen. Zahlreiche Bücher waren aus dem deckenhohen Regal herausgenommen worden, das eine ganze Wand bedeckte. Einige davon lagen aufgeschlagen auf dem gewaltigen Tisch in der Mitte des Raumes, andere stapelten sich auf den Stühlen und sogar dem Fußboden. Ein Aschenbecher quoll vor Zigarrenstummeln fast über, und auf den wenigen freien Stellen des Tisches erkannte ich die einander überlappenden Spuren von Kaffeetassen. Sehr vielen Tassen.

Auf einem bequemen Lehnsessel in der Ecke neben dem Kamin entdeckte ich die unordentlich zusammengefaltete Ausgabe der heutigen *Times*. Ich blätterte sie flüchtig durch. Der Überfall am gestrigen Abend war zu spät erfolgt, um noch erwähnt zu werden, und auch sonst konnte ich nichts entdecken, was Howard dazu gebracht haben könnte, so überstürzt das Haus zu verlassen.

Ich legte die Zeitung wieder zurück und wandte mich dem Tisch zu. Zwischen den Büchern lagen auch die beiden knapp handtellergroßen von dem Relief stammenden Gesteinsbrocken, die ich von Blossom und Hasseltime erhalten hatte. Ich zwang mich, die Muster darauf zu betrachten, und erkannte, dass sie tatsächlich bis auf winzige Abweichungen, die durch die unregelmäßige Form der Steine bedingt war, identisch waren. An das Symbol auf dem Relief selbst jedoch konnte ich mich trotz größter Konzentration nicht mehr erinnern. Je intensiver ich es mir in Erinnerung zu rufen versuchte, desto weniger gelang es mir, doch zweifelte ich mittlerweile kaum noch an Howards Behauptung, dass es dem auf den beiden Steinen glich.

Nach ein paar Sekunden legte ich die Steine zurück und widmete mich den Büchern. Wie alle Werke in Howards Sammlung handelte es sich auch bei denen, die aufgeschlagen und mehr oder weniger übereinander gestapelt über den Tisch verteilt lagen, um Werke, die sich mit Okkultismus, Magie, untergegangenen Kulturen und dergleichen mehr befassten. Größtenteils waren sie in mir unbekannten Sprachen verfasst, teilweise waren mir sogar die Schriftzeichen selbst fremd. Nacheinander nahm ich die Bücher hoch und betrachtete die aufgeschlagenen Seiten, mit denen sich Howard beschäftigt hatte, und blätterte jeweils auch ein paar Seiten zurück, ohne auf etwas zu stoßen, das mir weiterhalf.

Dann entdeckte ich die Illustration. Sie befand sich in einem der untersten Bücher des Stapels, einem großen, schweren und offensichtlich sehr alten Werk, gebunden in dickes, dunkles Leder, das im Laufe der Zeit fast steinhart geworden war. Eine komplette Seite wurde von der Zeichnung eines fremdartigen Symbols eingenommen, dessen Linien sich auf unmögliche Art ineinanderwanden. Es waren Zeichen der gleichen Art, wie sie sich auf dem Relief befanden, und auch ihr Anblick löste in mir Schwindel und Kopfschmerzen aus. Vor Aufregung über die Entdeckung begann mein Herz schneller zu schlagen.

Noch einmal griff ich nach einem der beiden Steine und verglich das Symbol darauf mit dem in dem Buch. Anders als ich erwartet hatte, waren sie nicht miteinander identisch, jedenfalls nicht vollständig. Wohl aber erkannte ich einzelne Teile wieder. Ohne Zweifel entstammte die Abbildung der gleichen Kultur wie das Relief.

Ich musterte den Text auf der gegenüberliegenden Seite genauer. Er war zwar in lateinischen Buchstaben geschrieben, aber in einer mir fremden Sprache. Trotzdem überflog ich ihn, und schließlich wurde ich fündig. Inmitten der unbekannten Wörter entdeckte ich einen Begriff, der mir durchaus bekannt war.

Eine ungeheure Aufregung ergriff mich; mein Puls begann zu rasen. Ich musste wieder daran denken, dass Howard schon vor einiger Zeit behauptet hatte, dass die Zeichen nicht von den GROSSEN ALTEN, sondern einer anderen, ihnen ähnlicher Kultur stammten. Bislang war ich diesbezüglich skeptisch geblieben. Zu groß war die Ähnlichkeit mit allem, was ich von den GROSSEN ALTEN kannte, aber jetzt erkannte ich, dass Howard Recht gehabt hatte. Die Erkenntnis hätte mich erleichtern sollen, denn immerhin zeigte sie, dass das Relief nichts mit meinen uralten Erzfeinden zu tun hatte, aber sie tat es nicht. Jetzt wusste ich, warum mir die Zeichen so bekannt vorgekommen waren, und auch wenn sie nicht von den GROSSEN ALTEN stammten, bedeutete das nicht, dass die Gefahr deshalb geringer war.

Meine Hände begannen zu zittern, und die Buchseite verschwamm vor meinen Augen, mit Ausnahme der beiden mir bekannten Wörtern inmitten des Textes, die mit so schrecklichen Erinnerungen verbunden waren. Wie gebannt starrte ich sie an.

Sie lauteten *Thul Saduun.*

Norris wusste nicht, wie lange er bereits durch die unheimlichen Gänge irrte. Es mochten Stunden sein, vielleicht Tage. Er hatte längst schon jedes Gefühl für die Zeit verloren. Selbst der Schrecken und das Entsetzen waren irgendwann zu groß geworden, als dass er sie noch bewusst wahrnahm.

Kelly hatte er nicht wiedergetroffen, und irgendwann hatte er auch die Hoffnung aufgegeben, dass es ihm noch gelingen würde. Die Wahnvorstellungen hingegen hielten auch weiterhin an. Nichts deutete darauf hin, dass er sich noch an Bord der THUNDERCHILD befand, obwohl es gar nicht anders sein konnte. Wände, Boden und Decke bestanden überall aus massivem Stein, und sie zogen sich so lang hin, wie es im Inneren des zwar großen, aber dennoch nur wenige Dutzend Yards langen Zerstörers schlichtweg unmöglich war. Unter anderen Umständen wäre Norris ohne jeden Zweifel davon überzeugt gewesen, sich im Inneren eines Berges oder in einem unterirdischen System von Gängen und Höhlen zu befinden, aber ebenso überzeugt war er davon, dass er das Schiff nicht verlassen hatte.

Eine Zeit lang hatte er sich dem Glauben hingegeben, dies alles wäre nicht mehr als ein Traum und er würde irgendwann zu Hause in seinem Bett aufwachen und feststellen, dass er überhaupt nie mit Kelly zur Harper-Werft und an Bord der THUNDERCHILD gegangen wäre, dass es das Schiff womöglich gar nicht gäbe. Aber er wusste, dass das nicht stimmte, dass das, was er erlebte, die Wirklichkeit war, zumindest ein fremdartiger, unbegreiflicher Teil der Realität.

Irgendetwas in seinem Kopf war durcheinandergeraten, vielleicht hatte er sogar vollends den Verstand verloren. Im Verlauf der letzten Stunden hatte der Gedanke seinen Schrecken für Norris verloren, er hätte es sogar begrüßt, sich in die tröstliche Umarmung des Wahnsinns flüchten zu können, weil es vielleicht der einzige Ausweg für ihn gewesen wäre. Aber nicht einmal das gelang ihm. Er wusste nicht, was mit ihm geschah und was das alles zu bedeuten hatte, aber ansonsten konnte er noch genauso klar denken wie immer, und das war vielleicht der schlimmste Fluch überhaupt.

Zudem hatte er festgestellt, dass der unbegreifliche Veränderungsprozess seiner Umgebung immer noch nicht abgeschlossen war. Anfangs hatte ihn sein Weg statt durch eiserne Korridore durch Felsgänge geführt, die es hier zwar nicht geben dürfte, die ansonsten jedoch völlig normal gewesen waren. Mittlerweile jedoch hatte sich alles um ihn herum noch ein gehöriges Stück weiter in die Welt der Albträume und des Unfassbaren verschoben.

Die Gänge schienen auf eine unbeschreibliche Art zu *leben!* Irgendwann war Norris bewusst geworden, dass sie in einem fort ihre Form veränderten. Wenn er ein Stück weit einen völlig geraden Gang entlanggegangen war und zurückblickte, entdeckte er Biegungen hinter sich, und Gabelungen oder Abzweigungen entstanden wie aus dem Nichts heraus, aber das war es nicht allein. Die Gänge waren zugleich auf eine völlig unmögliche Art in sich gekrümmt und verdreht, sie waren gerade und gleichzeitig gebogen, führten nach oben und unten gleichzeitig, und immer wieder meinte er aus den Augenwinkeln heraus Winkel wahrzunehmen, die allen bekannten Formen Hohn sprachen und gar nicht existieren dürften. Wann immer er genauer hinzusehen versuchte, verschwammen sie vor seinen Augen, und ein beißender Schmerz erwachte hinter seiner Stirn, sodass er den Blick nach ein paar Sekunden stets wieder abwenden musste, weil das, was er sah, seinen Verstand und sogar sein Vorstellungsvermögen überstieg.

An einer Kreuzung mehrerer Gänge ließ Norris sich schließlich zum wiederholten Male zu Boden sinken. Er war mit seiner Kraft am Ende, und seine Füße taten ihm weh, aber das registrierte er nur am Rande, ebenso wie den Durst, der ihn bereits seit geraumer Zeit plagte. Alles, was er noch fühlte, war Erschöpfung. Er wusste, dass es für ihn keinen Weg mehr aus diesem Labyrinth heraus geben würde. Er würde sterben, und welchen Unterschied machte es noch, ob er sich noch länger auf der vergeblichen Suche nach einem Ausgang weiterquälte oder ob er gleich hier sitzen blieb und auf den Tod wartete? Er tastete nach dem Revolver in seinem Gürtel. Ein kurzer, schneller Tod wäre in jedem Falle gnädiger, als hier unten zu verdursten. Hunderte Male hatte er bereits daran gedacht, seinem Leiden selbst ein Ende zu setzen, es dann aber doch nicht getan. Er war kein besonders religiöser Mensch, aber seine Mutter war es gewesen und von Kindheit an hatte er gelernt, dass Selbstmord eine Todsünde wäre, die mit ewiger Verdammnis gesühnt würde. Dieses Denken saß so tief in ihm, dass er nicht dagegen ankam, zumindest nicht, solange seine Verzweiflung nicht so vollkommen war, dass ihm selbst das gleichgültig gewesen wäre. Was er hier erlebte, war bereits eine Form der Verdammnis, aber irgendwo tief in ihm brannte immer noch ein Funken Hoffnung, und auch diesmal löste er nach kurzem Zögern wieder die Hand vom Griff der Waffe.

Noch blieb ihm Zeit, wenn auch nicht mehr viel. Zum Teil beruhte seine Hoffnung darauf, dass er Licht hatte, aber das Petroleum in seiner Lampe war bis auf einen winzigen Vorrat verbraucht. Länger als eine Stunde würde sie kaum noch brennen, und so lange wollte auch Norris noch warten. Warten und weiterhin auf ein Wunder hoffen.

Zusammengekauert saß er da und starrte in die Dunkelheit der Gänge um ihn herum, als er plötzlich etwas spürte. Im ersten Moment hielt er es für Einbildung, aber dann begriff er, dass sich tatsächlich etwas veränderte. Der Boden unter ihm begann sich zu bewegen. Es war ein fast unmerkliches Vibrieren, das sich in regelmäßigen Abständen wiederholte, fast wie das dumpfe Schlagen eines Herzens, und es verstärkte sich mit jeder Sekunde.

Norris sprang auf, aber noch bevor er dazu kam, sich Gedanken darüber zu machen, was dieses neuerliche Phänomen zu bedeuten hatte, hörte er plötzlich Schritte, die sich ihm näherten.

Jähe Hoffnung keimte wieder in ihm auf. Der einzige Mensch, der sich außer ihm noch hier befand, war Kelly, und nun trafen sie sich endlich wieder. Gemeinsam würden sie einen Ausweg finden, davon war er überzeugt. An diesen Gedanken klammerte Norris sich, er verlieh ihm frische Kraft. Die Laterne mit ausgestrecktem Arm vor sich haltend, rannte er los, den Schritten entgegen, die er nun immer deutlicher hörte. Vor ihm beschrieb der Gang einen Knick. Kelly musste sich direkt dahinter befinden. Norris jagte um die Biegung und blieb dann stehen, als wäre er gegen eine unsichtbare Mauer gelaufen.

Die Gestalt stand kaum drei Schritte von ihm entfernt, aber es war nicht Kelly.

Es war überhaupt kein Mensch.

Die Kreatur war riesig, fast so groß wie zwei Männer. Obwohl sie direkt im Lichtschein der Laterne stand, waren ihre Umrisse nur verschwommen sichtbar, als wäre sie hinter einem Nebelschleier verborgen, der verhinderte, dass er sie deutlich erkennen konnte. Allerdings legte Norris darauf auch keinerlei Wert. Was er sah, reichte aus, um ihn mit nackter, grenzenloser Panik zu erfüllen. Das Blut in seinen Adern schien zu Eiswasser zu gefrieren.

Statt von Haut war der Körper des Ungeheuers von bräunlich grünen Schuppen bedeckt. Es besaß kurze, stämmige Beine, auf denen ein unförmiger, aufgedunsener Rumpf ruhte, aus dessen oberer Hälfte zahlreiche peitschendünne, sich in der Luft wie Schlangen windende

Tentakel sprossen. Darüber saß ein klobiger Kopf, der von einem einzelnen, in düsterem Rot glosenden Auge und einem weit vorstehenden, papageienartigen Schnabel beherrscht wurde, dessen Knacken Norris einen eisigen Schauder über den Rücken trieb. Er war unfähig, sich zu bewegen. Sekundenlang starrte er die Kreatur nur mit weit aufgerissenen Augen an, dann endlich gelang es ihm, den Mund zu öffnen.

Er begann gellend zu schreien, und im gleichen Moment verschwand der Spuk. Die Umrisse der Kreatur zerfaserten, als würde sie sich auflösen, und an ihrer Stelle entstand eine andere, vertraute Gestalt. Aus dem einen roten Auge wurden zwei braune, der Papageienschnabel verwandelte sich in einen Mund und eine Nase, und auch der übrige Körper wurde zu dem eines Menschen.

Norris verstummte. Er blinzelte ein paar Mal, strich sich mit der Hand über die Stirn und starrte Kelly an, der seinen Blick ebenso verständnislos erwiderte.

»Was ... was ist los mit dir?«, fragte er verwirrt. »Ich weiß, ich sehe wahrscheinlich schrecklich aus, aber das ist kein Grund, gleich loszuschreien, als ob du ein Gespenst gesehen hättest.«

Norris schluckte.

»In gewisser Hinsicht habe ich das auch«, murmelte er. In seinem Kopf drehte sich alles. Er suchte nach Worten, um zu beschreiben, was er gesehen hatte, doch es gelang ihm nicht. Davon abgesehen würde ihn Kelly sicherlich für verrückt halten, und vielleicht hatte er damit ja sogar Recht. Das Ungeheuer, das er sich eingebildet hatte, konnte nur der Fantasie eines Wahnsinnigen entspringen. Aber nach all dem Unbegreiflichen, das er in den vergangenen Stunden in diesem Irrgarten erlebt hatte, war es auch kein Wunder, wenn er allmählich den Verstand verlor. »Du glaubst gar nicht, wie froh ich bin, dich wiederzusehen.«

Er wollte auf Kelly zueilen und ihn vor Erleichterung umarmen, aber es gelang ihm nicht, die Füße vom Boden zu heben, um die kaum drei Yards zu überwinden, die sie trennten. Der Mann vor ihm war ohne Zweifel Kelly, mit dem er bereits seit vielen Jahren befreundet war, aber noch immer erinnerte er sich allzu deutlich an die Albtraumkreatur, die er an seiner Stelle zu sehen geglaubt hatte, und die bloße Erinnerung daran verhinderte, dass er sich Kelly näherte.

»Im Gegenteil, das glaube ich dir sogar gerne«, behauptete Kelly. »Ich bin ebenfalls froh, dass ich dich endlich gefunden habe.«

»Was … was hat das alles zu bedeuten?«, stieß Norris hervor. »Wo sind wir hier bloß hingeraten?«

»Das weiß ich auch nicht. Aber das spielt jetzt auch keine Rolle mehr. Ich habe den Ausgang aus diesem Labyrinth gefunden. Komm mit, ich bringe uns hier heraus.«

Die Nachricht erfüllte Norris mit neuer Hoffnung. Es war ihm egal, was hier passierte, solange es ihm nur gelang, diesem Albtraum wieder zu entkommen, zurück in die normale Welt, wo sich Stahl nicht plötzlich in Stein verwandelte und wo es keine unheimlichen Gänge gab, die wie aus dem Nichts heraus hinter seinem Rücken Abzweigungen und Seitenstollen bildeten.

Aber dennoch blieb er misstrauisch. Irgendetwas stimmte mit Kelly nicht. Norris konnte es nicht näher erfassen, aber sein Freund wirkte auf eine beinahe unmerkliche Weise verändert. Er freute sich nicht so, wie zu erwarten gewesen wäre, und er sprach auch anders als sonst, doch die eigentliche Veränderung war auf eine Art erfolgt, die sich nicht greifen und in Worte kleiden ließ, die Norris aber trotzdem unterschwellig spürte.

»Was ist, worauf wartest du noch? Lass uns endlich hier verschwinden«, sagte Kelly und lächelte. »Ich möchte keine Minute länger als unbedingt nötig in diesem unheimlichen Labyrinth bleiben.«

Seine Worte und vor allem sein Lächeln rissen Norris aus seiner Erstarrung. Wenn Kelly ihm verändert vorkam, dann lag es vermutlich daran, dass die Stunden in dieser bizarren unterirdischen Welt auch an ihm nicht spurlos vorübergegangen waren. Wahrscheinlich war er ebenfalls erschöpft und mit seinen Nerven am Ende, und das schlug sich in seinem Verhalten nieder. Später würde ihm noch genügend Zeit bleiben, um darüber nachzudenken. Im Moment wollte Norris nichts anderes, als so schnell wie möglich von hier wegzukommen.

Er schüttelte die Lähmung ab und schloss zu Kelly auf. Schweigend gingen sie nebeneinander den Stollen entlang, doch obwohl sie nicht einmal eine halbe Armlänge voneinander entfernt waren, spürte er die unsichtbare Mauer, die sich zwischen ihnen erhob und sie trennte. Scheinbar wahllos bog Kelly in Seitenstollen ab, die sich wie ein Ei dem anderen glichen.

»Wie findest du dich hier bloß zurecht?«, brach Norris schließlich das drückende Schweigen.

»Eigentlich ist es gar nicht mal so schwer, wenn man das System erst einmal verstanden hat, das hinter diesem Labyrinth steckt«, erklärte Kelly bereitwillig. »Aber ich habe selbst ziemlich lange gebraucht, um es zu erkennen. Es wäre zu kompliziert, es dir zu erklären. Vertrau mir einfach. Wir haben es nicht mehr weit.«

Vertrauen war das Schlüsselwort, denn es war genau das, was Norris nicht mehr besaß, und das galt nicht nur für Kelly. Er vertraute nicht einmal mehr sich selbst und seinen eigenen Wahrnehmungen. Es fiel ihm schwer zu glauben, dass es ein System in dem Labyrinth gäbe, da sich die Stollen ständig veränderten und immer wieder neue entstanden, aber darauf kam es jetzt nicht mehr an. Allein war er in diesem Irrgarten in jedem Fall verloren. Wollte er wenigstens noch eine kleine Chance auf Rettung haben, blieb ihm also gar nichts anderes übrig, als mit Kelly zu gehen, selbst wenn dieser bereits den Verstand verloren hatte und sich seine Behauptung, den Ausweg zu kennen, als leeres Gerede herausstellen sollte.

Aber dem war nicht so. Irgendwann, nach gar nicht so langer Zeit, bemerkte Norris, dass es vor ihm plötzlich heller wurde. Licht schimmerte ein Stück vor ihm hinter einer Biegung des Stollens hervor, in dem sie sich befanden. Unwillkürlich ging Norris schneller, überholte Kelly. Erleichterung durchpulste ihn, erlosch jedoch gleich darauf, als er die Biegung erreichte und sah, was sich dahinter befand.

Er stand am Eingang zu einer großen, von zahlreichen Fackeln fast taghell erleuchteten Höhle. Nach den vielen Stunden in der nur vom matten Schein der Laterne erhellten Dunkelheit schmerzte ihm das Licht in den Augen und blendete ihn, sodass er nur undeutlich die Umrisse mehrerer Personen erkannte. Norris begriff nicht, was die Versammlung zu bedeuten hatte, aber er spürte instinktiv, dass sein Misstrauen nur zu berechtig gewesen war und Kelly ihn in eine Falle gelockt hatte.

Er wollte herumfahren und fliehen, doch es blieb bei dem Versuch. Er spürte noch einen Luftzug, dann traf ein mörderischer Hieb seinen Nacken und löschte sein Bewusstsein aus.

Genau genommen war Treymour niemals sein *Freund* gewesen; nicht einmal das, was man gemeinhin einen *guten Bekannten* nennen würde. Trotzdem alarmierte Howard Treymours Verschwinden über die Maßen.

Dabei hätte er nicht einmal wirklich sagen können, warum.

Es war Jahre her, dass er das letzte Mal von Treymour gehört, und noch länger, dass er ihn das letzte Mal *gesehen* hatte – und das unter Umständen, an die er sich lieber nicht erinnern wollte. Treymour und er waren einst Angehörige der gleichen Bruderschaft gewesen, eine Zeit, die Howard am liebsten aus seinem Gedächtnis gestrichen hätte, wäre dies nur möglich, und auch die genauen Umstände ihres letzten Zusammentreffens waren nicht unbedingt so gewesen, dass er sich gerne daran erinnerte …

Nein – er konnte es drehen und wenden, wie er wollte: Im Grunde sollte er *froh* sein, dass Dr. James Treymour mit ziemlicher Sicherheit nicht mehr in der Stadt und mit einiger Wahrscheinlichkeit sogar nicht mehr unter den Lebenden weilte, denn Treymour war Teil eines Lebens, von dem er sich endgültig losgesagt hatte.

Umso mehr hatte ihn seine eigene Reaktion überrascht, als er den Artikel in der Zeitung entdeckte, in dem von Treymours Verschwinden berichtet wurde; eine kleine Notiz, beinahe am Rande, die der Schreiberling wahrscheinlich nur in sein Blatt aufgenommen hatte, um die Seite zu füllen, und in bewusst belanglosem, ja schon beinahe spöttischem Ton gehalten.

Vielleicht war es gerade das, was Howard so alarmiert hatte. Er kannte Treymour trotz all der Jahre, die vergangen waren, immer noch gut genug, um zu wissen, dass ein Mann wie er nicht *einfach so verschwand.*

Ein Geräusch im Nebenzimmer ließ Howard in seinem ruhelosen Auf und Ab innehalten und zugleich aus seinen düsteren Überlegungen hochschrecken. Er blieb stehen, sah erwartungsvoll zur Tür und wartete darauf, dass sie geöffnet wurde. Er war jetzt seit einer guten halben Stunde hier und wartete darauf, mit Treymours ehemaliger Haushälterin zu sprechen; und sowohl seine Geduld als auch seine Zeit waren begrenzt. Sicherlich war Robert jetzt schon wieder im WESTMINSTER und wartete ungeduldig auf ihn, und er hatte eigentlich Besseres zu tun, als hier herumzustehen und sich den Kopf über das Verschwinden eines *drittklassigen Okkultisten* zu zerbrechen – wie es in der Zeitung gestanden hatte.

Das Problem war nur, dass besagter *drittklassiger Okkultist* in Wirklichkeit ein ehemaliger *Master* des Templerordens gewesen war und damit ein Mann, dessen Wissen um Magie und die geheimen Kräfte der Natur und des menschlichen Geistes mindestens ebenso groß war wie das Howards; und vermutlich größer als das Roberts. Die Tatsache, dass sich dieser Mann ausgerechnet jetzt in London befand, hätte er noch als Zufall akzeptieren können; die, dass er ausgerechnet *jetzt* verschwand – und das unter höchst ominösen Umständen – nicht mehr.

Howard gestand sich ein, dass es wahrscheinlich ein Fehler gewesen war, Robert nicht die ganze Wahrheit zu erzählen. Der Junge hatte ein Recht darauf zu wissen, was ihn erwartete.

Und vor allem, mit *wem* sie es zu tun hatten.

Ja, er würde ihm die *ganze* Geschichte erzählen. Gleich, nachdem er ins WESTMINSTER zurückgekehrt war, würde er –

Die Tür wurde mit einer so heftigen Bewegung aufgerissen, dass Howard erschrocken zusammenfuhr und den Gedanken bewusst abbrach. Etwas von seinem Erschrecken musste sich wohl auch auf seinem Gesicht widerspiegeln, denn die ältliche, grauhaarige Frau, die so abrupt unter der Öffnung erschienen war, blickte ihn einen Moment mit heftig gefurchter Stirn an, ehe sie mit einem weiteren Schritt vollends ins Zimmer hineintrat und die Tür ebenso heftig wieder hinter sich schloss, wie sie sie geöffnet hatte.

»Sie sind Mr ...?«

»Phillips«, sagte Howard rasch. Er versuchte ein freundliches Lächeln auf sein Gesicht zu zwingen, spürte aber selbst, dass es ihm nicht gelang. Er war nervös. Die gute halbe Stunde, die er hier gewartet hatte, hatte mehr an seinen Nerven gezerrt, als er zugeben wollte. Es lag nicht an mangelnder Selbstbeherrschung, oder Ungeduld – es lag an diesem Raum.

Das Haus befand sich in einer unauffälligen Gegend der Stadt, und so wie sein Äußeres war auch seine Einrichtung: unauffällig und bieder, auf jene ganz bestimmte Art trist, die es einem leicht machte, sich hier nicht wohl zu fühlen, ohne sagen zu können warum, und noch leichter, es möglichst schnell wieder zu vergessen. Nichts davon war Zufall. Hätte er noch irgendwelche Zweifel daran gehabt, wer hier *wirklich* gelebt hatte, dieses blasse, ein wenig ungastliche Zimmer und die abweisende Atmosphäre, die im ganzen Haus herrschte, hätten sie ausgeräumt. Treymours Handschrift war hier so deutlich zu spüren, als wäre er irgendwie unsichtbar noch immer im Raum.

»Phillips«, sagte die Frau. Sie nickte, mit einem sonderbaren, fast grimmigen Gesichtsausdruck, als hätte sie diesen Namen erwartet oder als bedeute er etwas ganz Bestimmtes für sie. Sie sah weder besonders freundlich aus, noch gab sie sich irgendwelche Mühe, so zu wirken. »Sie sind einer von diesen Zeitungsschmierern, nehme ich an?« Noch bevor Howard widersprechen konnte, hob sie sowohl die Hand als auch die Stimme und fuhr in deutlich schärferem Ton fort: »Geben Sie sich gar keine Mühe, Mister Phillips-oder-wie-immer-Sie-auch-wirklich-heißen-mögen. In den letzten beiden Tagen haben sich Ihre Kollegen hier die Klinke in die Hand gegeben. Ich werde nichts mehr sagen, was ich nicht schon gesagt habe.«

»Verzeihung, Miss …?«

»Stone«, antwortete die Frau. »Madelaine Stone.«

»Miss Stone«, sagte Howard. »Ich fürchte, hier liegt ein Missverständnis vor. Ich bin nicht von der Zeitung. Und ich bin keineswegs hier, um Sie auszuhorchen oder Ihnen irgendwelche Informationen zu entlocken, die Sie nicht preisgeben wollen.«

»Wer sind Sie dann?«, fragte Miss Stone. »Und lügen Sie mich nicht an – ich habe zu lange für Dr. Treymour gearbeitet, um nicht sofort zu erkennen, wenn jemand die Unwahrheit sagt. Ihr Name ist nicht Phillips.«

»Das ist wahr«, gestand Howard. Er war ein wenig überrascht. Miss Stone schien zu jenen seltenen Menschen zu gehören, die Wahrheit und Lüge mit einem untrüglichen Instinkt sofort erkannten. Vielleicht hatte er sich in ihr getäuscht.

»Und wie ist er dann?«

»Das … tut nichts zur Sache«, antwortete Howard ausweichend. »Ich bin ein alter Bekannter von Dr. Treymour. Als ich heute Morgen in der Zeitung von seinem Verschwinden las, war ich aufs Höchste beunruhigt.«

»Ein alter Bekannter. So.« Stones Augen wurden schmal, und Howard fragte sich, ob er vielleicht schon wieder einen Fehler gemacht hatte. Möglicherweise waren Treymours *alte Bekannte* nicht unbedingt automatisch auch Stones *Freunde*. »Und wieso weiß ich dann nichts von Ihnen? Ich arbeite seit zehn Jahren für Dr. Treymour, aber er hat niemals einen Mister *Phillips* erwähnt.«

»Es ist auch länger als zehn Jahre her, dass wir uns das letzte Mal gesehen haben«, antwortete Howard.

»Ich verstehe«, sagte Stone spöttisch. »Wenn ich Ihnen jetzt mitteile, dass ich schon seit zwanzig Jahren für ihn arbeite, dann werden Sie sich sicher hastig verbessern und mir erklären, dass es genau so lange her ist, seit Sie sich das letzte Mal gesehen haben, wie?«

Howard seufzte. Unten auf der Straße war das Rollen von Rädern zu hören und das unwillige Wiehern eines Pferdes. »Hat er jemals von seiner Zeit in Paris gesprochen?«, fragte er.

»Paris?« Es gelang Stone nicht, ihre Überraschung zu verbergen, als Howard den Namen der Stadt aussprach. Sie sah plötzlich alarmiert aus. Und ein ganz kleines bisschen erschrocken.

»Ja. Wir haben uns dort das letzte Mal gesehen. Ich weiß nicht, wie viel Ihnen James ... Dr. Treymour von seiner Zeit in Paris erzählt hat, aber –«

»Nicht viel«, unterbrach ihn Stone. Sie klang jetzt mehr als nervös. »Aber trotzdem schon mehr, als ich eigentlich wissen wollte. Ich ... möchte nicht darüber reden.«

Das konnte Howard nur zu gut verstehen. Offensichtlich hatte Treymour seiner Haushälterin doch mehr erzählt, als sie zugab. Und auf jeden Fall mehr, als sie hatte hören wollen.

»Ich möchte auch nicht mit Ihnen reden«, fuhr sie fort. Das Rollen der Räder unten vor dem Haus hatte aufgehört, und Howard hörte, wie ein Kutschenschlag aufgerissen und gleich darauf mit einem Knall wieder zugeschlagen wurde. Stone warf einen nervösen Blick zum Fenster.

»Das kann ich verstehen«, fuhr er fort. »Aber ich bitte Sie einfach, mir zu glauben, Miss Stone, dass es sehr wichtig ist, dass Sie mir gewisse ... Fragen beantworten. Die Zeitungsmeldung war in dieser Hinsicht leider höchst unpräzise. Aber ich ... muss wissen, wie Dr. Treymour verschwunden ist. In der Reportage war von *höchst sonderbaren* Umständen die Rede.«

»Wenn jemand aus einem verschlossenen Zimmer verschwindet, das keinen zweiten Ausgang und kein Fenster hat, dann ist das höchst sonderbar«, sagte Stone.

»Wie meinen Sie das?«

Stone sah wieder nervös zum Fenster hin. Sie schien auf etwas zu lauschen. »Ich will von alledem nichts wissen«, sagte sie. »Gehen Sie, Mister Phillips. Gehen Sie schnell. Ich habe einen Fehler gemacht.«

»Ich verstehe Sie durchaus«, sagte Howard geduldig. »Aber bitte, es ist wirklich *sehr wichtig*. Für mich. Und auch für andere. Was genau ist passiert?«

In Stones Augen blitzte es ungeduldig auf, und eine Sekunde lang war Howard vollkommen sicher, dass sie ihn nun einfach hinauswerfen würde. Aber dann schien sie doch zu begreifen, dass es vielleicht das Einfachste war, seine Fragen zu beantworten. Als sie sprach, tat sie es sehr schnell, fast gehetzt.

»Ich weiß nicht, was hier geschehen ist«, sagte sie. »Ich will es auch nicht wissen. Ich weiß nur, dass Dr. Treymour in den letzten Tage … seltsam war.«

»Seltsam?«

»Er hat sich verändert«, antwortete Stone. »Verstehen Sie … er war nie ein sehr geselliger Mann. Manchmal kam es vor, dass er sein Zimmer tagelang nicht verließ, und manchmal hat er eine Woche lang kein Wort geredet. Aber seit einigen Tagen …«

»… hatte er Angst«, vermutete Howard, als Stone nicht weitersprach. Sie nickte.

»Wissen Sie, wovor?«

»Nein. Er hat nichts gesagt. Aber ich habe genau gespürt, dass etwas nicht mit ihm stimmte. Er hat das Haus überhaupt nicht mehr verlassen, und mir hat er verboten, irgendjemanden hereinzulassen. In den letzten beiden Tagen musste ich ihn in seinem Zimmer einschließen.«

»Sie?«, fragte Howard überrascht.

Sie nickte, kramte einen Schlüssel aus der Kitteltasche und hielt ihn ihm hin. »Das hier ist der einzige Schlüssel, den es zu seinem Arbeitszimmer gibt. Ich musste ihn einschließen, und ich durfte nur öffnen, um ihm die Mahlzeiten zu bringen. Er hatte Angst, Mister Phillips. Furchtbare Angst.«

So *wie du*, dachte Howard. Er sprach diesen Gedanken nicht aus, aber er hätte schon blind sein müssen, um nicht zu sehen, dass diese Frau allein bei der *Erinnerung* an das, was geschehen war, vor Angst beinahe den Verstand verlor. Vielleicht war das, was er in der Zeitung gelesen hatte, doch nicht so übertrieben gewesen, wie es schien …

»Und dann?«, fragte er geduldig.

Stone hob unglücklich die Schultern. »Ich weiß nicht, was passiert ist«, sagte sie. »Es war vorgestern Nacht. Ich hatte ihm das Abendessen gebracht und das Zimmer wieder verriegelt, ganz wie er es verlangte. Ich war schon zu Bett gegangen, deshalb weiß ich nicht genau, wie es angefangen hat. Aber ich hörte … Geräusche.«

»Geräusche?«

»Sonderbare Laute«, sagte Stone unbehaglich. Ein Schatten huschte über ihr Gesicht. »Unheimliche Laute. Ich habe so etwas noch nie zuvor gehört. Es war wie ... Schreie ... oder Rufe. Vielleicht waren es auch Worte, aber wenn, dann in einer Sprache, die nicht für Menschen gemacht sein kann. Es war furchtbar. Ich ... ich lief sofort hin.«

Ihre Stimme versagte. Sie kämpfte mit aller Macht gegen die schrecklichen Bilder, die aus ihrer Erinnerung emporzusteigen schienen, und Howard geduldete sich, bis sie ihre Selbstbeherrschung weit genug zurückerlangt hatte, um weiterzusprechen. »Es war ... unheimlich. Ich sah Licht unter der Tür, aber es war nicht das Licht der Lampe, verstehen Sie. Es war ... ein Flackern, wie von Flammen. Ich hatte Angst und dachte, es wäre ein Feuer im Zimmer ausgebrochen und Dr. Treymour wäre gefangen.«

»Aber es war kein Feuer«, vermutete Howard, als sie abermals stockte.

Sie schüttelte schwach den Kopf. »Nein. Ich ... ich habe sofort aufgeschlossen, aber ich war nervös und ich hatte Angst, sodass ich den Schlüssel fallen ließ. Und als ich die Tür endlich aufbekommen hatte, war es zu spät.« Sie sah ihn an. Ihre Augen wurden groß vor Furcht. »Das Licht war erloschen und die Schreie auch. Und ... und Dr. Treymour war nicht mehr da. Verstehen Sie? Er war einfach verschwunden. Einfach weg. Wäre ich ... wäre ich nicht so ungeschickt gewesen, dann ... dann wäre vielleicht alles nicht passiert. Ich habe ihn gehört. Ich habe gehört, wie er um Hilfe schrie! Eine Sekunde nur! Hätte ich die Tür auch nur eine Sekunde früher geöffnet –«

»Dann wären Sie jetzt vielleicht tot«, sagte Howard ernst.

Sie sagte nichts, aber sie starrte ihn weiter an und der Ausdruck von Furcht auf ihren Zügen wurde noch tiefer.

»Sie dürfen sich keine Vorwürfe machen, Miss Stone«, fuhr Howard fort. »Auch ich kann Ihnen nicht sagen, was in diesem Zimmer geschehen ist, aber Sie hätten nichts daran ändern können, glauben Sie mir.«

»Woher wollen Sie das wissen?«, fragte Stone.

»Weil ich James kenne«, antwortete Howard. »Ich weiß, dass er nicht der Mann ist, der zu sein er hier vorgegeben hat. Diese Journalisten, von denen sie sprachen, mögen ihn für einen Betrüger gehalten haben, einen Scharlatan, der versuchte den Menschen mit ein paar Taschenspielertricks das Geld aus der Tasche zu ziehen. Er hat diese Rolle bewusst gespielt, nicht wahr?«

Stone nickte. Ein Ausdruck neuen, noch tieferen Erschreckens begann sich auf ihren Zügen auszubreiten. »Sie ... Sie kannten ihn wirklich«, murmelte sie. »Sie waren Freunde.«

»Nein«, widersprach Howard. »Aber wir standen einmal ... sagen wir: auf der gleichen Seite. Wenigstens dachten wir es.«

»Ich habe einen Fehler gemacht«, sagte Stone erneut.

»Nein«, widersprach Howard. »Das haben Sie nicht. Sie hätten ihn nicht retten können. Und was immer ihm zum Verhängnis geworden ist, hätte auch Sie vernichtet, wären Sie eine Sekunde früher in das Zimmer gekommen. Ich bin nicht einmal sicher, ob Sie jetzt in Sicherheit sind. Vielleicht sollten Sie dieses Haus verlassen.«

»Dazu ist es zu spät, fürchte ich«, sagte Stone. »Großer Gott, was habe ich getan? Gehen Sie, Mister Phillips. Gehen Sie! *Schnell!*«

Howard sah sie irritiert an. Plötzlich war in ihrer Stimme ein Klang, den er nur noch mit dem Wort *Panik* beschreiben konnte. »Aber was –«

»Gehen Sie!«, unterbrach ihn Stone. Sie schrie fast. »Solange Sie es noch können!«

Aber er konnte es nicht mehr.

Noch bevor Stone das letzte Wort ausgesprochen hatte, wurde die Tür mit einem Ruck aufgerissen, und drei Männer stürmten herein. Zwei von ihnen packten Howard, so schnell und kompromisslos, dass er nicht einmal wirklich begriff, wie ihm geschah, während der dritte etwas langsamer näher kam und ihn mit einem langen, abschätzenden Blick maß. Dann wandte er sich langsam und mit einem unangenehmen Lächeln an Stone.

»Ausgezeichnete Arbeit«, sagte er. »Sie haben sich Ihre Belohnung verdient, Miss Stone.«

»Sie ... Sie täuschen sich«, sagte Stone. Ihre Stimme zitterte. »Ich habe mich geirrt. Er ist ein Freund von Dr. Treymour.«

»Das behauptet er«, sagte der Fremde. Er war sehr groß, hatte ein unangenehmes Gesicht und eine von Falten zerfurchte Glatze. »Zweifellos hat er das behauptet. Aber die Wahrheit dürfte ein wenig anders aussehen.« Er wandte sich an Howard. »Nicht wahr, Mister Lovecraft?«

»Love ...« Stone sog scharf die Luft zwischen den Zähnen ein und wandte sich zu Howard um. »Sie ... *Sie* sind Lovecraft?«

Howard nickte, soweit ihm dies möglich war. Die beiden Männer hielten ihn mit so eiserner Kraft, dass er sich kaum noch bewegen konnte. Ihr Griff tat weh.

»Großer Gott!«, murmelte Stone. »Was ... was habe ich getan? Aber Sie ... Sie haben doch gesagt ...« Sie wandte sich wieder an den Mann mit der Glatze. »Sie haben gesagt, ich ... ich soll Bescheid geben, wenn jemand nach Dr. Treymour fragt, damit wir seine Entführer dingfest machen!«

Der Kahlköpfige lachte leise. »Das stimmt«, sagte er. »Und ich danke Ihnen auch noch einmal für Ihre Hilfe. Und was die versprochene Belohnung angeht ...«

Und damit griff er unter seinen Mantel, zog einen schmalen Dolch hervor und stieß ihn der Frau mit einer fast gemächlichen Bewegung ins Herz. »Hier ist sie.«

Stones Augen weiteten sich. Sie taumelte, hob die Hand an die Brust und starrte eine halbe Sekunde lang fassungslos auf den allmählich größer werdenden roten Fleck auf ihrem Kleid. Dann brach sie lautlos in sich zusammen. Sie war tot, ehe ihr Körper den Boden berührte.

Mehrere Minuten lang starrte ich völlig regungslos das aufgeschlagene Buch an, ohne mehr zu sehen als die beiden Wörter und das auf die gegenüberliegende Seite gezeichnete Symbol. Kein Wunder, dass mir die Zeichen auf dem Relief bekannt vorgekommen waren, auch wenn sie nicht von den GROSSEN ALTEN stammten. Eine Zeit lang hatte ich geglaubt, es mit völlig neuen Feinden zu tun zu haben, aber das war ein Irrtum gewesen.

Die *Thul Saduun.*

Erinnerungen stiegen in mir auf und drohten mich zu überwältigen, und keine von ihnen war angenehmer Natur. Ich wusste nicht allzu viel über die *Thul Saduun*, aber zumindest in groben Zügen kannte ich ihre Geschichte. Genau wie die GROSSEN ALTEN waren auch sie einst von den Sternen zur Erde gekommen. Sie hatten einen Äonen währenden Krieg gegen die ALTEN geführt, der das Antlitz der Erde verwüstet hatte, doch schließlich waren sie unterlegen gewesen und waren unterjocht worden. Aber die *Thul Saduun* waren ein zu mächtiges und kriegerisches Volk, um sich in ein Dasein als Dienerrasse zu fügen. Es hatte nicht lange gedauert, bis sie sich erneut gegen die GROSSEN ALTEN aufgelehnt hatten, und diesmal waren sie für ihren Frevel von ihnen grausam bestraft und verbannt worden, genau wie es später auch den ALTEN selbst erging, als sie in ihrem Größenwahn gegen die Gesetze der Schöpfung selbst verstießen und von den ÄLTEREN GÖTTERN bezwungen wurden.

Aber die *Thul Saduun* hatten ihre Spuren hinterlassen, und immer wieder waren Menschen ihren falschen Verlockungen von Macht erlegen und hatten versucht, sie aus ihren Kerkern zu befreien. Bereits vor zweihundert Millionen Jahren hatten die Magier von Maronar, einer frühen Hochzivilisation der Erde, ihnen einen Weg zurück in unsere Welt geebnet und Maronar dadurch den Untergang gebracht. Seither verlor sich die Spur der *Thul Saduun* im Dunkel der Geschichte.

Vor rund zehn Jahren hatte ich zum ersten Mal von *jenen in der Tiefe* erfahren, wie die *Thul Saduun* auch genannt wurden. Auf der Vulkaninsel Krakatau hatte der Fischgott Dagon, einer der wenigen Überlebenden Maronars, erneut versucht, die *Thul Saduun* zu beschwören. Er hatte ihre Brut, die *Ssaddit* gemästet, indem er den Feuerwürmern Menschenopfer darbrachte. Gemeinsam mit Kapitän Nemo und seiner NAUTILUS hatte ich Dagons Pläne vereiteln können, doch uns allein wäre es nie gelungen. Die GROSSEN ALTEN selbst jedoch hatten in Gestalt Hasturs, des UNAUSSPRECHLICHEN, in den Kampf eingegriffen und verhindert, dass ihre abtrünnigen Vasallen neue Macht erlangten. Der Krieg der finsteren Götter hatte zu einer der größten Katastrophen der Menschheitsgeschichte geführt, als die gesamte Insel mitsamt der *Ssaddit* bei einem Ausbruch des Krakatau vernichtet worden war.

Und nun tauchte mitten in London ein Relief mit Symbolen der *Thul Saduun* auf, dem eine noch unbekannte magische Kraft innewohnte und das in die Hände von Fanatikern gefallen war. Ich musste unter allen Umständen verhindern, dass *jene in der Tiefe* auf diesem Weg erneut Einfluss auf unsere Welt erlangten oder gar eine Möglichkeit zur Rückkehr fanden.

Jemand rüttelte mich an der Schulter, doch ich reagierte nicht. Erst als mir mit sanfter Gewalt das Buch aus den Händen genommen und zur Seite gelegt wurde, schrak ich aus meinen düsteren Gedanken auf. Benommen rieb ich mir die Augen, und als ich aufsah, blickte ich direkt in Rowlfs besorgtes Bulldoggengesicht.

»Robert? Verdammich, nu sach doch endlich wat. Was'n los mit dir?«

»Nichts«, murmelte ich. »Es ist ... nichts. Aber Howard hat etwas entdeckt, das ...« Ich brach ab, als die Tür des Zimmers geöffnet wurde. Mit einem Tablett in den Händen, auf dem zwei Tassen und eine Kanne sowie eine Zuckerdose und ein Milchkännchen standen, trat Mrs. Winden ein.

»Ihr Kaffee, Robert«, sagte sie, blickte sich einen Moment lang um und stellte das Tablett dann auf den einzigen noch freien Stuhl. Ich nickte nur flüchtig, und als ich keine Anstalten machte, irgendetwas zu sagen, runzelte sie die Stirn und verließ die Bibliothek wieder. Mary Winden kochte so ziemlich den besten Kaffee, den ich je getrunken hatte, doch im Moment brauchte ich etwas Stärkeres, und so warf ich dem Tablett nur einen kurzen Blick zu und trat dann an einen Schrank, in dem ich Howards Vorräte an Hochprozentigem wusste. Ich schenkte mir ein Glas Brandy ein und leerte es auf einen Zug. Der Alkohol rann durch meine Kehle und schien in meinem Magen zu explodieren, dass mir Tränen in die Augen traten und ich zu keuchen begann, trotzdem schenkte ich mir sofort ein weiteres Glas ein und kehrte damit zum Tisch zurück.

Die ganze Zeit über beobachtete Rowlf mich schweigend, obwohl ihm die Neugier überdeutlich ins Gesicht geschrieben stand, bis er schließlich herausplatzte: »Was hat H.P. entdeckt? Weißte, wo er hin is?«

Ich schüttelte den Kopf. »Nein, das eine hat mit dem anderen wahrscheinlich nichts zu tun. Er hat nur etwas über das Relief herausgefunden.«

Ein wenig wunderte es mich, dass er sich nicht direkt mit mir in Verbindung gesetzt hatte, nachdem er wusste, dass es sich bei den Gravuren um Zeichen der *Thul Saduun* handelte. Aber so bedeutsam diese Entdeckung auch war, praktisch brachte sie uns zurzeit nicht weiter, sodass es keinen Unterschied machte, ob ich ein paar Stunden früher oder später davon erfuhr. Umso weniger passte es jedoch ins Bild, dass Howard so einfach weggegangen war, ohne zumindest eine Nachricht zu hinterlassen. Die einzige vernünftige Erklärung dafür war, dass er geglaubt hatte, schnell wieder zurück zu sein, noch bevor ich ankäme, und wenn sein Aufbruch mehr als zwei Stunden zurücklag, konnte das nur bedeuten, dass er durch irgendetwas aufgehalten worden war.

»Glaubste, dass er Ärga gekriegt hat?« Rowlf schenkte sich eine Tasse Kaffee ein und stürzte die kochend heiße Brühe mit einem Schluck hinunter, ohne auch nur das Gesicht zu verziehen.

Ich zögerte mit der Antwort. Es konnte eine ganz harmlose Erklärung für Howards Verspätung geben, aber es war ebenso möglich, dass er in irgendwelchen Schwierigkeiten steckte. Ich biss mir auf die Lippe. Allein das verschwundene Relief bereitete mir bereits genug Kopfzerbrechen, vor allem jetzt, nachdem ich wusste, wer es geschaffen hatte, und ich hatte mir von Howard Hilfe erhofft. Zusätzliche Probleme hingegen konnte ich zurzeit absolut nicht gebrauchen.

»Howard kann ganz gut auf sich selbst aufpassen«, sagte ich. »Spann schon mal das Pferd an. Wir fahren erst einmal zu Scotland Yard und fragen Cohen, ob er schon etwas herausgefunden hat. Vielleicht ist Howard ja wieder da, wenn wir zurückkommen.«

»Aba H.P. hat gesagt, dass wir hier auffen warten solln.«

»Er hat auch gesagt, dass er nicht lange wegbleiben würde«, erinnerte ich ihn. »Wir haben keine Zeit, um untätig herumzusitzen.«

»Wennste meinst«, brummte Rowlf wenig überzeugt und verließ schulterzuckend das Zimmer. Ich wandte mich dem Kamin zu und starrte in die prasselnden Flammen. Howards Verschwinden beunruhigte mich mehr, als ich mir selbst eingestehen wollte.

Sein erstes Empfinden nach dem Erwachen war Schmerz. Instinktiv wollte er die Hand zum Kopf heben, von wo der Schmerz kam, doch noch bevor er die Bewegung ausführen konnte, kehrte ein Teil seiner Erinnerungen zurück und ließ ihn verharren. Er wusste wieder, wer er war und dass er schließlich niedergeschlagen worden war, zugleich spürte er, dass er nicht allein war. Es war nicht das erste Mal, dass Norris aus einer Ohnmacht erwachte, und er hatte sich angewöhnt, vorsichtig zu sein, sodass es ihm mittlerweile in Fleisch und Blut übergegangen war. Reglos blieb er liegen und versuchte, die wirren Erinnerungsfetzen hinter seiner Stirn zu ordnen.

Da war ein Schiff gewesen, auf dem er zusammen mit Kelly etwas stehlen wollte, aber etwas war an Bord des Schiffes geschehen. Die stählernen Korridore waren zu Stein geworden, einem gewaltigen Labyrinth, und dann … Immer rascher brachen die Erinnerungen über ihn herein und brachten nicht nur das Wissen um die vergangenen Stunden, sondern auch das Grauen zurück.

»Ich weiß, dass du wach bist«, drang Kellys Stimme an sein Ohr. »Du kannst mir nichts vormachen.«

Norris sah ein, dass es keinen Sinn hatte, wenn er sich weiter schlafend stellte, dafür kannte Kelly ihn zu gut. Er öffnete die Augen und kniff sie gleich darauf wieder zusammen, als erneut ein sengender Schmerz durch seinen Kopf zuckte. Vorsichtig blinzelte er ein paar Mal, bis sich der Schmerz gelegt hatte. Er lag auf dem Boden eines kleinen, vollkommen kahlen Raumes mit grob behauenen Felswänden. Erhellt wurde der Raum lediglich von einer Fackel, deren Licht ihm während der ersten Sekunden dennoch unerträglich grell erschien, bis seine Augen sich daran gewöhnt hatten. Langsam richtete er sich in eine sitzende Haltung auf und lehnte sich mit dem Rücken gegen die Wand. Er tastete behutsam über seinen Hinterkopf und fühlte unter seinen Fingern eine ordentliche Beule, deren bloße Berührung ihn aufstöhnen ließ.

Kelly stand mit vor der Brust verschränkten Armen knapp zwei Schritte von ihm entfernt und blickte auf ihn herab. Sein Gesicht war zu einem kalten, völlig humorlosen Lächeln verzogen.

»Nun stell dich nicht so an«, sagte er. »Ich weiß, was für einen harten Schädel du hast. So ein Schlag wird dich schon nicht umbringen.«

»Warum ... hast du das getan?«, brachte Norris stockend über die Lippen. »Was ... was ist hier los?«

»Etwas Wundervolles«, erwiderte Kelly, und sein Blick verklärte sich. »Etwas, das ich mir nie im Leben erträumt habe. Eine göttliche Offenbahrung.« Seine Stimme nahm einen pathetischen Tonfall an. »Ich kam nur wegen der Aussicht auf Beute her, aber ich fand etwas anderes, viel Bedeutenderes: Erleuchtung.«

Unter anderen Umständen hätten seine Worte lächerlich geklungen, aber der überzeugte, geradezu begeisterte Tonfall, in dem Kelly sprach, verhinderte das und machte Norris mehr Angst als alles andere. Er hätte es verstehen können, wenn sein Freund ihn an die Wachmänner der Werft oder die Polizei verraten hätte, damit er selbst eine geringere Strafe bekam, aber hier ging es um etwas ganz anderes, das nur noch am Rande mit dem Einbruch zu tun hatte. Der Mann vor ihm war Kelly, aber er hatte sich verändert, war ein völlig anderer geworden. Für einen kurzen Moment sah Norris noch einmal die Horrorgestalt, die er an Kellys Stelle zunächst im Stollen gesehen zu haben glaubte, doch er verdrängte die Erinnerung daran sofort wieder. Offenbar hatte sein Begleiter den Verstand verloren, und solange er nichts Genaueres wusste, war es das Beste, auf sein Spiel einzugehen.

»Erleuchtung?«, fragte Norris. »Was soll das heißen? Wovon sprichst du?«

»Ich kann es dir nicht mit Worten erklären, du müsstest es schon selber erleben. Man hat mir den Weg zur göttlichen Macht gezeigt und ich wünschte, wir könnten diesen Weg zusammen gehen. Aber während man mich in den Kreis der Auserwählten aufgenommen hat, wurde für dich ein anderes Schicksal bestimmt.«

»Was für ein Schicksal?«

Während er sprach, wägte Norris seine Chancen ab, sich auf Kelly zu stürzen und ihn zu überwältigen. Den Revolver hatte man ihm abgenommen, aber er war auch so stärker als sein Gegenüber, und wenn er schnell genug war, würde es ihm keine Probleme bereiten, ihn niederzuschlagen. Die Tür des Raumes war nur angelehnt, sodass er fliehen könnte, aber er wusste nicht, was ihn dann erwartete. Wenn sie sich immer noch in diesem unheimlichen Labyrinth befanden, worauf die Felswände hindeuteten, würde er sich nur erneut verirren und jämmerlich sterben.

»Du wirst es erkennen, wenn die Zeit dazu reif ist. Aber wenn es dir ein Trost ist, kann ich dir verraten, dass auch du eine wichtige Rolle im göttlichen Plan spielen wirst. Du wirst dazu beitragen, dass *jene in der Tiefe* wieder ...« Kelly brach ab. »Alles zu seiner Zeit. Ich bin nur gekommen, um dir zu sagen, dass du nichts zu fürchten brauchst. Wir sind nur unbedeutende Spielfiguren im großen Plan, und es ist eine Ehre, zu seinem Gelingen beitragen zu dürfen.«

»Warte!«, rief Norris hastig, als Kelly sich umdrehen und gehen wollte. Er stand auf und unterdrückte das Schwindelgefühl, das ihn dabei befiel. Seine Kopfschmerzen hatten sich inzwischen weitgehend gelegt. Die Worte sprudelten nur so aus seinem Mund. »Von was für einem göttlichen Plan sprichst du? Wer sind die Männer, die ich gesehen habe? Wo sind wir hier, und was hat es mit dem Schiff auf sich? Was –«

»Langsam«, fiel ihm Kelly unwirsch ins Wort. »Ich habe dir doch schon gesagt, dass ich dir deine Fragen nicht beantworten kann. Es wäre so, als würde man versuchen, einem Blinden die unterschiedlichen Farben zu erklären. Ich kann dir nur versprechen, dass alles, was geschehen ist und geschehen wird, seine Bedeutung hat. Etwas unbeschreiblich Großes ist im Gange, etwas gegen das unser Leben völlig unwichtig ist, und du –«

Norris sprang auf.

Das meiste, was Kelly sagte, war offensichtlich nicht mehr als das Gefasel eines Geisteskranken, doch auch wenn es keinen vernünftigen Sinn ergab, klang dennoch etwas Gefährliches darin mit, und zumindest seine letzten Worte zeigten Norris deutlich, dass man vorhatte, ihn zu töten. Aber er würde um sein Leben kämpfen, statt sich von einer Horde von Verrückten umbringen zu lassen, die sich einbildeten, im Auftrag einer göttlichen Macht zu handeln. Lieber würde er wieder in das Labyrinth fliehen und dort weiterhin nach einem Ausgang suchen, selbst wenn es ebenfalls seinen Tod bedeuten sollte, als sich wehrlos in sein Schicksal zu ergeben.

Er stieß sich von der Wand ab und sprang mit einem gewaltigen Satz auf Kelly zu, der viel zu überrascht war, um auch nur eine Abwehrbewegung zu machen. Norris wollte ihn mit sich zu Boden reißen und ihn mit ein paar harten Schlägen außer Gefecht setzen, doch er erreichte ihn nicht einmal. Als er nur noch einen halben Yard von ihm entfernt war, stieß Kelly blitzartig seine rechte Hand vor. Sie traf Norris an der Brust, und er hatte das Gefühl, gegen eine massive Wand zu prallen. Mit einem Schmerzensschrei prallte er zurück und stürzte zu Boden, während Kelly nicht einmal aus dem Gleichgewicht geriet.

»Das war sehr dumm von dir«, sagte er verächtlich, und sein Gesicht zeigte wieder das kalte, gehässige Lächeln wie am Anfang. »Glaubst du wirklich, eine lächerliche, unwichtige Gestalt wie du könnte sich gegen die Macht leibhaftiger Götter auflehnen?«

Norris blieb verkrümmt am Boden liegen, stöhnte und schnappte keuchend nach Luft. Er hatte nicht mehr die Kraft, um noch einmal aufzustehen.

Kelly betrachtete ihn noch einige Sekunden lang, dann drehte er sich um und verließ die Zelle. Mit einem dumpfen Knall fiel die Tür hinter ihm ins Schloss, und ein Riegel wurde vorgeschoben.

Norris war wieder allein.

Howard hatte keine Ahnung, wohin man ihn brachte. Man hatte ihm die Augen verbunden und ihn in eine Kutsche gezerrt und sämtliche Versuche, seine Entführer in ein Gespräch zu verwickeln, hatten sich als fruchtlos erwiesen, ihm lediglich einen harten Schlag mit dem Handrücken auf den Mund eingehandelt, worauf er es vorgezogen hatte, ebenfalls zu schweigen.

Die Fahrt hatte ziemlich lange gedauert, war also anscheinend in einen Randbezirk Londons erfolgt, aber vielleicht spielte sein Zeitempfinden ihm auch nur einen Streich, oder seine Entführer wollten ihn verwirren. Als die Fahrt schließlich endete und er aus der Kutsche kletterte, stieg ihm der charakteristische Geruch der Themse in die Nase. Er wurde ein Stück vorwärts geschleift, und seine Vermutung, dass er sich in der Hafengegend befand, erhielt neue Nahrung, als man ihm eine Strickleiter in die Hände drückte und er vor sich eine metallene Wand spürte, bei der es sich gut um die Außenhülle eines Schiffes handeln konnte. Barsch forderte man ihn auf, hochzuklettern.

Er fragte sich, was das zu bedeuten hatte. Wollte man ihn außer Landes verschleppen? Bislang hatte er kaum Angst verspürt, doch bei diesem Gedanken griff Furcht wie mit einer eisigen Hand nach ihm. Dennoch kam er dem Befehl nach und kletterte langsam die hölzernen Sprossen hinauf, bis ihn Hände ergriffen und über eine Brüstung zerrten, bei der es sich um gar nichts anderes als eine Schiffsreling handeln konnte.

Über eine stählerne Treppe wurde er ein Stück in die Tiefe geführt und schließlich einen langen Korridor mit mehreren Abzweigungen entlang. Es dauerte eine Weile, bis er registrierte, dass sich der Boden unter seinen Füßen verändert hatte. Hatte es sich anfangs um Metall gehandelt, so ging er nun über Stein, was seine Annahme, dass er sich an Bord eines Schiffes befand, wieder ins Wanken brachte. Die ganze Angelegenheit wurde immer mysteriöser, und im gleichen Maße wuchs auch seine Beklemmung.

Nach einer Weile wurde ihm endlich die Binde abgenommen, und er stellte fest, dass er tatsächlich unmöglich auf einem Schiff sein konnte. Er befand sich in einer großen, von zahlreichen Fackeln an den Wänden fast taghell erleuchteten Höhle, in deren Mitte sich in einer rund ein Dutzend Fuß tiefen Senke ein See aus brodelnder, kochender Lava erstreckte. Der See durchmaß gut zehn, fünfzehn Yards, und wie eine Brücke spannte sich ein schmaler Steg aus Fels darüber.

Es war unmöglich, schlicht und einfach unmöglich. Selbst wenn sich – was ebenfalls so gut wie unmöglich war – unter dem See ein tausende Fuß tiefer Schacht erstreckte, aus dem die Lava emporquoll, so müsste ihre Oberfläche abkühlen, aber das war nicht der Fall. Aber es konnte ohnehin niemand unbemerkt einen so tiefen Schacht bohren, dass er bis zu den flüssigen Gesteinsschichten im Inneren der Erde reichte, schon gar nicht mitten in London.

Jedenfalls nicht mit normalen Mitteln, aber die gesamte Höhle war alles andere als normal. Ihre Form war unbeschreiblich, so bizarr, dass sie unmöglich von der Natur oder menschlichen Händen geschaffen worden sein konnte. Trotz der zahlreichen Fackeln war sie an vielen Stellen erfüllt von Finsternis und Schatten, die sich in beständiger, einzeln nicht wahrnehmbarer Bewegung zu befinden schienen, sodass ihre Architektur sich seinen Blicken immer wieder zu entziehen schien. Da waren Formen, deren bloßer Anblick ihm in den Augen schmerzte, unmögliche Winkel, Brückenkonstruktionen und Stege entlang der Wände, die einen Architekten in den Wahnsinn getrieben hätten, Baulichkeiten, die Howard Übelkeit verursachten, wenn er sie nur betrachtete.

Er keuchte und taumelte einen Schritt zurück, aber sofort griffen seine Bewacher zu und hielten ihn fest. Mit einem halblauten Stöhnen schloss er für ein paar Sekunden die Augen, versuchte an nichts zu denken und ballte die Fäuste. Als er die Augen nach ein paar Sekunden wieder öffnete, waren die Formen der Höhle immer noch fremd und bizarr, aber nicht mehr so irrsinnig wie zuvor.

Howard drehte den Kopf und blickte sich zu seinen Bewachern um. Es waren insgesamt fünf Männer, die hinter ihm standen und ihm den Fluchtweg versperrten, und erst jetzt bemerkte er auch rund ein Dutzend weitere Menschen, die entlang der Höhlenwände standen. Sie waren in graue, mönchsartige Kutten gehüllt, unter deren Kapuzen hervor sie ihn mit ausdruckslosen Gesichtern anstarrten. Auch seine drei Entführer hatten inzwischen gleichartige Kutten übergestreift. Wie Howard auffiel, handelte es sich bei den Anwesenden ausschließlich um Männer; keine einzige Frau befand sich bei ihnen. Er kannte keinen von ihnen, doch außer den Kutten gab es noch eine Gemeinsamkeit zwischen ihnen: In ihren Augen schimmerte eine Kälte, die Howard schaudern ließ.

Ein hochgewachsener, schlanker Mann kam um den Lavasee herum und wechselte leise ein paar Worte mit dem Glatzköpfigen; dann trat er auf Howard zu.

»Sieh an, Howard Lovecraft«, sagte er. Seine Stimme klang gehässig, und in seinen Augen schienen Eiskristalle zu glitzern. Er mochte um die vierzig sein, und sein Gesicht war so schmal, dass es fast hager wirkte. »Wie schön, dass Sie uns mit Ihrer Anwesenheit beehren. Wir hätten uns ohnehin in nächster Zeit um Sie und Robert Craven gekümmert, aber so ist es noch viel einfacher. Schade, dass Ihr

Freund nicht direkt mitgekommen ist, doch wir haben auch für Sie allein Verwendung.«

»Was soll das?«, fragte Howard betont barsch, um seine Unsicherheit zu überspielen. »Wer sind Sie, und was wollen Sie von mir? Was haben Sie mit Doktor Treymour gemacht?«

»Das sind eine Menge Fragen auf einmal, aber dennoch lassen Sie sich einfach beantworten. Mein Name ist bedeutungslos. Was den lieben Treymour betrifft, so weilt er nicht mehr unter uns, und Sie sind hier, um sein Schicksal zu teilen. Er verfügte über ein beachtliches magisches Potenzial, ebenso wie Sie, und *jene in der Tiefe* sind sehr hungrig. Es ist nicht ganz einfach, diesen Hunger mit geeigneten Opfern zu stillen.«

»Die ... die *Thul Saduun*«, keuchte Howard. »Sie sprechen von den *Thul Saduun!*«

Mit einem Mal ergab alles einen grauenvollen Sinn. Treymours Verschwinden, der Lavasee ... Howard war nicht dabei gewesen, als Dagon einst versucht hatte, *jene in der Tiefe* zu beschwören, aber er hatte durch Robert in allen Einzelheiten von den Feuerwürmern, den *Ssaddit* erfahren, die sich durch Menschenopfer zu *Thul Saduun* entwickelten. Alles passte zusammen, seit er in der vergangenen Nacht herausgefunden hatte, um wessen Symbole es sich bei den Gravuren des Reliefs handelte.

»Sie wissen beachtlich viel, Lovecraft«, erwiderte der Hagere. »Unter anderen Umständen wären Sie sicherlich eine interessante Bereicherung unserer kleinen Gruppe, aber wie ich schon sagte – *jene in der Tiefe* sind äußerst hungrig, und es gibt leider nur wenige geeignete Opfer. Die meisten normalen Menschen besitzen nur eine so lächerlich geringe Lebensenergie, dass sie kaum ausreicht, die Gier der *Ssaddit* zu stillen. Aber wenn es Ihnen ein Trost sein sollte – Sie werden Ihren letzten Weg nicht allein zu gehen haben.«

»Sie ... Sie sind ja wahnsinnig!«, stieß Howard hervor. »Ihr alle seid wahnsinnig!« Er wollte sich auf den Mann vor ihm stürzen, doch noch bevor er einen Schritt machen konnte, fühlte er sich von kräftigen Händen an den Armen gepackt und zurückgerissen. »Wenn die *Thul Saduun* wirklich erwachen sollten, werden sie die ganze Menschheit vernichten, auch euch.«

»Unser Leben ist bedeutungslos«, behauptete der Hagere mit der ruhigen Überzeugung eines Fanatikers. »Nur *jene in der Tiefe* zählen. Wenn es ihnen gefällt, uns zu töten, so mögen sie es tun. Aber das werden sie nicht. Sie werden erkennen, wer ihre treuen Diener sind.«

»Sie töten euch!«, brüllte Howard und warf sich wild hin und her, ohne den Griff seiner Bewacher sprengen zu können. »Hört ihr? Wir werden alle sterben, alle. Vielleicht bringen die *Thul Saduun* euch erst als Letzte um, aber Sie werden auch euch nicht verschonen. Sie kennen dieses Wort nicht einmal.«

Er hatte gehofft, wenigstens bei einigen der Umstehenden eine Reaktion auszulösen, doch er sah sich getäuscht. Niemand schien seine Worte auch nur zu beachten, oder wenn, dann war es den Menschen gleichgültig, was mit ihnen geschah. Offensichtlich standen sie bereits zu sehr im Bann des Bösen, als dass ihnen ihr eigenes Schicksal noch etwas bedeutete.

Der Hagere machte eine knappe Geste, und von drei Kuttenträgern begleitet wurde ein weiterer Mann aus dem Hintergrund der Höhle herangeführt. Er war groß und kräftig, dennoch unternahm er keinen Versuch, sich gegen seine Bewacher zur Wehr zu setzen. Sein Gesicht war von abgrundtiefem Entsetzen gezeichnet. Er wurde von seinen Begleitern bis an den Rand des Steges über den Lavasee geführt und dort losgelassen. Sofort versuchte er, wieder zurückzulaufen, doch er wurde wie von einer unsichtbaren Hand langsam vorwärtsgeschoben.

»Nun, Lovecraft, es war angenehm, mit Ihnen zu plaudern, aber nun ist es Zeit«, sagte der Hagere kalt. »Es ist nicht gut, *jene in der Tiefe* zu lange warten zu lassen. Auch wenn Sie es vielleicht nicht so sehen, Ihr Tod wird nicht sinnlos sein, sondern helfen, uns einem gewaltigen Ziel ein Stück näher zu bringen.«

»Ja, dem Untergang der Menschheit!«, keuchte Howard. Erneut stemmte er sich gegen den Griff der beiden Männer, die ihn gepackt hielten, doch er war ihnen an Kraft weit unterlegen. Um sich nicht selbst unnötige Schmerzen zuzufügen, ließ er sich von ihnen ohne weitere Gegenwehr zum Steg führen. Erst kurz bevor sie ihn jedoch erreichten, handelte er noch einmal. Er hatte gesehen, wie es dem anderen Mann ergangen war, sobald er erst einmal auf dem Steg stand. Wenn es für ihn überhaupt noch eine Chance gab, dann musste er sie jetzt nutzen.

Mit aller Kraft warf er sich zunächst nach hinten und ließ sich gleich darauf mit seinem ganzen Gewicht nach vorne fallen. Seine Rechnung ging auf. Seine Bewacher wurden von der Aktion völlig überrascht. Einer der Männer kam aus dem Gleichgewicht und geriet ins Stolpern. Der Griff um Howards rechten Arm lockerte sich, sodass ein heftiger Ruck genügte, um ihn ganz zu befreien. Sofort fuhr er herum und hämmerte seinem zweiten Bewacher mit aller Kraft den Ellbogen ins Gesicht. Der Mann taumelte zurück, ließ ihn jedoch nicht los, sodass sie beinahe beide über die Felskante in den Lavasee gestürzt wären.

Bevor es dazu kommen konnte, fühlte Howard, wie sein freier Arm von dem zweiten Kuttenträger wieder gepackt und ihm mit brutaler Kraft auf den Rücken gedreht wurde. Er biss die Zähne zusammen, aber dennoch stöhnte er vor Schmerz, und Tränen schossen ihm in die Augen.

»Das war nicht sehr klug von dir, Lovecraft«, zischte der Mann und versetzte ihm einen kräftigen Stoß, der ihn direkt auf den Steg hinaustaumeln ließ. Mit wild rudernden Armen bemühte sich Howard, sein Gleichgewicht wiederzuerlangen, um nicht in die Lava zu stürzen. Es gelang ihm nicht, und er stieß einen Schrei aus, als er mit einem Fuß ins Leere trat, aber das gleiche Phänomen, das verhindert hatte, dass sein Schicksalsgefährte umkehren konnte, verhinderte nun, dass er fiel. Es schien eine unsichtbare Barriere entlang des Stegs zu geben, die seinen Sturz auffing und ihn mit sanfter Gewalt zurückschob. Außerdem schirmte sie ihn auch vor der Gluthitze ab. Obwohl sich nicht einmal ein Dutzend Fuß unter ihm brodelnde Lava erstreckte, war es auf dem Steg nicht einmal sonderlich warm.

Howard versuchte erst gar nicht, in die Richtung zurückzugehen, aus der er gekommen war, da er nicht daran zweifelte, dass die unsichtbare Macht auch ihn daran hindern würde. Stattdessen ging er auf den Unbekannten zu, der bereits die Mitte des Stegs erreicht hatte. Mit von Panik erfüllten Augen blickte der Mann ihm entgegen.

»Was hat man mit uns vor?«, stieß er hervor. »Was ... was sind das für Leute?«

»Ich bin Howard Lovecraft«, erwiderte Howard ausweichend. Jetzt war nicht die Zeit für Erklärungen, auch wenn ihm der Mann, der vermutlich nur ein völlig unbeteiligtes Opfer war, leid tat.

»Phillip ... Norris. Was um Gottes willen geht hier bloß vor?«

Howard wurde einer Antwort enthoben, denn in diesem Moment ertönte ein dumpfer, in der gesamten Höhle lang nachhallender Gongschlag.

»Ach, und noch etwas, Lovecraft«, rief der Hagere. Er war bis an den Rand der Grube getreten. »Ich könnte mir vorstellen, dass es Sie brennend interessiert, was aus einem gewissen Gegenstand geworden ist, und ich will nicht, dass Sie unwissend sterben. Nehmen Sie es als eine Art Abschiedsgeschenk. Sie brauchen nur nach dorthinten zu sehen.«

Howard wandte den Blick in die Richtung, in die er deutete. Auf halber Höhe einer der Felswände gab es eine Art Empore, hinter der ein schmaler Durchgang sichtbar war. Daneben erstreckte sich das verschwundene Relief, als wäre es niemals zerteilt worden und fest mit der Felswand verwachsen.

Nach allem, was geschehen war, hätte der Anblick keine große Überraschung für Howard mehr darstellen dürfen, dennoch traf er ihn wie ein Schlag ins Gesicht. Mit dem Auffinden des Reliefs hatte alles erst begonnen, es war in irgendeiner Form der Auslöser gewesen, und er war überzeugt, dass es auch den Schlüssel zu allen Vorgängen und ungelösten Rätseln darstellte. Vielleicht hätte er verhindern können, dass überhaupt Menschen in seinen Bann gerieten, wenn Robert und er die Gefahr frühzeitig erkannt hätten und es ihnen irgendwie gelungen wäre, das Relief zu zerstören. Er hätte nicht nur sein eigenes Leben damit gerettet, sondern auch das vieler anderer, denn was er gehört hatte, ließ keinen Zweifel daran, dass Norris und er nicht die ersten Opfer der *Ssaddit* sein würden.

Jetzt aber war es für ihn zu spät, um noch etwas zu unternehmen.

Ein weiterer Gongschlag erklang, dann noch einer, noch einer und immer weiter, bis der vibrierende Nachhall der einzelnen Schläge zu einem gewaltigen, metallischen Sirren wurde, das die gesamte Höhle erfüllte. Das Licht der Fackeln schien düsterer zu werden, und plötzlich hatte er das Gefühl, ein ganz sachtes Vibrieren und Beben des Felssteges unter seinen Füßen wahrzunehmen. Erschrocken beugte er sich so weit vor, wie es die unsichtbare Barriere entlang der Brücke zuließ, und blickte in die Tiefe, aber noch immer hatte sich nichts im trägen, zähflüssigen Brodeln der Lava geändert.

Dafür kam Bewegung in die Reihe der Kuttenträger. Sie traten näher, bis sie den Rand der Grube erreicht hatten und einen Kreis darum herum bildeten. Einige Sekunden lang verharrten sie, dann begannen sie sich erneut zu bewegen.

Es erinnerte ein bisschen an ein bizarres Ballett; eine perfekte, genau aufeinander abgestimmte Folge von Bewegungen, die trotz des dumpfen Schreckens, mit dem sie Howard erfüllten, nicht einer gewissen morbiden Faszination entbehrten. Der Hagere begann, indem er erst den linken, dann ganz langsam den rechten Arm in die Höhe hob, wobei sich seine Kutte wie ein zuckender Schmetterlingsflügel spannte, dann nahm der Mann neben ihm die Bewegung auf, dann dessen Nebenmann und so weiter. Langsam lief die Bewegung durch die ganze Reihe der Versammelten, bis sie alle mit hoch erhobenen Armen dastanden, dann erfolgte alles in umgekehrter Reihenfolge, um schließlich wieder von neuem zu beginnen. Es sah aus wie das allmähliche Öffnen und Schließen einer gewaltigen düsteren Blüte.

Die Männer stimmten ein leises, nur langsam an Lautstärke und Eindringlichkeit gewinnendes Summen und Raunen an, das im gleichen Rhythmus wie die flatternde Bewegung war und sich mit dem metallischen Sirren des Gonges zu einer bizarren, erschreckenden Melodie zusammenfügte.

Dann ...

Howard beherrschte selbst Kräfte, die von vielen Menschen als Zauberei bezeichnet würden, und er war bereits mehr als einmal Zeuge echten magischen Wirkens geworden, aber wie fast immer, wenn er mit dem Übernatürlichen konfrontiert wurde, vermochte er das Geschehen kaum zu begreifen, geschweige denn in Worte zu fassen. Etwas Unsichtbares, Körperloses schien wie ein knisterndes elektrisches Feld über der Reihe der Kuttenträger zu entstehen, entfaltete sich wie eine riesige, ungeheuer machtvolle Aura und fügte sich dem Gesang und dem Sirren und Vibrieren des Gonges hinzu.

Norris ließ seinen Blick panikerfüllt umherwandern, aber auch er wurde von dem Geschehen so in Bann geschlagen, dass er es nicht wagte, einen Laut von sich zu geben. Das änderte sich erst, als etwas geschah, das Howard schier den Atem stocken ließ und sich wie eine eisige Faust um sein Herz legte. Norris stieß einen gellenden Schrei aus – und Howard sah, wie er in die Höhe gehoben wurde, als hätte ihn eine unsichtbare Hand gepackt!

Schreiend und wild mit den Beinen strampelnd schwebte der Mann bereits mehrere Hand breit über dem Felsen des Steges.

Der Gesang der Kuttenträger wurde lauter. Howard sah, wie erneut diese flatternde, gleitende Bewegung durch ihre Reihe glitt, und im gleichen Moment schwebte Norris wieder ein Stück höher, begann sich dabei um seine eigene Achse zu drehen und glitt weiter in das

Nichts über dem Lavasee hinaus. Seine Schreie steigerten sich zu einem spitzen, überschnappenden Kreischen. Schneller und schneller begann er zu kreisen und trieb dabei immer weiter auf den See hinaus und gleichzeitig in die Höhe. Howard rechnete damit, jeden Moment selbst von der gleichen unsichtbaren Kraft gepackt und hochgehoben zu werden, doch nichts dergleichen geschah.

Dafür änderte sich jedoch etwas im Rhythmus der Bewegungen der Sektenmitglieder, gleichzeitig wurden ihr Gesang und das Hallen des Gongs härter, schneller und so aggressiv, dass Howard glaubte, die einzelnen Schläge fast als körperlichen Schmerz spüren zu können. Norris zuckte wie unter einem Peitschenhieb zusammen, bäumte sich in seiner unsichtbaren Fessel auf, ohne sie dadurch abstreifen zu können, *und begann zu bluten.*

Howard sah keine Wunde, keinerlei sichtbare Verletzung, aber mit einem Male war die Luft rings um Norris erfüllt von rotem Nebel: Millionen und Abermillionen winziger blutiger Tränen, die langsam in die Tiefe zu sinken begannen.

Sie erreichten den See nicht. Etwa auf halbem Weg zwischen der Lava und dem unglückseligen Opfer begann sich der rote Nebel zu sammeln und formte sich zu einer konkaven, nach unten gewölbten Scheibe von gut fünf Yards Durchmesser. Norris' Schreie verstummten, wahrscheinlich war er bereits tot. Howard hoffte, dass es so war.

Wieder änderte sich etwas im Summen der Kuttenträger. Zuerst spürte Howard den Unterschied nur, ohne ihn näher definieren zu können, dann begann er Worte aus dem monotonen Singsang herauszuhören.

»*Thuuuuul*«, summte die Menge. »*Thuuuuul.*«

Es dauerte einige Sekunden, bis Howard die beiden Worte erkannte.

THUL SADUUN.

Die eisige Hand, die sich noch immer um sein Herz zu pressen schien, drückte mit einem harten Ruck fester zu. Er hatte gewusst, mit wem er es hier zu tun hatte und was geschehen würde, aber etwas nur zu wissen und es selbst zu *erleben* war ein gewaltiger Unterschied.

»*Thul!*«, summte die Menge, und plötzlich klang das Wort anders – härter, fordernder, nicht mehr wie eine Bitte oder wie ein Ruf, sondern wie ein Befehl. »*Thul Saduun! Thul Saduun!*« Immer und immer wieder.

Dann begann es tief unten im Herzen der kochenden Lava zu

zucken. Etwas Großes, Rauchiges war für einen kurzen Moment in der brodelnden Glut sichtbar und zerfloss sofort wieder.

»*Thul Saduun!*«, brüllten die Männer. »*Thul Saduun! Thul Saduun! Thul Saduun!*«

Der Spiegel aus Blut unter Norris wurde fester, bis er wie eine glänzende Scheibe zwischen dem Toten und der Lava schwebte, glänzend, massiv wie Stahl und rasend schnell um die eigene Achse rotierend.

Und in der Tiefe bildeten sich *Körper* ...

Wie beim ersten Mal waren sie nicht wirklich zu erkennen. Ein Teil der Lava schien sich schwarz zu färben, bildete dunkle, sich auf unbeschreibliche Weise in sich selbst windende Schläuche, faserige Stränge rauchiger Schwärze. Tastend, wie blinde schwarze Würmer, griffen sie nach oben, immer wieder zerfließend, als wäre ihre Existenz auf dieser Ebene des Seins nicht wirklich genug, bis sie schließlich den Spiegel aus Blut berührten und den roten Nebel gierig in sich aufzunehmen begannen.

Mehr ...

Es war kein Wort, kein gedanklicher Befehl, keine irgendwie geartete Form der Verständigung, wie Howard sie jemals kennen gelernt hatte, sondern ein Gefühl unbeschreiblicher, unstillbarer Gier, das die Halle erfüllte und auch in ihm war.

Mehr!, schrien die Würmer, und »*Thul Saduun!*«, schrien die Kuttenträger, ein furchtbarer, atonaler Wechselgesang, der Howard aufschreien, die Hände gegen die Schläfen pressen und in die Knie sinken ließ.

Dann packte die unsichtbare Hand plötzlich auch ihn. Er hatte gewusst, dass es geschehen würde, und trotzdem schrie er wie von Sinnen auf, warf sich herum und begann wie in Raserei um sich zu schlagen. Natürlich nutzte es nichts. Die Berührung war sanft wie die eines Lufthauches, aber gleichzeitig auch von übermenschlicher Stärke. Etwas Unsichtbares griff nach ihm und schmiegte sich wie eine zweite, eisige Haut um seinen Körper. Er verlor den Boden unter den Füßen, wurde sanft in die Höhe gehoben und glitt schwerelos über den Rand des Steges hinaus. Hilflos musste er miterleben, wie er über den Höllenpfuhl gehoben wurde.

Nur Sekunden später begann sich die unsichtbare Hand um ihn zusammenzupressen.

Im ersten Moment war es kaum zu spüren, nicht mehr als ein sanfter Druck, der ihn von allen Seiten gleichzeitig umschloss, sich aber rasend schnell steigerte. Howard spürte, wie sein Herz langsamer zu schlagen begann, wie sich das Blut in seinen Adern staute. Sein Blick verschleierte sich, wurde rot und wabernd, und plötzlich atmete er roten Nebel und hatte einen bitteren Metallgeschmack auf der Zunge.

Das also war der Tod, dachte Howard matt. Es tat nicht einmal weh. Die gleiche unsichtbare Macht, die ihn gepackt hielt, verhinderte auch, dass er Schmerzen oder auch nur Furcht empfand. Sein Inneres war voller Verzweiflung und Entsetzen, aber er hatte überhaupt keine Angst. Stattdessen spürte er Zorn. Zorn darüber, dass ausgerechnet sein Tod die *Thul Saduun* stärken und noch dazu beitragen würde, ihnen eine Rückkehr zu ermöglichen; eine unbändige, mit jedem Moment stärker werdende Wut. Er fühlte, wie die Feuerwürmer unter ihm voller Gier nach seinem Geist griffen, konnte spüren, wie sie in sein Bewusstsein eindrangen, und es war das Ekelhafteste, was er jemals erlebt hatte.

Dann ...

Alles geschah so plötzlich, dass Howard im ersten Moment nicht einmal begriff, was geschah. Mit einem Mal war da eine neue, fremde Kraft, die sich zwischen ihn und die *Ssaddit* geschoben und sie aus seinem Geist verbannt hatte.

IHN NICHT!

Die Stimme war plötzlich da, ohne dass Howard wusste, ob sie durch die Höhle hallte oder nur in seinem Kopf erklang. Unter ihm schrien die chthonischen Inkarnationen der *Thul Saduun* vor Enttäuschung und Wut auf, aber gegen die unsichtbare Mauer waren sie machtlos; eine magische Präsenz solcher Macht, wie Howard sie noch nie erlebt hatte. Sie zerrte ihn wie einen Spielball herum und auf den festen Boden am Ufer des Lavasees zu. Er sah den dunklen Stein wie durch einen Nebel auf sich zukommen und versuchte den Sturz instinktiv mit den Armen aufzufangen, aber er war zu langsam.

Der fürchterliche Aufprall war das Letzte, was er spürte, ehe die Schwärze ihn verschlang.

Ein übereifriger Beamter führte Rowlf und mich durch das Gebäude von Scotland Yard, dabei kannte ich den Weg zu Inspektor Cohens Büro inzwischen fast schon im Schlaf, so oft war ich ihn bereits gegangen, wenn auch meistens nicht ganz aus freien Stücken. Aber das lag lange zurück, und obwohl es übertrieben wäre, ihn und mich als enge Freunde zu bezeichnen, verstanden wir uns mittlerweile recht gut.

Ein sichtlich übermüdeter Cohen erwartete uns über einem Stapel von Papieren brütend. Seine Wangen wirkten eingefallen, und unter seinen Augen lagen dicke, dunkle Schatten. Bei unserem Eintreten blickte er kurz von seinen Akten auf und nickte uns zu, bevor er sich wieder in das Durcheinander auf seinem Schreibtisch vertiefte.

»Augenblick«, brummte er. »Ich bin gleich so weit. Setzen Sie sich so lange schon mal.«

Ich nahm auf einem freien Stuhl Platz, während es Rowlf vorzog, neben der Tür stehen zu bleiben. Ungeduldig wartete ich, bis Cohen schließlich nach ein, zwei Minuten mit einem Kopfschütteln die Papiere vor sich zusammenschob und zur Seite legte.

»Ich begreife das einfach nicht«, sagte er und seufzte. »Die ganze Stadt scheint im Moment verrückt zu spielen.«

»Inwiefern?«

Er winkte ab. »Nicht so wichtig. Das hat nichts mit dem Relief zu tun. Ich nehme an, Sie sind gekommen, um sich zu erkundigen, ob wir schon eine Spur haben.«

Ich nickte. »Und? Haben Sie?«

»Leider nicht.« Er zuckte die Achseln. »Es ist wie verhext. Niemand scheint die Fuhrwerke nach ihrem Aufbruch aus der Atkins-Road mehr gesehen zu haben, und auch über das Relief weiß niemand etwas. Ich habe meine gesamten Verbindungen zur Unterwelt spielen lassen, da die angeblichen Arbeiter höchstwahrscheinlich angeheuerte Ganoven waren, aber niemand kennt sie. Oder niemand wagt es, etwas zu sagen.«

Ich konnte mir bei diesen Worten nur mit Mühe ein Grinsen verkneifen. Auch ich hatte ein paar kleine Geheimnisse, und eines davon war Rowlfs Position als Chef einer der größten Diebesbanden von London. Obwohl er und seine Leute sich weitgehend darauf beschränkten, die Reichen zu bestehlen und einen großen Teil ihrer Beute unter die Armen der Stadt zu verteilen, gefiel mir nicht besonders, was er tat, doch jegliche Versuche von Howard und mir, ihn davon abzubringen, hatten sich als fruchtlos erwiesen. Im Grunde hatte ich mir allerdings auch nicht allzu viel Mühe gegeben. Schließlich hatte ich mich als Jugendlicher selbst jahrelang in den New Yorker Slums mit Taschendiebstählen und anderen Gaunereien über Wasser gehalten, und dass ich bald darauf zum Erben eines ungeheuren Vermögens geworden war, war eine der schier unglaublichen Fügungen des Schicksals, die man sich normalerweise nicht einmal zu erträumen wagt. Nichtsdestotrotz war ich mittlerweile einer der reichsten Männer Englands, und manche der Leute, die Rowlf und seine Bande um Schmuck und Bargeld erleichtert hatten, gehörten nicht gerade zu meinen Freunden, zumindest aber zu meinen Bekannten.

Aber Rowlfs Nebenbeschäftigung hatte auch ihre durchaus guten Seiten. Durch ihn hatte ich Verbindungen zur so genannten Unterwelt, von denen Cohen und die restliche Polizei höchstens träumen konnten. Dennoch hatte selbst Rowlf bislang nichts über die Männer in Erfahrung bringen können, die das Relief geraubt hatten.

»Und Montgomery?«, erkundigte ich mich. »Was ist mit ihm?«

»Ebenfalls Fehlanzeige«, berichtete Cohen. »Wie Sie vielleicht wissen, ist seine Frau bereits vor vielen Jahren gestorben, und er hat keine Kinder. Es gibt jedoch einige Verwandte, mit denen wir mittlerweile ebenso in Verbindung stehen, wie mit den Direktoren des Museums. Nirgendwo ist bislang eine Lösegeldforderung oder sonst irgendeine Nachricht eingegangen.«

Ich glaubte auch nicht, dass das geschehen würde. Da ich überzeugt war, dass es sich bei dem oder den Betreffenden, die den Auftrag zum Raub des Reliefs gegeben hatten, nicht um einfache Kriminelle handelte, denen es nur aufs Geld ankam, lag es nahe, dass dies auch nicht der Grund für die Entführung Montgomerys war. Vielleicht vermutete man, dass er mehr über das Relief, die GROSSEN ALTEN und die *Thul Saduun* wusste, und hatte ihn deshalb für eine Weile aus dem Verkehr ziehen wollen. Zumindest hoffte ich, dass es nur um eine *Weile* ging und man ihn nicht kurzerhand umbrachte, doch wenn es sich bei den Unbekannten wirklich um Anbeter der *Thul Saduun* handelte, durfte ich nicht auf Milde hoffen.

Ein weiterer Grund, weshalb ich so schnell wie möglich mehr über sie erfahren musste.

»Das bedeutet im Klartext, dass Sie bislang nicht den geringsten Hinweis auf die Täter haben«, fasste ich zusammen.

Cohen nickte bedrückt.

»Leider kann ich Ihnen keine bessere Mitteilung machen. Es ist außerdem nicht der einzige Fall, an dem ich zurzeit arbeite. Die meisten der anderen werde ich wohl abgeben können, aber nicht alle. Mehrere Kollegen sind zurzeit krank oder im Urlaub, und wir schaffen es kaum noch, unser Pensum zu bewältigen.« Er deutete auf die

Ringe unter seinen Augen. »Sehen Sie mich nur an. Ich habe letzte Nacht keine drei Stunden geschlafen, und trotzdem werde ich mein Bett wahrscheinlich erst spät heute Abend wiedersehen. Ich sage ja, es ist zurzeit wie verhext.«

»Um welche Art von Fällen handelt es sich denn hauptsächlich?«, fragte ich. Ich war nicht wirklich daran interessiert, aber wenn sich herausstellte, dass die Bande eines gewissen *Jemands* für einen Teil davon verantwortlich war, konnte ich Rowlf bitten, seine Leute vorübergehend zurückzupfeifen. Montgomery und das Relief waren momentan wichtiger als alles andere, und wie es aussah, brauchte ich dringend die Hilfe der Polizei, wenn ich irgendetwas darüber herausfinden wollte.

»Die üblichen Delikte: Mord, Einbruch, Diebstahl und dergleichen mehr – und wie es aussieht, eine Reihe von Entführungsfällen. Mehr als ein halbes Dutzend Leute sind in den letzten zwei Tagen spurlos verschwunden, doch in keinem der Fälle hat es bislang Lösegeldforderungen gegeben. Fast wie bei Montgomery, nur haben wir bislang keine Beweise für ein gewaltsames Verschleppen. Genauso gut kann es sich auch um Morde handeln, ohne dass wir die Leichen bislang gefunden haben. Die Leute kamen einfach nicht nach Hause.«

Hinter mir sog Rowlf scharf die Luft ein. Auch ich musste automatisch an Howard denken, aber einen entsprechenden Zusammenhang zu konstruieren wäre gegenwärtig noch ziemlich weit hergeholt. Möglicherweise war Howard mittlerweile ja auch schon wieder zum WESTMINSTER zurückgekehrt und ärgerte sich, dass wir nicht auf ihn gewartet hatten.

Verwundert sah Cohen zu Rowlf hinüber.

»Was ist denn?«

»Nix«, behauptete Rowlf kurz angebunden.

»Es geht um Howard Lovecraft«, berichtete ich. »Er ist heute Morgen aus dem Haus gegangen und sagte, er würde nicht lange wegbleiben. Als ich ihn gut zwei Stunden später besucht habe, war er jedoch noch nicht zurück. Aber das ist bestimmt nur ein Zufall«, fügte ich rasch hinzu. »Es dürfte kaum nötig sein, nach ihm zu suchen.«

»Wir haben auch so genug Arbeit«, entgegnete Cohen. »Falls Mister Lovecraft jedoch auch heute Abend noch nicht zurück ist, sollten Sie mir Bescheid sagen.«

»Und Sie informieren mich, sobald Sie etwas über Montgomery oder das Relief erfahren, einverstanden?« Ich stand auf und verabschiedete mich. »Sie erreichen mich entweder in der Pension WESTMINSTER oder im Hilton.«

Auf dem Korridor hatte ich Schwierigkeiten, mit Rowlf Schritt zu halten, so eilig strebte er dem Ausgang zu. Die Nachricht, dass weitere Leute verschwunden waren, beunruhigte ihn offenbar sehr. Vermutlich machte er sich auch Selbstvorwürfe, dass er Howard einfach allein hatte wegfahren lassen.

»Warten wir erst einmal ab, bis wir wieder im WESTMINSTER sind. Vielleicht ist er ja inzwischen zurück und wartet selbst ganz ungeduldig auf uns«, sprach ich aus, womit ich mich bereits in Cohens Büro selbst aufzumuntern versucht hatte, aber auch jetzt fiel es mir selbst schwer, an meine Worte zu glauben.

Und obwohl ich mir gewünscht hätte, dass ich mich irrte, sollte ich Recht behalten.

Es war bei weitem nicht das erste Mal, dass Howard aus einer Bewusstlosigkeit erwachte, aber es war das erste Mal, dass er auf *diese* Weise in die Realität zurückfand. Er erwachte nicht, sondern *wurde* erwacht, von etwas, das wie eine glühende Pranke nach seinem Geist griff und ihn mit purer Gewalt in die Realität zurückriss.

Er spürte, dass er nicht lange ohne Bewusstsein gewesen war; ein paar Minuten höchstens, vielleicht sogar nur Sekunden. Das Erste, was er nach seinem Erwachen sah, war eine goldene Gesichtsmaske von grausamem Schnitt mit Augen aus geschliffenem Rubin, die kalt auf ihn herabstarrten. Auch der Mann mit der Maske war in eine Art Kutte gehüllt, allerdings war sie im Gegensatz zu denen der anderen schwarz.

Beinahe im gleichen Moment, in dem Howard die Augen aufschlug, griff die glühende Faust, die ihn aus der Ohnmacht gerissen und zuvor vor den *Ssaddit* geschützt hatte, ein weiteres Mal nach seinen Gedanken, zwang ihn, sich aufzusetzen und nach einer weiteren Sekunde vollends aufzustehen. Es war ihm unmöglich, sich den Befehlen der fremden Macht zu entziehen, sodass er sich auf die Beine quälte, obwohl er nur mit Mühe stehen konnte und das Gefühl hatte, als ob ihn ein paar Riesen während seiner Ohnmacht als Punchingball missbraucht hätten.

Erst als er stand, sah er, dass ein paar Schritte hinter dem Maskierten noch eine weitere Gestalt stand, die ebenfalls eine schwarze Kutte trug. Es handelte sich um einen Liliputaner oder ein Kind und reichte Howard gerade bis zur Hüfte. Das Gesicht der Gestalt war im Dunkel unter der tief in die Stirn gezogenen Kapuze verborgen.

»Mister Lovecraft?«

Es war mehr eine Feststellung als eine Frage, und obwohl – oder gerade weil – die Stimme nur stark verzerrt hinter der Maske hervordrang, war es die mit Abstand unangenehmste Stimme, die Howard je gehört hatte. Vorsichtshalber versuchte er erst gar nicht, sich das dazu passende Gesicht vorzustellen.

»Ich hoffe, Ihnen ist bewusst, dass ich Sie gerade vor dem sicheren Tod gerettet habe, Lovecraft«, fuhr der Maskierte fort. »Ich möchte, dass Sie wissen, dass ich nicht Ihr Feind bin.«

»Ach nein?«, stieß Howard hervor. »Wahrscheinlich handelt sich alles nur um ein Missverständnis, nicht wahr?«

»In gewisser Hinsicht. Zumindest hege ich keinerlei persönliche Feindschaft gegen Sie.«

»So wenig wie gegen diesen Norris?« Howard schrie fast. »Es war gar nichts Persönliches, wie? Genau wie bei Treymour und Montgomery und –«

»Genug!« Der Maskierte schnitt ihm mit einer herrischen Geste das Wort ab. »Opfer müssen im Interesse unserer Ziele gebracht werden. Man kann nun einmal kein Omelett zubereiten, ohne ein paar Eier zu zerschlagen.«

Fassungslos starrte Howard sein Gegenüber an. Wut loderte in ihm empor, aber stärker noch als sein Zorn war sein Entsetzen über die Gleichgültigkeit, mit der der Mann über Menschenleben sprach.

»Sie ...«, keuchte er. »Sie verdammter –«

Erneut schlug die glühende Pranke in seinem Geist zu, brachte Howard zum Verstummen und ließ ihn stöhnend auf die Knie sinken. Der Maskierte betrachtete ihn einige Sekunden lang durch seine kalten, ausdruckslosen Rubinaugen, dann wandte er sich an einen nur wenige Schritte entfernt stehenden Kuttenträger.

»Wer hat befohlen, Lovecraft zu opfern?«

Der Mann kam erst gar nicht zum Antworten.

»Ich war es, Meister«, antwortete der Hagere, der Howard bei seiner Ankunft in der Höhle in Empfang genommen hatte, an seiner Stelle und trat näher. Seine Stimme klang unterwürfig, zugleich aber auch aggressiv, und auf seinen Zügen lag ein verbissener, beinahe trotziger Ausdruck. Er hatte die Lippen zu einem schmalen, blutleeren

Strich zusammengepresst, und sein Gesicht erschien Howard ein wenig blasser, als er es in Erinnerung hatte.

»Bruder Elliot«, sagte der Maskierte. »Natürlich, ich hätte es mir denken können. Niemand sonst würde es wagen, so etwas ohne meinen ausdrücklichen Befehl zu tun.« Seine Stimme klang so kalt, dass sogar Howard fröstelte. Aber es kam noch etwas dazu. Jetzt, nachdem er ihn eine Zeit lang hatte reden hören, kam ihm die Stimme trotz der Verfremdung durch die Maske vage bekannt vor, ohne dass er sie jemandem zuordnen konnte. Aber es konnte ebenso gut sein, dass er sich nur etwas einbildete.

Der trotzige Ausdruck auf Elliots Gesicht wurde stärker. »Es stimmt, ich habe befohlen, ihn zu opfern«, bekannte er mit einer zornigen Geste auf den Lavasee. »Du weißt, wie hungrig *jene in der Tiefe* sind, und –«

»Du bist und bleibst ein Dummkopf«, fiel ihm der Maskierte ins Wort. »Anscheinend habe ich mich in dir getäuscht, als ich dich zu meinem Stellvertreter machte. Das war jetzt bereits das dritte Mal innerhalb der letzten Wochen, dass du eigenmächtig gehandelt hast. Drei große Fehler. Das ist einer zu viel.

Elliot erbleichte, dann erwachte sein Trotz erneut. »Es wird immer schwerer, geeignete Opfer für das Ritual zu finden, ohne Aufsehen zu erregen, das weißt du«, schnappte er. »Und jene *in der Tiefe* werden immer unmäßiger in ihrer Gier. Lovecraft war fast so etwas wie ein Geschenk des Himmels. Schließlich hast du doch Treymours Haus gerade deshalb überwachen lassen, weil du gehofft hast, dass ein Bekannter mit ähnlichen Kräften wie er selbst dort auftaucht. Und genau das ist ja auch geschehen.«

»Aber nicht ausgerechnet Howard Lovecraft«, sagte der Maskierte eisig. »Du hast Recht, dass gerade er uns in die Arme gelaufen ist, war fast ein Geschenk des Himmels. Und du hattest nichts Besseres zu tun, als es beinahe zu vergeuden. Dieser Mann –«, er deutete auf Howard, »- besitzt nicht nur ein paar schwache magische Kräfte. Er ist ein Träger der *Macht*. Willst du mir erzählen, dass du das nicht gespürt hast?«

»Ich habe es gespürt«, bekannte Elliot mit einer Mischung aus Trotz und wachsender Unsicherheit. Sein Blick irrte an Howard und dem Maskierten vorbei und saugte sich an dem Lavasee fest. Er schluckte. Nervös fuhr er sich mit der Zungenspitze über die Lippen. »Ich habe es gespürt«, sagte er noch einmal. »Gerade deshalb habe ich den Befehl gegeben, ihn *jenen in der Tiefe* zu opfern. Ein solches Opfer hätte ihre Kraft enorm gestärkt und ihre Gier auf lange Zeit befriedigt.«

»Natürlich«, stieß der Maskierte hervor. »Aber lebend kann uns Lovecraft noch tausend Mal mehr nutzen. Nicht nur durch seine Macht, sondern auch durch sein Wissen. Und er ist der beste Freund und engste Verbündete Robert Cravens. Du weißt so gut wie ich, wie gefährlich Craven ist. Schon einmal ist es ihm gelungen, die Rückkehr *jener in der Tiefe* zu verhindern. Durch Lovecraft hingegen können wir alles über seine Aktivitäten erfahren und jeden seiner Schritte kontrollieren. Lovecraft wäre eine ungeheuer wichtige Bereicherung unseres Kreises. Wesentlich wichtiger als du es bist.« Er machte eine Pause, starrte Elliot einen Moment lang an und fuhr leiser, aber in lauerndem Tonfall fort: »Aber vielleicht war es ja auch gar keine Unfähigkeit, Bruder Elliot. Vielleicht bist du im Gegenteil schlauer, als ich bislang geahnt habe. Ich weiß, wie ehrgeizig du bist. Vielleicht wolltest du Lovecraft als einen potenziellen Anwärter auf deine Position ausschalten und zugleich vielleicht sogar diese Möglichkeit, uns Craven vom Hals zu schaffen, ganz bewusst vereiteln. Wenn es Craven gelingen sollte, unsere Pläne zu durchkreuzen, würde der Zorn *jener in der Tiefe* in erster Linie mich treffen, und du könntest für einen erneuten Versuch an meine Stelle treten. War es etwa das, was du vorhattest, Bruder Elliot? War das dein Plan? Wenn ja, dann bist du ein größerer Narr, als ich gedacht habe, einen solchen Fehler zu begehen.«

Elliot erbleichte noch mehr. »Das ... das ist nicht wahr!«, keuchte er. Seine Hände begannen zu zittern. »Ich hatte nichts dergleichen im Sinn, Meister«, stammelte er. »Ich wollte *jenen in der Tiefe* nur ein Opfer darbieten, das sie für einige Zeit zufrieden gestellt hätte. Ich wollte –«

Der Maskierte schnitt ihm mit einer zornigen Handbewegung das Wort ab.

»Vielleicht hast du sogar recht, und wir sollten *jenen in der Tiefe* wirklich ein besonderes Opfer darbringen, um ihre Gier zu besänftigen«, sagte er ruhig. »Aber es wird ganz bestimmt nicht Lovecraft sein.«

Elliot begriff erst einen Moment zu spät, was die Worte des Maskierten zu bedeuten hatten. Mit einem gellenden Schrei sprang er zurück und riss instinktiv die Linke vor das Gesicht. Seine andere Hand zuckte unter seine Kutte und kam mit einem Revolver wieder zum Vorschein.

Er führte die Bewegung nie zu Ende.

Der Maskierte murmelte ein einzelnes, düster klingendes Wort. Der Revolver wurde Elliot aus den Fingern gerissen und fiel mehrere Yards von ihm entfernt zu Boden. Niemand machte Anstalten, ihn aufzuheben.

Der Maskierte blickte sich kurz zu seinem zwergenhaften Begleiter um, der die ganze Zeit über stumm im Hintergrund gestanden und die Szene regungslos verfolgt hatte, dann wandte er sich wieder Elliot zu. Die gleiche unsichtbare Hand, die zuvor schon Norris gepackt und die auch Howard bereits am eigenen Leib gespürt hatte, ergriff den immer noch schreienden Hageren, hob ihn in die Höhe und ließ ihn über den See schweben. Roter Nebel quoll unter seiner Kutte hervor. Die Lava begann wieder stärker zu brodeln, und erneut waren schattenhafte schwarze Konturen darin zu entdecken; jedoch wiederum nur zu kurz und zu undeutlich, um sie wirklich zu erkennen. Elliots Schreie verstummten.

Howard wandte sich ab, als sich der blutige Nebel langsam zur Lava hinabsenkte und sich Sekunden später auch der unsichtbare Griff um Elliots Leichnam löste.

»Erschreckt Sie das Schicksal des Verräters?«, erkundigte sich der Maskierte ungerührt.

Howard wollte antworten, doch in seinem Hals saß plötzlich ein bitterer, harter Kloß, der ihn am Sprechen hinderte. O ja, Elliots Schicksal erschreckte ihn, aber noch mehr schockierte ihn die Gleichgültigkeit, die der Maskierte nicht nur dem Leben Fremder, sondern auch seinen eigenen Leuten entgegenbrachte. Zudem war er immer stärker davon überzeugt, dass er die Stimme kannte.

»Das braucht es nicht«, fuhr der Mann fort. »Ich wusste schon seit Tagen, dass Bruder Elliot es darauf abgesehen hat, meine Stelle einzunehmen, doch er hat sich zu ungeschickt angestellt und zu viele Fehler begangen. Es ist nicht schade um ihn, zumal ich mir sicher bin, dass Sie die besten Voraussetzungen mitbringen, um bereits in kurzer Zeit an seine Stelle zu treten. Aber Sie sollten sich sein Schicksal eine Lehre sein lassen. So wie ihm ergeht es allen, die versuchen, mich zu hintergehen. *Jene in der Tiefe* lassen sich nicht täuschen.«

»Sie ... Sie müssen verrückt sein«, keuchte Howard. »Lieber sterbe ich, als Ihnen bei Ihren wahnsinnigen Plänen auch noch zu helfen!«

»Ich fürchte, diese Wahl bleibt Ihnen nicht, Lovecraft«, erwiderte der Maskierte mit der gleichen unerschütterlichen Ruhe, die er die ganze Zeit über gezeigt hatte. »Ihnen bleibt überhaupt keine Wahl mehr. Und es kommt nicht im Geringsten darauf an, was Sie wollen. Sie stehen längst schon auf unserer Seite, auch ohne es zu wissen. Ihnen bleibt gar nichts anderes übrig, als uns zu helfen.«

»Niemals! Ich –«

Die Hand des Maskierten zuckte vor und tastete nach Howards Gesicht. Die gespreizten Finger pressten sich gegen seine Schläfe. Erneut spürte Howard die glühende Pranke in seinem Kopf, doch diesmal war er darauf vorbereitet. Einen Augenblick, bevor sie zuschlagen konnte, versetzte er dem Maskierten einen kraftvollen Stoß gegen die Brust, der den Mann zurücktaumeln ließ, wobei er bis fast an den Rand der Lava geriet.

»Haltet ihn auf!«, brüllte er.

Howard lief los. Mit einer Kraft, die ihn selbst überraschte, stieß er zwei, drei Männer zur Seite, die sich ihm in den Weg stellten, und rannte blindlings auf einen der Stollen in der Felswand zu.

»Worauf wartet ihr noch!«, brüllte der Maskierte. »Fangt ihn! Er darf uns nicht entkommen!«

Howard rannte so schnell wie noch nie zuvor in seinem Leben.

Obwohl ich mir während der ganzen Kutschfahrt nicht gestattet hatte, sonderlich große Hoffnungen aufkeimen zu lassen, versetzte es mir dennoch einen Stich, als ich nach unserer Rückkehr von Mrs. Winden erfahren musste, dass Howard weder zurückgekehrt war noch eine Nachricht geschickt oder sich sonst wie gemeldet hatte. Meine Besorgnis wuchs. Inzwischen gab es für mich keinen Zweifel mehr, dass ihm etwas zugestoßen sein musste. Es war mittlerweile früher Nachmittag, und er würde nicht für so lange Zeit einfach verschwinden, ohne zu sagen, wo er hinging, oder sich wenigstens zu melden, da er wissen musste, dass wir uns Sorgen machten.

Der einzige Anhaltspunkt war die Zeitung, in der er vor seinem überhasteten Aufbruch gelesen und offenbar etwas entdeckt hatte, das ihn stark beunruhigte. Ich ging wieder in die Bibliothek, griff erneut nach der *Times* und blätterte sie noch einmal durch, diesmal wesentlich sorgfältiger als beim ersten Mal. Rowlf tigerte währenddessen unruhig im Raum herum, und auch mir fiel es schwer, mich auf die Zeitung zu konzentrieren.

Diesmal jedoch wurde ich fündig, allerdings nur, weil mich Cohen mit seinen Klagen über die gehäuften Vermisstenfälle auf die richtige Spur gebracht hatte. Anderenfalls hätte ich die kleine, nur wenige Zeilen lange Meldung über das spurlose Verschwinden eines Dr. James Treymour sicherlich auch diesmal wieder nicht weiter beachtet. Sie enthielt nur wenige Informationen, es wurde lediglich erwähnt, dass Treymour seit dem vergangenen Tag vermisst wurde. An sich wäre daran nichts weiter Auffälliges gewesen, zumal ich mich nicht erinnern konnte, Treymour zu kennen, aber in einem kurzen Nebensatz wurde er als *Wahrsager* und *Bühnenmagier* bezeichnet. Zugegeben, es war nur ein winziger Anhaltspunkt, aber der einzige, den ich hatte.

Trotzdem blätterte ich die Zeitung bis zum Ende durch, um sicher zu gehen, dass es keine weiteren Meldungen gab, die mir einen Hinweis liefern könnten, doch ich entdeckte nichts.

»Treymour«, murmelte ich vor mich hin.

»Wat?«, erkundigte sich Rowlf und sah mich hoffnungsvoll an. »Hasse wat gefunden?«

Ich gab keine Antwort, sondern dachte angestrengt nach. Howard lebte bereits wesentlich länger als ich in London, und eine Zeit lang – vor allem noch vor dem Tod meines Vaters – hatte er sich gezielt in okkultistischen Zirkeln aufgehalten, um herauszufinden, inwieweit es sich bei den dort tätigen Leuten um reine Scharlatane handelte oder ob einige von ihnen über echte magische Kräfte verfügten. Es war also gut möglich, dass er Treymour auf diesem Wege kennen gelernt hatte.

»Kennst du einen Doktor James Treymour?«, wandte ich mich an Rowlf. »Oder hat Howard den Namen vielleicht mal erwähnt?«

Rowlf dachte einen Moment nach, dann zuckte er die Achseln und schüttelte gleichzeitig den Kopf. »Kennen tu ich'n nich«, antwortete er. »Aba's kann gut sein, dass H.P. den Namen ma genannt hat. Er kennt 'ne ziemliche Menge Leute. Kamma ja unmöglich alle im Kopp behaltn. Wieso? Is wat mittem Dokta?«

»Er ist seit gestern verschwunden«, berichtete ich. »Ich weiß nicht, ob es was zu bedeuten hat, aber er ist so eine Art Wahrsager. Vielleicht kennt Howard ihn und ist deshalb so hastig aufgebrochen, um herauszufinden, was mit ihm geschehen ist.«

»Wär möglich«, stieß Rowlf aufgeregt hervor. »Dann sollt'n wir auch hinfahrn. Komm schon, worauf warteste noch?«

»Weißt du vielleicht, wo Treymour wohnt? Das steht hier nämlich nicht.«

»Nee«, gab Rowlf zerknirscht zu, dann hellte sich sein Gesicht auf. »Aba Cohen weißet bestimmt.«

»Und die Redaktion der *Times*«, ergänzte ich. »Sie liegt näher als Scotland Yard. Falls wir da nichts erfahren, können wir immer noch mit Cohen –«

Ich wurde unterbrochen, als Mrs. Winden aufgeregt ins Zimmer gestürmt kam.

»Bitte kommen Sie schnell«, keuchte sie. »Vor dem Haus ist –«

Ich lief bereits los. Vom Korridor aus konnte auch ich den Tumult vor dem Haus vernehmen. Etwas polterte, und wilde Flüche waren zu vernehmen, aber das allein war nicht der Grund für meine Aufregung. Zumindest eine der beiden Stimmen kannte ich nur zu gut; sie gehörte Howard!

Ich riss die Haustür auf und blieb wie erstarrt stehen. Ich hatte mich nicht verhört, es handelte sich tatsächlich um Howard, doch er befand sich in einem schlimmen Zustand. Seine Kleidung war schmutzig und stellenweise zerrissen, seine Haare zerzaust, und im Gesicht und auf den Händen hatte er zahlreiche blutige Kratzwunden.

Trotzdem begann ich über das ganze Gesicht zu grinsen, was nicht allein an der Erleichterung über Howards Rückkehr lag, sondern zu einem mindestens genauso großen Teil an dem Bild, das sich mir bot, denn Howard war nicht der einzige Vermisste, den ich sah. Zusammen mit einem Mann in der Uniform eines Mietkutschers war Howard vollauf damit beschäftigt, sich gegen einen ungewöhnlichen Gegner zur Wehr zu setzen. Es handelte sich um eine beigebraune Katze, die gerade damit begonnen hatte, ihre Krallen in Howards Anzug zu bohren und daran in die Höhe zu klettern. Mit einem raschen Griff packte der Kutscher sie im Nacken und riss sie zurück, wobei ein paar Fetzen von Howards ohnehin bereits zerrissenem Anzug zwischen ihren Krallen zurückblieben.

»Merlin!«, rief ich laut. Der Kater wandte mir den Kopf zu und musterte mich einige Sekunden lang mit seinen Augen, in denen ich auch diesmal eine Intelligenz zu erkennen glaubte, die weit über die eines normalen Tieres hinausging.

»Robert, hol dieses verrückte Biest weg!«, rief Howard mir zu.

Ich ging auf den Kutscher zu und griff nach dem Kater, doch er fauchte mich mit einer an ihm völlig ungewöhnlichen Aggressivität an. Bevor ich ihn richtig zu fassen bekam, nutzte Merlin die Gelegenheit, um sich zu befreien. Er benutzte die Arme des Kutschers als

Sprungschanze, um wie ein Blitz erneut auf Howard zuzuschießen und sich an seiner Brust festzuklammern.

Howard versuchte ihn zu packen, doch gedankenschnell hieb Merlin nach ihm. Mit einem Schrei, dem gleich darauf ein wütender Fluch folgte, zog Howard seine Hand zurück, auf deren Rücken Merlin weitere blutige Spuren hinterlassen hatte. Als das Tier seine Krallen spreizte, um nach seinem Gesicht zu schlagen, schlug Howard seinerseits zu. Er traf Merlin und schaffte es, ihn von seiner Brust zu lösen, doch es kostete ihn die Hälfte seiner Weste.

Bevor Merlin sich erneut auf ihn stürzen konnte, packte ich das Tier im Nacken und hob es hoch. Es gebärdete sich wie toll, wand sich in meinem Griff hin und her und versuchte auch nach mir zu schlagen, doch es erreichte mich nicht. Ich überlegte einen Moment und hastete dann in die Küche, wo ich die Tür zum Abstellraum öffnete, Merlin in die kleine Kammer hineinwarf und die Tür sofort wieder zuschlug. Sicherheitshalber schloss ich sie auch ab, erst dann atmete ich auf.

Vor dem Haus waren das Klappern von Pferdehufen und das Rollen von Rädern zu hören, als der Kutscher eilig das Weite suchte. Aus der Besenkammer drang ein Poltern, gefolgt von dem wütenden Kratzen scharfer Krallen am Holz der Tür. Auch jetzt beruhigte der Kater sich noch nicht.

Ich drehte mich zu Howard um und blickte ihn entschuldigend an.

»Keine Ahnung, was mit Merlin los ist«, sagte ich. »So habe ich ihn noch nie erlebt.«

Howard winkte ab und ließ sich erschöpft auf einen Stuhl sinken. »Ist jetzt nicht so wichtig. Ich habe einiges zu erzählen.«

»Das können Sie später tun. Zuerst werden Sie mal baden und sich umziehen, und dann werde ich mich um Ihre Verletzungen kümmern«, bestimmte Mrs. Winden. Sie holte einen Kasten mit Verbandszeug aus einem Schrank und stellte ihn auf den Tisch.

»Das hat Zeit«, erwiderte Howard aufgeregt. »Ich muss unbedingt –«

Mrs. Winden ließ ihn nicht einmal aussprechen. »Nein, das hat *keine* Zeit«, fiel sie ihm ins Wort. »Oder wollen sie vielleicht, dass noch mehr Schmutz in die Wunden kommt und sie sich entzünden? Na also. Und jetzt ab in die Wanne!«, befahl sie in resolutem Tonfall, der keinen Widerspruch duldete. »Ich werde das Wasser für Sie einlassen.«

Während sie Howard nach oben begleitete, kehrte ich zähneknirschend mit Rowlf in den Salon zurück, um dort darauf zu warten, dass sie ihn wieder aus ihren fürsorglichen Händen entließ.

Merlin tobte noch immer im Abstellraum herum und kratzte mit seinen Krallen an der Tür.

Meine und Rowlfs Geduld wurde auf eine harte Probe gestellt. Schweigend und voller Unruhe warteten wir im Salon. Ich brannte darauf, ihm unzählige Fragen zu stellen; nicht nur darüber, wo er gewesen und was ihm zugestoßen war, sondern vor allem, was er über die *Thul Saduun* herausgefunden hatte. Seine Andeutungen wiesen darauf hin, dass sein Erlebnis damit im Zusammenhang stand, und möglicherweise wuchs die Gefahr mit jeder verstreichenden Minute weiter, die wir untätig hier herumsaßen.

Ein paar Mal war ich nahe dran, einfach nach oben zu stürmen, um mit Howard zu sprechen, doch ich beherrschte mich mühsam. Im Grunde hatte Mrs. Winden ja Recht, auch wenn es mir in dieser Situation schwerfiel, es mir einzugestehen. Aber ich hatte ja selbst gesehen, in welchem bemitleidenswerten Zustand sich Howard befand. Die meisten seiner Wunden waren sicherlich nur mehr oder weniger oberflächliche Abschürfungen und Kratzer – und an einer ganzen Reihe von ihnen trug sicherlich Merlin mit seinem völlig unverständlichen Verhalten die Schuld –, aber so verdreckt, wie Howard war, und wie er nach allen Abwässerkanälen Londons stank, konnten selbst diese harmlosen Verletzungen gefährlich werden, wenn Schmutz hineingeriet und sie sich entzündeten.

Der Türklopfer wurde betätigt. Die dumpfen Schläge ließen mich zusammenzucken und rissen mich aus meinen Grübeleien. Ich runzelte die Stirn. Besucher verirrten sich höchst selten hierher. Rowlf ging zur Tür und öffnete. Ich konnte hören, wie er ein paar Minuten lang leise mit einem anderen Mann sprach, ohne verstehen zu können, um wen es sich handelte oder um was es ging. Neugierig sah ich ihn an, als er zurückkam.

»Etwas Wichtiges?«, erkundigte ich mich.

Rowlf schüttelte den Kopf und zuckte gleich darauf mit den Schultern. »War für mich«, erklärte er. »*Zwei* von meinen ... Leuten sin seit gestern verschwundn. Hatt'n irgendwas vor, aba ich weiß noch nix Genaues nich.«

»Wenn du willst, kannst du dich gerne darum kümmern«, bot ich ihm an. Ich wusste sehr wohl, wen er mit seinen *Leuten* meinte und auch, wie gut er sich mit jedem Einzelnen verstand und sich um sie sorgte. »Ich komme hier schon zurecht.«

Rowlf schüttelte erneut den Kopf.

»Im Moment kann ich sowieso nix tun«, behauptete er. »Erstma müssn wir ma rauskriegen, wasse überhaupt vorgehabt habn.«

»Wie du meinst.« Ich verzichtete darauf, Rowlf zu fragen, ob das Verschwinden seiner beiden Leute etwas mit dem der übrigen Menschen zu tun hatte, von denen Cohen erzählt hatte. Die Antwort lag auf der Hand, und ich wollte nicht noch zusätzlich Salz auf die Wunde streuen. Rowlf hatte sich zwar in den letzten Jahren zum Oberhaupt einer Diebesbande aufgeschwungen, doch es ging ihm dabei längst nicht nur um Profit und Beute. Er betrachtete seine Bande fast als so etwas wie eine große Familie und sorgte sich um das Schicksal jedes Einzelnen. Wahrscheinlich war es auch nicht allein die Neugier auf Howards Geschichte, sondern auch gerade diese Sorge, die ihn hier bleiben ließ. Immerhin bestand die Möglichkeit, dass Howard etwas über das Schicksal der Vermissten herausgefunden hatte.

Nach mehr als einer Stunde, die mir wie eine Ewigkeit vorgekommen war, trat er schließlich ins Zimmer. Er hatte gebadet und saubere Kleidung angezogen und trug zahlreiche leichte Verbände, aber die Erschöpfung war ihm immer noch deutlich anzumerken. Seine Bewegungen waren langsam und vorsichtig wie die eines alten Mannes, als er an den Schrank trat, sich einen Cognac einschenkte und sich dann auf einen Stuhl sinken ließ.

»Sie sind wieder da, Robert«, sagte er. Auch seine Stimme klang zittrig, und während er sprach, spiegelte sich ein tief empfundenes Entsetzen in seinen Augen. »Die *Thul Saduun.* Zumindest ihre Anhänger.«

»Erzähle«, forderte ich ihn auf. »Wo bist du gewesen? Es hat etwas mit diesem Doktor Treymour zu tun, nicht wahr?«

»Du hättst mich mitnehmen soll'n, statt ganz allein loszurennen«, fügte Rowlf vorwurfsvoll hinzu. »Wir ham uns 'ne Menge Sorgen gemacht.«

»Tut mir leid«, erwiderte Howard. »Wenn ich gewusst hätte, was mich erwartet, wäre ich sicherlich nicht allein gegangen, doch ich hätte nicht gedacht, dass es gefährlich werden könnte. Ja, es hat mit Treymour zu tun. Aber alles der Reihe nach.« Er machte eine kurze

Pause, nippte an seinem Cognac und atmete tief durch. »Bruder Treymour. Ich kenne ihn schon seit vielen Jahren. Er gehörte früher zu den Templern.«

»Ein *Master?*«, hakte ich nach, als Howard nicht von sich aus weitersprach. Bis vor kurzer Zeit hatten die Templer eine ungeheure Macht verkörpert. Mittlerweile jedoch war Balestrano, das Oberhaupt des Ordens, tot, und aufgrund eines schrecklichen Irrtums seinerseits waren auch die mächtigsten *Master* gestorben. Von diesem Schlag hatte sich der Orden bis heute nicht mehr erholt, war fast in Bedeutungslosigkeit verfallen. Es hatte Rivalitäten und Streitigkeiten um die Führung gegeben, von denen ich nicht einmal wusste, ob oder wie sie entschieden worden waren.

»Genau wie ich waren viele Mitglieder des Ordens unzufrieden«, sprach Howard weiter. »Aber erst in dem Chaos nach Bruder Balestranos Tod haben sie es gewagt, ihn zu verlassen. Treymour war einer von ihnen. Er kam damals nach London und nahm Kontakt mit mir auf. Er besaß ein schwaches magisches Potenzial, das er nutzte, um sich als Wahrsager durchzuschlagen.«

»Besaß? Heißt das –«

»Er ist tot, ja«, bestätigte Howard. »Ich las heute Morgen in der Zeitung von seinem spurlosen Verschwinden und dachte, dass vielleicht der Orden dahintersteckt, deshalb wollte ich herausfinden, was geschehen war. Aber es war nicht der Orden. Es waren Anbeter der *Thul Saduun,* die ihn entführt hatten. Sie ... sie züchten *Ssaddit* als Wirtskörper für die *Thul Saduun* heran, genau wie es einst die Magier von Maronar getan haben und später Dagon ...« Er unterbrach sich, als er merkte, dass er sich verhaspelte, und trank erneut einen Schluck. »Sie bringen ihnen Menschenopfer dar«, fuhr er dann mit belegter Stimme fort. »Und vor allem Menschen mit magischer Begabung. Wahrscheinlich haben sie sich überall in den magischen Zirkeln der Stadt umgesehen. So sind sie auf Treymour gekommen, und weil sie wohl vermutet haben, dass er Kontakt zu ähnlich begabten Leuten hatte, haben sie sein Haus beobachtet. Sie haben mich überwältigt, als ich dort ankam, dann haben sie mir die Augen verbunden und mich mit einer Kutsche weggebracht. Fragt mich gar nicht erst wohin, ich weiß es nicht.«

»Nicht einmal ungefähr? Wie lange wart ihr denn unterwegs?«

Howard zögerte kurz. »Vielleicht eine Stunde, eher etwas mehr. Als man mir die Binde wieder abnahm, waren wir in einer großen Höhle.« Er erzählte von dem Lavasee und den in der Glut lebenden *Ssaddit*, wie er geopfert werden sollte und durch das Eingreifen des geheimnisvollen Maskierten im letzten Moment gerettet worden war, bis zu seiner geglückten Flucht. »Es war ein regelrechtes Labyrinth von Gängen und Stollen«, berichtete er. »Ich bin einfach immer weiter gerannt. Sie haben mich verfolgt, aber irgendwie habe ich sie abhängen können, und dann war ich irgendwann in der Kanalisation. Ich weiß nicht mehr, wie lange ich durch die Abwässerkanäle geirrt bin, bis es mir endlich gelang, wieder an die Oberfläche zu kommen. Das war in der Nähe vom Richmond Park. Zum Glück hatte man mir mein Geld nicht abgenommen, sodass ich mir eine Kutsche nehmen und herkommen konnte. Und was diese Fanatiker nicht geschafft haben, das hätte dann fast dein verrückter Kater vollendet«, fügte er mit einem gequälten Lächeln hinzu.

Für einige Sekunden herrschte Schweigen. Howards Bericht hatte schreckliche Erinnerungen in mir wieder aufgewühlt. Obwohl Todfeinde, standen die *Thul Saduun* den GROSSEN ALTEN in Grausamkeit, Machthunger und Gefährlichkeit kaum nach. Wie mächtig sie waren, zeigte sich schon darin, dass es ihnen gelungen war, den finsteren Göttern von den Sternen in einem Jahrtausende währenden Krieg zu trotzen, auch wenn sie letztlich doch verloren hatten. Aber seit den Ereignissen auf Krakatau hatte ich geglaubt, dass die von ihnen drohende Gefahr endgültig oder zumindest für lange Zeit gebannt wäre. Nun jedoch musste ich erfahren, dass eine Gruppe von Fanatikern erneut damit begonnen hatte, sie zu befreien, und wenn ich es nicht besser wüsste, könnte ich vermuten, dass unseren Autoren keine neuen Gegner mehr einfielen, sodass sie immer wieder auf Altbewährtes zurückgriffen. Die Vorstellung, was geschehen würde, wenn *jene in der Tiefe* tatsächlich eines Tages zurückkehrten, war zu grauenvoll, um sie auch nur annähernd zu erfassen. Es wäre die Apokalypse, der Untergang der Menschheit.

Alles stand irgendwie mit dem Relief im Zusammenhang. Mit seiner Entdeckung hatte alles begonnen, und seit Howard nun herausgefunden hatte, dass die Zeichen darauf von den *Thul Saduun* stammten, gab es für mich kaum noch einen Zweifel, dass ihm eine finstere Macht innewohnte, durch die er die Ereignisse in Gang gebracht hatte. Wir mussten es unbedingt finden und zerstören, um diesen Horror zu beenden.

»Du hast gesagt, dass dir die Stimme des Maskierten bekannt vorkam«, ergriff ich schließlich das Wort. »Aber du weißt wirklich nicht, wem sie gehört?«

»Ich habe die ganze Zeit darüber nachgedacht«, erwiderte Howard. »Und ich bin immer noch überzeugt, dass ich sie bereits mehrmals gehört habe. Außerdem sagte der Mann, dass er mich kennen würde. Ich glaube, ich weiß inzwischen auch, wer er war.«

»Und wer?«, drängte ich, als er nicht weitersprach.

Wieder zögerte Howard mit der Antwort.

»MacIntosh«, sagte er dann. Er stieß den Namen wie einen Fluch aus. »Es war MacIntosh. Der Manager des Hiltons.«

Es war mittlerweile eine gute Stunde her, dass Howard mit dem Bericht über seine Erlebnisse zum Ende gekommen war, und noch immer weigerte sich ein Teil meines Verstandes, ihm zu glauben. Ich zweifelte nicht daran, dass er die Wahrheit gesagt hatte; es war eher so, dass ich mir nicht eingestehen wollte, wie groß die Bedrohung inzwischen geworden war, ohne dass einer von uns so lange etwas davon mitbekommen hatte, und ich wünschte, ich könnte einfach weiterhin die Augen vor der Realität verschließen, statt mich ein weiteres Mal der von den *Thul Saduun* drohende Gefahr stellen zu müssen.

Besonders schwer fiel es mir zu glauben, dass ausgerechnet MacIntosh hinter allem stecken sollte. Er war ein Pedant, und vielleicht musste man das als Manager eines so vornehmen und teuren Hotels wie des Hiltons auch sein, was aber nichts daran änderte, dass ich Pedanten, die es mit Hausordnungen, Verfügungen oder sonstigen unbedeutenden Kleinigkeiten allzu genau nahmen, noch nie gemocht hatte. Eine Abneigung, die durchaus auf Gegenseitigkeit beruhte, denn mehr und mehr schien MacIntosh meine Anwesenheit in den vornehmen Hotelräumlichkeiten als eine Art Blasphemie zu betrachten, einen Fehler, den es bei der nächsten sich bietenden Gelegenheit zu korrigieren galt. Ich hatte ihn oft genug provoziert, und MacIntosh war zweifellos ein Trottel (sonst hätte es längst keinen so großen Spaß gemacht, immer wieder mit ihm aneinanderzugeraten), aber bislang hatte ich ihn lediglich für einen *harmlosen* Trottel gehalten.

Wenn Howard jedoch Recht hatte, dann war MacIntosh alles andere als das. Ich konnte mir keinen Grund vorstellen, warum ein

Mann wie er zum Führer eines dämonischen Kultes werden sollte, doch vermutlich war dies nicht aus freiem Willen geschehen. Irgendetwas musste geschehen sein, dass er unfreiwillig unter den geistigen Einfluss der *Thul Saduun* geraten war. Ganz so abwegig war diese Vorstellung nicht einmal, wenn ich nur an einige unheimliche Erlebnisse dachte, die mir im Hilton bereits zugestoßen waren. Unzählige Male hatte ich mich seither gefragt, was es mit dem *Tor* in meinem Kleiderschrank auf sich hatte, das allen Gesetzmäßigkeiten dieses einst von den GROSSEN ALTEN geschaffenen Transportsystems zum Trotz scheinbar aus dem Nichts heraus entstanden war, zumal der Schrank seither wieder nichts anderes als ein ganz normaler Schrank zu sein schien. Eine Lösung hatte ich nicht gefunden, doch wenn ausgerechnet der Manager des Hotels von den *Thul Saduun* beeinflusst und mit magischer Macht ausgestattet worden war, erschien auch dieses Rätsel plötzlich in einem anderen Licht.

Trotz Mrs. Windens entschiedenem Protest hatte es sich Howard nicht nehmen lassen, mich zum Hilton zu begleiten. Rowlf hingegen hatte sich uns nach einigem Zögern und entgegen seiner ursprünglichen Absicht nicht angeschlossen. Kurz vor unserem Aufbruch hatte er ein weiteres Mal Besuch erhalten. Wie er berichtete, hatten die beiden vermissten Mitglieder seiner Bande offenbar in der vergangenen Nacht im Alleingang vorgehabt, ein in einer Werft im Trockendock liegendes Schiff auszuplündern, waren von diesem Unternehmen aber nicht mehr zurückgekehrt. Ein anderes Bandenmitglied, das sie in groben Zügen in ihren Plan eingeweiht hatten, hatte sich geweigert, an dem eigenmächtigen Beutezug teilzunehmen, und Rowlf diese Informationen gegeben. Nun hatte er sich entschlossen, persönlich nach seinen vermissten Leuten zu suchen.

Ich hätte ihn gerne bei der Konfrontation mit MacIntosh dabei gehabt, zumal Howard mir in seinem geschwächten Zustand sicherlich keine große Hilfe sein würde, falls es zu einem Kampf kommen sollte. Anderseits wäre es ein Kampf, der sicher nicht durch Körperkraft entschieden würde, und ich hatte Rowlf nicht gegen seinen Willen zu etwas drängen wollen, sodass ich mit Howard allein losgefahren war.

Die Kutsche kam vor dem Hilton zum Stehen, und wir stiegen aus. Der Türsteher öffnete uns die Tür, und ich drückte ihm pflichtschuldig ein kleines Trinkgeld in die Hand.

Als ich mich an der Rezeption nach MacIntosh erkundigte, erlebte ich jedoch eine Enttäuschung. Er befand sich zurzeit nicht im Haus, sondern war bereits vor einigen Stunden weggefahren. Ich wechselte einen vielsagenden Blick mit Howard. Offenbar war MacIntosh noch nicht von der Opferzeremonie am Vormittag zurückgekehrt. Ich hinterließ eine Nachricht, in der ich ihn bat, mich nach seiner Rückkehr baldmöglichst aufzusuchen.

»Sagen Sie ihm, es ginge um meinen bevorstehenden Auszug aus dem Hotel, dann wird er sicher genug Zeit für mich finden«, trug ich dem Portier grinsend auf. Der Mann ließ sich nicht anmerken, was er von dieser Neuigkeit hielt, sondern nickte nur und versprach, MacIntosh unverzüglich zu informieren, sobald er ihn sähe.

Mit dem Lift fuhren Howard und ich zu meiner Suite. Erneut blieb mir nichts anderes übrig, als zu warten, was sich mehr und mehr zu meiner unliebsamen Hauptbeschäftigung an diesem Tag entwickelte. Während Howard jedoch matt in einem Sessel saß und an einer Zigarre paffte, sprang ich immer wieder auf und lief ungeduldig durch das Zimmer.

»Hoffen wir, dass MacIntosh wirklich zurückkehrt«, sagte Howard nach einer Weile.

Ich unterbrach meine Wanderung und blieb vor ihm stehen.

»Wie meinst du das?«

»Nun, nach meiner Flucht dürfte eine ziemliche Aufregung geherrscht haben«, erklärte Howard bedächtig. »MacIntosh muss befürchten, dass ich ihn erkannt habe. Er kann es nicht wissen, aber er wird zumindest die Möglichkeit einkalkulieren. Vielleicht beschließt er, seine normale bürgerliche Existenz gar nicht mehr weiterzuführen, sondern sich nur noch der Erweckung der *Thul Saduun* zu widmen.«

Die Vorstellung war bedrohlich, und ich war noch gar nicht auf diesen Gedanken gekommen.

»Dann hätten wir diese Spur verloren und müssten wieder ganz von vorne anfangen«, fasste ich zusammen. »Außer MacIntosh haben wir so gut wie keine Hinweise.«

»Es ist aber ebenso gut möglich, dass er zurückkommt«, fuhr Howard fort. »Vielleicht hält er das Risiko für kalkulierbar. Seine Stimme wurde so verfälscht, dass er sich darauf verlassen könnte, dass ich sie nicht erkannt habe oder höchstens einen vagen Verdacht hege. In diesem Fall wird er sich dumm stellen und so tun, als wüsste er von nichts. Wir können ihm schließlich nichts beweisen.«

»Auf jeden Fall aber ist er gewarnt und wenn er hört, dass wir auf ihn warten, wird er erst recht misstrauisch werden«, ergänzte ich nachdenklich. »Wir müssen also höllisch vorsichtig sein. Es ist möglich, dass er Verstärkung mitbringt, um nachzuholen, was ihm heute Morgen nicht gelungen ist.«

»In einem Hotel wie dem Hilton verschwinden Menschen nicht so einfach spurlos«, erwiderte Howard ruhig. »Ich glaube nicht, dass wir in dieser Hinsicht etwas zu befürchten haben.«

»Als Manager hätte MacIntosh bestimmt Mittel und Wege dazu«, sagte ich. »Aber ich glaube auch nicht, dass er es wagen wird, sich hier auf einen offenen Kampf mit uns einzulassen. Trotzdem wünschte ich, Rowlf wäre bei uns.«

Howard machte eine Bewegung, die ebenso gut ein Kopfschütteln wie auch ein Achselzucken oder gar ein Nicken sein konnte, hielt für einen Moment in seiner ruhelosen Wanderung inne und warf einen raschen Blick auf die Schranktür. Einen Blick, der mir nicht gefiel. Aber einen winzigen Moment, bevor er unangenehm genug werden konnte, um mir einen Grund zu geben, ihn darauf anzusprechen, drehte er sich mit einem Ruck herum und fuhr fort, wie der sprichwörtliche gefangene Tiger im Zimmer auf und ab zu gehen.

Unser Gespräch begann immer einsilbiger zu werden und verstummte schließlich ganz. Eine sonderbar unbehagliche Atmosphäre breitete sich in dem Zimmer aus, unbehaglich und ... *unwirklich* zugleich. Howard war mein Freund, mein bester und vielleicht sogar *einziger* Freund, und ich hatte mich in seiner Nähe *niemals* unbehaglich gefühlt; oder gar *unwohl.* Was war nur los?

Was um alles in der Welt war nur *mit mir* los?

Nein. Ich korrigierte mich in Gedanken. *Was um alles in der Welt war mit* Howard *los?*

Von seiner gewohnten, stets bedächtigen, ruhigen Art schien nichts mehr geblieben zu sein. Er wirkte nervös, fahrig ... fast ängstlich. Und er wich ständig meinem Blick aus; etwas, das ich von Howard nun *wirklich* nicht gewohnt war.

Nach einiger Zeit klopfte es schließlich, und MacIntosh kam herein. Auf seinem Gesicht war der übliche, verdrießliche Ausdruck zu lesen, und in seinen kleinen Äuglein blitzte es schon wieder kampflustig auf, als er mich erblickte.

Und vielleicht war es gerade das, was mich verwirrte.

Zu behaupten, dass MacIntosh irgendetwas anderes als Missfallen und Unmut mir gegenüber empfand, wäre tollkühn gewesen; wahrscheinlich war ich ihm ungefähr so willkommen wie ein Furunkel am Hintern. Aber dieser Mann war nicht mein *Todfeind.* Er hätte mich wahrscheinlich liebend gerne in einer eisigen Dezembernacht und nur in Unterhosen gekleidet aus seinem Hotel geworfen, aber die bloße *Vorstellung,* dass MacIntosh mir nach dem Leben trachten sollte, war einfach lächerlich. Howard musste sich getäuscht haben!

Ich hatte eigentlich vor, ihn möglichst dezent auszuhorchen, doch kaum hatte MacIntosh das Zimmer betreten, da sah ich, wie sich Howards Gesicht vor Hass verzog. Meine Hoffnung, dass er sich trotzdem beherrschte, erfüllte sich jedoch nicht. Ich kam nicht einmal dazu, einen Ton herauszubringen, als Howard auch schon die Fassung verlor. Er sprang auf und beschimpfte den völlig ahnungslosen MacIntosh wild, sein Spiel wäre durchschaut und er brauchte sich gar nicht erst länger zu verstellen; und allerlei anderer hanebücherne Unsinn, der sowohl MacIntosh als auch mich vollkommen fassungslos dastehen und Howard mit offenem Mund anstarren ließ. Ich konnte ihn gerade noch davon abhalten, sich auf den geschockten Hotelmanager zu stürzen, doch Howard dachte gar nicht daran, sich zu beruhigen. Ganz im Gegenteil: Um seine Anschuldigungen zu untermauern, riss er die Tür des Schrankes auf, in dem sich einst das *Tor* befunden hatte.

Und damit nahm die Katastrophe ihren Lauf.

Obwohl ich direkt neben Howard stand, gelang es mir nicht, ihn zurückzuhalten. Trotz seines geschwächten Zustandes bewegte er sich so schnell, dass er meiner zupackenden Hand auswich und ich an seinem Arm vorbei ins Leere griff. Im nächsten Moment hatte er die Schranktür bereits aufgerissen.

Ich war überzeugt, dass sich dahinter nichts als das ganz normale Innere des Wandschrankes befinden würde, denn der Zufall, dass sich ausgerechnet jetzt zum ersten Mal nach mehr als zwei Wochen wieder das *Tor* dort befinden würde, wäre einfach ...

Das *Tor* war da.

Es war kein richtiges *Tor,* wie ich das uralte Transportsystem der GROSSEN ALTEN kannte, aber etwas, das jedenfalls auf gar keinen Fall in einen Wandschrank des Hiltons gehörte.

In jeden anderen Wandschrank übrigens auch nicht.

Mir bot sich das gleiche bizarre Bild wie schon einmal: eine schmale, sich in steilen Kehren in die Tiefe schraubende Steintreppe mit ausgetretenen Stufen.

Der Einzige, den der Anblick nicht zu überraschen schien, war Howard. MacIntosh stieß ein gequältes, ungläubiges Keuchen aus, und als ich ihm einen kurzen Blick zuwarf, sah ich, dass ihm die Augen fast aus den Höhlen quollen. Entweder war er der begnadetste Schauspieler, dem ich je begegnet war, oder Howard hatte sich ganz gewaltig getäuscht und der Hotelmanager wusste tatsächlich nichts über die *Thul Saduun* oder sonstige dämonische Geschöpfe und ihre Magie.

Ich kam jedoch nicht dazu, diesen Gedanken weiter zu verfolgen. Etwas wie ein goldener Blitz kam die Treppe herauf und aus dem Schrank geschossen und stürzte sich auf Howard.

Der Anblick Merlins überraschte und erschreckte mich beinahe noch mehr als zuvor der der Treppe. Es handelte sich eindeutig um Merlin, denn jede Einzelheit in der Maserung seines Fells stimmte, doch ich konnte mir beim besten Willen keinen Reim darauf machen, wie der Kater nicht nur aus der Abstellkammer entkommen sein konnte, in der er bei unserem Aufbruch aus dem WESTMINSTER noch eingesperrt gewesen war, sondern auch noch in meinen *Schrank* gelangt war – aber ich verschob die Lösung auch dieses Rätsels auf später.

Wie schon zuvor reagierte Howard erneut trotz seiner Schwäche mit erstaunlicher Schnelligkeit. Als Merlin aus dem Schrank hervorgeschossen kam und sich auch diesmal zielsicher auf ihn stürzte, versetzte er dem Kater einen kräftigen Tritt, der das Tier zurückschleuderte, dass es mit einem erschrocken klingenden Laut durch die Luft flog. Gleich darauf jedoch stolperte Howard, taumelte zur Seite und prallte gegen mich. Auch ich wurde aus dem Gleichgewicht gerissen. Instinktiv streckte ich die Hände aus, um mich am Rand des Schrankes festzuhalten, war jedoch zu langsam. Ich griff ins Leere, ruderte noch einen Moment lang wild mit den Armen und stürzte dann mit einem erstickten Schrei kopfüber die steinerne Treppe im Inneren des Schrankes hinab.

Rowlf hasste es, Robert oder Howard anzulügen, und erst recht alle beide auf einmal, und er konnte sich nicht erinnern, wann dies schon einmal passiert war – aber in diesem Fall hatte er nicht einmal ein schlechtes Gewissen.

Außerdem war es nicht einmal eine Lüge im eigentlichen Sinne gewesen. Er hatte ihnen lediglich etwas *verschwiegen.* Steve, ein Mitglied seiner Bande, hatte ihm wesentlich genauere Informationen darüber geliefert, was die beiden Vermissten vorgehabt hatten, als er Robert und Howard erzählt hatte. Es stimmte, Kelly und Norris hatten ein Schiff in einer Werft plündern wollen, aber er kannte auch den Namen der Werft und den des Schiffes. Hätte er Robert und Howard jedoch berichtet, dass die beiden bei einem Beutezug ausgerechnet auf der THUNDERCHILD verschwunden waren, hätten sie mit Sicherheit ihre Planung geändert und ihn nicht allein gehen lassen. Entweder hätten sie ihn zur THUNDERCHILD begleitet und ihr Verhör MacIntoshs verschoben, oder sie hätten darauf bestanden, dass er sie zum Hilton begleitete, damit sie sich anschließend gemeinsam um die THUNDERCHILD kümmern könnten.

Beides hatte Rowlf nicht gewollt.

Weder sollten Robert und Howard damit warten, sich den Hotelmanager vorzuknöpfen, wenn dieser wirklich hinter dem neuen Kult um die *Thul Saduun* steckte, noch wollte er damit warten, nach seinen verschwundenen Leuten zu suchen, obwohl – oder gerade weil – ihr Vorhaben, ausgerechnet die THUNDERCHILD zu plündern, Rowlf mit besonders großer Sorge erfüllte.

Vielleicht würde sich alles als ein reiner Zufall herausstellen, doch für Rowlf lag auf der Hand, dass es einen Zusammenhang zwischen dem Verschwinden seiner Leute auf diesem Schiff, dem Relief und den Bemühungen, die *Thul Saduun* zu neuem Leben zu erwecken, gab. Gerade deshalb wollte er sich allein dieser Sache annehmen. Das hieß – nicht ganz allein. Rowlf gefiel sich darin, in der Öffentlichkeit die Rolle des Dummkopfes mit den vielen Muskeln und dem wenigen Hirn zu spielen, aber auch wenn er nicht so klug oder gebildet wie Robert und Howard war, war er alles andere als ein Dummkopf. Und ihm standen vor allem in letzter Zeit Möglichkeiten zur Verfügung, die die beiden nicht besaßen und die ihnen auch nicht gefallen würden. Oft genug hatten Robert und Howard zum Ausdruck gebracht, wie wenig sie davon hielten, dass er sich zum Anführer einer Diebesbande gemacht hatte.

Sollten sie sich um MacIntosh kümmern, was sicherlich genauso wichtig war wie die THUNDERCHILD; er war überzeugt, dass er das Rätsel des Schiffes auch allein lösen könnte. Auch wenn die beiden bestimmt eine ganze Reihe von Einwänden dagegen gehabt hätten, erschien es ihm am sinnvollsten, auf diese Art getrennt vorzugehen. Deshalb hatte er auch keinerlei Gewissensbisse, dass er ihnen einen Teil seiner Informationen verschwiegen hatte.

Er hatte insgesamt zehn seiner besten Leute zusammengetrommelt, die ihn begleiten sollten. Eine offizielle Nachfrage bei der Werftleitung hätte sicherlich nichts genutzt. Ihnen blieb also nichts anderes übrig, als heimlich auf das Gelände vorzudringen und sich an Bord der THUNDERCHILD zu schleichen, und das konnten sie freilich erst nach Feierabend. Da es jedoch ohnehin bereits später Nachmittag war, brauchte er sich nicht allzu lange zu gedulden, bis die Arbeiter nach und nach die Werft verließen und lediglich einige Nachtwächter zurückblieben. Im Halbdunkel der beginnenden Abenddämmerung schlich sich Rowlf mit seinen Begleitern auf das Gelände. Ohne Mühe überwältigten sie zwei der Wächter und sperrten sie gefesselt und geknebelt in einen Schuppen.

Die THUNDERCHILD auf einem etwas abgelegenen Trockendock zu finden erwies sich ebenfalls als sehr einfach, zumal es zurzeit das einzige Kriegsschiff war, das sich zur Reparatur hier befand. Als finsterer, monströs erscheinender Koloss hob sie sich gegen den grauen, allmählich immer dunkler werdenden Abendhimmel ab.

Rowlf schauderte unwillkürlich bei dem Anblick. Er konnte die Umrisse der kleinen Waffentürme und anderen Deckaufbauten deutlich erkennen, und er wusste genau, dass es sich einfach nur um ein Schiff handelte, nicht mehr und nicht weniger. Dennoch *fühlte* er etwas anderes.

Die Silhouette des Schiffes schien sich in einer beständigen unfassbaren Bewegung zu befinden, als ob es da noch eine zweite Wirklichkeit gäbe, die versuchte die Realität zu überlappen, ohne es zu schaffen. Jedes Mal, wenn er versuchte, sich genauer auf diese Veränderungen zu konzentrieren, hörten sie auf oder setzten sich an einer anderen Stelle fort, die er nur am Rande seines Blickfeldes wahrnahm.

Im ersten Moment glaubte Rowlf, er würde sich nur etwas einbilden oder die schlechten Lichtverhältnisse würden seinen Augen einen Streich spielen, aber ein rascher Blick in die verwirrten Gesichter seiner Begleiter zeigte ihm, dass es ihnen ebenso erging. Genau wie ihnen flößte die bloße *Nähe* des Schiffes ihm ein unerklärliches, aber tief empfundenes Unbehagen ein, das sich nicht einfach verdrängen ließ.

Im Gegenteil, es weckte Rowlfs Misstrauen erst richtig. Es war nicht das erste Mal, dass er diese Art von Unbehagen empfand; es war ihm sogar sehr vertraut. Menschen reagierten stets in dieser Form auf die

Nähe von Artefakten der GROSSEN ALTEN, und obwohl sich Rowlf nicht vorstellen konnte, dass die THUNDERCHILD irgendetwas mit den GROSSEN ALTEN zu tun hatte, verspürte er hier das gleiche Gefühl.

Er räusperte sich beklommen.

»Is nur'n Schiff«, stieß er hervor, schroffer als beabsichtigt und ein bisschen gegen seine eigene Überzeugung, aber er durfte seine ohnehin bereits nervösen Leute nicht noch weiter verunsichern. Trotzdem war er noch vorsichtiger als bisher. »Ihr wartet hier«, befahl er. »Ich seh ersma allein auffm Kahn nach'm Rechten.«

Er erntete keinen Widerspruch.

Langsam näherte sich Rowlf der THUNDERCHILD. Nirgendwo brannte Licht, und auf dem Schiff waren keinerlei Bewegungen oder sonstigen Lebenszeichen zu entdecken. Abgesehen von dem nur aus den Augenwinkeln wahrnehmbaren Eindruck von Veränderungen und seinem Unbehagen, das mit jedem Schritt stärker wurde, den er sich näherte, gab es keinerlei Anzeichen, dass etwas mit dem Schiff nicht stimmte oder sich jemand an Bord aufhielt.

Das Schiff lag im Trockendock, sodass er sich wenigstens keine Gedanken darüber zu machen brauchte, wie er an Bord kam. Rowlf kletterte an dem Gerüst an der vorderen Breitseite des Schiffes empor. Etwa auf halber Höhe spürte er plötzlich ein dumpfes Vibrieren, als hätte sich das Gerüst – oder das Schiff- um eine Winzigkeit bewegt. Erschrocken verharrte er und wartete einige Sekunden, doch die Bewegung wiederholte sich nicht. Möglicherweise war es nur ein Windstoß gewesen, oder eine Halterung des Gerüstes hatte sich geringfügig verschoben. Er kletterte weiter, schwang sich über die Reling und duckte sich sofort in die Schatten. Erst nachdem er sich vergewissert hatte, dass sich wirklich niemand in seiner Nähe aufhielt, richtete Rowlf sich wieder auf.

Er wollte seinen Leuten gerade ein Zeichen geben, dass sie nachkommen sollten, als sich die THUNDERCHILD erneut bewegte, wesentlich heftiger diesmal. Ein starker Stoß erschütterte das Schiff und riss ihn fast von den Beinen, sodass er einen Moment lang um sein Gleichgewicht kämpfen musste. Knirschend lösten sich mehrere Halterungen, mit denen das Gerüst an der Schiffswand befestigt war. Als sich Rowlf über die Reling beugte, entdeckte er zahlreiche Risse, die den Boden vor dem Schiff wie das Muster eines Spinnennetzes durchfurchten.

Ein Erdbeben!, durchzuckte es ihn.

Nach nur wenigen Sekunden gab es einen weiteren, noch stärkeren Erdstoß. Das gesamte Schiff bäumte sich auf und schien zu ächzen wie ein waidwundes Tier. Rowlf blieb nur deshalb auf den Beinen, weil er sich mit aller Kraft an der Reling festhielt. Der größte Teil des Gerüstes stürzte polternd in sich zusammen. Aus den Rissen im Boden um das Schiff wurden breite Spalten. Aus einigen von ihnen quoll feurige Lava.

Rowlf glaubte seinen Augen nicht zu trauen. Selbst bei einem Erdbeben war es unmöglich, dass Lava bis an die Erdoberfläche stieg, aber dann erinnerte er sich an Howards Schilderung von dem Lavasee in der Höhle. Alles deutete darauf hin, dass es auch in dieser Hinsicht einen Zusammenhang gab.

Gehetzt blickte er sich um. Er musste von dem Schiff herunterkommen, das offenbar den Mittelpunkt des Geschehens bildete, doch das Gerüst war zusammengebrochen. Die Schiffswand war viel zu glatt zum Klettern, und einen Sprung aus dieser Höhe würde er keinesfalls überleben.

Seine Begleiter wichen vor der sich immer mehr ausbreitenden Lava zurück. Rowlf konnte ihre aufgeregten und erschrockenen Rufe hören, und er sah auch wie von weiter entfernt durch den Lärm aufgeschreckte Wächter herbeigerannt kamen, aber das war im Moment seine geringste Sorge.

Wieder durchlief ein furchtbarer Ruck das Schiff, und diesmal stürzte Rowlf hart zu Boden. Als er sich wieder aufrappelte, sah er, dass die THUNDERCHILD ein Stück weit in den Boden eingebrochen war. Rings um das Schiff breitete sich Lava aus, in die es immer tiefer einsank. Die mörderische Hitze war bis zu ihm herauf zu spüren.

Nichts schien das Einsinken der THUNDERCHILD mehr aufhalten zu können, und auf Hilfe von außen durfte er nicht hoffen. Zugleich war ihm klar, dass es sich hier nicht um ein Naturereignis handelte, ein Erdbeben, wie er zunächst angenommen hatte. Die Lava, die es hier gar nicht geben durfte, sprach entschieden dagegen. Nein, hier waren magische Kräfte am Werke, und das Zentrum des Geschehens war eindeutig das Schiff selbst.

Die Hitze wurde immer schlimmer und würde ihn töten, wenn er noch lange wartete. Eine Flucht war unmöglich, und Rowlf begriff, dass er nur dann eine kleine Chance zum Überleben hatte, wenn er sich tiefer ins Schiff zurückzog, wo er besser vor der Hitze geschützt wäre.

Er drehte sich um und stürmte eine Treppe zur Kommandobrücke hoch. Eines der großen Fenster des Kapitänsstandes war eingeschlagen worden, sodass er mühelos ins Innere eindringen konnte. Rowlf konnte sich gut vorstellen, dass es sich um Spuren des Einbruchs von Kelly und Norris handelte.

Durch eine offen stehende Stahltür drang er tiefer ins Innere des Schiffes vor. Nach ein paar Stufen verblasste das Licht der Abenddämmerung hinter ihm. Er hakte die kleine Lampe, die er vorsorglich mitgenommen hatte, vom Gürtel los und zündete sie an. Der brennende Docht schuf eine drei, vier Yards durchmessende Oase der Helligkeit, sodass er sich nicht blind umhertasten musste.

Auch jetzt schwankte der Boden unter ihm noch leicht, ein Zeichen, dass das Schiff immer noch tiefer in die Lava einsank, aber zumindest die heftigen Stöße hatten aufgehört. Anscheinend hatten sie nur dazu gedient, die Erdkruste unter und rings um die THUNDERCHILD aufbrechen zu lassen.

Rowlf stieg eine eiserne Treppe hinab und erreichte einen Korridor. Nachdem er ihn einige Schritte entlanggegangen war, merkte er, dass sich die Wände des Ganges plötzlich veränderten. Wie schon vorher, beim Betrachten des gesamten Schiffes aus der Entfernung, war es eine Veränderung, die er nicht im Einzelnen verfolgen konnte, die sich seinen Blicken immer wieder entzog, sobald er sich auf einen bestimmten Punkt konzentrierte, die aber trotzdem da war. Als er sich umdrehte, war der Treppenaufgang, aus dem er erst vor wenigen Sekunden getreten war, verschwunden, und die Veränderungen um ihn herum setzten sich immer schneller fort. Aus dem Stahl der Wände wurde grob behauenes Felsgestein, ein ebenso unbegreiflicher, wie Furcht einflößender Prozess, der allein vermutlich bereits ausgereicht hätte, manchen anderen in den Wahnsinn zu treiben. Rowlf jedoch hatte schon zu viel erlebt, das allen Naturgesetzen Hohn zu sprechen schien, und er verfügte über eine fast unerschütterliche Ruhe, die ihm half, auch jetzt die Nerven zu behalten.

Langsam ging er weiter.

Ich weiß nicht, wie viele Stufen ich hinabstürzte. Es mochten Dutzende, vielleicht aber auch Hunderte gewesen sein, und jede einzelne traf meinen Körper wie ein Hammerschlag. Verzweifelt versuchte ich mich irgendwo festzuhalten und meinen Sturz zu bremsen, aber die Treppe war zu steil und die Wände zu glatt. Mir blieb nichts anderes übrig, als mich mehr schlecht als recht zusammenzukrümmen und meinen Kopf mit den Armen zu schützen.

Irgendwann endete der rasende Sturz, ohne dass ich es zunächst merkte. Es dauerte eine Weile, bis ich mir bewusst wurde, dass mich keine weiteren Hiebe mehr trafen, dass Himmel und Erde aufgehört hatten, einen irren Tanz um mich herum aufzuführen, und dass ich regungslos auf dem Steinboden lag. Für einige Sekunden genoss ich die Ruhe und gab mich ganz dem Erstaunen hin, überhaupt noch am Leben zu sein, dann erinnerte mich mein Körper nachdrücklich an den Preis, den ich dafür zu zahlen hatte. Ich fühlte mich so zerschlagen, als wäre Dschingis Khans gesamte Horde mindestens ein Dutzend Mal über mich hinweggetrampelt, und es schien keine Stelle meines Körpers zu geben, die *nicht* wehtat. Ich hatte unzählige Abschürfungen und Prellungen erlitten, und mit Sicherheit würde ich mich spätestens in ein paar Stunden vor Schmerz überhaupt nicht mehr bewegen können – aber als ich mich vorsichtig aufrichtete und den Knoten löste, zu dem meine Arme und Beine irgendwie geworden waren, stellte ich fest, dass ich mir wie durch ein Wunder anscheinend nichts gebrochen hatte und auch von anderen schweren Verletzungen verschont geblieben war.

In Gedanken bedankte ich mich bei Howard, dessen Ungeschick ich diesen Sturz zu verdanken hatte, und auch bei Merlin, der alles mit seinem verrückten Verhalten überhaupt erst ausgelöst hatte, und blickte mich um.

Was ich sah, war genau das, was ich erwartet – genauer gesagt befürchtet – hatte. Ich befand mich in einem steinernen Gang, der durch einen trüben, leicht rötlichen Schein dämmrig erleuchtet wurde, der direkt aus den Wänden zu sickern schien, sodass ich wenigstens meine unmittelbare Umgebung erkennen konnte. Erneut hatte mich das seltsame *Tor* in meinem Kleiderschrank in das Labyrinth unter der Felseninsel – und möglicherweise auch wieder zurück in der Zeit – verschlagen.

Nun, noch einmal würde ich mich hier ganz bestimmt nicht auf eine Erkundungstour ins Ungewisse machen, die allerhöchstem damit enden konnte, dass ich mich verirrte. Bei dem Gedanken, mich mit meinem gepeinigten Körper die ganze Treppe noch einmal in umgekehrter Richtung hinaufquälen zu müssen, stöhnte ich zwar innerlich auf, aber etwas anderes blieb mir wohl nicht übrig. Mit einem Achselzucken drehte ich mich um – und erstarrte.

Diesmal kam *wirklich* ein gequältes Stöhnen über meine Lippen.

Die Treppe war verschwunden.

Es war völlig unmöglich. Schließlich war ich sie gerade erst herabgestürzt und hatte sie vor wenigen Sekunden erst noch gesehen, als ich mich umgeschaut hatte, aber wo sie sich meiner Erinnerung und allen Regeln der Vernunft nach befinden musste, erhob sich nichts als eine solide Felswand. Aber auch das war etwas, was ich von diesem unbegreiflichen Labyrinth schon kannte. Durchgänge und Abzweigungen schienen hier wie aus dem Nichts zu entstehen und, obwohl sie gerade noch da gewesen waren, auf ebenso geheimnisvolle Weise zu verschwinden, wenn man einen Moment lang nicht hinsah.

Ich streckte die Hand aus, doch unter meinen Fingerspitzen fühlte ich nichts als massiven Fels.

Mit klopfendem Herzen folgte ich langsam dem Gang, und erst jetzt wurde mir zum ersten Mal wirklich bewusst, wie sehr dies alles nicht nur meinem ersten Ausflug in das Labyrinth unter der Felseninsel glich. Ich war noch ein weiteres Mal innerhalb der letzten Wochen in einem ähnlichen System von unterirdischen Stollen gewesen, nämlich als ich in die von den Würmern geschaffenen Gänge unter Andara-House eingedrungen war. Die beiden Erlebnisse waren kaum miteinander zu vergleichen, denn in einem Fall war ich durch das *Tor* in ein auf magischem Wege entstandenes Labyrinth gelangt, und ich hatte mich unversehens an einem Ort wiedergefunden, der zahllose Meilen weit entfernt lag und irgendwie auf der anderen Seite der Wirklichkeit, aber die Ähnlichkeit in der Beschaffenheit der Stollen war so groß, dass es sich kaum um einen Zufall handeln konnte – auch wenn ich noch nicht die geringste Ahnung hatte, wie diese Verbindung aussehen konnte.

Und jetzt befand ich mich ein weiteres Mal in einem unterirdischen Labyrinth, das eigentlich nicht da sein durfte. Ich wusste weder, wo es sich befand, noch wohin es führte, aber jetzt wie damals hatte ich das Gefühl, dass mich an seinem Ende etwas erwarten würde, was mir nicht besonders gefiel.

Und jetzt wie damals sollte ich Recht behalten.

»Das ... das ist doch unmöglich!«, keuchte Billings fassungslos. Er sprach damit aus, was sie alle dachten. Er war zusammen mit Rowlf und den anderen zur Harper-Werft gekommen, um nach Kelly und Norris zu suchen, aber das Bild, das sich ihnen nun bot, war nicht nur unmöglich – es war wie ein Blick in die Hölle.

Als die Erde zu beben begonnen hatte, hatte er zunächst an ein Erdbeben gedacht. Zwar hatte er in seinem ganzen Leben noch keines miterlebt, aber schon davon gehört. Immer mehr Spalten brachen im Boden um die THUNDERCHILD auf, auf der Rowlf nun gefangen war.

»Wir müssen etwas tun!«, stieß einer seiner Begleiter hervor. »Wir ... wir können ihn doch nicht einfach im Stich lassen!«

»Und was sollen wir tun?«, fauchte Billings ihn an. Das Gefühl der Hilflosigkeit und Verzweiflung ließ seine Stimme aggressiver klingen, als er es wollte. Er war kein bisschen aggressiv. Aber er starb innerlich fast vor Angst. »Kannst du vielleicht fliegen oder durch Lava schwimmen?«

Deutlich konnte er Rowlf hinter der Reling sehen, aber es gab keinen Ausweg mehr für ihn und auch umgekehrt keine Möglichkeit, zu ihm vorzudringen. Das Gerüst, über das er auf das Schiff geklettert war, war zusammengebrochen, und immer mehr rot glühende Lava quoll aus den Erdspalten und legte eine undurchdringliche Feuerbarriere rings um die THUNDERCHILD.

Aber damit war der unheimliche Prozess noch nicht vorbei. Ein Teil des Bodens unter der THUNDERCHILD brach in sich zusammen. Mit einem heftigen Ruck sackte das gesamte Schiff um mehrere Fuß in die Tiefe und sank langsam immer weiter ein. Genau wie die anderen beobachtete Billings voller ungläubigem Schrecken und wie gelähmt das Geschehen. Er sah Rowlf auf dem Schiff herumlaufen und zu einem der großen Decksaufbauten hasten. Gleich darauf war er verschwunden, hatte sich offenbar vor der Hitze ins Innere des Schiffes geflüchtet. Aber auch das war höchstens eine Rettung für kurze Zeit. Es konnte nicht lange dauern, bis die Lava auch den massiven Stahl der Schiffshülle zum Schmelzen bringen würde. Und wenn schon nicht das, so musste doch die Hitze im Inneren des Schiffes binnen kurzem weit genug ansteigen, um jedes Leben darin auszulöschen.

Tiefer und tiefer versank die THUNDERCHILD in der Lava. Das flüssige Gestein reichte bereits bis fast zur Reling.

Dann sah Billings plötzlich etwas, das ihn erneut vor Schrecken aufkeuchen ließ; ein Anblick, den er bis an sein Lebensende nicht mehr vergessen würde. Inmitten der Lava *bewegte* sich etwas. Etwas Gewaltiges, Schwarzes tauchte für einen Moment aus der roten Glut auf und versank gleich darauf wieder darin, aber obwohl er es nur für nicht einmal ganz eine Sekunde gesehen hatte, war Billings sicher, dass er sich nicht getäuscht hatte und dass es auch kein Felsbrocken oder ein abgelöstes Stück der Schiffshülle gewesen war, sondern etwas, das ...

... das *lebte* und sich selbstständig bewegte, das *aus eigener Kraft* auf- und wieder untergetaucht war. Zu kurz war der Anblick nur gewesen, als dass Billings das Aussehen des *Etwas* erfassen oder auch nur irgendeine klare Formen hätte erkennen können; und dennoch hatte der kurze Moment genügt, ihn bis ins Mark erstarren zu lassen.

Die THUNDERCHILD war inzwischen so tief gesunken, dass die Lava zähflüssig über die Reling schwappte und sich auf das Deck des Schiffes ergoss. Kurz darauf ragten lediglich noch die Decksaufbauten aus der glühenden Masse heraus, doch auch sie versanken unaufhaltsam. Nur die träge schwappende Lavamasse zeigte noch an, wo sich bis vor wenigen Minuten der gewaltige Zerstörer der Kriegsmarine befunden hatte. Als hätte sie ihr Werk getan, begann die Lava wieder abzukühlen. Sie wurde dunkler und nahm an einigen Stellen eine gräuliche Färbung an. Es würde nicht mehr lange dauern, und eine Decke aus wiedererstarrtem Felsgestein würde sich wie eine Grabplatte über der Stelle erstrecken, wo das Schiff versunken war.

Billings hatte das Gefühl, aus einem Traum zu erwachen. Er rieb sich über die Augen und schüttelte den Kopf, als ließe sich die Benommenheit auf diese Art vertreiben. Erst jetzt nahm er langsam wieder wahr, was um ihn herum geschah.

Mehrere Wächter näherten sich ihnen. Er und seine Leute waren in der Übermacht und könnten sie sicherlich überwältigen, aber wozu?

»Verschwinden wir«, stieß er mit rauer Stimme hervor. »Hier können wir nichts mehr tun.«

Keiner seiner Männer erhob irgendeinen Einspruch; sie alle hatten schließlich mit eigenen Augen gesehen, was passiert war, und vermutlich erging es jedem Einzelnen wie Billings – sie hatten noch nicht *wirklich* begriffen, was dieses unfassbare Geschehen zu bedeuten hatte, aber es hatte sie bis auf den Grund ihrer Seele erschüttert. Sie wollten nur noch weg hier.

Was sich allerdings als weniger einfach herausstellte, als Billings im ersten Moment angenommen hatte. Trotz ihrer zahlenmäßigen Unterlegenheit legten die Männer des Wachpersonals plötzlich gehörig an Tempo zu, und in der Ferne konnte Billings die aufgeregten Stimmen weiterer Männer hören, die rasch näher kamen. Möglicherweise würde sie der Anblick des auf so bizarre Weise veränderten Trockendocks lange genug ablenken, dass es Billings und seinen Leuten gelang, sie zu überwältigen – aber darauf wollte er lieber nicht die nächsten fünf Jahre seines Lebens verwetten. Seit Rowlf die Führung der Gang übernommen hatte, hatten sie ihre Mitglieder zwar keine schwereren Verbrechen als eines kleinen Diebstahls oder gelegentlichen Schmuggels zuschulden kommen lassen, was aber nichts daran änderte, dass die Namen und Gesichter der meisten Männer, die sich in seiner Begleitung befanden, den Behörden noch in guter Erinnerung waren. Die Polizei würde sich die Gelegenheit, auf diese Weise ein paar alte Rechnungen zu begleichen, bestimmt nicht entgehen lassen …

Billings spurtete los, fuhr aber schon nach wenigen Schritten mitten in der Bewegung herum, als auch vor ihnen zwei Männer in den blauen Uniformen der Hafenwächter auftauchten. Er fluchte lauthals. Noch war die Situation nicht wirklich gefährlich, aber sie konnte es in jedem Moment werden. Sie waren beinahe umzingelt, und sie konnten sich verdammt noch mal keinen Kampf leisten, der sie nur Zeit kosten würde; Zeit, die die Bobbys vielleicht brauchten, um herzukommen.

»Billings! Hier!«

Billings sah sich im Laufen um und erblickte eine einzelne, elegant gekleidete Gestalt, die ein Stück hinter ihnen aufgetaucht war und aufgeregt mit beiden Armen gestikulierte. Im ersten Moment war er zu aufgeregt, um sie zu erkennen, aber dann fiel ihm erneut der elegante Anzug auf und vor allem die unvermeidliche qualmende Zigarre, die der Fremde in der Linken hielt, und er erkannte ihn doch.

»Hier entlang! Schnell!«

Howard deutete nach links, nicht direkt zum Ausgang des Geländes hin, sondern auf die offen stehende Tür eines Lagerschuppens, hinter der nichts als Dunkelheit lauerte. Billings änderte abrupt die Richtung und gestikulierte den anderen, ihm zu folgen. Er fragte sich, warum er nicht gleich von selbst auf diese Idee gekommen war.

Er war schließlich früher oft genug hier gewesen, um zu wissen, dass sie das Hafengelände auf diesem Wege weitaus schneller – und vor allem *sicherer* – verlassen konnten. Der Schuppen grenzte an eine wenig frequentierte Straße, und seine Rückwand bestand nur aus ein paar morschen Brettern, die sie ohne Anstrengung losreißen konnten.

Sie rannten los. Dicht gefolgt von den Männern des Wachpersonals – die sich allerdings keine *zu* große Mühe gaben, sie einzuholen, denn sie waren ihnen zahlenmäßig immer noch unterlegen – erreichten sie den Schuppen und stürmten hinein. Billings war der Erste, der durch die weit offen stehende Tür rannte; unmittelbar hinter Howard, der erst herumfuhr, als er ihn schon beinahe erreicht hatte, und mit weit ausgreifenden Schritten in der Dunkelheit jenseits der Tür verschwand.

Im Inneren des Schuppens herrschte fast vollkommene Dunkelheit. Billings prallte gegen ein Hindernis, biss die Zähne zusammen, um einen Schmerzlaut zu unterdrücken, und wandte sich nach links – um prompt gegen ein weiteres, äußerst *hartes* Hindernis zu prallen, das in der Finsternis verborgen war. Diesmal ließ der Schmerz bunte Kreise und Punkte vor seinen Augen auftauchen. Er fluchte, schüttelte benommen ein paar Mal den Kopf und versuchte, in der fast völligen Finsternis irgendetwas zu erkennen. Er sah nur Schatten; seltsam klobige Umrisse, denen die Dunkelheit ihre Tiefe genommen hatte, ihnen aber zugleich etwas anderes dafür gegeben zu haben schien.

Es war verrückt – aber ganz genau das war der Eindruck, den Billings hatte. Irgendetwas ... stimmte mit den Schatten nicht. Er konnte nicht sagen, was, aber es war da und es war zu deutlich, um es als bloße Täuschung abzutun. *Etwas* war hier. Nicht seine Männer. Auch nicht die Männer des Wachpersonals, sondern etwas anderes. Etwas, das nicht hierher gehörte ...

Dann fiel ihm die Stille auf.

Er war nur einen oder zwei Schritte vor den anderen in den Schuppen gestürmt, und er hätte sie hören müssen. Ihre Schritte, ihr Atmen oder im Zweifelsfalle auch ihre Schmerzensschreie und Flüche, denn sie mussten in der Dunkelheit ebenso wie er gegen alle möglichen Hindernisse gerannt sein. Aber er hörte nichts.

Absolut nichts.

»Howard?«, rief er.

Nichts. Alles, was er hörte, war das Hämmern seines eigenen Herzens.

»Tom?«, rief Billings. »Mike! Frederic!«

Nichts.

Das Schweigen war vollkommen. Keine Antwort. Keine Schritte. Nichts, das darauf hindeutete, dass außer ihm noch mindestens neun weitere Männer in diesem Schuppen waren. Aber das war doch vollkommen unmöglich!

Billings spürte selbst, wie sich die Panik in seinem Denken breit zu machen begann, und dieses Gefühl half ihm noch einmal, sie niederzukämpfen; wenn auch vielleicht nicht für lange. Sein Herz begann immer schneller und härter zu schlagen, und seine Hände und Knie zitterten. Er rief noch einmal die Namen der anderen und dann noch einmal, so laut er konnte, aber die Antwort war jedes Mal gleich.

Stille.

Billings streckte die Hände aus und bewegte sich vorsichtig tastend weiter in die Dunkelheit hinein. Dann und wann stieß er gegen ein Hindernis, ohne es jedoch identifizieren zu können, und in regelmäßigen Abständen blieb er stehen und rief wieder nach seinen Begleitern. Schließlich hielt er ganz inne, drehte sich herum und sah zum Eingang zurück.

Er war nicht mehr da.

Billings blinzelte. Er drehte sich wieder herum, blinzelte noch einmal und drehte sich schließlich mit weit aufgerissenen Augen ein, zwei, drei Mal um seine Achse.

Die Tür war verschwunden.

Sie war groß genug, um ein zweispänniges Fuhrwerk hindurch zu lassen, und hätte eigentlich hell erleuchtet sein müssen, aber sie war *einfach nicht mehr da.*

Aber vielleicht war das gar nicht die wirkliche Erklärung. Vielleicht war die Wahrheit noch viel, viel schlimmer.

Nicht die Tür war nicht mehr da. Nicht Howard und die anderen waren verschwunden.

Er war nicht mehr da.

Billings begann zu schreien.

Die Veränderung hielt an. War ich am Anfang noch der Meinung gewesen, mich in dem gleichen, unterseeischen Labyrinth zu befinden, in dem ich damals Hasseltime und die anderen getroffen hatte, so begann ich allmählich zu begreifen, dass das nicht stimmte. Die

Gänge *ähnelten* denen, in denen ich mich damals wiedergefunden hatte, aber sie waren eben nur *ungefähr* so, nicht *wirklich*. Der Unterschied war schwer in Worte zu fassen, aber er war da: Es war, als betrachte man die Kopie eines großen Kunstwerkes; eine meisterliche, durch und durch perfekte Kopie, die dem Original bis ins Letzte glich, es aber eben nicht war.

Ich bewegte mich für eine geraume Weile durch schwarze, von düsterem Zwielicht erfüllte Gänge. Manchmal kam ich an Abzweigungen vorbei, in die ich aufmerksam hineinsah, mich aber hütete, vom geraden Weg abzuweichen, aus Furcht, mich zu verirren, und zwei oder drei Mal erreichte ich auch Kreuzungen, die ich aber ebenso ignorierte und mich stur weiter geradeaus fortbewegte. Zumindest in *einem* Punkt ähnelte dieses Labyrinth dem vor der Themsemündung sehr: Es war gigantisch. Hier wie damals dort hatte ich schon nach Kurzem jedes Zeitgefühl verloren, sodass ich nicht mehr zu sagen vermochte, ob ich nun seit Stunden oder eher Minuten über den schwarzen Stein schritt, aber es mussten wohl eher *Stunden* sein, denn meine Beine und mein Rücken begannen zu schmerzen, und in meinen Gedanken begann eine leise Stimme zu erwachen, die mir allerlei unangenehme Dinge zuzuflüstern begann.

Gerade, als sie den Punkt erreicht hatte, an dem sie nicht mehr *lästig*, sondern allmählich *Furcht einflößend* zu werden begann, hörte ich andere, diesmal durchaus reale Stimmen. Abrupt blieb ich stehen und lauschte.

Ich hatte eine weitere Gangkreuzung erreicht, sodass es mir im ersten Moment schwerfiel, die genaue Richtung zu orten, aus der die Stimmen kamen. Unschlüssig drehte ich mich nach rechts, dann nach links, machte ein paar Schritte in die entsprechende Richtung und kehrte wieder um, als die Stimmen prompt wieder leiser wurden. Ich musste nun von meiner bisherigen Vorgehensweise abweichen, niemals den direkten Weg zu verlassen, was mich mit einigem Unbehagen erfüllte. Andererseits – *Stimmen* bedeuteten *Menschen*, und auch wenn diese Menschen nicht gezwungenermaßen meine Freunde sein mussten (ich hatte nicht vergessen, was Howard mir auf dem Weg zum Hotel erzählt hatte), so erschien mir doch alles besser, als weiter durch dieses grauenhafte Labyrinth zu irren. Trotzdem nahm ich mir vor, vorsichtig zu sein. *Sehr* vorsichtig.

Die Stimmen wurden allmählich lauter, sonderbarerweise aber nicht deutlicher. Ich konnte jetzt eindeutig die Stimmen von mindestens acht oder zehn Menschen identifizieren, die sich offenbar aufgeregt miteinander unterhielten. Dabei bedienten sie sich aber einer Sprache, deren ich nicht mächtig war; einige schienen auch zu singen oder eine Art Gebet zu zelebrieren. Auch das passte zu Howards Erzählung. Ich ging langsamer und versuchte die graue Dämmerung vor mir mit Blicken zu durchdringen. Alle meine Nerven waren bis zum Zerreißen angespannt.

Trotzdem wäre ich um ein Haar in die gewaltige Halle hineingestolpert, in die der Gang mündete.

In der einen Sekunde hatte ich vor mir noch nichts als den gleichförmigen, grauschwarzen Stein des Tunnels gesehen, durch den ich seit einer kleinen Ewigkeit stolperte; eine scheinbar endlose Röhre, an deren Ende ein verschwommenes Licht waberte, das niemals näher kam. Im nächsten Sekundenbruchteil befand ich mich in einer gewaltigen, aus dem gleichen, Licht schluckenden grauen Stein bestehenden Höhle, die voller Menschen war. Es gab keinen Übergang, sondern nur das *hier* und das *dort,* denen irgendwie das *dazwischen* abhanden gekommen waren.

Was mich rettete, war nicht etwa meine Geistesgegenwart, sondern der pure Schrecken, mit dem mich dieser plötzliche Wechsel erfüllte. Ganz instinktiv prallte ich zurück und fand mich jäh wieder in dem monotonen grauen Gang, der sich vor mir scheinbar bis in die Unendlichkeit fortsetzte.

Einen Moment lang blieb ich mit klopfendem Herzen stehen und versuchte, das Unbegreifliche irgendwie zu verarbeiten. Nicht, dass es mir gelungen wäre. Ich war in meinem Leben schon auf so manche scheinbar unerklärliche Dinge gestoßen, und viele davon waren weitaus erschreckender und auch gefährlicher gewesen – aber nur sehr wenige wirklich *unheimlicher.* Ich fand keine Erklärung für diesen unheimlichen Effekt, so angestrengt ich es auch versuchte.

Behutsam strecke ich die rechte Hand aus und erwartete halbwegs, sie einfach im Nichts verschwinden zu sehen. Das geschah nicht. Ich spürte auch nichts Außergewöhnliches, doch als ich schließlich all meinen Mut zusammennahm und erneut einen Schritt nach vorne tat, wiederholte sich das unheimliche Geschehen: Der Gang verschwand und machte jenem gewaltigen Felsendom Platz, in den ich gerade schon einmal so jählings hineingestolpert war.

Diesmal war ich jedoch vorbereitet und daher vorsichtiger. Ich warf nur rasch einen Blick nach rechts und links, stellte fest, dass ich mich gerade nicht getäuscht hatte und die Höhle voller Menschen war, und zog mich hastig zurück. Niemand schien von mir Notiz genommen zu haben.

Ich war einen Moment unschlüssig. Die beiden kurzen Eindrücke, die ich von der Halle gewonnen hatte, schienen meine Vorsicht ebenso zu bestätigen wie meinen Verdacht, es hier mit den gleichen Gegnern zu tun zu haben, von denen Howard mir erzählt hatte; und auch wenn ich noch immer nicht die geringste Ahnung hatte, wer sie waren und aus welchen Beweggründen heraus – oder für wen! – sie arbeiteten, so war mir doch klar, dass ich diesen Leuten besser aus dem Wege ging und ganz bestimmt keine *Hilfe* von ihnen zu erwarten hatte.

Andererseits hatte ich keine besonders große Auswahl. Ich konnte nicht zurück. Nichts hätte mich zwar daran gehindert, kehrtzumachen und einen anderen Weg aus diesem Labyrinth heraus zu suchen, aber ich war ziemlich sicher, dass das vollkommen sinnlos war. Vermutlich konnte ich bis zum Jüngsten Tag durch dieses magische Labyrinth stolpern, ohne einen anderen Ausgang zu finden. Und da war noch etwas ...

Ich konnte das Gefühl nicht wirklich in Worte kleiden, aber es war da: Das sichere Gefühl, dass ich eigentlich *wissen* sollte, was diese unheimliche Szene auf der anderen Seite der unsichtbaren Barriere zu bedeuten hatte. Ein so deutliches Gefühl von *Déjà-vu*, dass ich es einfach nicht ignorieren konnte, selbst wenn ich es gewollt hätte. Es war lange her, im wortwörtlichen Sinne tatsächlich in einem anderen Leben, aber ich *hatte* etwas ganz Ähnliches schon einmal erlebt.

So fasste ich schließlich all meinen Mut zusammen und trat ein drittes Mal durch die unsichtbare Mauer, die den Gang vor mir verschloss, und diesmal zog ich mich nicht hastig wieder zurück, sondern sah nur unauffällig nach rechts und links und registrierte erleichtert, dass anscheinend auch diesmal niemand von meinem Eintreten Notiz zu nehmen schien.

Dabei war die Höhle tatsächlich voller Menschen. Ich schätzte, dass es an die dreißig, wenn nicht sogar vierzig Gestalten waren, die hoch aufgerichtet und in dunkelrote, sehr seltsam anmutende Mäntel gehüllt vor mir dastanden. Vielleicht lag es einfach daran, dass sie zu beschäftigt waren, um irgendetwas anderes wahrzunehmen. Ich konnte zwar nicht erkennen, womit, aber sie standen in einem großen, dicht geschlossenen Kreis da und schienen sich an den Händen zu halten; genau konnte ich das nicht sagen, denn irgendetwas stimmte tatsächlich mit ihren Mänteln nicht. Es war unmöglich, sie genau anzusehen. So verrückt es mir selbst vorkam, es schien, als wären sie in ständiger Bewegung, weniger wie Kleidungsstücke als vielmehr wie ... *lebende Dinge.*

Und dann wusste ich, wieso mir diese Szene auf so unangenehme Weise bekannt vorkam und wo ich etwas Derartiges schon einmal gesehen hatte.

Aber diese Erkenntnis kam zu spät.

Der Gesang der Menge, der die Höhle bisher ununterbrochen erfüllt hatte, brach jäh ab. Einige der Gestalten hoben die Köpfe und sahen mich an, andere wandten sich direkt zu mir um, und zwei oder drei hoben auch die Hände und deuteten auf mich. Einer machte gar einen Schritt in meine Richtung.

Ich wartete nicht ab, ob sich die anderen der Bewegung anschlossen, sondern tat das Einzige, was ich konnte: Ich fuhr auf der Stelle herum und warf mich mit einer verzweifelten Bewegung wieder zurück in den Stollen, aus dem ich gekommen war.

Wenigstens wollte ich es.

Leider war er nicht mehr da.

Wo der unsichtbare Eingang sein sollte, befand sich jetzt eine durch und durch sichtbare und äußerst *massive* Felswand.

Rowlf hatte irgendwann vor einer Stunde, vielleicht auch zwei oder drei, aufgehört, *wirklich* daran zu glauben, dass es einen Ausgang aus diesem unheimlichen Labyrinth gab; oder wenn, dass er ihn finden würde. Er konnte nicht mehr sagen, wie lange er schon durch diese graue Unendlichkeit aus Stein und immer gleichförmigen Tunneln schritt und wann seine Umgebung endgültig aufgehört hatte, jede Ähnlichkeit mit einem Schiff zu verlieren. Auch wenn er sicher nicht annähernd so viel von solchen Dingen verstand wie Howard oder gar Robert, so war ihm doch klar, dass er irgendwie in eine andere Welt geraten war, zu der die THUNDERCHILD nur der Zugang gewesen war; eine Tür zudem, die offensichtlich nur in eine Richtung führte.

Gerade, als er so weit war, das erste Mal *ernsthaft* mit dem Gedanken zu spielen, dieses sinnlose Sich-weiter-quälen aufzugeben und sich einfach auf den Boden zu setzen und abzuwarten, was weiter passierte, hörte er Stimmen.

Am Anfang waren sie sehr leise; so dicht an der Grenze des gerade noch Hörbaren, dass er nicht vollkommen sicher sein konnte, ob sie wirklich da waren oder ihm seine Furcht und seine überstrapazierten Nerven nur etwas vorgaukelten. Er blieb stehen, lauschte, kam zu keinem befriedigenden Ergebnis und ging vorsichtig weiter.

Bald wurden die Stimmen deutlicher. Er konnte nicht verstehen, was dort vorne gesprochen wurde, aber er begriff immerhin, dass es ziemlich *viele* Stimmen waren, und irgendetwas mahnte ihn, vorsichtig zu sein. Diese Menschen dort vorne – wenn es überhaupt Menschen *waren* – mussten nicht zwangsläufig seine *Freunde* sein. Ganz im Gegenteil. Während die Stimmen lauter wurden, bewegte er sich immer langsamer und immer leiser. Die letzten Schritte legte er praktisch auf Zehenspitzen zurück und so lautlos wie eine Katze.

Möglicherweise rettete ihm das das Leben.

Urplötzlich fand er sich in einer gewaltigen, von grauem und flackernden rotem Licht erfüllten Höhle wieder. Er konnte sich nicht erinnern, das Ende des Ganges erreicht zu haben, aber vielleicht war er einfach *zu* angespannt gewesen und hatte so nicht mehr ausreichend auf seine Umgebung geachtet.

Der Anblick, der sich ihm bot, war allerdings so fantastisch, dass Rowlf über dieses Rätsel nicht wirklich nachdachte, sondern im allerersten Moment nur ungläubig die Augen aufriss.

Die Höhle war annähernd rund, und in ihrer Mitte musste sich irgendetwas Außergewöhnliches befinden, denn die gut drei Dutzend Menschen, die sich in dem gewaltigen Hohlraum aufhielten, hatten sich alle dort vorne im Kreis versammelt und starrten zu Boden. Außerdem hatten sie sich an den Händen ergriffen und schienen gemeinsam eine Art Lied zu summen; eine Melodie, die Rowlf auf unangenehme Weise an irgendetwas erinnerte, ohne dass er genau sagen konnte, woran. So oder so, die Menschen mussten sich in höchster Konzentration befinden, denn niemand schien auch nur bemerkt zu haben, dass ein Fremder hereingekommen war.

Das würde aber mit Sicherheit nicht mehr lange so bleiben. Rowlf registrierte voller Unbehagen, dass die Höhle zwar groß, aber auch bar jedes Versteckes war. Der Boden war vollkommen glatt; nur hier und da gab es paar Erhebungen, die aber nicht einmal ausgereicht hätten, einen Hund zu verbergen, geschweige denn einen Koloss wie ihn. Hastig warf er einen Blick über die Schulter zurück, musste aber feststellen, dass er sich wohl doch weiter in die unterirdische Halle hineinbewegt hatte, als ihm klar gewesen war, denn er konnte den Eingang nicht mehr entdecken. Es konnte somit nur noch Sekunden dauern, bis *er* entdeckt wurde; und Rowlf machte sich in diesem Punkt nichts vor. Er war alles andere als ein Schwächling und hätte nicht gezögert, sich auch mit fünf oder sechs Gegnern gleichzeitig anzulegen. Aber gegen *diese* Übermacht hatte er keine Chance.

Doch es sollte anders kommen.

Auf der anderen Seite der Höhle ... *flackerte* etwas.

Rowlf konnte es nicht anders ausdrücken. Für einen Moment war ihm, als sähe er dort drüben eine menschliche Gestalt, die wie ein Trugbild einfach aus dem Nichts erschien und fast ebenso schnell wieder verschwand. Einige Sekunden später wiederholte sich das Phänomen, und diesmal blieb der Schemen lange genug bestehen, damit Rowlf ihn erkennen konnte.

Es war Robert.

Der Anblick erfüllte ihn mit solcher Überraschung, dass er um ein Haar aufgeschrien hätte. Nur mit allerletzter Kraft riss er sich noch einmal zusammen. Es glich ohnehin einem Wunder, dass man ihn bisher immer noch nicht entdeckt hatte. Er fragte sich nur, wie lange dieses Wunder noch Bestand haben würde – und ob es tatsächlich ein *Wunder* war oder vielleicht einen ganz anderen Grund hatte ...

Robert verschwand auf die gleiche, spukhafte Art, auf die er aufgetaucht war, und diesmal verging ungefähr eine halbe Minute, bis er ein drittes Mal materialisierte. Er blieb auch dieses Mal nicht stehen, um sich erschrocken und aus ungläubig aufgerissenen Augen umzusehen wie die beiden Male zuvor, sondern trat im Gegenteil einige Schritte weit in die Halle hinein und somit auf den Kreis der Betenden zu. Auch von ihm nahm im allerersten Moment niemand Notiz, wie von Rowlf zuvor.

Rowlf wagte es nicht, Robert eine Warnung zuzurufen oder auch nur zu gestikulieren. Er betete, dass Robert endlich in seine Richtung blicken und ihn entdecken möge, und er verstand immer weniger, dass *sie* umgekehrt noch immer nicht entdeckt worden waren.

Allerdings blieb das auch nur noch für ungefähr eine Sekunde so.

Plötzlich sah eine der Gestalten auf, hob die Hand und deutete anklagend auf Robert, und schon im allernächsten Moment fuhren auch die anderen herum und blickten den Eindringling überrascht – aber auch eindeutig zornig – an. Rowlf spannte sich, um sofort losstürmen und Robert zu Hilfe eilen zu können, aber Robert tat in diesem Moment etwas gänzlich Unerwartetes; und nebenbei auch ziemlich *Verrücktes*. Er wirbelte auf der Stelle herum, stieß sich mit aller Kraft ab – und prallte so wuchtig gegen die Höhlenwand, dass er bewusstlos zusammenbrach.

Rowlf sah fassungslos zu, wie er in sich zusammensank und die Männer auf ihn zuhasteten, aber er erkannte auch instinktiv die wahrscheinlich unwiderruflich letzte Chance, die ihm auf diese Weise noch blieb. Für einige Sekunden war die Menge noch abgelenkt, und zum ersten Mal konnte er sehen, worauf sich die drei Dutzend Gestalten bisher konzentriert hatten: Der Kreis, den sie gebildet hatten, markierte den Rand eines gewaltigen, von pulsierendem rotem Licht erfüllten Schachtes, der sich ungefähr in der Mitte der Höhle befand und über den sich ein schmaler, offenbar aus natürlich gewachsenem Fels bestehender Steg spannte. Die Luft darüber flimmerte, als stiege aus der Tiefe dieses Schachtes eine gewaltige Hitze empor.

Er sah aber auch noch etwas: Eine einzelne Gestalt war am Rande des Schachtes stehen geblieben und sah nur konzentriert zu den anderen hin. Der Mann war ziemlich groß, soweit Rowlf das erkennen konnte; nicht so breitschultrig wie er, aber fast ebenso hoch gewachsen. Und für den Moment war er vollkommen abgelenkt.

Rowlf wäre nicht Rowlf gewesen, hätte er *diese* Einladung nicht angenommen …

Ich konnte nicht sehr lange bewusstlos gewesen sein, denn als ich die Augen wieder aufschlug, fand ich mich auf dem Rücken liegend und von zahlreichen, in zitternde rote Mäntel gehüllte Gestalten umringt daliegend. Mein Kopf dröhnte, und ich fühlte warmes Blut, das aus einer frischen Platzwunde auf der Stirn über mein Gesicht lief.

Zwischen meinen Schläfen überschlugen sich die Gedanken. Ich erinnerte mich jetzt. Plötzlich wusste ich, woher ich diesen unheimlichen an- und abschwellenden Gesang kannte. Maronar. Die *Thul Saduun*. Meine Reise in eine Millionen Jahre zurückliegende Vergangenheit. Die *Ssaddit*. Alles war plötzlich wieder da, so genau und plastisch, als wäre es erst gestern passiert und nicht vor so vielen Jahren. Ich erinnerte mich wieder an jedes noch so winzige Detail meines schrecklichen Ausfluges in die Vergangenheit … und wie hätte ich es auch nicht gekonnt? Diese vermeintliche Vergangenheit war da. Sie stand in Gestalt von mehr als dreißig Männern vor mir, und sie schwebte fühlbar, wie ein körperlich gewordener Hauch des Bösen, in der Luft.

Plötzlich teilte sich die Menge, und ein einzelner, sehr schlanker Mann trat auf mich zu. Nach Howards Beschreibung erkannte ich ihn wieder. Nun – zumindest brauchte ich mir jetzt nicht mehr den Kopf darüber zu zerbrechen, ob ich unter Freunden oder Feinden war ...

»Robert Craven, wenn ich nicht irre«, sagte der Fremde. Wie alle anderen trug auch er einen jener furchtbaren lebenden Mäntel, wie sie die Magier von Maronar vor Millionen Jahren getragen hatten, um ihre magischen Kräfte zu verstärken, hatte aber die Kapuze zurückgeschlagen, wohl um mich besser in Augenschein nehmen zu können.

»Das stimmt«, antwortete ich. »Kennen wir uns? Ich meine ... sind wir uns schon einmal begegnet, Mister ...?«

Er ignorierte das Fragezeichen hinter dem »Mister« geflissentlich, aber ich war nicht besonders beleidigt. Dies war wahrscheinlich nicht der richtige Moment, um Freundlichkeiten auszutauschen. Außerdem hatte ich das ungute Gefühl, dass unsere Bekanntschaft nicht mehr lange genug währen würde, als dass es sich lohnte, sich seinen Namen zu merken.

Ich stand vorsichtig auf, halbwegs darauf gefasst, sofort wieder zurückgestoßen zu werden, aber die Männer in den roten Mänteln wichen ganz im Gegenteil fast respektvoll vor mir zurück. Nur mein direktes Gegenüber rührte sich nicht, sondern maß mich weiter aus seinen unangenehmen, kalten Augen.

»Sie sind schneller gekommen, als ich dachte«, sagte er schließlich.

Ich sah ihn fragend an. »Was ... soll das heißen?«

»Mister Craven, bitte enttäuschen Sie mich nicht«, sagte der andere. »Sie wollen mir nicht ernsthaft weismachen, dass Ihnen Ihr Freund Howard nichts von unserer ... Begegnung erzählt hat.«

»Howard?«, fragte ich überrascht.

»Haben Sie wirklich geglaubt, er wäre uns *entkommen?*« Der Bursche lachte leise. Es war kein sehr angenehmes Geräusch. »Das können Sie nicht im Ernst annehmen.«

Es dauerte einen Moment, bis ich wirklich begriff, was diese Worte bedeuteten. »Howard?«, murmelte ich. »Sie haben ihn –«

»Entkommen lassen, selbstverständlich«, sagte der Fremde. Er lachte wieder. »Er wäre gewiss sehr wertvoll für uns gewesen, aber noch viel wertvoller war er als Köder.«

»Für mich«, murmelte ich düster.

»Ganz recht. Es war meine Hoffnung, dass er Sie hierher locken würde. Es gibt jemanden, der sich sehr, wirklich *sehr* darauf freut, mit Ihnen zu reden, Mister Craven. Kommen Sie?«

Er machte eine einladende Geste und trat einen Schritt zur Seite; und als ich sah, wer hinter ihm stand, fuhr ich unwillkürlich zusammen. Überrascht, wohlgemerkt, nicht erschrocken.

Die Gestalt war allerhöchstens halb so groß wie er und trug die gleiche Art von lebendem Kleidungsstück wie die anderen Männer, nur dass dieser Mantel von einer viel intensiveren, satteren Rotfärbung war; eine Farbe, die Assoziationen an frisches Blut und Tod weckte. Das war es aber nicht allein, was mich so in Erstaunen versetzte. Es war das Gesicht.

Das Gesicht eines Kindes. Eines Jungen, um genau zu sein, auch wenn es ein Detail in diesem Antlitz gab, das den Eindruck Lügen zu strafen schien, einem fünf- oder sechsjährigen Knaben gegenüberzustehen: die Augen. Augen wie Stahl, die mich hart und so voller Hass anblickten, dass mir unwillkürlich ein kalter Schauder über den Rücken lief.

Ich kannte diesen Jungen.

Ich hatte ihn schon einmal gesehen, damals, als ich das erste Mal in diesem unterirdischen Labyrinth gewesen war. Es war der Junge, den ich aus dem See gezogen hatte ...

»Hallo«, sagte ich unsicher.

Der Junge schwieg, aber etwas in seinem Blick änderte sich. Er wurde noch unangenehmer, obwohl ich das vor einer Sekunde nicht einmal für möglich gehalten hätte.

»Du ... erinnerst dich doch, oder?«, fragte ich behutsam.

Diesmal bekam ich wenigstens ein angedeutetes Nicken zur Antwort, wenn auch sonst nichts.

»Hör mal«, fuhr ich fort. »Was damals passiert ist, das ... das nimmst du mir doch nicht übel, oder? Ich meine, so ein kleines Missverständnis kann doch schließlich –«

»Schweigen Sie, Mister Craven«, unterbrach mich der Junge. »Wir haben keine Zeit, um Unsinn zu reden.«

Etwas an dieser Formulierung gefiel mir überhaupt nicht, aber ich war klug genug, nicht weiter zu widersprechen, sondern den Jungen nur fragend anzusehen. Er erwiderte meinen Blick mehrere Sekunden lang ebenso schweigend, aber aus Augen, die vor Hass zu brennen schienen; einem Hass, der einem Jungen dieses Alters eigentlich nicht zustand. Und der einfach nicht grundlos sein *konnte*. Ich konnte mich nur beim besten Willen nicht daran erinnern, diesem Kind jemals begegnet zu sein, bevor ich es in der unterseeischen Höhle traf. Und die harmlose Abreibung, die ich dem Jungen versetzt hatte (wenn man es genau nahm, so hatte sowieso eher *er mich* als *ich ihn* verprügelt!), konnte unmöglich der Grund für diesen mörderischen Hass in seinen Augen sein.

Mir blieb allerdings nicht besonders viel Zeit, weiter über dieses Rätsel nachzudenken, denn einer der Männer hinter mir verlieh den Worten des Jungen den gehörigen Nachdruck, indem er mir einen Stoß zwischen die Schulterblätter versetzte, der mich um ein Haar von den Füßen gerissen hätte. Im letzten Moment fand ich mein Gleichgewicht wieder und stolperte mehr als ich ging hinter dem Jungen her.

Als sich die Menge vor mir teilte, sah ich endlich auch, was es war, das die Aufmerksamkeit der Männer vorhin so sehr in Anspruch genommen hatte.

Nicht, dass ich besonders wild auf diese Erkenntnis gewesen wäre. Jedenfalls nicht mehr, nachdem ich *sah*, worum es sich handelte ...

Ungefähr in der Mitte des Felsendomes gähnte ein gewaltiges, kreisrundes Loch im Boden. Ein düster rotes, flackerndes Licht drang aus seiner Tiefe, und hätte ich noch irgendwelche Zweifel an der Bedeutung dieses Lichtes gehabt, so hätte die hitzeflimmernde Luft über dem Schacht diese sofort zerstreut. Irgendetwas Dunkles, sehr Großes erhob sich auf der anderen Seite der Grube, aber ich vermochte nicht genau zu sagen, was es war. Allerdings hatte ich das ungute Gefühl, dass ich dieses Rätsel vielleicht eher lösen würde, als mir lieb war.

Der Knirps im roten Mantel und seine Begleiter führten mich erwartungsgemäß auf diesen Schacht zu. Als wir näher kamen, konnte ich erkennen, dass es eine Art steinernen Steg gab, der in Schwindel erregendem Winkel über das Loch hinwegführte; kaum so breit wie drei nebeneinander gelegte Hände, und eigentlich unnötig zu erwähnen, dass es kein Geländer oder irgendetwas Ähnliches gab.

Ich blieb stehen, als wir den Rand der Grube erreichten. Ein Schwall trockener, unglaublich *heißer* Luft schlug mir entgegen, und der Geruch nach verbranntem Fels und heißem Sauerstoff wurde so intensiv, dass ich fast Mühe hatte, zu atmen. Ich versuchte einen Blick in die Grube hinabzuwerfen, sah aber nur ein rotes, waberndes Leuchten, das mir fast sofort die Tränen in die Augen trieb.

Der Mann, mit dem ich schon einmal gesprochen hatte, hob die Hand und machte eine entsprechende Geste zu dem schwarzen Umriss auf der anderen Seite der Grube.

»Nun, Mister Craven – ich denke, das ist es wohl, wonach Sie gesucht haben.«

Ich kniff die Augen zusammen, um durch das rote Leuchten hindurch besser sehen zu können, hatte aber nur mäßigen Erfolg. Ich erkannte immer noch nicht viel mehr als einen dunklen, rechteckigen Umriss von gewaltigen Dimensionen.

»Ich ... verstehe nicht ganz ...«, sagte ich.

»Ja, ja, das ist mir schon klar. Deshalb haben wir Sie hierher geführt. Damit Sie *verstehen.*« Das Lächeln, das bei diesen Worten auf dem Gesicht des Burschen erschien, gefiel mir ganz und gar nicht. Eigentlich war es kein *Lächeln.* Es war eher ein *Grinsen.* »Treten Sie ruhig näher, und sehen Sie es sich in Ruhe an«, fuhr er fort. »Danach werden Sie alles verstehen.«

Ich sah ihn einen Moment unschlüssig an, dann zuckte ich mit den Schultern und wandte mich nach rechts, um um die Grube herumzugehen. Einer der anderen Männer vertrat mir den Weg.

»Mister Craven, ich bitte Sie! Sie schätzen es doch sonst nicht, Umwege zu machen, sondern ziehen stets den direktesten Weg vor, oder?«

Ich verstand sehr wohl, was er damit meinte. Aber um ehrlich zu sein – ich *wollte* es gar nicht verstehen. Langsamer, als nötig gewesen wäre, drehte ich mich herum und sah ihn fragend an. Sein Grinsen wurde noch breiter.

»Sie ... Sie meinen ...?«

»Ich meine«, bestätigte er. Er wiederholte seine einladende Bewegung, aber diesmal war sie eindeutiger. Er wies auf den steinernen Steg, der über den lavagefüllten Schacht führte. »Wenn ich bitten darf?«

Ich sah wieder in den Schacht hinab, dann erst ihn, den Jungen und wieder ihn an. »Und ... wenn ich mich weigere?«

»Werfen wir Sie dorthinein«, antwortete er ungerührt.

Ich glaubte ihm aufs Wort.

Nicht, dass es einen großen Unterschied machte. Ich war ziemlich sicher, dass ich früher oder später sowieso dort unten landen würde. Aber ich hatte keine Wahl.

Mit klopfendem Herzen trat ich ganz an den Rand der Grube heran, schloss für einen Moment die Augen, um mich zu konzentrieren, und trat auf den Steg hinaus.

Die Hitze, die mir schon zuvor fast den Atem genommen hatte, wurde unerträglich. Unsichtbare Flammen schienen über meine Haut zu streichen, und die Luft, die ich in die Lungen sog, fühlte sich wie geschmolzenes Glas an. Ich konnte spüren, wie der Fels unter meinen Füßen vibrierte, und noch dazu war er so glatt, dass ich alle Mühe hatte, einen Fuß vor den anderen zu setzen und nicht auszugleiten. Langsam, unendlich vorsichtig und mit ausgebreiteten Armen wie ein Hochseilartist, begann ich über den Steg zu balancieren.

Die Grube musste einen Durchmesser von fünfzehn oder zwanzig Metern haben, aber mir kam es vor wie hundert Meilen. Ich beging nicht den Fehler, auch nur einen einzigen Blick in die Tiefe zu werfen, aber ich wusste, dass der Abgrund *da* war, und allein das reichte, mich vor Angst fast in den Wahnsinn zu treiben. Alles in allem brauchte ich sicherlich nicht mehr als zwei Minuten, um die Feuergrube zu überqueren, doch als ich endlich wieder festen Boden unter den Füßen hatte, schienen Stunden vergangen zu sein. Meine Augen tränten ununterbrochen. Meine Kleider klebten schweißnass am Körper, und mein Herz hämmerte so wild, dass mir für einen Moment schwindelig wurde.

»Bravo, Mister Craven«, rief eine Stimme über die Grube hinweg. »Sie enttäuschen mich nicht. Jetzt sollen Sie auch Ihre Belohnung haben. Sehen Sie!«

Langsam hob ich den Blick – und erstarrte, als ich endlich begriff, *was* ich da vor mir sah.

Es war das Relief. Die Felsenzeichnung, die ich damals bei meinem ersten Besuch in diesem unheimlichen Labyrinth schon einmal gesehen hatte und dann noch einmal, in der Grube, die sich so plötzlich unter dem Hansom-Komplex auftat.

Aber ich erkannte es erst jetzt *wirklich.*

Es war weit mehr als ein Relief. Die Linien und Striche, die kryptischen Buchstaben und angedeuteten Umrisse, die unheimlichen Symbole und düsteren Hieroglyphen, die den schwarzen Fels bedeckten, *waren zum Leben erwacht.*

Das Relief bewegte sich. Es war keine Bewegung, die man wirklich sehen konnte. Als ich zögernd die Hand hob und es berührte, fühlte ich harten, unverrückbaren Fels unter den Fingerspitzen, und doch war etwas da, etwas wie eine kriechende, mühsame Bewegung, ein sich Regen und Tasten, das irgendwie *unter* der Oberfläche der sichtbaren Dinge stattzufinden schien, aber zu deutlich war, um es zu ignorieren. Es war, als ... *wäre etwas in diesem Stein. Etwas Mächtiges. Etwas Uraltes. Etwas Gefangenes, das über Millionen Jahre hinweg seine Kräfte gesammelt hatte und nun hinaus wollte ...*

»Die *Thul Saduun*«, flüsterte ich. »Aber das ... das ist doch unmöglich.«

Ich musste wohl doch lauter gesprochen haben, als mir bewusst war, denn die Stimme vom gegenüberliegenden Rand der Grube antwortete mir. »Sie täuschen sich nicht, Mister Craven. Sie sind es. Unsere Herren.«

Ich drehte mich halb herum, sodass ich das unheimliche lebende Relief und die Männer auf der anderen Seite des Schlundes gleichzeitig im Auge behalten konnte. »Das ... das können Sie nicht wirklich wollen!«, stammelte ich. »Sie wissen nicht, was Sie da tun!« Meine Stimme bebte vor Entsetzen. Plötzlich, von einem Sekundenbruchteil auf den anderen, war mir alles klar, aber noch weigerte ich mich einfach, dieses Wissen wirklich zu akzeptieren. Wer immer dieser Mann war, dessen Namen ich nicht einmal kannte, er hatte anscheinend keine Ahnung, mit welchen Kräften er da herumspielte.

»O doch, Mister Craven, wir können und wir werden«, antwortete er. »Wir haben lange auf diesen Tag gewartet. Zu lange.« Er hob die Hand und deutete auf das Relief. »*Sie* haben lange auf diesen Tag gewartet. Den Tag Ihrer Befreiung. Doch nun ist er gekommen.«

»Das ... das kann nicht sein!«, murmelte ich ungläubig. »Sie ... sie existieren nicht mehr. Sie wurden vernichtet. Die GROSSEN ALTEN haben sie ausgelöscht!«

»Sie wurden geschlagen, nicht vernichtet, Mister Craven«, antwortete der andere. In seiner Stimme war ein Klang, der mich frösteln ließ. »Die Wesen, die Sie als die GROSSEN ALTEN bezeichnen, waren Narren! Sie überwanden die wahren Götter dieser Welt, doch nicht einmal sie konnten sie endgültig zerstören. Was von ihnen blieb, die Idee ihres Seins, der wahre Quell ihrer Macht, das steht hinter ihnen. Sie fesselten sie in Stein, aber sie konnten sie nur bannen, nicht zerstören. Und nun kehren sie zurück, Mister Craven, um sich das zu nehmen, was ihnen zusteht.«

Wäre der Moment nicht so entsetzlich gewesen, ich hätte laut aufgelacht. »Was ihnen zusteht?«, fragte ich. »Sie meinen ... unsere Welt?«

»Sie gehört nicht uns!«, antwortete der andere. »Wir waren niemals ihre *Besitzer.* Wir sind nur hier, um ihr Kommen vorzubereiten und ihnen zu dienen.«

»Ja«, murmelte ich. »Und Sie glauben das wirklich, wie? Wissen Sie, es gab schon einmal ein Volk, das ähnlich dachte. Sie wurden ausgelöscht, als die *Thul Saduun* sie nicht mehr brauchten.«

»Das ist nicht wahr«, antwortete der Mann. »Und selbst wenn, es spielt keine Rolle. Wir sind Diener. Wir bereiten ihr Kommen vor, und wir werden dafür sorgen, dass ihnen ihr rechtmäßiger Platz auf dieser Welt nie wieder streitig gemacht wird. Und Sie werden uns dabei helfen.«

»Kaum«, antwortete ich ruhig.

»Aber das haben Sie doch schon getan.« Ein leises Lachen erklang, das mir trotz der furchtbaren Hitze abermals ein eisiges Frösteln über den Rücken laufen ließ. »Waren Sie es nicht, Sie und Ihre Freunde, die die GROSSEN ALTEN von dieser Welt vertrieben?«

Ich starrte ihn an. Ich wollte irgendetwas antworten, aber ich konnte es nicht. Seine Worte erfüllten mich mit purem Entsetzen.

Vielleicht, weil ich spürte, dass sie wahr waren.

»Auch Sie sind nur ein Werkzeug ihres Willens, Mister Craven. *Sie* haben die Kreaturen vertrieben, die die wahren Beherrscher dieser Welt Millionen Jahre lang daran gehindert haben, ihren rechtmäßigen Platz einzunehmen. Nun ist der Weg frei.«

»Nein«, flüsterte ich. »Das ... das ist nicht wahr.«

Der Fremde gab sich nicht einmal die Mühe, darauf zu antworten. »Vielleicht hilft es Ihnen, wenn Sie in dem Bewusstsein sterben, dass niemand den Willen der Götter aufhalten kann, Mister Craven«, sagte er. »Sie mögen glauben, einen Sieg errungen zu haben, doch in Wahrheit ist alles, was wir Menschen tun, immer nur Teil ihres Planes.«

Hinter mir war ein Geräusch. Leise. Kratzend. Schabend. Etwas regte sich. Etwas, das *hinaus* wollte ...

»Kommen Sie, Mister Craven. Es ist Zeit.«

Ich warf einen letzten, verzweifelten Blick auf das Relief. Es hatte sich verändert. Ich konnte die Veränderung nicht in Worte kleiden, aber sie war eindeutig. Es wirkte jetzt ... *lauernd.* Ich konnte die düstere, unvorstellbar *alte* Macht, die unter der schwarzen Oberfläche des Steines lauerte, beinahe mit körperlicher Intensität fühlen, eine

Macht, die ihre Kräfte sammelte und sich ein allerletztes Mal gegen die unsichtbaren Fesseln aus Magie und Zeit stemmte, die sie in diesen Fels bannte. Sie würden brechen. Ich fühlte es. Es war nur noch die Materie, die sie hielt, und die verblassende Kraft eines Fluches, der vor Äonen ausgesprochen und zu lange nicht mehr erneuert worden war. Was immer die *Thul Saduun* auch über all diese Jahre hinweg gehalten hatte, es war nicht mehr da.

Ich drehte mich vollends herum, zögerte aber noch einmal, erneut auf den Steg hinauszutreten, obwohl dies der einzige Weg war, der zurückführte. Vielleicht sollte ich es nicht tun. Vielleicht – wahrscheinlich – war es der einfachere Weg, den Fuß ein Stück weiter rechts oder links zu senken, um einen vielleicht schrecklichen, aber *schnellen* Tod in der brodelnden Lava dort unten zu finden.

Aber das wäre nicht nur der schnellere, es wäre auch der *feigere* Weg gewesen, und es war noch niemals meine Art, einer Auseinandersetzung *so* auszuweichen. Also lächelte ich meinem mir immer noch namentlich nicht bekanntem Gegenüber so optimistisch zu, wie ich nur konnte (ich vermute, es war nicht *sehr* optimistisch), und machte tapfer den ersten Schritt auf den Steg hinaus. Und diesmal *blickte* ich in die Tiefe. Schließlich hatte ich ohnehin nicht mehr viel zu verlieren. Und ich wollte wenigstens *sehen*, was mich umbrachte.

Im allerersten Moment erkannte ich allerdings nicht mehr als rotes Licht und verschwommene Schatten, die einen schwindelnd machenden Tanz auf meiner Netzhaut auslösten, davon einmal abgesehen, dass mir die grelle Helligkeit praktisch sofort die Tränen in die Augen trieb.

Doch dann erkannte ich einen Schatten, der irgendwie ... *massiver* zu sein schien als die anderen und dessen Bewegung sich vom willkürlichen Spiel von Licht und Dunkelheit unterschied. Meine Augen tränten einfach zu stark, als dass ich wirklich Einzelheiten hätte erkennen können, aber das war auch nicht nötig. Ich hatte den grauenhaften Lavawürmern mehr als einmal gegenübergestanden und hätte die Bestie selbst dann wohl noch wiedererkannt, wenn ich noch viel weniger hätte sehen können.

Es mag absurd erscheinen – aber ich spürte etwas wie eine gewaltige Erleichterung. Das Ungeheuer dort unten würde mich zweifelsohne töten, aber von dem *Ssaddit* umgebracht zu werden war vermutlich eine Gnade, verglichen mit dem, was den Opfer der *Thul Saduun* bevorstand.

Trotzdem blieb ich noch einmal stehen und warf einen Blick über die Schulter zurück.

Das Relief hatte sich abermals verändert. Obwohl es nicht wirklich größer geworden war, hatte ich das deutliche Gefühl, es sei irgendwie gewachsen ... *präsenter.* Es war nicht nur einfach *da.* Bisher war es trotz allem einfach ein Steinblock gewesen, riesig, erschreckend und einschüchternd in seiner barbarischen Pracht, aber jetzt war es ... beherrschend. Ein Materie gewordenes Versprechen auf alles Übel und alles Böse, das diese Welt jemals geboren hatte. Und obwohl ich schon schlimmeren, ungleich mächtigeren Geschöpfen gegenübergestanden – und sie besiegt! – hatte, erschreckte mich doch dieser Anblick und das ihn begleitende Gefühl ungleich mehr, als es selbst Cthulhu und all seinen abscheulichen Gefährten jemals möglich gewesen war. Cthulhu und die GROSSEN ALTEN waren Gottheiten gewesen, die von den Sternen gekommen waren und diese Welt erobert hatten, doch was ich nun fühlte, war etwas viel, viel Schlimmeres. Die Bosheit der *Thul Saduun* war nicht fremd. Sie war Teil unserer Welt, und etwas von ihnen, ein Hauch des schwarzen Odems, der ihre Existenz ausmachte, war auch in mir. In allen von uns. Vielleicht blickte ich in diesem Moment zum allerersten Mal im Leben wirklich dem Teufel ins Gesicht, dem Alten Feind, von dem nicht nur die Bibel berichtet, und das Entsetzlichste an diesem Gedanken überhaupt war das unumstößliche Wissen, mit dieser höllischen, abgrundtiefen Bosheit irgendwie *verwandt* zu sein, wie jeder Mensch, jedes Tier, jedes lebende Wesen auf dieser Welt.

Obwohl ich wusste, dass es vollkommen sinnlos war, drehte ich mich noch einmal herum und wandte mich an den Mann im roten Mantel. »Bitte!«, sagte – nein: *flehte* – ich. »Tun Sie es nicht!«

»Sie winseln um Ihr Leben, Mister Craven?« Der Bursche schüttelte den Kopf. Der Ausdruck auf seinem Gesicht schien echte Enttäuschung zu sein. »Sie enttäuschen mich, Mister Craven. Ich hatte gedacht, dass Sie es mit etwas mehr Fassung tragen, nach allem, was ich von Ihnen gehört habe.«

»Es geht nicht um mein Leben, Sie Narr!«, antwortete ich. »Wenn Sie mich töten wollen, dann tun Sie es! Ich kann Sie nicht daran hindern! Aber Sie ... Sie *dürfen* diese Ungeheuer nicht freilassen! Es wäre das Ende der Welt!«

Das war nichts anderes als das, was ich ihm schon vor einigen Augenblicken gesagt hatte, und doch ... vielleicht war es der verzweifelte Klang meiner Stimme, der diesen Worten mehr Eindringlichkeit verlieh, denn ich sah ganz genau, dass er plötzlich ein wenig unentschlossen wirkte. Sein Blick suchte den Steinblock hinter mir und irgendetwas ... *änderte* sich darin. Vielleicht begann er jetzt, wo es beinahe zu spät war, doch noch zu begreifen, was er und die anderen da eigentlich taten.

Allerdings nicht für lange. Möglicherweise *hätten* meine Worte ihn tatsächlich überzeugt, oder vielmehr das, was er in diesem Moment zu spüren schien, doch gerade, als er zu einer Antwort ansetzte, trat der Junge mit einem erschrockenen Schritt neben ihn und machte eine hektische Handbewegung. »Es ist ein Fremder hier!«, sagte er. »Ein Verräter! *Wir haben einen Verräter unter uns!*«

Und damit fuhr er herum und deutete mit einer anklagend ausgestreckten Hand auf eine Gestalt, die zwischen den anderen stand und sich auf den ersten Blick nicht im Geringsten von ihnen zu unterscheiden schien.

Allerdings wirklich nur auf den *allerersten* Blick ...

Es war Rowlf.

Ich hatte nicht die allergeringste Ahnung, wie er hierhergekommen war oder in den Besitz eines der roten Mäntel (das hieß, was *das* anging, so *hatte* ich eine ungefähre Vorstellung, aber das spielte im Moment nun wirklich keine Rolle), aber es gab gar keinen Zweifel. Im gleichen Moment, in dem der Junge zu schreien begann, flogen seine Hände nach oben, um die rote Kapuze zurückzuschlagen, und ich erkannte das bullige Gesicht und den struppigen Bürstenhaarschnitt sofort, selbst aus der Entfernung und in dem Chaos, das im gleichen Sekundenbruchteil am anderen Ende der Grube losbrach. Wäre ich nur ein ganz klein bisschen weniger abgelenkt gewesen, oder hätte ich auch nur einen einzigen, etwas aufmerksameren Blick über die Menge der rot gekleideten Männer geworfen, so wäre mir Rowlfs hünenhafte Gestalt mit Sicherheit schon eher aufgefallen, denn er überragte die Menge wie der sprichwörtliche Fels die Brandung.

Allerdings war er nicht annähernd so ruhig ...

Die Worte des Jungen waren noch nicht einmal verklungen, als Rowlf auch schon mit einer für einen Mann seiner Größe und Statur geradezu unglaublich schnellen Bewegung herumwirbelte und den ihn am nächsten stehenden Mann packte. Ich konnte nicht genau sehen, was er tat, aber im nächsten Augenblick flog der unglückselige Bursche wie ein lebendes Geschoss durch die Luft und riss drei oder vier seiner Kameraden mit sich von den Füßen, als er zu Boden stürzte.

»*Robert!*«, brüllte Rowlf. »*Lauf!*«

Seine Aufforderung wäre nicht nötig gewesen. Im gleichen Moment, in dem sich die Männer dort drüben – und wie es aussah, alle zugleich! – auf Rowlf stürzten, stürmte ich los. Ich nahm keine Rücksicht mehr darauf, dass der Boden unter mir nur aus einer zwei Hand breiten Felsschiene bestand und ein einziger Fehltritt den sicheren Tod bedeutete, sondern spurtete los, so schnell ich nur konnte. Ein, zwei Mal fühlte ich, wie mein Fuß abglitt und ich die Balance zu verlieren drohte, aber mein eigener Schwung riss mich einfach weiter vorwärts. Ich brauchte kaum mehr als eine Sekunde, um den Rand der Grube zu erreichen und mich mit einem entschlossenen Hechtsprung endgültig in Sicherheit zu bringen.

Na ja, sagen wir: *auf sicheren Boden.* In Sicherheit war ich keineswegs.

Irgendwo vor mir tobte ein wütendes Handgemenge. Ich hörte Rowlf schreien und sah ein, zwei Körper durch die Luft wirbeln, fand aber keine Zeit, mir auch nur weiter Sorgen um ihn zu machen, geschweige denn, ihm zu *helfen.* Jemand packte mich und versuchte, mich in die Höhe zu reißen und mir gleichzeitig einen Hieb ins Gesicht zu versetzen. Ich half ihm noch ein wenig, indem ich meinerseits aufsprang, wich aber seinem Schlag aus und versetzte ihm meinerseits einen Kinnhaken, der ihn rückwärts taumeln ließ. Auch einen zweiten Angreifer vermochte ich auf diese Weise abzuschütteln, doch dann fiel ungefähr ein halbes Dutzend der Kerle gleichzeitig über mich her, und dieser Übermacht war ich nicht gewachsen. Ich wurde niedergerungen, und Schläge und Tritte prasselten auf mich ein; allerdings nur einen Moment lang. Dann erscholl eine zwar dünne, aber trotzdem äußerst befehlsgewohnt klingende Stimme:

»Aufhören! Ihr dürft ihn nicht töten!«

Die Männer hörten auf, auf mich einzudreschen, und zerrten mich unsanft auf die Füße. Für einen Moment drehte sich alles um mich. Ich war nicht schwer verletzt, aber ich hatte eine Menge übler Hiebe und Tritte abbekommen und spürte erst jetzt wirklich, dass ich am Rande einer Bewusstlosigkeit gewesen war. Aus einem reinen Reflex heraus stemmte ich mich noch immer gegen den Griff der Männer, die mich hielten, aber natürlich war es vollkommen sinnlos. Grob wurde ich auf den Jungen zugeschleift, dessen Stimme es gewesen war, die mir das Leben rettete (nun gut: es um einige wenige Momente *verlängerte*), und unsanft vor ihm auf die Knie gestoßen. Unsere Gesichter befanden sich jetzt fast in gleicher Höhe, und ich war ihm so nahe wie noch nie zuvor. Irgendetwas ... *Bekanntes* ging von diesem Jungen aus. Ich hatte das Gefühl, ihn schon einmal gesehen zu haben. Nicht damals, in der Höhle unter dem Meer, sondern schon vorher. Lange, unendlich lange Zeit vorher. Aber das war ...

Etwas wie ein unsichtbarer stählerner Besen fuhr durch mein Bewusstsein und wirbelte den Gedanken davon, so schnell und gründlich, dass nicht einmal die Erinnerung daran zurückblieb. Ich sah auf und blickte mich nach Rowlf um. Er schlug sich tapfer und, wie ich erwartet hatte, mit weitaus mehr Erfolg als ich. Trotzdem wurde auch er am Ende überwältigt und zu Boden gezerrt. Die Übermacht war einfach zu groß, selbst für ihn. Aber immerhin hatten wir es wenigstens versucht ...

Meine Bewegung musste wohl das Missfallen eines der Männer hinter mir erregt haben, denn ich bekam einen Schlag in den Nacken, der mich nach vorne schleuderte. Im letzten Moment erst konnte ich den Sturz mit den Händen abfangen.

»Aufhören!«, befahl der Junge. »Schlag ihn nicht weiter. Wir brauchen ihn lebend.« Dann sah er mich an, lächelte böse und hob die Hand, um auf einen Punkt hinter mir zu deuten. »*Er* braucht ihn lebend.«

Ganz langsam drehte ich mich herum. Ich sah im Grunde nichts anderes als das, was ich erwartet hatte; zumindest das, was ich hätte erwarten *müssen*, nach alledem, was ich hier unten erlebt hatte. Trotzdem erschrak ich bis ins Innerste, als ich die rotbraune, mehr als mannslange Bestie sah, die sich kaum zwei Meter hinter mir langsam, mit pumpenden, eine nicht vorhandene Schwerfälligkeit vortäuschenden Bewegungen über den Rand der Grube schob.

Es war nicht der größte *Ssaddit*, den ich je gesehen hatte; nicht einmal annähernd. Ganz im Gegenteil – und doch erschreckte mich sein Anblick tausend Mal mehr.

Etwas an dieser Kreatur war *anders*. Sie unterschied sich von allen anderen *Ssaddit*, die ich je zu Gesicht bekommen hatte. Auch sie war ein scheinbar plumper, augen- und sinnenloser Wurm, dessen einzige Daseinsberechtigung darin zu bestehen schien, zu fressen und zu wachsen, und doch war sie zugleich *mehr*. Etwas ... *verband* sie mit dem schwarzen, satanischen Relief auf der anderen Seite der Feuergrube. Etwas Unsichtbares, aber auch ungeheuer *Starkes* und *Böses*.

»Nein!«, flehte ich noch einmal. »Bitte, tu das nicht! Du weißt nicht, welche Kräfte du da entfesselst.«

Auf den Zügen des Jungen erschien ein Lächeln, das so kalt und grausam war, dass ich für einen Moment beinahe mehr Furcht vor ihm als vor dem herankriechenden Lavawurm empfand. Es war ein Ausdruck, der nicht auf das Gesicht eines Kindes gehörte, ganz gleich, was es getan hatte und unter wessen Einfluss es stand.

»Willst du sterben wie ein Mann, oder bietest du mir die Befriedigung, dich wimmern und auf den Knien liegen zu sehen?«, fragte es. Dann machte es eine befehlende Geste. »Packt ihn!«

Zwei, drei seiner Männer traten rasch hinter mich und hielten mich mit eisernem Griff fest; und obwohl der *Ssaddit* über keinerlei sichtbare Sinnesorgane verfügte, wechselte er im gleichen Moment die Richtung und kroch langsam auf mich zu. Wo er sich entlangbewegte, blieb ein Streifen verschmorten Steines zurück. Er war noch drei oder vier Meter entfernt, doch die Hitze, die er ausstrahlte, war bereits jetzt unerträglich.

»*NEIN! DAS LASSE ICH NICHT ZU!!!*«

Rowlfs Schrei ließ nicht nur den Jungen, sondern auch die Männer hinter mir überrascht herumfahren. Das Entsetzen, mit dem auch ihn das Geschehen erfüllte, schien ihm schier übermenschliche Kräfte verliehen zu haben, denn er bäumte sich plötzlich auf, schüttelte die Kerle, die ihn bisher zu Boden gepresst hatten, wie lästige Insekten ab und verschaffte sich mit einem gewaltigen Hieb Luft. Schneller als irgendjemand zu reagieren vermochte, wirbelte er herum, pflügte wie ein lebendig gewordener Bulldozer durch die Menge und packte den vollkommen überraschten Jungen, um ihn in die Höhe zu reißen. Zwei, drei der Umstehenden wollten sich auf ihn stürzen, aber Rowlf fegte sie einfach zu Boden und war mit einem einzigen weiteren Satz am Rande der Grube. Ohne auf die verzweifelten Hilfeschreie und das Strampeln und Um-sich-Schlagen des Jungen zu achten, hielt er ihn an den ausgestreckten Armen direkt über den gähnenden Schacht.

»Keine Bewegung mehr!«, brüllte er. »Wenn auch nur eina von euch ein Schritt machen tut, dann schmeiß ichn rein, das schwör ich!«

Die Männer erstarrten. Nur ein einziger Bursche machte einen zaghaften Schritt in Rowlfs Richtung, prallte aber sofort wieder zurück, als dieser eine warnende Bewegung machte. Ich hatte keine Ahnung, ob Rowlf tatsächlich so weit gehen würde, den Jungen in die brennende Lava hinabfallen zu lassen, aber auf die Männer in den roten Mänteln wirkte er anscheinend überzeugend genug. Sie wichen hastig wieder ein Stück weit von ihm zurück, und auch die Kerle, die mir die Arme auf den Rücken drehten, ließen mich los, ohne dass es einer besonderen Aufforderung dazu bedurfte. Ich atmete erleichtert auf und trat hastig an Rowlfs Seite.

»Und du halst de Klappe!«, brüllte Rowlf und schüttelte den Jungen so wild, dass ich seine Zähne aufeinanderschlagen hören konnte. Tatsächlich hörte der Junge auf zu schreien und wild um sich zu schlagen.

»Wir wern jetz hia rausgehn tun«, fuhr Rowlf mit erhobener Stimme fort. »Wenn einer von euch Vögln auch nur mitta Wimper klimpert, brech ichem Knirps hia alle Gräten!«

Tatsächlich wichen die Männer rasch vor uns zur Seite, als wir nebeneinander von der Grube zurücktraten. Ein Blick aus den Augenwinkeln zeigte mir, dass der *Ssaddit* ebenfalls innegehalten und seinen augenlosen Schädel in unsere Richtung gedreht hatte, aber auch nicht näher kam. Vielleicht hatten wir tatsächlich doch noch eine Chance, mit dem Leben davonzukommen. Dieser Junge schien – so unglaublich es auch war – tatsächlich so etwas wie der Anführer dieser Männer zu sein.

Etwas stimmte nicht.

Der Gedanke entstand so deutlich hinter meiner Stirn, als hätte ihn jemand ausgesprochen. Es war *zu leicht.* Ich hatte irgendetwas vergessen. Etwas Wichtiges.

Als ich meinen Fehler begriff, war es zu spät.

Wir hatten uns drei oder vier Meter vom Rand der Feuergrube entfernt, und das war genau die Distanz, die der Junge brauchte, um sicher zu sein, nicht ganz aus Versehen doch noch in den Schacht geschleudert zu werden, wenn Rowlf ihn losließ. Plötzlich stieß er einen einzelnen, sonderbar trällernden Laut aus – und Rowlf brüllte vor Schmerz und Pein auf, ließ den Jungen fallen und torkelte zur Seite.

Ein fürchterliches Geräusch erklang; ein Schnappen wie von nassem Leder, das sich um eine Hand schließt. Und ungefähr dies war auch die Bedeutung dieses Geräusches.

Ich hatte die Mäntel vergessen.

Es waren die gleichen unheimlichen Kleidungsstücke, wie sie auch die Magier von Maronar getragen hatten, *lebendige* Mäntel, die über eine unheimliche Macht verfügten und dieses Geschlecht von Magiern vielleicht erst zu dem gemacht hatten, was es gewesen war. Es waren *lebende* Kreaturen, die vielleicht sogar über einen eigenen Willen verfügten, zumindest aber dem des Jungen *gehorchten.*

Der rote Mantel schloss sich mit einem furchtbaren Laut um Rowlf und begann ihm die Luft abzuschnüren. Er schrie, taumelte wild umher und strengte all seine gewaltigen Kräfte an, um die erstickende Fessel abzustreifen, doch in dieser unheimlichen Kreatur schien selbst Rowlf seinen Meister gefunden zu haben. Aus seinen Schreien wurde ein jämmerliches Keuchen. Langsam sank er auf die Knie, kippte zur Seite und rang verzweifelt nach Luft. Ich wollte ihm zu Hilfe eilen, wurde aber sofort wieder gepackt und festgehalten.

»Schnell jetzt!«, befahl der Junge. Er war gestürzt, als Rowlf ihn losließ, und schien sich ziemlich übel verletzt zu haben, denn sein Gesicht war voller Blut und seine Stimme schwankte hörbar. Trotzdem schüttelte er nur hastig den Kopf, als sich zwei seiner Männer um ihn kümmern wollten, und deutete wieder auf mich.

»Beeilt euch!«, sagte er. »Die Zeit ist fast vorbei! Ihr wisst, was geschieht, wenn er sein Opfer nicht rechtzeitig bekommt.«

Diesmal verloren sie keine Zeit mehr damit, sich an meiner Angst zu laben, sondern stießen mich so grob auf den *Ssaddit* zu, dass ich keine zwei Meter vor der Bestie auf die Knie herabfiel.

Die Hitze war unvorstellbar. Ich konnte kaum noch etwas sehen, und die Luft rings um mich herum schien sich in zähflüssig geschmolzenen Teer zu verwandeln, den man nicht mehr atmen konnte. Ich stürzte zur Seite, schlug schützend die Hände vor das Gesicht und hörte ein furchtbares Zischen und Rascheln, als der *Ssaddit* seine Anstrengungen verdoppelte, mich zu erreichen. Verzweifelt wollte ich mich herumwälzen, um irgendwie aus seiner Reichweite zu gelangen, handelte mir damit aber nur einen Fußtritt ein, der mich wieder zurückschleuderte.

Und mir zugleich das Leben rettete, denn als der Mann auf mich zusprang und in meine Richtung trat, machte ich eine höchst sonderbare Beobachtung: Sein Mantel machte die Bewegung nicht mit.

Es war ein fast grotesker Anblick. Während er sich vorwarf und den Fuß in meine Richtung stieß, bewegte sich der Mantel *in die entgegenge-*

setzte Richtung, als versuche das unheimliche Geschöpf vor mir zu fliehen.

Aber vielleicht eben nicht vor *mir.*

Die Idee war mehr als verrückt – aber was hatte ich schließlich zu verlieren?

Noch einmal warf ich mich zur Seite, und ganz wie erwartet versetzte mir der gleiche Kerl einen weiteren, noch viel wuchtigeren Tritt. Ich nahm ihn hin, obwohl ich dabei das Gefühl hatte, einen Pferdehuf ins Gesicht zu bekommen, versuchte den Schmerz in Zorn zu verwandeln und krallte beide Hände in den Saum des zuckenden roten Mantels.

Es war ein furchtbares Gefühl. Nicht so, als berührte ich ein Kleidungsstück, aber auch ganz und gar nicht so, als hätte ich etwas *Lebendes* in den Händen, sondern ... *fremd. FALSCH.* Diese unheimlichen Mäntel lebten nicht wirklich, aber sie waren auch keine tote Materie, sondern ... irgendetwas dazwischen. Etwas, das nicht sein durfte.

Trotzdem ließ ich nicht los, sondern packte im Gegenteil noch fester zu, riss und zerrte mit aller Kraft – und es gelang mir, dem Mann den Mantel von den Schultern zu reißen!

Der Schwung meiner eigenen Bewegung ließ mich nach hinten stürzen. Ich prallte schwer auf, spürte eine Woge unvorstellbarer, grausamer Hitze unmittelbar hinter mir und sah einen rotbraunen, missgestalteten Schatten, der bereits entsetzlich *nahe* war. Der Mantel zuckte und wand sich so heftig in meinen Händen, dass ich ihn kaum noch zu bändigen vermochte.

Ich hatte auch nicht vor, es noch lange zu tun.

Irgendwie gelang es mir, meinen Sturz in eine groteske, seitwärtige Rolle zu verwandeln, die mich kaum auf Armeslänge an dem *Ssaddit* vorbeischlittern ließ. Und in dem Moment, in dem ich ihm ganz nahe war, so nahe, dass ich ihn mit der ausgestreckten Hand hätte berühren können, schleuderte ich den Mantel.

Das Ergebnis übertraf meine kühnsten Erwartungen. Die unheimliche Kreatur landete mit einem feuchten, klatschenden Laut auf dem hitzewabernden Leib des *Ssaddit* und fing auf der Stelle Feuer. In meinem Geist erklang so etwas wie ein unvorstellbar gequälter, unvorstellbar *lauter* Schrei. Der *Ssaddit* bäumte sich auf und begann wild zu zucken und um sich zu schlagen, sodass ich hastig auf Händen und Knien davonkroch, um nicht im letzten Moment noch ganz aus Versehen erschlagen zu werden, und der Mantel brannte immer heller. Der gellende Schrei hinter meiner Stirn hielt immer noch an.

Aber es war nicht der *Ssaddit*, der schrie.

Die Berührung des lebenden Mantels musste dem *Ssaddit* unerträgliche Pein bereiten, doch die gedankliche Stimme, die ich hörte, gehörte nicht dem Lavawurm.

Es waren die anderen Mäntel.

Rings um mich herum brach das Chaos los. Die Männer taumelten plötzlich herum, begannen zu schreien, stürzten und versuchten sich die Kleidungsstücke von den Leibern zu reißen, die *allesamt zu brennen begonnen hatten!*

Rowlf!

So schnell ich konnte, sprang ich auf, hetzte zu Rowlf hin und sah voller panischem Entsetzen, dass auch sein erbeuteter Mantel in hellen Flammen stand. Jetzt aber halfen ihm seine gewaltigen Körperkräfte. Auch er schrie vor Schmerz – und wohl viel mehr noch vor Furcht –, aber die Angst gab ihm auch die Kraft, das Kleidungsstück mit einem einzigen, furchtbaren Ruck in zwei Teile zu reißen, die brennend zu Boden flatterten. Mit einem Satz war ich bei ihm, schlug mit den bloßen Händen auf die Flammen ein, die auch aus seiner Kleidung züngelten, und wirbelte wieder herum.

Die Höhle bot einen Anblick des Grauens. Überall taumelten brennende, schreiende Gestalten herum. Vielen war es gelungen, sich ihrer brennenden Mäntel zu entledigen, aber längst nicht allen, und niemand war ohne mehr oder minder böse Verletzungen davongekommen. Ich sah, wie eine Gestalt kreischend vor Angst und Schmerz auf den Rand der Lavagrube zutaumelte und sich dann mit einer ganz bewussten Bewegung hinunterstürzte, den Tod in dem flüssigen Gestein dem grausamen Ende vorziehend, das ihr ansonsten drohte. Ein weiterer Mann stürzte, riss sich den Mantel vom Leib und fiel dann wie vom Blitz gefällt zur Seite.

Dann entdeckte ich den Jungen.

Auch sein Mantel brannte. Er kreischte vor Panik und schlug mit den bloßen Händen auf die Flammen ein, bekam das furchtbare Kleidungsstück aber nicht herunter. Ich rannte zu ihm, riss ihn am Arm in die Höhe und packte mit der anderen Hand den Mantel. Ohne auf die Hitze zu achten, die mir die Finger versengte, riss ich die zuckende Kreatur herunter, schleuderte sie zu Boden und trat mit den Füßen die Flammen aus, so gut ich konnte. Nachdem ich mich mit einem hastigen Blick davon überzeugt hatte, dass der Junge zumindest nicht lebensgefährlich verletzt zu sein schien, ließ ich ihn wieder los und wandte mich dem nächsten Mann zu.

Es war aussichtslos. Die Mehrzahl der Männer hatte ihre Mäntel mittlerweile irgendwie abgestreift, und bei denen, denen es bisher nicht gelungen war, kam jede Hilfe zu spät.

Und das war noch nicht einmal alles ...

Es war noch nicht einmal *das Schlimmste* ...

Rowlf schrie plötzlich etwas, das im allgemeinen Toben und Schreien unterging, und gestikulierte zur Feuergrube hin. Ich folgte seiner Geste mit Blicken, und was ich sah, ließ mir schier das Blut in den Adern gerinnen.

Das Relief *bewegte* sich.

Es war kein Stein mehr. Es zitterte, zuckte und pulsierte wie ein bizarres, lebendes Wesen – und es *brannte ebenfalls.*

Kleine gelbe, blaue und grüne Flämmchen zuckten aus seiner Oberfläche, die nicht mehr starr war, sondern sich bewegte wie ein schwarzer See im Sturm. Überall entstanden Risse, aus denen eine unheimliche rote Glut drang, und viel schlimmer noch als das, was ich sah, war das, was ich *fühlte.* Die Macht, die in diesem Stein gebannt gewesen war, war frei. Die Ketten waren gesprengt, aber etwas lief nicht so, wie es sollte. Ich hört erneut etwas wie einen Schrei, unglaublich zornig, aber auch unglaublich gequält, und ich wusste sofort dass es ein Todesschrei war ...

»Raus hier!«, schrie ich. »*Rowlf! Lauf!*«

Wir begannen beide zu rennen. Ich folgte Rowlf einfach blindlings, ohne zu wissen, wohin. Es gab keinen sichtbaren Ausgang aus dieser bizarren Halle, aber jeder Fußbreit, den wir uns von dem zuckenden Relief entfernten, zählte. Etwas Furchtbares würde geschehen, das spürte ich. Etwas Unvorstellbares.

Gerade als ich dachte, Rowlf wolle meinem Beispiel von vorhin folgen und einfach gegen die Wand rennen, tauchte wie aus dem Nichts nur ein kleines Stück neben und vor uns ein Ausgang auf. Ohne auch nur einen Sekundenbruchteil zu zögern, änderte ich meine Richtung und stürmte hinein, doch kurz, bevor ich in den Tunnel dahinter eintauchte, warf ich noch einmal einen Blick über die Schulter zurück.

Ich tat es gerade noch rechtzeitig, um zu sehen, wie das Relief explodierte.

Es gab keinen Blitz, keine Flammen, keine wirkliche *Explosion.* Vielmehr schien es von einer unfassbaren, unsichtbaren Kraft einfach von innen heraus zerrissen zu werden. In einer Sekunde war es noch ein massiver, riesiger schwarzer Block gewesen, in der nächsten barst es zu Tausenden und Abertausenden von Bruchstücken auseinander, die wie steinerner Regen in der Halle niederprasselten.

Dann hatte ich den Tunnel erreicht, und die Höhle verschwand einfach. Wo sie gerade noch gewesen war, schien sich nun nur ein weiterer, endloser Gang zu erstrecken. Auch die Schreie und der Lärm verstummten von einem Sekundenbruchteil auf den anderen.

Trotzdem blieb ich nicht stehen, sondern rannte noch ein gutes Stück weiter und verfiel erst in eine langsamere Gangart, als ich einfach nicht mehr konnte. Aber ich blieb nicht gänzlich stehen. Ich konnte es nicht.

Das Labyrinth war nicht mehr so groß wie zuvor. Schon nach knapp fünf Minuten erblickte ich vor mir die Treppe, die hinauf in die beruhigend normale Welt hinter der Schranktür führen würde; eine Welt, in der die größten Schrecknisse aus wild gewordenen Hotelmanagern und geldgierigen Bauunternehmern bestanden, aber ich ging immer noch nicht langsamer, sondern stürmte die Stufen so schnell hinauf, dass Rowlf alle Mühe hatte, mir zu folgen. Es war vorbei, zumindest für jetzt, aber ich hatte das fast an Wissen grenzende sichere Gefühl, dass uns allerhöchstens eine Atempause gegönnt wurde, nicht mehr.

Stufe um Stufe fegte ich nach oben, und ohne es auch nur zu merken, wurde ich dabei immer schneller. Ich wagte es nicht, mich herumzudrehen. Zum ersten Mal im Leben hatte ich Angst vor dem, was hinter mir lag, sowohl im übertragenen als auch im wortwörtlichen Sinne.

Aber noch während ich mich der Tür am oberen Ende der Treppe näherte, begann ich mich zu fragen, ob ich vielleicht besser daran tat, Angst vor dem zu haben, was *vor* mir lag.

Und damit sollte ich Recht behalten.

Das Haus der bösen Träume

Erster Teil: Das Haus der bösen Träume

John Baldwin war nicht abergläubisch, was der Hauptgrund war, weshalb er nach rund einem Jahr noch immer auf der Baustelle am Ashton Place 9 arbeitete – und weshalb er jetzt in diesem Schlamassel steckte. Die Geschichten, dass es dort angeblich spukte, dass irgendwelche übernatürlichen Kräfte einen nennenswerten Fortschritt beim Wiederaufbau des Hauses verhinderten, waren für ihn nie mehr als alberne Märchen gewesen.

Gut, es hatte von Anfang an eine Menge Probleme gegeben, aber dafür gab es mit Sicherheit völlig normale Erklärungen. Geister oder alte Flüche brauchte man dafür bestimmt nicht zu bemühen. Auch wenn sich nach und nach die meisten seiner Kollegen, die mit ihm zusammen hier angefangen hatten, geweigert hatten, weiterhin hier zu arbeiten, er war nicht so dumm, wegen irgendwelcher Albernheiten eine sichere Anstellung aufzugeben. Baldwin besaß von Natur aus ein heiteres Gemüt, und das hatte ihm geholfen, auch die ständigen Rückschläge auf dieser Baustelle mit Humor zu nehmen. Wenn man ein bisschen Abstand zu allem wahrte, war es tatsächlich geradezu komisch, wenn ständig irgendwelche gerade erst neu errichteten Mauerstücke wieder in sich zusammenfielen, wenn eine Täfelung von einer Wand absprang, kaum dass das letzte Holzstück eingepasst worden war, wenn eine Tapete sich wieder von der Wand löste und dem Tapezierer auf den Kopf fiel, kaum dass er sich umgedreht hatte. Nach einiger Zeit hatte sich Baldwin sogar einen Spaß daraus gemacht, mit einigen der anderen – oder manchmal auch nur mit sich selbst – zu wetten, welche Katastrophe sich als Nächstes ereignen würde. Besonders morgens, bevor sie die Baustelle betraten, waren diese Wetten, was sich während der Nacht wieder in Wohlgefallen aufgelöst haben mochte, ein beliebtes Vergnügen gewesen.

Schließlich war es nicht sein Haus, und er war nicht derjenige, der das alles bezahlen musste. Den Besitzer hatte Baldwin ein paar Mal gesehen, einen noch jungen Mann namens Craven, der die ausgebrannte Ruine von Andara-House von seinem Bruder geerbt hatte und über ein gewaltiges Vermögen verfügen musste. Meist tauchte er mit zwei reichlich sonderbaren Begleitern auf, einem asketischen, irgendwie düster wirkenden Mann und einem wahren Hünen mit einem Bulldoggengesicht. Gemeinsam bildeten die drei ein mindestens ebenso bizarres Trio wie Storm und seine beiden Teilhaber Lickus und Will, mit denen sie sich bei ihrem Erscheinen meist äußerst amüsante Wortgefechte über den schleppenden Fortgang der Bauarbeiten lieferten.

Aber wie es aussah, waren die schönen Zeiten vorbei, seit fast alle seiner früheren Kollegen aufgehört hatten. So sehr Baldwin diese Entwicklung persönlich auch bedauerte, auf den Bau selbst hatte dieser Wechsel sich äußerst positiv ausgewirkt, und er hatte sich auch eine Theorie zurechtgelegt, woran das lag. Vermutlich hatten die anderen sich einfach so lange etwas eingeredet, bis tatsächlich nichts mehr geklappt hatte. Die Fortschritte, die in den letzten zwei Wochen erzielt worden waren, seit ein weitgehend neuer Bautrupp die Arbeit aufgenommen hatte, sprachen deutlich für diese Theorie.

Allerdings war sich Baldwin nicht sicher, ob er wirklich froh darüber sein sollte. Irgendetwas an den Neuen war ... *merkwürdig*. Sie waren wortkarg und sonderten sich weitgehend ab, schienen sich nur um ihre Arbeit zu kümmern. Wenn sie sich überhaupt unterhielten, dann fast ausschließlich untereinander, und wenn man sie ansprach, antworteten sie knapp und so unfreundlich, dass es fast bedrohlich wirkte. Dadurch war das Arbeitsklima auf der Baustelle innerhalb kürzester Zeit so eisig geworden, dass Baldwin mit jedem Tag weniger gerne herkam.

Das war jedoch nicht die einzige Merkwürdigkeit. Die Neuen schafften ungeheuer viel, aber sie zeigten auch einen so unnatürlich großen Arbeitseifer, dass es fast an Besessenheit grenzte. Obwohl jeder von ihnen für zwei schuftete, gingen sie auch nach Feierabend nicht etwa nach Hause, um sich endlich auszuruhen, sondern arbeiteten unbeirrt weiter, nachdem alle anderen bereits verschwanden. Ein paar Mal hatte Baldwin sich schon gefragt, ob sie überhaupt irgendwann schliefen.

Für dieses Verhalten gab es eigentlich nur zwei mögliche Erklärungen. Entweder hatte Storm ihnen – anders als den anderen – trotz seines schon sprichwörtlichen Geizes eine Prämie zugesichert, die ganz außergewöhnlich sein musste, wenn sie sich so ins Zeug legten.

Oder aber sie waren in irgendwelche dunklen Machenschaften verwickelt, was weitaus wahrscheinlicher war.

Möglicherweise ließen sie nachts Baumaterialien oder Werkzeuge verschwinden, obwohl Baldwin noch nichts davon gehört hatte, dass etwas vermisst wurde, und ein so auf seinen Profit bedachter Bauherr wie Storm hätte dergleichen sicherlich sofort bemerkt. Aber vielleicht war dieser ja auch selbst in die Sache verwickelt und verdiente sich eine goldene Nase damit, dass er die gleichen Materialien mehrfach verkaufte.

Angesichts eines trotz gelegentlicher Proteste so nachgiebigen Auftraggebers wie diesem Craven konnte Baldwin sich das durchaus vorstellen. Geld schien ihm nichts zu bedeuten, und das machte ihn zu einem idealen Opfer für jemanden wie Storm. Mit an Sicherheit grenzender Wahrscheinlichkeit würde Craven es nicht mal merken, wenn ihm ein und dieselben Materialien gleich dutzendfach in Rechnung gestellt würden.

Baldwin sollte es egal sein, wenn der Mann so dumm war, sich derart übers Ohr hauen zu lassen. Nicht gleichgültig war ihm hingegen, was nachts auf der Baustelle geschah. Zum einen war seine Neugier geweckt, aber anderseits mochte es sich auch als äußerst wichtig für ihn erweisen, mehr herauszufinden. Falls es sich wirklich um kriminelle Machenschaften in irgendeiner Form handelte, und die Polizei kam dahinter, konnte es durchaus passieren, dass diese sich gar nicht erst die Mühe machte, die wenigen weißen von den vielen schwarzen Schafen zu trennen. Immerhin bildeten die Neuen die überwältigende Mehrheit, und wenn die Behörden deshalb davon ausgingen, dass alle Arbeiter in die Sache verwickelt wären, dann würde es auch ihm an den Kragen gehen, obwohl er unschuldig war. Einen Anwalt, der ihn vor einer solchen Ungerechtigkeit bewahren könnte, konnte er sich nicht leisten. Daran war nicht einmal im Traum zu denken, deshalb mochte es extrem wichtig für ihn sein, dass er wusste, was an seiner Arbeitsstelle hinter seinem Rücken vorging. Sollte sich die Angelegenheit als zu brisant herausstellen, würde er sich notfalls doch einen anderen Job suchen müssen.

An diesem Abend war er deshalb nicht wie üblich nach Feierabend nach Hause gegangen, sondern in der Nähe des Ashton Place geblieben.

Jemand wie er fiel in einer so exklusiven Wohngegend wie dieser auf wie ein Kieselstein in einem Haufen funkelnder Diamanten. Um zu verhindern, dass er Misstrauen erweckte und jemand die Polizei rief, lungerte er nicht allzu offensichtlich herum, sondern ging mit forschen Schritten kreuz und quer durch alle möglichen Straßen in der Nähe, als ob er sich ganz normal auf dem Heimweg befände. Sein Plan ging auf; keiner der wenigen Passanten, denen er begegnete, nahm Notiz von ihm. Die Anwohner hatten sich in den vergangenen Monaten an den Anblick verdreckter Bauarbeiter gewöhnt.

Erst nach Einbruch der Dunkelheit kehrte er wieder zum Ashton Place zurück. Der Schein der Lampen hinter dem hohen Bretterzaun zeigte ihm, dass auch in dieser Nacht auf der Baustelle immer noch gearbeitet wurde. Von einer schmalen, dunklen Gasse zwischen zwei der vornehmen Villen aus, wo man ihn nicht so leicht entdecken würde und in die er sich bei Bedarf weiter zurückziehen konnte, beobachtete Baldwin, was geschah.

Seine Geduld wurde auf eine harte Probe gestellt. Niemand verließ oder betrat die Baustelle; nichts geschah, das seinem Verdacht auch nur die geringste neue Nahrung verschaffte. Alle paar Minuten machte er ein paar Lockerungsübungen, um sich aufzuwärmen. Die Tage waren in diesem Frühjahr des Jahres achtzehnhundertdreiundneunzig bereits einigermaßen warm, doch nachts wurde es eisig kalt. Immerhin war es erst Anfang März.

Mit jeder verstreichenden Minute wuchs Baldwins Überzeugung, dass er sich hier für nichts und wieder nichts die verdiente Nachtruhe um die Ohren schlug, was er am nächsten Tag bei der Arbeit mit Sicherheit bitter bereuen würde. Wahrscheinlich arbeitete der neue Bautrupp wirklich nur so übereifrig, weil Storm von Craven endlich Druck bekommen und den Männern deshalb eine fette Prämie versprochen hatte. Es war zwar eine himmelschreiende Ungerechtigkeit, wenn nur die Neuen sie erhielten, aber mit kriminellen Machenschaften hatte es nichts zu tun.

Die Verlockung, einfach nach Hause zu gehen und sich in seinem warmen Bett zu verkriechen, wurde immer stärker, doch noch widerstand Baldwin ihr. Nachdem er nun schon einmal hier war und so lange gewartet hatte, würde er zumindest noch bis Mitternacht durchhalten, nahm er sich vor.

Kurz nachdem die Glocken der nahen St. Peter Church halb zwölf geschlagen hatten, hörte er schließlich, wie sich eine Kutsche näherte. Kurz darauf bog sie auf den Ashton Place ein und hielt vor der Baustelle. Es handelte sich um ein von zwei Pferden gezogenes Fuhrwerk mit einer großen, von einer Plane überspannten Ladefläche. Der Kutscher stieg herunter und deckte die Plane ab.

Baldwin ballte grimmig die Fäuste. Also hatte er mit seiner Vermutung doch Recht gehabt. Jeden Moment würden die Arbeiter herauskommen und die Beute auf das Fuhrwerk laden, doch er erlebte eine Überraschung. Zwar kamen die Arbeiter tatsächlich hinter dem Bretterzaun hervor, doch statt irgendwelche Materialien aufzuladen, holten sie Steine von der Ladefläche des Fuhrwerks herab und brachten sie auf die Baustelle.

Ungläubig runzelte Baldwin die Stirn. Jetzt verstand er gar nichts mehr. Die Steine wirkten sehr unregelmäßig und waren unterschiedlich groß, doch er war zu weit entfernt, um Einzelheiten erkennen zu können. Darauf kam es jedoch auch nicht an. Was er beobachtete, sah nach einer ganz normalen Lieferung aus. Was hingegen ganz und gar nicht normal war, das war lediglich die Zeit. Welche Firma lieferte denn statt am Tage mitten in der Nacht Baumaterialien an? Baldwin begriff es nicht. Verständnislos beobachtete er, wie das Fuhrwerk leer geräumt wurde. Anschließend stieg der Kutscher zurück auf den Bock, und rumpelnd setzte sich das Gefährt wieder in Bewegung. Das Klappern der Pferdehufe und das Mahlen der Räder verklangen in der Ferne.

Baldwin wartete, bis auch der letzte Arbeiter wieder auf der Baustelle verschwunden war. Offenbar hatte er für nichts und wieder nichts die halbe Nacht auf der Lauer gelegen und gefroren. Er trat aus der Gasse und wollte sich frustriert auf den Heimweg machen, verharrte dann aber.

Auch wenn es keinen Hinweis auf irgendwelche kriminellen Machenschaften gab, war die ganze Angelegenheit mysteriös. Wenn er jetzt einfach nach Hause ging, würde er vermutlich nie herausfinden, was auf der Baustelle wirklich vorging. Dafür aber war seine Neugier zu groß, er wollte endlich Klarheit.

Langsam ging er auf den Zaun zu. Das Tor war nur angelehnt, und er spähte durch den Spalt. Von den Arbeitern war nichts zu sehen, sie befanden sich wohl im Inneren des Hauses. Vor dem Eingang lag noch ein Teil der gerade angelieferten Steine auf einem Haufen aufgeschichtet. Baldwin konnte nun erkennen, dass er sich nicht getäuscht hatte, was ihre Beschaffenheit betraf. Anders als normal handelte es sich nicht um gleichmäßige Steinquader, sondern um völlig unterschiedliche Stücke. Einige waren kaum faustgroß, andere so wuchtig, dass ein Mann allein sie vermutlich nur mit Mühe heben konnte. Auch was ihre Form anging, besaßen sie keinerlei Gemeinsamkeiten. Am ehesten erinnerten sie an Trümmer, die jemand aus einer Felswand herausgeschlagen hatte. Als Baumaterialien waren sie jedenfalls gänzlich ungeeignet.

Baldwin verstand immer weniger. Aus welchem Grund wurde mitten in der Nacht irgendwelcher unbrauchbare Schutt auf der Baustelle angeliefert? Das Ganze ergab keinen Sinn. Irgendetwas stimmte hier ganz entschieden nicht.

Er schob das Tor weiter auf und trat hindurch. Neben dem Gesteinshaufen blieb er stehen, hob ein knapp handtellergroßes Trümmerstück auf und betrachtete es genauer. Erst jetzt sah er, dass in die Oberfläche ein filigranes Muster aus ineinander verschlungenen Linien eingraviert war, doch war es ihm unmöglich, das Muster in seiner Gesamtheit zu erkennen. Je stärker er sich darauf konzentrierte, umso mehr schienen sich ihm die Linien zu entziehen, als ob sie von einem unheimlichen Eigenleben erfüllt wären. Gleichzeitig erwachte ein dumpfer, pochender Schmerz hinter seiner Stirn, und Baldwin merkte, wie seine Gedanken sich zu verwirren begannen.

Nur mit äußerster Anstrengung gelang es ihm, den Blick wieder abzuwenden. Er schloss für ein paar Sekunden die Augen, und sofort ließen die Kopfschmerzen nach. So hastig, als hätte er sich daran verbrannt, ließ er den Stein fallen.

Noch bevor er weiter über diese rätselhafte Entdeckung nachdenken konnte, hörte er Schritte, die sich aus dem Inneren des Hauses näherten. Baldwin wich hinter eine Ecke zurück. Obwohl es keinen konkreten Grund dafür gab, spürte er instinktiv, dass es besser für ihn war, wenn man ihn nicht entdeckte.

Ein Schatten erschien in dem hellen Rechteck, das durch die Türöffnung auf den Boden neben dem Steinhaufen fiel. Nur mit Mühe konnte Baldwin einen Schrei unterdrücken.

Was er sah, war nicht der Schatten eines Menschen. Es war ein klobiges, unförmiges *Etwas* mit einem aufgeblähten Balg, dicken, säulenartigen Beinen und viel zu vielen langen, tentakelartigen Armen, mit denen es nach einem der größeren Steinbrocken griff und ihn hochhob.

Baldwin presste sich fester an die Mauer. Sein Herz begann zu rasen, und er spürte, wie sich trotz der Kälte Angstschweiß auf seiner Stirn bildete. Was er sah, war schlichtweg unmöglich. Es musste sich um eine Täuschung handeln, die Perspektive musste den Schatten verzerren und ließ ihn so monströs erscheinen, aber dennoch …

Mit einem Mal war ihm völlig egal, was auf der Baustelle vorging. Er wollte nur noch, dass die Gestalt mit dem unheimlichen Schatten ins Haus zurückkehrte, damit er unbemerkt wieder von hier verschwinden und nach Hause laufen konnte. Trotz aller Neugier hätte er gar nicht erst herkommen dürfen.

Doch das unheimliche *Etwas* machte keinerlei Anstalten, wieder ins Haus zu gehen. Stattdessen blieb es stehen und bewegte ein paar Mal den Kopf von einer Seite zur anderen, als hätte es etwas entdeckt. Nach einigen Sekunden legte es den Stein wieder auf den Haufen zurück. Langsam, aber zielsicher kam es auf die Ecke zu, hinter der Baldwin sich versteckt hielt.

Ein eisiger Schreck durchfuhr Baldwin. Er wollte wegrennen, doch seine Beine versagten ihm den Dienst. Zu schrecklich war der Anblick des monströsen Schattens, der immer weiter auf ihn zuglitt. Er wusste, er würde sterben, wenn die Kreatur, die diesen Schatten warf, ihn erreichte, wahrscheinlich würde schon ihr bloßer Anblick ausreichen, ihn zu töten. Dennoch gelang es ihm nicht, seine Erstarrung zu überwinden. Er war wie gelähmt.

Die Kreatur kam um die Ecke gebogen, und Baldwin stieß einen keuchenden Schrei aus, doch es war ein Laut der Erleichterung, nicht des Schreckens. Vor ihm stand kein Ungeheuer, sondern einer der Männer des neuen Bautrupps, den er in den letzten Wochen jeden Tag gesehen hatte. Soweit er sich erinnerte, hieß der Mann Mitchel. Mit kalten, irgendwie leer wirkenden Augen blickte er Baldwin an.

»Was machen Sie hier?«, fragte er. Er sprach mit nahezu ausdrucksloser Stimme, dennoch glaubte Baldwin, einen drohenden Unterton darin wahrzunehmen.

»Ich ... ich arbeite ebenfalls hier«, stieß er nervös hervor. »Sie müssen mich doch kennen. John Baldwin. Ich ... ich habe vorhin etwas vergessen. Meinen Schlüssel. Ist mir wohl aus der Tasche gerutscht, deshalb musste ich nochmal ...«

Er brach ab, als er merkte, wie lächerlich seine improvisierte Erklärung klang. Mitchels Gesicht veränderte sich kein bisschen, dennoch war Baldwin sich sicher, dass der Mann ihm kein Wort glaubte.

Zwei weitere Arbeiter traten neben ihn und musterten ihn mit ebenso leer und tot wirkenden Augen.

»Er hat hier herumgeschnüffelt. Haltet ihn fest«, sagte Mitchel nur. Ohne zu zögern, folgten die beiden Männer seinem Befehl.

Baldwin versuchte ihnen auszuweichen, doch sie waren zu schnell. Ihr Griff war wie ein Schraubstock. Er öffnete den Mund, aber eine Hand wurde auf seine Lippen gepresst und erstickte seinen Schrei.

Ein grauenvoller Schmerz zuckte durch seine rechte Schulter, als hätte jemand einen glühenden Nagel hineingetrieben. Der Schmerz überflutete sein Denken und löschte es binnen eines Sekundenbruchteils aus.

Kurz darauf ging er mit den drei Arbeitern zu dem Steinhaufen hinüber, ergriff eines der Trümmerstücke und trug es ins Haus. Seine Augen blickten ebenso leer wie die seiner Begleiter.

»Du verrennst dich in etwas«, behauptete Howard. Er schüttelte den Kopf, paffte genüsslich an seiner Zigarre und blies eine übel riechende Rauchwolke aus. »Und das kann ebenso verhängnisvoll sein wie das Ignorieren einer Gefahr.«

»So wie du es tust«, warf ich ihm vor, hustete und wedelte demonstrativ mit einer Hand vor meinem Gesicht, ohne dass es freilich viel nutzte. Die Luft in der engen Kutsche, mit der wir auf dem Weg zum Ashton Place waren, war zum Schneiden.

Das Gespräch drehte sich im Kreis, aber das war nichts Neues für mich. Wann immer ich in den vergangenen drei Wochen versucht hatte, mit Howard über die *Thul Saduun* zu sprechen, wich er mir aus und wiegelte ab; ein Verhalten, das ich ausgerechnet von Howard mit seiner Vorliebe für Schwarzseherei absolut nicht gewöhnt war. Es war fast, als hätten wir unsere Rollen vertauscht.

»Das Erwachen der *Thul Saduun* stand um Haaresbreite bevor«, unternahm ich einen neuen Anlauf. »Dieses Relief ... du hättest selbst sehen sollen, wie es sich zu verändern begann, als ... als ob es etwas ausstoßen wollte. Ich bin sicher, es war für die *Thul Saduun* irgendwie eine Art Portal, durch das sie versucht haben in unsere Welt herüberzukommen.«

»Aber es ist zerstört«, wandte Howard ein und wedelte mit den Händen. »Explodiert, puff, weg. Du hast es mir selbst mindestens ein Dutzend Mal beschrieben.«

»Und im ersten Siegestaumel habe ich auch selbst daran geglaubt. Aber je mehr ich darüber nachdenke ...« Ich brach ab. »Es war einfach zu leicht«, fügte ich nach einer kurzen Pause leise hinzu.

»Zu leicht? Das hörte sich bei Rowlf aber etwas anders an. Er meinte, ihr wärt nur um Haaresbreite davongekommen, und bei dem Zustand, in dem ihr zurückgekommen seid, glaube ich nicht, dass er übertrieben hat.«

»Trotzdem«, beharrte ich. »Die *Thul Saduun* haben die Macht von *Göttern.* Nicht mal die GROSSEN ALTEN konnten sie vernichten, sondern sie nur verbannen. Und ausgerechnet uns soll das Unmögliche gelungen sein?«

Howard schlug die Beine übereinander. »Ich sage nicht, dass sie vernichtet wurden, obwohl selbst das möglich wäre. Wenn dieses Relief wirklich eine Art Portal war und es in dem Moment zerstört wurde, in dem sie es passiert haben, könnte das auch ihren Untergang bedeutet haben. Aber selbst wenn nicht, so ist dieser Weg ihnen nun auf ewig versperrt. Das Relief besteht nicht mehr, und seine Überreste liegen unter Tonnen von Gestein begraben. Diese Gefahr ist gebannt.«

Ich öffnete den Mund, um etwas zu sagen, doch Howard machte eine so heftige Geste, dass Asche und winzige Funken von der Zigarre auf seinen Mantel herabregneten, ohne dass er es auch nur bemerkte.

»Ich weiß nicht, was mit dir los ist, Robert. Du hast ein neues Leben geschenkt bekommen und gehofft, es in Frieden führen zu können, ohne dich ständig mit den GROSSEN ALTEN oder anderen Dämonen herumschlagen zu müssen, was ich sehr gut verstehen kann. Als wir die ersten Hinweise auf die neue Bedrohung entdeckten, warst du zunächst so schockiert, dass du sie schlichtweg ignoriert oder sogar abzuleugnen versucht hast, was ich ebenfalls noch verstehen kann. Jetzt aber, nachdem du die Gefahr bezwungen hast und es seit Wochen nicht das geringste Anzeichen von irgendwelcher dämonischer Aktivität mehr gibt, scheint es fast, als ob du sie mit aller Gewalt neu herbeireden wolltest. Und das verstehe ich absolut nicht mehr.«

Wenn ich mir selbst gegenüber ehrlich war, verstand ich es selbst nicht. Howard hatte Recht – ich hätte mich freuen sollen, dass es uns gelungen war, die Gefahr zu bannen; stattdessen wuchsen mit jedem weiteren Tag, der verstrich, ohne dass wir einer größeren Gefahr ausgesetzt waren als der, an Langeweile zu sterben, meine Beunruhigung und die Befürchtung, dass der scheinbare Frieden nicht mehr als die berüchtigte Ruhe vor einem Sturm darstellte, der sich im Verborgenen zusammenbraute. Die meisten Anhänger der *Thul Saduun* waren von den brennenden magischen Mänteln getötet und zusammen mit dem Relief beim Einsturz der unterirdischen Höhle verschüttet worden, aber ich wusste nicht, ob dies für alle galt. Die bloße Vorstellung, dass überlebende Anhänger *jener in der Tiefe* möglicherweise weiterhin auf die Verwirklichung ihrer verhängnisvollen Pläne hinarbeiteten, ohne dass wir etwas davon wussten und etwas dagegen unternehmen konnten, verursachte mir Nacht für Nacht Albträume.

»Selbst wenn du Recht hast, sollten wir trotzdem weiterhin wachsam bleiben«, sagte ich, doch es war bereits nur noch ein Rückzugsgefecht.

»Sicher«, erwiderte Howard ruhig, beinahe gleichgültig. »Aber solange wir keinerlei Hinweise auf irgendeine Gefahr haben, gibt es auch nichts, worüber wir wachen können. Also sollten wir uns auch nicht den Kopf über etwas zerbrechen, woran wir ohnehin nichts ändern können. Und jetzt lass uns endlich aufhören, darüber zu streiten, das führt ja ohnehin zu nichts.«

Demonstrativ blickte er aus dem Fenster.

Ich starrte ihn noch ein, zwei Sekunden lang finster an, ehe ich ebenfalls den Blick abwandte und auf der anderen Seite aus dem Fenster sah. Irgendetwas hatte sich in den letzten Wochen in unserem Verhältnis zueinander verändert, etwas, das ich nicht richtig greifen oder auch nur benennen konnte, das aber trotzdem da war. Es schien, als stünde eine unsichtbare Mauer zwischen uns, die jeden Tag um einige Steinreihen weiter wuchs, ohne dass ich wirklich zu sagen wusste, woran es lag. Vielleicht ging ich ihm mit meiner Schwarzmalerei mittlerweile einfach nur auf die Nerven, aber manchmal hatte ich in letzter Zeit fast den Eindruck, mit einem Fremden zu reden.

Vielleicht war es ein Fehler gewesen, zu ihm ins WESTMINSTER zu ziehen, aber ich konnte mir nicht recht vorstellen, dass es allein daran lag. Schließlich hatte Howard früher auch mit in Andara-House gewohnt, ohne dass es deshalb ständig Spannungen gegeben hatte. Und irgendwo musste ich schließlich wohnen, denn meine Unterkunft im Hilton hatte ich verloren, nachdem Howard offenbar in einem Anfall von Wahnsinn den Hotelmanager angegriffen und beschuldigt hatte, der Anführer der Dämonenbeschwörer zu sein. Macintosh, der schon vorher mehr als einmal deutlich gemacht hatte, dass ich seiner Meinung nach nicht in sein famoses Hotel passte, und nur nach einem Vorwand für einen Rauswurf gesucht hatte, war endgültig der Geduldsfaden gerissen, und er hatte mich unmittelbar nach meiner Rückkehr aus dem Labyrinth vor die Tür gesetzt.

Zunächst hatte ich vorgehabt, mir in einem anderen Hotel eine Bleibe zu suchen, doch da ich meine Unterkunft durch seine Schuld verloren hatte, hatte Howard nachdrücklich darauf bestanden, dass ich zu ihm zog, bis Andara-House endlich fertig renoviert war.

Wenn es denn jemals fertig wurde. Nun, ob es zumindest endlich Fortschritte gegeben hatte, würde sich gleich zeigen. Bislang hatte ich Storm gegenüber weit mehr als genug Geduld bewiesen, aber allmählich näherte auch diese sich ihrem Ende.

Auf den ersten Blick schien sich am Ashton Place nichts verändert zu haben, als wir dort eintrafen. Immer noch umgab ein geradezu überdimensionaler Bauzaun das Grundstück, auf dem einmal Andara-House gestanden hatte – und irgendwann auch wieder stehen würde, wie ich immer noch hoffte. Der Bauzaun war über seine gesamte Fläche mit grellbunten Reklametafeln bedeckt, die für die Firma STORM DEVASTATIONS warben, das Unternehmen, dem ich in einem Anfall von völliger geistiger Umnachtung den Bauauftrag erteilt hatte.

»Ich bin ja mal gespannt, welche Überraschungen und Ausreden Storm diesmal wieder auf Lager hat«, murmelte ich mehr im Selbstgespräch als an Howard gewandt. Er machte sich gar nicht erst die Mühe, zu antworten.

Das große Tor inmitten des Zauns stand weit offen. Überrascht blieb ich stehen, kaum dass ich hindurchgetreten war. Storm hatte in der Tat wieder eine Überraschung für mich auf Lager, aber diesmal war es zum ersten Mal, seit ich ihn kennen gelernt hatte, eine positive. Was sich hinter dem Bauzaun erhob, erinnerte zumindest von außen wieder an das zwar stets etwas düster wirkende, dennoch aber prachtvolle Herrenhaus, das ich einst von meinem Vater geerbt hatte. Die Außenmauern sahen wieder nahezu genauso aus, wie ich sie von früher in Erinnerung hatte, der Dachstuhl war bis auf den linken Seitenflügel komplett fertig und die an düstere Augenhöhlen erinnernden Löcher, die zuletzt noch in den Wänden geklafft hatten, waren zu ordentlich mit Glas ausgestatteten Fenstern geworden. Es war ein Anblick, den ich schon vor diversen Monaten erwartet hatte, ohne dass diese Hoffnung bislang in Erfüllung gegangen war. Umso verblüffter war ich über die zwar längst überfälligen, nichtsdestotrotz jedoch unerwarteten Fortschritte.

Insofern vermochte nicht einmal der Anblick Storms, der – gefolgt von seinen ständigen Begleitern Lickus und Will – auf mich zugeeilt kam, kaum dass er mich entdeckt hatte, meine plötzlich deutlich gestiegene Laune zu trüben. Inmitten der in ihrer Arbeitskleidung geschäftig hin und her eilenden Bauarbeiter wirkte das übertrieben elegant gekleidete Trio so deplatziert, wie man es sich nur vorstellen konnte. Aber während Storm und Lickus ihre nach neuster Mode gefertigten Maßanzüge wie eine zweite Haut passten, schien sich zumindest der Dritte im Bunde in seiner Kleidung nicht richtig wohl zu fühlen. Irgendwie passte Will nicht recht zu den beiden anderen. Von Anfang an hatte er noch den normalsten und sympathischsten Eindruck auf mich gemacht.

»Mister Craven!«, begrüßte mich Storm mit einem mindestens ebenso strahlenden wie falschen Lächeln. Er machte eine weit ausholende Geste in Richtung des Hauses, als handelte es sich um das achte Weltwunder (was ich angesichts der Zeit, die er bereits daran baute, und des Geldes, das ich ihm bislang gezahlt hatte, eigentlich auch hätte erwarten können). »Nun, was sagen Sie jetzt? Habe ich Ihnen zu viel versprochen?«

Seine Stimme klang triumphierend.

»Ja«, antwortete ich ruhig, um ihm einen kleinen Dämpfer zu verpassen.

»Wie?« Verständnislos blickte er mich an. Auch auf den Gesichtern seiner Begleiter zeigte sich ein Ausdruck von Irritation. »Was meinen Sie?«

»Ich meine, dass Sie endlich etwas zustande gebracht haben, was bereits seit mindestens einem halben Jahr überfällig ist«, entgegnete ich scharf. So sehr es mich auch freute, dass die Bauarbeiten endlich greifbare Formen annahmen, so sehr ärgerte mich Storms selbstzufriedene Überheblichkeit. »Das Haus hätte bereits seit Monaten fertig sein sollen, wie Sie mir vertraglich garantiert haben. Also fragen Sie mich besser nicht noch einmal, ob Sie mir zu viel versprochen haben.«

Der Andeutung des Lächelns zufolge, das um Howards Mundwinkel spielte, war er der Einzige, der die Situation zumindest andeutungsweise zu genießen schien. Die Gesichter der drei Bauherren hingegen schienen sich in Stein verwandelt zu haben.

»Aber … Sie wissen doch selbst, was für Schwierigkeiten wir hatten«, stieß Storm hervor. Seine Stimme klang bestürzt, aber es schwang auch eine gehörige Portion Trotz darin mit. »Das instabile Fundament, die vielen –«

»Die Sache mit dem angeblich instabilen Fundament war völliger Blödsinn«, fiel ich ihm ins Wort. »Nichts als eine äußerst schwache Ausrede, mit der Sie die zahllosen Schlampereien zu entschuldigen versucht haben. Sie kennen das unabhängige Gutachten so gut wie ich.«

»Aber –«

»Und was die sonstigen Verzögerungen betrifft, so haben Ihre Leute entweder miserabel gearbeitet, oder die verwendeten Materialien waren nicht annähernd so neu und gut, wie Sie behauptet und mir in Rechnung gestellt haben.«

Ich fing einen warnenden Blick von Howard auf und nickte kaum merklich. Mein Vater hatte dieses Haus mit einem magischen Bann belegt, der es – und damit vor allem mich – gegen Angriffe jeglicher Form schützte – allerdings schützte er das Haus auch vor jedweder Veränderung. Schon als ich vor vielen Jahren hier eingezogen war und versucht hatte, das düstere Gemäuer renovieren zu lassen, wäre ich daran fast verzweifelt.

Aber Andara-House war bis auf die Grundmauern niedergebrannt und ich hatte gehofft, dass damit auch der magische Bann erloschen wäre. An diese Hoffnung – mit der für mich vor allem die Hoffnung, endlich ein ganz normales Leben ohne Magie und schreckliche Dämonen führen zu können, verbunden war – hatte ich mich geklammert, obwohl ich die Anzeichen, dass dem nicht so war, eigentlich kaum hatte übersehen können. Möglich (sogar äußerst wahrscheinlich), dass Storm versucht hatte, billige Materialien zu verwenden, und dass er seine Arbeiter angehalten hatte, es mit der handwerklichen Perfektion nicht gerade zu übertreiben, aber letztlich lief alles darauf hinaus, dass das Haus sich auch weiterhin gegen jegliche Abweichung vom Original sträubte und diese sehr effektiv zu verhindern wusste. Ich hatte mit eigenen Augen gesehen, wie völlig einwandfrei errichtete Wände unmittelbar nach ihrer Fertigstellung in sich zusammengebrochen waren und dergleichen mehr.

Einige der Bauarbeiter hatten sich sogar zu der (genau genommen gar nicht mal falschen) Behauptung versteift, hier würde es spuken, und sich geweigert, die Arbeit fortzusetzen. Aus diesem Grund war es vermutlich wirklich besser, nicht allzu ausgiebig auf den Verzögerungen herumzureiten, wie Howard mir signalisieren wollte.

»Aber lassen wir das, schließlich gehört das der Vergangenheit an«, fügte ich deshalb etwas versöhnlicher hinzu. »Mehr interessiert mich eigentlich die Zukunft. Sie sind ein gutes Stück vorangekommen, aber fertig ist das Haus deshalb noch nicht.«

»Darüber brauchen Sie sich keine Sorgen zu machen«, versicherte Storm hastig. »Das kriegen wir auch hin.«

»Sie werden Augen machen«, ergänzte Lickus. Genau wie die anderen wirkte auch er sichtlich erleichtert, dass sich das Gespräch weniger verfänglichem Territorium zuwandte. Es musste für ihn eine innerliche Qual gewesen sein, so lange zu warten, bis er endlich seinen Lieblingsspruch anbringen konnte.

»Der Rest geht jetzt ganz schnell«, fügte Will hinzu. »Und macht kaum Dreck.«

»Da mit vielen der bisherigen Arbeiter wegen ihres Aberglaubens kaum noch etwas anzufangen war, habe ich fast den gesamten Bautrupp ausgewechselt«, verkündete Storm stolz. »Sie wissen ja, neue Besen kehren oftmals gut, und den Erfolg sehen Sie vor sich.« Wieder machte er eine Geste in Richtung des Hauses. »Um die Leute richtig zu motivieren, habe ich ihnen allerdings auch eine kleine finanzielle Extrazulage zusichern müssen.«

»Die Sie sicherlich von den horrenden Beträgen bezahlen werden, die Sie bereits von mir bekommen haben«, sagte ich. »Jedenfalls will ich hoffe, dass Sie nicht vorhaben, mir diese auch noch in Rechnung zu stellen.«

»Sie werden Augen machen«, antwortete Lickus erneut, und auch Will beeilte sich, zu versichern: »Das geht ganz schnell.«

Ich verzichtete darauf, die wenig erhellenden Aussagen weiter zu hinterfragen. Auf ein paar Pfund mehr oder weniger kam es nun auch nicht mehr an.

»Wie wäre es, wenn Sie mir das Haus auch mal von innen zeigen würden?«, fragte ich stattdessen.

»Aber sicher«, erwiderte Storm. »Auch im Inneren sind wir ein beträchtliches Stück weitergekommen, seit wir auf die ursprünglich vorgesehenen Änderungen verzichten und uns an die Originalpläne halten. Wirklich, ein beträchtliches Stück.«

»Sie werden –«, begann Lickus, doch ich ging bereits mit weit ausholenden Schritten auf den Eingang zu, sodass er abbrach und sich zusammen mit den anderen beeilte, mir zu folgen.

Der Anblick, der mich hinter der rechteckigen Öffnung, in die einmal das Eingangsportal eingesetzt werden sollte, erwartete, war gleichermaßen viel versprechend wie ein bisschen unheimlich. Viel versprechend deshalb, weil von dem Chaos, das noch bei meinem letzten Besuch hier geherrscht hatte, nichts mehr zu erkennen war. Der Boden war vollständig gefliest, die großen Fenster aus Buntglas eingepasst, die Wände vertäfelt oder mit Tapeten beklebt, und eine zweiflügelige Holztreppe führte in die oberen Stockwerke. Sah man von den noch an einigen Stellen aufgestapelten Baumaterialien und den fehlenden Möbeln, Teppichen und sonstigen Einrichtungsgegenständen ab, unterschied sich die Halle kaum noch davon, wie sie in meiner Erinnerung einst gewesen war.

Und gerade das machte sie so unheimlich.

Hätte ich es nicht besser gewusst, hätte ich glauben können, sie wäre nie zerstört und neu gebaut worden, so sehr glich sie dem Original bis ins Detail. Obwohl alles neu war, verströmte es sogar jetzt schon den Anschein von Alter und einer gewissen Düsternis, als ob es trotz der großen Fenster hier drinnen niemals richtig hell werden würde. Ich verspürte ein kurzes eisiges Frösteln. Auch das war eine der Eigenheiten von Andara-House gewesen: Gleichgültig, welches Wetter geherrscht oder wie gut ich hatte heizen lassen, im Inneren schien es stets eine Winzigkeit zu kühl gewesen zu sein, um sich wirklich wohl zu fühlen. Jetzt erlebte ich das gleiche Phänomen erneut, aber ich war mir nicht sicher, ob mein Frösteln allein von der Kälte herrührte oder vielmehr von der Wucht der Erinnerungen, die auf mich einströmten.

»Nun? Habe ich Ihnen zu viel versprochen?«, erkundigte sich Storm.

»Ich wusste, Sie würden Augen machen«, fügte Lickus hinzu und Will ergänzte: »Nachdem wir einmal wussten, wie wir es machen mussten, ging alles ganz schnell. Und machte kaum Dreck.«

Verständnislos blickte ich die drei an.

»Als eine besonders große Hilfe erwies sich ihr Freund Mister Lovecraft«, erklärte Storm. »Nur aufgrund der geänderten Anweisungen, die er uns bezüglich des Baustils erteilt hat, sind wir so schnell vorangekommen.«

»Geänderter Baustil?« Ich warf Howard einen gleichzeitig fragenden wie verärgerten Blick zu, doch statt zu antworten, warf er seine fast aufgerauchte Zigarre weg und zündete sich umständlich eine neue an.

»Sie waren doch damit einverstanden, nicht wahr?«, hakte Storm nach, dem mein Blick nicht entgangen war. »Mister Lovecraft sagte, dass die Anweisungen von Ihnen kämen. Anstelle der ursprünglich vorgesehenen Änderungen sollten wir uns so eng wie möglich an die Pläne des Originalhauses halten, soweit uns diese vorlagen. Und bei allen fehlenden Informationen hat er uns mit seinem Wissen über das Haus unschätzbare Dienste erwiesen. Es *ist* doch in Ihrem Interesse so, oder?«

»Sicher«, murmelte ich und bedachte Howard dabei mit einem so finsteren Blick, dass eigentlich auf der Stelle die Nacht hätte hereinbrechen müssen. »Wenn Sie nichts dagegen haben, würden *Mister Lovecraft* und ich uns gern allein ein bisschen im Haus umsehen.«

»Wie Sie meinen«, erwiderte Storm. Er merkte, dass etwas nicht stimmte und war sichtlich froh, sich zurückziehen zu können. »Aber seien Sie vorsichtig. Einige Teile des Gebäudes befinden sich noch im Rohbau.«

»Sie werden Augen machen«, prophezeite Lickus.

»Wie konntest du das nur tun?«, wandte ich mich aufgebracht an Howard, nachdem das Trio sich entfernt hatte. »Du magst dich ja hinter den vernagelten Fenstern des WESTMINSTER wohl fühlen, aber du weißt ganz genau, dass ich keinerlei Lust habe, wieder in so einem finsteren Loch zu wohnen.«

»Nein, lieber verzichtest du ganz auf ein eigenes Haus oder ziehst auf einer ewigen Baustelle ein, wie?«, erwiderte er ruhig. »Denn genau das wäre Andara-House noch die nächsten Jahrzehnte geblieben, wenn ich nicht endlich die Initiative ergriffen hätte. Du warst ja zu stur, um der Wahrheit ins Gesicht zu blicken.«

»Der Wahrheit«, äffte ich ihn nach. »Und du kennst diese Wahrheit, ja?«

»Zumindest bin ich nicht so halsstarrig, die Augen vor den Tatsachen zu verschließen.« Er blies mir eine stinkende Rauchwolke ins Gesicht und ignorierte mein demonstratives Husten. »Sieh dich doch nur mal um. Die Bauarbeiten kamen kein bisschen von der Stelle, solange du an deinen Änderungswünschen festgehalten hast. Und jetzt? In den letzten drei Wochen, seit ich Storm beauftragt habe, sich an die Originalpläne zu halten, haben seine Leute mehr geschafft als im ganzen letzten Jahr. Glaubst du, das wäre nur Zufall? Du kannst nicht alle vorherigen Rückschläge nur auf schlampige Arbeit schieben, das dürfte doch auch dir allmählich klar werden. Der magische

Bann Rodericks ist immer noch wirksam und verhindert einen Umbau des Hauses, ob es dir gefällt oder nicht.«

»Einen Umbau?« Ich schnaubte verächtlich. »Das Haus ist vollständig zerstört worden, selbst die noch stehenden Grundmauern habe ich abtragen lassen. Es sollte ein völlig *neues* Haus werden.«

»Dann geht der Bann eben von dem Grundstück selbst aus. Dein Vater war ein mächtiger Magier, und was er gemacht hat, das tat er gründlich. Ich konnte einfach nicht mehr länger mit ansehen, wie du dein Geld sinnlos zum Fenster hinausgeworfen hast, ohne einen Schritt weiter zu kommen.«

»Trotzdem hättest du nicht einfach in meinem Namen Änderungen anordnen dürfen«, warf ich ihm vor. Es war schon nur noch ein Rückzugsgefecht, im Grunde wider besseren Wissens und nur, um das Gesicht zu wahren. Howard hatte Recht, und eigentlich *war* es mir auch längst schon klar geworden, doch vielleicht war ich wirklich einfach zu halsstarrig gewesen, um es mir einzugestehen. »Du hättest mich zumindest fragen müssen.«

»Ich glaube, wir haben uns ungefähr hundert Mal über dieses Thema unterhalten, aber du wolltest ja nicht einsehen, dass die Schuld nicht allein bei Storm und seinen beiden Komikern zu suchen ist. Du solltest mir dankbar sein. Es geschah nur in deinem Interesse.«

»Ich weiß, alle wollen nur mein Bestes. Der Spruch kommt mir von Storm her bekannt vor«, stieß ich grimmig hervor, dann seufzte ich und machte eine resignierende Geste. »Aber jetzt ist es ohnehin zu spät, also machen wir das Beste daraus.«

Wir schlenderten durch das Haus, und obwohl ich mich anfangs noch gegen dieses Eingeständnis sträubte, musste ich zugeben, dass Storm und seine Leute in den letzten Wochen wirklich hervorragende Arbeit geleistet hatten. Der Haupttrakt des Gebäudes war bis auf einige Schönheitsarbeiten bereits vollständig wieder aufgebaut und so gut wie bezugsfertig; und auch die Seitenflügel nahmen allmählich konkrete Formen an. In vielen Räumen fehlten noch Fenster und Türen, aber auch diese würden wohl am nächsten oder übernächsten Tag eingesetzt werden, wodurch ein großer Teil des Hauses praktisch schon bezugsfertig wurde.

Dennoch konnte ich mich während des Rundgangs eines unangenehmen Déjà-vu-Erlebnisses nach dem anderen kaum erwehren. Zu genau glich das neue Haus dem alten, das für mich mit so vielen weitgehend schrecklichen Erinnerungen verbunden war.

Als wir uns der ehemaligen Bibliothek näherten, in der ich in jener Februarnacht 1887 bei einem Angriff der GROSSEN ALTEN gestorben war, begann ich unwillkürlich langsamer zu gehen. Viktor Frankenstein hatte es geschafft, meinen verbrannten Körper zu heilen und mich wieder zum Leben zu erwecken, aber die Erinnerungen an meinen Tod in jener schicksalhaften Nacht schwelten immer noch in mir, auch wenn ich mich bemüht hatte, sie in den hintersten Winkel meines Verstandes zu verbannen.

Nun drängten sie mit aller Macht wieder an die Oberfläche meines Bewusstseins:

– *Priscylla, die Frau, die ich geliebt hatte und die doch nichts anderes als ein Geschöpf der GROSSEN ALTEN gewesen war –*

– *die SIEBEN SIEGEL DER MACHT, die Priscylla zusammengefügt hatte und den uralten Dämonengöttern damit um ein Haar den Weg zurück aus ihren Kerkern hinter den Mauern der Zeit gebahnt hätte –*

– *die Blitze, die in das SIEGEL eingeschlagen waren, Korridore durch Raum und Zeit, durch die die GROSSEN ALTEN herangekrochen waren: Cthulhu, Shub-Niggurath, Azathoth und die anderen; Kreaturen einer vor zweihundert Millionen Jahren untergegangenen Epoche, die die Erde erneut in Besitz nehmen und jedes andere Leben auslöschen würden -*

– *mein Stockdegen, der das Siegel zerstört und die Rückkehr der GROSSEN ALTEN im buchstäblich letzten Moment verhindert hatte –*

– *mein Tod . . .*

Die Erinnerungen wurden übermächtig, und nur mit äußerster Mühe gelang es mir, die Bilder, die wie Visionen auf mich einstürmten und die Zeit zurückdrehen zu wollen schienen, zurückzudrängen. Ein stechender Schmerz erwachte in meinem Kopf. Ein paar Schritte vor der Tür zur Bibliothek blieb ich stehen und presste die Fäuste gegen die Schläfen. Ein gequältes Stöhnen kam über meine Lippen. Ich konnte nicht an diesen Ort zurückkehren. Noch nicht. Vielleicht würde ich es niemals können.

Im Grunde war es ein Raum wie jeder andere auch. Die Bücher, die mein Vater im Laufe seines Lebens angesammelt hatte, die unglaublichen Schätze an geheimem Wissen, waren verbrannt, das Zimmer würde wie all die anderen völlig kahl sein. Nur ein Raum . . .

Und dennoch – ich wusste, ich würde den Verstand verlieren, wenn ich die Tür öffnete und noch einmal den Schauplatz der schrecklichsten Minuten meines Lebens betrat.

»Was ist los mit dir?« Auch Howard war stehen geblieben.

Ich ließ die Fäuste wieder sinken und rettete mich in ein verlegenes Lächeln. »Nichts weiter. Die Luft ist ziemlich stickig«, behauptete ich. Die Worte klangen nicht einmal in meinen eigenen Ohren glaubhaft, und ich sah, dass sie Howards Besorgnis eher noch steigerten, statt sie zu zerstreuen, sodass ich hinzufügte: »War wohl alles ein bisschen viel auf einmal. Das Haus gleicht dem Original mittlerweile wieder so sehr – das weckt schmerzhafte Erinnerungen. Gehen wir zurück.«

Howard musterte mich noch einige Sekunden lang auf eigentümliche Weise, dann zuckte er die Achseln und nickte. »Wie du meinst.«

»Vielleicht war es gar keine so gute Idee, Andara-House überhaupt wieder aufbauen zu lassen«, murmelte ich, während wir uns auf den Rückweg zur Eingangshalle machten. »Es gibt eine Menge Villen in London. Ich frage mich, warum ich nicht einfach irgendein anderes Haus gekauft habe.« Ich lächelte. »Merkwürdig, aber dieser Gedanke ist mir in der ganzen Zeit bislang überhaupt noch nicht gekommen, dabei ist er eigentlich ziemlich nahe liegend.«

»Nur auf den ersten Blick«, antwortete Howard. »Dass du bislang überhaupt nicht auf den Gedanken gekommen bist, dir ein anderes Haus zu kaufen, spricht für sich doch schon Bände. Auch wenn du es dir nicht eingestehen willst, aber du kannst nicht vor deinem Erbe davonlaufen. Es ist ein Teil von dir, und ich spreche nicht von den materiellen Werten, die dein Vater dir hinterlassen hat. Dieses Haus ist mehr, das weißt du. Auch wenn die Gefahr einmal so mächtig war, dass nicht einmal diese Mauern dich schützen konnten, hat es dir doch schon mehr als einmal das Leben gerettet. Es war dein Zuhause und wird es auch wieder sein.«

»Ob ich will oder nicht, wie?« Verdrossen schüttelte ich den Kopf. »Warst du nicht derjenige, der vorhin noch steif und fest behauptet hat, dass die Gefahr vorbei wäre?«

Howard ging nicht einmal auf meine kleine rhetorische Spitzfindigkeit ein. »Du magst dieses Haus nicht«, stellte er stattdessen fest. »Zumindest ein Teil von dir muss sich erst wieder daran gewöhnen und die damit verbundenen Erinnerungen überwinden, und das so schnell wie möglich. Der Hauptflügel ist nahezu fertig. Eigentlich spricht nichts dagegen, dass du so schnell wie möglich hier einziehst. Warum nicht direkt heute?«

»Was?« Erneut blieb ich stehen und blickte ihn geradezu entsetzt an. »Du … du musst verrückt sein. Mir zumindest fallen auf Anhieb mehrere Dutzend gute Gründe ein, die ganz entschieden dagegen sprechen«, stieß ich hervor.

»Dann nenn mir einen«, verlangte Howard.

Ich schwieg ein paar Sekunden lang und dachte angestrengt nach. Der Gedanke, schon heute oder morgen hier einzuziehen, war mir im ersten Moment absurd vorgekommen, aber als ich jetzt nach konkreten Gründen suchte, die dagegen sprachen, hatte ich Schwierigkeiten, auch nur einen zu finden.

»Das ist eine *Baustelle*«, brachte ich schließlich halbherzig heraus. »Hier wird gearbeitet. Das bedeutet Lärm und Dreck, selbst wenn Will etwas anderes behauptet. Ich hätte keine ruhige Minute und stünde den Arbeitern nur im Weg. Außerdem habe ich kein einziges Möbelstück.«

Howard lächelte spöttisch.

»Möbel wirst du dir ohnehin demnächst kaufen müssen, warum also nicht gleich heute? Du brauchst ja nicht das gesamte Haus auf einmal einzurichten, sondern zunächst mal nur ein oder zwei Zimmer. Und was den Lärm betrifft ...« Demonstrativ legte er eine Hand ans Ohr und lauschte. Obwohl die Arbeiten in den Seitenflügeln unvermindert andauerten, war hier kaum etwas davon zu hören. »Außerdem hätte es noch einen weiteren Vorteil, wenn du hier wohnen würdest«, fügte Howard nach einer kurzen Pause hinzu. »Du könntest die Arbeiten etwas beaufsichtigen. Storm wird sich hüten, doch noch irgendwelchen Mist zu bauen, solange du ihm auf die Finger schaust.«

Die Argumente hatten etwas für sich, wie ich widerwillig zugeben musste, während meine eigenen äußerst fadenscheinig waren. Im Grunde liefen sie nur auf einen einzigen Punkt hinaus. Ich *wollte* nicht in dieses Haus einziehen. Natürlich hatte ich es wieder aufbauen lassen, um genau das eines Tages zu tun, aber bislang war das nicht mehr als eine theoretische Überlegung gewesen, deren Umsetzung in weiter Ferne zu liegen schien. Vielleicht war das sogar einer der Gründe, weshalb ich die zahllosen Verzögerungen hingenommen hatte, statt schon längst entsprechende Schritte dagegen einzuleiten.

Nun jedoch, bei der Vorstellung, konkret noch heute oder morgen wieder in Andara-House einzuziehen, lief eine eisige Gänsehaut über meinen Rücken und meine Arme.

»Du willst mich wohl unbedingt so schnell wie möglich wieder aus dem WESTMINSTER los sein, wie?«, versuchte ich einen müden Scherz.

»Unsinn, das weißt du.« Howard blickte mich fast zornig an. »Dann hätte ich dich kaum gedrängt, überhaupt erst bei mir einzuziehen. Aber es ist nur eine Übergangslösung. Dies hier ist dein Heim. Der Haupttrakt ist komplett bezugsfertig, und deshalb solltest du genau das tun. Was kümmert es dich, wenn die Arbeiten an den Seitenflügeln noch etwas andauern? Du hast sie doch auch früher so gut wie nie aufgesucht. Nun, was denkst du?«

»Ich ... ich brauche ein bisschen Zeit, um darüber nachzudenken«, murmelte ich.

»Genau die solltest du dir aber nicht nehmen«, widersprach Howard. »Denn dann wirst du nur mit jedem verstreichenden Tag eine größere Abneigung aufbauen. Es gibt eine goldene Regel, der zufolge man nach einem Sturz vom Pferd sofort wieder in den Sattel steigen soll, um keine Angst vor dem Reiten zu bekommen. Du wirst sehen, wenn du jetzt direkt spontan beschließt, hier einzuziehen, wird alles viel einfacher. Du kämpfst gegen Erinnerungen, gegen Schatten der Vergangenheit, und du darfst ihnen keine Möglichkeit bieten, Macht über dein Denken zu erlangen.«

Langsam gingen wir weiter, während ich über seine Worte nachdachte. Ein Teil von mir sträubte sich auch jetzt noch mit aller Kraft gegen seinen Vorschlag, aber ich wusste auch, dass Howard Recht hatte, dass dieser Teil immer stärker werden würde, je länger ich zögerte. Ich konnte es immerhin versuchen, wenigstens für ein oder zwei Tage. Sollte es sich als ein Fehlschlag erweisen, konnte ich immer noch bis zum endgültigen Abschluss der Arbeiten ins WESTMINSTER zurückkehren oder mir ein Hotel suchen.

Als wir die Eingangshalle wieder erreichten, stand Storm dort und diskutierte wild gestikulierend mit seinen beiden Begleitern. Vielleicht war es dieser Anblick, der den endgültigen Ausschlag gab.

Mit energischen Schritten ging ich auf die drei zu. »Ich habe Ihnen etwas mitzuteilen«, sagte ich.

Alle drei wurden mindestens ebenso weiß wie die frisch gestrichene Wand hinter ihnen, als ich ihnen meinen Entschluss verkündete.

Storms minutenlang zwischen Entgeisterung und schierem Entsetzen schwankender Gesichtsausdruck, nachdem ich ihm meine Entscheidung mitgeteilt hatte, entschädigte mich für vieles, das er mir in den vergangenen Monaten zugemutet hatte; allerdings musste ich nicht zum ersten Mal die Erfahrung machen, dass Rache zwar einen süßen kurzfristigen Triumph darstellte, der jedoch rasch wieder schal wurde.

Schon Minuten, nachdem ich Andara-House wieder verlassen hatte, um alle für den Umzug nötigen Vorkehrungen zu treffen, begann ich mich erneut zu fragen, auf was ich mich da eingelassen hatte. Glücklicherweise kam ich in den folgenden Stunden kaum noch dazu, über diese Frage nachzugrübeln. Den restlichen Vor- und fast den gesamten Nachmittag über schleppte Howard mich von einem Möbel- oder Antiquitätenhändler zum nächsten, bis ich mir endlich eine Einrichtung zusammengestellt hatte, die meinen Vorstellungen einigermaßen entsprach. Das größte Problem war nicht einmal, Möbel zu finden, die mir gefielen, sondern sie auch noch am gleichen Tag liefern zu lassen. Allein dafür hatte ich ein hübsches Extrasümmchen springen lassen müssen, doch in einigen Fällen hatte mir auch alles Geld nicht genützt, und mir war nichts anderes übrig geblieben, als meine Suche fortzusetzen.

Aber der Teufel steckt bekanntlich im Detail, und nachdem ich schließlich sämtliche großen Teile beisammen hatte und mich erlöst wähnte, folgten all die kleinen Dinge des Alltags, die man als so selbstverständlich hinnimmt, dass sie einem erst dann richtig bewusst werden, wenn man sie *nicht* hat: Kerzen, eine Waschschüssel, Bettzeug, Handtücher und zahlreiche Kleinigkeiten mehr, an die ich weder im Hilton noch als Howards Gast einen Gedanken hatte verschwenden müssen. Ohne seine Hilfe hätte ich vermutlich mindestens die Hälfte davon schlichtweg vergessen.

Immerhin – nachdem ich die letzten Wochen hauptsächlich mit Nichtstun verbracht hatte, hatten die Aktivitäten an diesem Tag mich nicht nur erfolgreich davon abgelenkt, über mein Vorhaben nachzudenken, sondern auch von meinen Befürchtungen bezüglich der *Thul Saduun*.

Jetzt allerdings ...

Den ganzen Tag über war das Wetter mild gewesen, aber gegen Abend hatte der Wind aufgefrischt und sich schließlich zum Sturm gesteigert, der von Süden her schwere, dunkle Regenwolken herantrieb. Vereinzelt wetterleuchtete es in der Ferne, vermutlich würde es im Laufe der Nacht noch ein Gewitter geben.

Das Wetter passte zu meiner Stimmung. Im Schein zweier blakender Kerzen saß ich an meinem neu erworbenen Schreibtisch aus der Zeit Louis des Vierzehnten und versuchte, mich auf irgendwelche Dokumente zu konzentrieren, die Dr. Gray mir am frühen Abend noch vorbeigebracht hatte, doch immer wieder schweiften meine Gedanken ab. Mehrfach ertappte ich mich sogar dabei, dass ich dabei war, auf dem Stuhl vornübergebeugt einzunicken, und spielte zum wiederholten Male mit dem Gedanken, mich ins Bett zu legen, aber ich wusste, dass es keinen Zweck hätte. Obwohl ich bereits ungewohnt früh aufgestanden war und mich den ganzen Tag über abgehetzt hatte, fühlte ich mich nicht richtig müde und war vor allem innerlich viel zu unruhig, um wirklich schlafen zu können. Wenn ich mich hinlegte, würde ich höchstens Stunde um Stunde wach liegen und die Decke anstarren.

Die Wahrheit war, dass ich mich schlicht und ergreifend einfach nur furchtbar langweilte. Mit Einbruch der Dunkelheit waren die letzten Bauarbeiter verschwunden, und seither befand ich mich allein im Haus. Ich hatte mich daran gewöhnt, in den letzten Monaten ständig von Menschen umgeben zu sein.

Wenn ich mich gelangweilt hatte, hatte ich während der Zeit im Hilton bloß an die Hotelbar hinunterzugehen brauchen, oder später, nach meinem Umzug ins WESTMINSTER, hatte ich mich stets mit Howard, Mary oder Rowlf unterhalten können. Hier jedoch war ich so allein, dass ich mir fast vorkam, als wäre ich der einzige Mensch auf der Welt. Um mich herum herrschte eine nur vom leisen Prasseln der Flammen im Kamin unterbrochene Grabesstille.

Am Vormittag hatte ich mich gefragt, ob ich verrückt wäre, auf Howards Vorschlag einzugehen. Nun wusste ich es besser.

Ich musste vollkommen den Verstand verloren haben, auf ihn zu hören.

Dies war *mein* Haus, in dem ich jahrelang gelebt hatte. Ich war sogar wieder in mein altes Schlafzimmer im zweiten Stock des Haupttraktes eingezogen, um eine möglichst vertraute Umgebung zu haben, aber *zu Hause* fühlte ich mich hier dennoch nicht. Im Gegenteil, ich kam mir wie ein Fremder vor, der nicht hierher gehörte, ein Eindringling. Es war albern, so zu denken, und vermutlich würde sich dieses Gefühl legen, wenn das Haus erst einmal fertig gebaut und komplett eingerichtet sein würde, wenn Mary Winden und anderes Personal in spätestens ein paar Wochen ebenfalls hier einziehen und das Haus mit neuem Leben erfüllen würden.

Vermutlich ...

Sicher war ich mir nicht, ob ich mich hier jemals wieder heimisch fühlen würde. Im Augenblick war ich mir über überhaupt nichts sicher. Ich fühlte mich kribbelig und von einer inneren Unruhe erfüllt, die immer wieder die Grenze zum Unbehagen überstieg. Am liebsten hätte ich mir eine Kutsche kommen lassen und wäre zurück zum WESTMINSTER gefahren, um die Nacht dort zu verbringen, aber diese Genugtuung wollte ich Howard nicht bieten. Möglicherweise hatte er mich sogar mit genau diesem Hintergedanken überredet, mich hier einzuquartieren. Er musste gewusst haben, dass ich mich so allein hier nicht wohl fühlen würde, und wohl gehofft, dass ich auf Knien zu ihm zurückgekrochen kommen würde. Angesichts der ständigen Reibereien, die ich in letzter Zeit mit ihm hatte, traute ich ihm durchaus zu, dass er mir auf diese Art einen Dämpfer verpassen wollte, aber er konnte lange darauf warten, dass ich als Bittsteller zu ihm kam. Ich ließ mich ungern manipulieren und war viel zu stolz – und zu stur – um mir eine solche Blöße zu geben.

Je mehr ich darüber nachdachte, umso einleuchtender erschien es mir, dass genau dies Howards wahre Absicht gewesen war, und umso mehr ärgerte ich mich über ihn. Die Argumente, die er mir am Vormittag genannt hatte, kamen mir immer unsinniger vor. Morgen würde ich ihm auf den Kopf zusagen, dass ich sein kleines Komplott durchschaut hatte, und mir weitere solche Spielchen für die Zukunft entschieden verbitten, wenn er unsere Freundschaft nicht vollends zerstören wollte.

Verwundert über mich selbst, schüttelte ich den Kopf. Was waren das für Gedanken? Howard war kein kleines Kind mehr, und solche Spielchen entsprachen überhaupt nicht seiner Art, aber schon nach wenigen Sekunden verdrängte der in mir brodelnde Zorn diesen Gedanken schon wieder.

Aus den Augenwinkeln nahm ich eine Bewegung wahr und schrak zusammen. Eine haarige braune Spinne krabbelte nahe der Kante über meinen Schreibtisch. Vor Spinnen hatte ich mich schon immer geekelt; mehr noch, zumindest vor größeren Exemplaren empfand ich eine geradezu panische Angst. Glücklicherweise handelte es sich hier nur um ein kleines Tier. Ein paar Sekunden lang beobachtete ich es angewidert, dann griff ich nach der heutigen Abendausgabe der *Times* und erschlug es. Es machte beinahe Spaß, meinen Ärger auf diese Art abreagieren zu können.

Erneut vertiefte ich mich in Grays Formulare, von denen ich in den letzten Monaten bereits wahre Berge ausgefüllt hatte, seit ich die Identität meines eigenen fiktiven Zwillingsbruders angenommen hatte. Die englische Bürokratie schien schier unerschöpflich in ihrem Bemühen zu sein, mir Hindernisse in den Weg zu legen, mein eigenes Erbe anzutreten. Der Gedanke steigerte meine Wut noch mehr.

Wer war ich eigentlich, dass ich mir so etwas bieten lassen musste? Ich hatte gegen grausame, Jahrmillionen alte Dämonen gekämpft und sogar mein Leben geopfert, um die Welt vor ihnen zu retten, doch anstatt mir dankbar zu sein, machten sich irgendwelche vertrottelten Paragrafenreiter, die ohne mich schon längst nicht mehr leben würden, offenbar einen Spaß daraus, mir mit lächerlichen Amtsformularen die Zeit zu stehlen.

Wütend knüllte ich die Papiere zusammen und schleuderte sie in eine Ecke. Vielleicht sollte ich in den nächsten Tagen mal persönlich auf einigen Ämtern vorbeischauen und kräftig in ein paar Beamtenhintern treten, um klarzustellen, dass ich nicht alles mit mir machen ließ.

Verwirrt schüttelte ich gleich darauf erneut den Kopf. Selbst wenn ich mich über etwas ärgerte, war es normalerweise ganz und gar nicht meine Art, so schnell aufzubrausen. Dass ich mich dazu hatte hinreißen lassen, zeigte deutlich, in was für einem unausgeglichenen Zustand ich mich befand. Selbst jetzt noch fiel es mir schwer, meinen Zorn zu zügeln. Es war, als hätte sich etwas wie eine erstickende Decke über meinen Verstand gelegt, doch schon im nächsten Moment hatte ich diesen Gedanken bereits wieder vergessen.

Obwohl das Zimmer riesig war und durch die wenigen Möbel sogar noch größer wirkte, als es eigentlich war, kam der Raum mir mit einem Mal eng und muffig vor, und ich hatte das Gefühl, von den Wänden erdrückt zu werden. Ich stand auf, riss das Fenster auf und atmete ein paar Mal tief die kühle Nachtluft ein.

Es nutzte nichts, das Gefühl, in diesem Zimmer gefangen zu sein, war immer noch da, und es steigerte sich mit jeder Sekunde. Irgendetwas stimmte nicht. Ich hatte noch nie unter Klaustrophobie gelitten, doch das war mir im Moment egal. Ich musste unbedingt hier raus, wenn ich nicht vollends die Kontrolle über mich verlieren wollte.

Ich griff nach einem der Kerzenleuchter vor mir auf dem Schreibtisch und verließ fast fluchtartig den Raum. Erst als die Tür hinter mir ins Schloss gefallen war, klärten sich meine Gedanken wieder etwas.

Was war nur mit mir los? Zunächst das Gefühl kribbelnder Unruhe, das mich schon den ganzen Abend erfüllte, dann meine ungewohnte Aggressivität und nun auch noch der klaustrophobische Anfall – irgendetwas Merkwürdiges geschah mit mir, das ich mir nicht erklären konnte.

Ich blickte mich um. Es war dunkel auf dem Korridor, die flackernde Kerzenflamme schuf lediglich eine kleine helle Oase um mich herum. Dahinter schienen sich die Schatten wie eine massive Wand zu ballen und nur widerwillig zurückzuweichen, als ich ein paar Schritte vortrat, um das verlorene Territorium hinter mir sofort wieder für sich zu erobern. Von irgendwoher strich ein Luftzug durch den Gang und ließ die Flamme noch stärker flackern. Zuckende Lichtreflexe glitten über die Wände, schienen Leben zu schaffen, wo keines war.

Für einen Moment glaubte ich Geräusche zu hören, schwere, schlurfende Schritte, ein Wispern und Flüstern leiser Stimmen, ein Lachen, das unglaublich böse und voller gehässiger Vorfreude klang ...

Ich ballte die freie Hand so fest zur Faust, dass die Fingernägel schmerzhaft in meine Handfläche schnitten. Die Geräusche hörten auf, wichen wieder in das Land der Einbildung zurück, aus dem meine überreizten Nerven sie hervorgelockt hatten, doch die folgende Todesstille, die nur vom leisen Geräusch meines eigenen Atems durchbrochen wurde, war beinahe noch schlimmer.

Wieder ging ich ein paar Schritte. Es war fast so, als würde meine innere Unruhe zunehmen, je länger ich mich an einem Fleck aufhielt. Irgendetwas zog mich fast magisch an, und es schien ungeduldig zu werden, wenn ich zu lange zögerte.

Verrückt ...

Langsam ging ich den Korridor entlang, ohne ein bestimmtes Ziel. Ich verließ mich darauf, dass mein Gefühl mich leiten würde. Widerstehen konnte ich dem unhörbaren Locken ohnehin nicht, also hatte es gar keinen Sinn, mich dagegen zu sträuben. Wenn ich ihm jedoch nachgab, fand ich vielleicht heraus, was mit mir los war. Gefahr drohte mir hier sicherlich nicht. In den vergangenen Monaten hatte ich schließlich ausgiebig die Erfahrung gemacht, dass die Magie meines Vaters in Andara-House immer noch wirkte, sodass ich sicher sein konnte, dass sie mich vor jeder Bedrohung schützen würde. Möglicherweise versuchte sogar das Haus selbst, mir etwas Bestimmtes mitzuteilen.

Der Korridor kam mir länger vor, als ich ihn in Erinnerung hatte, auf eine schwer zu beschreibende Art in seiner Perspektive verzerrt, aber das lag zweifellos nur an dem schlechten Licht und daran, dass er völlig kahl war. Meine Schritte hallten dumpf auf dem hölzernen Fußboden. Ich konnte den Geruch von frischer Farbe und Tapetenkleister riechen, aber irgendetwas kam mir seltsam vor, bis ich schließlich bemerkte, was es war. Obwohl die Tapeten erst am vergangenen Tag geklebt worden waren, wie Storm mir noch am Nachmittag erzählt hatte, entdeckte ich an mehreren Stellen dicke Schmutzränder und Altersflecken, als ich sie genauer betrachtete. Ich nahm mir vor, ihm gleich morgen gehörig die Meinung zu sagen. Anscheinend waren die Wände feucht, wenn sich schon nach so kurzer Zeit Stockflecken bilden konnten. Seine Schlampereien und Ausflüchte war ich ein für alle Mal leid.

Auch waren die hölzernen Bodendielen nur äußerst flüchtig lackiert, sahen stellenweise aus, als wären sie schon jahrelang von zahlreichen Füßen abgewetzt worden. Merkwürdig, dass mir das nicht schon am Tage aufgefallen war, als ich mit Howard meinen Rundgang durch das Haus gemacht hatte.

Es wurde schlimmer, je weiter ich ging. Nach einiger Zeit war die Tapete so verschlissen, dass man das Muster darauf kaum noch erkennen konnte, und schälte sich bereits wieder von der Wand.

Ich konnte das Huschen kleiner, krallenbewehrter Pfoten hören. *Ratten,* dachte ich angewidert. Obwohl es in dem leer stehenden Haus für sie absolut nichts zu holen gab, hatten sie sich noch vor mir bereits hier eingenistet.

Nach einigen weiteren Yards entdeckte ich das erste mehr als kopfgroße Loch in der Wand zu meiner Rechten, durch das ich Putz und sogar nacktes Mauerwerk sehen konnte. Völlig ausgeschlossen, dass es mir vorher entgangen war. Auch wenn ich mich mit Howard unterhalten hatte und dadurch abgelenkt gewesen war, hätte ich es spätestens bei meinem Einzug am späten Nachmittag entdecken müssen; und in diesem Fall hätte Storm dann schon einiges zu hören gekriegt. Immerhin war dieser Teil des Hauses seiner eigenen Aussage zufolge bereits fertig, und genau diesen Eindruck hatte ich zuvor auch gehabt.

Dieser Teil des Hauses …

Der Gedanke echote in meinem Schädel nach. Ich wusste nicht einmal genau, wo ich mich befand. Mühsam versuchte ich mir ins

Gedächtnis zu rufen, ob ich mich von meinem Zimmer aus nach links oder nach rechts gewandt hatte. Es fiel mir schwer, mich zu erinnern, doch eigentlich spielte es auch keine Rolle. Falls ich nach links gegangen war, hätte ich schon nach wenigen Yards auf den verschlossenen Durchgang zum Westflügel stoßen, in der anderen Richtung längst die Treppe erreichen müssen. Der Gang war alles in allem sicherlich nicht länger als zwanzig, dreißig Yards – großzügig geschätzt. Ich war jedoch überzeugt, dass ich bereits mindestens doppelt so weit gegangen war, ohne dass mir dieser Widerspruch bislang aufgefallen war.

Ratlos blickte ich mich um, doch das schwache Kerzenlicht reichte kaum weiter als zwei, drei Yards. Alles, was dahinter lag, wurde von den Schatten verschluckt. Ich ging ein paar Schritte in die Richtung zurück, aus der ich gekommen war. Eigentlich hätte ich längst eine Tür zu einem der angrenzenden Zimmer erreichen müssen, doch zu beiden Seiten erstreckten sich nur Mauern. Grob verputzte Mauern, an denen höchstens vereinzelte Tapetenfetzen zu entdecken waren. An vielen Stellen hingen Spinnweben.

Was ich erlebte, war unmöglich. Es konnte sich nur um einen Albtraum handeln. Ich kniff mir mit aller Kraft in den Arm, so lange, bis ich den Schmerz nicht mehr ertragen konnte und sich ein leichter Bluterguss unter der Haut bildete, doch ich wachte nicht auf.

Für einen kurzen Moment überfiel mich Panik, und ich wollte blindlings zu meinem Zimmer zurückrennen, doch gleich darauf verflog sie wieder. Mein Verstand war wie in Watte gehüllt, die jedes Gefühl, das über Verständnislosigkeit hinausging, zu ersticken schien. Die gleiche innere Stimme, die mich hierher gelockt hatte, erfüllte mich auch mit der Gewissheit, dass mir trotz der unfassbaren Vorgänge um mich herum nichts passieren konnte, ob es sich um Realität oder einen Traum handelte.

In der Dunkelheit vor mir bewegte sich etwas, und diesmal handelte es sich eindeutig nicht nur um ein Spiel von Licht und Schatten. Erschrocken blieb ich stehen. Ich hatte mich nicht getäuscht; *irgendetwas* befand sich vor mir. Ein leises Knurren ertönte. Schmale, geschlitzte Augen starrten mich an – und dann trat mit langsamen, majestätischen Schritten eine beigebraune, langhaarige Katze in den Lichtschein der Kerze.

»Merlin!«, stieß ich hervor und atmete erleichtert auf.

Mit einem Schnurren schmiegte sich der Kater an mein Bein. Ich verschwendete keinen Gedanken daran, woher das Tier so plötzlich gekommen war, sondern bückte mich, um es zu streicheln und auf den Arm zu nehmen, doch der Kater wich mir aus und machte ein paar Schritte in die Richtung, aus der ich gekommen war. Am Rande des Lichtkreises verharrte er, wandte den Kopf und blickte mich scheinbar auffordernd an.

»Du willst, dass ich dir folge, wie?« Ich lächelte flüchtig. Ich hatte bis heute nicht herausfinden können, was es mit dem seltsamen Tier auf sich hatte, das mir vor einiger Zeit zugelaufen war, aber dass es mehr als nur eine einfache Katze war, hatte es mir schon in dem magischen Labyrinth unter London bewiesen. Wenn Merlin mir etwas zeigen wollte, tat ich vermutlich gut daran, mich seiner Führung anzuvertrauen.

Langsam ging ich den Korridor wieder zurück, doch diesmal zählte ich meine Schritte. Als ich bei fünfzig angelangt war, entdeckte ich den Kadaver einer Ratte und verzog voller Ekel das Gesicht.

Das Haus um mich herum war kaum mehr als eine Ruine. Auch die letzten Reste von Tapeten und sogar Verputz waren von den Wänden verschwunden, auf beiden Seiten erstreckte sich nur noch nacktes Mauerwerk. Der Boden war mit einer dicken Staubschicht bedeckt, als ob seit Jahrzehnten niemand mehr in diesem Teil des Hauses gewesen wäre. Staubbedeckte Spinnweben hingen so dicht wie graue Vorhänge, sodass ich sie vor mir zur Seite schieben musste.

Kurz darauf endete der Korridor an einer Treppe. Ich hätte bereits längst wieder mein Zimmer erreichen müssen, doch ich war an keiner einzigen Tür vorbeigekommen und es hatte auch keine Abzweigung gegeben. Trotzdem stand ich nun am Kopfende einer schmalen hölzernen Wendeltreppe ohne Geländer, die sich in einem engen Schacht nach unten schraubte. In ganz Andara-House gab es keine solche Treppe.

Wieder verspürte ich das kurze Aufwallen von Panik, doch erneut verflog das Gefühl sofort wieder. Ich verstand nicht, was um mich herum vorging, aber ich spürte, dass mir keine Gefahr drohte.

Die Regeln von Raum und Zeit schienen außer Kraft gesetzt zu sein. Obwohl ich mich noch immer in Andara-House befand, befand ich mich gleichzeitig auch in einer anderen Welt, der Welt des unheimlichen Eigenlebens, mit dem mein Vater dieses Haus vor langer Zeit ausgestattet hatte. Ich war mir nicht einmal sicher, ob ich wirklich körperlich hier war, auch wenn es sich nicht um einen normalen Albtraum handelte. Das Haus versuchte mir etwas mitzuteilen, daran gab es für mich keinen Zweifel mehr, und da ich ohnehin keine Möglichkeit hatte, mich dagegen aufzulehnen, blieb mir nichts anderes übrig, als zu tun, wozu es mich drängte.

Merlin miaute leise und sprang einige Stufen hinab. Ich zögerte nicht länger, sondern folgte dem Kater in die Tiefe. Die hölzernen Stufen knarrten erbärmlich und bogen sich unter meinem Gewicht durch, sodass ich jeden Moment befürchtete, dass eine von ihnen unter mir zerbrechen könnte, doch ich wusste, dass das Haus das nicht zulassen würde.

Am Ende der Treppe erreichte ich einen weiteren Korridor. Auch er befand sich in einem heruntergekommenen Zustand, wenn auch nicht ganz so schlimm wie der, aus dem ich gerade gekommen war. Merlin kauerte ein paar Schritte entfernt vor einer Tür in der Wand. Nach kurzem Zögern legte ich eine Hand auf die Klinke und drückte sie nach unten. Knarrend schwang die Tür auf.

Der Raum dahinter war groß und leer, doch im Gegensatz zu dem Korridor war er sauber und befand sich in einwandfreiem Zustand. Das Kerzenlicht glitt flackernd über ordentlich tapezierte Wände, die ein dezentes Blumenmuster zeigten. Obwohl es keinerlei Anzeichen für eine Bedrohung gab, erfüllte mich der Raum mit einem dumpfen Unbehagen, das ich mir nicht erklären konnte. Dennoch trat ich ein paar Schritte weit in das Zimmer hinein. Etwas an der hinteren Wand irritierte mich, doch erst als ich nah genug herangekommen war, erkannte ich, was damit nicht stimmte.

Die Blumen auf der Tapete waren verwelkt. Die frischen, hellen Farben der Blüten waren zu einem bräunlichen Gelb verblasst, und sie ließen die Köpfe hängen.

Für einen kurzen Moment kochte Ärger auf Storm in mir auf, dann erst wurde mir bewusst, dass er nichts damit zu tun hatte. Eine Tapete wie diese gab es mit größter Wahrscheinlichkeit nirgendwo auf der Welt, ich befand mich immer noch in der merkwürdigen Traumwelt des Hauses. Was ich erlebte, war nicht real. Noch während ich die Wand anstarrte, welkten die aufgedruckten Blumen weiter, trockneten regelrecht aus und verwandelten sich in verdorrte, graubraune Strünke.

Schaudernd wandte ich mich ab, und erst in diesem Moment entdeckte ich die uralte Standuhr in einer Ecke des Raumes und den Safe, der über einem Kamin in eine der anderen Wände eingelassen war, und begriff, in welchem Zimmer ich mich befand. In diesem Safe hatte ich einst die SIEGEL DER MACHT aufbewahrt, ehe Priscylla sie in jener schicksalhaften Nacht zusammengefügt und gebrochen hatte.

Dies war die ehemalige Bibliothek.

Mit einem gepressten Stöhnen wich ich zurück. Wie schon am Vormittag drohten mich die Erinnerungen, die mit diesem Raum verbunden waren, zu überwältigen, und nicht einmal die wattige Benommenheit, die meinen Verstand bislang umfangen hatte, vermochte das Entsetzen zu dämpfen, das ich mit einem Mal empfand. Eine eisige Gänsehaut breitete sich auf meinen Armen und meinem Rücken aus.

Warum hier? Warum hatten mich Merlin und das Haus gerade in diesen Raum gelockt? Das Schreckliche, das hier einst geschehen war, hatte seine Spuren hinterlassen, und das nicht nur in meiner Erinnerung. Etwas Finsteres, körperlos Drohendes schien sich in diesen Wänden eingenistet zu haben, etwas, das ich weder hören noch sehen, dafür aber umso deutlicher spüren konnte. Mein Herz begann zu rasen. Die Schatten schienen sich dichter um mich und den kleinen Flecken Helligkeit, den die Kerze verbreitete, zusammenzuballen – und es waren nicht nur die Schatten. Irgendetwas grenzenlos Böses lauerte im Schutz der Dunkelheit, ich konnte es deutlich spüren.

Von Merlin war nichts mehr zu entdecken. Ich fuhr herum und hastete zur Tür zurück – nur um gleich darauf erneut mit einem erstickten Schrei zurückzuprallen, als ich das *Netz* in der Türöffnung sah. Es handelte sich um ein Spinnennetz, allerdings unterschied es sich von jedem anderen, das ich je gesehen hatte. Die Fäden waren fast fingerdick, schwarz und glänzten schleimig. Zudem befanden sie sich in schwacher Bewegung, als würden sie von innen heraus pulsieren.

Die Spinne, die das Netz geschaffen hatte, kauerte in seinem Zentrum, doch ebenso wie ihr Werk war auch sie viel zu groß, ein schwarz behaartes, beinahe doppelt faustgroßes *Etwas* mit zahlreichen Beinen, das mich aus schillernden Facettenaugen boshaft anstarrte.

Eine eisige Hand schien über meinen Rücken zu streichen, und ich brauchte all meine Kraft, um den Ekel niederzukämpfen, der mir die Kehle zuschnürte.

Noch bevor ich mein Entsetzen überwinden konnte, fiel ein pelziger Ball von der Decke herab und landete auf meiner Schulter: eine weitere Spinne, die zwar nicht ganz so groß, aber ebenso hässlich wie das Tier im Netz war. Mit einem gellenden Schrei prallte ich zurück und fegte sie mit der Hand weg.

Gleichzeitig schien die kleine, helle Oase um mich herum kleiner zu werden, als ob die Schatten das Licht verschlingen und näher kriechen würden, doch es war keine Dunkelheit. Mein Magen krampfte sich zusammen und schien sich in einen Eisklumpen zu verwandeln. Zwei, drei Sekunden lang war ich vor Grauen wie gelähmt, als ich sah, *was* da wirklich wie ein lebender schwarzer Teppich auf mich zugekrochen kam.

Es mussten Hunderte, wenn nicht Tausende von Spinnen sein, eine kribbelnde, haarige Masse, die wie eine zähflüssige Woge langsam näher schwappte. Noch zögerten die Tiere jedoch.

Im nächsten Moment fielen fünf, sechs weitere pelzige Bälle von der Decke auf mich herab, und dies schien auch für die übrigen Spinnen das Angriffssignal zu sein. Urplötzlich gaben sie ihre bisherige Zurückhaltung auf und stürzten sich wie eine schwarze Flutwelle auf mich.

Ich begann wie von Sinnen zu schreien, war nicht mehr Herr meiner Sinne. Ekel und Abscheu waren stärker. Ich ließ die Kerze fallen und schlug wild um mich, um die Spinnen von meinem Körper zu fegen. Die Kerze verlosch, als sie auf den Boden prallte, und die nachfolgende Dunkelheit machte alles noch schlimmer. Blindlings taumelte ich herum, spürte überall auf meinem Körper die Berührungen unzähliger tastender Spinnenbeine.

Ich prallte rücklings gegen ein Hindernis, das nachgiebig und zugleich auch zäh war, und im gleichen Moment konnte ich mich nicht mehr bewegen. Mit einem Rest meines Verstandes begriff ich, dass ich direkt in das Spinnennetz gerannt war. Ich versuchte mich loszureißen, aber es gelang mir nicht. Die Fäden waren fest wie Draht, und die schleimige Flüssigkeit darauf klebte wie der beste Leim.

Etwas berührte mein Gesicht, so sanft wie eine Feder nur, und eine neue Woge des Ekels durchfuhr mich. Der ersten Berührung folgte eine zweite, eine dritte ... Das bloße Wissen, dass es sich bei den Berührungen um das Tasten haariger *Spinnenbeine* handelte, trieb mich schier in den Wahnsinn.

Noch einmal bäumte ich mich auf, stemmte mich mit schier übermenschlicher Kraft gegen das Netz, und im nächsten Augenblick zerriss grelles Licht die Dunkelheit um mich herum.

Wenn es etwas gab, was Sir Geoffrey Winningham verachtete, so waren es Schwäche und Weichlichkeit, und das in jeder Beziehung. Stärke, Unnachgiebigkeit und eiserne Disziplin sich selbst und anderen gegenüber waren sein Credo. Der Schwache ging unter, dafür war schon das Tierreich ein lehrsames Beispiel. Nur der Starke vermochte sich zu behaupten.

Er entstammte einer der ältesten und angesehensten Familien Englands, doch zu viele seiner Vorfahren hatten sich auf diesen Vorzügen, die ihnen von Kindheit an in die Wiege gelegt worden waren, ausgeruht. Faulheit, Schwäche und Dekadenz hatten sich ausgebreitet, Generationen von Winninghams hatten nur noch ihren Vergnügungen gefrönt, das Familienvermögen verprasst und den guten Ruf des Adelsgeschlechts beschmutzt.

Erst unter Sir Geoffreys Vater hatte sich dies wieder geändert. Mit eiserner Hand hatte er die Familie regiert und keinerlei Verfehlungen geduldet, hatte das bereits rapide im Schwinden begriffene Vermögen durch kluge Investitionen in aufsteigende Industriezweige binnen weniger Jahrzehnte vervielfacht und nahezu erloschene Kontakte zum königlichen Hof und den höchsten gesellschaftlichen Schichten reaktiviert. Kurz – er hatte dem Namen Winningham wieder die Bedeutung verschafft, die er verdiente.

Diesem Erbe hatte auch Sir Geoffrey sich zeit seines Lebens verpflichtet gefühlt. Mit eiserner Energie und Willenskraft hatte er den Weg seines Vaters weiterverfolgt, hatte jeden Widersacher mit der Kraft seiner Ellbogen und dem gänzlichen Verzicht auf schwächliche Anwandlungen wie Skrupel oder Mitleid aus dem Weg geräumt und sich zu dem gemacht, was er heute war: einem der reichsten und mächtigsten Männer des Königreichs.

Darüber hinaus war er auch trotz seiner mittlerweile fast siebzig Jahre noch bei bester Gesundheit, was er nicht zuletzt auf seine regelmäßigen Spaziergänge zurückführte. Mochten andere sich zu vornehm sein, ihre Hunde selbst auszuführen, und ihr Personal damit beauftragen; seit mehr als vierzig Jahren bestand Sir Geoffrey darauf, diese Aufgabe persönlich wahrzunehmen. Der morgendliche und abendliche Spaziergang gehörten ebenso zu seinem Tagesrhythmus wie die unvermeidliche Tasse Tee am Nachmittag. Ungeachtet seines persönlichen Befindens und gleichgültig, welches Wetter herrschte, hatte er es bislang nicht ein einziges Mal versäumt, seiner selbst auferlegten Pflicht nachzukommen.

Auch an diesem Abend verließ er pünktlich um zehn Uhr das Haus, um seine obligatorische Runde um den Ashton Place zu drehen. Die beiden Rottweiler, die er an der Leine mit sich führte, hörten auf die Namen *Devil* und *Lucifer*, beides edle Tiere mit einem hervorragenden Stammbaum, erstklassig dressiert, sodass sie ihm aufs Wort gehorchten, und die besten Hüter seines Eigentums, die er sich nur wünschen konnte. Eine so exklusive Wohngegend wie diese zog zwangsläufig auch zwielichtiges Gesindel an, doch jeder Einbrecher, der es wagen sollte, auch nur einen Fuß auf seinen Besitz zu setzen, würde mehr als nur diesen Fuß verlieren.

Leichter Nieselregen fiel, in der Ferne braute sich ein Gewitter zusammen. Sir Geoffrey ließ sich davon nicht im Mindesten beirren, sondern schlug lediglich den Kragen seines Mantels hoch und zog den Hut tiefer in die Stirn. Auf einen Schirm hatte er angesichts des recht heftig wehenden Windes verzichtet.

Mit kräftigen, weit ausgreifenden Schritten marschierte er los. Die beiden Hunde trotteten gehorsam neben ihm her, ohne an der Leine zu ziehen, nur gelegentlich blieben sie stehen, um an einer Mauer oder einer Straßenlaterne das Bein zu heben.

Alles schien wie immer und doch – irgendetwas war anders, aber erst als er sich dem Schandfleck des ganzen Platzes – dem Haus mit der Nummer neun – näherte, wurde sich Sir Geoffrey bewusst, um was es sich handelte.

Es war zu ruhig.

Während er etwas langsamer als bisher weiterging, betrachtete er missmutig das Anwesen, das von einem Bretterzaun voller schreiend bunter Plakate umgeben war, die für sich allein schon eine Beleidigung des guten Geschmacks darstellten, aber das war noch das geringste Übel.

Ursprünglich hatte es einem gewissen Roderick Andara gehört, einem Emporkömmling von zweifelhaftem Ruf, der auf ebenso zweifelhafte Art und Weise ein gewaltiges Vermögen angehäuft hatte. Darüber hinaus war *er Amerikaner* gewesen, und dass jemand aus den abtrünnigen Kolonien ausgerechnet hier, an einem der exklusivsten Plätze Londons, ein Haus baute, stellte für Sir Geoffrey bereits ein Sakrileg dar, ein Symbol für den schleichenden Niedergang des großartigen Empires. Noch schlimmer aber war es nach Andaras Tod geworden, als sein Sohn hier einzog; ein extrem zwielichtiges Subjekt, das wegen Verstrickung in verschiedene niemals ganz aufgeklärte

Morde mehrfach mit der Polizei zu tun bekommen hatte. Und das darüber hinaus ebenfalls aus Amerika stammte.

Aber auch Craven war tot, bei einem Feuer in seinem Haus ums Leben gekommen. Jahrelang hatte die ausgebrannte Ruine den Ashton Place verschandelt, ehe vor einigen Monaten ein Zwillingsbruder Cravens – freilich ebenfalls aus Amerika, was an sich schon nichts Gutes verhieß – aufgetaucht war und mit dem Wiederaufbau des Hauses begonnen hatte. Diese Arbeiten zogen sich nun schon über gut ein Jahr hin, scheinbar ohne richtig voranzukommen. Erst in den letzten Wochen hatte sich das geändert. Rund um die Uhr wurde seither auf der Baustelle gearbeitet, und nur die Aussicht, dass es nun nicht mehr lange dauern konnte, bis alle Unannehmlichkeiten überstanden waren, hatte Sir Geoffrey darauf verzichten lassen, seinen Einfluss gegen die nächtliche Ruhestörung geltend zu machen.

An diesem Abend jedoch lag die Baustelle einsam und verlassen da, lediglich hinter einem Fenster im zweiten Stock des Hauptgebäudes brannte Licht. Normalerweise hätte Sir Geoffrey angenommen, dass einer der Arbeiter vergessen hatte, es zu löschen, doch dann entdeckte er den Schatten eines Menschen, der über eine Wand des beleuchteten Zimmers glitt. Nun erinnerte er sich auch wieder an eine beiläufige Bemerkung seines Butlers, dass im Laufe des Nachmittags mehrfach große Fuhrwerke vor Andara-House gehalten hätten und Möbel ins Haus gebracht wurden.

Ein grimmiges Lächeln stahl sich auf Sir Geoffreys Gesicht. Er hatte in der Vergangenheit mehrfach Informationen über seinen zukünftigen Nachbarn eingeholt und dabei erfahren, dass Robert Craven der Zweite bereits vor Wochen seine Suite im Hilton aufgegeben und sich in einer drittklassigen Absteige in einem verrufenen Viertel der Stadt einquartiert hatte. Wie es aussah, war er nun bereits in seinem neuen Heim eingezogen, obwohl die Bauarbeiten noch längst nicht abgeschlossen waren, was nur bedeuten konnte, dass seine finanziellen Mittel allmählich zur Neige gingen – eine Schlussfolgerung, die Sir Geoffrey außerordentlich gut gefiel.

Sowohl, um vor weiteren unliebsamen Überraschungen durch unerwünschte Nachbarn gefeit zu sein, wie auch, damit die hässliche Ruine endlich verschwand, hatte er in den vergangenen Jahren immer wieder versucht, das Anwesen selbst zu kaufen, sich jedoch trotz all seines Einflusses an Dr. Gray, dem Nachlassverwalter, die Zähne ausgebissen. Als dann der gleichnamige Erbe Robert Cravens aufgetaucht war und mit dem Wiederaufbau des Hauses begonnen hatte, schienen seine Chancen vollends zu schwinden, doch jetzt schöpfte er wieder neue Hoffnung.

Er hatte sich dem Anwesen inzwischen bis auf wenige Dutzend Schritte genähert, als beide Hunde plötzlich stehen blieben. Sie hatten die Zähne gefletscht, und ein dumpfes Knurren entrang sich ihren Kehlen.

»Lucifer! Devil!«, stieß Sir Geoffrey hervor und zog ruckartig an den Leinen.

Ohne Erfolg. Die Tiere knurrten nur noch etwas lauter. Dabei zitterten sie am ganzen Körper. Ihre Blicke waren unverwandt auf Andara-House gerichtet.

Sir Geoffrey runzelte die Stirn. Beide Hunde waren hervorragend abgerichtet und gehorchten ihm stets aufs Wort. Ein solches Verhalten war absolut untypisch für sie. Noch einmal zerrte er an den Leinen, doch sie ließen sich nicht dazu bewegen, auch nur einen Schritt weiterzugehen. Es schien fast so, als ob sie sich vor etwas fürchteten, was bei den beiden kräftigen Rottweilern jedoch praktisch ausgeschlossen war. Er wusste, dass sie sich auf einen bloßen Wink mit dem kleinen Finger hin auf jeden noch so überlegenen Feind stürzen würden.

Erneut blickte er zu Andara-House hinüber. Wie ein schwarzer Scherenschnitt hob sich das Gebäude gegen den von gelegentlichen fernen Blitzen durchfurchten Nachthimmel ab. Das erleuchtete Fenster kam ihm plötzlich wie ein einzelnes gelbes Raubtierauge vor, das ihn über den Bauzaun hinweg anstarrte.

Und dann ...

Sir Geoffrey wusste nicht genau zu sagen, was geschah. Die Umrisse des Hauses schienen sich auf unmögliche Art zu verändern. Die beiden Kamine, die aus dem Dach des Haupttraktes ragten, sahen plötzlich wie lange, gebogene Hörner aus, die aus einer dämonischen Fratze wuchsen, deren Form das Gebäude angenommen hatte und die von dem funkelnden Raubtierauge beherrscht wurde.

Obwohl der Mond hinter gewaltigen, am Firmament dahinrasenden Wolkenbergen verschwunden war, zeichnete sich der Schatten des Gemäuers deutlich auf dem feuchten Kopfsteinpflaster ab.

Nur, dass es nicht der Schatten eines Hauses war ...

Was Sir Geoffrey sah, war ein gewaltiger düsterer Umriss, so finster, als ob der Boden, auf den er fiel, einfach zu existieren aufgehört und sich in einen endlosen, lichtschluckenden Abgrund verwandelt hätte. Ein unbeschreibliches *Ding* mit zahllosen peitschenden Armen, die über das Pflaster glitten.

Und das sich ihm näherte!

Ein eisiger Schrecken durchfuhr Sir Geoffrey, ein Gefühl, das er seit seiner Kindheit nicht mehr verspürt hatte.

Devil stieß ein klägliches Jaulen aus, in das gleich darauf auch Lucifer einfiel, dann wichen die Tiere langsam zurück, wobei sie ihn einfach mit sich zogen.

Sir Geoffrey versuchte erst gar nicht, ihnen Widerstand zu leisten. Zu sehr hielt ihn das, was er sah, in seinem Bann gefangen.

Der unmögliche Schatten der titanischen Scheußlichkeit vor ihm wuchs immer noch weiter und glitt dabei auf ihn zu, wobei er wie mit rauchigen Armen aus geronnener Schwärze nach ihm zu greifen schien.

Mit einem letzten entsetzten Heulen warfen die Hunde sich herum und stürmten davon. Obwohl er instinktiv die Leinen losließ, brachte der Ruck Sir Geoffrey aus dem Gleichgewicht und hätte ihn fast stürzen lassen. Als er sich wieder gefangen hatte, war der Schatten nur mehr wenige Fuß breit von ihm entfernt. Der eisige Schrecken, der von ihm Besitz ergriffen hatte, schien sich in eine unsichtbare Hand zu verwandeln, die geradewegs in seine Brust griff und sein Herz zusammenzupressen schien.

Ein, zwei Sekunden lang blieb Sir Geoffrey Winningham noch wie erstarrt stehen, dann tat er etwas, was er noch nie in seinem Leben getan und nicht geglaubt hatte, dass es ihm jemals widerfahren könnte: Überwältigt von namenloser Panik fuhr er herum und rannte davon, so schnell er nur konnte.

Selbst als er längst wieder die Tür seines Hauses hinter sich verriegelt und mit zitternden Händen drei Brandys in sich hineingekippt hatte, war er noch in Schweiß gebadet, und sein Herz raste, als wolle es in seiner Brust explodieren.

Die Helligkeit war nicht wirklich so grell, wie sie mir im ersten Moment vorgekommen war – nur der matte Schein der Kerzen auf meinem Schreibtisch –, und meine Augen brauchten nur Sekundenbruchteile, um sich daran zu gewöhnen. Mein Verstand hingegen brauchte wesentlich länger, um wieder in die Realität zurückzufinden.

Noch immer schrie ich wie am Spieß und schlug blindlings um mich. Erst nach mehreren Sekunden begriff ich, dass die Spinnen verschwunden waren, nie existiert hatten und ich mich wieder in meinem Schlafzimmer befand. Ich verstummte, ließ mich auf meinem Stuhl zurücksinken und presste die Hände gegen die Schläfen. Ein heftiger Schmerz pulsierte in meinem Kopf, aber wesentlich schlimmer noch war das Gefühl völliger Desorientierung. Noch immer hämmerte mein Herz wie wild, und auch jetzt noch meinte ich, das Krabbeln der Spinnen überall auf meinem Körper zu spüren. Nur langsam ließ das Gefühl grenzenlosen Ekels nach, das mir die Kehle zuschnürte, und mein Magen beruhigte sich wieder.

Ich atmete ein paar Mal tief durch. Auch der hämmernde Kopfschmerz ließ allmählich nach, sodass ich wieder einigermaßen klar denken konnte. Auf das, was geschehen war, konnte ich mir dennoch keinen Reim machen. Alles schien nicht mehr als ein Albtraum gewesen zu sein, aber noch nie hatte ich einen Traum erlebt, der *so* intensiv gewesen war und auch nach dem Aufwachen noch so lange in mir nachwirkte. Ich hatte nicht einmal gemerkt, dass ich eingeschlafen war, geschweige denn *wann*. Aber zumindest das ließ sich herausfinden.

Suchend blickte ich mich nach Grays Formularen um und entdeckte sie zusammengeknüllt in einer Zimmerecke. Den Wutanfall also hatte ich offenbar noch wirklich gehabt. Vermutlich hatte der Traum – wenn es denn tatsächlich nur ein Traum gewesen war – erst damit begonnen, dass ich das Zimmer verließ. In Gedanken versunken massierte ich meinen Arm und bemerkte plötzlich den leichten Bluterguss, der sich genau dort befand, wo ich mich gekniffen hatte. Verstört starrte ich den roten Fleck an. Es war möglich, dass ich so intensiv geträumt hatte, dass ich meine Bewegungen im Schlaf nachvollzogen und mich wirklich gekniffen hatte, doch wirklich überzeugen konnte mich die Erklärung nicht.

Dann entdeckte ich den Schmutz an meiner Schulter. Der rote Fleck am Arm hatte mich aus der Fassung gebracht, aber der Anblick des dicken Streifens Spinnweben war wie ein Schock. Ich hatte meinen Gehrock erst hier im Zimmer ausgezogen, und da war das Hemd noch nicht schmutzig gewesen. Das Zimmer selbst war zu sauber, als dass die Spinnweben von hier stammen könnten, und ich hatte es nicht mehr verlassen – es sei denn im Schlaf.

Was zum Teufel ging hier vor?

Ich hatte noch nie die Veranlagung zum Schlafwandeln besessen, aber ich hatte auch noch nie einen Traum wie diesen gehabt, der trotz seiner surrealen Verfremdungen des Hauses so realistisch war. Möglicherweise hatte ich mit meiner ersten Vermutung doch nicht so Unrecht gehabt, hatte sogar mehr Bewegungen aus dem Traum als ursprünglich gedacht auch in Wirklichkeit ausgeführt. Aber wo genau verlief die Grenze zwischen Traum und Realität?

Ich verdrängte den Gedanken. Das war etwas, was ich wohl nie herausfinden würde, aber allein die Vorstellung, dass ich schlafend durch das teilweise noch im Rohbau befindliche Haus geirrt sein könnte, jagte mir noch nachträglich eine Gänsehaut über den Rücken.

Mit aller Macht bemühte ich mich, auch die Gedanken an das übrige Geschehen zurückzudrängen, um wieder zur Ruhe zu kommen. Mein Herzschlag hatte sich inzwischen wieder weitgehend normalisiert, aber meine Nerven waren immer noch aufgeputscht. Einige Minuten lang saß ich einfach nur mit geschlossenen Augen da, versuchte an gar nichts zu denken und mich zu entspannen.

Es gelang mir nicht. Immer wieder drängten sich die zahllosen offenen Fragen in mein Bewusstsein, sah ich die Flut schwarzer Spinnenleiber auf mich zurasen, glaubte ich die Berührungen der krabbelnden Beine auf meinem Körper zu spüren ... Die Erinnerung daran war beinahe noch deutlicher in meinem Bewusstsein, als wenn ich alles tatsächlich erlebt hätte.

Erneut stand ich auf und begann, unruhig im Raum auf und ab zu gehen. Wie schon vor dem Einschlafen verspürte ich wieder eine innere Unruhe, die mich kribbelig werden ließ und meine Aggressivität weckte.

Im Hilton wäre ich jetzt wahrscheinlich ins Foyer hinuntergegangen, in der Hoffnung, dort MacIntosh zu treffen und ein bisschen mit ihm zu streiten, um auf diese Art etwas Dampf abzulassen. Ich hätte auch nichts dagegen, wenn Storm jetzt hier wäre. In den letzten Monaten hatte ich ihm viel zu viel durchgehen lassen und jetzt befand ich mich genau in der richtigen Stimmung, ihm wegen der endlosen Verzögerungen mal ordentlich die Hölle heiß zu machen. Hätte er nicht so geschlampt, wäre dieses Haus längst fertig und ich brauchte nicht allein hier zu sitzen.

Aber das brauchte ich auch nicht, wenn Howard mich nicht mit seinen idiotischen Argumenten überredet hätte, schon heute hier einzuziehen. Wie hatte ich mich nur darauf einlassen können? Die richtige Antwort auf seinen Vorschlag wäre gewesen, wenn ich ihm seine stinkende Zigarre in den Rachen gestopft hätte. Das war eine Vorstellung, die mir gefiel. Im Grunde wünschte ich es mir schon lange, hatte nur nie den Mut gefunden, mir diesen Wunsch einzugestehen, geschweige denn, ihn in die Tat umzusetzen. Der einzige Zweck seiner Scharade konnte nur sein, dass er mich wieder aus dem WESTMINSTER hatte loswerden wollen. Das hätte er auch anders haben können. So, wie er mir in letzter Zeit auf die Nerven ging, konnte er mir ohnehin gestohlen bleiben.

Wütend schlug ich mit der Faust gegen die Wand. Es war wirklich äußerst bedauerlich, dass niemand hier war, an dem ich meinen Zorn abreagieren konnte, und wenn es nur einer der Bauarbeiter wäre. Irgendeinen Vorwand, einen Streit vom Zaun zu brechen, würde ich schon finden.

Das Kribbeln in meiner Magengegend wurde noch stärker. Wie schon zuvor fühlte ich mich in dem Zimmer wie in einem Käfig gefangen. Vielleicht sollte ich nach Soho oder in eins der anderen Stadtviertel fahren, wo es genügend Clubs und Bars gab, in denen ich Streit anfangen und irgendjemanden zusammenschlagen konnte. Danach würde ich mich mit Sicherheit besser fühlen. Nur leider hatte ich um diese Zeit keine Möglichkeit mehr, eine Kutsche zu bekommen.

Noch einmal hämmerte ich mit der Faust gegen die Wand, so fest diesmal, dass ein greller Schmerz durch meine Knöchel schoss. Der Schmerz ließ meine Wut etwas verrauchen, dafür stieg Entsetzen darüber in mir auf, was ich gerade gedacht hatte. Was war nur mit mir los, dass ich auf jede Kleinigkeit so gereizt reagierte und mir sogar schon wünschte, irgendwelche wildfremden Leute zusammenzuschlagen, nur um mich abzureagieren?

Ähnlich war es auch schon vor dem Albtraum gewesen, nur nicht so schlimm. Auch da hatte ich eine so starke Aggressivität verspürt, dass ich mir selbst fremd geworden war, ohne dass ich meine Wut hatte unterdrücken können. Auch jetzt gelang mir das nur mit äußerster Mühe. Wenn ich nur an Howard, Storm oder sonst jemanden, der mir in letzter Zeit das Leben schwer gemacht hatte, dachte, stieg sofort wieder ein kaum beherrschbarer Zorn in mir auf.

Ich verstand selbst nicht, was mit mir los war. Gut, meine Nerven waren zurzeit nicht die besten, aber so etwas? Was würde geschehen, wenn ich vollends die Beherrschung über mich verlor? Würde ich womöglich blindlings aus dem Haus stürmen und irgendeinen Passanten suchen, den ich verprügeln konnte? Das durfte nicht geschehen, irgendwie musste es mir gelingen, mich unter Kontrolle zu halten. Wenn ich wenigstens wüsste, woher mein Zorn rührte, würde es mir sicher leichter fallen, dagegen anzukämpfen.

Hinter mir ertönte ein leises Miauen. Einen Moment lang blieb ich noch wie erstarrt stehen, dann erst wandte ich mich langsam um. Merlin hatte sich auf meinem Bett zusammengerollt und leckte sich in aller Gemütlichkeit die Pfoten.

Kopfschüttelnd trat ich näher, setzte mich neben ihn und kraulte ihn hinter den Ohren.

»So ganz allmählich wirst du mir unheimlich, weißt du?«, murmelte ich. Sowohl die Tür wie auch die Fenster waren fest verschlossen, aber ich hatte schon mehr als einmal erlebt, dass solche Hindernisse für Merlin nicht zu existieren schienen. »Ganz im Ernst, ein paar deiner Tricks könntest du mir ruhig mal verraten.«

Der Kater blinzelte mich träge an, dann rollte er sich auf den Rücken, damit ich ihn auch am Bauch kraulen konnte. Seufzend kam ich seinem Wunsch nach. Wenigstens fühlte ich mich jetzt nicht mehr so einsam wie zuvor.

Einige Minuten lang beschäftigte ich mich mit Merlin, dann machte sich meine innere Unruhe wieder bemerkbar. Der Kater miaute protestierend, als ich vom Bett aufstand, doch ich kümmerte mich nicht darum, sondern trat ans Fenster und starrte in die Nacht hinaus. Das Gewitter hatte London inzwischen erreicht und entlud sich mit aller Macht über der Stadt. Regen prasselte gegen die Scheibe und lief in Schlieren daran herab. Gefolgt von lauten Donnerschlägen zuckten verästelte Blitze vom Himmel herab und tauchten den Ashton Place immer wieder für Bruchteile von Sekunden in kaltes bläuliches Licht, das alle Konturen übermäßig scharf hervortreten zu lassen schien.

Unkraut und Gestrüpp wucherten rings um das Haus, wo sich einst der gepflegte Garten von Andara-House erstreckt hatte. Im ersten Moment glaubte ich an ein Spiel des Windes, als ich sah, wie sich die Zweige eines der Büsche bewegten, doch gleich darauf wiederholte sich die Bewegung im Lichtschein eines Blitzes, und diesmal war ich sicher, dass sie nicht vom Wind hervorgerufen wurde. Für einen Augenblick glaubte ich sogar, die Umrisse einer Gestalt inmitten des Gestrüpps zu entdecken.

Irgendjemand schlich auf meinem Grundstück herum! Der Gedanke fegte alle zuvor gefassten Vorsätze hinweg und ließ erneut heißen Zorn in mir auflodern. An einen Einbrecher glaubte ich nicht, da wohl kein Dieb so dämlich wäre, in ein im Bau befindliches und offenkundig noch nicht eingerichtetes Haus einzubrechen, in dem es nichts zu holen gab. Eher dürfte es sich um einen Stadtstreicher handeln, der sich ein trockenes und windgeschütztes Plätzchen für die Nacht suchte.

Da war er bei mir genau an der richtigen Adresse. Ich würde ihn ohne langes Federlesen hinauswerfen, und wenn er sich wehren sollte – was ich mir fast schon wünschte –, würde er schnell feststellen, dass er sich mit dem Falschen eingelassen hatte.

Merlin stieß ein lautes Knurren aus, als ich voller Vorfreude herumfuhr, doch ich ignorierte ihn schlichtweg, ergriff die Kerze und stürmte aus dem Raum. Die Tür warf ich hinter mir ins Schloss.

Während ich den Korridor so schnell entlangrannte, wie mir möglich war, ohne dass die Kerzenflamme erlosch, beobachtete ich trotz der in mir kochenden Wut die Wände und den Boden misstrauisch, getrieben von der Furcht, die Umgebung könnte sich erneut wie im Traum verändern. Meine Befürchtung erwies sich jedoch als unbegründet, diesmal geschah nichts dergleichen. Ohne Zwischenfall erreichte ich die breite, sanft geschwungene Treppe und hastete in den ersten Stock hinunter. Der Gedanke daran, dass sich irgendjemand unbefugt auf meinem Grundstück herumtrieb, fachte meinen Zorn immer wieder neu an.

Ich wollte die Treppe weiter ins Erdgeschoss hinunterstürmen, verharrte dann aber auf dem Treppenabsatz. Schritte und leises Stimmengemurmel drangen aus der Eingangshalle zu mir herauf. Der Eindringling befand sich bereits im Haus und war anscheinend nicht allein! Einen kurzen Moment lang verspürte ich wilde Freude darüber, es mit mehr als nur einem Gegner zu tun zu haben, aber gleich darauf ernüchterte der Gedanke mich auch ein wenig und mein Verstand gewann zumindest kurzzeitig wieder die Oberhand über mein Denken.

Zwei Gegner bedeuteten zwangsläufig auch eine doppelt so große Gefahr. Das Gemurmel, das aus dem Erdgeschoss zu mir heraufdrang, war zu leise, als dass ich etwas verstehen oder auch nur einzelne Stimmen unterscheiden konnte. Es war also sogar möglich, dass es sich um mehr als nur zwei Eindringlinge handelte. Auch wenn ich noch so wütend war, konnte ich immerhin noch klar genug denken, um zu begreifen, dass ich mich besser nicht blindlings auf eine Übermacht von Feinden stürzte. Besser war es, erst einmal abzuwarten und zu beobachten, dann konnte ich immer noch entscheiden, was ich weiter unternahm.

Um mich nicht vorzeitig zu verraten, löschte ich die Kerze. Die alle paar Sekunden aufgleißenden Blitze, deren Schein durch die großen Buntglasfenster hereindrang, verbreiteten genügend Helligkeit, dass ich mich auch so orientieren konnte. Ich duckte mich und spähte zwischen den kunstvoll gedrechselten Pfosten der Geländerbalustrade in die Tiefe.

Wieder zuckte ein Blitz auf, doch die grelle Helligkeit blendete mich so stark, dass ich nicht mehr als eine vage Bewegung in der Eingangshalle unter mir wahrnahm. Eine Bewegung ziemlich dicht am Fuß der Treppe, doch ob es sich um eine, zwei oder mehr Personen handelte, konnte ich nicht erkennen.

Das Geräusch der Schritte veränderte sich, als der erste Eindringling seinen Fuß auf die unterste Stufe der Marmortreppe setzte. Mittlerweile war ich mir längst nicht mehr sicher, ob ich es wirklich nur mit mehr oder weniger harmlosen Stadtstreichern zu tun hatte. Wenn es den Unbekannten nur um ein trockenes und einigermaßen warmes Plätzchen für die Nacht ginge, hätten sie sich direkt in der Eingangshalle oder einem der angrenzenden Räume im Erdgeschoss niedergelassen, statt zielsicher die Treppe anzusteuern und sie heraufzukommen.

Im Laufe der Jahre hatte ich einen sechsten Sinn für Gefahr entwickelt, der sich jetzt mit aller Macht meldete. Es war durchaus denkbar, dass es die Eindringlinge auf mich persönlich abgesehen hatten. Immerhin war ich einer der reichsten Männer Englands und somit ein ideales potenzielles Opfer für Kidnapper. Möglicherweise hatte einer der Bauarbeiter einigen *Freunden* den Tipp gegeben, dass ich mich heute Nacht allein hier im Haus befand.

Howard hatte mich schon mehrfach vor der Gefahr eines Überfalls oder einer Entführung gewarnt, doch hatte ich diese Warnungen bislang nie weiter ernst genommen. Immerhin hatte ich es bislang meistens mit wesentlich gefährlicheren Feinden zu tun gehabt. Umso erstaunlicher war es eigentlich, dass ausgerechnet er mich dazu gedrängt hatte, allein hier einzuziehen, ohne wenigstens Rowlf mit meinem Schutz zu beauftragen. Entweder hatte er seine eigenen Sorgen über meine Sicherheit vorübergehend vergessen, oder er vertraute völlig darauf, dass mir in diesem Haus nichts geschehen könnte.

Unbeirrt kamen die Unbekannten näher, befanden sich bereits auf halber Höhe der Treppe. Geduckt schlich ich ein Stück von der Balustrade weg und verbarg mich in einem der Korridore. Wenn die Eindringlinge glaubten, es mit einem wehrlosen Opfer zu tun zu haben, würden sie ihr blaues Wunder erleben. Zwar besaß ich keine richtige Waffe, aber immerhin hielt ich einen massiv metallenen Kerzenleuchter in der Hand, mit dem ich zur Not zuschlagen konnte.

Auch weiterhin verspürte ich das Verlangen, mich einfach auf die Eindringlinge zu stürzen, ihnen zu zeigen, wer hier der Herr im Hause war, aber ich kämpfte dagegen an und glücklicherweise war meine Besonnenheit stärker als meine Wut. Vielleicht war es auch gar keine Besonnenheit, sondern etwas anderes, ein Unbehagen, das fast schon an Furcht grenzte und mir half, den in mir brodelnden Zorn zu unterdrücken.

Die Schritte verharrten auf dem Treppenabsatz im ersten Stock, wo ich mich gerade noch befunden hatte. Ich vernahm schwere Atemzüge, die fast wie ein Schnüffeln klangen. Wenn es sich um Kidnapper handelte, die wussten, wo sich mein Zimmer befand, dann müssten sie mit der gleichen Zielstrebigkeit, mit der sie auf die Treppe zugekommen waren, weiter in den zweiten Stock hinaufsteigen, doch das taten sie nicht.

Die Schritte kamen auf den Korridor zu, in dem ich mich versteckt hatte. Ich wagte kaum zu atmen. Die Gedanken überschlugen sich in meinem Kopf, wuselten wie emsige kleine Ratten umher, wirr und ohne dass es mir gelang, einen einzufangen. Wie eine Ratte in einem Käfig fühlte ich mich auch. Weglaufen konnte ich nicht, denn aus dem Korridor gab es keinen weiteren Ausweg. Ganz abgesehen davon, dass ich durch meine Schritte die Unbekannten erst recht auf mich aufmerksam machen würde, glaubte ich nicht, dass es mir viel nutzen würde, mich in einem der Zimmer zu verstecken. So verrückt es auch anmutete, aber die Eindringlinge schienen geradezu zu *spüren,* wo ich mich befand.

Ich packte den Kerzenleuchter fester.

Im Lichtschein eines Blitzes sah ich einen riesigen, monströsen Schatten auf dem Boden vor mir. Der Sekundenbruchteil, den der Blitz währte, war zu kurz, als dass ich Einzelheiten erkennen konnte, dennoch ließ mich der Anblick zusammenzucken. Es musste sich um die miteinander verschmolzenen Schatten mehrerer Personen handeln, so riesig und missgestaltet, wie der dunkle Fleck auf dem Boden gewesen war, aber trotzdem erschreckte er mich bis ins Mark. Irgendetwas an dem Umriss des Schattens war schrecklich *falsch* gewesen und mir dennoch auf eine merkwürdige Art vertraut vorgekommen, ohne dass ich es mir erklären konnte.

Gleich darauf kam der erste der Unbekannten um die Ecke gebogen. Mit einem Schrei sprang ich vor, den Kerzenleuchter zu einem wuchtigen Hieb erhoben. Im buchstäblich letzten Moment gelang es mir, meinen Schlag noch abzustoppen, als ich im Lichtschein eines weiteren Blitzes den Eindringling erkannte.

Es handelte sich um Howard.

»Sauwetta, mistiges«, schimpfte Rowlf, während er sich umständlich aus seinem Regenmantel schälte. »Hätt auch ruhig noch'n Viertelstündchen länger trocken bleim könn.«

»Das Schlimmste dürfte erst noch kommen. Ich hoffe nur, dass Howard Andara-House noch rechtzeitig erreicht.« Mary Winden streckte ihren Arm aus. »Gib den Mantel her, ich hänge ihn zum Trocknen auf.«

Rowlf verharrte mitten in der Bewegung. »H.P. is nach Andara-House? Wat willer'n da mitten inner Nacht?«, fragte er ungläubig.

»Er sagte, er will noch einmal nachsehen, wie es Robert geht.« Mary schlug sich mit der Hand vor die Stirn. »Natürlich, du weißt ja noch gar nichts davon. Robert ist heute zurück nach Andara-House gezogen.«

»Wat?« Rowlf riss verblüfft die Augen auf. »In de Bruchruine? Hammse dem Kleenen ins Gehirn ge ...?« Er brach ab und schüttelte den Kopf. »Ich mein, wat soll'n dat so plötzlich? Is irjendwat passiert?«

»Nicht, dass ich wüsste.« Mary zuckte die Achseln. »Angeblich soll der größte Teil des Hauses inzwischen fertig sein. Robert hat gesagt, in spätestens ein, zwei Wochen könnten wir nachkommen. Dann würde er auch neues Personal einstellen. Bis dahin will er sich angeblich schon mal dort eingewöhnen.«

»Eingewöhnen.« Rowlf schnaubte. »Dat is doch die blödeste Idee, von der ich je gehört hab. Entweder tickt der Kleene nich mehr sauba, oda da stimmt wat nich. Dat stinkt doch zum Himmel!«

Rowlf wusste nur zu gut, dass eine Menge Leute ihn für einen

Dummkopf hielten, und er bemühte sich selbst nach Kräften, das Image des gutmütigen, aber tumben Idioten zu pflegen, doch in Wahrheit besaß er nicht nur einen wachen Verstand, sondern war auch in der Lage, äußerst genau zu beobachten. Ihm entging nicht, dass die Haushälterin sich anscheinend immer unwohler in ihrer Haut zu fühlen begann.

»Dat is noch nich alles«, sagte er ihr auf den Kopf zu. »Sie verschweigen mir etwas, Mary.

Zögernd nickte sie.

»Ich ... ich glaube, Robert ist von der ganzen Sache auch nicht sonderlich begeistert«, sagte sie und knetete nervös ihre Hände. »Soweit ich mitbekommen habe, war es wohl Howards Idee. Und was Howard betrifft ...« Sie machte eine kurze Pause. »Ich finde, er hat sich irgendwie verändert in den letzten Wochen.«

»Verändert?« Rowlf musterte sie aufmerksam.

»Du warst ja die meiste Zeit unterwegs, deshalb hast du es wohl nicht so gemerkt«, sagte Mary. Ihr war deutlich anzumerken, wie unbehaglich sie sich fühlte. »Es ... es ist nichts wirklich Auffälliges, aber er wirkt oft geistesabwesend, ist mürrisch und verschlossen.«

»Dat is bei H.P. doch nix Besonderes.« Rowlf grinste flüchtig, wurde jedoch sofort wieder ernst und legte die Stirn in Falten, was ihm noch mehr Ähnlichkeit mit einer Bulldogge verlieh. »Aba mir geht's genauso. Irgendne Laus is H.P. schon vorner Weile über die Leber gelaufen. Grad dat is einer der Gründe, warum ich so oft unterwegs war. Wie lange isser schon wech?«

Er streifte seinen Regenmantel wieder über.

»Nicht lange, vielleicht eine Viertelstunde, bevor du gekommen bist. Was hast du vor?«

»Irgendwie tut mir die janze Sache nich richtisch gefalln tun«, nuschelte Rowlf. »Ich denk, ich sollt mal nachsehen tun, wat wirklich los ist. Isset Pferd noch im Schuppen?«

Mary nickte. »Howard hat eine Mietkutsche genommen. Aber du kannst doch nicht ...«

Ohne ihr Gelegenheit zu weiterem Widerspruch zu geben, riss Rowlf die Haustür auf und hastete geduckt in den Regen hinaus.

Ich weiß nicht, wer von uns beiden verblüffter war, Howard oder ich. Ich darüber, ihn hier zu treffen, und er wohl in erster Linie darüber, dass ich mit einem zum Schlag erhobenen Kerzenleuchter vor ihm stand und ihm um ein Haar den Schädel eingeschlagen hätte. Mehrere Sekunden starrten wir uns nur fassungslos an.

»Howard?«, murmelte ich schließlich ungläubig und ließ langsam den Kerzenleuchter sinken. »Was zum Teufel machst du hier? Viel hat nicht mehr gefehlt, und ich hätte dich erschlagen.«

»Was keine besonders freundliche Art gewesen wäre, einen alten Freund zu begrüßen«, erwiderte er mit einem verkrampften Lächeln. »Vor allem, da ich nur mal nachsehen wollte, wie es dir in deiner ersten Nacht in deinem neuen alten Heim so geht.«

»Und warum schleichst du dich dann wie ein Einbrecher ins Haus?«

»Was heißt da wie ein Einbrecher?« Ein Blitz beleuchtete Howards Gesicht, und ich konnte sehen, wie er die Stirn runzelte. »Ich habe ein paar Mal laut nach dir gerufen, aber du hast nicht geantwortet. Also bin ich hereingekommen.«

»Und wer ist bei dir? Rowlf?«

»Niemand, ich bin allein. Wie kommst du darauf? Rowlf habe ich schon seit gestern nicht mehr gesehen.«

»Aber …« Ich zündete die Kerze wieder an, trat an ihm vorbei und blickte mich suchend um. Weder auf der Treppe noch in der Eingangshalle war jemand zu entdecken. »Ich war mir sicher, ich hätte mehrere Personen gesehen und auch Stimmen gehört.«

»Ich habe lediglich vor mich hingeschimpft, weil ich von dem Regen klatschnass geworden bin und es hier so dunkel war.« Howard musterte mich besorgt. »Was ist eigentlich los mit dir?«

»Nichts«, versicherte ich hastig. »Es ist nur ein bisschen … unheimlich so allein hier im Haus. Vor allem, wenn man dann plötzlich entdeckt, dass man gar nicht so allein ist.« Ich rang mir ein Lächeln ab. »Anscheinend bin ich wohl etwas nervös. Auf jeden Fall bin ich froh, dass du gekommen bist. Aber woher um alles in der Welt wusstest du, dass ich mich ausgerechnet hier versteckt halte?«

»Das war nicht weiter schwer zu erkennen.« Er zog eine Zigarre unter seinem Mantel hervor, beugte sich vor und zündete sie an der Kerze an. Anschließend deutete er mit der Zigarre auf den Fußboden, und im gleichen Moment hätte ich mich am liebsten selbst geohrfeigt. Deutlich sichtbar zeichneten sich meine Fußabdrücke in der dünnen Staubschicht ab. »Wenn du dich wieder mal versteckst, solltest du darauf achten, dass du dein Versteck nicht gerade mit Wegweisern markierst.«

»Schon gut«, murmelte ich verdrossen. »Sieht so aus, als hätte ich mich nicht gerade mit Ruhm bekleckert.« Es ärgerte mich, dass ich mich so stümperhaft verhalten hatte, und Howards süffisante Art, mir meinen Fehler unter die Nase zu reiben, weckte erneut meinen Zorn.

»Wie wäre es, wenn wir jetzt in dein Zimmer gingen?«, schlug er vor. »Ist nicht gerade bequem hier. Außerdem bin ich halb durchnässt und friere wie ein Schneider.«

»Sicher«, murmelte ich.

Während wir die Stufen in den zweiten Stock hinaufstiegen, blickte ich mich noch einmal misstrauisch um. Ich war mir sicher gewesen, mehrere Personen gesehen und verschiedene Stimmen gehört zu haben. Aber anderseits hatte ich auch einen monströsen Schatten, der ganz sicher nicht der von Howard gewesen war, auf dem Fußboden gesehen, und vorher war ich während eines Albtraums offenbar schlafwandelnd durch das Haus geirrt; von meiner unerklärlichen Aggressivität ganz zu schweigen. Irgendetwas stimmte mit mir nicht.

Ich blieb so plötzlich stehen, dass Howard fast gegen mich geprallt wäre.

»Bevor du ins Haus gekommen bist, bist du da noch im Garten herumgelaufen?«

Er blickte mich an, als hätte er einen Geisteskranken vor sich. »In dem Dschungel? Natürlich nicht. Hast du in der letzten halben Stunde mal aus dem Fenster gesehen?«, gab er zurück. »Draußen regnet es, als hätte der Himmel alle Schleusen geöffnet. Ich bin so schnell wie möglich ins Haus gehastet.«

»Aber ich habe vor ein paar Minuten jemanden dort gesehen«, berichtete ich. »Deshalb habe ich ja überhaupt erst mein Zimmer verlassen.«

»Sicher. Es gibt ja genug Leute, die bei solchem Wetter nichts anderes zu tun haben, als sich in fremden Gärten nass regnen zu lassen.« Howards Stimme war deutlich anzumerken, dass er mir kein Wort glaubte. »Wahrscheinlich hat nur der Wind ein paar Zweige bewegt.«

»Verdammt, ich weiß doch, was ich gesehen habe«, stieß ich wütend hervor, obwohl ich mir dessen mittlerweile absolut *nicht* mehr sicher war. Vermutlich machte ich mich vor Howard mit jedem Moment mehr zum Narren, aber das war mir egal. »Und die Vorstellung, dass sich jemand auf meinem Grundstück herumtreibt, gefällt mir gar nicht. Ich werde nachsehen gehen.«

»Und dir eine Lungenentzündung holen?« Howard schüttelte den Kopf. »Sei vernünftig. Du hast nicht einmal einen Mantel an.«

Ich wusste, dass er Recht hatte, dass ich mir zumindest etwas überziehen sollte, wenn ich schon bei dem Unwetter ins Freie wollte, aber der Gedanke drang erst gar nicht richtig bis in mein Bewusstsein vor.

»Du hast mir nicht vorzuschreiben, was ich zu tun oder zu lassen habe«, fauchte ich ihn an. »Geh mir aus dem Weg, oder willst du, dass ich dich die Treppe hinunterschmeiße?«

Seine Augen weiteten sich vor Schrecken, wohl weniger aus Angst, dass ich meine Ankündigung wirklich in die Tat umsetzen könnte, sondern aufgrund der Tatsache, dass ich die Drohung überhaupt ausgesprochen hatte. Aber auch mich ernüchterte der Wutausbruch etwas. Für einen kurzen Moment hätte ich Howard am liebsten tatsächlich einen kräftigen Stoß versetzt.

»Tut mir leid«, murmelte ich. »Ich ... ich weiß selbst nicht, was mit mir los ist. Schon den ganzen Abend bin ich so aggressiv. Ein paar Mal hätte nicht viel gefehlt, und ich wäre am liebsten aus dem Haus gestürmt, um irgendjemanden zusammenzuschlagen. So etwas habe ich noch nie erlebt. Was hat das bloß zu bedeuten, Howard? Es ... es macht mir Angst.«

Angst war noch gar kein Ausdruck für den Schrecken, der mich in den mehr oder weniger klaren Augenblicken nach jedem Wutausbruch überkam, wenn ich darüber nachdachte, was ich beinahe getan hätte oder vielleicht beim nächsten Mal tun würde, wenn ich erneut die Kontrolle über mich verlor.

Der Ausdruck der Besorgnis auf Howards Gesicht vertiefte sich noch. Er musterte mich ein paar Sekunden lang eingehend, dann zuckte er ratlos die Achseln.

»Gehen wir erst einmal in dein Zimmer, dann kannst du mir alles ausführlich erzählen«, sagte er. »Dort spricht es sich mit Sicherheit besser als hier im Treppenhaus.«

Ich schluckte die wütende Antwort, die mir wegen seiner stoischen Ruhe auf der Zunge lag, hinunter, nickte nur knapp und stieg weiter die Stufen hinauf. Ich war zwar nicht durchnässt, aber auch mir war kalt. Durch das türlose Portal und die zum Teil noch glaslosen Fensteröffnungen drang der eisige Wind ungehindert ins Haus.

»Wie bist du eigentlich hergekommen?«, erkundigte ich mich,

während wir die Treppe hinaufgingen und in den Korridor zu meinem Schlafzimmer einbogen.

»Mit einer Kutsche. Ich habe dem Kutscher gesagt, dass er mich in zwei Stunden wieder hier abholen soll«, erklärte Howard.

In einer Ecke des Türrahmens vor meinem Zimmer hing ein frisches Spinnennetz. Angeekelt fegte ich es mit der Hand weg und wischte mir die Finger anschließend gründlich an der Hose ab, ehe wir den Raum betraten. Zu meiner Erleichterung war Merlin nirgendwo zu entdecken, und ich machte mir gar nicht erst die Mühe, darüber nachzudenken, wie der Kater jetzt wieder aus dem Zimmer herausgekommen sein mochte. Aus irgendeinem Grund hatte er seit einiger Zeit eine Abneigung gegen Howard entwickelt. Meistens gingen die beiden einander so gut es ging aus dem Weg, aber es war auch schon mehrmals vorgekommen, dass Merlin ihn angegriffen hatte.

Howard zog seinen Mantel aus und hängte ihn am Kamin auf, dann rückte er auch den Stuhl vom Schreibtisch näher ans Feuer. Als er sich setzen wollte, fiel ihm das Papierknäuel auf. Er hob es auf, faltete es auseinander und warf einen flüchtigen Blick darauf.

»Was ist das?«

»Ein paar Formulare, die Gray mir vorhin gegeben hat«, erklärte ich verlegen und nahm auf der Kante des Bettes Platz. »Sie waren das erste Opfer meiner Wutausbrüche. Ich war es leid, nur für die verdammten Mühlen der britischen Bürokratie immer mehr Papiere ausfüllen zu müssen.«

»So ein Verhalten sieht dir nicht gerade ähnlich.« Howard schüttelte den Kopf. »Was ist los mit dir?«

»Wenn ich das nur wüsste! Aber das ist ja gerade das Problem.« Für einen Moment fragte ich mich, warum ich mich überhaupt vor ihm verteidigte. Am liebsten hätte ich ihm einfach gesagt, dass es ihn nichts anginge, aber ich widerstand dem Impuls. »Es begann, als ich vorhin hier saß und die Formulare ausfüllte. Mit einem Mal ging mir alles so auf die Nerven, dass ich sie zusammengeknüllt und in die Ecke geschmissen habe.« Ich überlegte kurz, ob ich ihm von dem Albtraum und meinem Schlafwandeln erzählen sollte, verzichtete dann aber darauf. »Danach wurde es immer schlimmer. Bei jeder Kleinigkeit hätte ich explodieren können.«

»Du hattest einen langen Tag, dazu dann die Umstellung, die dein Einzug hier mit sich gebracht hat. Wahrscheinlich bist du nur überreizt und brauchst ein paar Stunden Schlaf«, behauptete Howard und blies eine Rauchwolke aus.

Es missfiel mir ganz entschieden, dass er hier in meinem Schlafzimmer rauchte. Selbst bei gründlichem Lüften würde sich der Gestank noch tagelang im Raum halten. Ich musste daran denken, wie ich mir vorhin schon vorgestellt hatte, Howard eine seiner stinkenden Zigarren in den Rachen zu stopfen. Zumindest was das Rauchen betraf, war Rücksicht für ihn ein absolutes Fremdwort. Dennoch unterdrückte ich das Verlangen, ihn zurechtzuweisen, auch wenn es mir schwerfiel. Für den Moment war ich viel zu froh, ihn als Gesellschaft zu haben.

»Unsinn«, stieß ich hervor. »Das ist etwas anderes. Es ist wie ein Einfluss, der von außen kommt. Ich habe schon überlegt, ob vielleicht das Haus dafür verantwortlich sein könnte.«

Howard schüttelte den Kopf. »Die Magie von Andara-House schützt dich, aber sie macht dich nicht aggressiv«, widersprach er. »Sonst wärst du schon damals, als du hier gewohnt hast, allen an den Kragen gegangen. Nein, es muss etwas anderes sein.«

»Aber damals war das Haus auch noch nicht niedergebrannt und neu aufgebaut«, wandte ich ein. »Wir wissen mittlerweile, dass die Magie meines Vaters hier immer noch wirksam ist, aber möglicherweise hat sie sich durch die Zerstörung des Hauses verändert. Auch wenn es dem alten fast völlig gleicht, so ist es doch ein neues Gebäude.«

»Hm.« Howard sog ein paar Mal an seiner Zigarre, wobei er mich mit einem Blick musterte, der allein mich schon wieder bis zur Weißglut reizte. Schließlich schüttelte er erneut den Kopf. »Das klingt ziemlich an den Haaren herbeigezogen. Ich habe das Gefühl, du suchst nur nach einer Ausrede, um hier möglichst schnell wieder ausziehen zu können.«

»Dafür brauchte ich keine Ausrede«, blaffte ich ihn an. »Schließlich bin ich niemandem Rechenschaft schuldig. Wer sollte mich daran hindern, auf der Stelle von hier zu verschwinden, wenn ich es wollte. Du vielleicht?« Herausfordernd starrte ich ihn an.

»Sicher«, erwiderte Howard ruhig. »Wenn es nicht anders ginge, würde ich dich aufhalten. Deshalb bin ich hier.«

»Du würdest … *was?*«, krächzte ich.

Trotz des prasselnden Feuers im Kamin schien es im Raum plötzlich um mehrere Grad kälter zu werden. Fassungslos starrte ich

Howard an, unfähig, die ganze Tragweite dessen, was er gesagt hatte, zu begreifen.

»Dich notfalls mit Gewalt aufhalten, wenn du jetzt aus dem Haus stürmen würdest«, entgegnete er mit der gleichen Ruhe wie zuvor. Er seufzte. »Da draußen würdest du dir bei dem Unwetter höchstens den Tod holen, und das könnte ich nicht einfach zulassen. Wo wolltest du im Übrigen hin, allein, zu Fuß und mitten in der Nacht? Du wirst zumindest warten müssen, bis der Kutscher zurückkommt, dann kann ich dich mitnehmen.«

Erleichtert atmete ich auf. Ich wusste nicht, was ich nach Howards Drohung, mich hier festzuhalten, gedacht hatte, dafür war alles viel zu überraschend gekommen, aber für einen kurzen Moment hatten seine Worte eindeutig drohend geklungen.

»Zu freundlich«, brummte ich. »Es könnte gut sein, dass ich auf dein Angebot zurückkomme. Ich bin dieses Haus und alles, was damit zusammenhängt, leid, und das ein für alle Mal.«

Howard runzelte irritiert die Stirn. »Was meinst du damit?«

»Genau das, was ich gesagt habe. Irgendetwas stimmt mit diesem Haus nicht. Es wäre besser gewesen, wenn ich es gar nicht erst wieder hätte aufbauen lassen, dann hätte ich außerdem noch ein Vermögen gespart. Sobald die Kutsche kommt, verschwinde ich auf Nimmerwiedersehen von hier, und morgen werde ich unserem Freund Storm mitteilen, dass er die Bauarbeiten einstellen soll. Anschließend werde ich mir dann irgendwo ein anderes Haus suchen, hell und gemütlich und ohne jeden magischen Firlefanz. Ein Haus, in dem es sich behaglicher wohnen lässt als in diesem Mausoleum, in dem man nur Albträume kriegt und am liebsten jedem an die Gurgel fahren möchte.«

»Robert, du –«

»Und du brauchst gar nicht erst zu versuchen, es mir wieder auszureden«, fiel ich ihm barsch ins Wort. »Ich habe heute Morgen auf dich gehört, als du mich überredet hast, hierher zu ziehen, und das habe ich in den vergangenen Stunden ausgiebig bereut. Vielleicht liegt es an der Magie meines Vaters, vielleicht an etwas anderem. Ich habe keinerlei Lust, es überhaupt herauszufinden, aber ich weiß, dass ich hier nicht leben kann. Irgendetwas hat sich verändert. Dies Haus treibt mich dazu, Dinge zu denken und zu tun, die mir selbst unheimlich sind, deshalb werde ich keine Minute länger als nötig hier bleiben.«

Howard schwieg ein paar Sekunden und dachte über das nach, was ich gesagt hatte. Mein Entschluss gefiel ihm nicht, das war ihm deutlich anzumerken, aber er musste auch merken, wie verändert ich an diesem Abend war, und das gab ihm offenbar zu denken. Im Augenblick hielt sich meine Aggressivität in Grenzen, aber nur, weil ich mit aller Kraft dagegen ankämpfte, mir immer wieder vor Augen hielt, dass Howard mein Freund war. Unter allen Umständen musste ich versuchen, jeden weiteren Streit zu vermeiden, damit mein Zorn nicht wieder unkontrolliert hochkochte und aus einer kleinen Meinungsverschiedenheit möglicherweise eine handgreifliche Auseinandersetzung wurde. Passieren könnte dies durchaus, ich traute mir selbst momentan keine zwei Schritte über den Weg.

Eine kleine Spinne fiel von der Decke herab und landete auf Howards Schulter. Er streifte sie mit einer Hand ab, ohne sie weiter zu beachten. Wenigstens diese verdammten Biester schienen sich in diesem Haus außerordentlich wohl zu fühlen.

»Reden wir morgen noch einmal darüber«, sagte Howard schließlich. »Du solltest erst einmal eine Nacht darüber schlafen, vielleicht sieht morgen alles schon wieder ganz anders aus. Wenn wirklich Rodericks Magie dafür verantwortlich ist, dass du mit einem Mal so aggressiv bist, dann muss es auch einen Weg geben, das wieder rückgängig zu machen.«

»Ach ja?« Ich stieß ein abgehacktes Lachen aus und schnitt eine Grimasse. »Etwa so, wie wir auch verhindern konnten, dass das Haus sich gegen jegliche Veränderung gegenüber dem Original beim Neuaufbau wehrt? Ich habe es bis auf die Grundmauern abtragen und völlig neu aufbauen lassen, ohne dass es etwas genutzt hat.«

»Vielleicht hat es etwas genutzt, aber anders als erwartet«, entgegnete Howard nachdenklich. »Möglicherweise funktioniert Rodericks Magie genau deshalb nicht mehr richtig. In diesem Fall wäre es nicht schwer –«

»Zum Teufel, hörst du mir überhaupt zu?«, unterbrach ich ihn. »Es ist mir egal, woran es liegt. Ich habe mich in diesem Haus noch nie richtig wohl gefühlt, und deshalb kann ich gut darauf verzichten. Und damit Ende der Diskussion, Schluss, aus, basta. Ist das jetzt klar?«

»Wie du meinst«, antwortete Howard pikiert. Er schlug die Beine übereinander und lehnte sich auf dem Stuhl zurück. Nachdem er noch einmal an seiner Zigarre gesogen hatte, schnippte er sie in den Kamin, wobei er zu meiner Überraschung sogar traf.

Keiner von uns sagte etwas. Ich bemühte mich, seinem Blick auszuweichen, und zupfte nicht vorhandene Fusel von meiner Hose. Das

Schweigen machte mich nervös, bis ich es nach einigen Sekunden nicht mehr ertragen konnte, vom Bett aufsprang und im Zimmer umherzugehen begann.

»Das Gewitter scheint abzuziehen«, sagte ich. Nur noch vereinzelt zuckten Blitze auf, doch sie waren längst nicht mehr so grell wie zuvor. Die Abstände zu den ebenfalls schwächer gewordenen Donnerschlägen betrugen mehrere Sekunden, und das Stakkato des gegen die Scheiben prasselnden Regens hatte aufgehört. Ich trat ans Fenster und starrte in die Nacht hinaus.

Der Ashton Place war längst nicht so leer und verlassen, wie man es um diese Uhrzeit und bei diesem Wetter erwarten sollte. Mindestens ein Dutzend Menschen, eher sogar noch mehr, standen reglos wie Statuen über den Platz verteilt herum. Als wäre mein Erscheinen am Fenster ein Signal gewesen, setzten sie sich nun wie auf ein unhörbares Kommando hin alle gleichzeitig auf ein gemeinsames Ziel hin in Bewegung.

Und dieses Ziel war Andara-House.

Das Gewitter war zwar heftig, dauerte aber glücklicherweise nicht lange an. Der Regen ließ bereits wieder nach, noch bevor Rowlf sein Ziel erreichte.

Er hatte sich gar nicht erst damit aufgehalten, die Kutsche anzuspannen, sondern war so schnell er nur konnte losgeritten. Die Sorge um Robert und Howard trieb ihn voran. Mary Winden gegenüber hatte er sich bemüht, sie nicht spüren zu lassen, wie besorgt er wirklich war, doch instinktiv spürte er, dass etwas ganz gewaltig nicht stimmte. Selbst wenn die Baumaßnahmen an Andara-House mit einem Mal noch so gewaltige Fortschritte gemacht haben sollten, fiel ihm kein einziger vernünftiger Grund für Roberts völlig überhasteten Umzug dorthin ein; so wenig wie ein Grund, warum ausgerechnet Howard ihn dazu gedrängt haben sollte, statt ihm diesen Unsinn auszureden.

Irgendetwas war an der ganzen Geschichte oberfaul.

Ein einziges Mal hatte Rowlf nicht auf sein Gefühl gehört, hatte seine Augen sogar bewusst vor allen Hinweisen, dass etwas nicht stimmte, verschlossen und sogar Howards Anschuldigungen gegen Priscylla keinen Glauben geschenkt. Damals hatte dies zu Roberts Tod geführt.

Noch einmal würde ihm ein solcher Fehler nicht passieren.

Unbarmherzig trieb er das Pferd an, ohne Rücksicht darauf zu nehmen, dass es sich um ein Kutschenpferd handelte, das einen solchen Gewaltritt nicht gewohnt war. Das vom Regen nasse Pflaster war glitschig und behinderte sein Vorankommen, dennoch legte er den Weg in absoluter Rekordzeit zurück. Mit der wesentlich langsameren Kutsche konnte Howard höchstens wenige Minuten vor ihm eingetroffen sein.

Erst als er den Ashton Place fast erreicht hatte, wurde Rowlf langsamer, und gleich darauf bot sich ihm ein gespenstischer Anblick. Trotz des noch immer fallenden Regens war der Platz nicht leer. In einer weit auseinandergezogenen Kette standen mehr als ein Dutzend Männer dort, und alle richteten ihre Blicke unverwandt auf Andara-House.

Das unangenehme Kribbeln in Rowlfs Magen verstärkte sich noch. Irgendetwas stimmte wirklich nicht, seine Ahnung hatte ihn nicht getrogen. Er wusste nicht, wer die Männer waren und was sie vorhatten, aber er war sich fast sicher, dass sie nichts Gutes im Schilde führten.

Er blickte zu Andara-House hinüber. Ein einzelnes Fenster im Obergeschoss des Hauses war hell erleuchtet. Es gehörte zu dem Zimmer, in dem Robert schon damals geschlafen hatte. Er meinte sogar, eine Gestalt als dunkle Silhouette am Fenster stehen zu sehen, doch die Sicht war zu schlecht, als dass er sich sicher war. Er konnte nur hoffen, dass er sich nicht getäuscht und Robert den unheimlichen Aufmarsch vor seinem Haus bemerkt hatte.

Das Prasseln des Regens verschluckte den Hufschlag des Pferdes, als Rowlf das Tier wieder antrieb und weiterritt, um nicht entdeckt zu werden. Er hatte lange genug hier gewohnt, sodass er sich in der Gegend bestens auskannte. Über Seitenstraßen näherte er sich Andara-House von hinten. An der Rückseite des Anwesens verlief ein schmaler Weg. Erst als er diesen erreichte, zügelte Rowlf das Pferd und sprang aus dem Sattel.

Ein gut mannshoher Zaun trennte die Gasse vom riesigen Garten, doch Wind und Wetter hatten im Laufe der vergangenen Jahre deutliche Spuren hinterlassen. Fast auf Anhieb fand Rowlf einige morsche Bretter, die er ohne Mühe aus ihrer Verankerung reißen konnte. Rasch zwängte er sich durch die Lücke.

Das einstmals von Gärtnern sorgsam gepflegte Anwesen war völlig verwildert. Trotz der frühen Jahreszeit wucherten überall Gestrüpp und Dornenranken, zudem hatte der Regen den Boden in einen Morast verwandelt, in den er bei jedem Schritt bis zu den Knöcheln einsank, sodass Rowlf trotz seiner Bärenkräfte nur langsam und mühevoll vorwärts kam. Der Garten schien kein Ende zu nehmen, und auch wenn der Mantel ihm einen gewissen Schutz bot, blutete er im Gesicht und an den Händen aus zahlreichen Kratzern, Schürf- und Risswunden, als sich das Dickicht endlich vor ihm lichtete. Er hatte die ehemalige Terrasse erreicht, deren Steine mittlerweile von Moos und Flechten bedeckt waren, zwischen denen an zahlreichen Stellen dichte Grasbüschel und anderes Unkraut emporwuchsen.

Rowlf blieb stehen, rang ein paar Sekunden nach Atem und lauschte, aber im Haus blieb alles still. Soweit es in der Dunkelheit möglich war, musterte er die Rückfront. Die Türen waren bereits eingesetzt, mehrere Fenster fehlten jedoch noch. So leise es ging, riss er die zum Schutz gegen den Regen dienende Plane vor einer der Öffnungen herunter und schwang sich über die Fensterbank ins Innere. Erneut lauschte er, aber auch jetzt waren keinerlei verdächtige Geräusche zu hören.

Der Widerschein eines der noch immer vereinzelt in der Ferne aufleuchtenden Blitze zeigte ihm, dass er sich in dem einstmals mit unersetzbaren historischen Möbeln eingerichteten Speisesaal befand, der nun leer und kahl war. In der Luft hing der Geruch von frischer Farbe.

Rowlf schlich bis zur Türöffnung und spähte in die Eingangshalle hinaus, zog den Kopf aber sofort wieder erschrocken zurück. Drei der unheimlichen Gestalten befanden sich bereits im Inneren des Hauses, wo sie wieder zur Reglosigkeit erstarrt waren, eine weitere trat gerade durch das Eingangsportal. Der Weg über die Haupttreppe war Rowlf versperrt. Einen Moment lang spielte er mit dem Gedanken, einfach mit Gewalt durchzubrechen. Mit vier Gegnern traute er sich zu, notfalls allein fertig zu werden, aber da waren noch die anderen, die nicht weit entfernt sein konnten, und diese Übermacht wäre zu groß. Außerdem wollte er seine Anwesenheit so lange wie möglich geheim halten.

Rowlf überlegte kurz, dann huschte er auf den Durchgang zwischen Speisesaal und Küche zu. Von der Küche aus erreichte er einen Korridor, der an weiteren Wirtschaftsräumen vorbeiführte. Rowlf konnte nur hoffen, dass beim möglichst originalgetreuen Wiederaufbau auch die schmale Treppe berücksichtigt worden war, die vom Ende des Gangs ins Obergeschoss führte.

»Was ist los?«, erkundigte sich Howard, als er meinen erschrockenen Gesichtsausdruck bemerkte.

»Das ... solltest du dir selbst ansehen«, erwiderte ich gepresst.

Howard stand von seinem Stuhl auf, trat neben mich und blickte ebenfalls aus dem Fenster. Überrascht runzelte er die Stirn. »Was sind das für Leute?«

Ich zuckte die Achseln. »Keine Ahnung. Aber sie machen einen irgendwie ... unheimlichen Eindruck.«

»Allerdings«, stimmte Howard mir zu. »Sie kommen hierher. Und ich glaube nicht, dass sie nur auf eine Tasse Tee vorbeischauen wollen.«

Es kribbelte mir in den Fäusten, einfach nach unten zu stürmen und mein Haus gewaltsam gegen jeden zu verteidigen, der hier einzudringen versuchte, aber ich war noch klar genug bei Verstand, um einzusehen, dass ich gegen die Übermacht nicht den Hauch einer Chance hatte. Und mit einem hatte Howard absolut Recht: Ich wusste nicht, was die Gestalten vorhatten, aber um einen Höflichkeitsbesuch handelte es sich sicherlich nicht.

Die Männer bewegten sich mit langsamen, gemächlichen Schritten; anscheinend fühlten sie sich sehr sicher und hatten es nicht einmal besonders eilig. Der Vorderste von ihnen hatte das Tor im Zaun fast erreicht. Sein Schatten glitt ihm auf dem feuchten Kopfsteinpflaster voraus, ein schwarzer, gedrungener Umriss, der nicht der eines Menschen war und viel zu viele Arme zu haben schien.

Ich schauderte.

Vielleicht bildete ich mir nur etwas ein, so wie vorhin bei Howard, oder das Haus beeinflusste tatsächlich mein Denken, gaukelte mir etwas vor, das es nicht gab, und trieb mich allmählich in den Wahnsinn.

»Verschwinden wir von hier«, stieß ich hervor.

»Und wohin?«, fragte Howard. »Sie kommen direkt auf den Eingang zu. Wir werden ihnen geradewegs in die Arme laufen.«

»Komm schon.« Ich packte ihn am Arm und zerrte ihn mit mir auf die Tür zu. »Wir müssen vor ihnen im Erdgeschoss sein. Wenn sie im Haus sind, können wir durch einen der Nebenausgänge fliehen.«

»Versuchen können wir es wenigstens.« Howard sträubte sich nicht länger. »Sieht ohnehin nicht so aus, als ob wir viele Auswahlmöglichkeiten hätten.«

Ich wollte die Tür aufreißen, als ich das Spinnennetz entdeckte, dass sich zwischen der Klinke und dem Türrahmen spannte. Schon wieder Spinnen. Mussten sich ausgerechnet die einzigen Tiere, vor denen ich mich abgrundtief ekelte, bereits in solcher Vielzahl hier einquartieren? Mühsam verdrängte ich meine Abscheu, griff durch das Netz mit dem widerlichen pelzigen Ball in seiner Mitte hindurch nach der Klinke und öffnete die Tür.

Wir huschten in den Korridor hinaus und eilten auf die Treppe zu, doch noch bevor wir sie erreichten, blieb ich abrupt stehen und hielt auch Howard zurück.

»Verdammt!«, presste ich leise hervor.

Deutlich waren die Geräusche von Schritten auf der Treppe zu hören. Es schien sich nur um wenige Personen zu handeln, zwei, vielleicht drei. Möglicherweise hatte ich mich vorhin doch nicht getäuscht, als ich die Unbekannten in der Eingangshalle gesehen hatte, und sie hatten sich bei Howards Ankunft nur versteckt. Jetzt schnitten sie uns den Weg ins Erdgeschoss ab.

Leise kehrten Howard und ich in mein Zimmer zurück. Wenn überhaupt, dann gab es nur noch einen Weg, auf dem wir fliehen konnten. Ohne lange zu überlegen, eilte ich zum Fenster, riss es auf und beugte mich hinaus. Wir befanden uns im zweiten Stock, gut zwanzig Fuß über dem Erdboden. Ein Sprung hätte mir mindestens ein paar gebrochene Knochen beschert, doch ich entdeckte, worauf ich gehofft hatte. Ein Stück unterhalb des Fensters verlief ein schmaler Sims, der zu einem Abflussrohr führte, das einige Yards entfernt an der Hauswand nach unten führte. Der Sims war nicht breiter als eine gespreizte Hand, und auch das Abflussrohr sah alles andere als Vertrauen erweckend aus, doch blieb mir keine andere Wahl, als es zu riskieren.

Ich wandte mich wieder zu Howard um. Der flackernde Kerzenschein schuf ein Muster aus Licht und Schatten auf seinem Gesicht, das für einen kurzen Moment fast wie ein Spinnennetz aussah. Ich blinzelte, und die Illusion verschwand.

»Es gibt einen schmalen Sims«, berichtete ich.

Howard trat neben mich und beugte sich ebenfalls aus dem Fenster, dann schüttelte er den Kopf. »Unmöglich«, behauptete er. »Der

Sims ist viel zu schmal und die Hauswand zu glatt, um sich festzuhalten. Wir werden abstürzen.«

»Willst du lieber hier herumstehen und abwarten, was diese unheimlichen Typen mit uns vorhaben?«

»Wir wissen ja noch nicht einmal, ob sie uns wirklich etwas antun wollen. Und selbst wenn, können wir uns immer noch wehren. Unsere Chancen dabei stehen nicht viel schlechter als bei deiner Kletterpartie.«

»Gegen mehr als ein Dutzend Gegner?« Ich ergriff Howard an den Schultern und schüttelte ihn. »Glaub mir, ich würde diesen Kerlen selbst am liebsten die *Zähne* einschlagen, doch ich bin nicht so verrückt, es mit einer solchen Übermacht aufzunehmen.«

»Na schön, dann ergeben wir uns ihnen eben. Sie werden Lösegeld für uns verlangen, aber es ist immer noch besser, ein bisschen Geld zu verlieren, als aus zwanzig Fuß Höhe in den sicheren Tod zu stürzen.«

Verzweifelt schüttelte ich den Kopf. »Das sind keine Kidnapper, Howard, begreif das doch. Diese Männer sind *böse.* Ich kann es nicht erklären, aber ich spüre es. Sie haben etwas Dämonisches an sich. Du hast sie doch gesehen. Ihre Schatten ...«

»Du redest Unsinn, Robert. Ja, ich habe sie gesehen. Ein paar Bauarbeiter, die mitbekommen haben, dass du heute Nacht allein hier bleibst, und die eine Gelegenheit gewittert haben, mehr Geld auf einen Schlag zu bekommen, als sie in ihrem ganzen Leben mit ehrlicher Arbeit verdienen.«

»Verdammt, hörst du mir überhaupt zu? Das sind keine Kidnapper, das ...« Ich brach ab und drehte mich mit einem wütenden Ruck um. Es war sinnlos, mit ihm zu diskutieren, ich verplemperte nur meine Zeit. »Mach doch, was du willst. Ich werde jedenfalls von hier verschwinden.«

Ich drehte mich wieder zum Fenster um, doch bevor ich ins Freie klettern konnte, packte Howard meinen Arm und riss mich zurück.

»Mir scheint, *du* hast vorhin nicht richtig zugehört«, sagte er. Seine Stimme hatte sich verändert, sie klang kalt und gefühllos. »Ich habe dir gesagt, dass ich notfalls mit Gewalt verhindern würde, dass du das Haus verlässt, und das werde ich tun. Ich hatte gehofft, dass es erst gar nicht so weit kommt, aber du willst es ja nicht anders.«

»Verdammt, lass mich los!«, zischte ich. Sein Verhalten war seltsam, passte überhaupt nicht zu ihm, aber darüber dachte ich in diesem Moment nicht nach. Mein Zorn, den ich bislang mühsam zurückgehalten hatte, gewann wieder die Oberhand. Wutentbrannt schlug ich mit der Faust nach Howard, doch er wehrte meinen blindwütigen Angriff ohne jede Mühe ab und versetzte mir zwei schallende Ohrfeigen, die mich zurücktaumeln ließen.

Ich keuchte, stürzte mich aber sofort wieder auf ihn.

Auch diesmal wich er meinem Angriff ohne jede Mühe aus und versetzte mir einen Hieb in den Magen, dass ich vor Schmerz aufstöhnte und beide Arme gegen den Leib presste.

»Ja, komm schon, lass deiner Wut freien Lauf«, höhnte Howard. »In diesem Zustand wollen wir dich haben.«

Ich wusste nicht, ob es der Schmerz oder seine Worte waren, die mich wieder zur Besinnung brachten. Es gelang mir, meine Aggressivität notdürftig zurückzudrängen und wieder halbwegs klar zu denken.

»Du ... du bist nicht Howard«, keuchte ich und wich ein paar Schritte zurück.

Er stieß ein schallendes Lachen aus. »O doch, Robert, der gleiche Howard wie immer. Nur meine Ansichten haben sich ein wenig geändert. Ich habe Erleuchtung gefunden und erkannt, was für ein Narr ich war. Gegen die *Thul Saduun* zu kämpfen ist so, als wolle man eine Springflut mit bloßen Händen aufhalten. Wenn man überleben will, kann man sich nur mit der Strömung treiben lassen.«

Fassungslos starrte ich ihn mit weit aufgerissenen Augen an. In meinem Mund war plötzlich ein bitterer Geschmack.

»Howard, du ... Was haben sie mit dir gemacht? Du bist nicht mehr Herr deines Willens«, stammelte ich verstört.

»Meinst du?« Er verzog verächtlich das Gesicht. »Vielleicht bin ich nicht mehr der, der ich früher war, aber auf alle Fälle habe ich mich noch nie so wohl gefühlt. Möchtest du eine kleine Kostprobe meiner neuen Kräfte?«

Blitzschnell sprang er vor. Er packte mich, noch bevor ich meine Überraschung überwinden und reagieren konnte, hob mich mühelos hoch und rammte mich mit der Wucht einer Dampflok gegen die Wand. Hilflos wie ein Kind hing ich mit in der Luft baumelnden Füßen in seinem eisernen Griff.

»Nun, wie gefällt dir das?«, fragte er höhnisch. »Brauchst du noch eine Kostprobe?«

Scheinbar ohne jede Anstrengung schleuderte er mich durch das halbe Zimmer, dass ich dicht neben der Tür gegen die Mauer prallte.

Die Luft wurde mir aus den Lungen gepresst, und ein furchtbarer Schmerz zuckte durch mein Rückgrat. Bunte Sterne zerplatzten vor meinen Augen. Einen Moment lang fürchtete ich, ich würde ohnmächtig, aber Panik und Todesangst hielten mich bei Bewusstsein. Benommen blieb ich am Fuß der Wand liegen und rang nach Luft.

Hochmütig blickte Howard auf mich herab. »Weißt du, du hattest völlig Recht. Auch wenn das Relief zerborsten ist, ist es noch lange nicht vorbei. Wir haben lediglich auf den richtigen Zeitpunkt gewartet und unsere Vorbereitungen getroffen. Andaras Magie ist in diesem Haus längst nicht mehr so stark wie früher, nicht stark genug jedenfalls gegen die der *Thul Saduun*. So konnten wir es ohne große Schwierigkeiten in eine Falle für dich verwandeln. Ich musste dich nur noch herlocken.«

Für einen kurzen Moment meinte ich wieder das Spinnennetzmuster auf seinem Gesicht zu sehen, und endlich begriff ich. Die ganze Zeit über hatte das Haus versucht, mich zu warnen, mir deutlich zu machen, dass ich hier wie in einem Spinnennetz, dessen Fäden sich immer enger um mich zusammenzogen, in der Falle saß, aber ich war zu blind gewesen, um die Warnung zu begreifen. Jetzt war es zu spät.

»Die *Thul Saduun* werden ihren Kerker sprengen und wieder über diese Welt herrschen«, fuhr Howard fort. »Und diesmal wirst du uns nicht mehr aufhalten. Ganz im Gegenteil. Gegen ihre Macht bist du nicht mehr als ein Wurm, den *jene in der Tiefe* achtlos zertreten werden.«

Er versetzte mir einen Tritt in die Seite, dass ich vor Schmerz keuchte und mich zusammenkrümmte. Bunte Sterne tanzten vor meinen Augen.

In diesem Moment wurde die Tür wuchtig aufgestoßen. Durch den Schleier der Benommenheit erkannte ich Rowlf, der wie ein gereizter Bär hereingestürmt kam. Sofort stürzte er sich auf Howard und versetzte ihm einen wuchtigen Schlag gegen die Brust. Howard wurde von dem Angriff völlig überrascht und zurückgeschleudert, sodass er der Länge nach auf mein Bett fiel.

»Vorsicht, Rowlf«, keuchte ich. »Er ist –«

Ich kam nicht dazu, weiterzusprechen. Nicht nur Howards Kräfte waren auf erschreckende Weise gewachsen, auch seine Schnelligkeit. In einer schier unmöglich erscheinenden Bewegung kam er wieder auf die Beine, noch bevor Rowlf das Bett erreichte, wehrte fast beiläufig einen weiteren Hieb des Hünen ab und versetzte ihm seinerseits einen Schlag, der ihn meterweit zurückschleuderte.

Rowlf prallte gegen die Tür und stieß sie hinter sich ins Schloss. Seine Lippe war aufgeplatzt, und Blut lief an seinem Kinn herab. Benommen schüttelte er den Kopf.

Gleich darauf war Howard wieder heran, doch diesmal gelang es Rowlf, ihm auszuweichen. Howards Hände griffen ins Leere, und er kam ins Taumeln. Ich half der Entwicklung noch ein wenig nach, indem ich blitzschnell das Bein vorstreckte. Howard verlor vollends das Gleichgewicht. Mit dem Gesicht voran prallte er gegen die Wand. Rowlf packte ihn von hinten an den Schultern und wirbelte ihn herum.

Genauer gesagt – er versuchte es.

Rowlf war der mit Abstand stärkste Mann, den ich jemals gesehen hatte, aber genauso gut hätte er versuchen können, einen Felsbrocken von der Größe Big Bens zu verrücken. Howard fuhr herum und packte Rowlf an der Kehle. Scheinbar ohne die geringste Anstrengung hob er den Hünen mit einer Hand ein Stück in die Höhe, sodass seine Füße über dem Boden baumelten, und presste ihn gegen die Wand.

Ich hatte das Gefühl, keinerlei Gefühl außer Schmerz mehr in meinen Gliedern zu haben, dennoch stemmte ich mich an der Wand in die Höhe und kam taumelnd auf die Füße.

Rowlf gab nur noch keuchende, würgende Laute von sich. Sein Gesicht war dunkel angelaufen, die Augen quollen ihm aus den Höhlen. Mit immer kraftloseren Bewegungen schlug und trat er nach Howard, der seine Gegenwehr überhaupt nicht zu spüren schien.

Der Anblick verlieh mir noch einmal neue Kraft. Obwohl ein Schmerz durch meinen Brustkorb zuckte, als hätte mir jemand ein Messer zwischen die Rippen gerammt, packte ich den Stuhl vor meinem Schreibtisch und schaffte es, ihn in die Höhe zu wuchten. Mit aller verbliebenen Kraft ließ ich ihn auf Howards Kopf und Schultern niedersausen.

Diesen Hieb konnte nicht einmal er so einfach wegstecken. Der Stuhl zerbrach, sodass ich nur ein Bein in der Hand zurückbehielt, aber Howard brach in die Knie und ließ Rowlf los. Der Hüne stürzte zu Boden, presste die Hände an seinen Hals und schnappte röchelnd nach Luft.

Als Howard wieder aufsprang, drosch ich ihm das Stuhlbein gegen die Schläfe. Die Haut an seinem Kopf platzte auf, und er wurde erneut zu Boden geschleudert, aber damit fand meine Glückssträhne ein Ende. Zu einem weiteren Hieb kam ich nicht mehr. Noch während ich ausholte, packte Howard mein Bein und brachte mich mit einem harten Ruck zu Fall. Im nächsten Moment riss er mich wieder in die Höhe und schleuderte mich von sich. Die Schmerzen in meiner Brust steigerten sich zu purer Agonie, als ich gegen die Wand prallte und daran entlang zu Boden rutschte.

»Narr!«, stieß er hervor. »Sieh doch endlich ein, dass es keine Rettung mehr für dich gibt.«

Wieder war es Rowlf, der mich rettete. Unbemerkt von Howard war es ihm gelungen, sich aufzurichten. Nun sprang er ihn von hinten an. Gemeinsam prallten sie gegen den Schreibtisch, der unter ihrem Gewicht zusammenbrach. Mit schmerzverzerrtem Gesicht wälzte sich Rowlf auf dem Boden, während Howard keinerlei Schmerz zu verspüren schien und bereits wieder aufstand.

Von der Tür her war ein leises Scharren zu hören, das Kratzen scharfer Krallen auf Holz. Howard reagierte nicht darauf. Mit langsamen, bedächtigen Schritten kam er weiter auf mich zu, sein Gesicht zu einer Grimasse sadistischer Vorfreude verzerrt.

In mir reifte ein verzweifelter Plan. Als Howard sich bückte und mich zu packen versuchte, schaffte ich es irgendwie, mich zur Seite zu rollen und aus der Bewegung heraus so weit aufzurichten, dass ich die Türklinke zu packen bekam und nach unten zog.

Wie ein goldfarbener Blitz kam Merlin ins Zimmer geschossen und stürzte sich sofort auf Howard, wie er es in den letzten Wochen schon mehrfach getan hatte, auch wenn ich den Grund dafür erst jetzt kannte. Mit seinen scharfen Sinnen musste das Tier seine Besessenheit gespürt und mich zu schützen versucht haben.

Aus dem Lauf stieß Merlin sich vom Boden ab und sprang mit einem gewaltigen Satz direkt auf Howard zu, der zwar noch versuchte abwehrend die Arme hochzureißen, aber zu überrascht war, um schnell genug zu reagieren. Der Aufprall ließ ihn ein paar Schritte zurücktaumeln. Merlin klammerte sich an seiner Brust fest und schlug gleichzeitig mit einer Tatze zu. Seine Krallen rissen Howards Wange auf, aber obwohl es sich um tiefe, stark blutende Wunden handelte, gab dieser keinen Laut von sich. Stattdessen versuchte er den Kater zu packen und von sich zu schleudern, aber trotz der ungeheuren Kräfte, die seine Besessenheit ihm verlieh, war Merlin zu flink für ihn.

So schnell, dass das menschliche Auge seinen Bewegungen kaum zu folgen vermochte, turnte er auf Howard herum, schlug dabei immer wieder mit seinen Tatzen zu. Dabei zielte er nicht mehr länger auf Howards Gesicht, sondern schien es in erster Linie auf seine rechte Schulter und seinen Oberarm abgesehen zu haben. Bereits nach wenigen Sekunden hatten seine rasiermesserscharfen Krallen den Stoff des Gehrocks und des Hemds darunter so aufgeschlitzt, dass der Ärmel nur noch in Fetzen herunterhing, und nun riss er die Haut darunter auf. Howard zeigte weiterhin keinerlei Anzeichen von Schmerz. Er wehrte sich verbissen, aber gegen den Kater, der sich fast in einen Zustand der Raserei hineingesteigert hatte, hatte er dennoch keine Chance. Blut strömte aus der Wunde an seiner Schulter, und darin entdeckte ich etwas Kleines, Graues, kaum größer als einen Penny. Mit einem triumphierenden Fauchen riss Merlin den winzigen Brocken vollends aus seiner Schulter heraus. Im gleichen Moment erlosch Howards Gegenwehr. Mit einem gepressten Stöhnen brach er zusammen.

Merlin sprang von ihm herunter, stieß ein zufriedenes Schnurren aus und wich in eine Ecke des Zimmers zurück, wo er damit begann, sich in aller Ruhe sein Fell zu putzen.

Ich stemmte mich auf die Beine, taumelte auf Howard zu und kniete neben ihm nieder. Schon bevor ich nach dem kleinen grauen Etwas, das sich in seiner Schulter befunden hatte, griff und es genauer ansah, wusste ich, um was es sich handelte. Der Stein war zu klein, als dass ich das sinnverwirrende Muster aus ineinander verschlungenen Linien darauf richtig erkennen konnte, doch handelte es sich ohne jeden Zweifel um ein Fragment des Reliefs, das ich vor Wochen in dem unterirdischen Labyrinth zerstört hatte. Ich hatte geglaubt, dass die schlimmste Gefahr damit beseitigt wäre, aber möglicherweise hatte ich sie stattdessen sogar noch vergrößert. So wie jedes Bruchstück des Reliefs das gesamte Oberflächenmuster zeigte, schien auch jeder Splitter einen Teil der magischen Kraft der *Thul Saduun* zu enthalten. Deutlich spürte ich das Böse, das von dem kleinen Stein ausging. Hastig steckte ich ihn in die Tasche. Möglicherweise würde er mir noch von Nutzen sein, wenn ich später irgendwann Gelegenheit bekam, ihn genau zu untersuchen.

Howards Schulterwunde blutete noch immer, nicht sehr stark, aber beständig. Ich riss einen Streifen aus seinem ohnehin zerfetzten Hemd, faltete ihn zusammen und legte ihn auf die Wunde, dann band ich ihn mit einem weiteren Stoffstreifen fest. Mehr konnte ich im Moment nicht für ihn tun.

Rowlf hatte sich auch wieder aufgerichtet, kam auf mich zu und legte mir schwer die Hand auf die Schulter.

»Hau ab, Jungchen«, keuchte er. Sein Gesicht war übel zugerichtet und voller Blut. »Kann nich mehr lange dauern, bis die annern hier sin. Du muss fliehn.«

Erst jetzt nahm ich die Schritte auf dem Korridor wahr, die sich dem Zimmer näherten. Rowlf hatte Recht, wenn ich überhaupt eine Chance zur Flucht haben wollte, dann durfte ich keine Zeit mehr verlieren, sonst konnte ich mich direkt ergeben. Trotzdem zögerte ich noch.

»Und du?«

»Mach dir um mich keene Sorgen, die sinnur hinter dir her. Ich versuch se aufzuhalten.« Er wankte zur Tür, warf sie zu und drehte den Schlüssel herum. Wenn die unheimlichen Gestalten, die ich auf dem Ashton Place gesehen hatte, über die gleichen Kräfte verfügten wie Howard, würden sie sich dadurch nicht aufhalten lassen; so wenig wie von Rowlf, aber vielleicht konnte er mir zumindest eine kurze zusätzliche Frist verschaffen.

Ich nickte zögernd, dann eilte ich zum Fenster und beugte mich hinaus. Nach dem Ende des Gewitters hatte sich Bodennebel gebildet, der alles wie eine wattige weiße Schicht bedeckte. Es sah aus, als hätte es geschneit. Aber wenigstens war weder auf dem Platz selbst noch im Garten unter mir etwas von den Unbekannten zu entdecken.

Trotz der Schmerzen in meiner Brust kletterte ich ins Freie. Der Sims unter dem Fenster war feucht und schlüpfrig vom Regen, und er schien noch schmaler geworden zu sein, als er mir zuvor bereits vorgekommen war; nicht einmal breit genug, dass ich mit dem ganzen Fuß auftreten konnte. Eng an die Mauer gepresst schob ich mich Zoll für Zoll vorwärts. Mit den Fingerspitzen tastete ich nach Fugen und anderen Unebenheiten im Mauerwerk, an denen ich mich festklammern konnte, und bemühte mich krampfhaft, nicht in die Tiefe zu blicken.

Hinter mir ertönte ein lautes Krachen, als die Tür meines Zimmers aufgebrochen wurde, dem gleich darauf Kampfgeräusche und ein Schmerzensschrei, untermalt von einem lauten Fauchen folgten. Offenbar hatten meine Verfolger nicht nur mit Rowlfs Fäusten, sondern auch mit Merlins Krallen erste Bekanntschaft gemacht. Ich kümmerte mich nicht weiter darum, blickte nicht einmal zurück. Gegen die Übermacht hatte auch Merlin keine Chance, und selbst wenn er wie ein Berserker kämpfte, würde er die Besessenen nicht länger als ein paar Sekunden aufhalten können, zumal sie nicht einmal an ihm vorbeimussten. Sobald sie erkannten, auf welche Art ich geflohen war, würden sie mir nicht weiter folgen, sondern den einfacheren Weg zurück über die Treppe wählen, um mich unten abzufangen, wenn ich nicht schnell genug war. Möglicherweise befanden sie sich bereits wieder auf dem Weg ins Erdgeschoss. Dennoch wagte ich nicht, mich schneller zu bewegen, um nicht kurz vor dem Ziel doch noch abzustürzen.

Das Abflussrohr befand sich noch einen knappen Yard entfernt, dann einen halben. Die Kampfgeräusche hinter mir waren verstummt, als ich es zu packen bekam. Das dünne Blech beulte sich ein und ächzte in seinen Halterungen, als ich es vorsichtig mit meinem Gewicht belastete, aber es hielt. So schnell ich konnte, kletterte ich an dem Rohr hinab, erreichte den ersten Stock und kletterte weiter.

Das letzte Stück sprang ich, versuchte, den Aufprall mit federnden Knien abzufangen, doch der Schmerz, der dabei erneut durch meine Brust zuckte, war so schlimm, dass er mich für einen Augenblick fast lähmte. Ich taumelte, verlor das Gleichgewicht und stürzte der Länge nach hin. Mühsam rappelte ich mich wieder auf und hetzte los.

Als ich das Tor im Zaun erreichte und kurz zurückblickte, entdeckte ich, wie hinter mir die ersten meiner Verfolger im Eingang des Hauses auftauchten.

Ich wusste nicht, wie weit ich bereits gerannt war. Ich war nie ein leidenschaftlicher Fußgänger gewesen, und selbst als ich früher hier gewohnt hatte, hatte ich niemals ein sonderlich großes Interesse verspürt, all die kleinen Sträßchen und Gassen in der Umgebung des Ashton Place zu erforschen. Meist war ich nur in eine Kutsche gestiegen und hatte mich zu meinem Ziel fahren lassen. Das rächte sich jetzt. Ich stürmte blindlings immer weiter, ohne überhaupt zu wissen, wo ich mich eigentlich befand.

Der Nebel war in den letzten Minuten in geradezu beängstigendem Tempo immer dichter geworden. Zwar verbarg er mich vor meinen Verfolgern, schränkte gleichzeitig meine Sicht aber auf knapp ein halbes Dutzend Yards ein und tat ein Übriges dazu, mir die Orientierung zu erschweren. Wahllos bog ich von einer Gasse in die nächste und bemühte mich, möglichst häufig die Richtung zu wechseln. Das Kopfsteinpflaster glänzte schwarz vor Nässe und war stellenweise so glitschig, dass ich schon mehrmals nur um Haaresbreite einem Sturz entging.

Die Straßen waren angesichts des Wetters und der späten Stunde einsam und verlassen, wie leer gefegt. Ich hatte kurz mit dem Gedanken gespielt, irgendwo zu klopfen und um Hilfe zu bitten, den Gedanken aber sofort wieder verworfen. Zum einen hätte es wahrscheinlich viel zu lange gedauert, bis man mir eine Tür geöffnet hätte, und zum anderen hätte ich jeden, der sich bereit zeigte, mir zu helfen, vermutlich nur in Gefahr gebracht. Nein, dieses Risiko konnte ich nicht eingehen.

Hinter mir hörte ich mal näher, mal etwas weiter entfernt die Schritte meiner Verfolger. Ein paar Mal verloren sich die Schritte fast in der Ferne, sodass ich schon Hoffnung schöpfte, ich hätte die Unbekannten abgehängt, doch stets holten sie nach einiger Zeit wieder auf, wenn ich mein Tempo verlangsamen musste, weil ich einfach nicht mehr konnte. Meine einzige Chance bestand dann, dass sie sich hier anscheinend auch nicht besser als ich selbst auskannten und es mir dadurch gelang, sie doch noch abzuschütteln. Würden sie die Gegend besser kennen, hätten sie mir schon längst über irgendeine Abkürzung den Weg abgeschnitten und mich in die Zange genommen.

Eine leise, boshafte Stimme in meinem Kopf raunte mir beständig zu, dass ich mir nur selbst etwas vormachte, und so sehr ich mich auch bemühte, gelang es mir nicht, sie zum Verstummen zu bringen. Ich hatte etwa ein Dutzend der unheimlichen Gestalten gesehen, und selbst wenn sie sich aufgeteilt hatten, hätten sie in dem dichten Nebel längst meine Spur verlieren müssen. Stattdessen jedoch folgten sie mir mit der Unerbittlichkeit von Spürhunden. So wenig es mir gelang, sie von meiner Fährte abzubringen, so wenig konnte ich darauf hoffen, dass sie irgendwann erschöpft aufgeben würden, wenn sie über auch nur annähernd ähnliche Kräfte wie zuvor Howard verfügten.

Wieder erreichte ich eine Straßenkreuzung, blieb einen Moment lang stehen und rang keuchend nach Luft. Mein Herz raste, und jeder Atemzug brannte wie Feuer in meiner Lunge. Ein kleiner, bösartiger

Zwerg schien mir mit sadistischer Freude immer wieder ein Messer in die Seite zu rammen, aber wenigstens schmerzten meine Rippen nicht mehr ganz so schlimm; anders als ich zunächst befürchtet hatte, hatte Howard sie mir offenbar nicht gebrochen.

Ich lauschte. Meine Verfolger waren wieder ein gutes Stück zurückgefallen, aber immer noch konnte ich ihre schweren Tritte auf dem Pflaster hören. Der Nebel verzerrte alle Geräusche, und aufgrund der hallenden Echos, die von überall her auf mich einzudringen schienen, war es schwer, den Abstand zu schätzen, aber ich vermutete, dass mein Vorsprung nicht mehr als dreißig, höchstens vierzig Yards betrug.

Ich hatte nicht die geringste Ahnung, wo ich mich befand, konnte nicht einmal ausschließen, dass ich die meiste Zeit im Kreis lief. Aber darauf kam es nicht an, solange ich nur in Bewegung blieb.

Länger als vier, fünf Sekunden, in denen ich keuchend Luft in meine Lungen sog, wagte ich nicht stehen zu bleiben, dann hastete ich weiter, auch wenn mein Lauf immer mehr in ein erschöpftes Taumeln überging. Meine Kleidung hatte sich mit der klammen Feuchtigkeit voll gesogen, hing schwer an mir herab und behinderte mich beim Laufen, sodass ich das Gefühl hatte, ein Zentnergewicht mit mir herumzuschleppen, und meine Beine schienen mit Blei gefüllt zu sein. Der Zeitpunkt war abzusehen, an dem ich vor Erschöpfung einfach nicht mehr weiterlaufen konnte.

Aber auch wenn meine Flucht aussichtslos erschien, noch war ich nicht bereit, einfach aufzugeben. Howards Worte hatten keinen Zweifel daran gelassen, dass ich um mein Leben rannte. Obwohl die Seitenstiche immer unerträglicher wurden und bittere Galle in meiner Speiseröhre aufstieg, sodass ich das Gefühl hatte, mich jeden Moment übergeben zu müssen, quälte ich mich weiter. Das Blut rauschte in meinen Ohren, und die Erschöpfung ließ feurige Kreise vor meinen Augen aufblitzen, aber die nackte Todesangst peitschte mich voran, weckte Kraftreserven, von denen ich selbst nicht wusste, woher ich sie noch nahm.

Ein neues Geräusch drang in die nur von meinen keuchenden Atemzügen und den hallenden Schritten durchbrochene Stille, aber es dauerte ein paar Sekunden, bis mir bewusst wurde, dass mir das Rauschen in meinen Ohren keinen Streich spielte. Was ich hörte, war das harte, metallische Klappern beschlagener Pferdehufe und das Rollen von Wagenrädern. Ich schöpfte neue Hoffnung. Möglicherweise gab es doch noch eine kleine Chance auf Rettung, wenn es mir gelang, die Kutsche anzuhalten und mitgenommen zu werden.

Ich blieb stehen und blickte zurück. Der Nebel hinter mir teilte sich. Wie ein schwarzer gespenstischer Schatten brach ein von zwei Pferden gezogenes Gespann aus den wogenden Schwaden hervor und hätte mich um ein Haar über den Haufen gefahren. Lauthals fluchend zerrte der Kutscher mit aller Kraft an den Zügeln, aber er wäre dennoch zu langsam gewesen, wenn ich mich nicht im letzten Moment mit einem Sprung zur Seite vor den wirbelnden Pferdehufen in Sicherheit gebracht hätte.

Neben mir flog der Wagenschlag auf.

»Kommen Sie, schnell!«, hörte ich eine helle Stimme. Sie klang fast wie die eines Kindes oder zumindest einer jungen Frau. Für den Augenblick jedoch war mir völlig egal, um wen es sich bei meinem Retter handelte. Hauptsache, die Kutsche brachte mich von hier weg. Hastig stieg ich in den Schlag. Noch bevor ich die Tür ganz hinter mir zugezogen hatte, rollte der Wagen bereits wieder an. Fast ununterbrochen ließ der Kutscher die Peitsche knallen, jagte das Gefährt in atemberaubendem Tempo durch die engen Straßen, sodass es wild von einer Seite auf die andere schwankte und ich in mehr als einer Kurve fürchtete, dass es einfach umkippen würde.

Ich kam gar nicht erst dazu, mich bei meinem Retter zu bedanken oder ihn auch nur genauer in Augenschein zu nehmen. Die kaum gefederten Achsen übertrugen jeden Stoß beinahe ungemindert ins Innere des Wagens, und ich war vollauf damit beschäftigt, mich an den Haltegriffen festzuklammern, um nicht von der Sitzbank heruntergeschleudert zu werden. Alles, was ich im Lichtschein der vorbeihuschenden Straßenlaternen von meinem Gegenüber erkennen konnte, war, dass es sich um eine kleine, in einen Mantel mit hochgeschlagener Kapuze gehüllte Gestalt handelte. Ihr Gesicht lag im Schatten der Kapuze verborgen.

Erst nach mehreren Minuten drosselte der Kutscher das Tempo, sodass ich mich ein wenig entspannen und in eine halbwegs bequeme Position rutschen konnte.

»Sie wurden verfolgt?«, erkundigte sich mein Retter mit seiner hellen Stimme, und diesmal war ich mir sicher, dass ich es wirklich mit einem Kind zu tun hatte. Das bestätigte sich gleich darauf, als er die Kapuze zurückschlug. Das von gelockten blonden Haaren eingerahmte Gesicht eines sieben- oder achtjährigen Jungen kam darunter zum Vorschein und lächelte mich neugierig an. Ich fragte mich, was ein Kind in diesem Alter so spät noch allein unterwegs machte, verschob die Frage aber erst einmal auf später.

»Allerdings«, bestätigte ich. Da ich die Wahrheit schlecht erzählen konnte, nahm ich zu einer Notlüge Zuflucht. »Ein paar Halsabschneider, die es wohl auf meine Geldbörse abgesehen hatten.«

»Ja, es sind schlimme Zeiten. Man kann sich auf den Straßen seines Lebens nicht mehr sicher sein«, sagte der Junge auf eine altkluge Weise, die in krassem Gegensatz zu seiner Jugend stand.

»Umso erstaunlicher, wenn ein Junge in deinem Alter so spät noch allein unterwegs ist.« Ich lächelte. »Und sich auch noch traut, Fremde mitzunehmen.«

Er machte eine gleichgültige Geste. »Ich bin ja nicht allein. Mortimer ist bei mir, der Kutscher. Er hat mich bei Freunden abgeholt, und jetzt sind wir auf dem Weg nach Hause. Und was Sie betrifft – Sie brauchten offensichtlich Hilfe. Also war es klar, dass ich Sie mitnehmen musste.«

»Ohne dich hätte ich wirklich ganz schön in Schwierigkeiten gesteckt.«

Sein Lächeln wurde noch eine Spur breiter. »Das tun Sie auch so, Mister Craven«, sagte er ruhig.

Jemand schien mir einen Eimer Eiswasser in den Nacken gegossen zu haben. Ich war mir sicher, dass ich meinen Namen bislang nicht genannt hatte. »Was ... meinst du damit? Und woher weißt du, wie ich heiße?«, fragte ich alarmiert.

»Weil es nicht das erste Mal ist, dass wir uns begegnen«, erwiderte der Junge. Sein Blick wurde stechend. »Nur sah ich beim letzten Mal noch etwas anders aus.«

Sein Gesicht veränderte sich, zerfloss vor meinen Augen wie Wachs in der Sonne und formte sich neu, während sein Haar dunkler wurde. Ich stieß ein ersticktes Keuchen aus. Vor mir saß der Junge, den ich in einem See in dem unterirdischen Labyrinth vor einem Ungeheuer gerettet und der daraufhin vor lauter Dankbarkeit versucht hatte, mich umzubringen. Derselbe Junge, den ich wenig später in der Höhle der *Ssaddit* bei den Anbetern der *Thul Saduun* wiedergetroffen hatte, wo man mich den Feuerwürmern opfern wollte.

»Du –«

»Aber auch das ist nicht mein wahres Aussehen«, fiel mir der Junge kalt ins Wort. »Nichts als eine weitere Täuschung. Was ist eine Lüge schon anderes als die Wahrheit hinter einer Maske?« Erneut zerfloss sein Gesicht und nahm ein anderes Aussehen an. Ein eisiger Splitter schien mir ins Herz zu fahren, und jetzt, endlich, begriff ich, wen ich vor mir hatte. Ich kannte das Gesicht, es war mir im Laufe der letzten Monate immer wieder in meinen schlimmsten Träumen begegnet. Aber ich hatte nicht geglaubt, dass ich es noch einmal leibhaftig sehen würde, war überzeugt, dass der Mensch, dem es gehörte, tot wäre.

»Ich habe viele Masken«, sprach Joshua mit hasserfüllter Stimme weiter. »Aber ich hätte nicht gedacht, dass ausgerechnet du so einfach zu täuschen wärst – Vater!«

Fassungslos starrte ich den Jungen an, unfähig, einen klaren Gedanken zu fassen. Unmöglich!, hämmerte es wieder und wieder wie in einer monotonen Endlosschleife in meinem Kopf. Unmöglich!

Erst nach meiner Rückkehr in die Welt der Lebenden hatte ich überhaupt erst erfahren, dass Shadow, die abtrünnige El-o-hym, mir einen Sohn geboren hatte, doch er war in die Gewalt der GROSSEN ALTEN geraten, die ihn zu ihrem ultimativen Werkzeug in ihrem Vernichtungsfeldzug gegen die Menschheit machen wollten. Aber ihr Plan war nicht aufgegangen. Ausgerechnet Crowley, den sie als Lehrmeister und Ziehvater für Joshua ausgewählt hatten, der einzige Mensch, dem der Junge blind vertraute, hatte sie verraten. Im Augenblick ihres scheinbar größten Triumphes hatte er Joshua in Cthulhus Haus, der Schwarzen Pyramide im Herzen R'lyehs, vor meinen Augen einen Dolch ins Herz gestoßen.

»Joshua«, murmelte ich mit brüchiger Stimme.

»Sieh an, du erkennst mich immerhin noch. O ja, ich bin es, Joshua Craven, dein Sohn. Und diesmal ist es keine Maske, glaub mir.«

Ich wusste, dass er die Wahrheit sagte, dazu hätte es nicht einmal meines besonderen Talents bedurft, Wahrheit von Lüge zu unterscheiden, das Teil meiner Hexerkräfte war. »Aber wie ...«

»Wie es kommt, dass ich noch lebe?«, führte er meinen Satz zu Ende und starrte mich verächtlich an. »Dein Verdienst ist es jedenfalls nicht, Robert.« Dass er mich nicht *Vater*, sondern bei meinem Vornamen nannte, war nur eine weitere kleine Bosheit, die mich treffen und noch mehr aus dem seelischen Gleichgewicht bringen sollte, aber obwohl ich es wusste, tat sie weh. »Crowley hat mich verraten und den GROSSEN ALTEN eine empfindliche Niederlage bereitet. Aber ich fand andere, nicht minder mächtige Herren. Sie nutzten Cthulhus Schwäche und verliehen mir ein neues Leben.«

»Die *Thul Saduun.*« Noch immer fiel es mir schwer, zu denken, aber allmählich begann sich das Chaos in meinem Kopf ein wenig zu lichten.

»O ja, die *Thul Saduun.* Vor Jahrmillionen wurden sie von den GROSSEN ALTEN besiegt, aber nicht einmal deren Macht reichte aus, *jene in der Tiefe* zu vernichten. Sie verbannten sie in ein Relief, das Cthulhu in seinem grenzenlosen Hochmut als Zeichen seines Triumphes in der Schwarzen Pyramide aufbewahrte. Nach Crowleys Verrat versank R'lyeh wieder im Strudel der Zeit, aber mit meiner Hilfe bewirkten die *Thul Saduun,* dass das Relief zurückblieb. Und nun ist die Zeit gekommen, *jene in der Tiefe* endgültig aus ihrem Kerker zu befreien.«

»Aber ... das Relief wurde zerstört. Ich war dabei, als es zerborsten ist.«

»Ach das.« Joshua machte eine wegwerfende Handbewegung. »Nur ein unbedeutender kleiner Rückschlag. Der Plan mit den *Ssaddit* hat nicht geklappt, aber es gibt andere Möglichkeiten. Es macht auch nichts, dass das Relief in der Höhle verschüttet wurde. Freilich haben wir es längst geborgen. Erinnerst du dich noch an meine kleinen gefräßigen Freunde, die die Stollen geschaffen haben, durch die wir es nach London gebracht haben, ebenso wie den Lavapfuhl für die *Ssaddit*?«

»Du hast ...«, keuchte ich. »Du Wahnsinniger hast noch mehr dieser Würmer freigesetzt?«

Joshua kicherte.

»Mit ihrer Hilfe war es ein Kinderspiel, die Überreste des Reliefs freizulegen. Aber wenn es dich beruhigt: Ich habe sie wieder zerstört, nachdem sie nicht mehr gebraucht wurden. Nicht, dass es noch irgendeine Rolle spielen würde, denn heute Nacht werden die wahren Herrscher dieser Welt zurückkehren.«

»Nein!«, stieß ich hervor. »Niemals. Du bist einmal gescheitert, und du wirst es auch diesmal nicht schaffen. Dafür sorge ich.«

Ein Lächeln glitt über Joshuas Gesicht; kalt, grausam und voller unmenschlicher Bosheit. »Aber nicht doch, Robert. Du wirst sogar noch etwas ganz anderes tun. Du wirst uns helfen, das Relief zu öffnen. Meine Kräfte allein reichen dazu nicht aus, aber gemeinsam wird es uns gelingen.«

»Niemals!«, stieß ich noch einmal hervor. »Lieber sterbe ich.«

»Nicht doch, Robert.« Joshua seufzte und schüttelte missbilligend den Kopf, als ob er mit einem kleinen Kind spräche und nicht umgekehrt. »Ich fürchte, diese Wahl bleibt dir nicht. Was meinst du, warum wir uns so viel Mühe mit dir gemacht haben? Wenn es uns nur um deinen Tod gegangen wäre, hätten wir das wesentlich einfacher und schneller haben können. Nein, du wirst uns helfen, ob du willst oder –«

Ich ließ ihn nicht ausreden. Ohne jede Vorwarnung stieß ich mich von der Sitzbank ab und sprang auf ihn zu, aber trotzdem war ich nicht schnell genug. Offenbar hatte Joshua meinen Angriff erwartet. Er machte eine blitzschnelle, kompliziert aussehende Bewegung mit der rechten Hand, murmelte ein fremdartiges Wort, und mitten im Sprung prallte ich gegen eine unsichtbare, jedoch nichtsdestotrotz äußerst massive Wand. Gleich darauf traf mich der Hieb einer gleichfalls unsichtbaren Faust und schleuderte mich auf die Sitzbank zurück.

»Robert, Robert, du bist und bleibst ein hitzköpfiger Narr.« Tadelnd drohte Joshua mir mit dem Zeigefinger. »Manchmal fällt es mir äußerst schwer, zu glauben, dass du tatsächlich mein Vater bist. Früher hättest du es vielleicht mit mir aufnehmen können, aber heute bist du nur noch schwach und müde, während ich mit jedem Tag stärker werde. Also erspar es uns, den Helden zu spielen, bevor ich gezwungen bin, dir noch ernsthaft wehzutun.«

»Was dir natürlich ungeheuer leid täte«, stieß ich hervor. Der schon den ganzen Abend über in mir brodelnde Zorn, den ich seit meiner Flucht aus Andara-House nicht mehr verspürt hatte, wurde durch seine Worte neu geweckt. Joshua mochte wie ein unschuldiges Kind aussehen, doch der letzte Rest Menschlichkeit, den nicht einmal die GROSSEN ALTEN ihm hatten nehmen können, war offenbar von den *Thul Saduun* vernichtet worden. Er war nicht mehr als eine Hülle für das abgrundtief Böse, und auch wenn seine dämonischen Herren gewechselt hatten, war es noch immer seine Aufgabe, den Untergang der Menschheit herbeizuführen.

Der Gedanke trieb mich fast zur Raserei. Nur mühsam konnte ich mich beherrschen, mich nicht direkt wieder auf ihn zu stürzen, aber ich wusste, dass ein weiterer Angriff so wenig Erfolg haben würde wie der erste.

Aber ich war auch nicht bereit, einfach zu resignieren. Joshua hatte mir bewiesen, dass seine Kräfte den meinen weit überlegen waren. Ein Kampf gegen ihn war sinnlos, mir blieb nur die Flucht. Es war Wahnsinn, bei dem halsbrecherischen Tempo aus der Kutsche zu springen, aber ich musste es zumindest versuchen. Es war immer noch besser, wenn ich mir dabei das Genick brach, als zum Helfer der *Thul Saduun* zu werden. Ansatzlos packte ich den Türgriff und wollte den Schlag aufstoßen, um mich ins Freie fallen zu lassen, doch abermals hatte ich Joshuas Kräfte und seine Schnelligkeit unterschätzt.

Erneut machte er eine rasche Bewegung mit der Hand und stieß ein düster klingendes Wort hervor. Von einem Augenblick zum nächsten verlor ich jegliches Gefühl in meinen Gliedern, als ob ich vom Hals abwärts gelähmt wäre. Meine Hand hatte sich um den Türgriff gekrampft, doch ich konnte keinen Finger mehr rühren.

»Wenn du nicht von selbst zur Vernunft kommst, dann eben auf diese Art«, blaffte Joshua zornig. Er griff nach meiner Hand, löste sie vom Türgriff und legte sie in meinen Schoß. »Du hast doch nicht ernsthaft geglaubt, ich würde zulassen, dass du meinen Plan durchkreuzt, indem du dich einfach umbringst? Keiner von uns kann seinem Schicksal entrinnen, weder du noch ich.«

Verbissen kämpfte ich gegen die Lähmung an, doch erfolglos. Mein Kopf war das einzige Körperteil, das ich noch bewegen konnte.

»Schicksal«, wiederholte ich bitter. »Du weißt ja nicht einmal, was du tust. Die *Thul Saduun* sind nicht weniger grausam als die GROSSEN ALTEN. Sie werden die Menschheit vernichten.«

»Und wenn schon«, erwiderte Joshua gleichgültig. »Natürlich wird es Opfer geben, aber wen kümmert das? Die gewöhnlichen Menschen sind doch nicht mehr als kriechendes Gewürm, nur geboren, um den wahren Herren zu dienen und für sie zu sterben. Es wird Zeit, dass sie diese Demut wieder lernen. Nur die Starken setzen sich durch.«

»Du Ungeheuer!«, zischte ich zornbebend. »Du sprichst von deinem eigenen Volk, über das du unfassbares Leid bringen willst. Auch wenn du es anscheinend nicht wahrhaben willst, aber du bist selbst ein Mensch.«

»O nein, Robert, das bin ich nicht. Du und ich, wir sind Auserwählte. Durch unsere magischen Kräfte stehen wir weit über diesem Getier. Wir sind zum Herrschen geboren. Du hast dich aus Schwäche und Sentimentalität für die falsche Seite entschieden, aber mir sind solche Skrupel fremd. Ich bin stark. Die *Thul Saduun* werden mich für meine Dienste reich entlohnen. In ihrem Auftrag werde ich über diese Welt herrschen.«

»Ja, als Sklave, der andere Sklaven beaufsichtigt«, murmelte ich. »So lange, bis sie dich nicht mehr brauchen und dich ebenfalls töten.«

Joshua lächelte herablassend. »Das werden sie nicht, mach dir darüber nur keine Sorgen.« In diesem Moment wirkte er wieder wie das Kind, das er trotz allem letztlich immer noch war. Ein Kind, das niemals eine richtige Kindheit gehabt hatte, weil es unter einen schrecklichen Einfluss geraten und auf einen falschen Weg gelockt worden war, aber in seinem tiefsten Inneren immer noch ein Kind. Er weigerte sich, die Konsequenzen seines Handelns bis zum Ende zu durchdenken, schob einfach beiseite, was ihm nicht gefiel. Was er nicht wollte, das konnte nicht sein, so einfach war seine Logik. Die Logik eines Kindes. Auch sein Spieltrieb entsprang seinem Alter, das kindliche Vergnügen, mit dem er mir zuvor seine Verwandlungsmöglichkeiten demonstriert hatte. Berauscht von der Macht, die die *Thul Saduun* ihm verliehen hatten, fühlte er sich völlig sicher, und das machte ihn übermütig. Möglicherweise war dies eine schwache Stelle, auch wenn ich noch nicht wusste, wie ich sie zu meinem Vorteil nutzen konnte.

»Natürlich wird sich die Welt unter der Herrschaft der *Thul Saduun* grundlegend verändern«, sprach er weiter. »Aber das wirst du im Gegensatz zu mir nicht mehr erleben. *Jene in der Tiefe* wissen sehr genau, wer ihre Freunde und wer ihre Feinde sind, und so, wie sie ihre Freunde reich belohnen, so unbarmherzig vernichten sie ihre Feinde. Und da du dich weigerst, dich auf unsere Seite zu stellen, wirst du einer der Ersten sein.«

Ich verzichtete darauf, ihm zu antworten. »Und nun?«, fragte ich stattdessen. »Wohin bringst du mich?«

»Ist das so schwer zu erraten?« Erneut lächelte er kalt. »Dorthin, wo sich das Relief befindet. Ich dachte, du hättest es längst begriffen. Wir fahren zurück nach Andara-House.«

Es dauerte nicht lange, bis wir den Ashton Place wieder erreichten. Auch die Besessenen waren inzwischen nach Andara-House zurückgekehrt und bildeten vor dem Eingang ein Spalier aus mehr als einem Dutzend stummer, reglos dastehender Gestalten. Sie trugen derbe, verschmutzte Arbeitskleidung, und erst jetzt begriff ich, dass es sich um einen Teil der Bauarbeiter handelte. Einige der Gesichter hatte ich bei meinem Einzug bereits gesehen.

Joshua stieg als Erster aus der Kutsche. »Wenn ich bitten dürfte, Robert.« Einladend hielt er mir den Wagenschlag auf, dann begann er leise zu kichern. »Ach ja, einen Moment.«

Erneut machte er eine knappe Geste mit der Hand, und gleichzeitig konnte ich mich wieder bewegen. Ein unangenehmes Kribbeln durchlief meine Glieder. Ich wog kurz meine Chancen ab, auf der anderen Seite aus der Kutsche zu springen und erneut zu fliehen, aber die Erfolgsaussichten waren gleich null. So schnell, wie Joshua mich befreit hatte, so schnell konnte er mich auch wieder lähmen, sodass ich wahrscheinlich nicht einmal aus dem Wegen herauskäme. Doch auch ohne seine Hilfe würden die Besessenen mich binnen weniger Sekunden einholen. Von der minutenlangen Regungslosigkeit waren meine Muskeln verkrampft und gehorchten mir noch nicht richtig.

Mühsam kletterte ich aus der Kutsche und wurde sofort von zwei der Besessenen gepackt. Sie besaßen die gleichen übermenschlichen Kräfte wie Howard, als er mich unter dem Einfluss der *Thul Saduun* angegriffen hatte; ihre Hände schlossen sich wie Schraubstöcke um meine Oberarme, ohne mir jedoch unnötig wehzutun.

»Bringt ihn ins Haus, und sorgt dafür, dass er keine Dummheiten macht!«, befahl Joshua.

Ich versuchte erst gar nicht, mich zu wehren, als die beiden Männer, die mich gepackt hielten, mich durch das Tor im Zaun und kurz darauf durch das Eingangsportal von Andara-House führten. Gegen die Kräfte meiner Bewacher kam ich ohnehin nicht an; wahrscheinlich konnten sie mir so mühelos die Arme brechen, wie ich einen dünnen Zweig knickte. Bereitwillig ließ ich mich von ihnen durch die Eingangshalle zur Treppe führen und wartete auf eine günstigere Gelegenheit. Joshua und die anderen folgten uns. Von Rowlf war nirgendwo etwas zu entdecken; so blieb mir die Hoffnung, dass er entkommen war und möglicherweise mit Hilfe zurückkehrte.

Wir erreichten den ersten Stock, und ich wollte mich automatisch zur Treppe wenden, die weiter nach oben führte, doch meine Bewacher hielten mich zurück. Sie dirigierten mich in den zum Westflügel führenden Korridor, und im gleichen Moment begann ich zu ahnen, wohin sie mich brachten. Bei dem bloßen Gedanken krampfte sich etwas in mir zusammen. Schon bei der Hausbesichtigung am Vormittag hatte ich starkes Unbehagen gefühlt, als ich in die Nähe der Bibliothek gekommen war, und seit dem schrecklichen Albtraum, in dessen Verlauf ich dorthin gekommen war, hatte sich dieses Gefühl des Widerwillens sogar noch verstärkt. Wenn ich nur an die Bibliothek dachte, sah ich wieder die Armee von Spinnen vor mir, die mich angegriffen und unter sich begraben hatten. Dass es sich nicht um die Wirklichkeit, sondern nur um eine Vision gehandelt hatte, änderte nichts an meinem Unbehagen, der Furcht und dem Ekel. Wenigstens begriff ich jetzt auch diesen Teil der Warnung.

Unwillkürlich verlangsamte ich meine Schritte, doch meine beiden Bewacher schleiften mich einfach mit sich. Mein Unbehagen wuchs mit jedem Schritt, das Gefühl des Widerwillens steigerte sich fast ins Unerträgliche. Mein Herzschlag beschleunigte sich, mein Atem ging schnell und stoßweise.

Am Vormittag hatte ich geglaubt, es läge an den schrecklichen Erinnerungen, die mit dem Raum verbunden waren, aber nun erkannte ich, dass es etwas anderes war. Etwas Fremdes, abgrundtief *Böses* lauerte in dem Zimmer, dessen Ausstrahlung ich bis hierher spüren konnte. Es musste sich um die Bruchstücke des Reliefs handeln. Schon als ich es in dem unterirdischen Labyrinth zum ersten Mal gesehen hatte, hatte ich die Aura des Bösen gespürt, die es umgab, doch jetzt hatte sie sich noch um ein Vielfaches verstärkt. Vermutlich war sie auch für meine gesteigerte Aggressivität verantwortlich, die mir schon den ganzen Abend über zu schaffen machte. Kaum dass ich Andara-House wieder betreten hatte, merkte ich, dass neben dem Schrecken und der Angst auch wieder Zorn, Hass und eine blindwütige Kampfeslust in immer stärkerem Maße von mir Besitz ergriffen.

Meine Knie zitterten, und mein Unbehagen wurde so schlimm, dass es fast körperlich wehtat. Ich ballte die Hände so fest zu Fäusten, dass sich die Fingernägel schmerzhaft in meine Handflächen bohrten, aber es half nichts.

Ein gequältes Stöhnen drang über meine Lippen, und ich stemmte mich stärker gegen den Griff meiner Bewacher, freilich ohne damit auch nur das Geringste zu erreichen. Sie schienen meinen Widerstand nicht einmal zu bemerken, zerrten mich immer weiter auf die Tür zur Bibliothek zu. Eine Woge aus purem Hass schlug mir entgegen, ein schier grenzenloser Hass auf alles Lebende, der die Grenze des Vorstellbaren überstieg.

»Nein«, keuchte ich. »Nicht ... weiter. Ich ...«

»Aber Robert, nun stell dich doch nicht so an«, spottete Joshua. »Ich weiß, für dich ist es im Gegensatz zu uns etwas unangenehm, aber es wird gleich aufhören.«

»Nein!«, stieß ich noch einmal hervor, lauter diesmal. »Ihr dürft ...« Ich konnte nicht weitersprechen, meine Worte gingen in ein Stöhnen über.

Wir befanden uns nur noch wenige Schritte von der Tür zur Bibliothek entfernt, als die Ausstrahlung des Bösen vollends unerträglich wurde. Nackte Panik überschwemmte mein Bewusstsein, und ich spürte, wie tief in mir etwas zerbrach. Angst, Entsetzen und eine abgrundtiefe Wut, die ich nicht mehr länger beherrschen konnte, übernahmen die Kontrolle über mein Denken und verliehen mir für einen Moment schier übermenschliche Kräfte. Mit einem Schrei riss ich meinen Arm zurück, und es gelang mir, ihn frei zu bekommen. Sofort versetzte ich meinem zweiten Bewacher einen wuchtigen Schlag ins Gesicht, der ihn gegen die Wand schleuderte, sodass er mich ebenfalls losließ.

Gehetzt blickte ich mich um. Hinter mir bildeten Joshua und die übrigen Besessenen eine undurchdringliche Mauer, sodass mir nur die Flucht nach vorne blieb. Ich machte einen Schritt, aber es war, als ob ich durch zähflüssigen Sirup waten würde. Es war kein Widerstand von außen, nicht wirklich, sondern in mir selbst sträubte sich alles dagegen, mich der Bibliothek zu nähern. Auch das Wissen, dass ich sie nicht betreten, sondern nur an ihr vorbei zu der schmalen Treppe laufen wollte, die am Ende des Korridors zu den Wirtschaftsräumen im Erdgeschoss hinunterführte, änderte nichts daran.

Die Besessenen machten keinerlei Anstalten, mich wieder zu ergreifen, sondern blieben zurück, als wüssten sie ganz genau, dass ich ihnen nicht entkommen konnte. Mit äußerster Willenskraft zwang ich mich, einen weiteren Schritt nach vorne zu machen. Mein Gesicht war schweißüberströmt, und ich zitterte am ganzen Körper.

Dann, von einem Moment auf den anderen, war es vorbei. Der unmenschliche geistige Druck verschwand, ich konnte wieder klar denken und mich normal bewegen. Die Ausstrahlung des Bösen, die mich gerade noch beinahe in den Wahnsinn getrieben hätte, war verschwunden. Vielleicht hatte sie auch gar nicht aufgehört, sondern war im Gegenteil so stark geworden, dass mein Verstand sich zu meinem eigenen Schutz unbewusst dagegen abschottete. Auf jeden Fall nahm ich sie nicht mehr wahr, und sie behinderte mich deshalb auch nicht mehr.

Ich rannte los, noch bevor die Besessenen die neue Situation erkennen und sich darauf einstellen konnten, aber ich kam nicht weit. Ein unsichtbares, dafür jedoch äußerst massives Hindernis versperrte mir den Weg, kaum dass ich die Tür zur Bibliothek passiert hatte. Aus vollem Lauf prallte ich gegen die gläserne Mauer, so wuchtig, dass ich zurückgeschleudert wurde und zu Boden stürzte. Für einen Moment wurde mir schwarz vor Augen.

Als sich mein Blick wieder klärte, stand Joshua vor mir und blickte mitleidlos auf mich herab. »Bravo, Robert«, sagte er. »Ich bekam allmählich schon Bedenken, ob du nicht einmal das schaffen würdest. Um für mich von Nutzen zu sein, musstest du die Ausstrahlung des Reliefs aus eigener Kraft überwinden. Aber du hast doch nicht ernsthaft geglaubt, dass du uns auf diese Art entkommen kannst?«

Er bückte sich, packte mich am Kragen und riss mich ohne jede Anstrengung in die Höhe. Einer seiner Begleiter öffnete die Tür zur Bibliothek, und Joshua versetzte mir einen kräftigen Stoß, der mich in den Raum taumeln ließ. Nur mit Mühe schaffte ich es, mich auf den Beinen zu halten und nicht erneut zu Boden zu stürzen.

Mehrere Kerzenleuchter erfüllten das Zimmer mit flackerndem Lichtschein. Von dem Relief oder seinen Bruchstücken war nichts zu entdecken, wie ich mit einem raschen Blick feststellte, aber dafür entdeckte ich etwas völlig Unglaubliches. Genau wie in meinem Albtraum waren die gemalten Blumen auf der Tapete an der Stirnseite des Raums verwelkt und ließen die Köpfe hängen. Zwei, drei Sekunden lang starrte ich die Wand ungläubig an, dann begann ich zu begreifen, was das Welken der Blumen zu bedeuten hatte. Gleich darauf bestätigte sich mein Verdacht, als ein paar der Männer damit begannen, die Tapete herunterzureißen.

Dahinter befand sich das Relief.

Es bedeckte fast die gesamte Wand, in die es eingemauert war. Wie ein riesiges Mosaik waren die zahllosen Trümmerstücke wieder zusammengefügt worden, so exakt, dass man nicht einmal mehr Bruchstellen erkennen konnte. Lediglich an der rechten oberen Ecke war ein etwas mehr als faustgroßes Loch geblieben. Nach dem, was ich bei Howard erlebt hatte, konnte ich mir leicht ausmalen, was mit den fehlenden Stücken geschehen war.

Nicht nur mit der Spinnenarmee, sondern auch mit der verwelkten

Tapete hatte das Haus mir einen weiteren Hinweis geliefert, den ich wegen meines Widerwillens vor diesem Raum jedoch wie alle anderen ignoriert hatte. Am liebsten hätte ich mich selbst geohrfeigt. Ich hatte alle Möglichkeiten gehabt, die Falle, in der ich nun gefangen war, rechtzeitig zu erkennen, aber stattdessen war ich blindlings hineingetappt.

Joshua trat an mir vorbei auf die nun vollends freigelegte Wand zu. Ehrfurchtsvoll fuhr er mit den Fingerspitzen einige der sinnverwirrenden Linien auf dem Relief nach, ehe er sich wieder zu mir umwandte.

»Also, Robert«, sagte er. »Ich gebe dir noch eine letzte Chance, mir freiwillig zu helfen. Vielleicht werden dann sogar *jene in der Tiefe* Nachsicht mit dir zeigen und dich am Leben lassen. Du hast die Wahl.«

»Niemals!«, presste ich hervor. Ich musste mich beherrschen, um mich nicht auf ihn zu stürzen. Hier, in unmittelbarer Nähe des Reliefs, wuchsen mein Hass und meine Aggressivität noch stärker als zuvor, und nur das Wissen, dass es völlig sinnlos wäre und ich mir höchstens selbst schaden würde, hielt mich davon ab, Joshua anzugreifen. Aber es fiel mir unglaublich schwer.

»Wie du willst«, entgegnete er. »Ich hatte gehofft, dass das nicht nötig sein würde, aber du lässt mir keine andere Wahl.« Er gab einigen seiner Begleiter einen Wink, die daraufhin aus dem Raum gingen und kurz darauf mit zwei weiteren Männern zurückkehrten.

Howard und Rowlf.

Howard war noch immer ohnmächtig, und auch Rowlf ging es nicht viel besser. Halb bewusstlos hing er im Griff seiner Begleiter, wirkte mehr tot als lebendig. Sein Blick war glasig; ich war mir nicht einmal sicher, ob er mich erkannte oder überhaupt etwas von seiner Umgebung bewusst wahrnahm.

Einer der beiden Männer, die ihn hereingebracht hatten, zog ein Messer mit einer mehr als handlangen Klinge und drückte es ihm gegen die Kehle.

»Machen wir es kurz«, ergriff Joshua wieder das Wort. »Ich habe keine Lust, noch mehr Zeit mit unnötigen Spielchen zu vergeuden. Entweder hilfst du mir – oder die beiden sterben. Und danach bist du der Nächste. Mit deiner Hilfe wäre alles viel einfacher, aber es geht auch ohne dich. Das Unvermeidliche würde dadurch lediglich ein wenig hinausgezögert.«

Ich war mir nicht sicher, ob er die Wahrheit sagte. Normalerweise spürte ich es sofort, wenn jemand mich belog, das war Teil meines magischen Erbes. Diesmal jedoch spürte ich nichts. Entweder sagte Joshua die Wahrheit, oder es gelang ihm, mich zu täuschen. Immerhin besaß er die gleichen Kräfte wie ich.

Wenn es nur um mein eigenes Leben ginge, hätte ich es bereitwillig geopfert, um seine mörderischen Pläne zu vereiteln, die die gesamte Menschheit in Gefahr brachten. Howard und Rowlf hätten an meiner Stelle nicht anders gehandelt, das wusste ich. Dennoch brachte ich es nicht fertig, sie kaltblütig zum Tode zu verurteilen, zumal ich mir nicht einmal sicher sein konnte, ob unser Tod die Rückkehr der *Thul Saduun* wirklich verhindern würde oder ob es ein gänzlich sinnloses Opfer wäre. Nach all den Anstrengungen, die Joshua unternommen hatte, um meine Hilfe zu erzwingen, war es wahrscheinlicher, dass er sie brauchte, aber es gab keine Gewissheit. Und selbst wenn er zurzeit über keine andere Möglichkeit verfügte, das Relief zu öffnen, würde er doch nicht eher ruhen, bis er einen anderen Weg fand. Irgendwie würde er es schaffen, selbst wenn es erst in ein paar Jahren der Fall wäre, davon war ich überzeugt, und wenn wir jetzt starben, gab es niemanden mehr, der ihn noch aufhalten konnte.

All diese Gedanken schossen mir binnen weniger Sekunden durch den Kopf.

»Entscheide dich endlich!«, verlangte Joshua. Die Messerklinge wurde noch etwas fester gegen Rowlfs Kehle gepresst, bis sie seine Haut ritzte. Ein Blutstropfen quoll aus der Wunde. »Oder soll ich erst einen der beiden töten, damit du erkennst, dass ich es ernst meine. Wen soll ich zuerst nehmen?«

»Warte!«, rief ich hastig, drehte mich wieder zu Joshua um und starrte ihn hasserfüllt an. Erneut wurde der Drang, mich blindlings auf ihn zu stürzen und auf ihn einzuschlagen, fast übermächtig, doch auch diesmal wiederstand ich ihm. »Du ... du hast gewonnen. Ich werde tun, was du verlangst.«

Joshua lächelte zufrieden. »Ich wusste, du würdest vernünftig sein. Es ist ganz einfach. Gib mir nur deine Hand, alles Weitere erledige ich.«

Zögernd streckte ich die Hand aus. Joshua ergriff sie und hielt sie fest. Seine Haut fühlte sich eisig an, und in dem Moment, in dem er mich berührte, glaubte ich einen leichten elektrischen Schlag zu spüren. Worte einer längst vergessenen Sprache quollen wie ein unheimlicher Singsang über seine Lippen. Die Besessenen standen regungslos im Raum, sie hatten ihre Pflicht erfüllt. Was jetzt geschah, betraf nur noch Joshua und mich. Mit der freien Hand vollführte er wie schon in der Kutsche rasche Gesten.

Gleich darauf fühlte ich, wie etwas wie mit unsichtbaren Schattenfingern nach meinem Geist tastete und darin herumzustochern begann. Es war ein unbeschreiblich ekelhaftes Gefühl, als würde mein Innerstes nach außen gekehrt. Tiefer, immer tiefer drangen Joshuas geistige Fühler, rissen wie beiläufig Mauern in meinem Bewusstsein ein, die ich mühsam errichtet hatte. Zögernd begann sich etwas Finsteres tief in mir zu regen, und Joshua verstärkte seine Anstrengungen noch. Er weckte Kräfte in mir, die ich selbst beinahe vergessen hatte, hatte vergessen *wollen*. Ich fühlte ein kurzes, panikartiges Entsetzen, als ich spürte, wie die tief in mir verschütteten Kräfte aus mir herausbrachen, sich mit denen Joshuas verbanden und dann ...

Schmerz zuckte durch mein Gehirn, als ein greller Blitz in meinem Unterbewusstsein explodierte und mein Denken mit der Wucht eines Orkans überschwemmte. Mein Kopf schien zu platzen, glühende Lava durch meine Adern zu rinnen und meinen Körper mit einem Geflecht feuriger Schmerzen zu durchziehen. Ich wollte schreien, konnte aber nicht einmal den Mund öffnen. Mit einem Ruck versuchte ich meine Hand aus der Joshuas zu reißen, aber auch das gelang mir nicht. Der Schmerz lähmte mich. Ich hatte jegliche Kontrolle über meine Glieder verloren, war nicht mehr als ein zur Passivität verurteilter Beobachter in meinem eigenen Körper.

Langsam ebbte der Schmerz ab, ging auf ein halbwegs erträgliches Maß zurück. Noch einmal wollte ich mich loszureißen versuchen, kam aber gar nicht erst dazu.

»Keine Dummheiten, Robert«, krächzte Joshua. »Du würdest es nicht überleben, wenn du den Kontakt jetzt unterbrichst.« Auch auf seinem Gesicht spiegelte sich Schmerz. Ich begriff, dass er mir nicht absichtlich wehtat, sondern dass es eine Nebenwirkung des gewaltsamen Eingriffes in meinen Geist war, mit dem er meine Hexerkräfte erweckt hatte, und er schien den Schmerz ebenso wie ich zu spüren. Schweißperlen glänzten auf seiner Stirn. Es musste ihm ungeheuer schwerfallen, unser beider Kräfte gleichzeitig zu kontrollieren. Die unvorstellbaren magischen Energien, die er entfesselte und auf das Relief richtete, waren unsichtbar, doch ich konnte sie deutlich fühlen.

Irgendetwas in dem Wandbild veränderte sich. Ein schwacher Glanz ging von dem Relief aus, sodass sich die dunklen eingeritzten Linien und Symbole noch deutlicher davon abhoben. Sie schienen sich zu verschieben und neue sinnverwirrende Muster zu bilden, als ob sie von einem unheimlichen Eigenleben erfüllt wären.

Das Relief begann sich zu öffnen.

Es geschah – *jetzt!*

Ich weiß nicht, was ich erwartet hatte, vielleicht etwas Ähnliches wie damals, als Priscylla die SIEBEN SIEGEL DER MACHT gebrochen hatte. Blitze, die wie aus dem Nichts kommend in dem Relief einschlugen, ohne zu erlöschen, weil sie Straßen bildeten, auf denen die *Thul Saduun* in unsere Welt herübergekrochen kamen, irgendetwas Spektakuläres. Nichts davon geschah, das Relief begann lediglich langsam, aber beständig stärker zu leuchten.

Und ich spürte das Finstere, das abgrundtief *Böse*, das in dem Wandbild lauerte. Bislang waren die *Thul Saduun* für mich nicht viel mehr als der Name irgendeines dämonischen Volkes gewesen, das vor langer Zeit untergegangen war, über das ich jedoch so gut wie nichts wusste.

Jetzt bekam ich zum ersten Mal unmittelbar einen Vorgeschmack ihrer wahren Macht und Bösartigkeit zu kosten; und es war beinahe mehr, als ich ertragen konnte. Es war, als ob sich ein Schleier über meinem Verstand lüften würde, der mein Denken bislang blockiert hatte. Erst jetzt begriff ich *wirklich*, was ich zu tun im Begriff stand. Wie hatte ich mich Joshuas Erpressung nur beugen können? Die *Thul Saduun* hatten sogar den GROSSEN ALTEN selbst getrotzt. Zwar waren sie letztlich von den ALTEN bezwungen worden, aber erst, nachdem sie ihnen einen äonenlangen Krieg geliefert hatten.

Und gegen solche Wesen glaubte ich ankämpfen zu können, wenn sie erst einmal befreit waren?

Lächerlich!

Wenn ich noch irgendetwas tun wollte, um ihre Rückkehr zu verhindern, dann musste ich jetzt handeln, auch wenn es meinen Tod bedeuten würde. Was zählte schon mein Leben oder das von Howard und Rowlf gegen das der gesamten Menschheit? Die *Thul Saduun* würden niemanden neben sich dulden, nicht einmal als Sklaven, das wusste ich nun. Sie hatten über diese Welt geherrscht, lange bevor es Menschen gegeben hatte, und wenn sie zurückkehrten, würden sie die Erde wieder nach ihren Vorstellungen gestalten. Für uns würde darin kein Platz mehr sein, für sie stellten wir nicht mehr als Ungeziefer dar.

Von panischem Entsetzen getrieben versuchte ich erneut, meine Hand trotz Joshuas Warnung loszureißen, doch abermals vergebens. Ich stemmte mich mit aller Macht gegen seine Beeinflussung, versuchte ihn aus meinem Geist zu verdrängen, aber es gelang mir nicht. Ich wusste nicht, ob seine Kräfte wirklich stärker als meine waren, aber auf jeden Fall hatte er genug Zeit gehabt, sie zu trainieren, während ich meine Fähigkeiten seit fast einem Jahr hatte brachliegen lassen.

Rötliche Funken begannen über die Oberfläche des Reliefs zu tanzen. Einige von ihnen lösten sich und rasten auf die alte Standuhr in der Ecke neben dem Wandbild zu. Sie war so ziemlich das geschmackloseste Möbelstück, das ich jemals zu Gesicht bekommen hatte, zumindest musste sie einem unvoreingenommenen Beobachter so erscheinen. Zusätzlich zu dem normalen Zifferblatt besaß sie drei weitere kleine, die ein ungleichmäßiges Dreieck unter der großen Anzeige bildeten. Eines von ihnen hatte drei Zeiger, das zweite gar keine, und auf dem dritten drehten sich drei kleine spiralige Scheiben so schnell, dass es einem schwindelig wurde, wenn man zu lange hinsah. Was sie anzeigten, wusste niemand, aber schließlich war die Uhr auch alles andere als ein normales Möbelstück.

Wie von unsichtbaren Händen wurde ihre Tür aufgerissen und schlug scheppernd gegen die Wand. Dahinter befand sich nicht etwa ein normales Uhrwerk mit Pendeln, Gewichten und dergleichen mehr, sondern lediglich ein kleiner, kastenförmiger Raum, der völlig leer war.

Für wenige Sekunden.

Dann begannen die Umrisse des Eingangs zu wabern, und die Luft fing an, wie über einer starken Hitzequelle zu flimmern. Etwas wie ein wogendes schwarzes Nichts aus Gestalt gewordener Finsternis ballte sich im Inneren der Uhr zusammen und pulsierte wie ein düsteres Herz.

Das *Tor.*

Ich sah eine Ebene, schwarz wie Teer und so unendlich wie die Ewigkeit, sanft gewellt wie ein mitten in der Bewegung erstarrter Ozean. Darüber spannte sich Schwärze wie die Kuppel eines wolken- und sternenlosen Himmels. Ein kalter, knochenbleicher Mond, der viel zu nah und zu groß war, hing wie ein riesiges Auge in diesem Himmel und vergoss sein Licht über unbeschreibliche, blasphemische *Dinge*, die im protoplasmischen Urschlamm der Ebene lagen.

Erneut stöhnte ich auf. Was ich sah, war ein Ausschnitt aus der Welt der GROSSEN ALTEN, die einst die *Tore* geschaffen hatten. Einer Welt, die vor zweihundert Millionen Jahren untergegangen war, jedoch im Inneren des Reliefs immer noch weiter existierte. Mit einem Schlag begriff ich, auf welche Art Joshua *jene in der Tiefe* befreien wollte. Das magische *Tor* hatte einen Durchgang zwischen der Wirklichkeit und dem Kerker der *Thul Saduun* im Inneren des Reliefs geöffnet, einen Weg, der es ihnen ermöglichen würde, über die Grenzen von Raum und Zeit hinweg von einer Welt in die andere zu gelangen.

Es gelang mir, meinen Kopf so weit zu drehen, dass ich Joshua ansehen konnte. Ich hoffte, dass der Anblick der Ekel erregenden, fremdartigen Welt ihn vielleicht doch noch zur Vernunft bringen würde, dass er erkannte, mit was für Kreaturen er sich eingelassen hatte, und er sein Vorhaben aufgeben würde, aber nichts deutete darauf hin. Sein Gesicht war von der Anstrengung gezeichnet, die es ihn kostete, unser beider Kräfte zu kontrollieren, doch in seinen Augen lag ein fanatischer Glanz, der Faszination und ein Gefühl des Triumphes verriet. Auf Einsicht von ihm durfte ich nicht hoffen; er würde sein Vorhaben bis zum bitteren Ende weiterverfolgen.

An einer Stelle begann sich der Boden der Ebene zu wellen, er bebte und zuckte wie die Haut eines gewaltigen Tieres, als würde etwas in der Tiefe versuchen, sich ins Freie zu kämpfen. Etwas Großes, Massiges, das sich nur langsam und schwerfällig, dafür aber unaufhaltsam bewegte.

Und es kam näher, als würde es dicht unter der Oberfläche des schwarzen Morastes dahin kriechen, direkt auf das *Tor* zu.

In diesem Moment kam etwas Kleines, Beigebraunes zur Tür der Bibliothek hereingeschossen. Einer der Besessenen versuchte nach Merlin zu greifen, aber der Kater war zu schnell und flink für ihn. Ohne zu zögern, stürzte er sich auf Joshua, krallte sich an seinem freien Arm fest.

»Du schon wieder, verdammtes Mistvieh!«, zischte Joshua. Vergeblich bemühte er sich, Merlin abzuschütteln, der mit seinen Krallen nach ihm schlug.

Für einige Sekunden war Joshua abgelenkt. Ich spürte, wie seine Kontrolle über unsere vereinten Kräfte nachließ, und nutzte augenblicklich die sich mir bietende Chance. Mit aller Macht, die ich aufbringen konnte, drängte ich seinen Einfluss weiter zurück, erlangte meinerseits plötzlich Kontrolle über die magischen Energien und veränderte sie. Anstatt weiterhin zu versuchen das Relief zu öffnen, legte ich all meinen Hass und meine Aggressionen, die sich im Verlauf des Abends in mir aufgestaut hatten, in einen vernichtenden geistigen Hieb. Die Explosion hatte dem Relief nichts anhaben können, aber vielleicht würde ich es auf magischem Wege schaffen, es zu zerstören.

Joshua erkannte, was ich vorhatte, aber er reagierte zu spät. So wie ich vorher ein hilfloses Werkzeug für ihn gewesen war, so war er jetzt an mich gekettet. Unvorstellbare Energien aus purer destruktiver Vernichtungskraft, geschaffen aus der Vereinigung unser beider magischen Kräfte, brandeten gegen das Relief. Es begann unter einem kalten inneren Feuer aufzuglühen. Winzige Flämmchen tanzten über seine Oberfläche. Der Stein begann Blasen zu werfen und zu schmelzen: Zäh wie Sirup rannen Bäche aus glühender Lava an dem Bildnis herab, zerstörten die Linien des Oberflächenmusters und wurden schließlich vollständig von dem Feuer verzehrt.

Das gewaltige *Etwas* unter der Oberfläche der Ebene hinter dem *Tor* näherte sich nun rasend schnell, als spüre es die Gefahr, so dicht vor dem Ziel doch noch zu scheitern. Und dann –

Es war wie eine lautlose Explosion. Schwarzer Schlamm spritzte auf, wurde von Urgewalten auseinandergefetzt. Etwas Gigantisches, Formloses brach aus dem Morast hervor und stieß ein markerschütterndes Brüllen aus. Ich glaubte peitschende Tentakelarme zu sehen, stampfende Elefantenbeine, einen widerlich aufgeblähten Balg und darüber eine fürchterliche, von einem Papageienschnabel und einem einzelnen in düsterem Rot glosendem Auge beherrschte Fratze.

Neben mir stieß Joshua leise, wimmernde Laute aus. Mit einem gewaltigen Hieb magischer Energien vernichtete ich die letzten Überreste des Reliefs. Zurück blieb nur die kahle Wand, in die es mit eingemauert worden war.

Ein unbeschreiblich schriller, triumphierender Schrei, der direkt aus dem Nichts zu kommen schien, gellte durch das Zimmer, und im gleichen Augenblick begriff ich voller abgrundtiefem Entsetzen, welchen schrecklichen Fehler ich gemacht hatte. Es gab kein Siegel, hatte nie eins gegeben. Entweder hatte Joshua es selbst nicht besser gewusst, oder er hatte mich die ganze Zeit an der Nase herumgeführt. Das Relief war kein Durchgang, es war der Kerker selbst, in den die

GROSSEN ALTEN die letzten *Thul Saduun* verbannt hatten. Ich hatte geglaubt, ich würde auch sie endgültig töten, wenn ich es vernichtete, statt es zu öffnen. Stattdessen hatte ich Narr diesen Kerker zerstört.

Joshua löste seine Hand aus meiner, und die magische Verbindung riss ab. Er versetzte Merlin einen Schlag, der den Kater durch das halbe Zimmer schleuderte, ehe er gegen die Wand prallte und benommen davor liegen blieb.

Im gleichen Moment erreichte das Ungeheuer das *Tor* und trat mit einem Schritt hindurch. Es schien ganz aus Gestalt gewordener Schwärze zu bestehen, seine Umrisse schienen sich mit jeder Sekunde zu verändern, sodass seine Gestalt seltsam schattenhaft blieb und nie genauer zu erkennen war. Ein Ekel erregender Gestank nach Moder und Fäulnis schlug mir entgegen und raubte mir fast den Atem.

Hinter ihm wogten weitere formlose Schatten von einer Schwärze, als handele es sich um endlose, lichtschluckende Abgründe, vor der Wand, an der sich zuvor das Relief befunden hatte, doch ich registrierte sie nur flüchtig.

Das Ungeheuer stapfte auf die beiden vordersten Besessenen zu. Alles geschah so blitzartig, dass ich kaum richtig mitbekam, was geschah. Rasiermesserscharfe Klauen blitzten auf und töteten die Männer binnen eines Sekundenbruchteils. Zwei grellweiße Stichflammen loderten auf und verzehrten die Körper der Männer. Nur etwas Asche blieb zurück.

»Nein!«, kreischte Joshua. »Was tust du? Wir stehen doch auf eurer Seite!« Ich wollte nach ihm greifen, doch er duckte sich unter meinen zupackenden Händen hindurch und rannte direkt auf das Ungeheuer zu. »Hör auf damit! Wir waren es, die euch befreit haben!

Mit seinen schattenartigen Tentakelarmen schlug das Monstrum nach ihm. Joshua warf sich zur Seite. Nur um Haaresbreite verfehlten ihn die messerscharfen Klauen.

Weitere Besessene warfen sich dem Ungeheuer entgegen. Sie hatten nicht den Hauch einer Chance, wurden ebenso schnell und blutig wie ihre Kameraden getötet, aber sie opferten sich bereitwillig, um Joshua Gelegenheit zu geben, aus der Gefahrenzone zu entkommen. Mit vor Entsetzen verzerrtem Gesicht taumelte er auf mich zu.

Noch immer spürte ich das entfesselte *Ding* in meinem Inneren, die Zusammenballung finsterer Kräfte, die Joshua geweckt hatte. Sie waren wie ein Raubtier, das Blut geleckt hatte und sich nicht wieder vertreiben lassen wollte. Die Luft im Raum knisterte wie unter unsichtbaren elektrischen Blitzen, und ich stöhnte gepeinigt auf, als die ungeheuren Energien aus mir herausströmten. Das *Ding* in mir raste und tobte weiter. Ich konnte es nicht zurückhalten und wollte es auch gar nicht. Ich konnte nur versuchen, ihm ein Ziel zu bieten, auf das es seine Vernichtungswut richtete.

Wie unter unsichtbaren Schlägen krümmte das Monstrum, das aus dem *Tor* herausgekrochen war, seinen Leib und torkelte unter meinem Angriff einen Schritt zurück.

Allerdings nur einen Augenblick lang.

Es war, als ob meine Kräfte gegen einen Spiegel prallten, der sie aufsog und um ein Vielfaches verstärkt auf mich zurückschleuderte. Der Schmerz war unbeschreiblich. Ein weiß glühender Dolch schien sich in meinen Schädel zu bohren und meine Nervenbahnen in Flammen zu setzen. Schreiend brach ich in die Knie und stürzte zu Boden, wo ich zuckend liegen blieb. Das *Ding* in mir war zur Ruhe gekommen, ich fühlte mich leer und ausgebrannt. Immer noch stöhnend vor Schmerz wand ich mich auf dem Boden, wartete auf den Tod.

Keiner der Besessenen war mehr am Leben. Nachdem es den letzten getötet hatte, stapfte das Ungeheuer nun auf Joshua zu, der sich in eine Ecke des Raumes gekauert hatte, änderte dann aber seine Richtung und näherte sich Howard und Rowlf. Als sie sich auf das Monstrum stürzten, hatten die Besessenen den Hünen einfach fallen lassen. Vergeblich bemühte er sich, auf die Beine zu kommen.

Mein Blick fiel auf ein kleines, kaum fingernagelgroßes Stück grauen Steins, das neben mir auf dem Boden lag. Der Splitter des Reliefs, der in Howards Schulter gesteckt hatte. Er musste mir bei meinem Sturz aus der Tasche gefallen sein. Mühsam streckte ich die Hand danach aus.

Das Ungeheuer war nur noch zwei, drei Schritte von Rowlf entfernt, als ich den Steinsplitter endlich zu fassen bekam. Mit letzter Kraft hob ich den Arm und schleuderte das Stück des Kerkers, in dem die *Thul Saduun* gebannt gewesen waren, auf das Ungeheuer.

Die Wirkung übertraf alle meine Hoffnungen. Der Stein leuchtete grell auf, als er gegen die Brust des Ungeheuers prallte, und sofort griff das Leuchten auf seinen ganzen Leib über. Mit einem wilden, tierhaften Kreischen wich es zurück und schlug mit seinen Schattenarmen auf die Flammen ein, die aus seiner Brust loderten, ohne sie ersticken zu können. Noch einmal loderte eine grelle Stichflamme auf, und als sie erlosch, war auch das Ungeheuer verschwunden. Wo es gestanden hatte, waren die Fußbodendielen schwarz verbrannt.

Ein unbeschreiblich zorniger Schrei ertönte aus der Richtung der Standuhr. Die meisten der formlosen, wabernden Schatten waren inzwischen in dem *Tor* verschwunden, aber nicht alle. Einer von ihnen löste sich von den anderen und glitt ein Stück in meine Richtung, verharrte dann aber und kehrte um. Gleich darauf stürzte er sich als Letzter in das *Tor.*

Als Letzter der *Thul Saduun.* Mit einem Schlag begriff ich, dass es sich bei den Schatten um nichts anderes als die noch körperlose Essenz des absolut Bösen handelte, das in dem Relief gefangen gewesen war. Das Ungeheuer hatte nur die Aufgabe gehabt, ihnen eine sichere Flucht zu ermöglich, damit sie sich irgendwo von ihrer Gefangenschaft erholen und zu alter Macht erstarken konnten.

Mühsam stemmte ich mich auf die Beine und taumelte auf die Standuhr zu. Ich dachte nicht mehr in diesem Moment, wusste nur, dass ich die Spur *jener in der Tiefe* nicht verlieren durfte. Ein goldfarbenes Schemen raste an mir vorbei, geradewegs hinein in das *Tor.* Mit letzter Kraft stürzte auch ich mich hinein, bevor es erlöschen konnte.

Etwas stimmte nicht!

Das war der letzte Gedanke, den ich fassen konnte. Ein unbeschreiblicher Schmerz durchzuckte mich, als ob ich in zwei Teile gerissen würde, dann verschlang mich endlose Schwärze.

Zweiter Teil: Die Schattenwerkstatt

4. August 1862

Das Haus war eine Falle.

Roderick Andara vermochte nicht zu sagen, woher er diese Überzeugung nahm. Nichts an dem schäbigen kleinen Häuschen inmitten des kaum größeren, von der schon seit Wochen anhaltenden Hitze ausgedörrten Gartens am Ortsrand von Innsmouth war irgendwie auffällig, nichts deutete auf eine wie auch immer geartete Bedrohung hin. Hinter einem der Fenster im Erdgeschoss brannte Licht, doch die Vorhänge waren zugezogen und der Stoff zu dicht, um etwas dahinter zu erkennen. Auch zu hören war nichts. Und doch fühlte Andara die Gefahr so deutlich, als ob die Warnung mit Leuchtfarbe auf die Wände gepinselt wäre.

Er wechselte einen raschen Blick mit H.P. und dessen hünenhaftem Leibdiener, doch die beiden schienen nichts von dem zu spüren, was in ihm vorging.

Vielleicht bildete er sich nur etwas ein, was nach allem, was sie durchgemacht hatten, kein Wunder wäre. Noch immer verspürte er abgrundtiefes Entsetzen, wenn er nur an die titanische Scheußlichkeit in der unterirdischen Höhle dachte, konnte kaum glauben, dass er die Konfrontation mit der blasphemischen, protoplasmischen Kreatur, die vor Jahrmillionen von den Sternen herabgestiegen war, lebend überstanden hatte.

Die Begegnung mit einem der GROSSEN ALTEN selbst.

Andara schauderte und bemühte sich mit aller Kraft, die Erinnerungen zu verdrängen. Es war vorbei. Er hatte Necron bezwungen und den Bann, den dieser über die Bewohner von Innsmouth gelegt hatte, gebrochen; und zur Strafe für sein Versagen hatte der GROSSE ALTE den Magier verschlungen und war wieder in die lichtlosen Tiefen des Meeres zurückgekehrt, aus denen er emporgestiegen war.

Es war vorbei.

Jetzt waren sie hier, um Robert Craven, seinen Sohn, abzuholen, der sich laut H.P. in diesem Haus befinden sollte, und diesen Albtraum endgültig zu beenden. Wie hatte Lovecraft gesagt: *Es sind gute Leute, die auf ihn Acht gegeben haben. Sie hatten nur Angst vor Necron.*

»Wat issn nu?«, erkundigte sich Rowlf. »Worauf waten wa?«

Andara nickte. Wenn er herausfinden wollte, was mit Bob passiert war, würde es ihm nichts nutzen, wenn er weiterhin hier draußen herumstand. Dennoch kostete es ihn Überwindung, die letzten zwei Schritte vorzutreten, die Hand zu heben und an die Tür zu klopfen.

Sie schwang unter der Berührung auf, war nur angelehnt gewesen.

Seine Vorahnungen einer drohenden Gefahr verstärkten sich noch, aber jetzt gab es für ihn kein Halten mehr. Wenn Bob etwas zugestoßen war ...

Entschlossen stieß er die Tür ganz auf, durchquerte die kleine Diele dahinter und stürmte in den Wohnraum, in dem er schon von außen das Licht gesehen hatte.

Die beiden Leichen lagen kaum einen Schritt von der Tür entfernt auf dem Boden, ihre Gesichter noch im Tode von dem Entsetzen gezeichnet, das sie in den letzten Sekunden ihres Lebens empfunden hatten. Es handelte sich um einen Mann und eine Frau, beide um die sechzig Jahre alt. Ihre Körper waren grausam verstümmelt, aber dafür hatte Andara nur einen flüchtigen Blick übrig.

»Robert!«, brüllte er mit sich überschlagender Stimme so laut er nur konnte. »Bob, wo bist du?«

Keine Antwort. Im Haus war es still wie in einem Grab.

Andara fuhr herum, stieß H.P., der hinter ihm stand, aus dem Weg und riss die nächstgelegene Tür auf. In rasender Hast überprüfte er die Räume im Erdgeschoss, ohne eine Spur seines Sohnes zu entdecken, dann stürmte er die Holztreppe ins obere Stockwerk hinauf und durchsuchte es ebenfalls, allerdings mit dem gleichen Ergebnis.

Bob *war* hier gewesen. In einem der Zimmer stand ein Kinderbettchen, und auf einer Kommode lagen mehrere Kleidungsstücke, die er seinem Sohn selbst – wie es ihm vorkam in einem anderen Leben – gekauft hatte.

Andara spürte, wie seine Augen zu brennen begannen, und er biss die Zähne so fest zusammen, dass sein Kiefer zu schmerzen begann. Langsam, wie in Trance, trat er an das Bettchen heran und strich mit der Hand über das Kissen, in dem noch der Abdruck eines Kinderkopfes zu erkennen war. Das Kissen und die Decke waren noch nicht einmal richtig ausgekühlt, er konnte nur um wenige Minuten zu spät gekommen sein.

Alles war umsonst gewesen. Sie hatten Necron besiegt und sogar einen der GROSSEN ALTEN selbst zum Rückzug gezwungen, aber er hatte die Macht und Bosheit der uralten Götter von den Sternen unterschätzt. Sie hatten ihm das Einzige genommen, was ihm auf dieser Welt noch etwas bedeutete.

Aus dem Erdgeschoss war das Bersten von Holz zu hören, gefolgt von einem Schrei. Andara fuhr herum, und die Bewegung rettete ihm das Leben. Nur um eine Winzigkeit verfehlte die Faust eines *Tiefen Wesens* seinen Kopf, das sich von hinten an ihn herangeschlichen hatte, ohne dass er es in seinem Schmerz bemerkt hatte. Er blickte direkt in die Fratze der halb menschlichen, halb amphibischen Albtraumkreatur mit ihrem flachen Krötenschädel, den großen, hinter schleimig aussehenden Nickhäuten verborgenen Fischaugen und den rasiermesserscharfen Knochenplatten, die in seinem breitlippigen Maul die Stelle von Zähnen einnahmen.

Obwohl er bis ins Mark erschrak, reagierte Andara mit ungeheurer Schnelligkeit. Noch bevor das Monstrum ein weiteres Mal nach ihm greifen konnte, warf er sich zur Seite, tauchte unter den zuschnappenden Händen hindurch und kam zwei Schritte entfernt mit einer perfekten Rolle wieder auf die Beine.

Das *Tiefe Wesen* stieß ein enttäuschtes Zischeln aus, wandte sich wieder zu ihm um und starrte ihn hasserfüllt an.

Und in Andara zerbrach etwas.

Das Ungeheuer vor ihm und andere seiner Art hatten Bob geraubt, ihn vielleicht sogar ebenso wie die beiden unschuldigen Menschen dort unten im Wohnzimmer bereits ermordet; und wenn er noch lebte, dann erwartete ihn ein Schicksal, das sogar schlimmer als der Tod war. Zorn brodelte in Andara hoch, eine kochende, brennende Wut von unbezähmbarer Gewalt. Ohne dass er es verhindern konnte oder auch nur wollte, erweckte sie die finsteren Kräfte in seinem Geist, die er in der unterirdischen Grotte entfesselt hatte und die seither nur mühsam unter der dünnen Oberfläche seines Verstandes gebändigt waren und auf ein Opfer lauerten, zu neuer Raserei.

»Stirb!«, stieß er hervor. Nur dieses eine Wort, aber es war begleitet von einem magischen Hieb von so ungeheurer Macht, dass es ihn selbst erschreckte.

Das *Tiefe Wesen* stieß ein gepeinigtes Wimmern aus und taumelte zurück, doch selbst wenn er es gewollte hätte, wäre Andara nicht mehr in der Lage gewesen, seinen Angriff abzubrechen. Unsichtbare

Hände rissen das Ungeheuer in die Höhe und zerfetzten es binnen eines einzigen Sekundenbruchteils. Wände, Möbel, Fußboden und sogar die Decke waren plötzlich voller grünem Blut und Fetzen der geschuppten Amphibienhaut.

Der Anblick ernüchterte Andara ein wenig. Noch immer raste und tobte das *Ding* in ihm, seine Hexerkräfte, von denen er geglaubt hatte, er hätte sie im Laufe der vergangenen Jahrzehnte zu beherrschen gelernt; deren ungezügelte Macht ihn in diesem Moment aber beinahe mehr erschreckte als alles, was er zuvor erlebt hatte. Nur mit äußerster Willenskraft gelang es ihm, sie wieder halbwegs unter Kontrolle zu bekommen.

Erneut ertönte ein Schrei aus dem Erdgeschoss und erinnerte ihn daran, dass die Gefahr noch nicht vorbei war.

Hastig stürmte er aus dem Zimmer, wobei er sich bemühte, die zerfetzten Überreste des *Tiefen Wesens* nicht anzusehen, und die Treppe hinunter. Er hatte gespürt, dass das Haus eine Falle war, und doch waren sie blindlings hineingetappt. Aber es war der einzige Weg gewesen, Klarheit über Roberts Schicksal zu erlangen.

Im Wohnraum stieß er auf zwei weitere Amphibienkreaturen. Rowlf verteidigte sich zumindest halbwegs erfolgreich gegen eine von ihnen, obwohl abzusehen war, dass auch er ihren Kräften auf Dauer nicht gewachsen war, doch für H.P. sah es wesentlich schlechter aus. Das zweite Ungeheuer hatte ihn in eine Ecke gedrängt. Nur mit dem Bein eines zerbrochenen Stuhls bewaffnet, hielt er es noch notdürftig auf Distanz. Sein Gewehr lag mehrere Meter entfernt auf dem Boden.

Alles in Andara drängte danach, das Ungeheuer ebenso zu töten wie die Kreatur in Bobs Zimmer. Die einmal erwachte Gier der Bestie in ihm war noch längst nicht gestillt. Trotzdem widerstand er dem Verlangen. Stattdessen riss er seinen Spazierstock aus dem Gürtel. Ein Druck auf eine winzige Schließe gab die in der Umhüllung verborgene Degenklinge frei.

Das *Tiefe Wesen* ließ von Lovecraft ab und fuhr herum. Andara ließ ihm keine Chance. Die Klinge des Degens durchbohrte seinen Hals. Mit einem erstickten Blubbern stürzte es zu Boden und rührte sich nicht mehr.

Das zweite Ungeheuer hatte von Rowlf abgelassen. Mit glotzenden Augen starrte es Andara einen Moment lang an, dann warf es sich herum und versuchte zu fliehen. Mit zwei raschen Schritten verstellte Andara ihm den Weg zur Tür, während Rowlf sich ihm von der anderen Seite her mit drohend erhobenen Fäusten näherte. Er blutete aus einer Platzwunde am Kopf, die ihn aber nicht zu behindern, sondern seinen Kampfeswillen im Gegenteil noch mehr anzustacheln schien. Sein Gesichtsausdruck verriet grimmige Entschlossenheit.

»Wo ist Robert?«, zischte Andara. »Was habt ihr Ungeheuer mit meinem Sohn –«

Ohne Ansatz sprang das *Tiefe Wesen* vor, in einer Bewegung, die selbst für Andara zu schnell kam. Ein heftiger Schlag traf seine Brust und schleuderte ihn zurück. Noch bevor Rowlf es ergreifen konnte, hetzte das Ungeheuer los, nicht in Richtung der Tür, wohin der Hüne sich automatisch gewandt hatte, sondern direkt auf das Fenster zu.

Aus den Augenwinkeln sah Andara, dass H.P. sein Gewehr aufgehoben hatte und auf das Monstrum anlegte. »Nein!«, brüllte er entsetzt, aber es war zu spät.

Ein Schuss krachte, der sich in dem engen Raum wie Kanonendonner anhörte. Schon halb im Sprung begriffen, zuckte das *Tiefe Wesen* mit einem Schrei zusammen und stürzte zu Boden.

»Verdammter Narr!«, keuchte Andara. Er stürzte zu der Stelle, an der die Amphibienkreatur zusammengebrochen war. Grünes Blut quoll aus ihrer Brust, aber sie lebte noch, auch wenn ihre Augen sich bereits zu trüben begannen. Andara packte sie an den Schultern.

»Wo ist mein Sohn!«, brüllte er. »Sag es mir, oder –«

»Er ist ... weg«, stieß das Ungeheuer hervor. »Dort wo ... du ihn niemals ... finden wirst.«

Mit diesen Worten starb es.

Voller hilfloser Wut schüttelte Andara die Kreatur, bis er die Sinnlosigkeit seines Tuns einsah und sie angeekelt losließ. Zornig fuhr er zu Lovecraft herum.

»Verdammter Narr!«, keuchte er noch einmal. »Wir brauchten ihn lebend! Er war unsere einzige Spur zu Robert!«

»Es ... tut mir leid«, murmelte H.P. »Aber wenn ich nicht geschossen hätte, wäre er entkommen. Dort draußen hätten wir ihn niemals eingefangen.«

Obwohl die Wut sein Denkvermögen trübte, wusste Andara, dass er Recht hatte. Noch eine Sekunde länger, und das *Tiefe Wesen* wäre durch das Fenster gesprungen und in der Nacht untergetaucht.

»Schon gut«, presste er mühsam hervor. »Ich ... ich glaube, ich weiß auch so, wohin Robert verschleppt wurde.«

Er hatte es die ganze Zeit über gewusst. Necron selbst hatte es ihm voller Hohn verraten, aber er hatte es nicht wahrhaben wollen und die Augen vor der Wahrheit verschlossen, hatte sich an die Hoffnung geklammert, dass es ihm gelungen wäre, mit Necrons Niederlage auch das dem Jungen drohende Schicksal abzuwenden.

R'lyeh, hatte der Magier gesagt. Der schwarze Pfuhl im Herzen der Erde, das Zentrum der Macht der GROSSEN ALTEN. Der Ort, von dem aus Cthulhu, der schrecklichste der sterngeborenen Dämonen, vor Millionen von Jahren über diese Welt geherrscht hatte und wo sein nasses Grab lag.

R'lyeh.

Die Stadt, über die Robert nach dem Willen der GROSSEN ALTEN als Statthalter des Bösen herrschen sollte ...

Angst überflutete mein Denken im Augenblick des Erwachens, eine tiefe, kreatürliche Panik, durch keinerlei Filter des Bewusstseins gemindert, wie ich sie sonst nur aus den schlimmsten Albträumen kannte. So unerträglich, dass ich mir wünschte, zu sterben oder wenigstens sofort wieder in die sanfte Umhüllung der Ohnmacht zurückgleiten zu können.

Ich versuchte mich auf die Ursache dieser Angst zu konzentrieren, doch es gelang mir nicht. Bizarrerweise wusste ich weder warum noch wovor ich mich fürchtete. Das Gefühl war einfach da, als wäre es nicht einmal mein eigenes, sondern mir von einem fremden Willen eingegeben worden.

Im nächsten Moment tauchten Erinnerungsfetzen in meinem Geist auf, die mit der Angst verbunden waren; Erinnerungen an ein älteres Ehepaar, aber auch an amphibienhafte Kreaturen mit Krötenschädeln und glotzenden Fischaugen: *Tiefe Wesen*. Und ebenso wie bei der Angst hatte ich auch jetzt das absurde Gefühl, dass es sich nicht um *meine* Erinnerungen handelte! *Tiefen Wesen* war ich schon mehr als einmal begegnet, doch die Gesichter der beiden älteren Leute waren mir völlig fremd.

Was um alles in der Welt war mit meinem Gedächtnis geschehen? An vieles erinnerte ich mich völlig klar, an den Kampf gegen Joshua, die Zerstörung des Reliefs, dass ich mich in das *Tor* in der Standuhr gestürzt hatte, um die *Thul Saduun* zu verfolgen – und an den grauenhaften Schmerz und meinen letzten Gedanken beim Durchgang durch das *Tor*, dass etwas nicht stimmte.

Meine unerklärliche Furcht legte sich ein wenig, wich Verwirrung und einer fast kindlichen Neugier, die nicht meine zu sein, sondern mir vielmehr zu *gelten* schien.

Ich verschob die Lösung dieses Rätsels auf später und öffnete die Augen. Wenn ich herausfinden wollte, was mit mir geschehen war, musste ich erst einmal wissen, wo ich mich befand. Düsteres Dämmerlicht umgab mich, und hoch über mir wölbte sich eine steinerne Decke, mehr konnte ich nicht erkennen. Ich wollte den Kopf zur Seite drehen, aber es gelang mir so wenig, wie ich in der Lage war, ein anderes Körperteil zu bewegen. Ich war vollständig gelähmt, spürte lediglich, dass ich auf einer harten, kühlen Unterlage ausgestreckt lag.

Wieder flackerte die Panik in mir auf, genauer gesagt in einem Teil meines Geistes, der zwar ein Teil von mir war, aber dennoch nicht richtig zu mir zu gehören schien. Fast ohne nachzudenken, sandte ich beruhigende Impulse in diesen Teil meines Verstandes und spürte, wie die Angst tatsächlich etwas nachließ.

Die Lähmung, die von mir Besitz ergriffen hatte, ging auf einen recht simplen magischen Bann zurück, den aufzuheben kein Problem für mich darstellen sollte. Ich bemühte mich, meine Hexerkräfte zu erwecken, doch es fiel mir ungeheuer schwer, wesentlich schwerer als gewöhnlich. Die Kräfte waren da, aber es schien, als schlummerten sie tiefer als sonst in mir oder als hätte ich sie schon seit langer, langer Zeit nicht mehr benutzt. Ähnlich war es gewesen, als ich vor nunmehr rund zehn Jahren von meiner wahren Herkunft und damit überhaupt erst von der Existenz meiner magischen Fähigkeiten erfahren hatte; und dann noch einmal, als ich von den Toten auferstanden war und wieder ganz neu hatte lernen müssen, meine Kräfte zu beherrschen.

Noch bevor es mir gelang, den Bann aufzuheben oder wenigstens zu schwächen, hörte ich plötzlich sich nähernde Schritte. Ein widerlicher Gestank nach Moder und Fäulnis stieg mir in die Nase. Gleich darauf sah ich die hässlichen Gesichter mehrere *Tiefer Wesen*, die sich über mich beugten.

Diesmal war die Woge aus Panik, Abscheu und Schrecken, die in mir aufstieg, so stark, dass ich nicht mehr dagegen ankam. Es war wie bei der Beschwörung der *Thul Saduun*, als Joshua die Kontrolle über meinen Körper und meine Hexerkräfte übernommen hatte, und plötzlich begriff ich, dass der Vergleich der Wahrheit erschreckend nahe kam.

Mein Gefühl hatte mich nicht getäuscht, etwas *war* beim Durchqueren des *Tores* schiefgegangen, und das in weitaus stärkerem und bizarrerem Maße, als ich bislang geglaubt hatte.

Ich war nicht allein!

Mein Körper beherbergte noch ein zweites, mir gänzlich fremdes Bewusstsein!

Ich kam nicht mehr dazu, weiter über diese Entdeckung nachzudenken. Die nächsten Minuten waren ein einziger, nicht enden wollender Albtraum. Wie aus weiter Ferne hörte ich, wie sich die *Tiefen Wesen* in einer mir fremden, hauptsächlich aus disharmonischen Kehllauten und einem schrecklichen Blubbern bestehenden Sprache miteinander unterhielten, dann streckte eines von ihnen seine Hand aus, presste sie auf mein Gesicht und gleich darauf ...

Schmerz.

Feuer.

Ein stählerner Besen fegte durch meinen Geist, eine unsichtbare Pranke griff nach meinem magischen Erbe. Es war kein vorsichtiges Tasten oder Sondieren, sondern ein unbarmherziges Zupacken, eine grauenvolle Vergewaltigung auf geistiger Ebene, der gegenüber selbst Joshua noch behutsam vorgegangen war. Hilflos war ich dem Angriff ausgeliefert, hatte nicht die geringste Chance, mich zu wehren.

Der Schmerz wurde übermächtig. Das Letzte, was ich wahrnahm, war das plötzlich in meinem Geist auftauchende Bild eines entsetzlich vertrauten, mit sinnverwirrenden Linien bedeckten Felsreliefs, dann verschlang mich erneut eine gnädige Dunkelheit.

»Toood«, murmelte Clarissa. Sie sprach das Wort lang gezogen und gedehnt aus; es klang, als ob ihre Stimme um ein Mehrfaches verlangsamt wäre.

Jennifer Garnett zuckte zusammen. Sie ließ den Mörser sinken, in dem sie getrocknete Kräuter zerstampfte, und blickte zu ihrer Tochter hinüber. Clarissa saß in unnatürlich verkrampfter Haltung über den Tisch gebeugt, auf dessen Platte sie eine Hand voll Vogelknochen ausgebreitet hatte. Ihr Gesicht war ausdruckslos, ihre Augen weit geöffnet und schienen ins Leere zu starren.

»Was?«

»Tod«, murmelte Clarissa noch einmal. »Sie kommen. Die Finsternis kommt, und sie bringt den Tod.«

Sie begann zu zittern. Schweiß perlte auf ihrer Stirn, und ihre Finger hielten die Kante des Tisches so fest umklammert, dass ihre Knöchel weiß hervortraten.

Hastig stellte Jennifer den Mörser zur Seite, trat auf ihre Tochter zu und schlang die Arme um sie.

»Ganz ruhig, mein Kind«, sagte sie beruhigend und presste sie an sich, doch Clarissa schien es nicht einmal wahrzunehmen. Ihr Zittern verstärkte sich noch. Sie war in Trance versunken.

Solche Anfälle waren nichts Neues für Jennifer. Es gab eine Menge Leute in Gorlwingham, die sie und ihre Tochter hinter vorgehaltener Hand als Hexen bezeichneten und sie deshalb mieden, aber während sie selbst sich nur auf die Kräuterkunde verstand und einige Kenntnisse im Handlesen, der Deutung des Vogelfluges und dergleichen mehr besaß, verfügte Clarissa über ein echtes mediales Talent, das sich schon in früher Kindheit offenbart hatte. Mittlerweile war sie zu einer jungen Frau herangewachsen, und ihre Fähigkeiten hatten sich noch verstärkt, wenn es ihr auch nie gelungen war, sie zu kontrollieren und gezielt einzusetzen. In begrenztem Maße vermochte sie einige Aspekte der Zukunft mit Hilfsmitteln wie Karten, Knochen oder dem Lesen aus dem Kaffeesatz zu deuten, doch wenn sie wirkliche Visionen empfing, überfielen diese sie meist warnungslos und krampfartig.

So wie jetzt.

Jennifer schauderte. Die Worte ihrer Tochter jagten ihr kalte Schauer über den Rücken. »Was meinst du, mein Kind?«, drängte sie und strich ihr über das lange, dunkle Haar. »Wovon sprichst du?«

»Die Finsternis«, stieß Clarissa hervor. »Ich sehe sie vor mir. Die Mauern der Zeit sind niedergerissen. Die Finsternis wurde befreit und streift über das Land. *Jene in der Tiefe* suchen nach mir. Die Finsternis wird kommen und mich verschlingen. Sie ist schon ganz nah.«

Ihr Körper verfiel in unkontrollierte Krämpfe. Dann, von einer Sekunde auf die andere, war es vorbei. Die Zuckungen hörten auf, und Clarissa erschlaffte. Sie hatte das Bewusstsein verloren.

Voller Schrecken hielt Jennifer ihre ohnmächtige Tochter weiterhin an sich gepresst. Die Visionen, die Clarissa empfing, waren selten klar und eindeutig, ließen sich auf verschiedene Arten auslegen, doch die unheilvollen Worte, die sie gerade ausgesprochen hatte, ließen kaum mehr als eine einzige schreckliche Deutung zu.

Und Clarissa hatte sich noch nie geirrt.

Der Schmerz überdauerte meine Ohnmacht und begleitete mich auch während des Erwachens, wuchs sogar zu noch schlimmerer Agonie an. Stöhnend öffnete ich die Augen und presste die Hände gegen die Schläfen, erst dann begriff ich trotz der Pein, dass ich überhaupt zu der Bewegung in der Lage war. Der magische Bann, der mich gelähmt hatte, war erloschen.

»Bleib ruhig liegen, Robert«, vernahm ich eine vertraute Stimme. Jemand beugte sich über mich, doch ich konnte nur undeutliche Schemen erkennen. »Ich habe dir ein Schmerzmittel gegeben. Es wird gleich wirken.«

»Gray«, murmelte ich verwirrt. Tatsächlich begann der Schmerz ganz langsam abzuebben, und aus den Schemen schälten sich die vertrauten Züge des alten Rechtsanwalts und Arztes. »Wie ... kommen Sie hierher?«

»Ich habe Rowlf losgeschickt, um ihn zu holen«, erklärte Howard. Ich hob den Kopf ein wenig an. Ich befand mich nicht mehr in dem Gewölbe mit der hohen Decke, sondern im Bett meines von warmem Kerzenlicht erleuchteten Zimmers. Howard saß ein paar Schritte entfernt in einem Sessel. Ein dicker Verband schlang sich um seine verletzte Schulter. Sein Gesicht war eingefallen und blass, zeigte noch deutliche Spuren dessen, was er durchgemacht hatte. Nichtsdestotrotz ging es ihm bereits wieder gut genug, dass er sich eine seiner stinkenden Zigarren angezündet hatte und die Luft im Zimmer damit verpestete. »Es schien dich ziemlich erwischt zu haben. Wie fühlst du dich?«

Ich ignorierte die reichlich dämliche Frage. »Was ist passiert?«, fragte ich stattdessen. »Wie komme ich wieder hierher und was ... was ist mit den *Tiefen Wesen?*«

»*Tiefe Wesen?*« Ich sah, wie Dr. Gray Howard einen verständnislosen Blick zuwarf, doch dieser zuckte lediglich die Achseln. »Bleiben Sie ruhig liegen, Robert. Sie müssen sich noch schonen. Sie sind verwirrt, aber das gibt sich bald.«

Er wollte mich sanft zurückdrücken, doch ich schob seine Hand zur Seite und richtete mich noch weiter auf, bis ich mehr im Bett saß als lag. Leichter Schwindel überfiel mich, und der gerade erst abgeebbte Schmerz erwachte für einen Moment neu, aber es gelang mir, beides zu unterdrücken.

»Was ist passiert?«, fragte ich noch einmal, deutlich schärfer diesmal.

»Du erinnerst dich nicht?«, erkundigte sich Howard. Deutliche Besorgnis zeichnete sich auf seinem Gesicht ab.

»Ich weiß, dass ich in das *Tor* gesprungen bin, und dann kam ich in einem ... in einer Art Gewölbe wieder zu mir. Ich war durch einen magischen Bann gelähmt, und mehrere *Tiefe Wesen* –«

»Du bist nicht durch das *Tor* gegangen«, unterbrach Howard mich ruhig. »Du hast es versucht, aber es hat dich zurückgeschleudert. Du hast geschrien wie am Spieß, und dann hast du das Bewusstsein verloren und bist gerade erst wieder aufgewacht. Es gab keine *Tiefen Wesen.* Das war nur ein Albtraum.«

»Aber ...« Ich verstummte. Nur geträumt. Nur ein Albtraum. Das erklärte all die kleinen Ungereimtheiten, meine Gefangenschaft, an die ich mich erinnern konnte, das Gefühl, nicht allein in meinem Körper zu sein, und auch das zerstörte Relief, das ich unversehrt zu sehen geglaubt hatte. Nur ein Albtraum ... Der Gedanke hätte mich beruhigen müssen, aber er tat es nicht. Trotz der Ungereimtheiten war der Nachtmahr so realistisch gewesen, wie ich es noch nie erlebt hatte, und die Erinnerungen daran verblassten auch nicht, wie es bei Träumen nach dem Aufwachen gewöhnlich geschah.

»Irgendwie hat dir das *Tor* den Durchgang verwehrt und dich zurückgeschleudert«, berichtete Howard weiter. »Offenbar haben sich die *Thul Saduun* gegen Verfolger geschützt.«

»Aber Merlin ist es auch gelungen.«

»Dann hat das *Tor* auf ein Tier eben nicht so reagiert wie auf einen Menschen, ich habe keine Ahnung«, wischte Howard meinen Einwand weg. »Du hast es jedenfalls nicht geschafft. Du warst leichenblass und dein Puls kaum mehr zu spüren. Ich hatte Angst, dass du es nicht überleben würdest, deshalb habe ich Dr. Gray holen lassen.«

»Und dir damit vermutlich das Leben gerettet«, ergänzte Gray.

»Wie lange war ich bewusstlos?«

»Mehrere Stunden. Es wird bald hell werden. Du solltest versuchen noch mehr zu schlafen, um wieder zu Kräften zu kommen.«

»Später«, stieß ich hervor. »Ich fühle mich bereits wieder besser, aber es gibt noch so viel, was ich nicht verstehe. Ich muss wissen, was das alles zu bedeuten hat.«

Gray seufzte. »Also gut. Wie ich dich kenne, gibst du vorher ja doch keine Ruhe.« Er wandte sich Howard zu. »Ich gebe dir fünf Minuten. In der Zwischenzeit werde ich noch einmal nach Joshua sehen.«

»Joshua?«, hakte ich aufgeregt nach. »Was ist mit ihm?«

»Er hat einen schweren Schock erlitten«, erklärte Gray, während er sich von dem Stuhl neben meinem Bett erhob. »Körperlich geht es ihm gut, aber er hat sich geistig völlig abgekapselt. Rowlf passt auf ihn auf. Denk daran, Howard, fünf Minuten, nicht länger.« Er lächelte mir noch einmal aufmunternd zu, dann verließ er das Zimmer.

»Also?«, wollte ich wissen.

Howard seufzte. »Am besten erzähle ich alles der Reihe nach«, begann er, schnippte den Rest seiner Zigarre in den Kamin und zündete sich sofort eine neue an. »Es war eine Falle, von Anfang an. Schon meine Flucht aus der Höhle der *Ssaddit* war nur eine Finte. Bereits zu dieser Zeit trug ich den Splitter in mir. Es war meine Aufgabe, dich zu bewachen und auf falsche Fährten zu lenken, aber irgendwie bist du trotzdem in das unterirdische Labyrinth gelangt; und was dann passiert ist, weißt du ja selbst. Aber durch diesen Fehlschlag erkannte Joshua, dass er sich auf einem falschen Weg befand. Es war unmöglich, das Relief zu öffnen. Der einzige Weg, die darin eingekerkerten *Thul Saduun* zu befreien, bestand darin, es vollständig zu zerstören, doch dazu reichte seine Kraft allein nicht aus. Er brauchte deine Hilfe, aber er wusste auch, dass es ihm nicht gelingen würde, gegen deinen Willen euer beider Kräfte gleichzeitig in einem solchen Maße zu kontrollieren, wie es dafür nötig war. Er benötigte ohnehin neue Anhänger zu seiner Unterstützung, deshalb hat er einige der Bauarbeiter genau wie mich unter den Bann der *Thul Saduun* gezwungen und das Relief hierher nach Andara-House bringen lassen. Nicht einmal die Magie dieses Hauses war stark genug, die ungeheure Macht des Reliefs zu bekämpfen.«

»Es hat versucht mich zu warnen«, murmelte ich. »Aber ich habe nicht verstanden, was es mir mitteilen wollte.«

»Es hätte ohnehin nichts mehr geändert. Nachdem ich dich dazu bewegt hatte, hier einzuziehen, hatte sich die Falle bereits geschlossen. Selbst wenn du die Wahrheit früher erkannt hättest, wäre eine Flucht aussichtslos gewesen, wie du ja erlebt hast. Es kam nur darauf an, dass du der Magie des Reliefs eine gewisse Zeit ausgesetzt warst; sie war es, die Hass und eine kaum bezähmbare Aggression in dir weckte. Nachdem diese sich stundenlang in dir aufgestaut hatten, war vorauszusehen, dass du im entscheidenden Moment die Beherrschung verlieren und all deine Kräfte gegen das Relief einsetzen würdest, um es zu vernichten.«

»Ich ... ich konnte einfach nicht anders«, versuchte ich mich zu verteidigen. »Ich war überzeugt, dass ich auch die *Thul Saduun* töten würde, wenn ich das Relief zerstöre.«

»Und genau das solltest du auch denken, aber stattdessen hast du sie befreit«, fuhr Howard fort. »Mehr als ein Dutzend der mächtigsten Dämonenfürsten aus dem Volk der *Thul Saduun*, mächtig genug, dass nicht einmal die GROSSEN ALTEN sie vernichten konnten.«

»Und ich habe sie auf die Menschheit losgelassen.« Mit aller Gewalt versuchte ich die Visionen apokalyptischer Schrecken, die vor meinem inneren Auge auftauchten, zu verdrängen. »Wir müssen sie finden, Howard, wir müssen!« Ich schlug die Bettdecke zurück und wollte mich aus dem Bett stemmen, doch hastig sprang Howard auf und drückte mich zurück.

»Wir werden nach ihnen suchen, aber erst, wenn du wieder zu Kräften gekommen bist«, sagte er mit einer Stimme, die keinen Widerspruch duldete. »In deinem derzeitigen Zustand könntest du absolut nichts ausrichten, und es nutzt niemandem, wenn du dich selbst umbringst. Ich bin sogar fast schon froh, dass das *Tor* dich zurückgeschleudert hat, weil du sonst vermutlich blindlings in dein Verderben gerannt wärst.«

»Aber –«

»Ich glaube nicht, dass es auf einen Tag mehr oder weniger ankommt«, fuhr er unbeirrt fort. »Wir haben einen Trumpf auf unserer Seite. In gewisser Hinsicht dürfte es den *Thul Saduun* ebenso wie dir ergehen. Auch sie sind geschwächt, sonst wären sie vorhin nicht geflohen, sondern hätten uns direkt vernichtet. Nach der äonenlangen Gefangenschaft werden auch sie ihre Kräfte erst sammeln und sich orientieren müssen, das verschafft uns immerhin etwas Zeit. Und jetzt ruh dich aus, du wirst in den nächsten Tagen noch jedes bisschen Kraft dringend brauchen.«

Zornig starrte ich ihn an, obwohl ich im Grunde wusste, dass er Recht hatte. So gewaltig die Gefahr auch war, in der wir alle schwebten, solange ich kaum in der Lage war, aus eigener Kraft auf den Beinen zu stehen, würde ich nichts dagegen unternehmen können. Meine Erschöpfung war so groß, dass es mir inzwischen sogar schwerfiel, die Augen offen zu halten.

Ich wusste noch immer nicht genau, was geschehen war, als ich versucht hatte, das *Tor* zu durchqueren, aber es hatte mich ungeheuer viel Kraft gekostet. Fast als ob etwas aus mir herausgerissen worden wäre …

»Das gefällt mir nicht«, stieß Jack Crampton hervor und schüttelte den Kopf. »Gefällt mir ganz und gar nicht.«

Mit in die Hüften gestemmten Fäusten stand er im Bug des Fischerbootes. Die Sorge in seinem Gesicht war unverkennbar. Er leckte an seinem Zeigefinger und hob ihn hoch. Nach einigen Sekunden schirmte er seine Augen mit der Hand gegen das grelle Sonnenlicht ab, während er weiter nach Süden auf das Meer hinausstarrte.

»Was meinst du?«, erkundigte sich David Conelly.

»Ich meine das Wetter. Da braut sich etwas zusammen, und das nicht zu knapp.«

»Was? Du spinnst«, behauptete Conelly. Dennoch hörte er auf, die Leinen des ausgebrachten Netzes zu kontrollieren, richtete sich auf und starrte ebenfalls einige Sekunden lang über das Meer. Die Sonne brannte mit einer für diese Jahreszeit seltenen Kraft von einem blauen Himmel herab, an dem sich nicht die kleinste Wolke zeigte. Es wehte eine nur leichte, beständige Brise. »Das ist der wohl schönste Tag, den wir in diesem Jahr bislang hatten, und wenn du mich fragst, dann wird es auch so bleiben.«

»Wir sollten umkehren«, sagte Crampton knapp.

»Soll das ein Scherz sein?« Unsicher musterte Conelly seinen Partner. Er hatte sein gesamtes nun fast vierzigjähriges Leben in dem kleinen Fischerort Gorlwingham an der Südküste Cornwalls verbracht. Mit sechs Jahren hatte er seinen Vater erstmals beim Fischfang begleitet, und seit gut zwanzig Jahren besaß er zusammen mit Crampton ein eigenes Boot. Er bildete sich ein, die Küste und die Gewässer in dieser Gegend wie seine Hosentaschen zu kennen und jeden sich ankündigenden Wetterumschwung schon an den kleinsten Vorzeichen ablesen zu können. Und jetzt gab es kein solches Vorzeichen, nicht das geringste.

Dennoch nahm er die Worte seines älteren Partners nicht auf die leichte Schulter. Wenn es einen Menschen gab, der noch mehr als er selbst von der Fischerei, den Tücken des Meeres und dem Wetter verstand, dann war es Crampton.

»Damit scherze ich nicht«, erwiderte der Hüne mit dem grauen Haar und dem ebenso grauen Vollbart. »Auch wenn es nicht danach aussieht, ich spüre deutlich in meinen Knochen, dass da etwas im Anmarsch ist. Wir sollten wirklich in den Hafen zurückkehren.«

»Aber wir haben das Netz gerade erst vor einer halben Stunde ausgeworfen und es ist noch längst nicht voll. Wenn wir jetzt ...« Conelly brach ab. Mit weit aufgerissenen Augen starrte er auf die Wolken, die scheinbar aus dem Nichts plötzlich am Horizont erschienen. Finstere Unwetterwolken, die mehr und mehr wurden. Binnen weniger Sekunden türmten sie sich zu einer Wand aus brodelnder Schwärze auf, die die Welt zu verschlingen schien. Und sie kam rasend schnell näher.

»Heilige Maria«, keuchte er. »Du hattest Recht. Los, holen wir das Netz ein.«

Crampton warf noch einmal einen Blick auf die Unwetterfront, dann schüttelte er den Kopf. »Scheiß auf das Netz!«, blaffte er. »Kümmere dich um das Segel. Wir können von Glück sagen, wenn wir den Hafen noch heil erreichen.«

Er bückte sich und holte ein Beil aus einer Kiste unter der Sitzbank hervor. Ein, zwei Sekunden lang beobachtete Conelly fassungslos, wie sein Partner mit aller Gewalt auf die Schleppseile einhieb, an denen das Netz hing, das sie vor einem halben Jahr erst neu gekauft hatten und das zusammen mit dem Boot die Grundlage ihres Lebensunterhaltes bildete. Dann fuhr er herum und begann in fliegender Hast damit, das kleine Segel aufzuziehen. Crampton half ihm, nachdem es ihm gelungen war, das Netz zu kappen.

Sie hatten ihre Arbeit gerade beendet, als eine erste heftige Bö das Boot wie ein Vorbote kommenden Unheils traf und sich so weit auf die Seite legen ließ, dass sie fast von den Füßen gerissen worden wären. Knatternd blähte sich das Segel.

Mit der Geschicklichkeit jahrzehntelanger Erfahrung manövrierten sie das Boot durch die vom immer stärker werdenden Wind aufgewühlte See. Das Segel war zum Zerreißen gespannt, so schnell wie selten zuvor jagten sie auf die Küste zu.

Trotzdem waren sie nicht schnell genug. Die heranrasende Unwetterfront holte sie ein, als sie noch gut zwei Meilen vom rettenden Hafen entfernt waren. Obwohl erst später Vormittag, wurde es so dunkel, als wäre schlagartig die Nacht hereingebrochen.

Was dann folgte, kam dem Weltuntergang nahe.

Regen setzte ein, als hätte der Himmel alle Schleusen geöffnet. Binnen Sekunden waren die beiden Männer bis auf die Haut durchnässt. Der Sturm peitschte das Meer zu meterhohen Wellen, die das kleine Boot von einer Seite zur anderen schleuderten und es zu einem Spielball der entfesselten Elemente machten. Blitze zerrissen die Dunkelheit. Mit einem Knall, der fast im unablässigen Donnergrollen unterging, zerriss das Segel, wodurch das Boot vollends manövrierunfähig wurde.

Eisern klammerte sich Conelly am Mast fest, um nicht über Bord gespült zu werden. Es war alles, was er noch tun konnte. Das Boot drehte sich wie ein Kreisel und schlingerte wild hin und her. Im Grunde grenzte es an ein Wunder, dass es nicht schon längst gekentert oder von den Urgewalten schlichtweg in Stücke gerissen worden war, aber auch wenn Conelly überzeugt war, dass seine letzte Stunde geschlagen hatte, war er entschlossen, bis zuletzt um sein Leben zu kämpfen. Der Regen peitschte ihm mit solcher Wucht ins Gesicht, dass er praktisch blind war und nicht einmal sah, ob sich Crampton überhaupt noch bei ihm befand.

Längst schon hatte er jede Orientierung verloren, und auch die Zeit besaß keinerlei Bedeutung mehr für ihn. Er vermochte nicht zu sagen, wie lange das Unwetter bereits andauerte, ob nur Sekunden, Minuten oder gar schon Stunden – ihm kam es wie eine Ewigkeit vor.

Schließlich vernahm er ein urgewaltiges Krachen, das sogar noch den Donner und das Toben des Sturms übertönte. Voller Entsetzen begriff er, dass sie sich in unmittelbarer Nähe der Küste befinden mussten, die mit Ausnahme der kleinen Bucht, in der sich der Hafen befand, aus meterhoch aufragenden Steilklippen und tückischen, rasiermesserscharfen Riffen bestand, an denen sie zerschellen mussten.

Dazu kam es jedoch gar nicht erst mehr. Eine besonders hohe Welle traf das Boot wie ein Hammerschlag, ließ den Mast, an den er sich klammerte, wie einen Strohhalm zerbersten und riss ihn über Bord.

Sofort drückte eine unbarmherzige Faust ihn unter Wasser. Conelly machte verzweifelte Schwimmbewegungen, aber um ihn herum schien das Meer zu kochen, sodass er nicht einmal wusste, wo unten und wo oben war. Er schluckte Wasser und bekam gleich darauf einen heftigen Schlag gegen die Hüfte, der ihm auch den letzten Rest Atemluft aus den Lungen presste. In blinder Verzweiflung trat und schlug er um sich, und plötzlich durchbrach sein Kopf die Wasseroberfläche.

Gierig sog er den Sauerstoff ein, ehe erneut eine Welle über ihm zusammenschlug und ihn mit sich riss.

Etwas Dunkles, Gewaltiges tauchte neben ihm auf, eines der gefährlichen Riffe, doch die Strömung spülte ihn daran vorbei.

Conelly hatte irgendwann gehört, dass ein Mensch in seinen letzten Sekunden angeblich noch einmal sein ganzes Leben an sich vorbeiziehen sah, doch nichts dergleichen geschah, obwohl es nur noch Augenblicke dauern konnte, bis er gegen die Klippen geschmettert wurde. In seinem Verstand war kein Platz für Erinnerungen, sondern nur für Panik, Entsetzen und eine unbeschreibliche Angst.

Erneut tauchte etwas Finsteres vor ihm auf. Mit unvorstellbarer Wucht wurde er gegen die Steilküste geschleudert – und durch sie hindurch.

Es dauerte Sekunden, bis er richtig begriff, dass er noch am Leben war und sogar wieder festen Grund unter sich spürte. Um ihn herum war kein Wasser mehr, sondern massive Felsen. Weitere Sekunden verstrichen, ehe er erkannte, dass die Brecher ihn geradewegs in eine der zahlreichen Höhlen geschleudert hatten, die das Meer im Laufe von Jahrmillionen in den Küstenfels gebissen hatte.

Mühsam stemmte er sich auf Hände und Knie hoch. Jede Bewegung fiel ihm schwer, und es schien keine Stelle seines Körpers zu geben, die *nicht* wehtat, aber noch war die Gefahr nicht vorbei. Immer wieder wurde er von einem Gischtschauer getroffen, und es war leicht möglich, dass eine besonders heftige Welle ihn wieder mit sich fortriss. Erst als er mehr als ein Dutzend Meter tiefer in die Höhle hineingekrochen war, ließ er sich ausgelaugt wieder zu Boden sinken.

Ohne sich daran erinnern zu können, musste er wohl für einige Zeit das Bewusstsein verloren haben, denn als er sich das nächste Mal wieder bewusst auf seine Umgebung konzentrierte, war das zuvor ohrenbetäubende Tosen der Brandung zu einem nicht mehr übermäßig lauten Donnern herabgesunken, mit dem sich die Wellen an den Klippen brachen.

Auch war es nicht mehr völlig dunkel um ihn herum. Das Unwetter hatte bereits wieder aufgeklart, und dämmeriges Tageslicht drang durch den Höhleneingang zu ihm herein.

Conelly konnte kaum glauben, dass er dem tobenden Weltuntergang entronnen war. Es war ein Wunder, wie es höchstens eine ganze Kompanie von Schutzengeln bewerkstelligen konnte. Auch wenn die

Küste hier fast einem riesigen Käse voller Löcher glich, war die Chance minimal, dass er ausgerechnet in eines davon gespült worden war. Oder handelte es sich womöglich nur um einen ganz besonders niederträchtigen Streich des Schicksals? Noch befand er sich nicht in Sicherheit. Wenn er keinen Ausweg fand, war er dazu verurteilt, hier auf sehr viel elendigere Art zu sterben, als es ein schneller Tod an den Klippen gewesen wäre.

Ein paar Mal rief er laut nach Crampton, doch die Brandung übertönte seine Stimme. Viel Hoffnung hatte er sich ohnehin nicht gemacht. Es war schon ein unvorstellbares Wunder, dass er selbst noch lebte, die Chance, dass Crampton es ebenfalls geschafft hatte, war gleich null. Conelly vermochte nicht einmal Trauer zu empfinden, jedenfalls nicht im Moment. Sie würde später kommen – falls es ein *Später* für ihn gab. Crampton war nicht nur seit gut zwanzig Jahren sein Partner und der Mensch, mit dem er mehr Zeit als mit jedem anderen verbrachte, sondern auch sein bester Freund.

Stöhnend vor Schmerz quälte Conelly sich auf die Beine. Die noch immer vor dem Eingang aufstiebenden Gischtschleier zeigten ihm, dass es keine Möglichkeit gab, auf diesem Weg ins Freie zu gelangen. Er konnte nur hoffen, dass die Grotte einen zweiten Ausgang besaß oder es zumindest Durchbrüche zu anderen Höhlen gab, von denen aus er einen Weg aus diesem Labyrinth herausfand. Und ein Labyrinth war es. Nicht umsonst war das Betreten der Höhlen streng verboten. Schon mehr als ein Kind, das sich über dieses Verbot hinweggesetzt hatte, hatte einen grausamen Preis für seine Neugier bezahlen müssen und war niemals zurückgekehrt. Vor vielen Jahren hatte sogar eine komplette Suchmannschaft den Rückweg nicht mehr gefunden und galt seither als verschollen.

Beim Gehen musste Conelly sich an der Wand abstützen, trotzdem fiel ihm jeder Schritt schwer. Vor allem seine Hüfte schmerzte, und jetzt erinnerte er sich auch wieder, dass er eines der Riffe gestreift hatte. Glücklicherweise schien jedoch nichts gebrochen zu sein.

Stück für Stück kämpfte er sich tiefer in die Höhle vor. Sie durchmaß nur wenige Schritte in der Breite, schien sich jedoch wie eine Art Stollen tief in den Fels hinein fortzusetzen. Schon nach kurzer Zeit beschrieb sie einen Knick, sodass er den Eingang nicht mehr sehen konnte, dennoch wurde es nicht völlig dunkel um ihn. Durch einige Löcher in der Decke sickerte schwaches Licht herein, anscheinend handelte es sich um Risse im Gestein, die bis zur Erdoberfläche hinaufreichten. Das Licht reichte nur gerade eben aus, dass er unmittelbar vor sich auftauchende Hindernisse erkannte, aber er wertete es als hoffnungsvolles Zeichen. Offenbar befand er sich nicht allzu weit von der Freiheit entfernt, und die Chancen standen nicht schlecht, dass einer der Risse groß genug war, dass er selbst hindurchklettern konnte. Auch war er noch an keine Abzweigungen gelangt, sodass er bislang auch nicht Gefahr lief, sich zu verirren.

Trotzdem begann Conelly ein umso stärkeres Unbehagen zu verspüren, je weiter er vordrang. Es war ein sehr merkwürdiges Gefühl. Es hatte nichts mit der Angst zu tun, sich doch zu verirren, auch nicht mit der, hier elend verhungern oder verdursten zu müssen. Stattdessen, so verrückt der Gedanke ihm auch selbst vorkam, rührte es von etwas Fremdem her, als ob irgendwo vor ihm in der Finsternis etwas lauerte. Wahrscheinlich handelte es sich nur um die angeborene Angst des Menschen vor der Dunkelheit, die hier, in dieser Umgebung und nach allem, was er durchgemacht hatte, auch in ihm durchbrach.

Umkehren kam ohnehin nicht in Frage. Conelly versuchte sich einzureden, dass er nur weiterging, weil es die einzige Chance auf Rettung für ihn wäre, da es in der anderen Richtung keinen Ausweg für ihn gab, aber das war es nicht allein. So sehr das, was vor ihm liegen musste, ihm ein immer stärker werdendes Unbehagen einflößte, schien gleichzeitig auch eine Art ebenso unerklärlichen Lockens davon auszugehen, dem er sich nicht entziehen konnte.

Conelly blieb stehen und lauschte, aber außer dem noch immer durch die vereinzelten Löcher und Risse in der Decke gedämpft zu ihm hereindringenden Donnern der Brandung war es totenstill. Dafür wurde das merkwürdige Locken schlagartig stärker, irgendwie *ungeduldiger*, sodass er nicht länger als ein paar Sekunden verharrte und dann noch schneller als zuvor weiterging.

Ein Stück vor ihm machte der Stollen einen erneuten Knick und mündete wenige Schritte dahinter in eine größere Höhle. Sie war ebenso schwach von durch die Decke hereinsickerndem Tageslicht erleuchtet wie der Gang, durch den er gekommen war, sodass Conelly kaum mehr als die Hand vor Augen erkennen konnte, und dennoch wusste er sofort, dass sie nicht leer war.

Irgendwo vor ihm wogten Schatten, riesige, monströse Umrisse, die er nicht sehen, dafür aber umso deutlicher spüren konnte. Mit einem Mal begriff er, dass seine Rettung kein Zufall war, dass er gezielt hierher geführt worden war, aber sein Verstand war wie benebelt. Er war unfähig, Angst oder auch nur Verwunderung zu empfinden, jeder Gedanke fiel ihm schwer.

Einer der Schatten glitt auf ihn zu, eine Wand aus Gestalt gewordener Finsternis, die sich sogar von der nahezu vollständigen Dunkelheit um ihn herum noch durch ihre abgrundtiefe Schwärze abhob.

Die Watteschicht, die seinen Verstand eingehüllt zu haben schien, war mit einem Mal verschwunden. Panik überschwemmte Conellys Geist. Er schrie auf und taumelte zurück, aber er kam nur wenige Schritte weit. Wie aus dem nichts gewachsen stand Jack Crampton plötzlich hinter ihm und hielt ihn mit eisernem Griff fest.

Der Schatten glitt näher.

Das Letzte, was Connelly spürte, war ein grauenvoller Schmerz, der plötzlich in seinem Kopf wütete, als ob eine glühende Pranke nach seinem Gehirn gegriffen hätte, dann erlosch auch dieses Gefühl.

Mein nächstes Erwachen bedeutete eine Rückkehr in den Albtraum. Wieder lag ich in dem großen, nur schwach erhellten Raum mit der gewölbten Decke und konnte mich nicht rühren, aber diesmal war ich mir bewusst, dass es sich nur um einen Traum handelte.

Zumindest war es das, was mein Verstand mir sagte. Gerade noch war ich in Andara-House gewesen, hatte mit Howard gesprochen und erfahren, dass ich gar nicht durch das *Tor* gegangen war. Ich hatte mich sogar daran erinnert, von diesem Gewölbe hier geträumt zu haben, doch jetzt, als ich mich erneut hier befand, kam es mir ganz und gar nicht mehr wie ein Traum vor, sondern so real, wie es nur möglich war. Was, wenn ich in Wahrheit das Gespräch mit Howard nur geträumt hatte?

Ich lauschte in mich hinein. Von den bizarren Gefühlen, die ich zuvor wahrgenommen hatte, war nun nichts mehr zu spüren. Ich wollte schon erleichtert aufatmen, als ich doch etwas wahrnahm. Der fremde Teil von mir, den ich für ein anderes Bewusstsein gehalten hatte, war noch immer da, allerdings wesentlich tiefer als zuvor in mir verborgen. Fast als schliefe er ...

Irgendetwas war mit mir geschehen, das ich mir nicht erklären konnte, und es musste mit meinem Versuch zu tun haben, den *Thul Saduun* durch das Tor zu folgen. Dies war nicht nur ein Traum, das spürte ich. Wenn ich herausfinden wollte, was wirklich passiert war, musste ich erst einmal feststellen, wo ich mich überhaupt befand.

Wie zuvor schon einmal versuchte ich meine Hexer-Kräfte zu erwecken; und genau wie beim ersten Versuch fiel es mir deutlich schwerer als normal. Aber wenigstens tauchten diesmal keine *Tiefen Wesen* auf, um mich zu hindern, und nach kaum einer Minute war es so weit. Wie mit unsichtbaren Fingern griff ich nach dem Bann, der mich lähmte, zerriss die magischen Fesseln, die mich einhüllten. Auch jetzt hatte ich das Gefühl, als ob meine Kräfte irgendwie wilder als sonst wären, ungezügelter, und so, wie es mir schwergefallen war, sie zu erwecken, so bereitete es mir auch deutliche Mühe, sie wieder zurückzudrängen.

Als ich es endlich schaffte, fühlte ich kalten Schweiß auf meiner Stirn, mein Puls raste, und mein Atem ging schnell und stoßweise. Ich blieb noch einige Sekunden liegen, bis mein Herzschlag sich wieder einigermaßen beruhigt hatte. Dann richtete ich mich auf und schwang die Beine von dem Felsblock, auf dem ich lag.

Wenigstens versuchte ich es.

Mein Körper gehorchte mir nicht, jedenfalls nicht so, wie ich es gewohnt war. Die Bewegung fiel viel zu schwungvoll und hastig aus, und als ich von dem Felsblock herunterstürzte, bemerkte ich erst, dass er wesentlich höher als erwartet sein musste. Instinktiv streckte ich die Arme aus, um meinen Aufprall abzumildern. Es gelang mir, doch zuckte ein heftiger Schmerz durch eines meiner Knie und meine Handgelenke.

Meine Handgelenke?

Das waren nicht meine Hände und meine Arme, wie ich entsetzt feststellte! Ich begriff es im gleichen Moment, in dem ich sie zum ersten Mal sah. Ebenso wie auch der restliche Körper nicht mein eigener war. Alle Proportionen waren völlig fremd, irgendwie gestaucht. Meine Finger waren pummelige, kleine Stummel, rosig und irgendwie noch nicht vollständig ausgebildet, meine Arme und Beine viel zu kurz.

Der Schock über diese Entdeckung ließ mich zittern. Sekunden-, vielleicht minutenlang blieb ich zusammengekrümmt auf dem Boden liegen, bewegte die Hände vor meinem Gesicht, und nur ganz allmählich sickerte die Bedeutung dessen, was ich sah und fühlte, in mein Bewusstsein.

Mein Geist war im Körper eines Kindes gefangen, eines Jungen von kaum mehr als vier oder fünf Jahren!

Eine sanfte Berührung an der Seite riss mich schließlich aus meiner Erstarrung. Eine beige-braune Perserkatze, die mindestens drei Mal so groß zu sein schien, wie ich sie in Erinnerung hatte, stieß mich mit dem Kopf an und miaute dabei leise.

»Merlin«, murmelte ich. Meine Stimme klang schwach und piepsig, aber was hatte ich anderes erwartet? Ich musste mich überwinden, nicht vor dem Koloss mit den geschlitzten Raubtieraugen zurückzuweichen, der immerhin fast halb so groß wie ich selbst war, doch nach kurzem Zögern streckte ich die Hand aus und kraulte den Kater hinter den Ohren. Obwohl Merlin mir allein aufgrund der drastisch veränderten Größenverhältnisse im ersten Moment Angst einflößte, war er doch ein vertrauter Anblick in dieser fremdartigen Umgebung. »Wenn du nur reden und mir erklären könntest, was das alles zu bedeuten hat.«

Ein paar Sekunden lang ließ der Kater sich mein Kraulen gefallen und schnurrte behaglich, dann stieß er mich erneut mit dem Kopf an. Gleich darauf wich er ein paar Schritte zurück, blieb erneut stehen und blickte sich wieder nach mir um.

»Du willst, dass ich dir folge, wie?« Ich stand auf. Es fiel mir schwer, meine Gliedmaßen richtig zu koordinieren, und kaum stand ich auf meinen ungewohnt kleinen Füßen, hätte ich fast das Gleichgewicht verloren und wäre wieder gestürzt, wenn ich mich nicht an dem rechteckigen Felsblock abgestützt hätte, auf dem ich gelegen hatte und der mich verdächtig an einen heidnischen Altar erinnerte. Ich tröstete mich mit dem Gedanken, dass es wohl nur eine Frage der Zeit war, bis ich lernte, mich mehr oder weniger normal zu bewegen.

Wenn mir diese Zeit überhaupt blieb ...

Die *Tiefen Wesen* mussten noch immer in der Nähe sein, und in meinem momentanen Zustand war ich wohl schwerlich in der Lage, ihnen irgendwelchen Widerstand zu leisten, wenn sie mich entdeckten.

Unwillkürlich blickte ich mich um – und zuckte im nächsten Moment erschrocken zusammen. Das letzte Bild, das in meinem Geist aufgetaucht war, als die *Tiefen Wesen* damit begonnen hatten ... *irgendetwas* mit mir zu tun, hatte dem Felsrelief gegolten. Es war keine Einbildung gewesen. Im Liegen hatte ich es nicht sehen können, doch jetzt entdeckte ich das Relief nur wenige Schritte hinter mir an einer Wand des Raumes.

Das *unversehrte* Relief.

Aber wie war das möglich? Ich selbst hatte es zusammen mit Joshua zerstört, *vollkommen zerstört* diesmal, und dadurch unwissentlich die *Thul Saduun* befreit. Und dennoch hing es völlig unbeschädigt hinter mir an der Wand!

Fassungslos starrte ich die riesige, mit Linien und Symbolen bedeckte Felsplatte an. Es war unmöglich, sich die zahlreichen Muster darauf exakt einzuprägen, zumal sie sich in ständiger Bewegung zu befinden schienen und einen dumpfen Kopfschmerz hervorriefen, sobald man sie länger als ein paar Sekunden zu betrachten versuchte. Und dennoch war ich sicher, dass es sich um dasselbe sinnverwirrende, mir vertraute Muster handelte, um dasselbe Relief – oder zumindest eine völlig exakte Kopie davon.

Das musste es sein, ein weiteres, *anderes* Relief, das dem zerstörten vollständig glich. Und das womöglich denselben Zweck erfüllte!

War das der Grund, aus dem das *Tor* mich auf so bizarre Weise ausgerechnet hierher verschlagen hatte? Waren die *Thul Saduun* hierher gekommen, weil es noch weitere Kerker gab, in denen andere ihres Volkes der Befreiung harrten?

Es war die einzige Erklärung, die Sinn ergab, und jetzt erkannte ich auch, dass es doch zumindest einen kleinen Unterschied zu dem mir bekannten Relief gab. An mehreren Stellen prangten kleine, flache Gebilde wie grünlich schimmernde Scheiben aus unregelmäßig geformtem Glas oder Kristall darauf. Ich zählte insgesamt vier dieser Scheiben.

Hinter mir stieß Merlin ein eindeutig ungeduldig klingendes Fauchen aus und erinnerte mich daran, dass ich immer noch in höchster Gefahr schwebte. Das Wichtigste war im Moment, dass ich ein sicheres Versteck fand, dann konnte ich versuchen, Antworten auf die zahlreichen Fragen zu finden, die mich beschäftigten.

Immer noch an den Felsblock gestützt, machte ich einige vorsichtige Schritte. Meine gegenüber der vertrauten Länge um mehr als die Hälfte kürzeren Beine erforderten beim Gehen eine andere Verlagerung des Schwerpunktes, als ich es gewohnt war, aber ich gewöhnte mich rascher als befürchtet daran, da die grundsätzlichen Bewegungen ja gleich blieben. Als ich das Ende des Felsklotzes erreichte, traute ich mir bereits zu, auch ohne diese Stütze weitergehen zu können, und auch wenn meine ersten völlig eigenständigen Schritte noch reichlich unsicher ausfielen, drohte ich zumindest nicht mehr, jeden Moment zu stürzen.

Langsam folgte ich Merlin, der mich auf die dem Relief gegenüberliegende Wand zuführte. Ein Ausgang war hier so wenig wie sonst irgendwo zu entdecken, aber auch die *Tiefen Wesen* waren aus dieser Richtung gekommen.

Unmittelbar vor der Wand verharrte der Kater. Ich streckte die Hände aus und berührte den Fels. Er fühlte sich warm an und schien sanft zu pulsieren. Die scheinbar massive Wand war nichts als eine magische Illusion, kaum stärker als der Bann, der mich gelähmt hatte. Erneut tastete ich nach den Kräften in meinem Inneren, und diesmal fiel es mir bereits deutlich leichter als beim ersten Mal, sie zu erwecken. Ich brauchte nur wenige Sekunden, um die magische Sperre zu beseitigen.

Ein unregelmäßig geformter Durchgang gab den Weg in einen weiteren Raum frei, doch dieser war nicht leer. In einer Ecke kauerte ein älterer, hagerer Mann mit grauem Haar und einer beginnenden Stirnglatze, der mich ebenso verblüfft anstarrte wie ich ihn. Seine gediegene, einst sicherlich recht vornehme Kleidung war an zahlreichen Stellen zerrissen, ein Bügel seiner Brille zerbrochen, sodass sie schief auf seiner Nase saß.

»Ein Kind«, stieß er hervor. »Jetzt holen sie sogar schon ...«

Plötzlich sprang er mit einer Behändigkeit auf, die ich ihm gar nicht zugetraut hätte. Erschrocken wich ich zurück, als er mit weit ausholenden Schritten auf mich zugestürmt kam, doch er beachtete mich gar nicht weiter, sondern hastete an mir vorbei und direkt auf das Relief zu. Ohne zu zögern, griff er nach einer der Kristallscherben darauf und brach sie ohne erkennbare Mühe ab.

»Ich weiß nicht, wer du bist Kleiner, aber dich schickt der Himmel«, keuchte er und wandte sich wieder zu mir um. Ein fanatischer Glanz, der mich beunruhigte, lag in seinen Augen, während er auf die Scherbe in seinen Händen starrte, und in diesem Moment wurde mir jäh bewusst, dass er den Verstand verloren hatte. »Sie haben versucht, mich von hier fernzuhalten, aber jetzt habe ich wieder eine von ihnen.«

Er hob einen spitzen Stein vom Boden auf und begann, damit auf der Scheibe herumzukratzen.

»Wer ... wer sind Sie?«, fragte ich und trat verstört näher. »Wo sind wir hier?«

»In der Hölle«, krächzte er, ohne aufzublicken. »Und jetzt stör den armen alten Langley nicht weiter, Kleiner. Sie werden rasch merken, dass ich wieder eine der Scheiben habe.« Er kicherte irr. »Aber bis dahin habe ich meine Nachricht an H.P. längst abgeschickt. Er muss erfahren, dass die Scheiben der Weg sind, dann wird er kommen und uns retten!«

Mary Conelly war verwirrt wie nie zuvor in ihrem Leben. Und sie fürchtete sich.

Es war eine gänzlich andere Furcht als noch vor wenigen Stunden, während des grauenhaften Unwetters, als sie Todesängste um ihren Mann durchlitten hatte. Wie jeden Tag war David auch diesen Morgen zusammen mit seinem Partner zum Fischen aufs Meer hinausgesegelt, aber im Gegensatz zu den meisten anderen Fischern hatten sie es nicht geschafft, wieder in den Hafen zurückzukehren, ehe das so urplötzlich aufgezogene Gewitter mit aller Kraft losgebrochen war. Von diesem Moment an war Mary überzeugt gewesen, ihren Mann nicht mehr lebend wiederzusehen.

Seit vielen Jahren, schon seit sie David geheiratet hatte, lebte sie in Furcht vor diesem Tag. Jeden Morgen, wenn er aufbrach, hatte sie dafür gebetet, dass er unbeschadet zurückkehren würde. Wie die meisten anderen Familien in Gorlwingham lebten sie vom Meer, aber trotzdem hasste sie es zugleich auch. Die See war ein Monster, das sich weder durch Gebete noch durch Flüche beeindrucken ließ, und wie alle Ungeheuer war sie unberechenbar. Manchmal zeigte sie sich über Jahre hinweg gnädig, aber irgendwann schlug sie wieder zu und forderte ihren Blutzoll.

Aber Stunden nach dem Unwetter, als Mary bereits sämtliche Hoffnung verloren hatte, waren David und Jack im Gegensatz zur Besatzung eines anderen vermissten Bootes zurückgekehrt und hatten berichtet, dass sie sich nach dem Kentern ihres Schiffes in eine der Höhlen in den Klippen hatten flüchten können. Marys anfangs unbändige Freude über diese Rettung war jedoch schnell wieder verflogen, und während sie zuvor Angst *um* ihren Mann gehabt hatte, so fürchtete sie sich jetzt *vor* ihm.

David hatte sich verändert. Irgendetwas war während des Unwetters mit ihm geschehen, und es waren nicht der Schock und die Erfahrung, dem Tod so nah wie niemals zuvor ins Gesicht geblickt zu haben, wie sie zunächst vermutet hatte.

Wie die meisten Menschen, die hier lebten, war auch David von dem rauen Klima dieses Küstenstriches und dem täglichen Kampf mit den Elementen geprägt. Selbst ihr gegenüber war er oftmals verschlossen und wortkarg, hatte Schwierigkeiten damit, ihr seine Gefühle zu zeigen. Das änderte jedoch nichts daran, dass sich unter seiner harten Schale eine herzensgute Seele verbarg.

Nun jedoch ...

Mary hatte das Gefühl, neben einem Fremden zu gehen, als sie Seite an Seite mit ihm durch die engen Straßen des Fischerdorfes schritt. Es war eine Veränderung, die sie nicht beschreiben, dafür aber umso deutlicher spüren konnte. Er hatte versucht, trotz des schrecklichen Erlebnisses so normal wie möglich zu wirken, aber es war ihm nicht gelungen. Auf eine bizarre, beunruhigende Art hatte sie das Gefühl, es mit jemandem zu tun zu haben, der aussah wie der David Conelly, den sie kannte, und sich mit aller Kraft bemühte, sich so wie dieser zu verhalten, es aber nicht war. Die Vertrautheit, die nach Jahren des Zusammenlebens zwischen ihnen herrschte, war verschwunden.

Sie hatte David in den vergangenen Stunden aufmerksam beobachtet. Die kleinen, meist unbewussten Gesten, die er beim Reden, beim Essen und sonstigen Tätigkeiten ausübte, fehlten plötzlich bei ihm. Er machte keine Bewegung zu viel, fast als wäre er eine Maschine. Gleiches galt für seine Art zu reden. Wenn sie ihn angesprochen hatte, hatte er geantwortet; klar und präzise, ohne einen Fluch dazwischen (wofür sie unter anderen Umständen äußerst dankbar gewesen wäre), ohne eine Floskel oder irgendeine Art von Gefühl.

Er wirkte kalt, beinahe seelenlos, und das ängstigte sie. Es war fast, als hätte er seine Rettung mit dem Verlust eines Teils seiner Menschlichkeit bezahlen müssen.

Das Einzige, woran er immerhin etwas Interesse gezeigt hatte, war der Gottesdienst an diesem Abend, und auch das war merkwürdig. David war nie ein besonders gläubiger Mensch gewesen, wenn überhaupt, dann besuchte er die Heilige Messe nur an wenigen Feiertagen im Jahr – und bei Anlässen wie diesem. Immer, wenn die See wieder einmal ihre Opfer gefordert hatte, war es Tradition, dass die Einwohner Gorlwinghams an der Messe teilnahmen, die ihnen zu Ehren gelesen wurde, um für die Verstorbenen zu beten, den Angehörigen Trost zu spenden und für ihre eigene Rettung zu danken. Und wenn es jemanden gab, der mehr als alle anderen Grund für solchen Dank hatte, dann waren es an diesem Tag wohl Jack Crampton und David.

Mary und er waren ziemlich früh dran, und als sie die Kirche erreichten, hatten sich erst wenige Menschen dort eingefunden, was sich während der nächsten Minuten jedoch änderte. Schon bald waren alle Plätze in dem kleinen Gotteshaus besetzt, einige der Trauergäste mussten sogar stehen bleiben, dabei waren längst nicht alle Einwohner erschienen. Vor allem viele Frauen waren zu Hause geblieben, weil sie ihre Kinder oder kranke Familienangehörige nicht allein lassen wollten.

Schließlich wurde das Eingangsportal geschlossen. Orgelmusik erklang, und der greise Pater McKinley trat aus der kleinen Tür zur Sakristei heraus hinter den Altar.

Im gleichen Moment stand David auf. Mary war so verblüfft, dass sie erst reagierte, als er sich schon fast an ihr vorbeigedrängt hatte.

»Was hast du vor?«, fragte sie erschrocken und griff nach seinem Arm. »Wo willst du hin?«

Wortlos streifte David ihren Arm ab, trat aus der Bankreihe heraus und ging auf den Altar zu. Die Orgelmusik verklang, und seine Schritte hallten laut durch das Kirchenschiff. Immer mehr Köpfe wandten sich ihm verwundert zu. Als Mary sich umblickte, stellte sie besorgt fest, dass auch Jack Crampton sich von seinem Platz ziemlich im Hintergrund erhoben hatte und nun direkt vor dem Portal stand.

Irgendetwas stimmte nicht, daran gab es für Mary nun keinen Zweifel mehr. Die Veränderungen an David, die ihr schon den ganzen Nachmittag über aufgefallen waren, sein seltsames Verhalten jetzt ... Etwas war während des Unwetters und der an ein Wunder grenzenden Rettung geschehen, das jetzt seinem Höhepunkt zusteuerte. Sie wusste es einfach. Etwas würde passieren, etwas Schreckliches. Es war kein Zufall, dass Crampton sich genau vor dem Portal postiert hatte, und mit einem Mal wusste sie auch, was Davids Ziel war.

Die Angst in ihr steigerte sich zu lodernder Panik. Mary Conelly wollte aufspringen und wegrennen, aber sie war unfähig, sich zu bewegen. Sie konnte nicht einmal die anderen warnen. Mit vor Entsetzen weit aufgerissenen Augen beobachtete sie, wie David den Altar erreichte. Pater McKinley trat ihm entgegen und sagte irgendetwas zu ihm, das sie nicht verstand. David versetzte ihm einen Stoß, der den alten Mann mehrere Meter weit zurückschleuderte, bis er direkt unter dem großen Kruzifix gegen die rückwärtige Wand prallte und daran zu Boden sank, wo er regungslos liegen blieb.

Ein Tumult brach los. Erschrockene und empörte Rufe erklangen, und die meisten Kirchenbesucher sprangen von ihren Plätzen auf. Einige hasteten auf das geschlossene Portal zu, doch scheinbar ohne die geringste Mühe drängte Crampton sie zurück.

Auch David hatte sein Ziel inzwischen erreicht, die kleine Tür zur Sakristei, den einzigen anderen Ausgang. Die Falle hatte sich geschlossen.

Und dann begann er mit einer Stimme, die nicht seine eigene war und wie Donnerhall durch das Kirchenschiff dröhnte, zu sprechen ...

»Sagt dir der Name Langley etwas?« Ich bemühte mich, meine Frage möglichst beiläufig klingen zu lassen, während ich mein Hemd zuknöpfte.

Es war bereits später Vormittag, wie Howard mir zu meinem Schrecken bei meinem Erwachen mitgeteilt hatte. Immerhin hatten der Schlaf und Dr. Grays Medizin wahre Wunder bewirkt, ich fühlte mich um ein Vielfaches besser als noch vor wenigen Stunden. Gut genug jedenfalls, dass ich entgegen Howards Rat darauf bestanden hatte, aus dem Bett aufzustehen. Gray selbst war längst nach Hause zurückgekehrt, und ich konnte angesichts der drohenden Gefahr nicht mehr länger tatenlos herumliegen, auch wenn ich bei weitem noch nicht wieder völlig auf dem Damm war. Meine Muskeln schmerzten, und bei jeder schnellen Bewegung überfiel mich leichter Schwindel, aber das waren nur Kleinigkeiten.

Viel mehr machte mir mein seltsamer Traum zu schaffen, in den ich erneut zurückgekehrt war. Ich wusste nicht, was ich davon halten sollte. Es gab einige verrückte Elemente darin, wie sie zu einem Traum passten, beispielsweise das Gefühl, wieder ein kleines Kind zu sein. Ansonsten jedoch war der Traum von einer unglaublichen Klarheit und Eindringlichkeit gewesen. Auch verblassten die Erinnerungen daran nach dem Aufwachen nicht im hellen Licht der Sonne, sondern blieben so deutlich, als ob ich alles wirklich erlebt hätte.

»Langley?« Howard runzelte die Stirn. »Einer von Grays Assistenten, die ihm während der Jahre, die er gegen die Vollstreckung meines Todesurteils gekämpft hat, zur Seite standen, hieß so. Ein hoffnungsvoller junger Anwalt. Das ist der einzige Langley, der mir im Moment einfällt. Wie kommst du darauf?«

»Ach, nichts«, erwiderte ich. Ich kannte nur einen einzigen Menschen, der bei vielen Menschen hauptsächlich unter seinen Initialen

H.P. bekannt war, weshalb Langleys Worte mich regelrecht elektrisiert hatten.

Ich bezweifelte, dass Howard mehr als nur einen Traum darin gesehen hätte, und vermutlich hätte ich mich nur lächerlich gemacht, dennoch hätte ich ihm wahrscheinlich davon erzählt, wenn er bestätigt hätte, einen Langley zu kennen, auf den die Beschreibung passte. Aber er hatte von einem *jungen* Anwalt gesprochen, der keinesfalls mit dem verrückten Alten identisch sein konnte. Anscheinend handelte es sich um einen reinen Zufall oder einen Streich meines Unterbewusstseins. Es gab Wichtigeres, um das ich mich jetzt kümmern musste.

»Gehen wir«, sagte ich und streifte meinen Hausrock über. »Ich muss mit Joshua sprechen. Vielleicht besitzt er Informationen, die uns weiterhelfen können.«

Howard musterte mich noch einen Moment skeptisch, aber ich beachtete ihn nicht weiter, sondern wandte mich um und ging mit vorsichtigen Schritten zur Tür, sodass ihm nichts anderes übrig blieb, als mir zu folgen.

Von Rowlf bewacht befand Joshua sich direkt im Nebenzimmer, einem völlig kahlen Raum bis auf einen aus meinem Zimmer herübergeschafften Stuhl, auf dem Joshua saß und an den er an Händen und Füßen gefesselt war, wie ich ärgerlich bemerkte. Der für sein Alter viel zu alt und erwachsen aussehende Junge vor mir war für zahllose Tote verantwortlich, angefangen von den Männern der HMS THUNDERCHILD, die in dem unterirdischen Labyrinth ums Leben gekommen waren, bis hin zu den von ihm zu willenlosen Marionetten gemachten Bauarbeitern, von denen nur noch Brandflecke auf dem Boden der Bibliothek kündeten. Er hatte die *Thul Saduun* befreit und dadurch womöglich noch unendlich größeres Leid über die Menschheit gebracht, und er hatte versucht mich zu töten, aber dennoch gelang es mir nicht, ihn zu hassen. Es lag nicht allein daran, dass er trotz allem mein Sohn war und das Kind, für das Shadow ihr unsterbliches Leben geopfert hatte, sondern weil auch er selbst nur ein Opfer war. Von Kindheit an hatte er unter dem Bann der GROSSEN ALTEN gestanden, anschließend unter dem der *Thul Saduun*; Zeit seines Lebens war er nur ein Spielball dämonischer Mächte gewesen. Er hatte sich gar nicht anders als zu dem Monster entwickeln können, das Howard und Rowlf vermutlich in ihm sahen.

»Was soll der Unsinn?«, fragte ich unwillig. »Warum habt ihr ihn gefesselt?«

»Zum Beispiel deshalb, damit er nicht noch mal versucht uns umzubringen«, antwortete Howard scharf. »Robert, ich weiß, er ist dein Sohn, aber vergiss nicht, was er –«

»Ich weiß selbst, was er getan hat«, fiel ich ihm nicht minder scharf ins Wort. »Aber vergiss du nicht, dass er mindestens ebenso große Kräfte besitzt wie ich. Glaubst du wirklich, diese Fesseln könnten ihn aufhalten, wenn er euch etwas antun wollte?« Ich musterte Joshua genauer. Er hatte in keiner Weise auf mein Eintreten reagiert. Seine Gesichtszüge waren schlaff, sein Blick scheinbar in weite Ferne gerichtet. Auch als ich auf ihn zutrat und mehrmals direkt vor seinem Gesicht mit den Fingern schnipste, blinzelte er nicht einmal. Die Erkenntnis, nun auch von den *Thul Saduun* ebenso wie zuvor von den GROSSEN ALTEN verraten worden zu sein, hatte ihm einen schweren Schock versetzt; ihn wie Dr. Gray gesagt hatte, in einen katatonischen Zustand geschleudert, in dem er sich völlig von seiner Umwelt abgekapselt hatte.

»Ich weiß, im Moment macht er keinen gefährlichen Eindruck«, sagte Howard. »Aber das kann sich schnell ändern, und vielleicht nutzen die Fesseln doch etwas. Ist dir aufgefallen, dass er stets Gesten benutzt, um seine Kräfte einzusetzen? Vielleicht ist es nur eine kleine Konzentrationshilfe, vielleicht aber hat er gelernt, seine Magie nur auf diese Weise zu kontrollieren.«

»Ich glaube nicht, dass er noch eine Gefahr für uns darstellt«, entgegnete ich. »Er hat alles verloren. Die *Thul Saduun* kennen keine Dankbarkeit; sie haben ihn missbraucht und dann genauso wie uns zu töten versucht – und sie werden es nachholen, sobald sie mächtig genug dafür sind. Seine einzige Chance ist, mit uns zusammenzuarbeiten. Mit seinem Wissen könnte er eine unschätzbare Hilfe sein, aber dafür muss er erst einmal wieder zu Sinnen kommen.«

»Was hast du vor?«, keuchte Howard erschrocken, als ich direkt vor Joshua in die Hocke ging und die Hände nach ihm ausstreckte.

Ich antwortete nicht, sondern berührte sanft Joshuas Gesicht, wobei ich mit den Daumen seine Augenlider schloss und mit Zeige- und Mittelfinger sanften Druck auf seine Schläfen ausübte.

Ich hasste es, in den Geist eines anderen Menschen einzudringen. Selbst wenn es in bester Absicht geschah, hatte es etwas von einer Vergewaltigung, aber mir blieb keine andere Wahl. Es konnte Tage oder gar Wochen dauern, vielleicht sogar Jahre, bis Joshua seinen Schock aus eigener Kraft überwand, und diese Zeit blieb uns nicht. Ich sandte beruhigende Impulse in seinen Geist, während ich mich gleichzeitig mit magischen Fingern vorsichtig weiter vortastete.

Es war anders als alles, was ich bisher erlebt hatte. Trotz seiner schrecklichen Taten war Joshua immer noch ein Kind, und sein Bewusstsein funktionierte anders als das eines Erwachsenen, irgendwie *intensiver.* Ich spürte –

– Chaos.

Von einem Moment auf den anderen wurde ich von einem Sog erfasst und in einen Mahlstrom aus unglaublich grellen, wild durcheinanderwirbelnden Empfindungen, Bildern, Farben und Erinnerungen gerissen. Joshuas Zustand war noch weitaus schlimmer, als ich geglaubt hatte. Ich spürte den Irrsinn, der bereits von Teilen seines Verstandes Besitz ergriffen hatte und auch mich zu verschlingen drohte, und stemmte mich mit aller Kraft dagegen.

Es war schwer, unglaublich schwer, mich gegen den wirbelnden Wahnsinn aus Bildern voller Schrecken und Gefühlen, die hauptsächlich von Verzweiflung, Enttäuschung und Verwirrung geprägt waren, zu behaupten, aber irgendwie gelang es mir, den in der Seele des Jungen tobenden Taifun wenigstens ein bisschen zu beruhigen.

Und ich hatte Erfolg.

Als ich mich aus seinem Geist zurückzog, stieß Joshua einen gellenden Schrei aus und schlug die Augen auf. Entsetzen und Panik spiegelten sich darin, aber wenigstens war die gähnende Leere aus seinem Blick verschwunden. Er bäumte sich auf, aber die Fesseln hielten ihn auf seinem Stuhl, und in diesem Moment war ich Howard und Rowlf sogar dankbar für ihre Vorsicht.

»Ich töte euch!«, kreischte Joshua mit überschnappender Stimme. »Ihr Verräter, ihr habt alles zerstört. Ich bringe euch um, ich zertrete euch wie ...«

Seine weiteren Worte gingen in ein ersticktes Schluchzen über. In den Schrecken auf seinem Gesicht mischte sich Verzweiflung, aber wenigstens war sein Blick nun völlig klar. »Sie ... sie haben mich betrogen«, stammelte er. »Sie wollten mich sogar umbringen, dabei war ich es, der sie befreit hat.« Tränen der Wut und Enttäuschung traten in seine Augen, und er zerrte wild an seinen Fesseln. »Aber dafür werden sie büßen, das schwöre –«

»Joshua!«, fiel ich ihm in Wort. »Hör mir zu, Joshua. »Du willst, dass sie für ihren Verrat büßen, das verstehe ich. Auch wir wollen sie aufhalten. Wir sind keine Feinde, sondern stehen auf derselben Seite. Begreifst du das?«

Einige Sekunden lang starrte er mich noch hasserfüllt an, dann senkte er den Blick.

»Ich ... ich weiß nicht mehr, was ich noch denken soll«, murmelte er. »Ich weiß überhaupt nichts mehr. Lass mich doch einfach in Ruhe, Vater.«

»Das kann ich nicht«, widersprach ich und holte tief Luft. Es war das erste Mal, dass Joshua mich ohne jeden Hohn Vater genannt hatte, auch wenn es ihm vermutlich selbst nicht einmal bewusst war. Vielleicht konnte ich darauf aufbauen. »Seit ich dich zum ersten Mal traf, haben wir auf verschiedenen Seiten gestanden, aber jetzt geht es nicht um die Vergangenheit. Wir müssen die *Thul Saduun* aufhalten, oder wir sind alle verloren. Du weißt inzwischen, dass du von ihnen ebenfalls keine Gnade zu erwarten hast, aber gemeinsam gelingt es uns vielleicht, sie zu besiegen.«

»Das ist unmöglich!«, widersprach Joshua impulsiv. »Sie sind *Götter!* Sie haben sogar den GROSSEN ALTEN getrotzt. Was sollen wir dann gegen sie ausrichten?«

»Wir haben einen Vorteil auf unserer Seite«, mischte sich Howard ein. »Die Welt ist heute eine völlig andere, als die *Thul Saduun* sie kennen. Außerdem sind sie extrem geschwächt und dadurch verwundbar.«

»Aber dieser Vorteil schwindet mit jeder Minute, die wir nichts unternehmen«, ergänzte ich. »Und wir haben nur dann eine kleine Chance, wenn wir gemeinsam gegen sie vorgehen.«

Zweifelnd ließ Joshua seinen Blick zwischen mir und Howard hin und her wandern. »Es ... wäre möglich«, sagte er schließlich zögernd. »Ich weiß viel über die *Thul Saduun*, wahrscheinlich mehr, als sie ahnen. Sie können in dieser Welt nicht ohne weiteres existieren, zumindest nicht in ihrem geschwächten Zustand. Sie hassen das Licht der Sonne, und ihr Element ist das Feuer. Deshalb werden sie versuchen, so schnell wie möglich eine *Schattenwerkstatt* zu errichten, nachdem der Versuch mit der THUNDERCHILD gescheitert ist. Doch dazu benötigen sie ...«

»Was?«, hakte ich aufgeregt nach, als er nicht weitersprach.

»Woher weiß ich, dass ich euch trauen kann?«, fragte er und musterte mich misstrauisch. »Jeder, dem ich bislang geholfen habe, hat mich verraten. Woher soll ich wissen, dass ihr euch nicht auch gegen mich wendet oder mich aus Rache tötet, wenn ich euch gesagt habe, was ihr wissen wollt? Diese Vater-und-Sohn-Idylle kannst du dir sparen, die kaufe ich dir nicht ab.«

Ich seufzte. »Eigentlich solltest du mich mittlerweile ein bisschen kennen und wissen, dass man meinem Wort vertrauen kann«, sagte ich. »Das ist etwas, das uns grundlegend von denen unterscheidet, denen du bislang gedient hast. Du hast dich selbst schon über diese angebliche menschliche Schwäche lustig gemacht. Ich mache dir nichts vor. Ich weiß nicht, ob ich dir jemals vergeben kann, was du getan hast, wie viele Menschen deinetwegen sterben mussten. Aber jetzt hast du wenigstens die Möglichkeit, etwas von diesem Unrecht wiedergutzumachen.«

Seinem Gesicht war deutlich der Zwiestreit anzusehen, der in ihm tobte, der Wunsch, mir glauben zu können, auf der einen und das Misstrauen auf der anderen Seite.

»Im Übrigen haben wir wesentlich mehr Grund, dir zu misstrauen, als umgekehrt«, fügte ich eindringlich hinzu. »Aber wenn du uns nicht hilfst, spielt das ohnehin keine Rolle mehr, denn dann werden wir alle sterben, du genauso wie wir. Dir bleibt keine andere Wahl, als mit uns zusammenzuarbeiten, wenn du leben willst. Es liegt allein an dir.« Ich wandte mich um und gab Rowlf einen Wink. »Schneide ihn los.«

Der Hüne zog ein Messer aus der Tasche und trat einen Schritt näher, verharrte dann aber. »Meinste wirklich, dasse dem Knirps trauen kanns?«, grollte er.

»Was ich ihm gerade gesagt habe, gilt für uns genauso«, antwortete ich. »Ohne seine Hilfe sind wir schon so gut wie tot. Wenn überhaupt, dann haben wir nur gemeinsam eine Chance.«

Rowlf wirkte wenig überzeugt, doch er zuckte lediglich mit den Schultern und durchtrennte ohne weiteren Widerspruch Joshuas Fesseln, nachdem auch Howard zustimmend genickt hatte.

»Damit haben wir einen ersten Schritt unternommen«, ergriff ich wieder das Wort. »Selbst wenn wir es versuchen würden, könnten wir dich wahrscheinlich nicht aufhalten, wenn du dich entscheiden solltest, zu verschwinden und dich irgendwo zu verkriechen, bis die *Thul Saduun* dich finden. Oder du beantwortest uns unsere Fragen.«

»Wenn ich sterbe, dann stirbt die ganze Welt mit mir«, stieß Joshua hervor und massierte seine Handgelenke. »Und vielleicht wäre es sogar am besten so, nach allem, was man mir angetan hat. Vielleicht werde ich leben, wenn ich euch helfe, aber was hätte dieses Leben mir denn noch zu bieten? Alle meine Pläne sind vernichtet.« Es war reine Verbitterung, die aus ihm sprach, aber ich spürte deutlich, dass es noch einen anderen, beständig stärker werdenden Teil in ihm gab, der neue Hoffnung geschöpft hatte und meinen Worten nur zu gerne glauben wollte. Er seufzte. »Also gut, was wollt ihr wissen?«

»Alles, was du uns über die *Thul Saduun* sagen kannst«, entgegnete ich. »Du hast vorhin einen Begriff genannt, den ich nicht kenne, irgendetwas mit Schatten.«

»Eine *Schattenwerkstatt*«, bestätigte Joshua. »Das ist ... so etwas wie eine Festung der *Thul Saduun*. Ein künstlich geschaffener magischer Ort, an dem die Naturgesetze ihre Gültigkeit verlieren und für sie optimale Lebensbedingungen herrschen. Dort sind sie nahezu unangreifbar und werden innerhalb kürzester Zeit zu ihrer alten Macht zurückfinden. Ihr habt erlebt, auf welche unheimliche Weise sich die THUNDERCHILD verändert hat. Sie hatte begonnen, sich in eine *Schattenwerkstatt* zu verwandeln. Der Prozess war noch längst nicht abgeschlossen, aber vielleicht vermittelt euch das einen vagen Eindruck, um was für einen Ort es sich handelt. Wenn sie erst einmal eine *Schattenwerkstatt* fertig errichtet haben, kann keine Macht der Welt ihnen noch etwas anhaben.«

Ein eisiger Schauer lief mir über den Rücken.

»Also müssen wir verhindern, dass es überhaupt erst dazu kommt!«, stieß ich hervor. »Du sagtest, dass sie irgendetwas zur Errichtung einer solchen ... *Schattenwerkstatt* brauchen.«

Joshua nickte. »Es handelt sich um Orte großer Magie, die nur noch zum Teil zu dieser Welt gehören. Aber sie sind mehr: Sie *leben*. Und deshalb benötigen sie ein Lebewesen, das das Herz ihrer Enklaven bildet, ein magisch stark begabtes Medium, das sie versklaven und zum Zentrum ihrer *Schattenwerkstätte* machen. Das ist ihr schwächster Punkt.«

Wieder erschauderte ich. Obwohl Joshua es nicht aussprach, konnte ich mir denken, dass er mich für diesen Part innerhalb der *Schattenwerkstatt* vorgesehen hatte, die aus der THUNDERCHILD erwachsen sollte.

»Leider hilft uns das nicht, sie zu finden«, mischte sich Howard ein. »Es gibt zahlreiche Menschen mit medialer Begabung überall auf der Welt, und das *Tor* kann die *Thul Saduun* an jeden beliebigen Punkt der Erde verschlagen haben. Wir haben nicht einmal den kleinsten Hinweis, wo wir mit der Suche beginnen müssen.«

Joshua verzog die Mundwinkel zu einem grimmigen Lächeln.

»Sie irren sich, Howard«, sagte er. »Ich glaube, ich habe etwas, das uns helfen wird, die Spur der *Thul Saduun* zu verfolgen. Wahrscheinlich war das neben meinem Wissen sogar der Hauptgrund, weshalb sie mich umbringen wollten. Vor dem Haus steht noch meine Kutsche. Unter einem der Sitze befindet sich ein kleines Päckchen.«

Ich nickte Rowlf zu. Der Hüne verließ das Zimmer und kehrte kaum zwei Minuten später mit einem kleinen Stoffbündel zurück.

»Geben Sie es mir«, bat Joshua. So vorsichtig, als enthielte es einen ungeheuer kostbaren Schatz, nahm er das Bündel und legte es auf seine Oberschenkel. »Es muss einmal noch mehr davon gegeben haben, aber das sind die Einzigen, die ich an mich bringen konnte«, erklärte er, während er den Stoff langsam auseinanderfaltete. »Ich musste sie von dem Kerker der *Thul Saduun* entfernen, weil ihre Befreiung sonst unmöglich gewesen wäre. Da habe ich noch nicht im Traum daran gedacht, dies einmal gegen sie zu verwenden.«

Er schlug die letzte Lage Stoff zurück. Fassungslos starrte ich auf die beiden gräulich grünen Scherben von unbestimmbarer Form, die darunter zum Vorschein kamen. Eine Woge unangenehmer Kälte erfüllte mit einem Mal den Raum, und selbst das zum Fenster hereinströmende Tageslicht schien plötzlich trüber zu werden.

Unmöglich!, hämmerte es in meinem Kopf.

Ich hatte Scheiben wie diese schon einmal gesehen, vor nicht einmal einer Stunde erst in meinem Traum, als der verrückte Langley eine von dem Relief abgebrochen und eine Nachricht darin eingeritzt hatte. Aber das war schlichtweg unmöglich!

Neben mir wich Howard mit einem erschrockenen Keuchen einen Schritt zurück. Verblüfft starrte ich ihn an. Sämtliche Farbe schien schlagartig aus seinem Gesicht gewichen zu sein, und die Augen quollen ihm fast aus den Höhlen. Im nächsten Moment sprang er vor und riss die beiden Scheiben an sich.

»Woher hast du das?«, stieß er hervor. Ein fast hysterischer Unterton klang in seiner Stimme mit.

»Sie ... befanden sich an dem Relief«, erklärte Joshua stockend. Offenbar verwirrte Howards heftige Reaktion ihn nicht weniger als mich. »Das ... das waren so etwas wie Siegel, ein zusätzlicher Schutz der GROSSEN ALTEN, um den Kerker zu verschließen. Nur diese beiden waren noch übrig, als ich das Relief entdeckte.«

»Es ist nicht das erste Mal, dass du ... *Dinger* wie diese siehst«, sagte ich. Es war eine Feststellung, keine Frage. Howards Verhalten sprach Bände.

»Ja«, gab er gepresst zu. »Aber es ist lange her und ich hätte nicht gedacht, dass sie noch einmal eine Bedeutung haben könnten.« Er blickte Joshua an. »Du sagtest, dass es noch mehr davon geben muss. Das ist richtig. Die Übrigen befinden sich in meinem Besitz.« Er wandte sich wieder mir zu. »Du hast mich vorhin gefragt, ob ich einen Langley kenne. So hieß der Mann, von dem ich sie vor mehr als einem Vierteljahrhundert erhalten habe.«

Diesmal war ich es, der ein ungläubiges Keuchen nicht unterdrücken konnte.

»Du hättest mir schon längst davon erzählen müssen«, warf ich Howard vor und bedachte ihn mit einem finsteren Blick, nachdem er geendet hatte.

Wir waren wieder in mein Zimmer zurückgekehrt, da es sich um den einzigen vollständig möblierten Raum handelte. In Ermanglung eines dritten Stuhls hatte ich mich auf das Bett gesetzt. Rowlf war auf Howards Geheiß hin zur Pension WESTMINSTER gefahren, um die übrigen Kristallscheiben zu holen.

»Wahrscheinlich«, erwiderte Howard und zündete sich umständlich eine Zigarre an. »Aber ich hielt es nicht für wichtig. Was hätte es dir genutzt zu wissen, dass du als Kind einmal für einige Stunden nach R'lyeh entführt wurdest? Du warst damals erst drei oder vier Jahre alt. Dein Vater hat dir zu deinem eigenen Schutz die Erinnerung daran genommen, damit du unbelastet von diesem Trauma aufwachsen konntest. Natürlich hätte ich es dir mittlerweile erzählen können.« Er zuckte die Achseln. »Aber ich muss gestehen, dass ich es selbst schon beinahe vergessen hatte. Auch als du mich vorhin gefragt hast, habe ich an *diesen* Langley nicht mal gedacht. Immerhin liegt das alles mehr als dreißig Jahre zurück.«

Ich ließ es bei dieser Erklärung bewenden, weitere Vorhaltungen nutzten jetzt auch nichts mehr. Er hatte berichtet, unter welchen Umständen es zu meiner damaligen Entführung gekommen war, wie er Roderick Andara kennen gelernt und wie Professor Langley ihm nach seinem Verschwinden auf magischem Wege die Scheiben geschickt hatte, die meinen Vater und ihn schließlich nach R'lyeh geführt hatten, wo es ihnen gelungen war, mich zu befreien, aber was diesen Teil anbetraf, war seine Schilderung sehr vage geblieben.

»Und was ist aus Langley geworden, als ihr mich befreit habt?«, erkundigte ich mich.

»Ich weiß es nicht mehr«, behauptete Howard. Verwirrung zeigte sich auf seinem Gesicht, dann Bestürzung. »Ich weiß, was du jetzt denkst, aber ich kann mich wirklich nicht mehr erinnern. Alles, was mit dieser Befreiung zu tun hat ... Je mehr ich versuche, mich darauf zu konzentrieren, desto mehr verschwimmt alles.«

Ich war mir nicht sicher, ob es sich nicht wieder nur um eine seiner vielen Ausreden handelte, aber seine Verblüffung und der gequälte Ausdruck auf seinem Gesicht wirkten echt, sodass ich darauf verzichtete, weiter nachzuhaken. Etwas anderes beschäftigte mich ohnehin viel mehr.

»Das würde also bedeuten, dass es mein eigener Kinderkörper war, in dem ich mich befunden habe«, überlegte ich laut. »Aber wie kann mein heutiger Geist gleichzeitig in der Vergangenheit wie auch im Hier und Jetzt existieren? Oder zumindest abwechselnd, oder ...« Ich brach ab, bevor sich meine Gehirnwindungen vollends verknoten konnten.

»Du denkst viel zu kompliziert«, behauptete Howard amüsiert. »Natürlich hat sich dein Geist nicht wirklich im Schlaf von deinem Körper gelöst und ist in die Vergangenheit gereist. Die Erklärung ist viel einfacher. Offenbar hat Roderick die Erinnerungen daran nicht vollständig aus deinem Gedächtnis gelöscht, und im Traum ist dir wieder eingefallen, was damals passiert ist. Nichts weiter als verschüttete Erinnerungen.«

»Nein«, widersprach ich und schüttelte den Kopf. »Ich besaß sämtliches Wissen, das ich heute habe, war sogar so an meinen erwachsenen Körper gewöhnt, dass ich mich zunächst nicht einmal richtig bewegen konnte. Und nicht zuletzt war auch noch Merlin da.«

»Natürlich«, bestätigte Howard. »Die groben Fakten mögen stimmen, bis hin zu der Beschreibung Langleys. Aber es war trotz allem nur ein Traum. Dein Unterbewusstsein hat diese Elemente mit deinen tatsächlichen Erinnerungen verflochten, wie es nun mal die Art von Träumen ist.«

Die Erklärung war ebenso einfach wie nahe liegend, und doch überzeugte sie mich nicht. Aber die Alternative, dass nämlich ein Teil von mir wirklich noch einmal erlebte, was in der Vergangenheit passierte, war erst recht unglaubwürdig. Ich erinnerte mich wieder an den entsetzlichen Schmerz beim Versuch, durch das *Tor* zu gehen, als ob etwas aus mir herausgerissen würde, und ich wusste aus leidvoller Erfahrung auch, dass das Transportsystem der GROSSEN ALTEN nicht nur durch den Raum, sondern ebenso durch die Zeit führen konnte, aber dennoch ...

»Immerhin wissen wir dank deiner Erinnerungen jetzt, woher Langley diese Scheiben hatte«, fuhr Howard fort. Er wandte sich an Joshua, der schweigend auf seinem Stuhl saß. »Aber mir ist immer noch nicht klar, um was es sich dabei eigentlich handelt und wie sie uns helfen können, die Spur der *Thul Saduun* zu finden.«

Es dauerte mehrere Sekunden, bis Joshua überhaupt merkte, dass er angesprochen wurde. Zum zweiten Mal binnen weniger Monate hatte er alles verloren, woran er geglaubt und wofür er gekämpft hatte. Viele Erwachsene wären an einer so vollkommenen Niederlage schlichtweg zerbrochen. Vielleicht half seine Jugend ihm, alles zu überwinden, aber noch stand er völlig im Bann dessen, was geschehen war. Als er den Kopf hob, gewahrte ich in seinem Blick ein Flackern, das mir nicht gefiel. Sein Wissen war von unschätzbarem Wert für uns, aber es würde sich erst noch zeigen müssen, ob dieses Bündnis uns darüber hinaus wirklich mehr Nutzen als Schaden bringen würde.

»Ich weiß nicht viel mehr darüber, als ich schon gesagt habe«, behauptete er. »Es handelt sich um so etwas wie Siegel, mit denen Cthulhu *jene in der Tiefe* zusätzlich bannte. Irgendwie stehen sie mit den *Toren* in Verbindung, von denen sie auch ihre Kraft beziehen. Selbst wenn den *Thul Saduun* die Flucht gelingen sollte, hätten die GROSSEN ALTEN sie mithilfe dieser Scheiben sofort wieder aufspüren können. Aber ich habe keine Ahnung, wie.«

»Und das sollen wir dir glauben?«, fragte Howard misstrauisch.

»Glaubt doch, was ihr wollt«, gab Joshua patzig zurück. »Warum sollte ich euch wohl belügen? Irgendwie kann man mit diesen Dingern die Spur der *Thul Saduun* durch die *Tore* verfolgen. Sie wissen doch sonst immer alles, Howard. Wenn sie wirklich so klug sind, wie Sie immer tun, wird es Ihnen ja wohl nicht schwerfallen, auch das herauszufinden«, fügte er boshaft hinzu.

Howard schluckte und funkelte ihn zornig an, aber bevor es zu einem Streit kommen konnte, ergriff ich rasch wieder das Wort.

»Du sagtest, nur noch diese beiden Scheiben hätten sich an dem

Relief befunden, als du es nach London gebracht hast«, wandte ich mich an Joshua. »Und Howard hat gerade berichtet, dass er nur noch eine weitere erhalten hätte, nachdem ich nach R'lyeh verschleppt wurde, nämlich die, in die Langley in meinem Traum seine Nachricht geritzt hatte.« Ich machte eine kurze Pause und blickte Howard und Joshua der Reihe nach an. »Zu diesem Zeitpunkt war das Relief aber noch durch drei dieser Scheiben gesichert. Was, zur Hölle, ist also mit der dritten passiert?«

Ein gellender Schrei ließ Jennifer Garnett hochschrecken. Sie sprang auf, hastete auf die Tür zu Clarissas kleiner Schlafkammer zu und riss sie auf. Obwohl das Mädchen sich an die schreckliche Vision vom Vormittag so wenig erinnern konnte, wie an sonst eine, hatte es sich den ganzen Tag über nicht mehr richtig davon erholt. Clarissa war geistesabwesend und apathisch gewesen, geplagt von einer depressiven Stimmung, für die sie keine Erklärung fand, und Jennifer hatte es nicht über sich gebracht, ihr zu erzählen, was sie während ihrer Trance vorhergesagt hatte.

Bereits mit Beginn der Dämmerung hatte Clarissa sich in ihr Zimmer zurückgezogen und schlafen gelegt. Als Jennifer jetzt in die Kammer stürmte, saß das Mädchen aufrecht im Bett und starrte sie mit vor Entsetzen weit aufgerissenen Augen an, den Mund noch immer geöffnet, obwohl ihr Schrei inzwischen verstummt war.

»Was ist los, Liebes?«, stieß Jennifer hervor.

»Sie kommen«, keuchte Clarissa. »Böse Menschen. Und sie tragen die Finsternis mit sich.«

Erschrocken musterte Jennifer ihre Tochter. Clarissa war nicht völlig bei Sinnen, befand sich aber auch nicht in Trance, sondern in einem Zwischenstadium, das Jennifer noch nie erlebt hatte. Und was sie sagte ...

»Wovon sprichst du, Kind?« Jennifer trat auf sie zu und wollte sie beruhigend an sich ziehen, doch Clarissa wich ihr aus und sprang auf der anderen Seite aus dem Bett.

»Sie kommen, um mich zu holen!«, stieß sie hervor. »Sie werden schon bald hier sein. Wir müssen fliehen, Mutter, schnell!«

Wie zur Bestätigung ihrer Worte dröhnten in diesem Moment wuchtige Faustschläge gegen die Tür der Hütte. »Aufmachen!«, befahl jemand.

Clarissa blickte sich gehetzt um, dann eilte sie zum Fenster und öffnete es. Mit geschmeidigen Bewegungen kletterte sie ins Freie. »Komm schon, Mutter! Etwas Schreckliches wird geschehen, wenn sie uns erwischen. Wir müssen fliehen!«

Wieder erbebte die Tür unter heftigen Schlägen. Die Hütte war kaum mehr als eine alte, windschiefe Kemenate und solcher Gewalt nicht gewachsen. Jennifer hörte, wie das Holz zu splittern begann.

»Lauf weg!«, stieß sie hervor. »Du musst allein gehen. Ich versuche sie aufzuhalten.«

Ohne Clarissa Gelegenheit zum Widerspruch zu geben, fuhr sie herum und stürmte zurück in die Wohnstube. Kaum eine Sekunde später wurde die Tür von einem besonders harten Schlag oder Tritt aus den Angeln gerissen und polterte zu Boden. Mehrere Einwohner des Dorfes, die Jennifer vom Ansehen her flüchtig kannte, drängten über die Schwelle. Zahlreiche andere befanden sich noch hinter ihnen.

»Wo ist die Hexe?«, blaffte der Vorderste der Eindringlinge sie an. Soweit sie sich erinnerte, hieß er Connelly. »Wo ist deine Tochter?«

»Was ... wollt ihr von ihr?«, entgegnete Jennifer. Sie bemühte sich, ihrer Stimme einen möglichst festen Klang zu verleihen, merkte aber selbst, dass es ihr nicht gelang. Irgendetwas stimmte mit den Männern und Frauen nicht. Sie erkannte es in ihren Augen. Das waren nicht die Menschen, die sie kannte. Auch ohne die Gabe des zweiten Gesichts spürte sie, dass sie sich auf entsetzliche Art verändert hatten, eine Art, die ihr Angst machte. Wie hatte Clarissa gesagt: *Sie tragen die Finsternis mit sich.*

»Deine Tochter!«, herrschte Connelly sie ungeduldig an, packte sie an den Schultern und schüttelte sie grob. »Wo ist sie?«

»Was ... was wollt ihr von ihr?«, stammelte Jennifer noch einmal.

Connelly gab keine Antwort. »Sucht sie!«, befahl er stattdessen und unterstrich seine Worte mit einer herrischen Geste. Einige der Männer und Frauen drangen in Clarissas Schlafkammer und auch ihre eigene ein. Nur Sekunden später kehrten sie zurück.

»Sie ist nicht hier«, berichtete eine der Frauen. »Aber ein Fenster steht offen. Anscheinend ist sie weggelaufen.«

»Sie kann noch nicht weit sein. Worauf wartet ihr noch, sucht sie!«, knurrte Connelly. Er versetzte Jennifer einen Stoß, der sie gegen einen Stuhl taumeln ließ, der unter ihrem Anprall zusammenbrach. »Und nun zu dir ...«

»Hilf mir, Kleiner«, verlangte Langley. Er hatte die Scheibe dicht vor dem Relief auf den Boden gelegt. »Ich bin schon zu schwach, allein schaffe ich es nicht mehr. Du musst mir helfen.«

Ungeduldig winkte er mir zu, doch ich blieb regungslos stehen und starrte ihn nur verblüfft an.

Ich befand mich wieder in meinem Traum, von dem Howard glaubte, dass es nur mit ein paar Spielereien meines Unterbewusstseins ausgeschmückte Erinnerungen wären, aber spätestens in diesem Moment wusste ich, dass er sich täuschte. Ich war auf eine unbegreifliche Weise *wirklich* hier, zumindest mein Geist im Körper meines Kinderkörpers.

Vor wenigen Sekunden hatte ich mich noch in Andara-House befunden, wo Howard und Joshua gemeinsam versucht hatten, das Geheimnis der gläsernen Scheiben und ihre Verbindung zu den *Toren* zu entschlüsseln. Ich erinnerte mich sogar an den Moment, in dem Schwäche und Erschöpfung, unter denen ich noch immer litt, mich überwältigt hatten und ich eingeschlafen war – um mich erneut hier wiederzufinden, exakt zum gleichen Zeitpunkt, an dem ich zuvor aufgewacht war.

»Nun komm endlich, Junge«, stieß Langley hervor. »Uns bleibt nicht viel Zeit. Sie werden gleich hier sein, und dann ist es zu spät.«

Zögernd trat ich ein paar Schritte vor. Die Scheibe war identisch mit einer von denen, die Howard mir zuvor gezeigt hatte; wie alle anderen ein an gräulich grünes Glas erinnerndes *Ding* von unbestimmbarer Form, aber die Nachricht, die Langley hineingeritzt hatte, war unverkennbar: *Benutze die Scheiben, um das* Tor *zu öffnen!*

Langley beugte sich zur Seite und packte mich blitzschnell am Arm. Gleichzeitig spürte ich einen dumpfen Druck im Kopf. Das Gefühl war ähnlich wie bei Joshuas Versuch, unsere Kräfte miteinander zu verschmelzen, aber nicht annähernd so stark; ein eher unbeholfenes Tasten. Es hätte mir keinerlei Mühe bereitet, Langleys stümperhaften Versuch abzuwehren, aber nach einer kurzen Schrecksekunde ließ ich ihn gewähren. Was hier geschah, hatte sich bereits vor langer Zeit ereignet. Howard *hatte* die Nachricht erhalten, schon weil ich als Kind schwerlich in der Lage gewesen war, Langleys Bemühungen zu trotzen.

Die Scheibe vor uns auf dem Boden begann in sanftem grünlichem Licht zu glühen und zu pulsieren. Das Glühen breitete sich aus, schien geradewegs in den Boden hineinzuwachsen, wie ein sich sanft wiegender Schlauch.

»Das ... das ist ein *Tor*«, keuchte ich und beobachtete fassungslos, wie die Scheibe langsam in den Schlauch hinabtrudelte. »Wenn wir es vergrößern, können wir –«

»Dafür sind meine Kräfte viel zu schwach«, widersprach Langley. »Und du wirst mir wohl kaum eine große ...«

Ich hörte nicht weiter zu, was er sagte, sondern konzentrierte mich mit aller Kraft auf das *Tor*, ohne auch nur einen Moment nachzudenken. Meine geistigen Kräfte stießen auf etwas ungeheuer Mächtiges, Finsteres. Ich wusste so gut wie nichts über das Transportsystem der GROSSEN ALTEN, am wenigsten, wie es funktionierte, und meine Bemühungen, das *Tor* daran zu hindern, sich wieder zu schließen, waren etwa so aussichtsreich, als ob ich einen einbrechenden Staudamm mit bloßen Händen zusammenzuhalten versuchte.

Und so gefährlich.

Das finstere *Etwas*, das ich schon zuvor gespürt hatte, war nichts anderes als das *Tor* selbst, aber es war nicht einfach nur ein lebloses Ding. Auf eine unvorstellbare Art *lebte* es – und es bemerkte meinen Versuch, es zu packen, und reagierte darauf, als hätte ich es angegriffen.

Es war, als würde ich in weiß glühende Lava greifen. Ein grässlicher Schmerz durchzuckte meinen Kopf und schien mein Gehirn zu verbrennen. Ich wollte zurückweichen, nur weg von dem schrecklichen, tobenden *Ding* vor mir, doch die Agonie lähmte mich. Schreie drangen wie aus weiter Ferne an mein Ohr, und erst nach Sekunden begriff ich, dass ich selbst sie ausstieß.

Ein harter Schlag traf mich gegen die Brust und schleuderte mich zurück. Im gleichen Moment, in dem ich es nicht mehr direkt ansah, endete das Pulsieren des *Tores*, und die grauenvolle Pein erlosch. Merlin, der mich angesprungen und umgeworfen hatte, sprang von meiner Brust herunter. Nach Luft ringend wand ich mich auf dem Boden und wartete, dass auch die letzten Schmerzwellen verklangen.

Merlin kratzte sanft mit einer Pfote an meinem Arm und erinnerte mich daran, dass die Gefahr noch nicht vorüber war. Langley hatte gesagt, dass die Aktivierung des *Tores* die *Tiefen Wesen* herbeilocken würde, und auch wenn ich wusste, dass mir nichts zustoßen konnte, weil all dies schon vor langer Zeit geschehen war und Howard und Andara mich retten würden, hatte ich keine besonders große Lust, ihnen in die Hände zu fallen. Einmal hatte ich entkommen können, weil sie mich unterschätzt und nur mit einem leichten magischen

Bann belegt hatten, aber diesen Fehler würden sie sicherlich kein zweites Mal begehen.

Irgendetwas war während meines überhasteten Versuchs, die *Thul Saduun* zu verfolgen, mit mir geschehen. Obwohl das *Tor* mich zurückgeschleudert hatte, war ein Teil von mir gleichzeitig trotzdem zusammen mit Merlin hierher verschlagen worden, und dafür musste es einen Grund geben. Es existierte ein Zusammenhang zwischen dem Relief, den Scheiben, den *Toren* und den *Thul Saduun*, und möglicherweise bot sich mir hier die Chance, etwas darüber herauszufinden, was für unser Überleben in der Gegenwart von Bedeutung war. Dazu aber musste ich vor allem frei sein.

»Gibt es hier einen Ausgang?«, stieß ich hervor.

»Glaubst du, dann wäre ich noch hier?« Langley kicherte. »Die Kröten sind zwar dumm, aber so dumm nun auch wieder nicht. Natürlich gibt es einen Weg, drüben in dem Raum, in dem sie mich eingesperrt haben, aber er ist magisch verschlossen. Es ist unmöglich ...«

Merlin stieß ein lautes Fauchen aus und rannte auf ein Stück der Wand nicht weit von dem Relief entfernt zu. Unmittelbar bevor er es erreichte, löste sich das so massiv aussehende Gestein ebenso auf wie zuvor, als ich den Durchgang zu Langleys Gefängnis geöffnet hatte.

»Kommen Sie!«, rief ich und rannte auf die Öffnung zu, so schnell meine kurzen Kinderbeine mich trugen. Aus dem Nebenraum war plötzlich das charakteristische Zischeln und Blubbern mehrerer *Tiefer Wesen* zu hören.

Gleichzeitig mit Langley erreichte ich den Durchgang. Kaum hatten wir ihn passiert, schloss er sich hinter uns wieder. Nichts deutete mehr darauf hin, dass es sich um etwas anderes als eine ganz normale, leicht unebene Felswand handelte.

»Aber ... wie ist ... das möglich?«, keuchte der Professor. Er packte mich an den Oberarmen, hob mich grob in die Höhe und schüttelte mich, dass ich vor Schmerz aufschrie und mir die Tränen in die Augen schossen. Sein Blick flackerte, der beginnende Wahnsinn in ihm gewann wieder die Oberhand. »Was ist hier los? Wer bist du?«

»Lassen Sie ... mich los«, krächzte ich und strampelte mit den Beinen. Obwohl Langley ausgemergelt aussah und wohl ohnehin nie ein besonders kräftiger Mann gewesen war, hatte ich das Gefühl, in einen Schraubstock geraten zu sein. In meinem Kinderkörper war ich seinen Kräften nicht nur um ein Vielfaches unterlegen, sondern auch sehr viel empfindlicher. Wenn er nur noch ein bisschen fester zudrückte, würde er mir wahrscheinlich die Arme brechen.

»Erst will ich ein paar Antworten von dir. Du bist einer von *ihnen*, nicht wahr? Gib es zu! Niemand sonst kann die magischen Türen öffnen. Haben sie dich geschickt, um mich auszuspionieren?«

»Nein«, keuchte ich. »Bitte, lassen Sie mich runter.« Gleichzeitig versuchte ich nach seinem Geist zu greifen und meiner Aufforderung etwas Nachdruck zu verleihen, doch es gelang mir nicht. Ich war von dem Erlebnis mit dem *Tor* noch zu sehr geschwächt. Dafür kam mir eine andere Idee, wie ich ihn vielleicht überzeugen konnte, dass wir auf der gleichen Seite standen. »Ich ... bin ein Freund von Howard.«

»Howard?« Misstrauisch starrte er mich an.

»Howard Phillips Lovecraft, von seinen Freunden auch H.P. genannt. Ihm haben Sie doch gerade die Botschaft geschickt.«

»Woher weißt du von Howard, du Knirps?« Ich sah, wie das Misstrauen aus seinem Blick wich und Verblüffung Platz machte; und obwohl Langley noch nicht völlig überzeugt schien, stellte er mich immerhin auf den Boden zurück.

»Ich bin nicht das, was ich scheine«, erklärte ich und massierte meine schmerzenden Arme. Es ist alles ... ziemlich kompliziert. Dieser Junge ...« Ich brach ab. Wahrscheinlich war es besser, wenn ich verschwieg, dass es sich um meinen eigenen Körper handelte und mein Geist mehr als dreißig Jahre aus der Zukunft stammte, um meiner Geschichte wenigstens einen kleinen Rest Glaubwürdigkeit zu belassen. »Mein Name ist Robert Craven«, setzte ich neu an. »Aber ich bin nicht das Kind, das Sie vor sich sehen. Wie Sie wohl schon gemerkt haben, besitze ich gewisse ... magische Fähigkeiten. Es ist Howard und mir nicht gelungen, ein *Tor* hierher zu öffnen, aber es gelang uns, meinen Geist in den Körper dieses Kindes zu versetzen, als es hierher verschleppt wurde. Ich bin hier, um Ihnen zu helfen.«

Bangend blickte ich Langley an. Ich hätte es ihm nicht verdenken können, wenn er mir nicht glaubte, aber er überraschte mich abermals, indem er nur nickte. Anders als ich zunächst geglaubt hatte, war er nicht wirklich wahnsinnig, wie mir mittlerweile klar geworden war, sondern sein Geist hatte sich auf eine Art verwirrt, dass er sich in eine Scheinwelt geflüchtet hatte und nicht mehr richtig in der Lage war, zwischen Wahn und Wirklichkeit zu unterscheiden. In diesem Zustand erschien ihm meine verworrene Geschichte offenbar völlig glaubhaft.

»Ich wusste, dass H.P. mich nicht im Stich lässt«, sagte er. »Obwohl ich gehofft hatte, dass er selbst kommen würde, um mich zu retten. Für die anderen ist es bereits zu spät. Ihre Kraft war nicht groß genug, sie waren schon schnell ausgebrannt und starben. Aber ich war stärker und habe überlebt, weil ich wusste, dass ich H.P. warnen musste und er mich retten würde.«

»Die anderen?«, hakte ich nach.

»Natürlich. Sie haben in letzter Zeit immer wieder Menschen hierher verschleppt. Menschen mit magischen Fähigkeiten. Zuerst dachte ich, die Kröten wollten mit ihrer Hilfe Cthulhu erwecken, aber das wäre ein sinnloses Unterfangen. Ich weiß nicht, was sie wirklich wollen, aber es muss etwas mit diesem Relief zu tun haben.«

Ich konnte es mir durchaus vorstellen, aber ich verzichtete darauf, es ihm zu erklären. Seit Langley durch seine verhängnisvollen Experimente und Beschwörungen hierher gelangt war, hatte er mehrere der Siegel von dem Relief entfernt, was die Kröten, wie er die *Tiefen Wesen* nannte, aufs Höchste alarmiert hatte. Die meisten der Amphibienwesen, denen ich bislang begegnet war, waren höchst intelligent gewesen, doch die, die hier in R'lyeh wachten, waren im Laufe der Äonen offenbar degeneriert. In ihrer Einfalt wussten sie sich nicht anders zu helfen, als weitere Menschen zu verschleppen und mit ihren Kräften zu versuchen, den Kerker der *Thul Saduun* zusätzlich zu sichern. Auch mich hatten sie unmittelbar nach meiner Ankunft dafür missbraucht, aber dennoch hatten sie mein magisches Potenzial anscheinend nicht richtig erkannt und mich unterschätzt, wohl nicht zuletzt auch deshalb, weil sie mich für ein harmloses Kind hielten. Nur deshalb war uns die Flucht gelungen.

»Wir müssen uns ein Versteck suchen«, sagte ich. »Auch wenn die Kröten nicht besonders intelligent sind, werden sie bald entdecken, auf welchem Weg wir geflohen sind, und eine Großsuche nach uns starten.«

Ich blickte mich genauer um. Wir befanden uns in einem großen, völlig leeren Raum, der sich hauptsächlich dadurch von dem unterschied, aus dem wir gekommen waren, dass in den Wänden mehrere offene Durchgänge klafften. Zögernd, fast widerwillig, tappte Merlin auf einen davon zu.

»Wie haben Sie Howard kennen gelernt?«, fragte ich möglichst beiläufig, während wir dem Kater folgten.

»Auf eine Art, die wohl typisch für ihn ist«, berichtete Langley. »Er kam eines Tages in die Miscatonic Universität und bat ohne Umschweife darum, die Ausgabe des NECRONOMICON sehen zu dürfen, die wir dort unter Verschluss halten. Ich weiß bis heute nicht, wie er davon erfahren hat, dass die Universität über ein Exemplar verfügt, denn es ist ein streng gehütetes Geheimnis, aber sein Wissen ...« Er brach ab und blieb stehen. »Wir ... wir sollten nicht dorthingehen«, sagte er. »Nehmen wir einen anderen Weg.«

Auch ich spürte die Ausstrahlung des Bösen, die uns aus dem Durchgang entgegenschlug, zu dem Merlin uns führte, etwas wie ein finsterer, verderblicher Brodem. Dennoch ging ich weiter. Es musste einen Grund geben, warum Merlin uns ausgerechnet hierher führte. Nach kurzem Zögern schloss sich mir auch Langley wieder an. Seine Angst, allein zurückzubleiben, war offenbar noch größer als die vor dem, was uns erwarten mochte.

Wir erreichten den Durchgang, und der Anblick dessen, was uns dahinter erwartete, traf mich wie ein Schlag. Mit einem Mal wusste ich, wo wir uns befanden. Ich war schon einmal hier gewesen, genauer gesagt, ich *würde* in einer Zukunft, die für mich bereits zur Vergangenheit zählte, einmal hier sein. Der riesige Felsendom glich den bisherigen Räumen, abgesehen von dem gewaltigen, von pulsierendem grünlichem Licht erfüllten Schacht, der in seiner Mitte im Boden klaffte.

Hier hatte Joshua mich nach meiner Auferstehung von den Toten den GROSSEN ALTEN opfern wollen, damit meine Hexerkraft vollends auf ihn überging; hier hatte er die SIEBEN SIEGEL DER MACHT brechen wollen.

Jede Faser meines Körpers sträubte sich dagegen weiterzugehen, aber zugleich spürte ich ein unwiderstehliches Locken. Langsam, wie in Trance, trat ich bis an den Rand des Schachtes und blickte in die Tiefe des Pfuhls.

Und mit einem Mal begriff ich, wie falsch meine Überzeugung gewesen war, dass mir in dieser Zeitepoche nichts zustoßen könnte, weil es Howard und meinem Vater damals gelungen war, mich zu retten. Nichts davon hatte mehr eine Bedeutung, nicht hier, im Zentrum der Schwarzen Pyramide. Schon einmal war ich Zeuge geworden, dass die Naturgesetze an diesem Ort keine Gültigkeit besaßen.

Statt mich zu opfern, hatte Crowley hier meinen Sohn getötet. Erst später hatte ich begriffen, dass Joshuas Ziehvater niemand anders als er selbst gewesen war, der aus der Zukunft in die Vergangenheit gereist war, um sein eigenes Schicksal als Erwecker und oberster Heerführer der GROSSEN ALTEN zu ändern. Der erwachsene Joshua hatte *sich selbst* als Kind getötet, was unter anderen Umständen ein unauflösbares Zeitparadoxon dargestellt hätte. Wie hatte er damals gesagt? *Es konnte nur hier getan werden. Der einzige Ort, an dem die Gesetze der Logik und der Zeit nicht gelten.*

Und das bedeutete nichts anderes, als dass auch ich selbst als Kind hier sterben konnte.

»Was ... was ist das?«, keuchte Langley mit erstickter Stimme. Er war auf der Schwelle des Durchgangs stehen geblieben. Nicht einmal Merlin traute sich näher heran.

Lange starrte ich in die Tiefe. Wie schon einmal konnte ich nicht mehr als etwas unvorstellbar Großes, Massiges am Grund des Pfuhls erkennen, einen Koloss mit viel zu vielen, sich noch im Tode schlängelnden Armen und einem missgestalteten, an einen Papageienschnabel erinnernden Schädel. »Das«, brachte ich schließlich heraus, »ist Cthulhu!«

»Es sind keine Träume und auch keine Erinnerungen«, beharrte ich. »Ich weiß, dass es unglaublich klingt, aber ein Teil meines Geistes wurde wirklich in die Vergangenheit verschlagen. Und möglicherweise habe ich sogar ungewollt damit begonnen, sie zu verändern.«

»Das ist unmöglich«, behauptete Howard. »Glaub mir, ich kenne mich in der Zeit besser als jeder andere aus. Was einmal geschehen ist –«

»Es *kann* geändert werden«, unterbrach ich ihn. »Dort schon. Erinnere dich nur daran, dass Joshua sich selbst in der Schwarzen Pyramide getötet hat.« Ich warf einen Blick zu dem Jungen, der nahe der alten Standuhr auf dem Boden der Bibliothek kniete, doch er reagierte gar nicht auf meine Worte. Vor sich hatte er die Scheiben ausgebreitet, auch die, die sich in Howards Besitz befunden hatten und die Rowlf mittlerweile aus der Pension WESTMINSTER geholt hatte, und betrachtete sie in Gedanken versunken. Seit Stunden bemühten Howard und er sich schon, ihr Geheimnis zu entschlüsseln, ohne jedoch einen Schritt weitergekommen zu sein. Mittlerweile war vor den Fenstern die Nacht hereingebrochen.

»Und trotzdem lebt er wieder«, wandte Howard ein. »Weil die Zeit selbst eine solche Manipulation verhindert hat.«

»Nein, weil die *Thul Saduun* trotz ihrer Gefangenschaft in diesem

Moment Macht über ihn gewannen und ihn ins Leben zurückholten«, widersprach ich. »Vielleicht überzeugt dich das. Ich habe Langley gefragt, wie ihr euch kennen gelernt habt. Er erzählte mir, dass du eines Tages in die Universität kamst und darum gebeten hast, das NECRONOMICON sehen zu dürfen. Wie sollte ich davon wissen, wenn ich nicht wirklich mit ihm gesprochen hätte?«

Howards Gesicht wurde eine Spur blasser. »Auch ... auch das kann er dir damals bereits erzählt haben, und du hast dich im Traum nur daran erinnert«, sagte er, aber er klang bereits wesentlich unsicherer als zuvor.

»Und warum hätte er mit einem Kind ausgerechnet darüber sprechen sollen, wie ihr euch erstmals getroffen habt? Damals hatte ich deinen Namen noch nie zuvor gehört. Wie hätte ich da nach dir fragen können?«

Howard schwieg eine ganze Weile. »Ich weiß es nicht«, sagte er schließlich. »Aber es ist alles so unglaublich. Sicher, die *Tore* schaffen Verbindungen durch den Raum und auch durch die Zeit, aber ich habe noch nie von einem Fall gehört, dass nur der Geist von jemandem durch die Zeit transportiert wurde und dann in einen anderen Körper – oder in diesem Fall deinen Kinderkörper – versetzt wurde. Und dann auch nur ein Teil deines Bewusstseins, was bedeutet, dass du in zwei Zeitebenen gleichzeitig existierst. So etwas ist ...« Er machte eine hilflose Geste. »Es widerspricht allem, was ich über das Wesen der Zeit weiß.«

»Ich kann es mir ja selbst nicht erklären, aber wenn du weitere Beweise brauchst, dann nenn mir einige Fragen, die ich Langley beim nächsten Mal stellen soll und auf die ich garantiert keine Antworten kennen kann.«

Howard schüttelte den Kopf. »Ich glaube nicht, dass das nötig ist. Möglicherweise gibt es wirklich eine Verbindung zwischen deinem Bewusstsein von heute und dem von damals, allerdings halte ich es für wahrscheinlicher, dass nicht ein Teil deines Geistes in die Vergangenheit geschleudert wurde, sondern du im Schlaf über die Zeit hinweg Kontrolle über deinen damaligen Körper erlangst. Das Ergebnis wäre dasselbe. Aber wodurch wurde es ausgelöst und warum gerade diese Zeitepoche?«

»Die Antwort auf deine letzte Frage ist nicht schwer«, entgegnete ich. »Es gibt eine Parallele. Damals bin ich zum ersten Mal auf das Relief und die Kristallscheiben gestoßen.«

»Und diese stehen irgendwie mit den *Toren* in Verbindung«, bestätigte Howard. »Die Erklärung klingt verlockend, nur befand sich keine der Scheiben in direkter Nähe, als du versucht hast, durch das *Tor* zu gehen.«

»Merlin«, ergriff Joshua, erstmals seit ich wieder aufgewacht war, das Wort und blickte von den Scheiben auf. »Dieser Kater ist unmittelbar vor Robert durch das *Tor* gegangen, und offenbar wurde er ins damalige R'lyeh verschlagen. Er könnte die Verbindung zwischen den Zeiten darstellen.«

»Wir sprechen über ein *Tier*«, widersprach Howard und verzog das Gesicht, als hätte er in eine Zitrone gebissen. »Vielleicht ein besonders intelligentes Exemplar, aber trotzdem nur ein Kater.«

»Du weißt so gut wie ich, dass das nicht stimmt«, widersprach ich ruhig. »Ich weiß nicht, wer oder eher *was* Merlin wirklich ist, aber er ist ganz bestimmt nicht nur ein normaler Kater. Wie aus dem Nichts ist er genau zu dem Zeitpunkt aufgetaucht, als die Bedrohung durch die *Thul Saduun* begann. Er fand sich ohne Schwierigkeiten in dem unterirdischen Labyrinth zurecht, was selbst dem intelligentesten normalen Tier kaum möglich gewesen wäre. Vielleicht war er sogar dafür verantwortlich, dass es in meinem Schrank im Hilton plötzlich diese Zugänge in dieses Labyrinth gab. Als du unter dem Einfluss der *Thul Saduun* standest, hat er es gespürt und dich sogar von dem Reliefsplitter befreit. Und in der Schwarzen Pyramide hat er scheinbar mühelos einen der magisch verschlossenen Durchgänge geöffnet, was selbst mir nicht leichtfiel. Die Liste ließe sich noch lange fortsetzen.« Ich schüttelte den Kopf. »Er ist weit mehr als nur ein Tier, aber irgendwie ... Obwohl die Hinweise überdeutlich waren, habe ich in seiner Gegenwart nie richtig darüber nachgedacht, fast als ob etwas alle meine Gedanken in diese Richtung blockieren würde.«

»Wenn ich das schon vorher gewusst hätte, hätte ich diesem ... *Wesen* sicherlich von Anfang an mehr Aufmerksamkeit gezollt«, erklärte Joshua mit einem verunglückten Lächeln. »Als es sich auf meine Leute gestürzt und ihnen ordentlich zugesetzt hat, war mir gleich klar, dass es sich um mehr als nur ein einfaches Tier handelt, aber offenbar habe ich es trotzdem unterschätzt, und danach überschlugen sich die Ereignisse. Ich glaube, ihr habt beide Recht. Dein Geist wurde nicht wirklich in die Vergangenheit geschleudert, sondern wenn dieses Wesen tatsächlich solche Fähigkeiten besitzt, stellt es das Bindeglied dar, durch das du im Schlaf über die Grenzen der Zeit hinweg Kontrolle über deinen damaligen Körper übernimmst.«

»Was in jedem Fall eine immense Gefahr nicht nur für dich darstellt«, fügte Howard hinzu. Ich bemerkte, dass seine Hände leicht zitterten, ein Zeichen, wie nervös und besorgt er war. »Innerhalb der Schwarzen Pyramide mag eine Manipulation der Zeit in sonst undenkbarem Umfang möglich sein, aber sie kann dennoch katastrophale Folgen haben.«

Einige Sekunden herrschte Schweigen.

»Und wer sagt, dass ich die Vergangenheit überhaupt verändere?«, warf ich schließlich nachdenklich ein. »Ich meine, es könnte doch sein, dass sich nur aufgrund dessen, was ich jetzt tue, alles damals so ereignet hat. Howard, denk nur an die letzte Nachricht, die du von Langley erhalten hast.«

»Und?« Howard runzelte die Stirn. »Worauf willst du hinaus?«

»Langley konnte sie nur schicken, weil ich den Durchgang zu dem Raum geöffnet habe, in dem er eingesperrt war. Hätte ich es nicht getan, wäre er erst gar nicht an das Relief und die Scheiben herangekommen.«

»Ich wünschte, es wäre so einfach.« Howard seufzte, aber ich sah, dass ein wenig von der Besorgnis aus seinem Blick wich. »Nur leider gibt es noch zahlreiche andere Möglichkeiten, wie er damals die Gelegenheit dazu bekommen haben könnte.«

»Und da wir darüber nur spekulieren können, bringt uns das keinen Schritt weiter«, stellte Joshua fest. »Wenn wirklich dieser Kater dafür verantwortlich ist, dann will er uns auf diese Art offenbar irgendwelche Hinweise geben. Und ich denke, zumindest einen haben wir schon erhalten.« Er blickte mich an. »Langley hat das *Tor*, durch das die Scheibe mit der Nachricht in die Miscatonic Universität gelangte, ganz allein geöffnet?«

»Nein, er musste dazu auf meine Kräfte zurückgreifen«, berichtigte ich ihn. »So ähnlich, wie du es beim Öffnen des Reliefs getan hast. Er sagte, allein wäre er schon zu schwach dazu.«

»Demnach hat er es zuvor auch allein geschafft. Und da du anschließend in einem Anfall von reichlich Selbstüberschätzung das *Tor* zu verändern versucht hast, brauchte er anscheinend nur einen geringen Teil deiner Kräfte.«

»Nur eine Winzigkeit«, bestätigte ich. »Worauf willst du hinaus?«

»Darauf, dass sogar ein magisch nur sehr schwach begabter Mensch wie dieser Langley in der Lage war, das *Tor* zu öffnen«, stieß Joshua hervor, und seine Augen begannen zu glänzen. »Also kann es nicht besonders schwer sein und sollte für uns erst recht keine Schwierigkeit darstellen. Howard, wir haben die ganze Zeit viel zu kompliziert gedacht und deshalb nichts erreicht.«

»Natürlich.« Howard sprang auf. »Wir hätten gar nicht erst zu versuchen brauchen, eine Verbindung zwischen dem *Tor* in der Uhr und den Scheiben herzustellen, um es mit ihrer Hilfe zu beeinflussen. So, wie Robert es beschrieben hat, hat auch Langley nur die Scheibe benötigt.«

»Ich vermute, diese Dinger reagieren automatisch mit einem in der Nähe befindlichen *Tor*, ohne dass wir uns darum kümmern müssen. Kein Wunder also, dass es uns nicht gelungen ist, eine entsprechende Verbindung herzustellen. Und wir brauchen kein Ziel anzugeben. Ein durch die Scheiben geöffnetes *Tor* führt immer an denselben Ort, zu dem der letzte Durchgang geführt hat. Genau dadurch waren sich die GROSSEN ALTEN bei einem Entkommen der *Thul Saduun* sicher, dass sie jederzeit herausfinden könnten, wohin diese geflohen wären.«

»Ich ... erinnere mich wieder.« Howard griff sich an die Stirn und massierte seine Schläfen, als hätte er Kopfschmerzen. Vor diesem Problem standen auch Andara und ich damals, bis wir die Lösung fanden. Wie konnte ich das nur vergessen?«

»So, wie Sie geschildert haben, was damals geschah, erinnern Sie sich an einiges nicht mehr, und das wohl nicht nur, weil Sie vergesslich geworden sind«, stellte Joshua fest. »Aber das spielt jetzt keine Rolle.« Er griff nach einer der Scheiben und konzentrierte sich einige Sekunden lang darauf. »Ich glaube, ich weiß, wie ich sie aktivieren kann. Es ist viel leichter, als wir geglaubt haben.«

Ein grünliches, pulsierendes Licht entstand um die Scheibe herum. Hastig ließ Joshua sie los, doch sie fiel nicht zu Boden, sondern schwebte langsam auf die Standuhr zu. Kurz bevor sie sie erreichte, sprang der Uhrkasten auf. Das grünliche Licht griff auf die Uhr über, und im nächsten Moment bildete sich in ihrem Inneren das *Tor*. Die Scheibe flog weiter, geradewegs in den durch die Unendlichkeit führenden Schlauch hinein.

»Schnell!«, stieß Joshua hervor und sprang auf. »Ich fürchte, es wird nur so lange geöffnet bleiben, bis sie es passiert hat.«

Einen Moment lang starrte ich ihn erschrocken an, dann packte ich Howard und Rowlf am Arm und zerrte sie einfach mit mir, direkt auf das *Tor* zu.

So schnell ihre Füße sie trugen, hetzte Clarissa durch die Nacht. Sie fror in ihrem dünnen Nachthemd, denn auch wenn die letzten Tage warm gewesen waren, in den Nächten wurde es immer noch empfindlich kalt. Außerdem trug sie keine Schuhe und spürte schmerzhaft jeden Stein und jeden Zweig, auf den sie trat; hinzu kamen immer heftigere Stiche in ihrer Seite. Dennoch blieb sie nicht stehen. Die nackte Todesangst trieb sie voran.

Ihr Vorsprung war nicht besonders groß, sie konnte ihre Verfolger hinter sich hören. Sie wusste nicht, wer die Menschen waren und was sie von ihr wollten, aber es gab für sie keinen Zweifel, dass ihr ein schreckliches Schicksal drohte, ohne dass sie wusste, woher dieses Wissen stammte. Es war einfach in ihr und erfüllte sie mit panischer Furcht.

Schon den ganzen Tag über hatte sie gespürt, dass sich etwas zusammenbraute, etwas Schlimmes, ohne dass sie dieses Gefühl richtig greifen oder auch nur begründen konnte. Auch ihr Schlaf war unruhig und voller Albträume gewesen.

Sie achtete kaum auf ihre Umgebung, stürmte einfach nur blindlings vorwärts. Es gab für sie kein Ziel, sie musste nur so weit wie möglich weg von hier und versuchen ihre Verfolger irgendwie abzuschütteln.

Sie dachte an ihre Mutter und wünschte, sie wäre bei ihr. Ihr Opfer war sinnlos gewesen, sie hatte die Verfolger nur wenige Sekunden aufhalten können. Clarissa konnte lediglich hoffen, dass die Menschen, die hinter ihr her waren, sich nur für sie interessierten und ihrer Mutter nichts angetan hatten.

Ihr Herz hämmerte, ihr Atem ging keuchend und stoßweise, und mittlerweile hatte sie bei jedem Atemzug das Gefühl, brennende Lava statt Luft in ihre Lungen zu saugen. Ihre Seitenstiche wurden so schlimm, als ob ein boshafter Zwerg ihr bei jedem Schritt ein Messer in die Hüfte stoßen würde. Immer mehr ging ihr Lauf in ein mühsames Taumeln über.

Der salzig riechende Wind, der ihr vom Meer her entgegenschlug, bauschte ihr Nachthemd und strich wie mit gierigen, kalten Händen über ihren Körper. Er zeigte ihr aber auch, dass sie der Küste bereits ziemlich nahe gekommen sein musste, und sie erkannte instinktiv die damit verbundene Gefahr. Sie durfte sich nicht in die Enge drängen und von den Klippen den weiteren Fluchtweg abschneiden lassen.

Entschlossen wandte sie sich weiter nach rechts, wodurch sie sich auch von der Ortschaft entfernte. Sie verbrachte viel Zeit im Freien, um nach Kräutern und anderen Heilpflanzen zu suchen, weshalb sie die Umgebung gut kannte. Allerdings bot die weitgehend flache Landschaft nur wenig markante Anhaltspunkte, und in der Dunkelheit sah ohnehin alles fremd aus. Trotzdem hoffte Clarissa, dass sie sich auf dem richtigen Weg befand.

Zwar gab es hier in direkter Küstennähe keinen Wald, wohl aber erstreckte sich nur wenige hundert Meter entfernt in einer großen Senke, die etwas Schutz vor dem Wind bot, ein Gebiet, in dem verkrüppelte Bäume und viel Buschwerk wucherten. Dort hatte sie schon oft Heilkräuter gepflückt, die nur an Wurzeln und inmitten von abgefallenem Laub gediehen. Wenn sie es bis dorthin schaffte, konnte sie sich dort vielleicht verstecken.

Die Hoffnung verlieh ihr noch einmal neue Kräfte und ließ sie schneller laufen. Einerseits war sie dankbar, dass sich der Mond hinter Wolken verbarg, weil ihre Verfolger sie in der Dunkelheit nicht so leicht entdecken konnten, anderseits aber sah sie selbst auch kaum, wohin sie lief. Immer wieder stolperte sie über Wurzeln, Steine oder einfach nur Unebenheiten im Gelände. Ihre Füße schmerzten inzwischen kaum noch, sondern fühlten sich eher taub an, wahrscheinlich waren sie mittlerweile völlig zerschunden und blutig. Mehrfach wäre sie um ein Haar gestürzt. Das durfte auf keinen Fall geschehen. Clarissa wusste, dass sie nicht mehr die Kraft haben würde, sich wieder zu erheben.

Und doch geschah genau das nur wenige Sekunden später. Nur ein paar Schritte von einer der hier zahlreichen Felsgruppen entfernt, blieb ihr linker Fuß an einem Hindernis hängen, das sie in der Dunkelheit nicht rechtzeitig bemerkt hatte. Mit wild rudernden Armen versuchte sie das Gleichgewicht zu halten, doch es gelang ihr nicht, und sie stürzte der Länge nach nach vorne. Aber zumindest ein Teil des Bodens schien vor ihr plötzlich verschwunden zu sein. Anstelle von festem Erdreich spürte sie nachgiebige Flechten und Ranken unter sich, die ihren Sturz abmilderten und sie gleich darauf zu verschlingen schienen, ehe sie mit einem Ruck zum Liegen kam.

Es dauerte Sekunden, bis Clarissa begriff, was geschehen war. Sie war in eine Erdspalte gestürzt, offenbar nur eine kleine Höhle am Fuße der Felsen und weitgehend von ihnen verborgen. Sofort begriff sie, welches fantastische Versteck sie durch ihr Ungeschick entdeckt hatte. Sie kauerte sich noch tiefer in den Hohlraum unter dem Felsen und bemühte sich, so gut es ging die Ranken und Flechten wieder in ihre ursprüngliche Position zu zerren, damit sie sie verbargen. Selbst wenn ihre Verfolger das Erdloch überhaupt bemerkten, hoffte sie, dass sie so vor einer Entdeckung einigermaßen geschützt war, wenn niemand zu genau hinsah.

Gleich darauf hörte sie bereits heranstampfende Schritte und vereinzelte Rufe. Ihr Herz raste und schlug so wild, dass sie glaubte, man könnte es noch in weitem Umkreis hören. Obwohl ihre Lungen brannten, zwang sie sich, so ruhig und flach wie möglich zu atmen, um sich nicht durch ihr Keuchen zu verraten.

Clarissas Hoffnung erfüllte sich. Sie konnte hören, dass einige ihrer Verfolger so dicht an ihrem Versteck vorbeiliefen, dass sie meinte, nur die Hand ausstrecken zu brauchen, um sie zu berühren, aber keiner von ihnen beachtete das Erdloch, falls sie es überhaupt sahen.

Dennoch wagte Clarissa erst aufzuatmen, als die Schritte und Stimmen wieder in der Ferne verklangen. Mühsam befreite sie sich von dem Pflanzendickicht und kletterte aus dem Loch heraus. Es konnte nicht lange dauern, bis ihre Verfolger merkten, dass sie nicht mehr vor ihnen war, und dann würden sie zurückkommen und alles noch einmal gründlich absuchen. Bis dahin musste sie von hier verschwunden sein.

Vorsichtig blickte sie sich um, als sie das Erdloch verlassen hatte, doch von ihren Verfolgern war nirgendwo etwas zu entdecken. Schon wollte sie loslaufen, in die entgegengesetzte Richtung zu der, in die die Männer und Frauen verschwunden waren, als sie aus den Augenwinkeln plötzlich einen grünlichen Lichtschein wahrnahm. Er stammte von einem etwa zwei Dutzend Schritte entfernten Felsen.

Sofort duckte sie sich wieder und beobachtete furchtsam, was weiter geschah. Der schwache Lichtschein vergrößerte sich zu einem gut mannsgroßen wabernden Feld. Bislang hatte Clarissa geglaubt, dass die unter einen schrecklichen Einfluss geratenen Einwohner Gorlwinghams Jagd auf sie machen würden. Als sie jedoch sah, wie mehrere Gestalten aus dem Wabern hervortraten, begriff sie, dass sie sich geirrt hatte. Offenbar stammten ihre Verfolger geradewegs aus der Hölle! Das Leuchten fiel in sich zusammen. Hinter sich hörte sie das leise Knacken eines Astes und fuhr herum, aber es war bereits zu spät, denn im nächsten Moment wurde sie von kräftigen Händen gepackt.

»Ich wusste, dass du hier irgendwo steckst, ich habe es gespürt«, zischte Jack Crampton. »Vor den anderen hast du dich verstecken können, aber ich bin von den HERREN erleuchtet worden und habe ihre Macht am eigenen Leib erfahren. Und das wirst auch du schon sehr bald.«

Buchstäblich Hunderte von Gedanken zuckten mir in den wenigen Sekunden durch den Kopf, in denen ich zusammen mit Howard und dicht gefolgt von Rowlf auf das *Tor* zuhastete, die meisten zu schnell, als dass ich sie zu fassen bekam und im Geist überhaupt nur ausformulieren konnte. Was wir vorhatten, war Wahnsinn. Alles war so schnell gegangen, dass wir keinerlei Vorbereitungen hatten treffen können. Wir hatten keine Waffen oder sonstige Ausrüstung bei uns, nichts außer dem, was wir am Leib trugen. Zudem hatten wir keine Ahnung, wohin das *Tor* uns führen und was uns am anderen Ende erwarten mochte. Selbst wenn es uns direkt zu den *Thul Saduun* führte, war es möglich, dass sie uns bereits erwarteten und wir direkt in eine tödliche Falle tappten.

Ein weiterer Gedanke kam mir erst unmittelbar, bevor ich das *Tor* erreichte, und erfüllte mich mit Schrecken.

Joshua vermutete, dass ein mithilfe der Scheiben geöffnetes *Tor* stets zum gleichen Ort führte, der schon beim vorangegangenen Mal das Ziel gewesen war. Der Letzte, der durch das *Tor* gegangen war, aber war Merlin gewesen, nicht die *Thul Saduun!* Insofern war es nur logisch, dass wir genau wie er im R'lyeh der Vergangenheit landen würden, nicht dort, wohin die *Thul Saduun* geflohen waren, aber es war schon zu spät. Joshua war bereits durch das *Tor* gegangen, und im nächsten Moment verschlang der wabernde Schlauch durch die Unendlichkeit auch Howard und mich.

Meine erste Empfindung, als wir wieder aus dem *Tor* in die normale Welt zurückkehrten, war Verblüffung; Verwunderung darüber, dass meine Befürchtung sich nicht bewahrheitet hatte. Wir befanden uns nicht in der Schwarzen Pyramide, sondern im Freien, irgendwo in der Nähe einer Küste. Der Wind trug salzigen Meeresgeruch heran, und gedämpft konnte ich aus nicht allzu großer Ferne das Donnern der Brandung hören.

»Wo simmer'n hier gelandet?«, brummte Rowlf. »Sieht aus wieda Arsch der Welt. Un hier soll'n die Tulsandumm ...«

»Still!«, zischte ich und zog ihn ein Stückchen weiter in den Sichtschutz des Felsens, neben dem wir herausgekommen waren. Nicht weit von uns entfernt war der Schrei einer Frau aufgeklungen. Meine Augen hatten sich nach dem hellen Licht in der Bibliothek von Andara-House noch nicht an die Dunkelheit gewöhnt, und ich presste die Lider bis auf schmale Schlitze zusammen. Ein Stück vor uns erkannte ich undeutlich zwei Gestalten, die offenbar miteinander rangen.

»Loslassen!«, hörte ich die sich vor Panik fast überschlagende Stimme einer Frau, eher noch eines Mädchens. »Was wollt ihr von mir? Lass mich los, ich habe nichts getan!«

»Das sollten wir uns genauer ansehen«, raunte ich. Ohne eine Antwort abzuwarten, schlich ich geduckt los, überzeugte mich lediglich mit einem raschen Blick über die Schulter, dass die anderen mir folgten. Abgesehen von einigen herumliegenden Felsen bot das Gelände wenig Deckung, aber die Dunkelheit bot uns Schutz und die beiden miteinander kämpfenden Unbekannten vor uns waren zu abgelenkt, um die Umgebung zu beobachten.

Erst als wir uns ihnen bis auf wenige Meter genähert hatten, konnte ich Einzelheiten erkennen. Das Mädchen, dessen Stimme ich zuvor gehört hatte, wehrte sich verbissen gegen einen breitschultrigen und fast einen Kopf größeren Mann. Obwohl es wie eine Raubkatze um sich trat, schlug und biss, hatte es keine Chance.

»Spürst du es?«, flüsterte Joshua neben mir. »Der Kerl steht im Bann der *Thul Saduun*. Und sie ist ein Medium.«

Ich runzelte die Stirn und versuchte mich mit meinen eigenen Fähigkeiten auf die beiden zu konzentrieren, aber ich spürte nichts. Offenbar waren Joshuas Kräfte noch wesentlich schärfer oder einfach nur besser geschult, als ich bislang geglaubt hatte.

»Das Medium, das sie für diese Werkstatt brauchen«, sprach Howard den Gedanken aus, der auch mir plötzlich durch den Kopf zuckte.

Ich zögerte nicht länger, sondern sprang auf und rannte los. Auch ohne zu wissen, um was es ging, hätte ich dem ungleichen Kampf nicht mehr länger zugesehen, aber jetzt waren auch meine letzten Bedenken ausgeräumt.

Wenige Augenblicke, bevor ich den Mann erreichte, bemerkte er mich und fuhr herum, doch bevor er seine Überraschung überwinden konnte, versetzte ich ihm einen wuchtigen Schlag gegen das Kinn. Der aus vollem Lauf geschlagene Hieb hätte selbst einem Hünen wie Rowlf zugesetzt, doch ohne auch nur einen Schmerzenslaut auszustoßen, taumelte der Unbekannte lediglich zwei Schritte zurück und schüttelte benommen den Kopf.

Gleich darauf sprang er wieder vor, so schnell, dass ich seine Bewegung kaum sah. Im letzten Moment ließ ich mich zur Seite fallen. Seine Faust verfehlte mein Gesicht und streifte lediglich meine Schulter, dennoch hatte ich das Gefühl, von einem umstürzenden Baum getroffen zu werden.

Aus den Augenwinkeln sah ich einen Schatten, der auf den Unbekannten zusprang und ihn von hinten umklammerte, doch nicht einmal Rowlfs gewaltige Kräfte reichten aus, den Besessenen zu bändigen. Er sprengte Rowlfs Griff und wirbelte herum, packte den Hünen und schleuderte ihn fast spielerisch mehrere Meter zurück.

Ein metallisches Knacken war zu hören.

»Keine Bewegung!«, befahl Howard. In der Hand hielt er einen Revolver.

Der Unbekannte erstarrte.

»Ihr seid die, vor denen man uns gewarnt hat, ich spüre es«, stieß er hervor. »Aber es ist zu spät. Niemand kann die HERREN jetzt noch aufhalten.«

Warnungslos sprang er vor, auf Howard zu, doch so schnell er sich auch bewegte, es reichte nicht. Ein Schuss donnerte. Die Kugel traf ihn, noch bevor er die Hälfte der Distanz überwunden hatte, schleuderte ihn zurück und ließ ihn zu Boden stürzen.

Ich stemmte mich auf die Beine und taumelte auf das Mädchen zu, das schluchzend dastand und mich mit vor Schrecken geweiteten Augen anstarrte.

»Nein!«, presste es hervor. »Bleibt ... weg von mir, Dämonen!«

»Wir sind keine Dämonen«, sprach ich beruhigend auf die Unbekannte ein, während ich mich ihr langsam weiter näherte. »Wir sind hier, um Ihnen zu helfen, Sie brauchen keine Angst ...«

Mit einem gellenden Schrei fuhr sie herum und stürmte davon, doch sie kam nur wenige Schritte weit. Plötzlich war die Nacht von Bewegungen erfüllt. Wie aus dem Nichts tauchten weitere Menschen auf. Es musste sich um Dutzende handeln. Zwei von ihnen ergriffen das Mädchen, die anderen stürzten sich auf uns.

Zahlreiche Hände griffen nach mir. Blindlings schlug ich zu und traf das Gesicht eines Mannes. Anders als der Besessene zuvor, schien dieser Kerl weder übermenschliche Kräfte zu haben noch gegen Schmerzen unempfindlich zu sein. Blut schoss aus seiner Nase, und er wich mit einem Schrei zurück.

Zwei andere nahmen sofort seinen Platz ein. Blindlings schlug ich um mich, versetzte einem Kerl, der sich an mein Bein klammerte, einen Tritt mit dem anderen Fuß und stieß eine Frau zurück, die mit auf mein Gesicht gezielten Fingernägeln auf mich losging. Für einen kurzen Moment hatte ich Luft.

»Weg hier!«, brüllte ich und lief los. Weitere Hände versuchten mich zu packen, und Schläge prasselten auf mich ein. Wahrscheinlich wäre ich kaum drei Schritte weit gekommen, wenn nicht plötzlich Rowlf neben mir gewesen wäre. Er hatte sich Joshua kurzerhand unter den linken Arm geklemmt und stürmte wie ein menschlicher Rammbock vor, geradewegs durch die Menschenmenge hindurch. Wer nicht rechtzeitig vor ihm zurückwich, den schleuderte er mit der freien Hand zur Seite oder rannte ihn schlichtweg über den Haufen.

Dennoch war es das reinste Spießrutenlaufen. Nach wenigen Sekunden, die mir wie eine Ewigkeit vorkamen und in denen ich unzählige Kniffe, Schläge und Ellbogenstöße einstecken musste, waren wir aus dem dichtesten Gewühl heraus. Ich wich vor zwei Männern zurück, die mich von verschiedenen Seiten packen wollten, und stieß sie mit den Köpfen zusammen, dann war der Weg frei.

Rowlf stellte Joshua zurück auf die Beine, und wir rannten los, ziellos in die Nacht hinein. Die Unbekannten verfolgten uns, doch nach und nach blieben immer mehr von ihnen zurück, und nach einigen hundert Metern gaben schließlich auch die letzten von ihnen auf.

Keuchend blieben wir stehen. Jeder Atemzug brannte wie Feuer in meiner Lunge.

»Verdammt!«, presste ich mühsam hervor und ließ mich auf einen Felsbrocken sinken. Mein Kopf dröhnte wie ein Hammerwerk; die zahlreichen Schläge, die ich hatte einstecken müssen, zeigten nun Wirkung. Alles begann sich vor meinen Augen zu drehen. »Wer … wer sind diese Leute? Warum haben sie uns angegriffen?«

»Sie stehen unter dem Bann der *Thul Saduun*«, keuchte Joshua. »Nicht so stark wie der erste, denn sie hatten noch keinen unmittelbaren Kontakt mit ihnen, aber –«

»Howard«, fiel Rowlf ihm in Wort. Selbst er schien Schwierigkeiten zu haben, sich noch auf den Beinen zu halten. Er hatte eine Platzwunde an der Stirn davongetragen, und sein Gesicht war blutüberströmt, aber das sah ich schon nur noch undeutlich. »Wir ... wir müssen zurück. Sie ... ham Howard erwischt!«

Das waren die letzten Worte, die ich aus scheinbar immer weiterer Ferne vernahm, ehe ich vollends das Bewusstsein verlor.

»Er ist tot. Diese Drecksäcke haben Crampton umgebracht!«, stieß Williams hervor, ein junger Bursche, der wegen seiner Heißblütigkeit und Rauflust in Gorlwingham berüchtigt war. Er warf noch einen letzten Blick auf den Toten, dem eine Kugel die Kehle zerfetzt hatte, dann richtete er sich auf und ballte die Fäuste. »Warum habt ihr die Schweine entkommen lassen? Los, wir müssen sie erwischen und sie dafür büßen –«

»Nein«, unterbrach Conelly ihn. Er sprach nicht einmal besonders laut, doch in seiner Stimme klang eine solche Macht mit, dass alle sich unwillkürlich ein wenig duckten. »Das ist nicht, was die HERREN von uns erwarten, damit können wir jetzt keine Zeit vergeuden. Dass sie ihre alte Macht zurückerlangen, hat Vorrang vor allem anderen.«

»Wie du befiehlst«, sagte Williams demütig. »Aber lass mich wenigstens den da umbringen.« Er zückte ein Messer und deutete auf einen der Unbekannten, der regungslos am Boden lag. »Es dauert nur einen Moment.«

David Conelly trat auf den Ohnmächtigen zu und blickte einige Sekunden lang auf ihn hinab.

»Nein«, sagte er dann noch einmal. »Er wird ein anderes Schicksal erleiden. Ich spüre eine Kraft in ihm, die sogar noch die der Hexe übertrifft. Die HERREN werden erfreut sein, wenn wir ihnen ein zweites so mächtiges Opfer bringen.« Er machte eine bestimmende Geste. »Bringt beide zur Kirche. Es wird Zeit, dass wir endlich mit unserem Werk beginnen.«

Was willst du, sterblicher Wurm, dass du es wagst, mir gegenüberzutreten?

Ich zuckte wie unter einem Peitschenhieb zusammen, als die donnernde, ungeheuer machtvolle Stimme mich aus der Erstarrung riss, in die der Anblick des Kolosses in dem Pfuhl vor mir mich versetzt hatte. Instinktiv wollte ich die Hände auf die Ohren pressen, dann erst begriff ich, dass ich die Worte nicht gehört hatte, sondern sie direkt in meinen Gedanken aufgeklungen waren.

»Wer ... wer bist du?«, fragte ich, obwohl ich die Antwort kannte. Cthulhu mochte von den ÄLTEREN GÖTTERN besiegt, durch die SIEBEN SIEGEL DER MACHT gebannt und in einen Schlaf versetzt worden sein, der dem Tod fast gleichkam, aber zumindest hier war seine Macht noch immer ungeheuerlich.

Ich spürte etwas in meinen Kopf eindringen, und das Gefühl war schrecklicher und Ekel erregender als alles, was ich jemals erlebt hatte. Ich krümmte mich, aber noch bevor ich auch nur Schmerz empfinden konnte, war der fremde Griff bereits wieder verschwunden.

Du wagst es, mir zu trotzen?, donnerte die Stimme. *Du bist der Sohn jenes, den man den* Hexer *nennt, wie ich erkenne, aber gegen mich bist du ein Nichts. Ich werde deinen Widerstand –*

Nicht er ist es, der dir trotzt, vernahm ich eine zweite, kaum minder schreckliche Stimme in meinen Gedanken. *Seine Kraft ist nicht annähernd stark genug, seinen Geist vor dir zu verschließen. Ich habe ihn vor deinem Zugriff bewahrt.*

DU!, kreischte der GROSSE ALTE. Grenzenloser Hass, aber auch Schrecken schwang in seiner Stimme mit. Die Bewegungen am Grunde des Schachtes verstärkten sich. *Du wagst es, hierherzukommen, in mein ureigenes Reich? Du bist –*

Hüte deine Worte!, unterbrach ihn die zweite Stimme. *Du weißt, dass es selbst dir verboten ist, meinen Namen auszusprechen. Und obwohl wir Feinde sind, bin ich nicht gekommen, um mit dir zu kämpfen. Ich habe diesen Sterblichen hergebracht, weil er uns vor einer Gefahr bewahren kann, die dich ebenso wie mich bedroht.*

Jedes Wort der beiden Giganten aus einer lange vergangenen Zeitepoche traf meinen Geist wie ein Hammerschlag. Es fiel mir schwer, einen eigenen klaren Gedanken zu fassen, aber immerhin begriff ich, wer der zweite der finsteren Götter war, deren gedankliche Stimmen ich vernahm.

Der UNAUSSPRECHLICHE.

Die selbst zum Volk der GROSSEN ALTEN gehörende Kreatur, der ich vor vielen Jahren einst an Bord der DAGON begegnet war und die maßgeblich an der Vernichtung Krakataus beteiligt war, um damals schon ein Erwachen der *Thul Saduun* zu verhindern.

Ein Wesen, das in den alten Schriften als Hastur bezeichnet wurde, weil bereits die bloße Erwähnung seines wahren Namens grenzenloses Unheil heraufbeschwören würde.

Merlin …

Die Erkenntnis, dass niemand anders als er sich in der Gestalt meines vierbeinigen »Freundes« verbarg, ließ mich schaudern, und doch konnte es nicht anders sein. Ich wollte mich zu ihm umdrehen, aber ich war wie gelähmt, hatte jede Kontrolle über meinen Körper verloren.

Es ist besser, wenn du nichts vom Wissen im Kopf dieses Sterblichen erfährst, fuhr der UNAUSSPRECHLICHE fort. *Es würde dir nicht gefallen, wenn du wüsstest, welche Rolle er einst spielen wird, und könnte deine Entscheidung beeinflussen, deshalb habe ich seinen Geist vor dir abgeschirmt. Jetzt geht es nur darum, ein Erstarken unserer alten Feinde in schon naher Zukunft zu verhindern, denn es würde auch für uns das Ende bedeuten.*

Du sprichst von jenen in der Tiefe? *Ihr Kerker ist schwächer geworden.*

Und bald werden sie ganz frei sein.

Einige Sekunden herrschte wohltuendes Schweigen.

Und was schlägst du vor?, erkundigte sich der Koloss in der Tiefe des Pfuhls schließlich.

Nichts weiter, als dass du deinen Sklaven befiehlst, ihn für eine Weile ungeschoren zu lassen, bis er seine Aufgabe erfüllt hat. Sie könnten ihm ohnehin nichts anhaben, denn ich würde jeden töten, der ihm nahe kommt, aber damit mein Plan gelingt, werde ich an einem anderen Ort gebraucht. Ich werde dir schildern, was ich vorhabe …

Ich fühlte mich benommen, als ich wieder zu mir kam, als wäre ich aus einem jahrelangen Tiefschlaf erwacht. Die Gedanken schienen nur träge und klebrig wie Sirup durch meinen Geist zu rinnen. Gleichzeitig stürmten Visionen voller Schrecken und Verderbnis auf mich, Bilder von chtonischen Scheußlichkeiten, schwarz glitzerndem Protoplasma und –

Ein Klatschen ertönte. Gleichzeitig verspürte ich einen brennenden Schmerz an der Wange, der mich vollends ins Bewusstsein zurückriss.

»Wach endlich auf, Jungchen!«, vernahm ich Rowlfs Stimme. »Jetzt is keine Zeit zum Schlafen.«

Ich schlug die Augen auf und erkannte in der Dunkelheit undeutlich das Gesicht des Riesen dicht vor mir. Im gleichen Moment fiel mir alles wieder ein, wie wir durch das *Tor* gegangen waren, der Kampf gegen die Besessenen und unsere Flucht. Während meiner Ohnmacht hatte mein Geist wieder in der Vergangenheit geweilt, doch an das, was *dort* geschehen war, konnte ich mich anders als die bisherigen Male nur äußerst vage erinnern, aber ich wusste, dass es der Quell der grauenvollen Visionen war.

Cthulhu!, durchzuckte es mich. Hatte ich wirklich mit Cthulhu selbst gesprochen? Ich wusste es nicht. Und da war noch jemand gewesen, eine zweite Wesenheit, die ... Auch dieser Gedanke entglitt mir, ehe ich ihn richtig fassen konnte.

»Wach endlich auf!«, rief Rowlf noch einmal, und ich sah, wie er erneut die Hand zu einem Schlag hob.

»Schon ... gut«, stammelte ich. Mein Mund war ausgetrocknet, und meine Zunge fühlte sich pelzig an; das Sprechen fiel mir schwer. »Ich bin ja wach. Also hau mich nicht gleich wieder k.o.«

Mühsam stemmte ich mich auf die Ellbogen hoch. Ich fühlte mich wie ein uralter Mann, und es schien keine Stelle meines Körpers zu geben, die *nicht* wehtat. Viele der Schläge, die mich getroffen hatten, waren ziemlich hart gewesen. Rowlf ergriff meinen Arm und half mir, ganz auf die Beine zu kommen.

»Sie bringen Howard wech«, erklärte er und deutete in die Dunkelheit. »Ich glaub, er tut noch leben, aber er is gefangen. Wir verliern se, wemma nich schnell sind.«

»Also los, worauf warten wir noch?«, stieß ich hervor. »Ich wette, sie bringen ihn dorthin, wo auch die *Thul Saduun* sind.«

»Und was machen wir, wenn wir sie finden?«, wollte Joshua wissen. »Sollen wir freundlich eine Tasse Tee mit ihnen trinken und sie bitten, dass sie Lovecraft freilassen und überhaupt ganz allgemein diese Welt in Ruhe lassen? Wir brauchen einen Plan.«

»Das hätten wir uns überlegen sollen, bevor wir überhaupt hergekommen sind«, entgegnete ich und machte einige Schritte in die Richtung, die Rowlf angezeigt hatte. »Wie die Karten jetzt verteilt sind, können wir nur darauf hoffen, dass uns im richtigen Moment etwas einfällt. Jetzt kommt.«

Das Gehen bereitete mir Schmerzen, sodass ich zuerst nur humpeln konnte, doch mit jedem Schritt fiel es mir etwas leichter. Wahrscheinlich würde ich die Folgen erst am nächsten Tag richtig zu spüren bekommen, aber ich war gerne bereit, das in Kauf zu nehmen, wenn es überhaupt noch einen *nächsten Tag* für mich geben sollte.

Die Besessenen waren längst in der Dunkelheit untergetaucht, doch es dauerte nicht lange, bis wir auf ihre Spur stießen. Von den zahlreichen Menschen war das Gras niedergetrampelt worden, sodass wir eine Fährte hatten, der wir nur zu folgen brauchten.

In der Ferne, irgendwo weit draußen über dem Meer, zuckte ein Blitz auf, dem bald darauf Donnergrollen folgte. Das Unwetter näherte sich rasch, viel schneller als normal. Schon nach kaum einer Minute spendeten die rasch aufeinanderfolgenden Blitze genug Licht, dass wir die Spuren im Gras problemlos erkennen konnten, auch ohne uns zu bücken.

»Das gefällt mir nicht«, murmelte ich und blickte in die Richtung, aus der das Gewitter kam. Der Wind hatte aufgefrischt und war so kalt geworden, dass er mir Tränen in die Augen trieb und ich das Gesicht rasch wieder abwandte.

»Die *Thul Saduun*«, behauptete Joshua. Auf seinem Gesicht spiegelte sich Besorgnis, die bereits dicht an der Schwelle zur Furcht lag. »Sie haben die Elemente entfesselt. Was immer sie vorhaben, es wird noch in dieser Nacht geschehen. Uns bleibt nicht mehr viel Zeit.«

Wortlos hastete ich weiter. Ich wusste nicht, was geschehen würde, und ich wusste nicht, woher dieses Wissen stammte, aber ich wusste, dass ich an dem Ort sein musste, an den man Howard und das Mädchen brachte, wenn ich das Undenkbare verhindern wollte.

Den Ort, an dem die geheimnisvolle *Schattenwerkstatt* entstehen würde.

Und zu der Zeit, in der die *Thul Saduun* dort ihre alte Macht zurückgewinnen würden ...

Im Lichtschein eines Blitzes waren vor uns die ersten Häuser einer kleinen Ortschaft zu erkennen.

Harte Schläge rissen Howard aus seiner Bewusstlosigkeit. Stöhnend schlug er die Augen auf. Er befand sich nicht mehr im Freien, sondern in einem großen Raum, in dem sich zahlreiche Menschen aufhielten. Auch wenn die Sitzbänke entfernt worden waren, um für alle Platz zu schaffen, handelte es sich unverkennbar um eine Kirche.

»Na endlich, wurde auch Zeit«, stieß ein junger, kräftig gebauter Mann hervor und richtete sich vor ihm auf, offenbar derjenige, der ihm die Ohrfeigen verpasst hatte.

Auch Howard wollte sich erheben und merkte erst jetzt, dass er in sitzender Haltung an etwas Hartes gefesselt war, vermutlich den Altarstein. Und er war nicht allein. Als er den Kopf zur Seite drehte, entdeckte er die junge Frau, der sie an der Küste begegnet waren. Sie war auf die gleiche Art wie er gefesselt, aber ohne Bewusstsein.

»Es gibt keinen Grund, sie unnötig leiden zu lassen«, erklärte der Mann vor ihm mit einem sadistischen Grinsen. »Aber du sollst alles bei klarem Verstand miterleben und erkennen, welches Schicksal dich erwartet.«

»Williams, es reicht«, ertönte eine Stimme, in der eine schon fast suggestive Autorität mitschwang. »Geh endlich an deinen Platz, damit wir beginnen können.«

Der junge Bursche wich wie ein geprügelter Hund zurück und gab den Blick auf einen weiteren Mann frei. Howard hatte ihn noch nie zuvor gesehen, doch er wusste sofort, dass dieser die Quelle der Besessenheit war, die von den anderen Besitz ergriffen hatte. Die finstere Macht, die von ihm ausging, war überdeutlich zu spüren. Howard versuchte erst gar nicht, ihn durch Reden von seinem Vorhaben abzubringen. Der Mann stand so tief im Bann der *Thul Saduun*, dass jedes Wort vergebens wäre. Er war nicht viel mehr als eine jeglichen freien Willens beraubte Marionette.

Mit aller Kraft zerrte Howard an seinen Fesseln, doch die Schnüre waren so fest und saßen so eng, dass er keine Chance hatte, sie auch nur zu lockern. Er fügte sich nur selbst Schmerzen zu.

Donnergrollen erklang und übertönte das Murmeln der Menschenmenge. Obwohl die Kirche von zahlreichen Kerzen hell erleuchtet war, sah Howard, wie jenseits der bunt verglasten Fenster Blitze aufleuchteten. Das Gewitter tobte ganz in der Nähe.

»Es beginnt«, sagte der Anführer der Besessenen und drehte Howard den Rücken zu. Das Gemurmel verstummte. Wie ein Priester stand er vor seiner Gemeinde und breitete weit die Arme aus. Entsetzliche kehlige Laute kamen aus seinem Mund, Worte einer seit mehr als zwei Mal hundert Millionen Jahre vergessenen Sprache, die einem normalen Menschen einen Knoten in den Stimmbändern verursacht hätten und in den Ohren schmerzten.

Nur Sekunden, nachdem er zu sprechen begonnen hatte, zuckte ein besonders greller Blitz auf, begleitet von einem im gleichen Moment grollenden Donnerschlag, der die Erde selbst zu erschüttern schien. Von der Spitze des Kirchturms glitt der Blitz allen Naturgesetzen zum Trotz an der Innenseite der Wände entlang, verästelte sich dabei immer weiter und wob in rasender Geschwindigkeit ein Geflecht zuckender, weißlich blauer Flammenlinien an den Mauern. Noch bevor es erlöschen konnte, traf ein weiterer Blitz die Kirche.

Und der Raum begann sich zu verändern ...

Wir erreichten die ersten Häuser des Ortes zeitgleich mit dem Gewitter. Unmittelbar über unseren Köpfen zuckten Blitze in rasender Folge, die meisten nur innerhalb der Wolken, als wollten sie ihre Kraft noch aufsparen. Der Donner grollte nahezu ununterbrochen, aber es fiel nicht ein Tropfen Regen. Die Luft schien vor elektrischer Energie zu knistern.

Die Apokalypse hatte begonnen, nicht nur im übertragenen, sondern im wörtlichen Sinne, hier, in diesem kleinen Fischerdorf, das einem handgemalten Schild zufolge den Namen Gorlwingham trug.

»Wohin jetzt?«, erkundigte sich Rowlf. Der Ort schien menschenleer zu sein, in keinem der Häuser brannte Licht. Auch hatten die Besessenen auf dem Kopfsteinpflaster der Gassen keine Spuren mehr hinterlassen, denen wir folgen konnten.

Ein besonders greller Blitz fuhr nicht weit von uns entfernt vom Himmel herab und hielt sich fast eine Sekunde lang wie ein gigantischer, flammender Leuchtfinger in der Luft, ehe er erlosch. Der Donner zerriss mir fast die Trommelfelle.

Nur Sekunden später flammte ein weiterer, ebenso greller Blitz fast an derselben Stelle auf.

»Ich glaube, wir brauchen nicht länger zu suchen!«, brüllte ich so laut ich konnte, dennoch bezweifelte ich, dass Rowlf oder Joshua mich über das Toben der Naturgewalten hinweg hören konnten.

Wir hasteten weiter, auf die Stelle zu, an der die Blitze aufloderten. Der Ort war nicht besonders groß und bestand aus wahrscheinlich nicht einmal hundert Häusern. Wir brauchten kaum eine Minute, um sein Zentrum zu erreichen, einen gepflasterten Platz, in dessen Mitte eine schlichte Kirche stand.

Es war ein Bild wie aus dem Fiebertraum eines Wahnsinnigen. Fast im Sekundenabstand hieben Blitze wie weiß glühende Feuerlanzen in den Kirchturm, der von der Wucht dieser unvorstellbaren Gewalten längst hätte zertrümmert werden müssen, doch nichts dergleichen geschah. Stattdessen schien es, als würde das Gebäude die Energie geradezu in sich aufsaugen. Vielleicht blendete die auf meiner Netzhaut nachleuchtende grelle Helligkeit mich nur und gaukelte mir etwas vor, aber das gesamte Gebäude schien zu wabern und zu pulsieren, als wäre es von unheiligem Leben erfüllt.

»Es ist zu spät!«, kreischte Joshua mit schriller Stimme, die sogar das ohrenbetäubende Hallen des Donners übertönte. In seinen Augen funkelte nackte Panik. »Flieht! Es ist zu spät! Wir müssen –«

Ich versetzte ihm eine schallende Ohrfeige. Einen Moment lang starrte er mich noch mit weit aufgerissenen Augen an, dann schwanden Panik und beginnender Wahnsinn aus seinem Blick und wichen einer Mischung aus immer noch kaum bezähmbarem Entsetzen, Resignation und etwas, das ich nicht richtig deuten konnte, das mir selbst aber fast ebenso viel Angst einflößte wie die unablässig in den Kirchturm einschlagenden Blitze.

Im nächsten Moment fuhr er herum und rannte direkt auf das geöffnete Portal der Kirche zu, sodass uns nichts anderes übrig blieb, als ihm zu folgen.

Wir erreichten das Portal fast im gleichen Moment und stürmten hindurch – geradewegs hinein in die Hölle!

Sie waren geritten, als wäre der leibhaftige Teufel hinter ihnen her, und in gewisser Weise, dachte Andara, stimmte das auch, nur dass es sich um Kreaturen handelte, die schlimmer als der Satan waren, und dass sie nicht hinter ihm, sondern hinter seinem Sohn her waren. Aber obwohl sie ihre Tiere bis zur völligen Erschöpfung angetrieben hatten, zeigte sich im Osten bereits ein erster, bislang nur fingerbreiter rötlicher Streifen am Horizont; Vorbote eines Tages, der sicherlich ebenso heiß und trocken wie die vorangegangenen sein würde, als sie Arkham endlich wieder erreichten.

Selbst im hellen Tageslicht wirkte die Miscatonic Universität stets ein wenig finster. Jetzt, in der Dunkelheit, kam sie Andara mit ihren wuchtigen Gebäuden und gedrungenen Türmen wie der aus Gestalt gewordener Schwärze gefertigte Scherenschnitt einer mittelalterlichen Trutzburg vor.

Es bereitete ihnen keine Schwierigkeit, auf das Gelände zu gelangen. Zwei gezielte Gewehrschüsse hatten das altersschwache Schloss des Eingangstores regelrecht explodieren lassen, und den Rest hatte Rowlf mit seiner gewaltigen Körperkraft erledigt. Andara war sich nicht sicher, ob er den Weg zur Bibliothek aus eigener Kraft gefunden hätte, zumindest nicht auf Anhieb, obwohl er bereits zwei Mal in den vergangenen Tagen hier gewesen war, doch H.P. steuerte zielsicher auf eines der Gebäude zu.

Es war noch immer wegen des Brandes mit Absperrungen umgeben, denen sie jedoch keinerlei Beachtung schenkten. Lovecraft wollte sich zur Eingangstür wenden, doch Andara schüttelte den Kopf und deutete auf die Öffnung eines der unter der Hitze zerborstenen Fensters.

»Die Tür ist wahrscheinlich abgesperrt. Dort ist es einfacher.«

In der Luft hing noch immer der Geruch nach Ruß und verbranntem Papier und Holz, als er über die Fensterbrüstung ins Gebäude kletterte. Im Inneren war es so finster, dass er kaum die Hand vor Augen sah.

»Warte, ich mache Licht.« H.P. riss ein Streichholz an, ging einige Schritte auf und ab und hob schließlich ein bereits halb verkohltes Stuhlbein auf. Er benötigte mehrere weitere Zündhölzer, dann fing das Holz Feuer und verbreitete einen matten Lichtschein.

Andara trat auf die südliche Wand des Lesesaales zu, wo das Feuer am heftigsten getobt hatte. Hier hatte bis zu dem Brand Langleys Schreibtisch gestanden, und hier hatten sie die grünlichen Scheiben gefunden, die der Professor als Nachrichten geschickt hatte. Hier, so wusste Andara inzwischen, befand sich das *Tor*, der unbegreifliche Weg durch die Dimensionen, der geradewegs nach R'lyeh führte.

»Und nun?«, erkundigte sich H.P. leise und leuchtete mit der Fackel über die geschwärzten und teilweise sogar geborstenen Mosaikfliesen des Bodens.

»Ich hatte gehofft, das könntest du mir sagen. Du weißt wesentlich mehr über diese Dinge als ich. Irgendwie müssen wir dieses *Tor* öffnen.«

H.P. schüttelte den Kopf. »Du hörst mir nicht zu«, sagte er. Es klang resigniert. »Die *Tore* entziehen sich auch meinem Verständnis. Ich weiß nicht viel mehr darüber, als dass es sie gibt, das versuche ich schon die ganze Zeit dir begreiflich zu machen.«

»Aber es *muss* einen Weg geben!« Blitzschnell fuhr Andara herum, packte H.P. am Kragen und schüttelte ihn. »Ich gehe nicht eher wieder von hier weg, bis ich ihn gefunden habe. Und du wirst mir dabei helfen, hörst du?«

»Lass'n sofort los, oda soll ich erst grob wern?«, stieß Rowlf hervor und trat drohend einen Schritt näher.

»Schon gut«, presste H.P. hervor. »Bleib zurück.«

Andaras Zorn, der ohnehin nur Ausdruck seiner Verzweiflung und Hilflosigkeit war, verrauchte so schnell, wie er gekommen war. Hastig löste er seinen Griff. »Es ... es tut mir leid«, murmelte er.

»Ich wünschte wirklich, ich könnte dir helfen, das kannst du mir glauben«, beteuerte H.P. »Aber ich wüs –«

Er brach mitten im Wort ab, als der Fußboden nur wenige Schritte von ihnen entfernt plötzlich in einem matten Grün zu leuchten begann.

»Das *Tor!*«, keuchte Andara. »Es öffnet sich!«

Zwei, drei Sekunden lang wurde das grünliche Leuchten immer intensiver, dann erlosch es so plötzlich, wie es entstanden war. Und dort, wo es sich gerade noch befunden hatte, lag eine weitere der geheimnisvollen Scheiben.

Die ohrenbetäubenden Donnerschläge sanken zu einem nur noch gedämpft wahrnehmbaren Grollen herab, als wir das Portal durchschritten, doch das registrierte ich nur am Rand. Fassungslos starrte ich auf das Bild, das sich mir bot.

Der Raum vor mir war gewaltig, mindestens zehn Mal größer, als die Kirche von außen war, und überall darin befanden sich ... *Dinge.* Ich kann es nicht beschreiben, weil mein Verstand sich schlichtweg weigerte zu begreifen, was ich sah. Es war eine Verhöhnung sämtlicher bekannter Naturgesetze; etwas, dass nicht nur der euklidischen Geometrie, sondern jeglichem menschlichen Sinn für Logik und Realität widersprach, und das in noch ungleich größerem Maße, als es bei der manchmal sinnverwirrenden Architektur der GROSSEN ALTEN der Fall war.

Vermutlich wäre ich auf der Stelle wahnsinnig geworden, wenn ich *wirklich* gesehen hätte, was vor mir lag, und mein Verstand mich nicht auf die einzige ihm zur Verfügung stehende Art geschützt hätte, indem er das, was meine Augen mir zeigten, einfach zum größten Teil ignorierte.

Und selbst so war es schrecklich genug. Alles, was ich scharf sah, war die gut hundertfünfzig- bis zweihundertköpfige Menschenmenge inmitten des Raumes, aber es war mir unmöglich, mich ganz vor dem zu verschließen, was ich ständig aus den Augenwinkeln gerade am Rande meines Sichtfeldes wahrnahm.

Kein einziger Winkel war so, wie er sein sollte. Die Wände waren auf völlig unmögliche Weise in sich gedreht, bildeten gleichzeitig gerade und runde, in sich gekrümmte Flächen. Oben wurde zu unten und umgekehrt, parallel verlaufende Kanten kreuzten sich und wanden sich geradezu umeinander – die Liste der Unmöglichkeiten ließe sich endlos fortsetzen.

Und der Prozess war noch längst nicht abgeschlossen, sondern dauerte immer noch weiter an!

Mit einem Mal wurde mir klar, was Joshua gemeint hatte, als er davon sprach, dass die *Thul Saduun* nicht in unserer Welt leben könnten, aber das galt umgekehrt ebenso. Eine unserer Rassen musste zwangsläufig untergehen, damit die andere auf der Erde leben konnte, eine wie auch immer geartete Zwischenlösung war unmöglich.

Bereits nach den wenigen Sekunden, die ich den Anblick ertrug, obwohl ich wegen des instinktiven Filters in meinem Geist weitaus mehr *nicht* sah, als ich tatsächlich erblickte, begannen nicht nur meine Augen, sondern mein gesamter Kopf zu schmerzen, als wolle er zerplatzen, und ich musste für einige Sekunden die Lider fest zusammenpressen.

Neben mir stöhnte Rowlf gequält auf, ihm schien es nicht anders als mir zu ergehen.

Nach einigen Sekunden ließ der Schmerz nach, und ich wagte es, die Augen wieder zu öffnen. Ich bemühte mich, alles zu verdrängen, was ich nur aus den Augenwinkeln wahrnahm, und mich völlig auf das zu konzentrieren, was ich bewusst sehen wollte.

Die Menschen, die sich in der Mitte des gigantischen Gewölbes versammelt hatten, standen mit dem Rücken zu uns, keiner von ihnen hatte uns bislang bemerkt. Ihre Blicke waren auf einen Mann gerichtet, der ihnen zugewandt vor ihnen stand. Er hatte die Augen geschlossen und die Arme in der grausamen Karikatur eines Predigers halb erhoben und ausgebreitet. In einer endlosen Litanei stieß er Worte einer Sprache aus, die beinahe ebenso in den Ohren wehtat, wie der Anblick dieses schrecklich veränderten Stücks der Welt in den Augen schmerzte. Auch er schien uns bislang nicht bemerkt zu haben.

Ein Stück hinter ihm erblickte ich Howard und das Mädchen. Beide waren nebeneinander an ein blasphemisches, auf unmögliche

Art in sich verdrehtes Etwas gefesselt, in das sie zum Teil sogar bereits eingesunken zu sein schienen. Der Kopf des Mädchens war nach vorne gesackt, ich wusste nicht einmal, ob es noch lebte. Howard hingegen war bei vollem Bewusstsein, sein Gesicht war zu einer Maske unerträglicher Qual verzerrt. Auch er schien uns noch nicht wahrgenommen zu haben. Und noch ein Stück hinter ihm ...

Ich hatte bislang stets geglaubt, dass es selbst für den absoluten Schrecken eine Grenze gäbe, doch nun wurde ich eines Besseren belehrt. Es gab immer noch eine Steigerung.

Hinter Howard standen die *Thul Saduun.*

Als sie in Andara-House aus dem Relief entkommen waren, hatte ich sie nur als undeutliche Schatten wahrgenommen. Auch jetzt hatten sie noch nicht vollständig körperliche Gestalt angenommen (ich bezweifelte, dass ich den Anblick überhaupt bei klarem Verstand überleben würde), dennoch waren sie bereits deutlich stofflicher geworden. Und was ich sah, war so grauenvoll, dass ich meinen Blick schon nach wenigen Sekundenbruchteilen wieder abwenden musste.

Nur flüchtige Fragmente, die ich gar nicht erst zu einem vollständigen Bild zusammenzusetzen versuchte, blieben in meinem Gedächtnis haften: hier ein glosendes rotes Zyklopenauge, dort peitschende, mit Stacheln bewehrte Tentakel, die sich wie ein Nest von Schlangen durcheinanderwanden, glitzernde Chitinpanzer von der Farbe der Nacht, über und über mit warzenähnlichen Pusteln und Auswüchsen übersät, geifernde, gekrümmte Schnäbel, Krallen, so lang wie Lanzen und schärfer als Rasiermesser ...

Erneut schloss ich die Augen, ohne die grässlichen Albtraumbilder dadurch völlig abschütteln zu können.

»Dort«, raunte Joshua neben mir. »Ist das nicht Merlin?«

Ich öffnete die Lider wieder und blickte in die Richtung, in die er deutete. In der hintersten Ecke des Saales hatte sich von niemandem beachtet eine Perserkatze sprungbereit zu einem beigebraunen Fellbündel zusammengekauert.

»Unmöglich«, stieß ich hervor. »Merlin befindet sich um gut dreißig Jahre in der Vergangenheit, in der Schwarzen Pyramide.« Und doch wusste ich, dass Joshua Recht hatte. Der Kater *war* Merlin, oder zumindest ein so exakter Doppelgänger des Tieres, wie es gar nicht möglich war. Der Gedanke rührte an etwas in mir, fast wie eine vergessene Erinnerung, aber sie entglitt mir schneller, als ich danach greifen konnte.

Mach endlich!, ertönte eine dröhnende Stimme in meinem Kopf. *Ihr müsst versuchen, so nahe wie möglich an die* Thul Saduun *heranzukommen!*

»Was ... was war das? Habt ihr das auch gehört?«, wandte ich mich an meine Begleiter, doch auf Rowlfs und Joshuas Gesichtern zeigte sich ein gleichermaßen verwirrter Ausdruck.

»Was gehört?«, erkundigte sich der Junge.

Benommen schüttelte ich den Kopf. »Nichts. Kommt, wir müssen weiter nach vorne. Ich glaube nicht, dass uns jemand aufhalten oder auch nur bemerken wird. Die sind völlig weggetreten.«

»Du hast einen Plan, nicht wahr?«, fragte Joshua mit einer Hoffnung in der Stimme, die kaum stark genug war, sich gegen die Resignation durchzusetzen, die von ihm Besitz ergriffen hatte.

Ich antwortete nicht, sondern ging einfach los.

Meine Hoffnung erfüllte sich. Keiner der Besessenen nahm auch nur die geringste Notiz von uns, als wir uns zwischen ihnen hindurchzudrängen begannen. Sie befanden sich in tiefster Trance. Ihre Gesichter waren völlig leer, ihre Augen so leblos wie Glasmurmeln. Nachdem wir einige Meter zurückgelegt hatten, wurde Rowlf wagemutiger und machte Anstalten, die Menschen einfach aus dem Weg zu stoßen, doch ich hielt ihn rasch zurück.

»Kein unnötiges Aufsehen«, zischte ich ihm zu. Unser Problem waren nur zum geringsten Teil die Besessenen. Ich konnte nur hoffen, dass die *Thul Saduun* den größten Teil ihrer Aufmerksamkeit darauf richteten, das Kircheninnere nach ihren Bedürfnissen zu verändern und dabei selbst immer mehr körperliche Gestalt anzunehmen, aber zumindest eine größere Störung würde ihnen sicherlich nicht entgehen.

Behutsam drängten wir uns weiter vor, wobei mir jeder Schritt, den wir uns den *Thul Saduun* näherten, schwerer als der vorherige fiel. Eine fast körperlich spürbare Woge von Bösartigkeit, Vernichtungswillen und dem Hass auf alles Lebende schlug uns entgegen. Mein Herz raste, und immer wieder musste ich gegen Panikattacken ankämpfen. Ein stählerner Reif schien sich um meine Brust zu spannen und mir langsam, aber unerbittlich die Luft abzuschnüren.

In den vergangenen Stunden war alles so schnell gegangen, dass ich kaum Gelegenheit gefunden hatte, mir unsere Situation und das, was ich zu tun im Begriff stand, richtig zu vergegenwärtigen. Gerade erst am vergangenen Tag war ich voller Optimismus wieder in Andara-House eingezogen, und seither hatten sich die Ereignisse so überschlagen, dass ich die meiste Zeit nur darauf hatte reagieren können, ohne groß nachzudenken. Die neben den GROSSEN ALTEN wohl schrecklichsten Dämonen aller Zeiten waren frei und würden schon bald ihre volle Macht zurückerlangen; und ich stand ihnen unmittelbar mit fast leeren Händen und ohne einen konkreten Plan gegenüber. Was ich tat, war völliger Wahnsinn und konnte nur in einer Katastrophe enden. Dennoch trat ich fast mechanisch Schritt für Schritt weiter vor.

Joshua zupfte an meinem Ärmel. »Vielleicht haben wir eine Chance, wenn es uns gelingt, Lovecraft und das Mädchen zu töten«, sagte er. »Keine *Schattenwerkstatt* kann ohne ein magisch begabtes Medium existieren. All dies würde wieder in sich zusammenbrechen und zu seinem ursprünglichen Zustand zurückkehren.«

Einen kurzen Moment lang dachte ich ernsthaft über seinen Vorschlag nach, dann schüttelte ich entschieden den Kopf. Es ging nicht nur darum, dass ich es niemals fertig bringen würde, Howard kaltblütig zu töten. Ich wusste, dass er selbst sein Leben bereitwillig opfern würde, wenn die Existenz der gesamten Welt davon abhinge, aber es wäre sinnlos.

»Wir kämen niemals nahe genug an die beiden heran«, erwiderte ich leise. »Und selbst wenn, dann würde es alles höchstens ein wenig verzögern. Wir müssten auch uns töten, um zu verhindern, dass sie einen von uns an ihre Stelle setzen, und dann wäre niemand mehr da, der sie noch aufhalten könnte, wenn sie vielleicht schon in ein paar Stunden an einem anderen Ort von vorne beginnen. Nein, wir müssen sie selbst angreifen, so aussichtslos es auch erscheinen mag.«

»Und wie willst du das machen? Sie sind *Götter!* Was können wir schon gegen sie ausrichten? Wenn du einen Plan hast, dann wird es allmählich Zeit, ihn mir zu verraten, meinst du nicht?«

Selbst wenn ich hätte antworten wollen, hätte ich es nicht mehr gekonnt. Wir hatten uns mittlerweile unbemerkt fast bis in die vorderste Reihe vorgedrängt, und damit schien unser ohnehin bereits überstrapazierter Vorrat an Glück endgültig aufgebraucht zu sein.

Irgendetwas in den Bewegungen der *Thul Saduun* änderte sich, sie wogten mit einem Mal schneller und glitten ein Stück vor.

FREMDE!, dröhnte eine Stimme in meinem Kopf. *ES SIND FREMDE UNTER UNS!*

»Sie haben uns entdeckt!«, schrie Joshua. »Wir müssen fliehen!«

Bannt sie mit den Siegeln!, vernahm ich wieder die gedankliche Stimme, die ich zuvor schon gehört hatte. Ich dachte erst gar nicht darüber nach. *Durch meine Rückkehr ist das* Tor *bereits auf das richtige Ziel eingestellt!*

»Nein, Joshua!«, brüllte ich, als ich sah, dass der Junge davonstürmen wollte. Ich versuchte nach ihm zu greifen, verfehlte ihn jedoch. »Die Scheiben! Wirf die Scheiben nach ihnen, oder wir sind verloren.«

Er blieb stehen. Gehetzt ließ er seinen Blick zwischen dem Ausgang und den *Thul Saduun* hin und her schweifen. Seinem kindlichen Gesicht war anzusehen, welche ungeheure Überwindung es ihn kostete, seine Panik zu überwinden, dennoch kehrte er nach wenigen Sekunden zögernd um, griff in seine Tasche und zog die Kristallscheiben heraus.

VERRAT!, gellte es in meinem Kopf. *ER TRÄGT DIE SIEGEL BEI SICH. HALTET IHN AUF!*

Ein rötlicher Lichtblitz zuckte wie ein Flammenspeer aus dem glosenden Auge eines *Thul Saduun* und raste auf Joshua zu, doch der Junge erkannte die Gefahr und warf sich blitzschnell zur Seite. Der Lichtblitz traf drei der in seiner Nähe stehenden Besessenen und ließ sie binnen eines Sekundenbruchteils zu Asche zerfallen. Keiner der anderen reagierte darauf.

Mit einer Rolle kam Joshua wieder auf die Beine. »Das ist dafür, dass ihr mich verraten habt!«, brüllte er, holte weit aus und schleuderte alle acht Scheiben auf einmal in Richtung der *Thul Saduun* im gleichen Moment, in dem ihn gleich drei der Flammenstrahlen trafen und verbrannten.

»*Nein!*«, schrie ich, aber mein eigener Schrei wurde von einem vielfachen, grellen Kreischen in meinem Kopf übertönt. Die Scheiben rasten auf die *Thul Saduun* zu, begannen noch im Flug zu glühen und verwandelten sich in winzige, grünlich wabernde *Tore.* Immer noch rasend vor Wut, aber auch vor Furcht kreischend, stoben die *Thul Saduun* auseinander.

Nur wenige Schritte von ihnen entfernt, stürzten die Scheiben zu Boden. Der grünliche Schein dehnte sich aus, verband sich zu einem einzigen großen *Tor.* Wie von einem Sog wurden die schattenhaften Dämonen erfasst und auf das *Tor* zugerissen, doch sie kämpften verbissen dagegen an.

Und sie waren stärker!

Sie stemmten sich nicht nur gegen den Sog, sondern ich sah, dass sie es auch schafften, wieder Stück für Stück von dem *Tor* zurückzuweichen.

In diesem Moment sprang Merlin auf. Wie ein goldfarbener Blitz raste er auf die Dämonen zu, doch noch bevor er sie erreichte, begann er sich zu verändern. Zu schnell, als dass ich die Veränderung wirklich mit Blicken hätte verfolgen können, wurde aus dem Kater ein mehr als drei Meter großer Gigant, ein krakenköpfiges Ungeheuer mit gelb glühenden Augen, in denen das Feuer der Hölle zu brennen schien, und riesigen, ledrigen Schwingen.

Der UNAUSSPRECHLICHE!

Und mit einem Mal fiel mir alles wieder ein, was er vorübergehend aus meinem Gedächtnis gelöscht hatte: wer er war, der Pakt, den er mit Cthulhu geschlossen hatte, und ...

Du musst zurück in die Vergangenheit, Robert, in die Schwarze Pyramide! Jetzt sofort, oder alles war vergebens!, gellte seine Stimme in meinen Gedanken, während er sich auf die *Thul Saduun* stürzte und sie auf das *Tor* zutrieb.

Einen Moment lang starrte ich benommen zu den kämpfenden Dämonen hinüber und versuchte zu begreifen, was er von mir erwartete. Um auf die gleiche Art wie bisher in die Vergangenheit zu gelangen, musste ich einschlafen, aber wie sollte ich das jetzt und hier, gewissermaßen auf Kommando ...

»Rowlf!« Verzweifelt blickte ich mich nach dem Hünen um. Ich entdeckte ihn an dem grässlich veränderten ehemaligen Altarstein, wo er gerade dabei war, Howards Fesseln mit einem Messer zu durchtrennen, und stürmte auf ihn zu.

»Schlag mich bewusstlos!«, brüllte ich ihn an. »Schlag zu, los!«

»Wat?« Verständnislos starrte er mich an.

»Tu es einfach!«, schnappte ich und warf einen Blick zu den Dämonen hinüber. Der rasenden Wut des UNAUSSPRECHLICHEN waren auch die *Thul Saduun* nicht gewachsen. Sie hatten das *Tor* bereits fast erreicht. »Schnell, Rowlf, ich flehe dich an. Ich muss in die Vergangenheit und nur so –«

Die Verblüffung in seinem Blick wich jähem Verstehen, und das Letzte, was ich sah, war eine Faust von der Größe einer Bratpfanne, die auf mein Gesicht zuraste, dann wurde es dunkel um mich.

Ich wusste nicht, wie lange ich bereits wartete. Die Zeit hatte jegliche Bedeutung für mich verloren. Reglos, ohne bewusste Kontrolle über meinen Körper stand ich da, unmittelbar vor dem Relief, in der rechten Hand eines der beiden noch verbliebenen Siegel. Die zweite Kristallscheibe befand sich in der Hand Langleys, der nur wenige Schritte von mir entfernt stand.

Dann, nach Sekunden oder auch Stunden, veränderte sich etwas. Ein grünliches Leuchten breitete sich zwischen uns aus, das *Tor* öffnete sich. Gleichzeitig begannen auch die Scheiben in unseren Händen zu leuchten. Ich spürte weder Hitze noch Kälte, nur ein nicht einmal unangenehmes Kribbeln in meinen Fingern. Das Leuchten der Scheiben verband sich mit dem des *Tores* und dann …

Ein unmenschlicher, gellender Schrei aus rund einem Dutzend nicht menschlicher Kehlen schien mir den Kopf zu zerreißen. Inmitten des *Tores* entstanden Dinge, Wesenheiten, zu scheußlich, als dass ich sie richtig wahrnehmen konnte, gejagt von einem nicht minder entsetzlichen Giganten mit riesigen Flügeln.

Ohne dass es extra eines Befehls bedurft hätte, wusste ich, was ich zu tun hatte. Das Wissen war tief in meinem Bewusstsein verankert, ebenso wie in dem Langleys. In einer einzigen synchronen Bewegung pressten wir die Scheiben gegen das Relief.

Die Schreie schwollen zu einem unerträglichen kreischenden Crescendo an – und verstummten von einem Sekundenbruchteil auf den anderen.

Im gleichen Moment verschwand das *Tor*. Nur der geflügelte Gigant blieb zurück, doch das Höllenfeuer in seinen Augen war erloschen. Langley schrie erschrocken auf, doch mit einer fast beiläufigen Geste brachte der UNAUSSPRECHLICHE ihn zum Verstummen und ließ ihn zur Regungslosigkeit erstarren.

»Du hast es geschafft, Robert Craven«, sagte er mit einer erstaunlich wohlklingenden Stimme. Erst nach einem Moment wurde mir bewusst, dass ich dies diesmal tatsächlich hörte, nicht nur in meinem Kopf. »Du hast eure Welt vor der Vernichtung bewahrt.«

»Und auch eure Welt, nicht wahr?«, schnappte ich. »Euch und die Welt, über die ihr eines Tages wieder zu herrschen hofft. Selbst auf dem Höhepunkt eurer Macht habt *ihr jene in der Tiefe* nur mit knapper Not bezwingen können. Diesmal hätten sie euch vernichtet.«

»Vermutlich, aber was spielt das jetzt für eine Rolle? Wir haben beide von diesem Bündnis profitiert; und das nicht zum ersten Mal.«

Er verzog seine dämonische Fratze zu etwas, das wohl ein Lächeln darstellen sollte. »Im Grund sind wir ein ganz gutes Team, findest du nicht auch?«

»Nein«, stieß ich hervor. »Wir haben uns gegen einen gemeinsamen Feind beigestanden, aber das macht uns noch längst nicht zu Verbündeten. Das letzte Mal, als wir so gut *zusammengearbeitet* haben, hat es den Tod von mehr als dreißigtausend Menschen gekostet!«

»Und heute hat es drei Milliarden gerettet. Auch ich gehöre zu den GROSSEN ALTEN, das lässt sich wohl nicht verleugnen, dennoch bin ich anders als Cthulhu und die anderen, so wie schließlich auch in eurem Volk nicht alle gleich sind.«

Vermutlich hatte er damit sogar Recht. Er *war* anders als Cthulhu, aber längst nicht in solchem Maße, wie er selbst glauben mochte. Menschenleben bedeuteten auch ihm nichts. Ohne seine Hilfe wäre die Welt verloren gewesen; im Grunde hatte er den größten Anteil am Sieg über die *Thul Saduun*. Ich war nicht viel mehr als ein Werkzeug gewesen, und ich zweifelte nicht daran, dass er mich ebenso skrupellos wie jeden anderen geopfert hätte, wenn es für seine Pläne dienlich gewesen wäre. Was er getan hatte, hatte er nicht zum Wohle der Menschheit getan, sondern nur, *weil jene in der Tiefe* auch eine Bedrohung seiner eigenen Existenz darstellten. Aber es war sinnlos zu versuchen, ihm diesen Unterschied begreiflich zu machen, vielleicht war er nicht einmal in der Lage, ihn zu erkennen.

Ich blickte zu dem Relief. »Die *Thul Saduun* –«

»Ihr Kerker wurde zerstört, und allein besaß ich weder die Kraft, sie zu vernichten, noch ein neues Gefängnis für sie zu errichten«, fiel Hastur mir ins Wort. »Es blieb nur der Ausweg, sie in eine Zeit zurückzubringen, in der *dieser* Kerker noch existierte.« Er machte eine kurze Pause, als würde er in sich hineinlauschen, dann straffte er seine Gestalt. »Ich kann nicht mehr länger bleiben, und auch für dich wird es Zeit, in deine Gegenwart zurückzukehren, Robert. Cthulhu hat erreicht, was er wollte, und wie nicht anders zu erwarten, fühlt er sich nicht mehr an den Pakt gebunden.«

»Warte!«, brüllte ich, doch seine Gestalt begann bereits zu flimmern und war im nächsten Moment verschwunden.

Ein Geräusch hinter mir ließ mich herumfahren. Einer der Durchgänge hatte sich geöffnet, und mehr als ein Dutzend mit primitiven Speeren bewaffnete TIEFE WESEN kamen hereingestürmt.

Gleichzeitig bildete sich ein Stück entfernt erneut ein *Tor*. Die

Umrisse zweier vertrauter Gestalten schälten sich aus dem grünlichen Wabern.

»Bob, Langley, hierher!«, hörte ich die Stimme meines Vaters. So schnell es mir auf meinen kurzen Beinen möglich war, rannte ich auf sie zu.

Ein Schuss hallte, gleich darauf ein zweiter. Von den Kugeln aus Howards Gewehr getroffen, brachen zwei der TIEFEN WESEN zusammen.

Die anderen schleuderten ihre Speere. Drei, vier verfehlten mich nur um Haaresbreite, und auch Howard und Andara mussten hastig zur Seite ausweichen, um nicht getroffen zu werden.

Langley hatte weniger Glück. Ich sah, wie er von zwei Speeren durchbohrt zu Boden stürzte, dann verschwamm die Umgebung um mich herum. Aber anders als die vorigen Male wachte ich nicht einfach wieder in meiner normalen Gegenwart auf, sondern schien in einem zeitlosen Moment zwischen dem Gestern und dem Heute gefangen zu sein.

Du hast mir einen Dienst erwiesen, Robert Craven, vernahm ich eine Stimme in meinem Kopf, von der ich wusste, dass sie aus einem nicht weit entfernten Höllenpfuhl drang. *Aber das ändert nichts daran, dass wir Feinde sind. Für dieses Mal bist du mir entkommen, aber du sollst eines wissen, was der UNAUSSPRECHLICHE dir verschwiegen hat. Du hast einen Pakt mit mir geschlossen, doch nichts ist umsonst. Schon bald wirst du den Preis dafür bezahlen müssen. Und er wird schrecklich sein!*

Mit einem gellenden Gelächter verklang die Stimme des GROSSEN ALTEN, und es wurde dunkel um mich herum.

Ich wusste, wenn ich die Augen aufschlug, würde ich mich wieder in meiner Zeit befinden, in der kleinen Kirche in Gorlwingham, die wieder nichts anderes als ein normales Gebäude sein würde, doch für einige wenige Sekunden genoss ich noch das wohltuende Dunkel und die Stille um mich herum.

Die *Thul Saduun* waren besiegt, nur noch eine böse Erinnerung. Ich hatte gesiegt, die Welt vor einer unvorstellbaren Gefahr gerettet, und dennoch verspürte ich keinerlei Triumph.

Joshua war tot, endgültig diesmal, nachdem wir zum ersten Mal auf derselben Seite gekämpft hatten. Ich hatte meinen Sohn, für dessen Geburt Shadow ihr unsterbliches Leben aufgegeben hatte, gefunden, nur um ihn gleich darauf wieder zu verlieren. Wieder hatte ich Unglück und Verderben über die gebracht, die mir am nächsten standen, wieder hatten andere an meiner Stelle den Preis für den Sieg bezahlt.

Aber im gleichen Moment, in dem ich dies dachte, wusste ich, dass es diesmal anders war. Diesmal war auch ich nicht ungeschoren davongekommen. Noch einmal hallten die Worte Cthulhus in meinen Gedanken nach: *Du hast einen Pakt mit mir geschlossen. Schon bald wirst du den Preis dafür bezahlen müssen. Und er wird schrecklich sein!*

Ich schlug die Augen auf.

ENDE

Erster Teil des Zyklus DIE DREI WELTEN

Ian Irvine
DER SPIEGEL
DER ERINNERUNG
Roman
384 Seiten
ISBN 978-3-404-20569-1

Drei Welten, einst durch Magie miteinander verbunden
Vier Völker, die keinen Frieden kennen.
Und ein Spiegel, der alles zerstören könnte.
Die Magiebegabte Karan soll ein uraltes Relikt stehlen: den Spiegel von Aachan – einen seltsamen, trügerischen Gegenstand, der niemals vergisst, was er einmal gesehen hat. Gemeinsam mit dem brillanten Chronisten Llian begibt sie sich auf die Suche, ohne zu ahnen, welche Gefahr von dem Spiegel ausgeht. Denn er birgt ein uraltes Geheimnis, das den Völkern helfen kann zu überleben … oder das sie vernichten könnte.

Erster Teil des neuen Zyklus
DIE DRACHEN-NIMBUS-HISTORIE

Irene Radford
DER PRÜFSTEIN
DER DRACHEN
Roman
480 Seiten
ISBN 978-3-404-20570-7

300 Jahre vor der Zeit, über die in DER GLASDRACHE berichtet wird, ist Coronnan ein aufgewühltes Reich. Viele Magier arbeiten nur für die eigenen Ziele. Am Höhepunkt dieses chaotischen Zeitalters erkennen die Drachen, dass sie eingreifen müssen. Ihre verbündeten Menschen sind Nimbulan, ein Magier, und Myrilandel, eine Hexe und Heilerin, die zwischen Menschen und Drachen vermitteln soll. Doch selbst die Magie der Drachen reicht vielleicht nicht aus, um ihren Hauptgegner zu bezwingen – einen fanatischen Blutmagier ...

Bastei Lübbe Taschenbuch